ひつじ研究叢書〈文学編〉5

和泉司

日本統治期台湾と帝国の〈文壇〉

〈文学懸賞〉がつくる〈日本語文学〉

ひつじ書房

ひつじ研究叢書〈文学編〉

第一巻　江戸和学論考　鈴木淳著
第二巻　中世王朝物語の引用と話型　中島泰貴著
第三巻　平家物語の多角的研究　千明守編
第四巻　高度経済成長期の文学　石川巧著
第五巻　日本統治期台湾と帝国の〈文壇〉　和泉司著

ひつじ書房

まえがき

本書は、日本統治期台湾の〈日本語文学〉運動を、日本帝国の〈中央文壇〉との関わりの中で捉え直そうという地点から出発して描かれている。

従来、旧植民地地域の文学や文学運動は、帝国支配に対する抵抗や独立運動・民族運動の文脈で解釈されることが多かった。特に一九九〇年代以降、ポストコロニアリズム研究が盛り上がり、また日本帝国の旧植民地・占領地であった国々が経済発展を遂げ、その結果民主化を達成したことによって、日本帝国が支配していた時代についての再検証が進むと、強制された言語で書かれている故に封殺されてきた〈日本語文学〉を、その強制性を出発点として、しかし逆説的にその〈日本語〉による表現の中に〈抵抗〉や〈民族意識〉を見出す、という作業が進められるようになった。

これらの研究成果の蓄積によって、本書の研究は出発点を得られている。そのことを忘れずに意識し続けた上で、本書では〈日本語文学〉研究を再検討しなければならない。

植民地文学研究において、〈抵抗〉の論理や〈民族意識〉を前提とすることは出発点において非常に重要なことであった。そうでなければ、封印され忘却され失われつつあった文学テクストや作家たちの運動を見いだす動力を得ることはできなかったはずだ。そして、〈抵抗〉や〈民族意識〉の前提でこれらのテクストが読み込まれ、作家たちの運動が分析されたからこそ、同時代の政治性や社会性、テクストや作家たちが置かれた環境の過酷さが明確になってきたことに間違いはないからだ。

しかし、その重要性を意識しつつも、それだけではいけない。文学テクストや文学運動は、〈抵抗〉や〈民族運動〉だけでは生まれない。そこには、文学運動それ自体の魅力、自分を表現したいという熱意、テクストを発表するという高揚感、他者に読まれるという快感、作家となるということへの成功願望、それらが大きく後押しをしているのも確かなのである。

本書が目指すのは、このような文学運動を後押しした様々な〈欲望〉を見つめ、それがどのような形になって表れたかを確認することである。そうすることによって、〈日本語文学〉テクストにさらに豊かな理解を生み出せる、その一助になれるのではないかと〈欲望〉しているからに他ならない。

そのような新たな〈前提〉のもとに、本書が中心として取り上げるのが〈中央文壇〉と〈植民地文壇〉との関わり方であり、その両者を接続し、後に切断することになる回路としての〈文学懸賞〉である。

昭和初期、関東大震災からの復興の過程で生まれた大量な消費財としての〈円本〉の登場が、出版資本主義を大きな市場に押し広げた。少なくとも、作家志望の青年たちには〈広がった〉ように見えた。そのとき、それまでは同人誌や作家間の師弟関係といったコネクションの中で目指された〈作家〉という職業への新しい回路、原稿一般公募による〈文学懸賞〉が現れる。それは、コネクションや同人誌共同体をもてない人々はもちろん、空間的に〈中央文壇〉に遠く、文学運動に関われないと思っていた人々の価値観を大きく変えた。そしてその変化は、遠く植民地、時に帝国の外部にまで伝わったのである。

昭和初期に大きな影響力を持っていた総合誌『改造』が懸賞創作募集を開始したのは一九二七年。〈昭和〉が始まった直後であった。『改造』懸賞創作は、当選すれば有名作家と並んで『改造』にテクストが掲載され、その後もテクスト発表のチャンスが得られるという、〈中央文壇〉に何らの伝手もない作家志望者たちにとって信じられないような企画であった。故に、そこには日本・植民地・在外日本人社会からの注目が集まったのである。

ここに、空間を度外視した〈中央文壇〉との回路としての〈文学懸賞〉が姿を現したのだ。

『改造』懸賞創作登場後、『中央公論』を初めとして多くの雑誌・文芸誌が純文学の〈文学懸賞〉企画を一般化するようになる。〈懸賞〉という言葉から、金目当てと軽視される傾向があった〈文学懸賞〉が、偏見を内在しつつも徐々に浸透していったのである。そしてそれは、一九三五年の芥川龍之介賞・直木三十五賞の登場によってさらに発展していくことになる。

こうして、〈文学懸賞〉によって加速された〈中央文壇〉への〈欲望〉は、しかし、植民地において次第に〈挫折〉へと変わっていくことになる。そこには〈文学懸賞〉の回路としての不備もあり、そして〈中央文壇〉と〈植民地文壇〉との思惑の差、立場の不均衡もあった。そのような状況下で、日本帝国は〈戦争〉の時代へ突き進む。そこで、〈中央文壇〉も〈植民地文壇〉も、〈文学懸賞〉も変容していくことになる。

日本帝国が敗戦を迎えると、〈日本語文学〉の〈植民地文壇〉は消滅した。しかし、〈中央文壇〉と〈文学懸賞〉は生き残り、発展した。〈文学懸賞〉は次第に権威を得、〈文学賞〉となり、今日に到る。そして、回路であったはずの〈文学賞〉の方が、〈文壇〉を左右するようになってゆく。

旧植民地の〈日本語文学〉を考えるとき、〈中央文壇〉との関わりが重要であることは以前から言われ続けている。しかし、ここに〈文学懸賞〉の存在を認めるとき、その姿は全く違って見えてくる。その違った姿の中に、植民地文学の抱えていた困難を見出し、そしてその困難は今もまだ続いているということを、主に〈台湾〉を通して考え直していきたい。大それた目論見だが、本書のそのような目的に、おつきあいいただければ幸甚である。

目次

序　〈文壇〉にとっての〈中央〉と〈地方〉、その先の〈植民地〉

〈日本文学〉研究において〈文壇〉という言葉を用いる時、その〈文壇〉が空間的な意味においてどこに存在するかを問う者はほとんどいない。その場所は、〈日本文学〉を規定する国家の中心である東京にあることが自明とされているからだ。ベネディクト・アンダーソンが『想像の共同体』において示した出版資本主義の進展とマスメディアの拡大、教育の普及と識字率の向上によって、近代〈読者〉と呼ばれる集団あるいは市場が形成され、その急激な増加・拡大が、この東京の〈文壇〉を支え、その権威を確立させていった。〈日本〉における「文学の社会化」は、二〇世紀以降、帝国の時代・国民国家の時代を迎えて、常に東京を中心に展開し、それが〈日本〉の領域内に浸透していったのである。

この〈文壇〉＝東京、という自明性は、しかし、二〇世紀前半の〈日本〉では、単純化されなかった。それはこの時の〈日本〉が、主には工業原料原産地とその製品の市場としての海外領土の獲得と支配を通じて国家の強大化を目指すという意味での〈帝国〉を志向し、実際に周辺アジア地域を植民地化・占領することで帝国圏を形成したからである。

それは、次のことからわかる。日本帝国の植民地であった地域の文学運動に関する資料に触れるとき、そこに溢れている一つの単語がある。〈中央文壇〉である。

この単語は、日本帝国内の〈地方〉とされた地域においてローカルな文学運動をしていた人々の中で用いられた言葉でもある。だが、植民地では、そのような〈地方〉とは異なる状況があった。それは言うまでもなく、植民地が日本帝国内で様々な差別の下に置かれていたことに起因している。そしてさらに、この植民地の出身者達が、日本帝国の領域内に居住し、そして後には日本帝国の領域内で出生しながら、〈日本人〉とは見なされなかった――つまり〈異民族〉と見なされ続けた点も重要だ。植民地と植民地出身者達は、日本帝国の中で、日本帝国が編集した〈歴史〉と〈文化〉を共有していない、と考えられたのであり、その前提に従い、日本帝国の示す〈歴史〉と〈文化〉への服従――参加、ではなく――を強制されたのである。

このような植民地で、植民地出身者によって文学運動が行われるとき、〈中央文壇〉という単語は重層化する。それは、植民地においては、文学運動の目指すベクトルが先に示したような状況のために一つにならなかったからだ。

旧植民地文学研究において、〈中央文壇〉という単語が現れるとき、そこには同時に〈台湾文壇〉や〈朝鮮文壇〉、〈満州文壇〉という単語も登場する。これらのいわゆる〈植民地文壇〉が、例えば戦前からすでに活動と規模を示していた〈地方文壇〉としての〈九州文壇〉[1]などとどのように異なるのか、と考えるとき、それは〈植民地文壇〉が〈中央文壇〉への集約化の中に自己評価を見出す、という被差別と社会的成功との間の葛藤を抱える一方で、自らの〈文壇〉の自律化も志向していた、という点に求められるであろう。

このとき、〈植民地文壇〉は、自らを支配し、差別する帝国の〈中央文壇〉への服従と、そのような帝国支配の下で困難を極めながらも、独自の〈文化〉の確立――〈文化〉の維持、とも言えるであろう――を目指す〈文壇〉の自律化との間で揺れ動くことになる。そして、おそらく旧植民地文学を巡る問題の多くは、このベクトルの揺れに起因しているのである。

現在までの日本の旧植民地文学研究において、〈中央文壇〉と〈植民地文壇〉との関係については数多くの議論がなされてきている。しかしその先行研究の多くは、日本帝国の文学運動がほぼ一元的に〈中央文壇〉に集約されていたという事実を把握しながら、一方で〈植民地文壇〉の自律性を疑っていなかった。

このような先行研究の在り方は、旧植民地文学研究がその地域の現在のナショナリズムと密接に結びついて行われていることと無縁ではない。旧植民地文学研究の中で「著名作家」「代表作」と呼ばれることになる作家とそのテクストの殆どは、戦前の日本帝国の〈中央文壇〉で評価されたということにその理由が存在している。しかし、にもかかわらず、彼らとそのテクストが〈中央文壇〉に集約されたという点は、「評価された」という点を除いては希薄化され、〈植民地文壇〉の文脈に回収されてしまう傾向が非常に強いのである。それは、旧植民地地域において特に一九九〇年代以降の民主化と経済発展によって得たナショナリズムの高揚の下で、そのナショナリズムを補強すべく開始した〈歴史〉と〈文化〉の再編集を行う際に、それらの作家とテクストを回収しようという方向で研究が進められたからであろう。

そして、この傾向は特に台湾で顕著であった。九〇年代以降、台湾の〈日本語文学〉研究は活性化した。日本の研究者だけでなく、中国国民党の一党独裁政治からの脱却と台湾政府の本土化志向[2]によって、台湾でも研究が盛んになっていった。このとき、殆どの研究において論じられたのが、台湾アイデンティティの成立過程を読み出す、ということであった。つまり、台湾の〈日本語文学〉研究は、台湾人が中国人とは「違う」という、その起源を求めるため、〈中国文学〉から独立した〈台湾文学〉を形成し、台湾人の独自性を支える根拠の要求に応えていたのである。

もちろん、この研究動向が誤りであったわけではない。藤井省三が指摘しているように[3]、特に一九四〇年代に入って、台湾人の日本語理解率の向上が日本語読者層の拡大につながり、台湾内部の読書経験・出版資本主義の洗礼が、台湾人に「台湾大」の共同体意識を芽生えさせたという指摘には、十分説得力がある。日本統治期の台湾が中国本土と切り離され、一方で日本帝国からも差別的扱いを受け続けたことによって、「台湾大」の共同体意識が形成されたという議論を、正面から否定する材料は、ここにはない。

しかし、研究がこのような視点に集約されてしまうとき、日本帝国下における文学運動の様々な問題系は、ナショナリズムの問題に一元化されてしまうことになる。そこでは、特に文学運動を行った個々の作家・作家志望者たちの個性は失われ、テクストへの評価はナショナリズムに貢献したか否かに限定されてしまうという危険性があるだろう。

本書が目的とするのは、日本帝国における〈中央文壇〉が質的量的に強大な存在となる一九三〇年代に、台湾において日本型近代学校制度が確立し、そしてその卒業生の増加により登場するようになる日本語使用者としての台湾人作家志望者たちによって形成され始めた〈台湾文壇〉が、その形成過程において、自身の立場をどのように位置づけようとしたのか、そしてその際に植民地の〈文壇〉として避け得ない〈中央文壇〉という存在を、どのように見つめていたか、を検証することである。

〈台湾文壇〉の形成に際しては、特に〈日本語文学〉が運動の中心になっていく中で、〈中央文壇〉の動向が強く意識されていたし、また影響を受けてもいた。しかし一方で、〈中央文壇〉へ出るためのいわば「地区予選」的位置づけであった日本各地の〈地方文壇〉的在り方から、〈台湾文壇〉は当初から少しずつ外れていた。

〈台湾文学〉研究では、現在、ピエール・ブルデューの提唱した〈文学場〉という概念を導入する動きがある。[4]近代の文学運動を、出版資本主義とそれを受容する読者の登場・市場の形成により、作家間のみならず、読者・市場そして社会と相互に批評しあい影響し合う関係を持つ〈文学場〉という制度内で展開しているととらえることの概念は、〈台湾文学〉研究の場で〈台湾文学場域〉という述語によって受容されている。[5]

一九四〇年代までの台湾での文学運動が、日本帝国・中国本土をはじめとする周辺地域と密接な影響関係の中で展開したことを考えるとき、〈台湾文学場域〉という台湾に閉じたと理解されかねない述語によって〈文学場〉を再規定することには疑問を感じるが、同時にこの〈台湾文学場域〉という概念が登場すること自体に、現在までの〈台湾文学〉研究の方向性がナショナリティ形成志向に寄っていることの証左を見ることができるであろう。

この議論の中では、〈台湾文学場域〉とは〈文壇〉に市場や読者との関係を見出し、その読書の共同体の中で文学運動を把握し直すための概念ととらえられているが、そもそも〈文壇〉とは市場や読者との関係を内包せずには存在し得ないものである。日本の近代文学運動の中で、〈文壇〉という言葉が一般化して使われるようになるのはおそらく大正期であろうが、それは出版資本主義の成熟と読者市場の拡大した時期でもある。それ以前、硯友社などを代表的な例として、いわばギルド的に生産されてきた文学テクストが、商業流通を前提として、出版社と作家集団のつながりの中で生み出されるようになり、当然出版社は消費者である読者の関心を推し量り、誘導し、或いはそれを追随したテクスト生産を作家集団に依頼していくようになるのである。

そうして成熟した〈文壇〉としての〈中央文壇〉の登場を見るとき、一九三〇年代までの台湾に〈台湾文壇〉と呼ぶべき、市場や読者との緊張関係を持った〈文壇〉が存在していたと言えるであろうか。ここで改めて議論するまでもなく、〈台湾文学〉研究の場で繰り返し指摘されていることだが、三〇年代までの台湾では、テクストの使用言語が中国語（北京語）であれ台湾語であれ日本語であれ、それを受容できるだけの識字能力と文章読解能力、そして読書という文化習慣を備えた〈読者〉となる可能性を持った人びとは非常に少数であり、故に市場も形成できていなかった。つまり〈台湾文学場域〉というものの存在を、少なくともこの時期に想定することは難しい。

この場合、先に述べたように、この時期の台湾の近代文学運動の状況を、〈中央文壇〉との関係に依存する〈地方文壇〉としてとらえる必要があるだろう。二〇年代の〈台湾新文学運動〉初期に現れた北京語白話文の登場が中国本土の新文学運動への連携から現れたものであり[6]、三〇年代以降の〈日本語文学〉がその名の通り日本語で書かれ、内容的にも当時の日本帝国の文学運動から大きな影響を受けていることにも、それは現れている。

ただ、今挙げたように、台湾の近代文学運動は、中国本土との関係性と、日本帝国との関係性との、二方向へ関係性が同時に存在していた点が、最初に述べた〈台湾文壇〉の「揺れ」に関わってくる。このとき、〈台湾文壇〉は――最終的には宗主国の論理の中で日本帝国へ組み込まれてしまうものの――〈中央〉を二つ持つ、という、極めて矛盾した状況に置かれたからである。

その上に、さらに台湾語による文学運動、いわゆる郷土文学も立ち上げられる[7]。これは、中国本土や日本帝国との関係性の問題とは決定的に異なる。何故なら、この運動は外部にある〈中央〉に依存するのではなく、自らの内部に〈中央〉を見出そうというものであったからだ。

しかし、この台湾語文の運動は、台湾の中では十分な勢力を維持できぬまま、日本統治期においては縮小し、一九三七年の島内新聞各紙漢文欄廃止によって運動がほぼ停止してしまう。それはこの動きに明らかなように、台湾総督府当局による強圧の結果であったが、陳培豊は、この時期の台湾語文の衰退を総督府の強圧というような「重層的な植民統治の圧迫や言語へゲモニーの迫害を受けたことなどの政治的要素の枠組みを超えて、近代文学の創作と言語の間の関連性を切り口として考えてみたい[8]」とし、台湾語文運動が衰退した原因を、当時の知識人達の〈近代化〉に対する強烈な希求が、表記法も定まっていなかった当時の台湾語を、近代語としての整備ができておらず〈近代〉を表現するに困難が大きいとして退けたからだ、としている。

陳培豊は同時に、〈翻訳〉の経験が言語を近代化させると指摘し、台湾語はその経験を日本帝国によって奪われたために得られず、結果台湾語は「対話、演劇、歌謡やラジオドラマ」、「つまり音声を中心とする文芸の表現形式の中に留まっ」てしまったと述べている[9]。そのために台湾語文が支柱となった〈中央〉形成の可能性は絶たれてしまったが、このような北京語・日本語・台湾語と、それぞれの方向性がばらばらな文学運動を同時に内包していた環境が、〈台湾文壇〉を考察する際の困難を象徴している。

しかし一方で、そのことが〈台湾文壇〉の揺れを理解する鍵とも言える。つまり、日本帝国の支配下における〈台湾文壇〉形成の展開は、〈中央〉が外部にあったということと、〈中央〉を内部に創造／想像しようとしたこととの相克の中で進み、そしてこの過程の中で、日本帝国／台湾あるいは中国本土／台湾という「台湾大」の意識形成が行われたとも考えられるからだ。

本書では、〈日本語文学〉を中心に扱うため、ここでは日本帝国と台湾、日本の〈中央文壇〉と〈台湾文壇〉形成の連関について考えることとなる。

第一部において、一九三〇年代の〈台湾新文学運動〉は、台湾人作家志望者たちが〈中央文壇〉を自分たちにつながっているものであるという認識から、それが実は自分たちの〈外部〉である――自分たちを〈外部〉にとどめ置こうとしていることに気づく過程を論じる。三〇年代の〈台湾文壇〉はまさに形成途上であったが、その形成の最中で、〈中央文壇〉に連なる〈地方文壇〉から、そこからは政治的経済的社会的言語的にずらされた〈植民地文壇〉へと変貌していくのである。「憧れ」の対象として存在していた〈中央文壇〉への意識を切り替えるという厳しい展開が、この時期に行われたことになる。それについても、第一部で言及することになる。

そして第二部では、一九四〇年代の〈日本語文学〉最盛期に〈台湾文壇〉と〈中央文壇〉との関係をどのように位置づけるか、ということが、作家達の「路線対立」の最重要項目として立ち上げられるようになっていったことをまとめ、分析する。この時期最大の変化は、在台日本人作家志望者達の登場と、教育の普及による日本語識字層――読者層の拡大にある。戦時下に入って、使用言語が日本語に制限される状況になったことで、逆に日本語による読書圏と市場形成に迷いがなくなり、先に挙げた〈文壇〉形成条件に近づいたのである。

しかし、三〇年代の〈挫折〉によって、台湾人作家志望者達が〈中央文壇〉を自分たちの〈外部〉に差異措定するという苦しい決断を迫られていた四〇年代に、新たに勢力を広げた在台日本人作家志望者達は、〈台湾文壇〉を三〇年代の台湾人作家志望者たちと同様に〈地方文壇〉として捉えていた。今度は〈台湾文壇〉の〈内部〉にも揺れが生じることになったのである。この揺れは感情的対立となり、本書でも重要な背景として取り上げることになる『文芸台湾』と『台湾文学』という文芸同人誌二誌の競合という形で表面化することになる。このとき、三〇年代までの〈台湾新文学運動〉に関わりを持たなかった台湾人作家志望者の中から、在台日本人作家志望者達の創造／想像する〈地方文壇〉としての〈台湾文壇〉に拠ることとなった台湾人作家が現れてくる。その第一人者が本書で中心に扱う龍瑛宗であり、四〇年代に〈新人〉として登場する周金波や陳火泉も挙げることができる。彼らは、〈台湾新文学運動〉に参加した台湾人作家志望者達に対置される形で、〈親日的〉という批判を戦後／〈光復〉後に受けることになり、中でも周金波は〈皇民作家〉として厳しい評価を受け続けた。その問題点についても、第二部で取り扱う。

一方、このような二誌競合に象徴される文学運動の加熱化によって、〈台湾文壇〉は自律性を帯びてくることにもなった。二誌競合期の在台日本人作家の代表的存在であり、四〇年代文学運動の象徴的作家でもある西川満は、〈中央文壇〉への強い意識を隠さない人物であったが、後述するように、一時は大学進学によって上京しながら台湾へ舞い戻って来たという点で、彼もまた〈中央文壇〉に対する〈挫折〉を経験している人物であった。それだけに〈中央文壇〉へ見せる強い意識には常に――西川独自のものであったものの――〈台湾文壇〉を強調する姿勢が張り付いていた。その意味で、西川満もまた〈中央文壇〉を自らの〈外部〉に措定していたと言え、つまり四〇年代〈台湾文壇〉形成に大きく関与していると指摘できるのである。

このような〈中央文壇〉を巡る〈台湾文壇〉とその中で活躍した台湾人作家達の運動から、帝国における重層化した〈文壇〉の問題点を探っていきたい。ここでいう「重層」とは、すでに述べたことの繰り返しになるが、言語が統一化された環境ならば一元化されるのが一般的な〈文壇〉という文学運動領域が、帝国内に複数の民族集団が支配―被支配という不平等な立場に置かれることによって、多元化する状況を表現している。重層する帝国の〈文壇〉は、〈中央文壇〉が中心として機能しながら、支配や差別の構造が持ち込まれることで中心に流入するテクストや作家志望者を恣意的に選抜し、排除する。この選抜と排除によって帝国の〈内部〉でありながら〈外部〉に配置されたところに、〈中央文壇〉と異なる〈文壇〉が重層することになる、という仮定を背景に本書は構成されている。

＊

本書は日本統治期台湾の文学運動をほぼ〈日本語文学〉に関する運動だけに集約して論じている。その点について、〈中国語文学〉や〈台湾語文学〉の文脈からの検証が不可欠であるという批判は当然あってしかるべきであり、〈文壇〉の重層化を論じる上で必要な側面を欠いていることを認めるのに吝かではない。

ただ、そのような欠如を自覚し反省しつつも今回の構成にしたのは、〈日本語文学〉の残した影響が未だ大きく生き続けているからである。それは台湾においてだけではなく、後述するが日本においてこそ顕著に表れている。〈日本語文学〉の運動が〈中央文壇〉との経路として頼った〈文学懸賞〉の仕組は、現在でも〈海外〉〈植民地〉の残影を持つテクストに接近と忘却を繰り返しているし、また〈文学懸賞〉の行う応募者の〈取捨〉が作家志望者を弄ぶ仕組はむしろ今こそ強化されているのだ。

生来日本国籍を持っている私が日本の旧植民地地域における〈日本語文学〉に焦点を当てて論じることは、常に「植民地統治肯定論」や「台湾の親日性強調」といった展開に陥る危うさをはらんでいるであろう。一方で一九九〇年代後半から、台湾でも日本でも、日本統治期の〈台湾語文学〉や〈中国語文学〉に関する研究も発展している。それでもあえて私が本書を〈日本語文学〉に絞って論じるのは、台湾人作家たちにとって不本意で不快な状況であっても、三〇年代から日本敗戦までの〈日本語文学〉が台湾の文学運動の主流としてその展開を左右しており、その強大さ故に日本敗戦後の台湾の文学運動にまで大きな影響と傷跡を残し、それは現在までも続いていると思われるからである。さらに、そのような影響力と傷跡は、「植民地統治を忘却している」はずの日本でも意識されないままに引きずられているからだ。本書はその点を明らかにしようという試みでもある。

旧植民地地域で展開した〈日本語文学〉の問題系は、まだまだ論じ尽くされたとは言えない。いや、九〇年代から今世紀までに積み重ねられた研究において、ようやく全体像をつかもうという挑戦が可能になったといえる。台湾の文学運動の歴史において〈日本語文学〉期は痛苦を伴う時代であった。しかしだからといって、特殊な時代として棚上げしてしまうわけにはいかない。帝国の強制故であっても、〈日本語文学〉もまた台湾の文学運動の連続性の中にある。そして当然、日本の文学運動にとってもそうなのであり、あえて言えば、東アジアの文学運動の連続性にあるべきものなのだ。

日本の〈台湾文学〉研究は日本統治期の〈日本語文学〉に偏重しているといわれることもある。私個人についていえば、その批判は当然のことと受け止める。その上で、私が出来ることを考えるとき、それは〈日本語文学〉が引き継ぎ、手渡していったもの――取り上げ、投げ出していったもの、と言ってもかまわない――を明らかにし、台湾、日本、東アジアの文学運動に対する理解の一助とすることだ。「ナショナリズムの是非」という問題系だけに回収されるのではない、文学と文学運動それ自体の魅力や意義――それがなくて、どうしてあれほど多くの台湾人青年たちが〈日本語文学〉に参集するだろうか――、そして限界と欠陥を見いだすことが重要であるのだと、私は信じるからである。

【注】

（1）〈文壇〉が東京にあることが自明、であるとき、地方における文学活動は、地域ごとの文学活動の結果＝テクストと作家志望者を集め、育て、〈中央文壇〉へ送り込む装置としての機能を有することになる。〈地方文壇〉ではしばしば〈中央文壇〉批判が巻き起こったが、しかし〈中央文壇〉と完全に離れ、地域内部で完結させる活動に切り替えることはできなかった。一方、〈植民地文壇〉では、常にこの〈中央文壇〉との「切り離し」が目標として浮沈する。それが植民地の文学活動が地方のそれとは言えなくなる決定的な差異と言える。

（2）中国国民党政府による、台湾伝統文化と台湾出身者の母語である台湾語・客家語・原住民族諸語の使用抑制政策や、中国語の使用強制などのいわゆる中国化政策から、一九八九年に台湾人の李登輝が総統（大統領）に就任して以降、台湾大の国家建設に切り替わった際の政治姿勢をさして本書は台湾の「本土化」と呼ぶ。

（3）藤井省三『台湾文学この百年』（東方選書　一九九八）を参照。

（4）ピエール・ブルデュー著・石井洋次郎訳『芸術の規則』1（藤原書店　一九九五）を参照。

（5）柳書琴・邱貴芬主編『後殖民的東亜在地化思考　台湾文学場域』（国家台湾文学館出版　二〇〇六）。この書の

タイトルにある〈台湾文学場域〉という述語は、〈文学場〉を台湾に適用したものである（台湾では、〈文学場〉は〈文学場域〉と翻訳されている）。ただし、この論集への寄稿者が全て〈文学場（域）〉という概念を受け入れているわけではないようであり、議論よりも術語が先行している印象がある。

（6）河原功『台湾新文学運動の展開　日本文学との接点』（研文出版　一九九七）を参照。

（7）河原前掲書を参照。

（8）陳培豊「識字・書寫・閱讀與認同――重新審視1930年代鄉土文學論戰的意義――」（台湾文学与跨文化流動：第五屆東亜学者現代中文文学国際学術研討会　二〇〇六）を参照。原文は中国語だが、引用は陳培豊氏よりいただいた日本語訳原稿（鳳気至純平・訳）から行った。

（9）陳培豊前掲論文を参照。

第一部　憧れの〈中央文壇〉

——回路としての〈文学懸賞〉

第一部は一九三〇年代の台湾において〈日本語文学〉運動が登場し、それが〈中央文壇〉との関わりを求めながら展開していった行方をもとにまとめられている。

一章では、一九三〇年代に台湾人の東京留学生の増加し、彼らの参加によって台湾の近代文学運動であった〈台湾新文学運動〉が〈日本語文学〉中心に変化していく時期の、台湾人作家志望者達のテクストとその文学運動への目的の変遷を確認する。

二章では、台湾人作家志望者達にも大きな影響を与えた、〈中央文壇〉の〈文学懸賞〉の中でも最も大規模かつ著名であった『改造』懸賞創作について検討し、その機能と与えた影響について検討する。

三章では、台湾人として最初に『改造』懸賞創作に当選した龍瑛宗「パパイヤのある街」の分析を通して『改造』懸賞創作の意図と、それが〈台湾文壇〉そして龍瑛宗にとってどのような結果をもたらしたかを確認する。

第一章　日本統治期台湾における〈日本語文学〉の始まり

1　〈台湾新文学運動〉の一九三〇年代

一八九五年以降、日本の植民地となった台湾で、近代文学運動が始まるのは、一九二〇年代からである。日本統治下の台湾では、日本統治開始以降、断続的に武力闘争が起こっていたが、台湾総督府と台湾軍による徹底的な鎮圧・弾圧のため、一九二〇年前後からは、民族自決主義や大正デモクラシーなどの影響も加わって、台湾議会設置請願運動に象徴される合法的な対日権利獲得闘争[1]に移行しつつあった。台湾の近代文学運動である〈台湾新文学運動〉も、この二〇年代初めに始まったと言われているが、もちろんこれは偶然ではない。〈台湾新文学運動〉最初期の文学評論が掲載された雑誌『台湾青年』は、対日権利獲得闘争に参加した台湾人東京留学生によって、一九二〇年から東京で発行された機関誌であった[2]。つまり〈台湾新文学運動〉は、台湾の民族運動の一部として開始したものなのである。

このとき、台湾の民族運動の〈民族〉とは、「中国人としての」ものであった。対日権利獲得闘争の参加者たちは、近代化が始まった中国大陸の動向に寄り添う形で自分たちの民族運動の方向性を決めていったのである。故に、〈台湾新文学運動〉における文学運動も、北京語白話文を用いるというところから始まった。旧来の韻文からの脱却という形で、〈近代〉を志向する一方、台湾に対して〈近代〉を誇示してきた〈日本〉からの離脱を示していたのである。つまり、この時期の彼らは少なくとも文学運動の点においては、〈中央〉を、日本帝国の東京に向けていなかったということになるだろう。

しかし、一九三〇年代に入ると、そのような〈台湾新文学運動〉にも様々な変化が訪れる。

最も大きな変化は、対日権利獲得闘争が、台湾総督府の弾圧によって壊滅状態となった点が挙げられよう。一九三一年の段階で、闘争をリードしてきた台湾文化協会や台湾民衆党はほぼ活動停止状態においこまれ、その後は林献堂ら台湾人名望家によって台湾議会設置請願だけが帝国議会に対し続けられはしたものの、効果は全くなかった。

これが〈台湾新文学運動〉の変化にとって外的要因であるとするならば、内的要因としては二点を挙げることが出来る。

一点は、〈郷土文学論争〉である。張我軍[3]による北京語白話文運動が〈新旧文学論争〉の中で決着を見た後、この北京語白話文の使用に対して、台湾語文使用を目指す論争が始まった。北京語白話は、台湾人にとっては外国語とほとんど変わらず、〈近代文学〉の目指す言文一致を求めるならば、日常言語である台湾語を用いるべきだという主張が起きたのである。当時の台湾に台湾語の統一表記法・文字が確定されていなかったことも影響していたが、この論争は同時に、日本統治下にある台湾において中国の公用語である北京語を用いる、ということに対し、非常に障害が多かったことを示している。北京語白話文を用いても、読者獲得も印刷出版もままならない。それは、前近代中国における〈読書人〉たちにとっては大した問題ではなかったかもしれないが、〈近代〉の下で、〈作家〉たろうと目論む青年たちにとっては致命的なことであっただろう。

このように、台湾の文学運動を巡る問題の多くには、常に世代の差が反映されている。それは、台湾の〈近代化〉がいわゆる〈植民地近代〉であり、日本帝国によって台湾人の意志やペースとは無関係に進められたために、その間隙が拡大しやすかったことも影響しているが、ともあれ、民族的アイデンティティの方向性と〈近代化〉の方向性が異なっていた日本統治下の台湾では、〈中国人意識〉に寄り添う文学運動の行き詰まりは――台湾総督府からの弾圧が予想されるという意味からも――当然の帰結であったのかもしれない。

この〈郷土文学論争〉に連なる台湾の錯綜する言語的矛盾と、日本帝国統治下の〈植民地近代〉の強制的受容という状況下で、内的要因のもう一点、すなわち〈日本語文学〉の登場を認めることができる。

先に述べたように、台湾総督府の一斉取締まりによって、権利獲得闘争が壊滅した後、[4]文学運動だけが台湾人の〈運動〉として生き残っていた。そして、その頃から〈台湾新文学運動〉の中心に、一九一〇年前後生まれの現在「台湾の日本語世代」と呼ばれる人々の最初の世代が加わり始めた。彼らは初等教育から総督府の設置した日本型の学校に学び、またその多くが東京留学を経験していた[5]。

この「日本語世代」の登場は、そのまま〈日本語文学〉時代の始まりを意味している。彼らの中にも、北京語白話文や旧漢文を用いる者はいたが、支配者の〈国語〉の持つ圧力・権力は絶対的であり、かつ、〈日本語〉を用いる先には、台湾とは比較にならない膨大な〈読者〉が待っていることを、特に東京留学経験者は体験的に熟知していた。これが、上の世代にとっての文学者である〈読書人〉と彼らが決定的に異なる点であった。

〈近代〉の出版資本主義の発展著しい日本帝国の中心・東京に留学していた台湾人青年達にとって、その地で体験した〈日本語〉の物量は圧倒的であっただろう。折しも、一九二〇年代末は〈円本〉の時代でもあった。日本の〈近代文学〉のみならず、世界各地の文学的〈正典〉が、安価かつ大量に、しかも大宣伝を伴って文字通りばら撒くように日本帝国内に普及し、〈円本〉にテクストを採用された〈作家〉たちが経済的成功を収めていく様子に触れたとき、彼らにとって文学運動は〈読書人〉のそれとは隔絶したものとなり、また「民族運動」と「文学運動」の主客の入れ替わりも示唆していただろう。彼らは〈日本語〉を用いることの魅力に気づいてしまった世代でもあるのだ。

東京留学の経験は、植民地台湾とは相対的に自由な環境の存在を台湾人留学生に伝え、その経験は彼らの文学上の志向にも大きな影響を与えていた。彼らは使用言語として〈日本語〉を選択し、それは時と共に多数派となっていくが、支配者の言語である〈日本語〉を用いることに矛盾を覚えなくなっていくというところで、まず彼らの中の民族意識の変化があり、そして都市経験を経て近代知識エリートとなった彼らにとって、日本語能力の高さはその〈近代性〉を保証する誇りともなっていくのである。

2　巫永福「首と体」の〈帝都〉体験

そのような、三〇年代の台湾人作家（志望者）たちの[6]〈中央〉への意識・〈近代性〉への誇りを、テクストから眺めてみるとき、その最初期のものは、雑誌『フオルモサ』[7]創刊号に掲載された巫永福「首と体」である。

　このテクストは、現在は緑蔭書房『台湾純文学集　一』に復刻収録されているが、その解説を書いた星名宏修によれば、「東京留学生の生活をスケッチしたもの」[8]、とされている。語り手の「私」と友人であるSの二人の登場人物によって進められるこのテクストの冒頭で、二人は「中学以来の友」であり、現在は「大学」に通っていて、東京市内、おそらくは現在のお茶の水周辺に住んでいることが示される。「私共が富士見電停に来た時私が始《ママ》めて言葉を切る」「二人は連隊前を歩いてゐた。階行社《ママ》まで来ると私の目に殊更らしく目についたのは獅子の頭だつた。」「学校が終わると（略）三省堂前で他の二三の友達と別れ、時間つぶしでもしやうかといふから私共二人はテクシイで日比谷まで運動にもなる、電車賃がはぶけるといふ利益のため行くことにした。錦町河岸の方へ帝劇前の濠を通つて日比谷へ出た。」という記述や、「美松」「須田町」「モーリ」などの百貨店やレストランの名称からは、このテクストが当時の東京市内の市電や各道路、建物の配置を経験的知識によって描かれていることを強く印象づけられる。[9]また、「テクシイ」「ウナハン」「デンハン」[10]などのスラングからは、「私」とSが東京の若者言葉（あるいは学生言葉）を自分のものとしていることが強く示されている。

　ここで、特徴的なのは、このテクスト内で「私」がこのような内容を語る時、それらについて一切解説を施さない点である。『フオルモサ』は東京で発行された同人誌だが、同時に台湾にも送られていた。日本語理解者しか読むことが出来ない、という事情はあったにせよ、全ての台湾人日本語理解者が、東京留学経験者であったわけでは当然ない。であるとき、このテクストの具体的な描写は、『フオルモサ』同人の東京留学生たち以外を、理解の際に置き去りにしていることになる。つまり、このテクストは、読者の想定についてはかなり等閑にされているのである。あるいは、発行部数が三百で同人が東京留学生であったことを考えるならば、この雑誌は東京留学生とその周辺（学校の友人）という、東京居住者を想定しているのかもしれない。ただしそうであったとしても、このテクストは台湾に対する意識を決定的に欠いていることになる。東京しか見ていないテクストなのだ。

それは、このテクストの中で、主人公の「私」と友人のSが「東京留学生」——台湾人であるということを示す表現が一切ないことにも現れている。先に挙げた星名の解説には、この二人を「東京留学生」としているが、テクスト内部には二人が「東京留学生」であるということも、「台湾人」であることも、全く示されていない。作者が巫永福という台湾人の東京留学生で、台湾人留学生が同人として発行している『フオルモサ』に掲載されたというテクスト外部の条件から、推測されているだけなのである。

では、このテクストには、「私」とSの出身民族は全く問われていないのであろうか。それはそうとも言い切れない。それは、次のような箇所があるからだ。

テクスト内で、Sが「私」に、「私は国に帰ろうと思ふ！」と叫ぶ場面がある。だが、この「国」が台湾であるということには全く触れられず、帰国の理由も「あの問題」を両親と解決するため、としか示されない。「あの問題」とは、Sが両親の決めた相手との結婚のため帰国を迫られていることなのだが、Sには東京にすでに恋人がいた。「首と体」はこのSの帰国・結婚問題への葛藤が冒頭から伏線となっており、最後の場面でそれが「私は国に帰ろうと思ふ！」という台詞によって顕在化するのである。

当時の台湾で結婚問題といえば、台湾人作家テクストの主要テーマである、台湾独自の売買婚契約[11]にまつわる問題がすぐに思い浮かべられる。もちろん、日本人学生にとっても、恋愛と結婚の問題は存在していたであろうが、それが「国へ帰る」という事態と特別の説明なしに直結する文脈は共有されていなかったであろう。恋愛をあきらめ、親の決めた結婚のために、国に帰る覚悟を宣言しなければならない、という文脈は、台湾人の、特に富裕層で近代学校教育を受けた集団に独特なものであった。それが「首と体」には描き込まれており、そこに

「巫永福」という、明らかに日本人にはない作者名が付されている時、Sと「私」は東京留学生であることが推測されていくことになるのだ。

しかし、このような推測を重ねなければならないこと、テクストが向き合おうとしている読者が定まらないことなどからもわかるように、このテクストはきわめて未熟なものである。ここから読み取れるのは、民族の問題よりも植民地の問題よりも、なにより東京留学生の傲りであろう。東京に暮らしている者でなければ理解できない描写を重ねるのは、東京体験のアピールであり、端的に言ってしまえば自慢でしかない。「私」とSは東京を我がもののように歩き、東京についての蘊蓄を語っていく。しかし、それは地名や流行の店、劇場、カフェの話ばかりである。

また、このテクストの限界の別の一例は、二人が「最近チエホフを読むやうになつた」と述べられ、帝国ホテルで「東京座」が行う「桜の園」を観に行く場面からも見られる。それも流行のロシア文学受容の一端であるのだが、彼らはこの舞台の売り上げなどについては非常に細かく計算し、「劇場内の一分間の値つて案外高いもんだね《マ》考へ《マ》て見れば随分ボロい話だし、劇場の価値も観客の時間の値段も考への及びもづ《マ》かぬものになるね」などと語るのに対し、肝心の観劇それ自体については、

　時間が来た。私共は演劇場へ入つた。
　私共が外へ出たのは五時半頃であつた。

というように、「入つた」と語る次の行でもう「出」てしまうのである。

この帝国ホテルで「東京座」が行った「桜の園」上演は、ほぼ事実として特定できる。一九三三年一月一三日から三日間、帝国ホテル演芸場で「劇団東京」が「桜の園」を上演しており、時期的な整合性（テクスト内の季

節も冬である）から考えても、テクストがこの公演を想定している蓋然性は高いからだ。[12] しかし観劇の内容について全く語らない点を考えると、「作者」である巫永福はこの公演を実際には観ていなかったのだろう。

このように、いわゆるガイドブック的な要素から言えば非常に細かく具体的な情報に基づいていながら、テクストの形成は一面的で独りよがりになっているという点で、このテクストは未熟なのである。

そしてその未熟さは「首と体」だけが示しているのではなく、『フオルモサ』に瀰漫しているものであったともいえよう。

「首と体」と同じ『フオルモサ』に掲載されたテクストに、呉天賞「龍」がある。このテクストは、語り手の友人である龍という台湾・鹿港出身の青年と、その許嫁の娘との間の悲劇の一幕を描いたものである。病身の龍のもとに、許嫁の娘が「捨てないでください」と哀願に訪れる。龍は親の決めた相手を拒絶しようとするが最後には結婚する。しかし、結婚の一ヶ月後に二人の死体が海岸に打ち上げられる、という場面で終わる。

「首と体」よりも直接的に、しかし同じテーマである結婚を取り上げたこのテクストでは、近代的知識人を自認している青年・龍が娘に対して向ける台詞の中に『フオルモサ』発表当時の東京留学生たちの意識の反映を見て取れる。

龍は「恋愛至上主義的な信念」によって娘を拒絶しているのだが、他に恋人がいるわけではない。では、親の決めた相手だから拒絶するのか、というと、実はそうでもない。龍は娘に対してこう述べる。

「僕等の許婚は、僕等がまだ幼い時に、親達が勝手に定めたのですから、何等僕には責任はありませぬ。君の心は僕は十分に解つてゐます。君のために僕は如何に苦しみ、君の幸福を祈つてどれ程の泪を流したか知れませぬ。僕は君を自分が憧憬するやうな品性の女にしようと思つて、今までに出来るだけの事を尽して見ました。だが終に僕は心から君を迎へたい気持には何うしてもなれないのです。（略）」

語り手は、龍の言葉を「毒舌」「罵る」と表現しているが、しかし、この龍の台詞に現れている「僕には責任はありませぬ」という被害者意識と、「自分が憧憬するやうな品性の女にしよう」という女性に対する傲慢さが、龍の同時に唱えている「恋愛至上主義」と表裏をなしていると考える時、この時期に近代知識人を自認する台湾人青年たちの独善性を「首と体」とは違った側面から表現していると言えるであろう。

このような近代化「したはず」の台湾人青年たちの唱える「恋愛至上主義」の独善性は、後述する四〇年代に入ってからのテクストで振り返られていくことになり、それはつまり、この独善性といい未熟といったものが、彼らの若さ故のものであることが分かるのだが、龍が女性に対して「品性」を語る、この「品性」という発想が、『フオルモサ』内にある、「遅れている」台湾に対する「進んだ」東京の優位性を誇示する意識の現れであり、その点で「首と体」の発想と相似のものなのである。

進学機会が非常に制限されていた当時の台湾人にとって、中学校以上の学校に進学するだけでも大変な価値が認められていたが、その中でも、東京留学には学力だけではなく経済力の背景も必要であり、青年達の憧れの的であったことは想像に難くない。それだけに、東京留学生たちのテクストから、自分たちの近代性を誇張する表現がにじみ出すことは、その若さから言っても仕方のないことだったのかもしれない。

ただ、この時点の彼らのテクストが未熟であるからといって、『フオルモサ』登場の意義が減じるわけではない。『フオルモサ』は、台湾の〈日本語文学〉にとっての出発点の一つでもある。この未熟さは、後に『フオルモサ』同人とその周辺から登場した台湾人作家たちが、どのように成長していったのかを考える上で、重要なものであるだろう。

「首と体」に限らず、東京留学経験者が東京を舞台にしたテクストを書く例はある。翁鬧「東京郊外浪人街——高円寺界隈」、巫永福「山茶花」(共に『台湾文芸』一九三五年四月)や張文環「父の要求」(『台湾文芸』一九三五年九月)、朱南化「友情——「青年時代」の一章——」(『台湾新文学』一九三六年九月)、そして陳垂映

「暖流寒流」（台湾文芸連盟　一九三六年七月　単行本にて出版）なども、台湾人留学生の東京生活を描いている。そしてそこでは、例外なく自身の〈帝都〉体験が、美化され礼賛されているのである。

「首と体」について、謝恵貞は巫永福が明治大学在学中に横光利一の講義を受講していたことを手がかりに、新感覚派の作風の受容と横光からの影響の観点から論じている。[13] この中で謝は、「首と体」における青年二人の「東京遊歩」について「近代と伝統の対立に加えて、帝国と植民地との対立をも暗示していることを明らかにできたのではあるまいか」と述べている。しかし、そうだとするならば、この二人はあまりにも東京の文化に寄り添いすぎている。また謝はこのテクストが「帝国主義と家父長制による抑圧の恐怖を反語的に語っているのではあるまいか」と指摘するが、このテクストの同時性において、登場人物二人は日本帝国から抑圧される側であると同時に、台湾に対しては抑圧する側にもなりうる。なぜなら、二人はSが結婚を強制されることを嘆いているが、しかしSと結婚させられる（おそらくは台湾人の）女性の立場は一切考慮していないからだ。二人は台湾においてはむしろ家父長的に振る舞う立場になりうるのである。「首と体」が日本帝国と植民地台湾とを象徴的あるいは暗示的に描き出そうとしていることは謝の指摘通りだが、その帝都礼賛や台湾の「後進性」に対する批判的な態度を考慮すると、描き方に大きな問題が残されているテクストといわねばならないだろう。

先の星名の解説は、「自らの「帝都」体験を描いたのは『フォルモサ』グループが先駆的な例といえよう」[14] と指摘している。実際、巫永福はじめ、翁鬧、張文環は『フォルモサ』を発行した台湾芸術研究会の会員であった。彼らは学歴的な面だけではなく、台湾の富裕層でもあり、そこへさらに〈帝都〉体験という優位性を手に入れていた。当時の台湾人作家（志望者）にとって、〈帝都〉体験を描くこと、それ自体がすでに十分に特権的であった。

しかし一方で、彼らは文学運動への蔑視とも戦わなくてはならなかった。家族の巨額の負担によって東京に留学している彼らにとって、〈文学〉はそのコストに見合うものではなかった。彼らはしばしば「留学」ではなく

「遊学」であると揶揄される立場でもあり――それは私学へ進んだ留学生に対して強固であった――、医師や歯科医師、弁護士資格や文官試験合格といった実利のない留学への忌避は台湾では非常に根強かった。また〈文学〉は、いわゆる「政治運動」をしている側からも、行動の伴わないものとして蔑視を受ける傾向があった。このように、〈文学〉を志した青年たちには、誇るべき資本が非常に限られていたのであり、台湾人留学生たちにとっては、まず〈帝都〉体験による自らの〈近代性〉の誇示は、自分たちの危うい立場を支えるためにも避けられないものであったのだろう。

しかし、〈帝都〉体験のアピールだけで、蔑視から逃れられるわけではない。文学運動というリスクに対する批判に応じるためには、それに見合う見返りを示さなければならなかった。つまり文学運動における「立身出世」を、彼らはつかみ取らなければならなかったのである。それは、〈中央文壇〉という名声と経済的成功を文学青年たちに示す大舞台への登壇であり、そのために、当時の彼らの前にあったのが、〈文学懸賞〉であった。

3 〈中央文壇〉デビューという「伝説」と「戦略」

一九三四年一〇月、日本内地の文芸誌『文学評論』に、楊逵（一九〇五―一九八五）の「新聞配達夫」が掲載された。これは、『文学評論』の一九三四年五月号で発表された、「第一回／小説／詩／短歌／戯曲／論文／募集」[15]に応募し、入選第二席となったテクストである。[16]内地の雑誌に掲載された初めての台湾人テクストと呼ばれるものである。同時に、日本統治期台湾人作家の第一人者である楊逵の代表作として、長らく高い評価を得ている。同時代的にも、台湾では「台湾人初の〈中央文壇〉デビュー作」として認知され、また『文学評論』とのコネクションを得たことで、楊逵が当時の日本の左翼系作家と〈台湾文壇〉とのパイプとなった。

また、胡風による中国語訳が上海で発行されていた『世界知識』（第二巻第六号　一九三五年六月）に掲載され、次いで朝鮮台湾短編小説集『山霊』（上海　一九三六年四月）、『弱小民族小説選』（上海　一九三六年五月）

にもそれぞれ収録された[17]。

楊逵は、台湾南部の台南市近郊に生まれ、公学校を卒業後一年間新化糖業試験場で働いた後、一九二二年に台南州立第二中学校に入学した。しかし、両親が童養媳[18]を迎え入れたことに負担を感じ、中学校を中退して二四年に上京した。二五年に専門学校入学者資格検定試験に合格し[19]、日本大学専門部文学芸術科（夜間）に入学。その時期に、多くのプロレタリア文学作家などの芸術家と面識を得たという。二七年、台湾農民組合からの招請に応じて帰台し組合運動に参加したが、二八年には内部対立から組合を追われた。その後台湾文化協会に参加するが総督府警察に検挙され、出獄後は農園を経営しながら文学活動を始めた[20]。

「新聞配達夫」は『文学評論』に掲載される以前、台湾発行の新聞『台湾新民報』に一九三二年五月一九日～二七日にその前半が掲載され、後半は掲載禁止になった。故に、楊逵は後半部分を足して、東京の『文学評論』に投稿した、という[21]。

「新聞配達夫」の成立過程については、河原功による詳細な検討がすでに行われている。河原は、「新聞配達夫」の原型には、楊逵が二七年に帰台する前後に描かれ、『号外』[22]二七年九月号に掲載された「自由労働者の生活断面」が存在していると指摘している。このテクストはルポルタージュと小説の中間のような体裁をとっているが、河原はこのテクストを楊逵の「処女作」としている。楊逵自身も、このテクストによって初めて原稿料を得たと話している[23]。

この「新聞配達夫」は、東京でやっと新聞配達の仕事を得た青年・楊が、その配達店主の横暴に触れ、また台湾の母からの手紙によって、故郷の人々が製糖会社と警察によって不当な差別と弾圧を受けていることを知り、配達店の日本人店員たちとともにストライキを敢行して店主の謝罪を引き出した後、自身の進む道を見出したと感じて日本の学校を辞め台湾へ帰る、という展開になっている。

河原は、「自由労働者の生活断面」に描かれた建設現場の日雇い労働者の苛烈な環境と警察の横暴の場面が

「新聞配達夫」のテーマに受け継がれていると指摘することで、「自由労働者の生活断面」を「新聞配達夫」の原型であると述べている。

おそらく、この指摘は正しい。そしてさらに言うならば、建設現場の日雇い労働者から新聞配達店に舞台が変わったことにも、掲載誌『号外』の影響が大きいと思われる。『号外』には、読者投稿という形で繰り返し新聞配達店の配達夫に対する待遇への不満が寄せられており、それらの内容は「新聞配達夫」に描かれている新聞配達店の状況と酷似しているからだ。

例えば、「自由労働者の生活断面」と同じ号の「随想」欄に掲載されている岡下一郎「東京の監獄部屋」は、新聞配達店の悲惨な環境について言及している。「平屋建の細長いバラックで豚小屋にも等しい」「人間が生命を崩してゆく部屋に配達夫を押込めてそれが斃れたとしても、予備がいくらでもある」「苦学するのに便宜らしく思へる新聞配達人の志願者が多いのを考へれば、いくら配達人を非衛生的な建物に押し詰めてもよいといふ悪知恵が出る」「いくら真面目に働いても借金だ。これは色々な罰則があるからだ」というその記述は、ほぼ「新聞配達夫」に描かれている内容そのままである。(24)

このように、楊逵が三二年に「新聞配達夫」を執筆しようとした段階で、自身の「処女作」が掲載された雑誌を一通り読み返し、それを下敷きとしたことの蓋然性は非常に高いと言える。また、『文学評論』への採用過程も、楊逵が上京中に接点があったプロレタリア文学作家たちがその選考の中心であったことを考えると、その採用にもコネクションが働いたのではないかという推測が出来るであろう。少なくとも、投稿者側としてはその点により期待をかけるという部分があったのではないだろうか。

それが、前半部までとはいえ一度は新聞連載として発表済みであるテクストを、文芸誌に投稿するという強引な方法を選ばせたのかもしれない。前述の通り「新聞配達夫」は『台湾新民報』紙上に前半部がすでに連載済みで、それに後半部を付したものが『文学評論』に採用された「新聞配達夫」であったからだ。

このことを踏まえて、『台湾新民報』掲載分と『文学評論』に掲載された全文の前半部とを比較すると、興味深い点が見えてくる。[25] それは、『台湾新民報』掲載分および『文学評論』掲載文前半部では、「首と体」同様、やはりテクスト内部に、主人公「私」が台湾人であるということが一切示されていないということである。

両者の共有部分は、「私」が新聞配達店で働き始め、そして店主によって解職されるところで終わっているのだが、店主をはじめ、同僚の田中も、「私」が台湾人であるということには一切言及しない。前半部では「私」の民族的出自はテクストに影響を及ぼしておらず、当然植民地支配の問題も現れていない。ここで取り上げられるのは、パターン化されていた資本家の横暴と労働者の悲惨さへの訴えだけなのである。

が、これが『文学評論』に掲載されている後半部では一変する。なぜなら、後半冒頭から「私」は故郷の台湾を回想し始めるからだ。

そこでは、台湾において日本人警官と日本資本の製糖会社がいかに横暴な振る舞いをしていたかが語られていく。さらに、「私」が泊まっていた木賃宿の主人は彼を「台湾さん」と呼び、また前半では一度もなかったことだが、「私」は「楊」という姓で呼ばれるようになるのである。つまり、日本で発表された部分に入ると、途端に〈台湾〉をクローズアップさせる描写が頻発するのだ。この前半の〈台湾〉性の欠如と、後半におけるその強調との落差は非常に激しい。この前後半の間には、三二年の『台湾新民報』での前半掲載から、三四年の『文学評論』での全文掲載、という時間差がある。『台湾新民報』に前半が掲載されてから『文学評論』に全文が掲載されるまでの間は二年以上である。その間、手直しもないままで投稿がなされるだろうか。

ここで提示したいのは、『文学評論』版「新聞配達夫」のうち後半に当たる部分は、一九三四年の投稿までに書き足したものであるという可能性である。もし三二年段階で全文が完成していたとするなら、河原がすでに指摘しているように、[26] 前半と後半とのつながりの無さはやはり相当に不自然である。実際、「新聞配達夫　後篇」と題され書き始められている原稿も公開されており、[27] それらを総合して考えると、中途で切れたというより後半部分――「後篇」は新たに描き足したものという可能性が高いと考えられるのだ。[28]とするとき、楊逵は『文学評論』投稿に際して、過剰に〈台湾〉をアピールした文章を書き足したということになる。

これは、楊逵が内地雑誌への投稿に際して、〈台湾〉の特殊性を、自身のテクストの特徴として利用したことを意味する。「新聞配達夫」の選者評でも、このテクストは、テクストそのものの評価はほとんどされていない。というより、評価の対象になりえないレベルのテクストである、とされている。[29]このテクストが評価されたのは、植民地出身者のテクスト、という珍しさと、日本語能力に劣る台湾人が日本語を用いて描いた、「がんばった」、という努力賞じみた評価観からなのだ。

「新聞配達夫」の前後半間の不整合について河原は、伊藤永之介の台湾を舞台としたテクストである「総督府模範竹林」(『文芸戦線』第七巻第一一号　一九三〇年一一月)と「平地蕃人」(『中央公論』第四五巻第一二号　一九三〇年一二月)から影響を受けた可能性を指摘している。[30]しかし、三〇年発表の両テクストの影響が、三二年発表の「新聞配達夫」前半部分には及ばず、後半部分のみに現れるには、やはり前半と後半の執筆に何らかの断絶がなければならないであろう。

この明確な不整合を生み出している〈台湾〉性を強調した部分を加筆して内地雑誌に投稿するという行為自体に、当時の楊逵の対〈中央文壇〉戦略を見つけることは可能であるはずだ。

ここで問題にしたいのは、楊逵を〈台湾文学〉という枠組において、台湾人作家の代表格という立場に位置づける中で、このような楊逵の戦略やテクストの不整合の問題が見過ごされてきたことである。それは、楊逵が〈台湾〉性を戦略的に利用していた、という議論が、「台湾人作家の代表・楊逵」という神話性と抵触するために避けられていたからではないだろうか。

同様のことが、「新聞配達夫」の直後、三五年一月の同じく『文学評論』に掲載された呂赫若「牛車」にもいえる。

楊逵と並んで台湾人作家の代表格にあげられる呂赫若の「牛車」が『文学評論』に掲載された経緯はよく分かっていない(31)。

この「牛車」は、台湾農村部の貧しい家庭の男が、日本統治下の近代化の中で職を奪われ、最後には警察に捕まっていく破滅の様子を描いたものであり、やはりここでも、「日本統治下の台湾」という内地にとっての特殊性に支えられたテクストとなっている。

そしてさらに興味深いのは、垂水千恵が懸賞応募作でもない「牛車」が『文学評論』に掲載された契機として推測している、呂赫若の投稿記事である。

『文学評論』は、三四年九月から、新企画として「(文学通信)村の生活・街の生活」と題して、この題目に沿った原稿投稿を募集していた。

「村の生活、町《ママ》の生活」の原稿を広く読者諸君から募集します。あらゆる職場、農村の中でいろいろな生活を経験して居られる人々の、生きた生活記録がしりたいのです。出来るだけ特異な、そして地方色の豊かな、その上、あくまで文学的な匂ひを失はないものであつて欲しいのです。複雑で豊富な、なまなましい現実の姿が、諸君の筆によって誌上に躍動することを期待してゐます。

この応募に対し、同年一二月の『文学評論』に「締め切り後到着」として「南国風景　台湾　呂赫若」という記載がある(32)。この投稿が「牛車」掲載に結びついたと垂水は推測しているのだが、ここでは「出来るだけ特異な、そして地方色豊かな」という条件に対する呂赫若の投稿が「南国風景」と題されていた、ということに注意したい。台湾を特異な地域として、そして南国として扱うというのは、後述する四〇年代の〈台湾文壇〉の中で厳しく非難されることとなる点であり、四〇年代の在台日本人作家が〈中央文壇〉の歓心を買うために用いたと非難されている、その方法なのである。

つまり、楊逵も呂赫若も、出発点として内地雑誌に投稿する際には、自分自身に否応なく付与される「植民地台湾出身者」という記号を利用していたのだ。いうまでもないことだが、それ自体は特に非難されるようなことではない。問題なのは、このような〈中央文壇〉デビューの戦略が、これまでの彼らへの評価の中で全く顧みられていないことである。ここには、第四章で取り扱う黄得時の論文「台湾文壇建設論」(『台湾文学』一九四二年第二号)から生じた〈中央文壇〉志向の在台日本人作家対本土志向の台湾人作家、という二項対立構図が、三〇年代の文学活動に遡及して当てはめられるという矛盾と、その後構築された楊逵・呂赫若テクストの〈正典〉化によって、テクスト自体を検討するという動きが牽制されている状況が見て取れるのではないだろうか。

楊逵は作家活動に入る前まで、台湾の農民運動や社会運動に積極的に参加し、運動団体である台湾農民組合や台湾文化協会で相次いで中央委員に選出された「闘士」であった。このように、文学活動だけでなく実際の運動に参加していたことが彼への今日までの高い評価の基盤となっている。[33] しかし、そのような「楊逵」像形成が、そのデビュー作である「新聞配達夫」に対する具体的な検討を遅らせているように思われる。一九三二年段階で、台湾内の新聞にテクストを掲載させていた楊逵が、既発表テクストでありながらさらにそれを内地の文芸誌の、しかも懸賞に応募したのは何故か。そこには、台湾人の代表作家としてではなく、〈作家〉への野心を持った一作家志望者としての青年楊逵の存在があったはずなのだ。

そして、そのような青年・楊逵の前にあった契機は〈文学懸賞〉なのである。彼の場合は、三〇年代に激増した文芸誌の懸賞小説募集の中から、個人的な接点のある作家が選者であり、また自身の政治的信条に合致する部分の多い『文学評論』を選択した。ただ、ここには新興雑誌であり小規模誌であった『文学評論』ならば、採用される確率が高いのでは、というもくろみもあったかもしれない。それだけ当時〈文学懸賞〉の類は多かったし、また〈文壇〉を目指す作家志望者たちにとっては、懸賞の応募先を選ぶ際には戦略的になる余地があったからだ。

しかし、そうであっても、楊逵の選んだ『文学評論』は〈中央文壇〉の動向から言えば傍流であった。もちろん、『文学評論』は島木健作「癩」（三四年四月号）や湯浅克衛「カンナニ」（三五年四月号）の掲載などに見られるように、〈文学史〉に残るテクストの発表の場としての役割を果たしてもいる。しかし、それはデビュー作発表の場としての役割であり、その後人気作家となる島木や湯浅の活動の中心的な舞台とはなっていない。つまり、『文学評論』は出発点として機能することはあっても、その〈先〉への道筋については殆ど保証はなかったのである。楊逵の『文学評論』での登場は、その後彼が〈中央文壇〉に食い込んでいけなかったという結果から考えても、〈中央文壇〉での主戦場として十分であったとは言い難い。もちろんここには、『文学評論』における「新聞配達夫」への選評から見えるように、テクストそのもののレベルが十分でなかった「新聞配達夫」が採用される可能性を考えた結果、応募先が『文学評論』となったと考えることもできるが、結局『文学評論』でのデビューは、楊逵にとって「内地の文芸誌の懸賞に当選した」という形での台湾内部に対するアピールにその影響は留まってしまった。そして、その台湾内部へのアピールが先行しすぎたところに、楊逵評価にギャップが生じてしまったことの原因があると考えられるのである。

ただし実際のところは、当時――に限らず、現在においても――〈先〉の保証がある懸賞小説募集など存在していないに等しかった。後述するが、当時の〈中央文壇〉において、〈文学懸賞〉に対する見方は非常に厳しく、また出版メディアの側も、すでに多くの〈作家〉で溢れている〈中央文壇〉の中で懸賞によって唐突に現れる〈新人〉を育てようというリスクを背負うという意識は乏しかったからだ。しかしそうでありながら、保証が「存在しているのではないか」と作家志望者たちに想像させる〈文学懸賞〉も存在していた。それは、当時のメディアの中でも最も有名であり権威を持っていた『改造』と『中央公論』の懸賞募集であった。

4　盛り上がる〈中央文壇〉志向の行方と〈文学懸賞〉

「新聞配達夫」と「牛車」が『文学評論』に掲載されたのとほぼ同時期、『先発部隊』改題の『第一線』（一九三五年一月）[34]に徐瓊二「島都の近代風景」というスケッチ風のテクストが掲載されている。島都――この呼称もまた〈帝都〉を台湾に対応させたものであるが――台北の風景として描かれる風俗描写は、ほとんど内地の流行をそのまま追いかけている様子を映し出していた。

私は島都の文学青年が何時でも集つて来るブリユーバードに足を運んだのだ。（略）改造《ママ》に出ていた小説の感想、自分も是非「改造」か「文芸」に当選して見たいと力んでゐる人、種々様々だ。（略）セメて台湾からも此等感情的に鋭敏なる文学青年が中央文壇に乗出して呉れる様に願つている。

ここでいう〈中央文壇〉は間違いなく東京の文壇であり、すでに台北の知識人階級の中でも、文学的成功の方向として〈中央文壇〉の位置が認知されていたことを示している。そして、その〈中央文壇〉へ加わるための手段として意識されるのは、『改造』や『文芸』の〈文学懸賞〉なのである。

小説テクストだけではなく、台湾内部で発行されていた文芸誌の評論や座談会記事、あるいは雑誌の企画などからも、当時の台湾人作家たちの〈中央文壇〉への関心の高さは見て取れる。

例えば、『台湾文芸』[35]一九三五年二月号に掲載された、楊逵の「芸術は大衆のものである」では、次のようにある。

現在、我が台湾文壇にとつては、中国文壇よりも、日本文壇との関係がより密切である。我が台湾文壇を知る為めには先づ、日本文壇を知らねばならぬ。我々の進路を定める為めには、日本文壇の動向を注視せねばならぬ。勿論、日本文壇を注視することは、日本文壇の尻馬に乗ることではない。（略）我々の創作は未だ商品ではない。我々が、真に我々の気持に徹して、我々の創作活動の基礎を堅めることが出来るのは今である。

同じく『台湾文芸』の第二巻第四号（一九三五年　四月）では、「台湾文連東京支部第一回茶話会」と題する座談会記事が掲載されている。『台湾文芸』を機関誌とする台湾文藝連盟は三五年一月、東京留学生を中心に東京支部を新たに設置しており、この座談会はその支部メンバーによるものである。「東京支部」で開催された座談会、という時点で、より強い〈中央文壇〉志向が見えるのは、当然のことであるのかもしれないが、実際に座談会の冒頭から、司会役の呉坤煌(36)が次のように発言している。

呉坤煌　（略）最近政治経済の急進に押出されて今まで閑却されてゐた台湾の文化に注目する者が多くなつて来、それに伴つて台湾の文芸も漸次進歩の傾向を示してゐる。（略）台湾の文芸機関が雨後の春筍の如く勃々として芽萌えて来た。台湾の情緒を表してゐる作品も内地の雑誌に進出し、中央文壇に上らうとしてゐる。（略）例へば文評に紹介された楊逵氏、或は中央公論の懸賞で佳作二位に入つた張文環氏の如き、特に日本の文壇のレベルに肉薄してゐる。又二三の隠れた同志は文芸春秋や改造の牙城をねらつてゐる。皆が一生懸命に奮闘努力してゐるから、近き将来に朝鮮の張赫宙の様な作家がこの中から産出されると確信する。（略）

「台湾の文化に注目する者」とは、やはり台湾の〈外部〉つまり〈内地〉からの注目を指していると思われるが、そのような注目を集めることが「台湾の文芸」の「漸次進歩」につながるという考え方や、「日本文壇レベル」という評価軸の設定、そして「文芸春秋や改造の牙城」を狙うことを推奨する姿勢は、呉坤煌、並びにこの座談会に出席していた台湾人作家志望者たち、ひいてはこの座談会記事を読むであろう台湾の読者に共有されていただろう。それは、先に引用した楊逵の〈台湾文壇〉評にも通じている。この当時、台湾の作家志望者たちにとって、〈中央文壇〉とは彼らの文学水準をはかる上での絶対的な尺度であり価値基準であったのだ。それは、呉坤煌が三二年の第五回『改造』懸賞創作に二等入選して〈中央文壇〉デビューを果たしていた朝鮮人作家・張赫宙[37]を引き合いに出していることからもはっきりしている。そして、ここでもやはり、〈中央文壇〉への接近の手段として現れてくるのは〈文学懸賞〉なのである。

ここで、呉坤煌の発言に、張文環（一九〇九―一九七八）が「中央公論の懸賞で佳作二位に入った」とあるが、これは『中央公論』が一九三三年から開始した「『中央公論』原稿募集」の第三回（発表は三五年一月号）の選外佳作に「張文環「父の顔」」と掲載されていたことを指している。選外佳作は『改造』懸賞創作や『文芸』懸賞創作の場合と同じで、題名のみでテクスト本文の掲載はない[38]。賞金も出ていない。

呉坤煌はこれを「佳作二位」と呼んでいるが、選外佳作に順位の表記はなく、これはただ選外佳作の記載順の二番目に「父の顔」があったことからの推測に過ぎない。また「選外」の言葉を外しての「佳作二位」という表記は誇張であるだろう。しかし、そのような誇張を含む表現をするほど、『中央公論』原稿募集に名前が掲載されることは誇らしいことであったことになる[39]。

張文環は、先に見た「首と体」が掲載された『フオルモサ』同人の一人で、一九二七年から三八年まで十年以上に渡って日本に暮らしていた。張文環は、『フオルモサ』での活動以降、徐々に〈日本語文学〉作家の中心としてその存在感を増してゆき、四〇年代には楊逵、呂赫若とともに中心的作家の一人となる。このとき、「中心的作家」になったことの要因の一つには、〈中央文壇〉のメディアにテクストが取り上げられたこと、があることはすぐに気がつく。張文環の「父の顔」は『中央公論』はもちろん、内地発行のメディアには掲載されることはなかったが、それでも『中央公論』の選外佳作に名を連ねたというそれ自体が、張文環の存在感を押し上げたのである。

事実、張文環の名と「父の顔」の題名が『中央公論』三五年一月号の原稿募集の結果発表に掲載されると、『台湾文芸』は即座に三五年二月号の編集後記でそれに触れている。

中央公論応募小説千二百十編の内我が張文環氏の『父の顔』が第四位(40)と云ふ好成績で佳作に入つた、氏は嘉義小梅大坪産でヤヘボ族という渾名がある。

そして、この「父の顔」は、『台湾文芸』五月号への掲載が翌三月号で予告される。「御許しを得て五月号から連載します／期待してください！」と発表された「父の顔」は、しかし、その五月号には掲載されなかった。その代わりに、張文環による「謝る」と題した小文が掲載されている。そこで、張文環は「父の顔」の掲載を取り下げたと述べている。

拙作の「父の顔」が本誌の五月号に発表する筈でありましたが、実は私はそれを読みかへしてるうちに、この儘では発表するに堪えない作者の良心的な苛責にぶつつかりまして、なほすのに手間がとる理で延期して頂くやうに編集諸位にお願ひしましたのでございます。作者として後悔する作品を活字にされるほど苦しいものはない。こゝに於いて私は読者諸兄に謝まらなければならないのである。今の私のこの作品に対する感想は、むしろ落選してよかつたとさへほつとした喜びを感じた位でありますから、先づ今の所何んとも言ふことがないと云ふやうな次第であります。どうぞこれを諒として御許しを願ひます。（三月二十八日於東京）

多くの台湾人作家志望者たちが『改造』や『中央公論』の懸賞当選を夢見ている中で、おそらく「父の顔」へ向けられた興味は非常に高かったと思われる。そのテクストを読むことで、選外佳作レベルとはどの程度か、つまり懸賞当選作との差を計ることができるとも考えられたであろう。その意味では、張文環と「父の顔」に、「意地の悪い」視線が向けられもしたかもしれない。選外佳作に入ったことの賞賛の背後には、「しかし選外止まり」という、あるいは嫉妬によって生まれた批判が隠されていたであろうし、また、〈中央文壇〉デビューを夢見ていた青年たちにとっては、先を越されたという焦りと同時に、しかし選外佳作止まりならば、まだ自分が「当選」することによって先んじる機会が残されている安堵もあっただろう。張文環がここで「父の顔」掲載を「発表するに堪えない」として延期した理由は、この辺りにあるのではないかと思われる。彼からしてみれば、自身の渾身のテクストを、他人の野心の指標扱いされるのは堪らないことであっただろうから。

入選作であったら、読後に批判されようと、それでも〈中央文壇〉で評価され発表されたテクストであるということを支えにできるが、選外佳作は評価は受けつつも〈中央文壇〉において「掲載させるには及ばない」とされたテクストである。張文環にしてもそれは十分分かっていたはずだ。一方、『改造』や『中央公論』で選外佳作になったテクストが同人誌に転載されるケースはしばしばあったので[41]、ここで張文環が「父の顔」の『台湾文芸』転載を考えたのも作家志望者としてはごく普通の流れではあった。ただおそらく、張文環はこのとき、選外佳作に向けられる賞賛、嫉妬、批判、軽蔑、そういった〈中央文壇〉に近づいたが故の様々な感情の錯綜にはじめて触れ、その影響の大きさと慎重な姿勢の必要性を感じ取ったのではないだろうか。

最終的に、「父の顔」というテクストは現在に至るまで公開されていない。が、『台湾文芸』一九三五年一〇月号には、張文環の「父の要求」が掲載されている。

「父の要求」は、東京帝大の学生である陳有義が、高等文官試験不合格に前後して学生運動にかかわって警察に検挙され、その後台湾の「父の要求」に従って帰台するという物語である。

東京留学の台湾人学生と社会主義運動、そして下宿先の日本人女性との間の恋愛などを描いており、このようなテーマを扱った台湾人のテクストとしては最初期のものであるといえ、それだけに価値が高い。ただ、日本語表現のレベルは低く、また誤字脱字、誤記が非常に目立っており、校正がほとんど機能していないこともわかる。日本における張文環研究の先駆的存在である野間信幸は、この「父の要求」は「父の顔」の改作された可能性が高いと指摘し[42]、現在ではそれはほぼ定説となっている。「父の要求」の末尾には、「一九三四年九月作　三五・八　改作」とあり、時期的にも一致している。

そもそも、『改造』や『中央公論』といった商業誌の懸賞に応募した原稿は応募者には当落にかかわらず返還されない。複写は手ずからとなり、正確性も十分ではなかっただろう。とすると、同人誌転載に際し、創作メモや反古原稿の断片に頼るか、または記憶を呼び戻しつつ描かなければならない。あるいは、ここで張文環が五月号での掲載を延期させたのは、原稿の「再生」が間に合わなかったとも考えられよう。「父の要求」が「父の顔」の改作であったとすると、先に挙げたように「改作」であるにしては間違いやミス、文脈の破綻が多いことが気になるが、それもこのテクストが正確には「再生」されたものであると考えれば納得出来る。

このように、選外佳作とその同人誌転載には様々なレベルでの困難があった。が、その困難に比しても、〈中央文壇〉に接近したことの重要な証左として、そのテクストの公開は作者本人にとっても必要であっただろうし、また、その肩書きも大切にすべきものであった。事実、張文環の評価はここから順調に高まっていくことになるのである。

そして、張文環と相似の経験を持つ台湾人作家志望者が、もう一人いた。翁鬧（一九〇九?―一九三九?）である。

翁鬧も張文環と同じく東京留学生として『フオルモサ』同人に参加した後、『台湾文芸』に合流していた。翁鬧は、台中師範学校の第一期生として卒業し、師範学校卒業生の義務として五年間の教員生活を経て東京の青山学院に留学し、作家を目指して活動していたと言われている。しかし、彼は経歴等にまだまだ不明な点が多く、東京在住中に精神を病み病死したと言われているが、没年にも諸説あり、確認がなされていない。そのテクストは『フオルモサ』や『台湾文芸』、そして三五年一二月に『台湾文芸』から分裂して創刊された『台湾新文学』などに主に掲載されている。(43)

一九三五年六月号の『文芸』で発表された第二回『文芸』懸賞創作の、やはり選外佳作に「憨爺《ゴン》さん」という名前が挙げられている。この回の懸賞創作当選発表では作者名は書かれていないが、この「憨爺さん」の作者が翁鬧であった。

台湾の寒村で結婚も出来ないままに六十を過ぎた憨爺さんとその家族が、日本統治下の台湾社会が資本主義化していく中で、貧しい生活に追い立てられていく様子を描いているこのテクストの、このような物語内容がわかるのは、やはりこのテクストが『台湾文芸』三五年七月号に改作転載されているからだ。(44)そして、同じ号の「編集後記」では、楊逵が「憨爺さん」掲載に触れ次のように述べている。

本号の創作欄を見よ。「憨爺さん」は「文芸」の選外佳作にして入選圏に迫つたものを作者が相当念入りに改作した作品。「婚約奇談」(同号掲載の呂赫若のテクスト――引用者)と「歪められた男」(同号掲載の谷孫吉のテクスト――引用者)はともに郷土色を発揮して居る。模倣から創作へ――と言ふ我が台湾作家の意気込みを見よ!

楊逵は「憨爺さん」の改作を「相当念入り」と記しているが、『文芸』三五年六月号で選外佳作と発表されたテクストが、三五年七月号の同人誌に転載される間の時間は一ヶ月に満たない。その間にどの程度の「改作」が出来たかは疑問である。だが逆にいえば、それだけ早く原稿を準備できるということは、「憨爺さん」の場合は翁鬧が原稿の写しをきちんと手元に残していた可能性が高いとも言える。「憨爺さん」と「父の要求」の大きな違いは、日本語表現レベルが「憨爺さん」の方が高いこと、そして誤字脱字・誤記がほとんどないことである。その点からも、「憨爺さん」の原稿が翁鬧の手元にも残っていた可能性の高さが想像できるであろう。

先に述べたように、翁鬧は「憨爺さん」発表の後、『台湾文芸』『台湾新文学』などの台湾内部の同人誌にテクストを発表していくが、〈中央文壇〉でのテクスト発表機会は訪れなかった。それが選外佳作の限界であったのかもしれない。しかし〈中央文壇〉に対する限界点がそこにあったとしても、台湾内部では選外佳作という肩書きの効果は張文環の例を考えても明らかである。翁鬧の場合は、彼が一九四〇年前後という〈日本語文学〉の最盛期の直前に死去してしまったことがその注目度が経歴に比べ高まらなかった原因の一つであろう。

この時期、植民地である台湾の文学運動、特に日本語による文学運動は、東京留学生や留学経験者がその中心となっていくことによって、必然的に〈中央文壇〉志向に固まってきており、その結果〈中央文壇〉の価値判断に従う形で動いていたのである。

台湾の文学運動における「三〇年代」というものをとらえ直すならば、台湾人作家志望者の〈中央文壇〉志向は、彼らが民族主義運動ではなく文学運動それ自体を目的化していたことを示してもいた。これは二〇年代の文学運動と比べた時、使用言語の日本語化と並んで、最大の変化の一つであるだろう。

ただし、それは民族主義運動というベクトルが消滅したことを意味していたのではない。彼らは〈中央文壇〉への志向を隠さない一方で、〈台湾文壇〉〈台湾文化〉を確立・向上させていきたいという意思表示も変わらず示し続けていたからだ。ここに、日本統治下の台湾における文学運動の〈重層性〉が改めて浮き彫りになる。台湾人の作家志望者たちは、〈中央文壇〉のメディアの巨大化・資本化を目の当たりにし、その社会的経済的な魅力にとらわれていたが、そうであっても、個人的な成功だけに走ることが出来なかった。彼らは個人的成功を期しながら、同時に出身地である台湾の立場を忘れるわけにはいかなかったのである。そこに、帝国における〈文壇〉の問題が現れている。

〈中央文壇〉が権威と権力と価値とを独占し、周辺から多くの才能を吸い上げるとき、植民地においては、そのような〈中央文壇〉へのつながりを求めながら、それとずれた層において独自の運動も行わなければならなかった。なぜなら、植民地の〈文壇〉――三〇年代の台湾では、まだそれは建設途上とも言うべき状況だったが――から〈中央文壇〉へのつながりは、日本語能力や植民地への偏見・差別、植民地統治機関による内地とは異なる法制度と判断からの弾圧などによって多くの障害があり、そのつながりだけによって地域の文学運動・文化レベルの維持向上を計ることは困難だったからである。故に彼らは、〈中央文壇〉を意識しながら、台湾への注意も怠れないという、非常に厳しい境遇にあったのだ。

そもそも、〈中央文壇〉は、台湾人作家志望者のテクストを、ただテクストのみに注目し評価していたわけではなかった。それは、この時期までに主に日本人によって描かれた〈台湾〉を見つめていくことで明らかになる。日本人が描いた〈台湾〉に直接つながるのは、やはり旅行記[45]の類であるが、北原白秋「華麗島風物誌」や野上弥生子「台湾遊記」などに、その典型を見ることが出来る。すなわち、雨の港町・基隆への到着に始まり、台北の「支那」風な町並みへの興味、南国の暑熱、果物、そして中央山脈に暮らす「生蕃」への好奇心である[46]。日本人の見方からすれば、彼らは未開の原始人であり、それ故に興味と好奇心を誘われずにいられなかったらしい。日本人による台湾旅行記の中で、「蕃界」観光を組み入れていないものはなく、そこで彼らが見るのは、「素朴で可愛らしい生蕃」の姿なのである。

一方これら旅行記では、漢族系台湾人への言及は非常に少ない。日本人旅行者にとって、漢族系台湾人はすなわち中国人であって、「支那」趣味的な興味より以上の関心を抱かないのである。同時に、彼らの多くは台湾総督府の接待を受けていて――それは監視でもあったのだが[47]――つまりここでは、内地に紹介されるであろう〈台湾〉の表象について、総督府が情報操作を行っていたという指摘も出来る。

〈中央文壇〉もやはりその枠を越えていた様子は感じられない。『台湾新文学』創刊号に掲載された「台湾の新文学に所望する事（到着順）」は、楊逵がそのコネクションを総動員したと思われるような内地作家の名が並び、それぞれ「一、植民地文学の進むべき道」「二、台湾に於ける編輯者作家読者への訓言」という質問への回答を寄せていたが、[48]十七人の内地作家の回答のほぼ全般に見られるのは、「植民地の特殊性を描け」という要求である。その最初に掲載されている徳永直の回答は、それを最も特徴的に表明している。

> 一に対するお答へ。
> 私達の知りたい興味は第一に、朝鮮や台湾の貧しい同胞の生活ぶりである。その土地自然や、特殊な歴史や、沢山の習慣やの中に、貧しい人々はいかに暮してゐるか。またどんな社会的空気の中にゐるか。そういふことが、小説の芸術的力でくまなく表現してほしいことであります。
> 一《ママ》に対するお答へ。
> これと云つてありませんが、台湾文芸など読んだ感じでは、もつと台湾の古い伝説や、口碑やそんなのが欲しいと思ひました。読者の中には内地の人が多いやうであるが、なるべく台湾土着の読者を中心にすることは大切であらうと思ひます。

もちろん、「特殊性」を要求しない回答もあり、張赫宙や葉山嘉樹などは、そもそも「植民地文学」というカテゴライズそのものを批判しているが、大勢は「その土地の匂ひ、伝統、歴史性、社会性、生活性と云つたものを体系づけること」（新居格）「地方的感情の習慣や地方的に興味ある特殊事情等を見逃してはならぬ」（石川達三）「植民地には、植民地の、特殊な生活があると思ひます。／その特殊性を、具体的に文学に生かすこと」（貴司山治）「殖民地のリアルを、方法をあやまたずに仔細に書くこと」（細田民樹）などの意見にあったのである。

日本――〈中央文壇〉の〈台湾〉に対する意識は、このような興味本位の域を殆ど超えないものであったのだ。台湾人が書いたテクストには、おそらくは「わざわざ台湾人のものを選んだ」というだけの「台湾らしさ」を、〈中央文壇〉は求めていたはずで、台湾人作家志望者達のテクストは、そのような期待に応えているとはいえなかった。〈台湾新文学運動〉に参加した作家志望者たちの理想主義的な青年描写は、彼らにとって「植民地の特殊性」を「リアル」に描いたものであっても、〈中央文壇〉の読者にとっては、青臭く未熟な表現でしかなかったのだ。

〈台湾文壇〉〈台湾文化〉の確立・向上を目指すという主張は、四〇年代まで変わらず維持し続けられる。三〇年代の特徴は、〈台湾文壇〉〈台湾文化〉の確立・向上という目標と、〈中央文壇〉との連携・進出とが彼らの中で矛盾を起こさず、むしろ〈中央文壇〉と積極的に関わり、〈中央文壇〉の動向に寄り添うことで、〈台湾文壇〉〈台湾文化〉も高められていく、という論理がそこに存在していることである。この時点では、〈台湾文壇〉はまだ未成熟であったために、帝国下における〈中央文壇〉と植民地〈文壇〉のズレと、植民地の〈文壇〉が抱えることになる〈重層性〉の困難について、多くの台湾人作家志望者たちは気づいていなかったと言えよう(49)。

そういう点から考える時、台湾人作家志望者達が〈中央文壇〉への重要な接続点として認識していた〈文学懸賞〉は、同時に彼らに対し〈中央文壇〉と植民地〈文壇〉との間に解消できないズレが存在していることを思い知らせるものでもあった。それは、楊逵が衰退していく小規模左翼系文芸誌に温情的に採用されたことや、張文環や翁鬧のテクストが選外佳作に留まったことからも見えるように、植民地への興味本位以上の関心が〈中央文壇〉――だけではなく、内地全体に瀰漫していた見方であっただろうが――にはなかったことが大きい。だが、楊逵、張文環、翁鬧の〈中央文壇〉への接近の時点では、まだ台湾人作家志望者の多くは、そのズレに気づいていなかった。自身が接近を体験した楊逵や、「父の顔」の転載をためらった張文環は、あるいはもう少し自覚的であったかもしれないが、それ以外の台湾人作家志望者達にとっては、植民地から〈中央文壇〉に登場するためには、どのようなテクストが求められ、それがどのような問題を引き起こすかということは、想像の外にあったのだろう。

〈台湾文壇〉建設と〈中央文壇〉進出とは、後述するが一九四〇年代には少なくとも建前上は完全に対立するベクトルとなっていた。とすれば、いずれかの段階で、この二つの目的がかみ合わなくなる場面が台湾人作家志望者たちに訪れたはずである。

そしてそれは、やはり〈文学懸賞〉の形で現れることになった。それが、一九三七年四月号の『改造』で発表された第九回懸賞創作に、佳作推薦で選ばれた龍瑛宗「パパイヤのある街」である。このテクストの登場によって、ついに台湾人作家志望者が〈中央文壇〉最高峰の〈文学懸賞〉を手にしたのだが、しかしそれは同時に、台湾人作家志望者たちの〈中央文壇〉志向の「終わり」でもあった。

では、なぜ「パパイヤのある街」の入選が、台湾人作家志望者達の〈中央文壇〉志向の「始まり」ではなく「終わり」と言えるのか。ここからはそれを検証してみたいが、そのために、まず、「パパイヤのある街」が賞を得た『改造』懸賞創作を中心に、この時代の〈文学懸賞〉がどのようなものであったのかを概観してみたい。

【注】

（1）一九一五年、元勲・板垣退助を担ぎ上げて結成された「台湾同化会」から始まった近代的政治運動・社会運動を指す。その支持基盤は台湾土着漢族地主資産階級であり、主に日本型教育を受けた近代知識人層を担い手として進められた。若林正丈『台湾抗日運動史研究　増補版』（研文出版　二〇〇一）一九〜二三頁参照。

（2）〈台湾新文学運動〉に関する文章・論文が権利獲得闘争を主導した新民会・台湾青年会の機関誌『台湾青年』（一九二〇年七月〜）及びその後継誌に主に掲載されたことからも、権利獲得闘争と〈台湾新文学運動〉との連関は明らかであろう。河原功『台湾新文学運動の展開　日本文学との接点』（研文出版　一九九七）一三二～一四五頁参照。

（3）張我軍（一九〇二―一九五五）は、台北郊外・板橋に生まれた。公学校卒業後、銀行勤務を経て一九二三年に北京へ渡った。中国本土の新文学運動の影響を受け、北京からその紹介を台湾へ向けて行い、旧知識人層の読書人とその文学を批判して〈新旧文学論争〉を起こした。その後一時台湾へ戻ったが、日本帝国の敗戦まで北京に留まり、四二年の大東亜文学者会議には台湾人ながら華北代表として参加している。戦後／〈光復〉後に台湾へ戻った。

（4）一九三一年、二〇年代から台湾の権利獲得闘争を主導してきた台湾文化協会、及び台湾民衆党メンバーに対して一斉検挙が行われた。当時左傾を強めていた台湾文化協会はこの検挙によって崩壊し、それに先だって結社禁止命令によって活動禁止に追い込まれていた台湾民衆党の解散もあって、事実上ここで台湾の権利獲得闘争は頓挫した。

（5）台湾総督府は統治最初期から多くの教育機関を設置したが、国語学校（一八九六年設置）と台北医学校（一八九九年設置）を除くと、台湾人が入学できる中等以上の教育機関は一九一五年の台中中学校設置まで存在しなかった。よって、台湾人で日本型の初等教育機関である公学校（日本人児童の通う小学校と区別されていた）を卒業し進学を希望する者は、上記の二学校以外では内地（或いはその他の外国）に留学するしかなかった。一九二一年の第二次台湾教育令以降、台湾の学校における日本人と台湾人の「内台共学」が実施され、二二年に台北高校、二八年に台北帝大も設置されたが、事実上日本人の入学が優先され続けるという差別状況が続いていた。そのため、「内台共学」実施後も、台湾人の内地留学は続いた。

（6）「作家志望者」という表記を用いたのは、当時の台湾の文学活動が、同人誌レベルを脱していたか、疑問が残るからである。では、どうすれば〈作家〉となれるのか、その定義も難しいのだが、当時の彼ら自身も、盛んに〈中央文壇〉デビューを望む発言をするなど、「台湾の文芸誌に描く」という段階で表現欲を満足させていない面もあると思われるので、「志望者」を付け加えることにした。

（7）一九三三年、東京に留学中の台湾人学生をメンバーとして結成された台湾芸術研究会の機関誌。発行も東京。組織力不足、資金不足に悩まされ、三号まで出して停刊。メンバーは『台湾文芸』同人に、台湾芸術研究会は台湾文藝連盟東京支部に吸収されることになった。

（8）『日本統治記台湾文学集成五　台湾純文学集　一』（緑蔭書房　二〇〇二）の星名宏修「〈台湾純文学集一〉台湾人作家作品解説」四三八頁を参照。

（9）テクスト中の地名・駅名・街路名などは、『東京の戦前　昔恋しい散歩地図』（アイランズ編著　草思社　二〇〇四）を参照した。

（10）「テクシイ」は歩いて移動することをタクシーに引っかけて表現する造語。「ウナハン」「デンハン」は料理のメニューだが、当時の新語辞典等にも記載がなく詳細は不明。丼もの料理を「〇〇飯」という表記もあることから、「ウナハン」は「鰻丼」、「デンハン」は「天丼」かとも推測できるが、あるいは台湾人留学生独自のスラングの可能性もある。

（11）台湾の旧習では、結婚に際して「聘金」と呼ばれる金銭を男性側が女性側の家に渡す習慣があった。その金額には、双方の家柄や、日本時代に入ってからは男性・女性それぞれの学歴などが考慮の対象となったらしいが、日本でいう結納金よりははるかに高額で、結婚費用はかなり頭の痛い問題であったようだ。また、童養媳という習慣もあり、これは、他家の娘を幼少の頃から養育し、成長後に息子に娶らせるというものだった。ここでも童養媳を引き取る段階で金銭の授受が生じるが、聘金に比べると負担は軽く、将来的な結婚問題の解決や労働力の確保にもなっていた。が、近代教育によって「個人」の意識を強固にした当時の知識人青年層にとっては、この習慣打破が台湾の〈近代化〉のための最大目標の一つであった。

（12）菅井幸雄『チェーホフ　日本への旅』（東洋書店　二〇〇四）九〇頁〜九三頁を参照。「劇団東京」は、小山内薫死後、分裂を繰り返した築地小劇場の流れを組む劇団で、「桜の園」上演はこの築地小劇場以来の流れの中から選ばれたようである。

（13）「台湾人作家巫永福における日本新感覚派の受容——横光利一「頭ならびに腹」と巫永福「首と体」の比較を中心に——」『日本台湾学会報』第11号（二〇〇九年五月）。

（14）註7に同じ。

（15）募集要項は、次のようであった。

小説、戯曲、五十枚以内、論文二十枚《ママ》以内、詩一編四枚以内、短歌十首以内

本誌の使命である進歩的な若い作家諸君によつて文壇に新らしい空気を導きいれるため、小説、詩、短歌、戯曲、論文の原稿募集をいたします。各種共、ブルジョア的な一、二、三等などの差別をつけず、水準に達せるものは、すべて入選とし、本誌規定通りの稿料を贈ることに致します。尚、選は編集部において行ひますが、大体小説は、徳永直、武田麟太郎、窪川いね子、詩・短歌は上野壮夫、渡辺順三、窪川鶴次郎、戯曲は村山知義、三好十郎、論文は、山田清三郎、森山啓等の本誌相談役の意見を参照して決定いたします。以上。

締め切りは「六月末日」、発表は「九月号誌上」となっていた。

(16) このとき、第一席はなく、第三席は木村清治「毒」であった。

(17)『よみがえる台湾文学　日本統治期の作家と作品』（東方書店　一九九五）所収の河原功「楊逵「新聞配達夫」の成立背景——楊逵の処女作「自由労働者の生活断面」と伊藤永之介の「総督府模範竹林」「平地蕃人」から」三〇〇頁を参照。

(18) 注(11)を参照。

(19) 楊逵が専門学校入学者資格試験検定（以下専検）に合格したというのは「一台湾人作家の七十七年」（『文藝』一九八三年一月号）の内村剛介、戴国輝との鼎談の中で語られたことだが、調査の限り、楊逵は専検に合格していない。専検は一九二四年より試験方式の大改訂があり、全国一斉の国家試験の体裁となっている。それまでの試験方式が難易度が高すぎて不評であったことから、検定合格の他に科目別合格を設定し、全十二科目のうち合格点に達した科目は科目別合格として認定し、次回以降の試験に合格の権利を持ち越すことが出来るようになった（菅原亮芳「戦前日本における「専検」試験検定制度史試論」『立教大学教育学科研究年報』第33号・一九八九年）。この改訂は楊逵が上京した年と重なっており、楊逵が受験したのはこの改訂第一回の検定であった。『官報』一九二五年六月二〇日付には専検の合格者名が公示されているが、合格者の中に楊逵（本名・楊貴）はいない。ただ、科目別合格者の中に「揚貴」の名前があり、合格科目は「国語」「体操」の二科

目であった。「楊」の漢字が異なっているが、これは楊逵のことで間違いないであろう。その後、『官報』内で二五年第二回、二六年第一回、二六年第二回の合格者・科目別合格者を調べたが「楊貴」の名前は出てこないことから、二四年度第一回以降再受験はしなかったものと思われる。このことから楊逵は専検資格を持っていないと考えるのが妥当であろう。楊逵の入学した日本大学専門部の二部は当時書類審査のみで筆記試験もなく入学できる学校であり、入学資格は「中学校卒業程度」であったため、楊逵の中学校三年次中退の学歴で入学できたのだと思われる。

(20) 以上、楊逵の経歴については、河原功「楊逵の生涯」『講座　台湾文学』（国書刊行会　二〇〇三）を参照した。

(21) 河原前掲論文二九九頁。

(22) 東京記者連盟の機関誌として、一九二七年七月に創刊された。内容は左翼的な立場からの政治・経済政策批判が中心だが、新聞記者による記事が多く、また、新聞配達店労働者の投稿と、売捌店の問題なども取り上げられている。

(23) 前掲「一台湾作家の七十七年」。楊逵は国民党政権下の台湾で長らく当局にマークされていたが、このときアメリカからの招聘で渡米し、その帰台途中に三七年以来四十六年ぶりに日本を訪れた。この中で楊逵は戦前の文学活動を中心に語っている。

(24) 「新聞配達夫」に『号外』の内容が反映されているという指摘は、二〇〇四年に行われた楊逵文學國際學術研討會（台南市・國家台灣文學館）での河原功の報告「12年間封印「新聞配達夫」――台灣總督府妨害敢然立向――」で指摘されている。この報告は論文として河原功「不見天日十二年的〈送報伕〉――力搏台灣總督府言論統制之楊逵――」（『台湾文学学報』七期　二〇〇五）に掲載され、日本語版が「十二年封印されてきた「新聞配達夫――台湾総督府の妨害に敢然と立ち向かった楊逵」として河原功『翻弄された台湾文学　検閲と抵抗の系譜』（研文出版　二〇〇九年六月）に収められている。

(25) 「新聞配達夫」の掲載された時期の『台湾新民報』は現在散逸して通常閲覧はできない。今回は、河原功先生が所有されている『台湾新民報』掲載分の切り抜きコピーをご提供頂いた。

(26) 註21の河原前掲論文「楊逵「新聞配達夫」の成立背景」三〇七～三〇八頁。

(27) 『楊逵全集』（彭小妍主編　国立文化資産保存研究中心　策画　中央研究院中国文哲研究所　主弁・台湾）の第

四巻・小説巻（Ⅰ）所収の写真を参照。

（28）ただし、「新聞配達夫」の後編を書くという構想自体は、初期から定まっていたらしい。『台湾新民報』掲載分の「新聞配達夫」には、「（前篇）」が題字に付け加えられている。また、塚本照和によれば、未公開の「後篇」原稿末尾には、「一九三二・六・一」と記してあるという。塚本照和「台湾人作家の目を通してみた日本の台湾統治――小説「新聞配達夫」を題材として――」（中村孝志編『日本の南方関与と台湾』天理教道友社一九八八）参照。この日付が正しいならば、「後篇」は「前篇」終了――「後篇」掲載禁止が決まった直後に書き上げられたことになる。ただしこの場合、「前篇」終了からわずか五日後に「後篇」全体が完成していること、新聞連載用にもかかわらず「後篇」が日毎に分割された形ではなくひとまとまりのテクストとして描かれているらしいこと、掲載禁止措置がなければそのまま連載が予定されていたはずのテクストが何故か「前篇」「後篇」に分けられていること、「前篇」終了時という非常にきりのよい時点で掲載禁止が決められていること、など、様々な疑問が残る。いずれにしても、連載中断後に脱稿しているということは、楊逵が『台湾新民報』以外のメディア――それは台湾の外部・〈中央文壇〉ということになろうが――での発表を意識して書き上げた可能性は高まる。また、河原前掲論文によれば、「新聞配達夫」は頼和（後述）の斡旋で『台湾新民報』掲載が決まったという。ならば、頼和が推薦した時点で「新聞配達夫」は完成していたはずであり、その場合「前篇」掲載終了後に「後篇」脱稿というのは矛盾している。以上のように「新聞配達夫」は成立過程における謎が非常に多いまま、その点は看過されている。

（29）『文学評論』第一巻第八号（一九三四年一〇月号）に「新聞配達夫」とともに掲載された選評「「新聞配達夫」について」（選者は徳永直・中條百合子・武田麟太郎・亀井勝一郎・藤森成吉・窪川稲子）の内容は、およそ次の通り。

徳永「この小説は決して上手でない。むしろまだ小説になつてゐないが、それにも拘わらず、非常にひきつける力をもつてゐる（略）」

中條「私が予選をうけもつた十数篇の中でもこの位真情にあふれたのはなかつた。徳永の云つてゐるとほり、もつと高い芸術化が必要であることも分るが、作者の力で今それは不可能であり（略）」

武田「全体に主観が幼稚であるが（略）悪達者なスレタ点がないので、好感が持たれる（略）」

亀井「（略）文章のぎこちなさや、構成の未熟さもありませうが、この作品に関する限り、かき改めさせる必要なく、この未完成の美しさをそのまま露出した方がいゝ（略）」

藤森「（略）労働者農民の作品に寛大でなければならぬなら、植民地のそれらには更に寛大でなければならぬ。」

窪川「（略）これはまだ充分小説になつてゐるとはいへない。（略）」

またこのような選者たちの「支配者の高み」からの評価については、山口守「越境する文学と言語」（『日本台湾学会学報　第一号』一九九九）ですでに指摘されている。

(30) 河原前掲論文「楊逵「新聞配達夫」の成立背景」三〇一～三〇七頁。

(31) 垂水千恵『呂赫若研究』（風間書房　二〇〇二年二月）参照。

(32) この「締め切り後到着」の記事は下村作次郎『文学で読む台湾』（田畑書店　一九九四）一五頁でいち早く指摘されていた。

(33) 蕭阿勤「抗日集體記憶的民族化：臺灣一九七〇年代的戰後世代與日據時期臺灣新文學」（台湾・『台湾史研究』第九巻第一期　二〇〇三）。ただしここでは『記憶する台湾』（東京大学出版会　二〇〇五）所収の和泉司訳「抗日集団記憶の民族化」を参照した。

(34) 『第一線』は『先発部隊』（二号まで）の改題雑誌であり、一号のみで停刊。『先発部隊』は、『フォルモサ』が東京で立ち上げられたのに刺激を受け、台北で結成された台湾文芸協会の機関誌として、一九三四年七月に創刊された。河原前掲書『台湾新文学運動の展開』二〇二～二〇七頁参照。

(35) 一九三四年五月に結成した台湾文芸連盟の機関誌として、半年後の三六年八月に創刊された文芸同人誌。台湾文芸連盟は、初めての全島的文芸組織であったが、組織力などに不安があり、楊逵等による『台湾新文学』分裂騒動を引き起こした。その後、勢力は縮小し、三六年八月に自然消滅。河原前掲書『台湾新文学運動の展開』二〇七～二一二頁。

(36) 呉坤煌（一九〇九―一九八九）は台中師範学校在学中に民族運動に加わり退校処分となり、二九年から内地留学していた。台湾芸術研究会の発起人で、この座談会時は台湾文連東京支部の責任者。葉石涛『台湾文学史綱』（台湾・文学界出版社　一九八七　但しここでは中島利郎・澤井律之『台湾文学史』研文出版　二〇〇〇を参照した）二〇七〜二〇八頁。

（37）張赫宙（一九〇五―一九九七）は一九三二年四月『改造』（第一四巻第四号）の懸賞創作に「餓鬼道」で二等当選し〈中央文壇〉デビューを果たした朝鮮人作家。活動初期は左翼系作家との親交の中で、プロレタリア文学の影響の濃いテクストを発表していた。三六年に日本永住、戦時中は「国策協力」に力を入れたため、戦後「親日作家」の代表格として非難を浴びることになった。戦後は日本へ帰化し、最期まで日本で暮らしていた。白川豊・南富鎮編『張赫宙　日本語小説選』（勉誠出版　二〇〇三）の「張赫宙略年譜」参照。

（38）『改造』懸賞創作や『文芸』懸賞創作では、基本的に選外佳作は作者名も掲載されていない（『改造』第七回と『文芸』第一回のみ例外的に記名があった）。つまり、選外佳作のテクストが誰の応募作なのかは、応募者自身がのちに公開した場合だけしかわからない。

（39）このときの入選作は、頴田島一二郎「待避駅」と大鹿卓「野蛮人」であった。「待避駅」は「懸賞当選発表」のあった三五年一月号に同時掲載、「野蛮人」は翌二月号掲載で、ともに賞金は五百円であったが、掲載の順序は入選作の間の席次の違いであったとも推測できよう。その点で言えば、呉坤煌が「父の顔」を「佳作二位」と表現したのは単なる誇張ではないのかもしれない。

この入選作の一つ、「野蛮人」は台湾の山地原住民の村に警官として赴任した青年を主人公としたテクストであり、日本人作家の「台湾もの」として著名なものである。それが張文環のテクストが投稿されたのと同じ回に入選している点と、「台湾もの」が入選を果たしている点に、当時のメディアが植民地や海外を取り扱った（あるいは、そのような地域の出身者の）テクストに注目していることが伺われる。

参考までに、選外佳作に入っている応募者名とテクスト名も挙げておくと、「軍服…野上文夫」「父の顔…張文環」「都会の蛆…村崎匡毅」「動揺…福島善太郎」「心斎橋筋…村井武生」であった。

（40）呉坤煌の発言では「二位」だったものがここでは「四位」となっているが、『中央公論』掲載時の順序で言えば選外佳作の「二番目」が正しい。ともあれ、『中央公論』が選外佳作内の席次を明記していない以上、これは誤記であるかどうかを問う以前の問題である。

（41）最も有名なケースは、後述するが第七回の『改造』懸賞創作において選外佳作になった後、同人誌『星座』に転載され、それが契機となって第一回芥川賞を受賞した石川達三の「蒼氓」。また、『改造』の第十回懸賞創作の選外佳作には四作の『九州文学』同人のテクストが選ばれていたといわれており、そのうちの一つは岩下俊作「富島松五郎伝」で、これが『九州文学』掲載を経て直木賞候補となり、さらに板東妻三郎主演映画「無法松の一生」原作としてベストセラーになったことも有名である。

(42)　野間信幸「張文環の東京生活と『父の要求』」(『野草』五四号　一九九四)を参照。

(43)　翁鬧については黄毓婷が「翁鬧を読み直す――「戇爺さん」の語りの実験をめぐって」『日本台湾学会報』第一〇号(二〇〇八年五月)において「モダン作家」と呼ばれてきた評価の再検討を行い、詳述している。

(44)　ただ、『台湾文芸』掲載の「憨爺さん」の末尾には、やはり「父の要求」と同様に「三四・一二作。三五・五改作」と付されているのだが、『文芸』三五年六月号が実質的には五月下旬に発売されていることを考えると、三五年五月に改作を行っているのは早すぎる。これは作者名が掲載されていない『文芸』懸賞創作の選外佳作のテクストの作者が正しく自分であることを強調するためか、あるいは、大きな改作をせずに掲載させたか、どちらかであろうか。

(45)　日本人による台湾旅行記の類はそれなりの数に上るが、今回は北原白秋「華麗島風物誌」(『改造』第一六巻第一一・一三号　一九三四)と野上弥生子「台湾遊記」(『改造』第一八巻第四号　一九三六)「蕃界の人々」(『改造』第一八巻第五号　一九三六)の名前を取り上げた。他に、蘇峰迂人「遊台湾日記」(『改造』第一一巻第五―七号　一九二九)、足立源一郎「台湾の旅より」(『改造』第一八巻第六号　一九三六)、下村海南「台湾遊記」(『改造』第二二巻第四号　一九四〇)、杉山平助「台湾を論ず」(『改造』第二二巻第七号　一九四〇)など。『改造』には台湾を含めた植民地関連の記事が非常に多い。また、今回の例には当てはまらないが、台湾の旅行記として最も資料的・文学的価値の高いものとして「殖民地の旅」(『中央公論』第四七巻九―一〇号一九三二)を筆頭とする佐藤春夫の一連の「台湾もの」の存在を忘れることはできない。

(46)　「生蕃」については、台湾を訪れた日本人で触れない者はないといってもよい。「生蕃」とは台湾の山中に暮らしていたオーストロネシア語族の、戦前は他に高砂族とも呼ばれていた山地原住民の人々のことを指す。台湾の峻厳な山中で狩猟採集生活をしていた彼らは従来台湾の漢族系住民とも対立していたが、日本統治期には総督府の強圧的支配下に置かれていた。近年、彼らのアイデンティティ形成運動も活発になり、国民党政府による「高山族」「山胞」といった呼称を拒否するようになった。現在では「原住民」という呼称が台湾政府により正式に認可されている。

（47）北原白秋も野上弥生子も、そして蘇峰、下村も、その旅行記中に総督府官僚と接触する場面が描かれる。特に顕著なのが佐藤春夫で、「殖民地の旅」で対日権利獲得闘争を資金的に支えた在地富豪の林献堂（但し作中では林熊徵という名で描かれている）と面会する場面で、突然総督府の官僚が現れ、会談に同席しその内容をメモし始める様子が生々しく描かれている。

（48）この質問に回答を寄せたのは、徳永直、新居格、橋本英吉、葉山嘉樹、矢崎弾、前田河広一郎、石川達三、張赫宙、中西伊之助、藤森成吉、貴司山治、平林たい子、細田民樹、平田小六、豊田三郎、槇木楠郎、柾不二夫の十七名。

（49）山口守「想像／創造される植民地——楊逵と張赫宙」『記憶する台湾』（東京大学出版会　二〇〇五）において、山口は、頼明弘が「新聞配達夫」を評価した評論を引用したあとに次のようにコメントしている。

日本文学の一部としてではなく、日本文学界に台湾の日本語作家が作品を発表することが台湾文学の発展に資するという立場から読み取れるのは、鮮明な台湾文学の主体意識である。

山口もまた、三〇年代の台湾人作家志望者たちの文学運動は〈台湾文学〉の主体性確立を目指していたことを証明しているが、この主体意識と〈中央文壇〉進出熱が並立していた当時の状況について考えることが、本書の課題でもある。

第二章

『改造』懸賞創作の行先——〈文壇〉と〈懸賞〉

1　『改造』懸賞創作登場の背景

総合誌『改造』が創刊十周年を記念して懸賞創作募集を発表したのは、一九二七年八月号においてである。そこには、次の一頁大の告知が掲載されていた。

雑誌「改造」十周年記念
　懸賞創作募集
来る昭和三年四月一日は改造社の創立十周年に当ります。雑誌「改造」は十周年記念号を発行し創作論文に於て我国の代表作を網羅する以外左記の懸賞方法により小説、戯曲を募集します。

1　懸賞金は一等一名一千五百円、二等一名七百五十円とす。
2　応募小説戯曲は四百字詰百五十枚以内とし本年十二月一日を以つて〆切る。
3　当選原稿の一等は昭和三年四月号の『改造』に、二等は同五月号の『改造』に登載す。
4　応募小説戯曲は社中選のこと。
5　宛名は「懸賞創作」と封表に記載し『改造』編集部宛てのこと。
6　誌上の匿名は許さず。賞金は発表と共に交付す。
7　応募原稿は一切還付せず。且つ応募者は略歴一葉添付ありたし。

改造社

〈円本〉戦略の成功によって莫大な収益をあげ、またライバル誌『中央公論』とともに文学テクスト発表メディアとして最大の価値を認められていた『改造』は、この時期作家あるいは文学テクストの確保には困っていなかったはずである。にもかかわらず、『改造』は一五〇〇円という破格の賞金と、百五〇枚というまとまった分量の小説そして戯曲までも視界に入れて懸賞創作募集を打ち出したのだった。

先に述べたように、『改造』は執筆作家の確保には困っていなかった。『中央公論』との競争によって原稿料の高騰を招いてはいたが、それも少なくともこの時期に限っていえば、〈円本〉収益によって補えていたはずである。

おそらくここでの懸賞創作募集の主たる目的は、新たな読者層・購買層の掘り起こしにあった。杉山欣也が指摘するように、〈円本〉ブームの一方で、総合誌『改造』は大日本雄弁会講談社の発行した「百万部雑誌」『キング』に象徴される雑誌・文学の大衆化の波にさらされていた。[1] そのため、『改造』は二七年一月号から定価を八〇銭から『キング』と同じ五〇銭に値下げし、同時に「本誌値下げと十倍拡張運動」を訴える告知を出している。また、『改造』本誌の活字ポイントを下げ、二段組みにして頁あたりの情報量を増やし、さらに読者層の拡大のため中間読み物と文芸欄にルビを振った。これらは〈円本〉を成功に導いた際の戦略と同じであり、それを『改造』本誌に還元しているのである。[2]

このように、この時期『改造』は〈円本〉の爆発的な普及によって掘り起こされた新しい大衆読者層・購買層を『改造』本誌の購読層にスライドさせることを目指していた。そしてその際、懸賞創作募集という企画は有効な手段であると言えた。つまり、〈円本〉普及によって「文学を読むこと」へ接近した「大衆」と呼ばれる新たな読者層・購買層に、「文学を書くこと」への欲望を喚起することで、『改造』本誌への購読意欲を加速させたのである。井伏鱒二が『荻窪風土記』の中で「当時、東京には文士志望の文学青年が二万人、釣師が二十万人いると査定した人がいたそうだが、文学青年の殆どみんな、一日も早く自分の作品も認めてもらいたいと思っていた筈である。」と述懐しているように、[3]大正末年には、「文学青年」と呼ばれる作家志望者も増加していた。それは、中等・高等教育の普及と学校文化——教養主義の「大衆」化によって、「文学を読むこと」そして「文学を書くこと」の底辺が拡大していたことの証左でもあるだろう。文学に対するリテラシーを獲得した層の拡大は、「文学の商品化」の加速と相俟って、「文学を書くこと」を欲望する人々の層の拡大も伴った。そして、『改造』は即座にその点に着眼したのである。

2　『改造』と改造社、山本実彦

では、このような懸賞創作募集を行った『改造』とはどのような雑誌であったのか。まずそれについてまとめておきたい。[4]

雑誌『改造』は、一九一九年四月に創刊号が発行された。創刊号は発売所清水書店、編集所改造社である。創刊号の時点では、改造社には雑誌発行権がなかったので、清水書店に発売所を委託していたらしい。改造社社長は山本実彦。一八八五年鹿児島県川内市に生まれ、一九五二年に死去した。

山本は地元の中学校を中退した後、沖縄での代用教員を経て上京。一九〇八年『やまと新聞』記者となり、一九一三年に東京市会議員となった。この間、鹿児島出身の大浦兼武[5]とのコネクションによって政界につながりを得ていた山本は、「後藤新平の身辺から出た」らしい資金によって、『報知新聞』の姉妹紙であった『東京毎日新聞』[6]を買収し社長となっている。

山本の終生の目的が政界進出であったことは、改造社や山本についての文献の中で必ず繰り返し指摘されている。『改造』の創刊も、そもそもは山本の政界進出のための政論雑誌を作ることにあった。彼は東京市会議員から、一九一五年の第一二回衆議院議員選挙に鹿児島で与党・憲政会から立候補している。しかし、投票直前に山本は台湾総督府から召喚され、台湾総督府警察に逮捕されてしまう。板垣退助の台湾同化会の運動に絡み、部下

（横関愛造。後の『改造』編集者）も台湾へ同行させていた山本は、林本源家からの収賄容疑をかけられたのである。[7] 山本は、半年後不起訴となり鹿児島へ戻っているが、当然立候補は取り下げとなり、国政進出はならなかった。

こののち、久原鉱業[8]から一万円の出資を受け、シベリアへ鉱山調査に出かける。当時日本がシベリア出兵を続けている中、前線などを見て回り、帰国後調査料として六万円を手にする。これが『改造』創刊の資金となった。『改造』は山本の政界進出のための個人雑誌の傾向が強く、その掲載記事にも山本の意向が強く働いていた。そのため、創刊後三号までは返本が続き、経営は非常に苦しかった。そこで、四号から初期『改造』の名編集者とされる横関愛造、秋田忠義が山本から編集方針についての一任を得て、それを大転換させた。ここから社会主義・社会政策などのいわゆる左翼系記事を中心にした編集が始まり、これをきっかけに『改造』の売れ行きは大幅に改善された。

以降、左翼系記事に対する検閲削除や発行禁止などの禁止措置に対し綱渡りのような編集を続けながら、『改造』は成長する。

『改造』の社会的権威が当局との間の綱渡り的な左翼記事掲載によって培われる一方、その経済力は出版物によって養われていた。

初期『改造』の経済力を飛躍的に上昇させたのは、一九二〇年一〇月に出版した賀川豊彦『死線を越えて』の大ヒットにあったと言われる。神戸で福祉活動と労働運動に従事し、奇矯な牧師として有名になっていた賀川の自伝的小説『死線を越えて』は、知識人には全く評価されなかったが、初年度に二〇万部、翌年に八〇万部が売れ、『改造』の経済的基礎を固めた。

以降、『改造』は『中央公論』に対抗するため、非常に高額な原稿料を執筆者達に支払うようになった。『中央公論』が一頁一円～一円五〇銭のところを、三円ほどの原稿料をだしていたという。これによって、著名な学者、文学者の寄稿を得、権威を高めていった。
また、『改造』の行った大イベントとして、一九二一年の、当時ケンブリッジ大学を追われソビエト経由で北京に滞在していた哲学者バートランド・ラッセルの招聘がある。これが成功し、続けて一九二二年、ノーベル物理学賞受賞直後[9]のアインシュタイン日本招聘を実現させた。[10]『改造』の名はさらに全国へ広がった。
しかし、一九二三年の関東大震災の被害、そして山本実彦の独裁経営[11]によって再び改造社は経営困難に陥る。その時に出たアイデアが、〈円本〉であった。改造社は一九二六年に『現代日本文学全集』の「予約募集」広告を打ち出し、大規模な宣伝活動を行った。これが震災で本を失い読書に飢えていた人々の間で大ヒットとなり、改造社のみならず追随し類似〈円本〉を出した各出版社の経済状況を劇的に好転させ、さらにそれまで経済的に恵まれていなかった文学者の収入を激変させた。
〈円本〉として選集が出版された作家には、数万円の収入があったと言われている。例えば、金子光晴は自伝的小説「どくろ杯[12]」の中で、「独歩の息子の国木田虎雄とはからずもめぐりあったことから、私たちの別の運命がはじまった。改造社と、春陽堂から円本の日本文学全集が出てしのぎをけずっていた最中で、文士たちの最初のゴールド・ラッシュであった。虎雄も父の印税をつかいきれず、新しい細君といっしょに、ホテルぐらしをして、競馬で金を蕩尽していた。」と語っている。[13]
山本はこの収入でまたも国政選挙に打って出、一九三〇年の第一七回総選挙で今度は民政党から出馬し初当選する。左翼系記事で売っている『改造』の社長が、保守政党の代議士となったのである。[14]
ここで、少し時間を戻し、〈円本〉出版直後の状況を考えたい。
改造社の〈円本〉である『現代日本文学全集』の第一回配本（『尾崎紅葉集』）は一九二六年一二月に発売された。先述の通りこれが爆発的な売れ行きを示し、改造社の経営は好転した。同時に、本章冒頭で述べたように『改造』は一九二七年二月号において「本誌の値下げと十倍拡張運動」という巻頭言を挙げている。これを『改造の四十年』では「編集の大衆化」としている。が、ここに一九二五年一月に創刊された大日本雄弁会講談社の雑誌『キング』の影響があることは明らかである。[15]また佐藤卓己は、〈円本〉の新聞広告のコピーにすでに「大衆」を購買層として狙う意図が現れていると指摘している。[16]

このように、『改造』はそれまでの進歩的知識階級を読者層として狙っていた編集方針を、ここで「大衆」寄りに修正し始めている。そして、その延長上に『改造』懸賞創作募集が位置しているのである。

3 〈懸賞作家〉の登場

『改造』懸賞創作は、しばしば「最初の懸賞小説募集」と評される。しかし紅野謙介が指摘しているとおり、日本文学史はすでに明治後期には「懸賞小説の時代」を経験していた。[17]ここで『改造』の懸賞創作募集が「最初の」と形容されるのは、戦後に深田久弥が「わが記者時代を語る　「改造」の三十年　本社出身作家の座談会」(『改造』一九五〇年三月号)の中で、「大雑誌が創作の懸賞創作を募集したのは『改造』が最初です。」「(略)あれから創作の懸賞募集は方々で盛んになりましたが、『改造』のあれが最初でしたね。」と述べたことの影響であると思われる。

紅野がまとめているように『改造』懸賞創作以前にも大規模な懸賞小説募集は特に新聞を中心に明治後期から行われており、その点で『改造』の企画は「新たな」ものではなかった。

しかし、それでも『改造』懸賞創作募集が「最初の懸賞募集」という誤解をそのまま引き受けてきたのは、この企画がそれまでの懸賞募集と比較して規模が大きくそして安定して継続されたことに関係しているであろう。『改造』懸賞創作は、二八年四月に第一回の結果が発表されてから、三六年、三八年の二度の中断を経ながら三九年の第十回まで続いていた。[18]『改造』が懸賞創作募集を始めた後に、三四年からは『中央公論』も「中央公論原稿募集」を開始し、改造社の文芸誌『文芸』も「『文芸』懸賞創作」を募集した。[19]その点で、この企画は賞金規模や当選者への執筆メディアの提供などを考えても現在の文芸誌新人賞募集に連なるものであると言える。これらの状況から、『改造』懸賞創作を懸賞小説募集の原型とみるという判断が生まれたのではないかと思われる。

最初の募集告知からも明らかなように、当初この企画は『改造』の十周年記念企画であって、継続されるかどうかもはっきりしていなかった。賞金額の大きさからいっても、文字通り「記念」企画と映ったであろうし、故にそれほどの注目を集めなかった。事実、この懸賞創作募集が告知された後も、他誌の文芸時評欄などでは反応はみられなかった。[20]

しかし、『改造』懸賞創作が第一回以降継続して募集されるようになると、年一回の募集と多額の賞金、そして当選者が当時文芸誌としてもトップクラスの位置にあった『改造』を中心にテクスト発表の場を与えられるという好待遇が周知されることによって、「文学を書くこと」への欲望を喚起された人々を一気に引きつけることになった。

このような局面において、「懸賞小説の時代」には存在しなかった作家が登場することになる。〈懸賞作家〉である。

明治後期からの「懸賞小説の時代」における懸賞は、基本的に作家志望の青少年たちの習作発表の場としての機能が主であった。[21]この当時、作家としてデビューするためには、例えば『改造』の編集者であった水島治男が言うように「先輩・師匠に当る作家から、出版社（編集者）に紹介してもらうか、大胆に自分で持ちこむか、同人雑誌に書いていて年季を入れているうちに、営業雑誌へスカウトされるか」[22]しかなかった。水島は、同時に「あるいは懸賞小説に応募して当選する道とがある」とも述べているが、それは水島がまさに『改造』の文芸担当編集であったからであり、懸賞による〈文壇〉登場は、決して一般的な方途ではなかった。共通体験としての同人誌活動や、作家の下での書生経験などの下積みを経ずにいきなり『改造』を出発点として登場する〈懸賞作家〉に対し、既存の文壇人からは強い違和感が向けられていくことになるのである。

例えば『改造』懸賞創作の第三回一等当選者である芹沢光治良は、林芙美子から戦前に次のような忠告を受けたと語っている。

（林芙美子は――引用者）私が「改造」の懸賞によって文学の世界にはいったことは、文壇人から或る種の軽視を受けているので、生涯の損失であるから、それだけに文壇人と親しむように努力するべきだと、熱心に幾度も忠告した。それには、家にこもっていないで、街に出て、文士の会合に出席するのは言うまでもなく、文士の集る酒場にも行って、気軽につきあうようにと言うのだった。(23)

ここで芹沢が言う「『改造』でデビューした作家は〈文壇〉で軽視される」という主旨の指摘は、他の作家の回想からも見ることが出来る。例えば、高見順は『昭和文学盛衰史』において、芹沢光治良を評価する文脈で次のように言う。

総じて懸賞当選作家というものが育たないのは、どういうわけなのだろうか。懸賞で当てようというような精神のなかには、「まともに」文学の育たないものが含まれているのだろうか。（略）懸賞に応募するというのはしかし、この、当ててやろうといった動機からだけでなく、自分の作品を発表できる場所も機会も無いひとが応募という方法を選ぶ場合もあるだろう。芹沢光治良はそれだったと思われる。
だが外見的には、ひとしく懸賞作家だと一種の眼で見られねばならなかった上に、文壇常識の作家コースを踏んでないというところから、いわば継子視された彼だったのである。(24)

高見は、芹沢が『改造』懸賞創作当選者の中で最大の、あるいは唯一の「成功した作家」である、という見方をしており、それは他の回想者、例えば『改造』と『文芸』の編集者であった上林暁にも共通してみられる。[25]しかし、そのような芹沢であってさえ、戦前から戦後までも、『改造』懸賞創作でデビューした、ということによって「軽視」されているというのである。

また、同時代においても例えば室生犀星は『中央公論』（二八年五月号）の「文芸時評」において、次のように述べていた。

新聞雑誌の賞金による作家がその際物的な才能に拠るものが多く、その懸賞的場面にのみ役立つことに於て文壇的作品たることの高尚と品格に自ら劣れるは今までの懸賞作品の本懐であつた。併し乍ら雑誌による作品発表の機関を失ふた無名であるための猛烈な文壇外の士は、恐らく今後に於て漸く懸賞物の多い新聞紙的な媒介により、或は鬱然たる文芸的王国を築き上げるかも知れない。（略）二、三のよき作家らはそれらの懸賞物の中から現はれるであらう。静に信頼ある編集的関門を経た作家たる落着きは得ることはできないが、多少の際物的な併し猛烈な波濤を蹶上げて顕れることも、今日に於ては当然なことかも知れない。

室生は〈懸賞作家〉の登場を完全に否定しているわけではないが、懸賞小説テクストとは端的に言って「金目当て」に描かれたものであり、〈懸賞作家〉＝「際物的」という前提は崩していない。この「文芸時評」が発表された二八年五月号の発行は『改造』二八年四月号において第一回懸賞創作の当選発表が行われたのを受ける時期である。ここで室生は『改造』懸賞創作の名前は一切出していないが、その発表を受けた時期に寄せた記事としては示唆的な内容を含んでいると言えよう。ここからは、室生が『改造』懸賞創作を意識していたかどうかにかかわらず、第一回当選発表時期における〈文壇〉の〈懸賞作家〉登場に対する意識を伺うことが出来るからだ。

ともあれ、『改造』懸賞創作は〈文壇〉外に対して「文学を書くこと」への欲望を強く喚起することに成功することになる。それは先述のように、短期で終わるとはいえ懸賞企画を『中央公論』までもが追随することにも現れている。しかしそこから登場することになる〈懸賞作家〉たちの作家としての行く先には――それこそ、「信頼ある編集的関門を経」ていない彼らにとって――様々な困難が待っていたのである。

4 『改造』懸賞創作

では、具体的に、『改造』懸賞創作にはどのような作家・どのようなテクストが当選し、彼らとそのテクストにはどのような「将来」がやってきたのであろうか。まずはここで、『改造』懸賞創作の当選者と当選作を確認してみたい。

第一回（二八年）　一等　竜胆寺雄「放浪時代」
　　　　　　　　　二等　保高徳蔵「泥濘」
第二回（二九年）　二等　高橋丈雄「死なす」
　　　　　　　　　　　　中村正常「マカロニ」
　　　　　　　　　　　　明石鉄也「故郷」
第三回（三〇年）　一等　芹沢光治良「ブルジョア」
　　　　　　　　　二等　大江賢次「シベリヤ」
第四回（三一年）　二等　田郷虎雄「印度」
　　　　　　　　　　　　騎西一夫「天理教本部」
　　　　　　　　　　　　太田千鶴夫「墜落の唄」
第五回（三二年）　二等　張赫宙「餓鬼道」

阪中正夫「馬」
第六回（三三年）　二等　荒木巍「その一つのもの」
角田明「女碑名」
第七回（三四年）　二等　酒井龍輔「油麻藤の花」
大谷藤子「半生」
第八回（三五年）　二等　湯浅克衛「焔の記録」
佳作　三波利夫「ニコライエフスク」
三六年募集無し。
第九回（三七年）　佳作推薦　龍瑛宗「パパイヤのある街」
渡辺渉「霧朝」
三八年募集無し。
第十回（三九年）　二等　小倉龍男「新兵群像」
竹本賢三「蝦夷松を焚く」
井上薫「大きい大将と小さい大将」[26]

以上、四三年に「戦時新人小説募集」が行われるものの、『改造』懸賞創作としての募集は第十回が最後となる。三六年、三八年の「募集なし」も含め、募集中止についての説明は行われていない。この辺は、『改造』の場当たり的な編集方針が現れている部分と言えよう。

ここに掲げたとおり、第一回の当選作は一等が竜胆寺雄「放浪時代」、二等が保高徳蔵「泥濘」であった。二八年四月号に一等の「放浪時代」が、翌五月号に「泥濘」が、それぞれ作者の写真と共に掲載され、また四月号の「懸賞創作発表」の際には「佳作」十編を題名のみ掲載し「此のうちから二三篇は選外人賞として三百円を贈り本誌に登載することとなるだらう」と記されており、一等、二等に外れても『改造』登場の可能性があることを示し、投稿意欲を促進させていた。(27)

ここで、特に一等の竜胆寺雄「放浪時代」が、プロレタリア文学の勢威が強烈であったこの時期において、そのモダニズム性と〈新人性〉によって高く評価されたことが『改造』懸賞創作の興行的な成功の第一を担った。竜胆寺のテクストはこの後『改造』のみならず当時の著名誌を席巻していく。竜胆寺はモダニズム文学の寵児となり、新興芸術派の代表作家となり活躍していくのである。このような竜胆寺の行き方自体が、『改造』懸賞創作によるデビューを「確かなもの」であるとその応募者に印象づけていくことになったのだ。

そして、第三回(三〇年)の募集において一等当選となった芹沢光治良「ブルジョア」をもって『改造』懸賞創作の〈文壇〉における地位は確たるものとなった。「ブルジョア」は高い評価を受けることになり、芹沢はたちまち〈文壇〉に認められていくが、ここでは作者・芹沢光治良が〈文壇〉的には全く無名であること、のみならず、「東大経済学部を出て、直に農商務省に入り、高等官、従七位。三年半で、一本気な一生を厭つて巴里に渡り、四年半遊学。最近帰朝(28)」という、インテリ・エリート・欧州帰りという背景を持った、いかにも『改造』読者の趣味嗜好を刺激する〈新人〉であったことが『改造』懸賞創作の意義と権威を高める一因となったのである。

もちろん、その一方で、逆に経歴がある意味怪しい〈新人〉も多数現れていた。例えば、芹沢と同じ第三回に

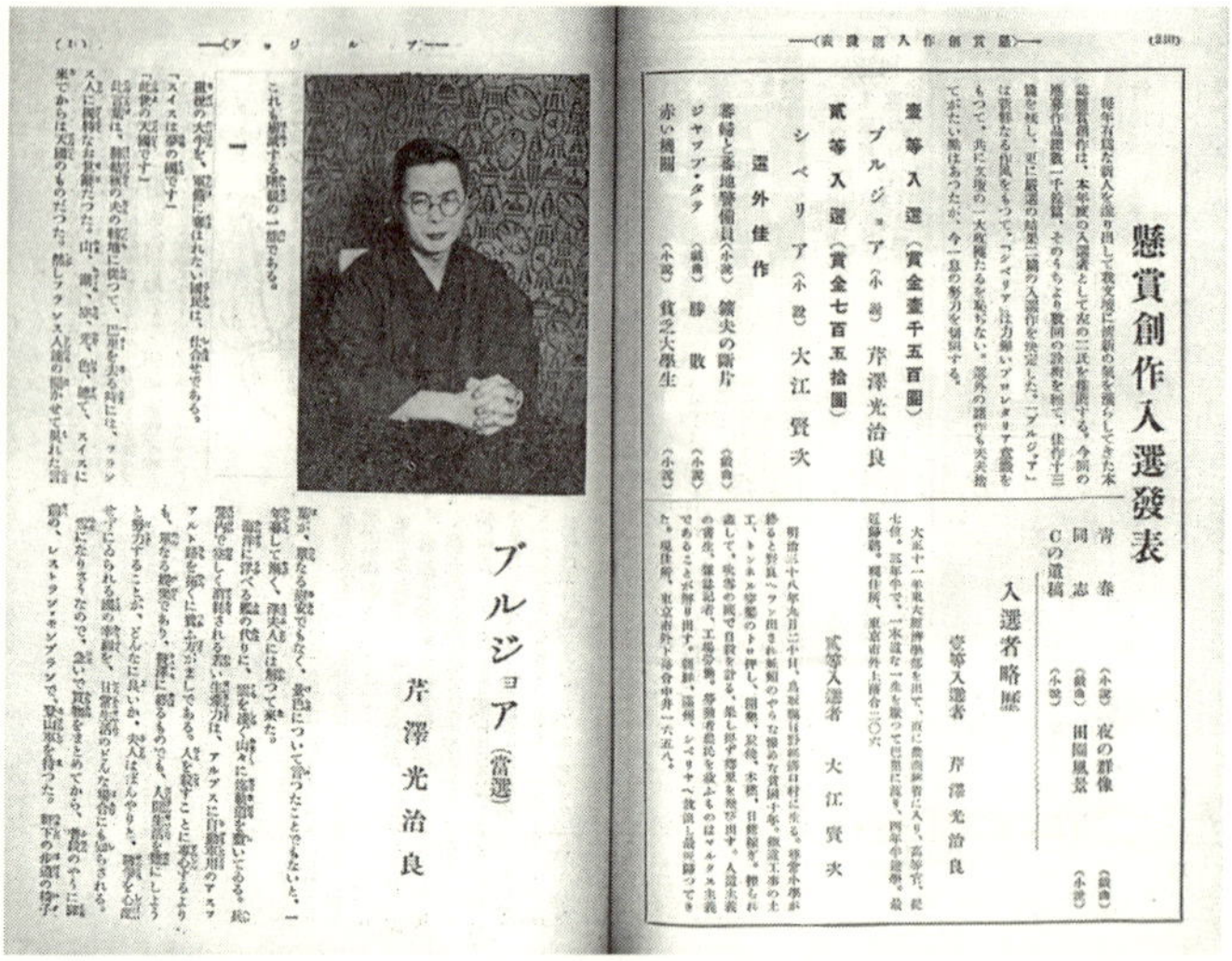

第三回（一九三〇年）『改造』懸賞創作発表（『改造』三〇年四月号）

「シベリヤ」で二等に当選した大江賢次の略歴は「尋常小学が終ると野良へツン出され蚯蚓のやうな惨めな貧困十年」「搾られ尽して、吹雪の底で自殺を計る、果し得ず郷里を飛び出す。人道主義の書生、雑誌記者、工場労働。」「朝鮮、満州、シベリヤへ放浪し最近帰つてきた。」とあり、並んで記されている芹沢のそれと非常に対照的であった。

この芹沢と大江の「略歴」はそれぞれ自身が書いたものである。『改造』懸賞創作では、自筆の略歴添付が投稿規定に盛り込まれているからだ。つまり、投稿者たちはこの「略歴」によっても自身の価値を際だたせようという戦略を持ち込むことになる。芹沢と大江の略歴には、それが顕著に表れていたし、逆に言えば、そのような戦略を投稿者側に選ばせるような『改造』側の選考方針が陰に陽に示されていたとも言えた。

それは朝鮮半島出身者である第五回の張赫宙や台湾出身者である第九回の龍瑛宗の当選からもわかる。両者のテクストは、ともに日本語の運用能力や、物語展開や内容の面では日本人——植民地出身者がいうところの「内地人」、つまり日本語ネイティブによるテクストと比べ見劣りが否めないものである。にもかかわらず彼らのテクストが当選したところに、「植民地出身者の当選」のニュース性を『改造』側が考慮したことはほぼ疑いないからだ。これには『改造』が海外や外地への販路拡大を意識していたことが傍証となるであろう。張赫宙当選の翌年の「第六回懸賞創作入選発表」記事には、「前年の張赫宙君の入選に刺激されたものか、朝鮮よりの応募が頗る多かつた。」と述べられているし、台湾でも、「第二の張赫宙」「台湾の張赫宙」の登場を望む、という記事が台湾島内発行の同人誌で散見されるようになっていくのである。[29] 以上のような点から、『改造』懸賞創作の当選作家・当選テクストの傾向が見えてくる。そしてそれは、同時代の投稿者や投稿希望者、そして〈文壇〉の人々の目から見てもわかりやすいものであった。

『改造』懸賞創作は、基本的に編集者によって選考が行われていた。深田久弥によれば、第一回は最終選考を正宗白鳥、佐藤春夫、藤森成吉に依頼したが、二回以降は編集部のみで選んだという。[30]

編集部による選考というのは、二〇世紀半ばから二一世紀初めである現在（二〇一二年）までの主要な文芸誌新人賞の選考がほぼ全て著名作家への依頼によって行われている状況と大きく異なる。それは『改造』編集部の選考眼への自信の表れかもしれない。当時の『改造』編集部は、たしかに日本帝国内の文学活動の頂点を編集していたのだから。

しかし、それは同時に『改造』懸賞創作の選考が『改造』編集方針の影響を直接に受けることも意味していた。当選作家・当選テクストの傾向が「わかりやすく」なると述べたのはそのためである。『改造』懸賞創作の傾向と対策は、回を重ねるにつれて明瞭になってゆき、そしてそれと反比例するように、価値を失っていくことになる。

5　竜胆寺雄から芹沢光治良へ――初期の傾向

第一回の一等当選者である竜胆寺雄は、先に述べたように、当選後モダニズム文学あるいは新興芸術派の旗手としてめざましい活躍を見せた。竜胆寺は雑誌掲載テクストは当然のこと、三四年までの間に十一冊もの単行本を出している[31]。そして、第二回に当選した中村正常もまた、ナンセンス文学の作家として新興芸術派の有力な一人と見なされるようになっていた。

一方、第一回に二等当選となっていた保高徳蔵は、竜胆寺らの華々しい活躍とは無縁であった。保高は懸賞創作に当選するまで全く無名であった竜胆寺と違い、当選以前から、既に宇野浩二、広津和郎、直木三十五らとの交友関係があり、『改造』に投稿するより前に、宇野や広津に『改造』『新潮』への紹介を依頼し、自身の原稿を彼らに預けていた[32]。そういう点で、保高はむしろ〈文壇〉既存のルートに同調している作家であると言えた。そしてその傾向は、当選後の保高の進んだ道にも現れている。保高は懸賞賞金を元手に、〈文壇〉の中で発表機会を得られない若い作家志望者たちのための雑誌を立ち上げる。それが三二年に創刊された『文学クオタリイ』であり、後一九七〇年代まで続き、戦後には中上健次を初めとする多くの作家を輩出した『文芸首都』となる。作家のデビュー経路としての同人誌を用意しようという保高の意志は、明らかに〈懸賞作家〉的ではなかったが、当選時三十九歳であった保高は、懸賞がデビューとなる〈懸賞作家〉としては世代が一つ前の存在であったかもしれない。当選時二十六歳であった竜胆寺と比べても、その感覚には大きな隔たりがあったに違いない。

保高はそのような自身の文学活動へのイメージから、『改造』懸賞創作当選者たちによる結集も意識するようになる。その結果、後に「改造友の会」という当選者グループが結成される。芹沢によれば、「改造友の会」は「当選者が十人以上になった頃[33]」結成されたというので、三一年の第四回の当選発表以降ということになる[34]。このような動きも、保高が既存の〈文壇〉タイプの作家であることを示している。

最初期の『改造』懸賞創作の性格は、竜胆寺の登場と活躍が強烈であったためにそれに代表されがちだが、当時主流であったプロレタリア文学の影響も当然現れていた。第二回の明石鉄也「故郷」は、学連事件に関与して帝大を退学した「私」が鳥取の故郷に帰り、そこでまた労働運動を指揮する物語であり、同時に当選した中村正常の「マカロニ」とはお互いにかけ離れたテクストであった。第二回では、初めて戯曲も当選し、二等三テクストのうち二つ（高橋丈雄「死なす」と「マカロニ」）が戯曲であった。第一回、第二回は、プロレタリア文学に目配りをしつつ、モダニズム文学の旗手を生み出していくというバランスの中で懸賞当選作が選ばれていたことになる。

それが、第三回に芹沢光治良「ブルジョア」が一等当選作として登場することで変化が始まった。題名からプロレタリア文学を刺激しながら、「これも崩滅する階級の一態である。」という一文で始まる、スイスの「結核都市」を舞台としたこのテクストは、先述の通り芹沢個人のエリート性も合わせ、「国際性」を前面に打ち出していた。同じく二等当選の大江賢次「シベリヤ」は、シベリア出兵を題材にしたもので、大江自身が略歴に記し、選評も伝えるように「力強いプロレタリア意識」に基づいて描かれていたが、芹沢と「ブルジョア」の背景にかすんでしまった。しかし、当選作が「ブルジョア」「シベリヤ」という片仮名題のテクストであり、「海外」を舞台としているという点で、『改造』懸賞創作と「国際性」を結びつける意識が、ここから投稿者に伝えられていくのである。

そして、この「国際性」への意識が最初に当選作として現れたのが、第四回に登場する田郷虎雄「印度」であった。田郷虎雄は停滞する以前の『改造』懸賞創作の当選者の中で、当選以前の無名性と当選後の活動との両面において『改造』の〈懸賞作家〉の特徴を非常によく現している作家である。故に、ここで特に田郷虎雄とその当選作「印度」、そして当選のその後の田郷について検討してみたい。

6　田郷虎雄「印度」とその後――〈懸賞作家〉と〈戦争〉と〈文壇〉と

『改造』懸賞創作当選作としての「印度」

田郷虎雄の戯曲「印度」は、一九三一年四月号の『改造』に掲載された。このテクストは、発表前年にインドで起きたインド独立運動家・ガンジーによる「塩の行進」事件[35]を背景とした、イギリス支配下のインドにおけるインド人の悲劇を描いたものである。この時、『改造』は、「第四回懸賞創作当選発表」を行っており、「印度」はその際の当選作三作のうちの一つであった。

前節までに述べたように、『改造』創刊十周年記念の企画として始まった『改造』懸賞創作は、二八年の第一回懸賞創作において竜胆寺雄を輩出し、第三回懸賞創作で芹沢光治良を見いだした段階で、多くの投稿作と注目とを集めるようになった。田郷虎雄が「印度」によって当選したのは、このように『改造』懸賞創作の〈文壇〉における地位が確立した段階だった。

「印度」と同時に当選した騎西一夫「天理教本部」（同年五月号掲載）、太田千鶴夫「墜落の唄」（同年六月号掲載）は、全て二等当選で、賞金も均等に七五〇円ずつであった。全十回におよんだ『改造』懸賞創作の中で、一等当選となったのは先に挙げた竜胆寺と芹沢のみで、その他は一等なしの二等当選ばかりである[36]。第四回に当選した三作は、全て二等で同列の立場ではあるが、実際には、二等の中にも序列があったと思われる。単純に見ても、当選発表と選考評、当選作名が発表される四月号に同時に掲載されるテクストが二等中の「第一席」で、五月号、六月号と後の号に掲載される者の方が席次が低いと見なされることは避けられないからだ。その意味で、当選発表と同時に掲載された「印度」は第四回懸賞創作における「第一席」であるに違いなかった。

そして、「印度」が事実上の二等第一席であることが、『改造』懸賞創作の傾向を表してもいた。

先述の通り、第一回に竜胆寺が登場し、まずは『改造』懸賞創作に対して、プロレタリア文学の圧力や〈文壇〉とのしがらみのないところで、「自由な表現ができる〈場〉」としてのイメージを与えた。そして第三回の芹沢光治良と大江賢次が、海外を舞台にしたテクスト・国際情勢を反映したテクストが選考に残る可能性が高い、という新たなイメージを『改造』懸賞創作に与えることになった。そしてそのイメージが実際に信じられていた

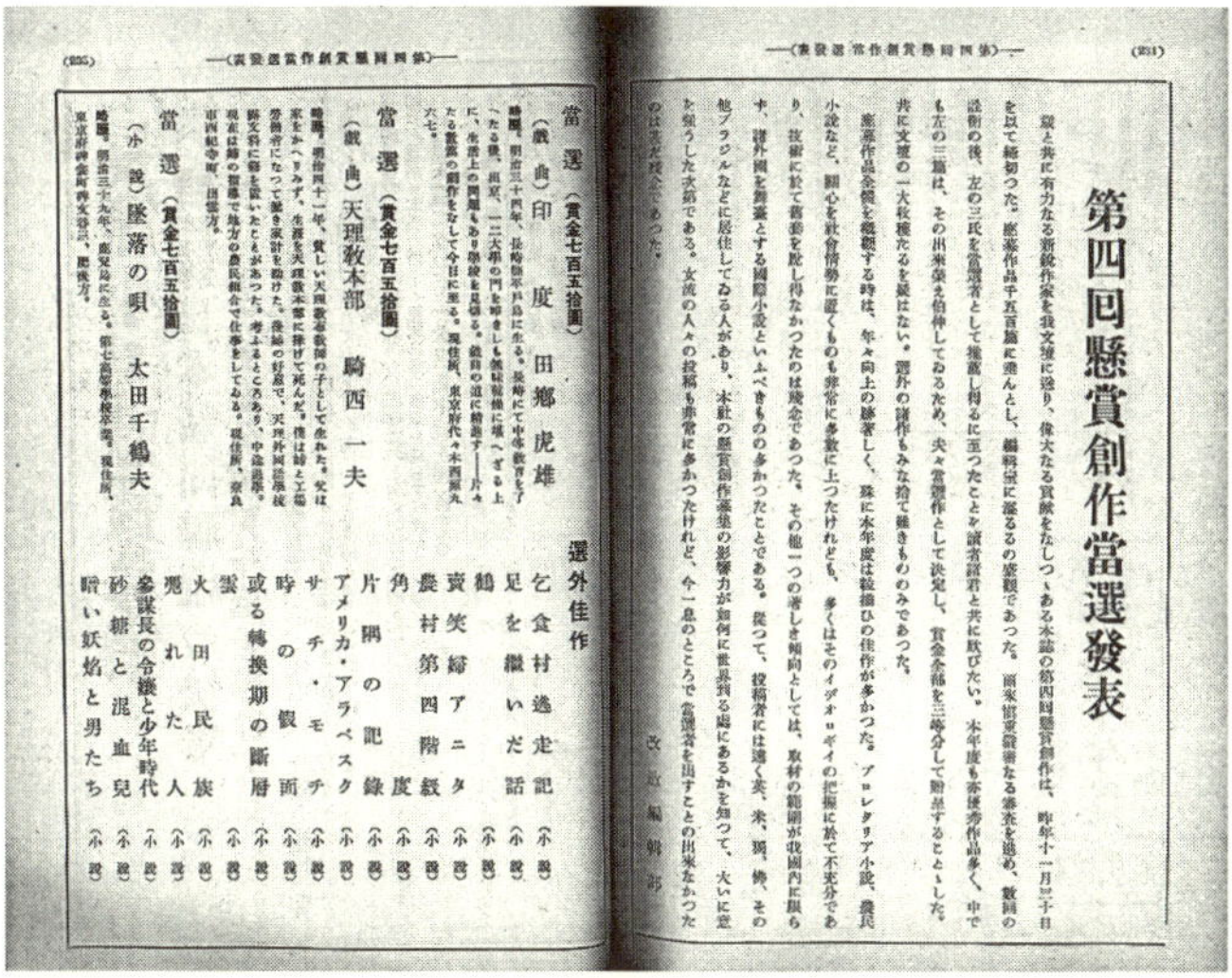
—(第四回懸賞創作當選發表)— (251)

第四回懸賞創作當選發表

□と共に有力なる新鋭作家を我文壇に送り、偉大なる貢献をなしつゝある本誌の第四回懸賞創作は、昨年十一月三十日を以て締切つた。應募作品千五百篇に垂んとし、編輯室に溢るゝの盛觀であつた。爾來慎重嚴密なる審査を進め、數回の詮衡の後、左の三氏を當選者として推薦し得るに至つたことを讀者諸君と共に欣びたい。本年度も亦優秀作品多く、中でも左の三篇は、その出來榮え伯仲してゐるため、夫々當選作として決定し、賞金全額を三等分して贈呈することゝした。共に文壇の一大收穫たるを疑はない。選外の諸作もみな捨て難きもののみであつた。

應募作品全般を概觀する時は、年々向上の跡著しく、殊に本年度は粒揃ひの佳作が多かつた。プロレタリア小説、農民小説など、關心を社會情勢に置くものも非常に多數に上つたけれども、多くはそのイデオロギイの把握に於て不充分であり、技術に於て習套を脱し得なかつたのは殘念であつた。その他一つの著しき傾向としては、取材の範圍が我國内に限らず、諸外國を舞臺とする國際小説といふべきものの多かつたことである。從つて、投稿者には遠く英、米、獨、佛、その他ブラジルなどに居住してゐる人があり、本社の懸賞創作募集の影響力が如何に世界到る處にあるかを知つて、大いに意を強うした次第である。女流の人々の投稿も非常に多かつたけれど、今一息のところで當選者を出すことの出來なかつたのは甚だ殘念であつた。

改造編輯部

(250) —(第四回懸賞創作當選發表)—

當選（賞金七百五拾圓）

（戯曲）印度　田郷虎雄

略歴。明治三十四年、長崎縣平戸島に生る。長崎にて中學教育を了へたる後、上京、一二大學の門を叩きしも貧困窮乏に堪へざる上に、生活上の問題もあり學校を見限る。戯曲の道に精進す——片々たる數篇の創作をなして今日に至る。現住所、東京府代々木西原九六七。

當選（賞金七百五拾圓）

（戯曲）天理教本部　騎西一夫

略歴。明治四十一年、貧しい天理教布教師の子として生れた。父は家をかへりみず、生涯を天理教本部に捧げて死んだ。僕は時と工場労働者になつて僅き家計を助けた。其頃の好意で、天理外國語學校修文科に籍を置いたこともあつた。考ふるところあり、中途退學。現在は郷の聖郷で地方の農民組合で仕事をしてゐる。現住所、奈良市西紀寺町、田郷方。

當選（賞金七百五拾圓）

（小説）墜落の唄　太田千鶴夫

略歴。明治三十九年、鹿兒島に生る。第七高等學校卒業。現住所、東京府□□町□□方。

選外佳作

乞食村逃走記（小説）
足を繼いだ話（小説）
鵜（小説）
賣笑婦アニタ（小説）
農村第四階級（小説）
角度（小説）
片隅の記録（小説）
アメリカ・アラベスク（小説）
サチ・モチ（小説）
時の假面（小説）
或る轉換期の斷層（小説）
雲（小説）
火田民族（小説）
甦れた人（小説）
參謀長の令孃と少年時代（小説）
砂糖と混血兒（小説）
暗い妖焔と男たち（小説）

第四回（一九三一年）『改造』懸賞創作発表（『改造』三一年四月号）

ことは、「印度」が当選した第四回の選考評に現れている。

著しき傾向としては、取材の範囲が我国内に限らず、諸外国を舞台とする国際小説といふべきものの多かつたことである。従つて、投稿者には遠く英、米、独、仏、その他ブラジルなどに居住してゐる人があり、本社の懸賞創作の影響力が如何に世界至る処にあるかを知つて、大いに意を強うした次第である。

このような選考評と同時掲載されたテクストが「印度」であったとき、『改造』懸賞創作は、海外のよく知られていない事例をテーマに取り上げると、当選しやすい」という「傾向と対策」を読者——投稿者予備軍が読み取ったことは想像に難くない。そして実際、第五回の懸賞創作で二等当選になったのは、朝鮮半島出身の張赫宙による、日本統治下における朝鮮人労働者の悲惨な状況を描いた「餓鬼道」であった。このことは『改造』懸賞創作の「傾向と対策」を読者——投稿者予備軍に確信させたことであろう。

繰り返しだが、紅野謙介は、明治後期においてすでに「懸賞小説の時代」が到来していたと指摘している。それを紅野自身が「投機としての文学」というタイトルでまとめているように、懸賞を目指すという行為は「投機」としてとらえられ、「金目当て」に文学活動を行うという意味において、〈文壇〉からの蔑視から逃れられなかった。あるいは、当選作家自身が、「自分は蔑視されている」という意識から逃れられなかったとも言えるだろう。

田郷虎雄は、そのような〈懸賞作家〉の有り様を典型的に示している作家でもある。田郷は、第三回までに偏見を帯びつつも権威を確立した『改造』懸賞創作のその確立直後に、最も「傾向と対策」に寄り添った形のテクストによって懸賞当選を果たした。そしておそらく、そのことが田郷の作家としての成功と破綻と、その両方へと導いていくことになるのである。

田郷は〈日本近代文学史〉の上では、現在までほとんど注目を集めていない。しかし彼の名前と存在は、一九三〇年代から四〇年代にかけての〈文壇〉で、実に多く見つけることが出来る。それは「演劇史」の中や「少女小説家」として、そして大陸開拓文藝懇話会のメンバーとして拓務省派遣の大陸開拓ペン部隊の一員となり満洲視察をして以降、国策作家として活動する田郷の姿である。

四五年八月の日本敗戦以前までの状況でとらえるならば、田郷は『改造』懸賞創作当選作家という出発点から、比較的順調に活躍の場を広げることが出来たと言える。そしてそれは、『改造』懸賞創作に当選しながら、程なく〈文壇〉から姿を消していった作家の方が多かったことを考えると、異例とも言える展開であった。しかし、『改造』懸賞創作で登場し、安定した活躍をし得た作家が芹沢光治良、張赫宙程度であるとき――竜胆寺雄は、『文芸』三四年七月号に発表した「M・子への遺書」によって川端康成や菊池寛などを名指しで非難したことをきっかけに、〈文壇〉における自らの地位を失墜させている[37]――田郷の「異例とも言える展開」は、やはり最終的な「破綻」を、結果的に言えば予見させるものでもあった。

なぜ「印度」だったのか

ここで改めて、田郷虎雄について説明をしておきたい。

田郷の「印度」当選時に記された「略歴」は、次のようなものである。

明治三十四年、長崎県平戸島に生る。長崎にて中等教育を了へたる後、出京、一二大学の門を叩きしも無味乾燥に堪へざる上に、生活上の問題もあり学校を見切る。戯曲の道に精進す――片々たる数編の劇作をなして今日に至る。現住所、東京府代々木西原九六七。

この「略歴」では情報が少なすぎるので、もう少し説明を加えておきたい。

田郷虎雄は一九〇一年に平戸町長・田郷直礼と妻マスの次男として生まれた。長崎師範学校を卒業し、佐世保市の小学校の教員として働いた後、一九二七年に母、妻、娘を連れ、兄を頼って上京した。上京後はまた小学校に勤務しながら、戯曲執筆を続けていた。この間、少女雑誌や演劇雑誌などに戯曲を掲載されているらしいが、彼のデビュー作として認識されているのは『改造』懸賞創作に二等当選となった「印度」である。

その後、『改造』『文芸』に数作の戯曲を発表したが、一方で『少女の友』などに多くの少女小説を発表するようになる。また、改造社系の雑誌から離れていくあたりから、国策劇、特に満州開拓移民を称揚する「素人演劇」の戯曲を数多く発表していくようになり、その過程で戯曲が公演されたり、ラジオドラマ化されたりした。[38]

戦後、国策協力に走ったことを恥じる文を公表し、[39]少女小説家として活動を再開したが、一九五〇年に死去した。[40]

田郷は、「印度」の当選以前に演劇雑誌『舞台』『舞台戯曲』に作品を発表しているという。[41]また、やはり「印度」当選前に『少女の友』『少女倶楽部』に戯曲を発表したとある。[42]さらに、田郷が『文芸』三四年二月号に寄せた随筆「「印度」を書くまで」では、「何とか文芸連盟といふ投書雑誌に五回ばかり戯曲を投書して、五回とも佳作で没になつた。」と述べている箇所もある。

このように、田郷は「印度」当選以前に既に商業誌上にテクストを発表していたが、にもかかわらず、彼は〈新人〉として『改造』懸賞創作でデビューしたことになっているのである。あるいは「演劇史」や「少女小説史」といった立場からの把握によれば、違った評価が生じるのかもしれないが、ともかく、少ないながらも存在している田郷についての言及は全て、彼のデビューを『改造』懸賞創作の「印度」としている。このような傾向は、田郷のみではなく、『改造』懸賞創作当選者全般に見られる。

そこには、「デビューは『改造』である」と語ることに当選者・受容者双方の意図の一致が存在しているのであろう。『改造』という「ビッグネーム」を提示することで、作家としての存在に対する理解と位置づけが容易になるからであり、また明らかに容易になるだけの権威を『改造』が有していた／いるということを示しているのである。

このように、「印度」は田郷のデビュー作として機能していくことになるが、ここで気になるのは、田郷がなぜ『改造』懸賞創作への投稿作のテーマにインドを選んだのか、という点である。

田郷の経歴上において、直接的にインドとの接点はない。「「印度」を書くまで」の中でも、「この年（一九三〇年――引用者）の夏、「印度」を書かうと思ひ立つた。」と書いてあるだけで、動機については述べられていない。

もちろん、前節で述べたように、第三回の懸賞創作発表が終わっていた三〇年の夏には『改造』懸賞創作の「傾向と対策」として、田郷の中で海外をテーマに取り上げよう、という意識が働いていたことは想像できる。また、一九三〇年三月頃から、ガンジーによる「塩の行進」事件だけではなく、むしろそれ以上に、インド関連の記事が新聞紙面を賑わせていたことも影響として考えられる。この頃、インド政府はイギリス製品と競合し、インド市場を侵食してきた日本綿布を閉め出すために関税引き上げ法案を上程しており、それに対して日本政府および日本の綿布業者が一体となって抗議を続けていたのである。

当時の新聞紙面は連日インド政府の動向を報じており、それはガンジーの抗議運動よりも遙かに紙幅をとっていた。

同時期に同様に紙面を占めていたのは、ロンドン軍縮会議の行方である。かつては日英同盟を結んでいた日本とイギリスは、二三年にそれが破棄されて以降、中国（特に上海）・アジアを中心とする市場の奪い合いという意味で競合状態にあった。よって、イギリス主導で日本製綿布の締め出しをしていることが明白なインド政府の動きも、日印二国間問題ではなく、日英印の三国間問題としてとらえられていただろう。[43]それは、「印度」の中での在印イギリス人の描写にも反映されている。「印度」の中に登場する在印イギリス人たちは、一様に傲慢で、インドを見下した態度をとり続けるのである。

このように、当時の報道の側面から見ると、インドをテーマとしたテクストの材料は非常に多く示されているといえる。ただし、これらはあくまで傍証に過ぎない。確かにインド関連の報道が多かったとしても、それだけが報道ではない以上、田郷がインドをテーマに選んだ決定的な証拠にはならない。

田郷とインドを結びつけたのは「印度研究家」中山利国[44]である。田郷と中山利国は長崎県出身という縁で交友関係にあった。田郷は三〇年に出版された中山の詩集『木犀の氾濫』に序文も寄せており、両者には「印度」執筆以前に交流があったことがわかっている。また中山は四三年に『永生の印度』というインド研究書を書いており、その冒頭には、近年中島岳志の研究[45]によって注目された在日インド独立運動家のラース・ビハーリー・ボースが「序詞」を寄せている。中山は三〇年代後半から日本軍部との関係を深めていく在日インド独立運動家たちとの接点があったのである。また、中山の研究書にはボースに続いて、「印度独立連盟副総裁　デスパンデー[46]」による「序文」も載せられており、そこには次のように書かれていた。

自分が印度から派遣されて、日本精神及び日本武道の研究に渡来したのは、二十歳の時で、今から十二年前であつた。

（略）

自分が中山さんと面識したのは十一年前の四月、レインボーで戯曲『印度』の作者・田郷虎雄氏の紀念祝賀会の夕であつた。

本章執筆を前に、田郷虎雄の次女である阿部京子氏にお話を伺うことができた。阿部氏によれば、中山は自宅によく訪れており、また阿部氏自身は記憶にないものの、阿部氏の姉は「ボース」と呼ばれるインド人も自宅に来ていたと話しているという。田郷の戦中の日記にも、中山の訪問が数度記録されている(47)。

さらに、デスパンデー（デーシュ・パーンデー）が参加したと述べている「レインボー」（これは現在の東京・内幸町にあった大阪ビルに入っていたレストラン・レインボーグリルのことであろう）での祝賀会で撮影されたと思われる写真にはボース、パーンデーの他に、サーバルワールなど在日インド独立運動家たちが田郷、中山とともにはっきりと写っている（写真1）。また別の祝賀会の写真では、ボースの支援者であった中村屋の相馬愛蔵・黒光夫妻の姿もあった(48)（写真2）。田郷と中山の最初期の接点は阿部氏にもわからないとのことだったが、中山を通じて、田郷は在日インド独立運動と関わっていたのである。

このことから、「印度」が未だインドにおけるイギリス支配の動揺は感じられないこの時期に、インド独立運動の高揚とイギリス統治批判を軸としたテクストとなっていることもわかりやすくなる。つまり、物語内容に在日インド独立運動家の意図が反映されているのだ。

「印度」におけるインド描写や解説は非常に——インド人の立場からの観点であるが——詳しく、それが『改造』懸賞創作に当選した大きな要因であると考えられる。その意味で、「印度」は第三回の「ブルジョア」と

「シベリヤ」以降に確立した『改造』懸賞創作の特徴を象徴しているテクストであると言える。そして「印度」のそのような特徴は、もちろん田郷本人の情報収集や調査の結果でもあるが、同時に在日インド独立運動家からの情報にも、大きな部分で頼っていたのである。

『改造』側がこのようなテクストを要求していたことは、『改造』の編集者であった佐藤績が、三五年一月号の『文芸通信』に寄せた「創作募集の経験から」の中で、次のように述べていることからもわかる。

写真１：最前列左から四人目が田郷、五人目がボース。

写真２：奥の左から三人目から田郷、ボース、相馬愛蔵・黒光。

先づ第一に、応募作品は内容形式共に独自のものであつて欲しい（略）応募作は毎年あらゆる地方から集まる遠《ママ》くは南米、北米、伊太利あたりからの在留邦人からも来る。其れ故、素材或ひは地方色と言つた点から見ると、実に捨て難いと思はれる変つたものや面白いものがある然《ママ》し之等の中の多くの作品が、佳作には入るが当選には達しない場合が多い。その原因はやはり題材を芸術作品に作り上げる修練の不足に在ると見ねばならないのだらう斯《ママ》んな特異な題材が——と思ふと、実際惜しいことがある。

「斯んな特異な題材が――」という言葉は衒いがなさ過ぎる分、『改造』編集側の本心を吐露していると言えるだろう。同じ文の中で、佐藤は「東京其の他の内地の都会からの応募作品が技術的には非常に秀れても内容は心境ものや模倣的なものが多い」とも述べており、『改造』の海外偏重の姿勢は容易くうかがい知れる。[49]

しかし、単に海外の「特異な題材」を描くだけで当選できる程、『改造』は甘くはない。「ブルジョア」も「シベリヤ」も、共に作家本人の海外経験を背景としたものであり、「印度」以降に海外を扱った当選作も、ほとんどが自らの海外経験を元にしていた。[50] つまり、「特異な題材」を描くためには、相応の経験に基づく「リアリティ」が要求されていたと言える。そのように考えると、それまで日本内地から出たこともなかった田郷の「印度」が当選したのは、中山利国や在日インド独立運動家といったブレーンがついていたからこそであろう。その強力な「リアリティ」ある情報をもとに、田郷は自身の〈作家〉としての成功をもぎとったのである。

「印度」と同時代言説

では、実際に「印度」のテクストに具体的に当たり、その構成の中から「印度」の様々な特徴を見つけてみたい。

「時　一九三〇年三月より五月に至る」「所　印度（ボンベイ市その他）」という前提のもと始まるテクストの第一景冒頭は、「土人街の一角」であり、そこでは「蛇使い」「ベンガルの踊子」「裸の男」「跣の娘」「牛糞の焚物を売り歩く女」などを背景に登場させるよう指示があり、それを「凡ては熱国印度の蒸せるが如き街頭風景」のための演出となっている。このようなインドに対するイメージは、かなりステレオタイプ化したものである。そしてそれは、在印イギリス人達のインド人に対する傲慢な姿勢、その「手先」としてインド人人夫を虐待する現場監督、インド人の無力と貧困を嘆く青年人夫などの描写にも現れている。

先に述べたように、このテクストの物語は、ガンジーの「塩の行進」事件を背景にし、それに合わせてインド独立運動に関わるようになるインド人青年・メータを主人公にしたものである。メータは自宅に回教徒の運動家・イマーブ・サヘブが警察に追われ逃げ込んで来たのをきっかけに、サヘブに代わりガンジーの「平和的ハルタル（ストライキ）」の呼びかけを行おうと家を出る。しかし、ボンベイ州知事に従うインド人現場監督・アブデウラ・セスに捕まり、州知事の下へ連れて行かれる。

メータの兄・メールは、ガンジーの呼びかけで第一次世界大戦でのイギリス軍への協力として行われたインド人部隊に参加し戦死しており、父は一九一九年のローラット法に対する抗議運動の際に起きたアムリトサル事件の際にイギリス軍に殺害されていた。この父・ポラークは、アムリトサル事件の首謀者の一人でインド人にとって大きな影響力をもった人物とされ、州知事はその息子であるメータを洗脳し、イギリス寄りの「国民議会[51]の自治議会の自治党員の仕上げ」「国民義勇隊やスワデシ[52]の切崩しをさせ」ようと企てるのである。

このように、「印度」には一九三〇年三月までの段階におけるインド独立運動の経緯やそれに関わる事件が、メータの経歴に関わらせる形で強く反映されている。それらは詳細で史実的にはかなり正確なものとなっている。ただそのために、例えばメールやポラークの死についてはメータの母親と妹・スウダの会話の中で語られるのだが、教育的背景が豊かとは思えないメータの母親が、第一次世界大戦へのインド義勇軍の参戦過程やアムリトサル事件の経緯などについて非常に詳しく語るなどの不自然さを引き起こしてもいる。このテクストではインドに関わる状況説明が優先され、そのために登場人物像形成を犠牲にしているのである。

一方、ボンベイ州知事とその妻、娘セエラ、セエラの婚約者で西印度会社専務ヘンリーという形で現れる在印イギリス人像は、全くオリエンタリストとして描かれる。ヘンリーの「奴等（インド人のこと――引用者）は甘つたれの低脳児見たいに、お菓子を与へれば果物をくれ、果物を与へれば洋服をくれ、洋服を与へれば――いや、奴等の欲望は、奴等の胃袋のやうに無制限ですよ。」「印度には元来歴史がありません。伝説があるだけです。」「釈迦を生んだ印度！蓮の花の印度！ウパニシヤットの印度！さては又、タヂ・マハールの白玉の霊宮……詩そのものですな。実に印度は東洋の光ですよ。」という発言や、セエラの「印度人が一番美しく見えるのは、白い木綿を腰に纏うて、ターバンを頭に巻いた、あの半裸体の姿ですよ。あの素朴の中にこそ印度人の美しさはあるんだわ。」「それあ欧州人の見るやうな、シンメトリカルな美しさはないかも知れませんわ。だけどあの極彩色の服装は童話風な東洋の芸術よ、東洋の夢よ。」などという発言に、それは顕著に表れる。

同時に、ヘンリーの、「ガンヂーが国産愛用を宣言してからといふもの、完全なボイコツトを食つちまひましてね。」「(綿布関税引き上げ案に関連して――引用者)尤も関税引上の効果は覿面に現れて、日本の対印綿布輸出額は俄に激減しました。処が日本綿布排斥に成功したのは結構でしたが、同時に英国綿布も打撃をうけましてね(略)」という台詞には、三〇年三月〜四月当時の綿布関税引き上げ問題が投影されている。

このように、インド情報の投影が激しい一方で、人物像の形成は単純化され、物語の展開も平板化してしまうのである。

そしてそれは、ガンジーの描かれ方にも現れる。

ガンジーはテクスト中に三度登場している。「塩の行進」の呼びかけの場面と、行進が終わり、ダンディー海岸で製塩を始める場面、そして三〇年五月にインド政府に逮捕された後、牢獄で紡車を回している場面(これがテクストの最終場面となる)である。

このとき、ガンジーは民衆への訴えかけ以上の台詞はなく、その内面については全く描かれない。偉大な独立運動家であり、聖人としてのガンジー像が守られるのである。

では、そのようなガンジー像はいつ頃生まれたのであろうか。

ガンジーは一九二〇年代前半から日本でも頻繁に紹介されるようになる。特に、ロマン・ロランとの交流などによって注目され[53]、後には、共産主義の暴力革命の対比軸として、ガンジーの立場はレーニンと並べられるようにもなっていた。

例えば、鹿子木員信・饒平名智太郎の『ガンヂと真理の把持』(改造社　一九二二年)には、次のような記述がある。

レーニンの提唱する暴力革命と、ガンヂイの首唱する平和革命は真に世界に於ける二大驚異である。レーニンも半ば飽かれ、米国の資本主義も峠を越えやうとして、すべての政治が新彩を失つて来たとき、突如としてマハトマ・ガンヂイの颯爽たる名が我々の耳朶にけたたましく響く、そして彼に率ゐらるる印度の非共同運動に対しても多大の興趣を唆らるるやうになり、(略)

哲人としての彼は古のソクラテスにも比すべく、革命の風雲児としてはレーニンと並び称せらる。

また、三〇年には、レーニンとガンジーを並べて論じたフュレップ・ミラーの『レーニンとガンジー』が、アルスから翻訳出版されていた。つまり、ガンジーは危険思想であった共産主義に対するアンチヒーローとなり、また、アジア民族運動のリーダーとなったという意味で、日本帝国にとっては比較的無害な思想家だったのである。

同時に、ガンジーは極端に「キャラクター」化されもした。ガンジーは、菜食主義者の聖人であり、常に裸体に腰巻き、裸足で紡車を回して糸を紡いでいる人物と表象され、新聞などで写真が公開される場合はそのような姿のものばかりとなった。日本では、ガンジーは「長い歴史と古代文化を持つインドの聖人」として、独立運動とは切り離された形で流通してもいたのである。(54)

テクスト中で、「塩の行進」終了と「同日」に起きる場面として、メータが「大印度鉄道従業員クラブ玄関前」で警官隊に射殺される様子が描かれるが、この事件も「鉄道従業員警官隊と衝突」という見出しの小さな記事として三〇年四月七日付の『東京日日新聞』に掲載されている。同日の同紙面には「ガンヂー氏愈々製塩開始

を断行　政府の専売法破毀の第一歩」という記事も出ており、ここでも「印度」は正確に新聞情報を取り込んでいた。これほどまでにこのテクストは「事実性」を引き込もうとしているのである。

このようにインドに関する資料や情報を徹底的に集め反映させている点に、このテクストのこだわり、特徴が現れているが、しかしそのために「印度」の物語内容は集めた資料や情報を上手く配置し整理したところで、その〈体力〉の大部分を使い果たしているとも言えた。「特異な題材」を見つけ、それを創作テクストと形成する——佐藤がいうところの「芸術作品」化する——ところまでは届いたかも知れないが、「特異な題材」に押され、物語としての内容には深みは生まれなかった。これは、この時点での「作者・田郷虎雄」の力量の問題なのかもしれないが、しかし、やはり『改造』懸賞創作の構造的な問題のためでもあっただろう。なぜなら、「印度」の後、特に植民地を描いた『改造』懸賞創作当選作に対しては、いわゆる「題材」頼りでしかないという指摘が続くからである。その意味で、やはり「印度」は『改造』懸賞創作の特徴の一つを、顕著に受け入れ、そして外部に示してしまったテクストとなっているのである。

同時代評における「印度」

「印度」に対する同時代評も、そのような点を感じ取っていることがわかる。例えば、『新潮』三一年五月号のＯＰＱ「文壇オベリスク」では、次のように書かれている。

「印度」は、作品としては、どふも整ふたものとは言へない。大へん野心的な作品ではあるし、その閃くやうな科白の中にも作者の才気は覗はれるのであるが、どうも全体の構成の上に、破綻があると思ふ。最後の場面なども、かなり無理な感じがする上に、ずゐぶん慌ただしい。読者は、もつと先きがあるやうな緊張感を以て読んで行くと、急にバタバタと片付いて、終りになつてしまふのは、少し飽つ気ない。

野心的な題材に、取り組んで、見たが、荷が勝ち過ぎて、息がつづかなかつた感じである。

『東京日日新聞』三月二六日付の千葉亀雄「文芸時評　四月の雑誌から（三）」では、「現代印度の独立運動といふ大景を相当内容に立ち入つたものに仕上げた、アンビシアスな冒険を採り上げたのではあるまいか」と、やはりその情報量については認めている。また「ガンヂイ」を「下手に英雄神に祭り上げず」とその描き方を評価しているが、「書き足りないのは、概して英人側だが、全体を通じて、どこか突き込んだ感激が手薄いし、それに新進作家らしい、溌らつたる新鮮みがもっと期待されてよい筈だ。」としている。

『時事新報』四月六日付の中河与一「時評（2）『改造』の作品」では、全体的に批判的なトーンで評されている。

強い作者の意志といふやうなものが、此の作品の背後には欠乏してゐる。（略）この作品には少しも偏頗な嗜好がない。（略）印度的なエキゾチツクも案外出て来ない。この作品の特長は、特長が無いといふ事が特長になりさうである。

「特長が無いといふ事が特長」という点に、物語としての「印度」の内容に対する不満が見て取れるだろう。そして同時に、「これだけの材料を斯くの如く整理したといふ事に就いては、並々ならぬ労を多としなければならない。」と、その緻密さについては評価していることでも、多くの情報の一方にある物語展開の薄さについて、結果的には批判している形になってしまっている。

ただ、片岡鉄兵も『東京朝日新聞』四月三日付「文芸時評　「おれの利益」とは何か」において「印度」について触れているが、片岡は「今月新しい作家の力作が一つある。「改造」の懸賞に応じた田郷虎雄の戯曲

「インド《ママ》」だ。／田郷虎雄「インド《ママ》」は多くの新派的手法、感傷的語法と、僅の童話的構成があるにも拘らず、そのは握力の強さ、配列の明透さ、主張の執拗さにおいて近頃希な力作である。」と高く評価している。「印度」が懸賞当選作として、『改造』掲載作として水準が低かったわけではないことも確かなのであった。

このように、「印度」は少なくとも情報の緻密さについては評価され、課題はありつつも『改造』懸賞創作の当選作として疑義を呈されはしなかったのだが、『中央公論』三一年五月号の「文芸時評」では、小林多喜二による「印度」への長い批判文が掲載された。

小林によれば、「印度」は「徹頭徹尾、ピンからキリまで、印度ブルジヨワジーに捧げられた賛美歌にみちみちて居り、従つてその手先きムハンダース・ガンヂーに随喜の涙をこぼしつつ、美事にその又お先棒を担いでいる」テクストであり、「ガンヂーの本当の姿を描きたいと云ふ芸術家としての最高の良心を感じたとするならば、直ちにプロレタリアートの立場に立たなければならなかつた」のだという。

やや突飛にも見えるこの批判だが、あるいは、小林は、レーニンの対立軸として提示されるガンジーに対し、思想的な反感を抱いていたのかもしれない。確かにガンジーは弁護士出身で自身は下層階級ではなく、独立運動のためにインド人資本家との提携も進めていたが[55]、「ブルジヨワジー」として批判するのは矛先がずれているからだ。

ただ、一方でこの同時代評は、この時代、そして「印度」の欠けている視点を指摘してもいた。

> 更に、私は戯曲「印度」を何故このやうに取上げ、問題にするのかと云へば、一つは我が日本が実にその帝国主義的××に「××」と「××」の二植民地を持つて居り、「支那」とは密接な関係にあり、プロレタリア作家が植民地問題を取り上げなければならない充分の根拠と緊急な必要が感ぜられてゐるからである。もう一つの理由は、昨年十一月、ハリコフで開かれた国際プロレタリア××作家第二回大会の「日本委員

会」が日本のプロレタリア文学運動に対して提案した項目中に、日本の植民地、移民地及支那との間に緊密な関係を持つべきことを要求してきてゐるからである。

われわれは、「××」を描かなければならないし、「××」を描かなければならないし、「支那」を描かなければならない。

（中略）

本当の印度を、本当の姿のガンヂーを描くために、戯曲「印度」は書き直さなければならない。そして、それを書き直し得るものは、ただ一つプロレタリアートでしかない。

小林の指摘は、今日的視点に立てば自明のことである。つまり、「印度」はイギリスのインド支配の過酷さを批判し、インド人の悲惨な状況を告発しているが、日本人が東アジアにおいて「台湾」「朝鮮」その他の植民地を持ち、そこで同じように帝国主義国家として圧政を敷いていること、中国本土への侵略を開始しているという事実は、このテクストでは無視されている。小林は、それを鋭く見抜き、批判しているのだ。

この小林の批判から、「印度」というテクストが否応なくアンビバレントな二面性を持たされていることが見えてくるだろう。しかし、植民地を持つ者が、他人の植民地統治を批判する、ということの矛盾は、この時点では、まだ多くの日本人にとって可視的なものではなかったのである。(56) それは「印度」発表の直後、三一年九月に起こる「満洲事変」によって、示されてくるものであったのだ。

「印度」とその後

田郷は「印度」以降、三度『改造』に戯曲を発表している。「支那」（『改造』三二年三月号）・「南蛮鋳物師」（『改造』三三年一二月号）・「戯曲　螟蛉子（国姓爺の孫）」（『改造』三四年一〇月号）である。また、『文芸』には戯曲「猪之吉」（三五年一月号）が掲載され、随筆「「印度」を書くまで」を初めとして、数回短いコメント文も残している。

ここで、この『改造』掲載テクストの変遷を確認したい。

「支那」は、「印度」と同様に時代設定が「一九三〇年」となっている。つまり、「満州事変」の前年で、その内容は、中国の各軍閥が、中国人民に対して非道で過酷な搾取を続けている様子が描かれている。この中には「日本」の姿は描かれない。

三三年の「南蛮鋳物師」は時代物である。長崎を舞台にして、切支丹改めの際の「踏み絵」を作るように命じられた隠れ切支丹の鋳物師萩原祐佐が、家族（みな切支丹）の反対を押し切って作ったものの奉行所において切支丹と見破られ、家族共々処刑されるという展開である。これは、この十年前に『改造』に掲載された長与善郎「青銅の基督」と同じ題材を扱っている。ただ、「青銅の基督」では切支丹ではなかった萩原祐佐は、このテクストでは隠れ切支丹となっている。

三四年の「戯曲　螟蛉子（国姓爺の孫）」は、明の遺将で国姓爺として有名な鄭成功の台湾鄭氏政権の最後を描いた物語で、腐敗した鄭氏政権内の、清朝の侵攻を忘れての醜い権力争いの様子を描いている。「南蛮鋳物師」とこの「戯曲　螟蛉子（国姓爺の孫）」は、田郷の出身地長崎県および平戸から着想したと思われる。

三五年に『文芸』に掲載された「猪之吉」は現代物で、母一人子一人で暮らしていた中学生の猪之吉が、母親の情人として家に上がり込んできた盲人の仙太郎を嫌う余り、母親の不在時に暴言を吐いて追い出してしまう。夜半に、自らの暴言を恥じた猪之吉が、仙太郎を連れ戻すと母親にわびるところで終わる。

田郷は「印度」当選の翌年に、似たようなテーマの「支那」を発表するが、同時期『文学時代』（三二年五月号）に「満洲国」を発表している。これは清朝の崩壊から満州国の成立までを溥儀を主人公として描いた「満洲国建国」記念の戯曲であり、発表時にはすでに明治座で上演されていたものであった。さらに『少女の友』（実業之日本社）においては、少女小説家として地位を固めていた[57]。

田郷は、この「支那」及び「満洲国」を発表したあたりから、急速に国策的な作風に傾き始める。また、少女小説への参入もきっかけの一つとなったか、児童演劇さらに素人演劇の戯曲を手がけ始め、そしてそれらが時代背景と相まって、極めて時局的な内容のものとなっていく。

「南蛮鋳物師」や「戯曲　螟蛉子（国姓爺の孫）」は、このような田郷の新たな方向性とは全く無関係になっていく。そして、「支那」はともかく、「印度」については、たとえ日本のそれについて無関心なものであっても、植民地支配を批判する描き方について、本人が躊躇を覚えていくようになるのである。

一九四〇年に出版された、田郷の最初の戯曲集『螟蛉子』（洛陽書院）に収められた「創作ノート」の冒頭で、田郷は次のように語る。

急に戯曲集を出す気になり、ここ十余年のあひだに諸種の雑誌に発表してきた自作の切抜を、今度はじめて整理してみたら、その数は――その数だけは、実に六十余篇の多きに達していた。（略）が、さて、その中から一巻に収むべき幾篇かを選ばうとして、とたんに私は当惑せざるを得なかつた。作の優劣に論なく、六十余篇の中の殆ど大部分がいまは発表をはばからなければならない種類のものであることに気づいたからである。

この戯曲集の名が、『印度』ではなく、『螟蛉子』であることに注意したい。自他共に認める田郷のデビュー作は「印度」であり、おそらくもっとも高い評価を得たのもそれである。一方、書名に取られた「戯曲　螟蛉子（国姓爺の孫）」は、彼の『改造』発表作の中でもほとんど注目されていないテクストである。そしてもちろん、この戯曲集には「戯曲　螟蛉子（国姓爺の孫）」は収められていても、「印度」は収録されていない。

田郷は続けて、次のように言う。

駄作にせよ、愚作にせよ、かつて自分が心魂を傾けつくした作に対しては、私もやはり深い愛着を持つてゐる。その旧作の殆ど大部分が、当分——あるひは永久に、再び日の目を見ずして終るとすれば、私は一種いひやうのない感傷に陥らざるを得ない。

しかし、幸ひにして私は、その感傷から立ち上がるのに半日を要しなかつた。

（略）

私はこの貧しい戯曲集に、過去の作——それらの作品の中には、ここに収めた十数篇よりは戯曲的には遙かに優れたものもないではなかつたが、それを棄てて、一昨年の大陸旅行以後の、しかも、いはゆる素人演劇風の作品の中の、特に大陸開拓精神を主題にしたものを中心にして集めてみた。（以上、傍線は全て引用者）

「デビュー作」とされている「印度」が、ここで田郷が挙げている「発表を憚らなければならない種類のもの」であり、『螟蛉子』所収テクストよりも「遙かに優れたもの」の中の一つであることは間違いないであろう。つまり田郷は、時局に迎合していく中で、自らの「デビュー作」を「切った」のである。『螟蛉子』所収の戯曲はどれも満洲移民奨励のものばかりである。その中で、「戯曲　螟蛉子（国姓爺の孫）」だけがずれたものとなっているが、そこにも田郷の付記がある。

ここに収めた一篇（螟蛉子）は、数年前の旧作であるが、私の本格的な戯曲のうち、——ちやうど「猪之吉」（河出書房版・現代戯曲合同所載）その他の現代物とはまた違つた行き方で、材を古い時代に借り、ある日ある時の想ひを託したものとして、作者自身には愛着断ち難いものがあるので、この一巻に収めることにした。（傍線は引用者）

ここに見えるのは、この唯一の『改造』掲載テクストを以て、田郷が「本格的な戯曲」と称している点である。これは『改造』掲載テクストの中で、「戯曲　螟蛉子（国姓爺の孫）」が時局的に最も無難な内容であったから選ばれたことを示唆しているが、同時に、彼が、本来ならば「本格的な戯曲」を収録した著書を望んでいたことも推測できるだろう。それは「愛着断ち難い」という表現にも表れている。

　これはつまり、田郷の国策協力が、作家として生き残るための戦略的なものであったことも示している。例えば、『螟蛉子』所収テクストは、満洲移民を賛美し、それに反対する青年の両親や家族が改心していく過程を描いているが、田郷が三二年六月発行の文芸同人誌『文学クオタリイ』第二号に発表した戯曲「鎌」は、上海事変に従軍した息子を待つ老夫婦が、ただひたすら息子の無事を祈りながら戦死公報を受け取る事になった際の悲嘆にくれる様を描いている。中国へ渡ったという設定までは同じながら、それに対する評価は正反対になっているのだ。

　さらに、戦後を迎え、田郷は『嵐をくぐって来た女』に「ざんげ（跋）」というあとがきを載せ、自らの国策協力を「懺悔」することになるのだが、そこには、やはり〈懸賞作家〉であった故の不安が存在していたのではなかろうか。田郷は〈懸賞作家〉である自分自身について、『文芸通信』三五年三月号に掲載された「質問　一、懸賞創作の思ひ出　二、埋もれて了つた作家」という作家への質問回答コーナーにおいて、次のような回答によって語っている。

　一、思ひ出としてなら、当選の喜びより、その後の当選作家なるが故の苦しみの方が先に立ちます。懸賞当選は勧業債券のクヂに当ることとは違ふのです。それと同じやうに考へる人が文壇にはゐるのぢやないかと思ひます。

同じコーナーでは、湊邦三が「懸賞小説に応募して当選を期待することは、歳末大売り出しの福引の籤を引くやうな危険さがある、といふ考へを持つてゐました」という回答があった。田郷の「苦しみ」は、懸賞外部の人間からは「勧業債券のクヂ」に当たった程度のものとされてしまう。それが〈懸賞作家〉の苦悩として、田郷には映っていたのである。

先に挙げた『文学クオタリイ』は先述の通り、『改造』懸賞創作第一回当選者の保高が同期の竜胆寺雄と『改造』懸賞創作当選者の作品発表機会の少なさを補うために創刊したものであった。『文学クオタリイ』及び後継の『文芸首都』に『改造』懸賞創作当選者の登場機会が多いのは、このためである。また『改造』懸賞創作当選者達が「改造友の会」という当選者達のグループを結成していたことも既に触れたが、同会は戦前の改造社解散まで会合を続けていた。

『文芸』三四年三月号に「『改造』当選者の会」という記事がある。書いたのは第二回二等当選（「死なす」）の高橋丈雄である。その中に次のような箇所がある。

いつたい改造当選組はどうしてまたこんなにいい人ばかり偶然集つてしまつたんだらうと、太田（千鶴夫。第四回二等当選――引用者）さんに洩らしたことがある。すると傍にゐた田郷さんの曰くには、それは応募するやうな人びとは文壇に知己先輩ももたず孤りこつこつ仕事をやつて来た人たちばかりだからではあるまいか、と。真実であらう。（傍線は引用者）

田郷がいうように、『改造』懸賞創作当選者たちは、〈文壇〉でのコネクションに欠ける人々が多かった。そして、やはり高見順が述べていたように、[58]〈懸賞作家〉は真っ当ではないという認識が、当時は非常に強かった。それが、「改造友の会」という、それ自体が「孤りこつこつ仕事をやつて来た」ことと矛盾する集まりを持つことを、彼らに求めさせたのではないだろうか。また芹沢の回想によると、[59]この「改造友の会」も高橋が語る程美しい集団ではなく、売れている作家・売れない作家の隔たりや、改造社編集部員との距離の取り方の問題も起きていた。しかしそれでも、そこによりつつ、作家として生き延びるために、彼らは必死であったのだ。

田郷は『改造』から離れて作家活動を継続し得た、当選者の中では珍しい存在であった。しかしそれでも、三九年に大陸開拓文芸懇話会のメンバーとして満洲視察に出かけて以降の田郷は、国策協力に入れ込んでいった。もちろん、国策協力に積極的だったのは田郷だけではないし、〈懸賞作家〉であることと国策協力との因果関係は薄いかもしれない。だが、田郷が〈懸賞作家〉であることに不安を感じ続けていたことが――ここには、彼が小説家ではなく戯曲作家であったことも影響しているかもしれない――、国策に積極的に関与し、自らの作家としての地位を保全しようという意識に結びついた、という推測は、蓋然性を持つのではないだろうか。[60]

戦後になって、国策協力に加わった作家の多くは或いは反省の弁を述べ、あるいは過去に触れないようにしながら、ともかく戦後の新しい〈文壇〉に復帰した。しかし、『改造』の〈懸賞作家〉の中で、戦後も〈文壇〉に残ったのはごくわずかである。その中で田郷虎雄は、先に挙げた「ざんげ（跋）」の中で、積極的に国策協力への反省を公表したが、それでも少女小説の単行本を出すことはできても、戯曲での活躍はできなかった。[61]このとき、田郷及び『改造』懸賞創作当選作家たちの行方には、〈懸賞作家〉であるが故の頼りなさが浮かび上がっているように思われる。

このように、田郷虎雄の『改造』懸賞創作当選とその後は、〈懸賞作家〉として〈文壇〉に登場することの華々しさと同時に儚さも象徴している。第三回までのいわゆる興行的な成功の勢いの中で登場した第四回懸賞創作当選者の田郷虎雄は、図らずも『改造』懸賞創作のピークがここにあったことを証明する存在となってしまったのであり、また〈懸賞作家〉の限界も示すことになった。それは、第五回以降の当選者の状況に照らし合わせる時にはっきりしてくる。

7　「国際化」から「外地」へ――懸賞創作の盛況から低落へ

「国際性」のテクストを求める流行を受けて登場した田郷虎雄の後を受けて、第五回では前述の張赫宙が登場する。田郷の段階では外国であるイギリスの植民地を描いていたが、ここでついに、日本帝国自身の植民地を描いたテクストが登場することになったのである。しかも、その作者が日本人ではなく被植民者の朝鮮人であった点が重要であった。

張の当選作「餓鬼道」は劣悪な労働環境の下に置かれた朝鮮人工夫たちを描いたもので、プロレタリア文学の影響は明らかであったが、そのマンネリ感を「植民地朝鮮を・朝鮮人が描いた」という新鮮さによって押し流していた。また、満洲事変後「外地」への興味・関心が高まっていたことも、朝鮮人作家の登場を強烈に印象づけることに役立った。張は『改造』懸賞創作当選者の中でも芹沢と並んで『改造』や『文藝』に登場する回数が多い「売れっ子」となっていくが、それは張が非常に「扱いやすい」朝鮮人作家であったからだろう。

登場時は日本帝国の植民地統治を批判的に描いていた張であったが、〈中央文壇〉での立場が確立してゆくにつれて、今度は〈朝鮮文壇〉との対立が深まった。日本統治下の朝鮮でも、台湾と同様に〈中央文壇〉志向はあり、それはやはり〈文学懸賞〉への投稿という形で現れてもいた。中根隆行や南富鎭は、一九二〇年代から三〇年代にかけての朝鮮での懸賞投稿熱をすでに指摘している[62]。しかし、台湾と違い、ハングルという表記法を持っていた朝鮮では、現地語による近代文学運動が台湾以上に機能しており、それだけに〈朝鮮文壇〉確立への意識は強烈であった。故に、日本語を用いて東京に活動拠点を移した張赫宙は、それによって批判の的となったのである。もちろんそこには、張による強い〈朝鮮文壇〉批判も存在していたのだが、それには張がもともと〈朝鮮文壇〉内でのコネクションが少なく、懸賞によってしか〈文壇〉に出る術がないと信じていた人物であったことも影響しているかもしれない。前節でも参照した『文芸通信』三五年三月号の「質問　一、懸賞創作の思ひ出二、埋もれて了つた作家」には張赫宙も回答を寄せているが、その中で張は、朝鮮内部で伝手もなく、同人活動も出来ない自分には、懸賞応募しか〈文壇〉に出る方法はなかった、と述べていた。張赫宙と〈朝鮮文壇〉との間の溝は、張の経歴、特に〈懸賞作家〉であることによって、深まることはすでに決定されていたとも言えるのだ。

その結果でもあるが、張赫宙は、戦時下になると特に顕著であったが、次第に翼賛作家的な傾向を強めていく[63]。故に張は現在まで「親日作家」として批判を浴び、戦後は朝鮮半島へ帰らず、日本に帰化して野口赫宙となった。『改造』でのデビューは張に有名作家としての地位を与えたが、同時に彼はそれによって、故国を失うことにもなったのである。

第六回の当選者の荒木巍の当選作「その一つのもの」は、地下運動を行う青年たちを描いたもので、やはりプロレタリア文学の影響が明瞭だった。川端康成もこの小説を「プロレタリア小説」と評しているが[64]、この荒木は、懸賞当選以前から文芸同人誌活動を続け、〈文壇〉コネクションも持っていた。それは第七回の当選者大谷藤子も同様である。既存の作家デビューのルートに乗りつつ、機を見て懸賞創作にも挑戦し、成功したのがこの二名であった。一方、第六回当選の角田明は、懸賞当選作「女碑名」がデビュー作であり、作家としては続かず後に新聞記者としてフランスへ渡る。フランスへの留学歴があった角田は、「女碑名」も舞台をフランスにとったものであったが、すでに注目を集めることが出来なかった。同じように第七回当選の酒井龍輔も当選以前は無名であった。当選後は『星座』や『日本記録』などの同人となり、また『改造』『文芸』『中央公論』などに散発的にテクストを発表していたが、四〇年に熊本へ帰郷し教員生活を始めると、以後〈文壇〉へ登場することはなくなった。

『改造』懸賞創作は、第一回から第三回までの初期において竜胆寺雄と芹沢光治良という二人の作家を〈文壇〉の中心へ送り込むことに成功し、それによって懸賞創作自体の〈文壇〉における地位を確立させた。そのことが、『改造』懸賞創作への強い関心と盛況を喚起した。しかし、そのように地位が確立した後、目立った当選作家が登場しなくなるという、皮肉な事態が生じることになってしまった。そこには、『改造』側の選考が「国際性」や時事ネタ、あるいは異国性などの「物珍しさ」を描いたものなど、『改造』本誌の論調に沿ったものに偏り、新鮮なテクストを選ぶことができなかったことも影響していると思われる。また前述のように、三四年には『改造』懸賞創作の地位確立の一翼を担っていた竜胆寺が、川端康成や菊池寛などを痛烈に批判した「M・子への遺書」を発表したことをきっかけに〈文壇〉における自らの立場を失い、ほぼ姿を消すという事態まで生じてしまった。竜胆寺の騒動は、「M・子への遺書」が改造社発行の『文芸』に掲載されていることを考えれば、その内容を編集者がきちんとチェックしていないことも示している。このように張赫宙の登場がスマッシュ・ヒットとなった以外はめざましい成果を得られないまま、『改造』懸賞創作は一九三五年を迎えることになる。それは、芥川龍之介賞の登場が予告された年であった。

8　芥川賞の登場と『改造』懸賞創作

三四年の第七回の当選発表では、選外佳作に——事後的にみて——注目すべき名前があった。第一回芥川賞を受賞することになる石川達三「蒼氓」である。[65]

ブラジルへの移民が集められている神戸の移民収容所を描いたこのテクストは、「傾向と対策」でいえば『改造』懸賞創作に適当なものであったと言えるであろう。それが選ばれなかったのは、編集部に見る目がなかったのか、それとも『改造』懸賞創作に応募した時点での「蒼氓」の完成度がまだ低かったからなのか。理由はわからないままだが、『改造』懸賞創作に落ちた「蒼氓」の芥川賞受賞は、この時期の〈懸賞〉の位置づけと、『改造』懸賞創作の行方を考える上で重要な問題となる。

これまで〈懸賞作家〉となるための登場ルートをほぼ寡占していた『改造』懸賞創作の前に現れた芥川賞は、同人雑誌を含めた新聞雑誌に掲載された〈新人〉のテクストから選考し賞を与える、という、既存の〈文壇〉登場ルートと〈懸賞作家〉ルートをかけ合わせたようなものであり、『改造』懸賞創作とは一見競合しないものであった。

しかし、『改造』懸賞創作が芥川賞によって〈懸賞作家〉登場ルートとしての権威の半ば（あるいはそれ以上）を奪われたことは、後に明らかになっていく。

原卓史によれば、『改造』懸賞創作に当選した作家は、芥川賞候補となる資格を失うことになったという。[66] 故に、荒木巍や大谷藤子には芥川賞候補となる資格が得られず、選外佳作にとどまった石川には候補となる権利が与えられた。このように、芥川賞は新聞雑誌に掲載された新人のテクストを候補とするとしながら、『改造』懸賞創作当選者は排除されていた。

もっとも、同時代の状況から考えれば、後発の〈文学懸賞〉である芥川賞が、『改造』懸賞創作当選者を候補として選んだとして、それを『改造』側が歓迎したかどうかは疑わしい。それは結局、『改造』懸賞創作が芥川賞の選考対象の一部という、いわば下位の位置にあることを認めることにもなるからだ。また、芥川賞は賞金も五〇〇円と『改造』懸賞創作よりも低かった。継続性と規模からいえば『改造』懸賞創作は芥川賞を上回っていたのだ。

しかし、『文藝春秋』によって行われたこの〈文学懸賞〉は、メディア戦略において『改造』懸賞創作を遥かに上回っていた。賞の制定から受賞に至るまでの状況は各新聞メディアで報告され、各作家たちが候補になれるかどうかという問題も含めて、〈文壇〉の注目を集めたからである。[67] これに対し、すでに七回を数えていた『改造』懸賞創作は新鮮味も失われ、宣伝メディアも『改造』にほぼ限られていた。著名作家の原稿には困っていない、という『改造』の状況が、当選者に対するフォローを十分にさせなかった。『改造』編集部は、竜胆寺、芹沢、張赫宙などの一部の作家を除いた当選作家たちを積極的に育て、売り出そうとはしなかったのである。

このように、芥川賞の登場とともに『改造』懸賞創作はその勢いを失っていく。それは三五年第八回の懸賞創作の入選発表の際に早くも現れていた。

第八回は二等当選が湯浅克衛「焔の記録」のみで、初めて佳作が設けられ、三波利夫「ニコライエフスク」に与えられた。またまとまった選評もなく、巻末の「編集だより」に、次のように記されているだけだった。

> 第八回懸賞創作入選の結果を発表した。今年は例年に比して応募作品が甚しく少なかつたためか、二等一編、佳作一編といふ不作であつた。懸賞創作の募集は今日誌界の流行となり、開拓の手が隅々まで行届いたためとみるべきであらうか。それにしてもこの結果は遺憾である。

第八回の入選発表は三五年四月号であるから、この時点でまだ第一回芥川賞は発表されていない（発表は同年八月一〇日）。である以上、ここで述べられている「不作」は『改造』懸賞創作自身の低調が原因であるだろう。三五年は『中央公論』原稿募集、『文芸』懸賞創作も行われており（結果的に両誌ともこれが最後の募集であったが）、その意味では確かに投稿者の選択肢も広がっていた。賞金額の高い『改造』懸賞創作を、競争率が高いと見て避ける傾向もあったかもしれない。しかし、一番の原因は『改造』懸賞創作に対する魅力が失われてきたことだったと思われる。代わり映えのしない選考基準、目新しさのない当選作、厚遇されない当選作家たち…。それらの姿が、投稿者の『改造』懸賞創作への投稿意欲を失わせたのではないだろうか。

第八回の二等当選作湯浅克衛「焔の記録」は、朝鮮半島へ母と二人で渡り、苦難の生活を経験した女性の回想の形をとっている。ここで『改造』は再び植民地朝鮮を舞台としたテクストを選んだことになるが、実は湯浅も石川達三同様、第七回において選外佳作となっており、そのテクストが、湯浅の戦前期のテクストにおいて最も言及されることの多い「カンナニ」であった。

この「カンナニ」が選外佳作となった経緯からも、『改造』懸賞創作の低調化が現れてくる。第七回の入選発表の選評において、「カンナニ」は選外佳作ながら異例の言及を受けていた。それは、「尚佳作のうち数編はすて難きものがあつたが、特に「カンナニ」の如きは発表の困難さの為に採り得なかつた。投稿家諸君は、発表の可能性についても十分に注意されたい（傍線は引用者）」というものだった。

『改造』懸賞創作はここまで、明石の「故郷」、大江の「シベリヤ」、張の「餓鬼道」、荒木の「その一つのもの」などで、雑誌掲載時に多くの伏字や削除を行ってきた。逆に言えば、それでも掲載してきたのだった。それが、第八回に至って、「発表の困難さ」を述べ、投稿者に「発表の可能性」を「注意」することを訴えるのは、『改造』本誌の在り方から見ても後退したように映る。

結局この「カンナニ」は、三五年四月号の『文学評論』に掲載され、その際も後半部は全て削除された。つまり『改造』編集部の判断は誤っていたわけではない。発売禁止処分や削除処分を受ければ多大な損失を被る以上、それを避けようというのは当然のことであろう。しかし、ここで問題なのは、その労を投稿者の側に求めてしまったことにある。ある意味では伏字や削除の多さを「売り」にしてきてもいた『改造』が、投稿者に向かってそれを避けるように訴えることが、『改造』の価値を自ら切り崩している結果になることに、この選評は気づいていないのである。

湯浅の「カンナニ」と「焔の記録」を比較するとき、その訴求力の低下は明らかで、「焔の記録」は朝鮮半島を舞台としていても登場人物は基本的に日本人で、朝鮮人は前景にはほとんど登場しない。子供社会における日本人と朝鮮人との接触と衝突と差別とを描いた「カンナニ」とは大きな差がある。また、「焔の記録」における伏字は少なくはないがそれぞれが短く、内容を把握するには問題がない。つまりその程度に抑えるよう描かれているのである。「焔の記録」では、同時に女性の自立の問題も描かれており、単独のテクストとしても十分評価に耐えうるものではあるが、「カンナニ」が落とされた上で投稿したテクスト、という文脈を考えるとき、その「おとなしさ」に気づかざるを得ないのである。(68)

結局、『改造』懸賞創作は、この第八回の翌年は何の説明もないまま募集を行わなかった。同時期に『中央公論』『文芸』も懸賞をとりやめ、雑誌懸賞創作の勢いは失われた。その一方、芥川賞の熱気はどんどん高まっていた。直接の因果関係は不明瞭であるにせよ、芥川賞が〈文学懸賞〉の中心をなしていくとき、そこに関与しない（できない）単独の懸賞創作は、力を失っていったのである。

＊

これが、一九三五年、第八回までの『改造』懸賞創作の状況であった。繰り返しだが、ほぼ同時期に『中央公論』も『文芸』の懸賞小説の募集を取りやめており、それは投稿募集の形による〈文学懸賞〉の勢いがなくなっていたことを現していた。

状況を台湾の文学運動に還元すれば、三〇年代に入ってから日本語による運動が活発化し、その結果〈中央文壇〉志向を高めていた台湾人作家志望者達にとって、〈中央文壇〉へつながる大きな、そしてほぼ唯一の手段である〈文学懸賞〉の低落傾向は大きな影響を与えたはずだ。が、この時点では、勢いの低下という事態そのものについては、まだあまり自覚されていなかった。一方、開始間もない芥川賞に対する注目も高まっていて、例えば三七年新年号の『台湾新文学』に掲載された「台湾文学界総検討座談会」には、次のような箇所がある。(69)

黄得時　（略）概して本島人の作家は、真面目に研究する態度が少いやうに思ふ。内地から文士などが来て、講演会か座談会かをやる時など、もつと〳〵関心を持つべき筈なのに、顔を出す人が殆んどない。又、最近芥川賞を貰つた作品についても、もつと研究しなければならない筈であるのに一向研究していない様だ（略）
藤野　（略）台湾が日本の植民地だと言ふ点に意を用ひ特に内地の作家とは積極的に接触しなければならない。今迄の集合などでは内地文壇のことをあまり問題にしなかつたやうだが、今後こんなことは活発に問題にしなければならない。
黄得時　この点についいては私も考へて居るところだが、台湾の作家はさつぱり内地の作家や作品に関心を払つてゐないやうだ。漢文作家たると和文作家たるとを問はず、我々はもつと内地文壇に関心を払はなければならない。小さい台湾ばかり見つめてゐては足らない。（略）今後我々は全世界の作品を、而してその第一歩として内地の作品をより深く系統的に読み研究しなければならぬ。

黄得時（一九〇九―一九九九）は第一章でも登場したが、四〇年代に入り「台湾文壇建設論」（『台湾文学』一九四一年六月　夏季号）の発表などによって〈台湾文壇〉の中にある〈中央文壇〉志向などを激しく批判した文学評論家として理論的支柱となった人物である。この座談会当時は台北帝国大学中国文学科の学生であった。その黄得時ですら、この時期には芥川賞に注目せよと訴えている。それほど、〈中央文壇〉の〈文学懸賞〉に対して、台湾の作家志望者達は敏感になっていたのである。

だが、〈文学懸賞〉の設置に敏感になる一方で、植民地の〈文壇〉故か、その権威性に対する感覚は鋭さを欠いていたのかもしれない。発展途上の〈台湾文壇〉では、『改造』をはじめとする雑誌投稿型の〈文学懸賞〉の低落傾向については意識されていなかった。つまり、台湾人作家志望者の前から、〈中央文壇〉へのチャンネルの重要な一つが閉ざされようとしていることには、まだ気づいていなかったのである。

一九三七年四月、一年の中断をおいて募集された第九回『改造』懸賞創作の結果が発表された。当選は台湾人の龍瑛宗という台湾銀行の職員であり、あわせて当選作「パパイヤのある街」が掲載された。ついに〈中央文壇〉の著名雑誌に台湾人の小説テクストが掲載されたのであった。しかし、歓喜に湧くはずの台湾人作家の登場は、台湾内部に対し驚きと衝撃を与える一方で、台湾人青年たちが〈文学懸賞〉を目指すことをあきらめるきっかけとなってしまうのである。

【注】

(1) 杉山欣也「〝大衆の時代〟における文学とメディア——序にかえて」『大衆文学の領域』(大衆文化研究会編　二〇〇五) 参照。
(2) 高島健一郎「円本——改造社と春陽堂の比較を通して」『日本出版史料』(二〇〇四年五月) を参照。
(3) 猪瀬直樹『作家の誕生』(朝日新書　二〇〇七) を参照。
(4) ここでは、主に関忠果他編著『雑誌『改造』の四十年』(光和堂　一九七七)、水島治男『改造社の時代　戦前編』(図書出版社　一九七六)、松原一枝『改造社と山本実彦』(南方新社　二〇〇〇) 及び、上林暁（本名・徳広巌城。元改造社社員）の改造社時代を回想したテクストなどを参照する。
(5) 山県内閣・桂内閣の警視総監。第二次桂内閣で農商務大臣、第三次同内閣で内務大臣など、内政重職を歴任。政府による選挙干渉に暗躍していた。
(6) 現在の毎日新聞とは無関係の新聞社。
(7) 前掲の『改造の四十年』は、この事件について対立政党・政友会の陰謀の可能性を示唆している。
(8) 後の日本産業株式会社。満洲利権などで成長。
(9) 日本へ渡る上海発の船中で受賞を知らせる電報を受け取ったという。

（10）アインシュタインの日本講演旅行については、金子努『アインシュタイン・ショック〈1〉大正日本を揺がせた四十三日間』（初出・河出書房　一九八一。ここでは、二〇〇五年の岩波現代文庫版に依った）が詳しい。アインシュタインのみならず、当時の改造社の状況なども精査に調べ上げている。

（11）改造社は戦後まで株式会社ではなく山本家の家族経営という形であった。

（12）「どくろ杯」は『マイウェイ』一九六九年一〜六月号まで連載した後、同年一一月号から翌七〇年六月号まで、『中央公論』に連絡された。連載時の題名は「万国放浪記」。ここでは、中公文庫二〇〇四年改版を参照した。

（13）また、正宗白鳥が〈円本〉による収入によって世界一周旅行に出かけたことは非常に有名である。

（14）この時、総理大臣は浜口雄幸。民政党は総選挙で大勝利を収めるが、金解禁の失敗などで景気は悪化し、浜口は三一年東京駅でテロに遭い死去している。

（15）注1の杉山欣也前掲「〝大衆の時代〟における文学とメディア」『大衆文学の領域』を参照。

（16）佐藤卓己『キングの時代――国民大衆雑誌の公共性――』（岩波書店　二〇〇二）を参照。このなかで、佐藤は〈円本〉の新聞広告の中に、「善い本を安く読ませる！この標語の下に我社は出版界の大革命を断行し、特権階級の芸術を全民衆の前に解放した！」（『東京朝日新聞』一九二六年一〇月一八日）というコピーがあったことに注目している。

（17）紅野謙介「懸賞小説の時代」『投機としての文学』（新曜社　二〇〇三）を参照。

（18）太平洋戦争勃発後は四二年に「第一回戦時新人小説募集」が行われ、戦後には「改造懸賞小説」として、五〇年に「復活第一回」五一年に「第二回」が募集されている。

（19）『中央公論』『文芸』はいずれも三回までで以後の募集は停止。

（20）もっとも、この懸賞創作募集が注目を集めなかったもう一つの要因として、芥川龍之介の自殺の影響も考えられる。『改造』二七年八月号の発売日は七月二〇日であったが、その四日後の二四日に芥川は自殺している。翌月以降の各誌文芸欄は芥川追悼記事で埋め尽くされており、そのほかの文芸記事が入り込む余地はなくなっていた。

（21）紅野前掲書参照。

（22）水島治男『改造社の時代　戦前編』（図書出版社　一九七六）

（23）芹沢光治良「小説家の不運」『文学者の運命』（主婦の友社　一九七三）。ここでは『芹沢光治良文学館　エッセイ　こころの広場』（新潮社　一九九七）所収分を参照した。

（24）高見順『昭和文学盛衰史』。ここでは、文春文庫版（一九八七）を参照した。

（25）上林暁「懸賞作家――一名、作家の運命」『文学界』一九五六年六月号を参照。これは小説であるが、芹沢は雑誌『急進』でデビューした鳴沢光郎のモデルとして語られている。この中で、上林暁がモデルである「私」が、「まともに活躍しているのは、鳴沢さんだけですねえ。」と述べる箇所がある。

（26）第十回は、投稿作の分量上限が二百枚に引き上げられ、賞金は一等一〇〇〇円、二等五〇〇円に減額されている。また、「大きい大将と小さい大将」は当選作として名前を挙げられながら、『改造』には掲載されていない。

（27）しかし、実際にこの十編中から『改造』に掲載された作品はなかった。ちなみに、第一回に佳作としてあげられた中の一編である「芳蘭」は金子光晴の投稿作で、それについて金子は自伝的小説「どくろ杯」の中で次のように触れている。

（略）私は、上海を題材にした百枚ばかりの小説『芳蘭』を書いて、『改造』の第一回の懸賞小説に応募した。自信がないので、佐藤春夫と、横光利一に見せると、おそらく、これより以上の作品はあるまいと太鼓判をおしてくれたが、ふたをあけると、私の小説は、次点になっていた。懸賞の金で私は妻子をつれて渡欧するつもりだった。

金子の文章での「次点」という表現は誤りである。また、懸賞の金で渡欧するつもりだった、という「金目当て」的な指摘は、落選に対する照れ隠しがあったとしても、〈文学懸賞〉に対するステレオタイプな姿勢の表れと言えるだろう。

（28）「懸賞創作入選発表」に付された「入選者略歴」。『改造』三〇年四月号。

（29）本書第一章にて言及した。

（30）「『改造』の三十年」『改造』五〇年一月号を参照。

（31）三田英彬「作家案内――竜胆寺雄」『放浪時代　アパアトの女たちと僕と』（講談社文芸文庫　一九九六）を参

照。
（32）保高徳蔵「怖るべき文壇」『作家と文壇』（講談社　一九六二）を参照。
（33）「改造友の会の頃」（芹沢前掲書　一九七三）を参照。
（34）『改造』三二年四月号に、「「改造」懸賞当選作家記念懇親会」という記事があり、時期的に「改造友の会」結成と符合する。
（35）「塩の行進」は一九三〇年三月に始まった。塩の専売制への抗議をアピールするため、ガンジーが民衆とともにアフメダーバードから伝統的な製塩地帯であるダンディー海岸まで行進し、そこで製塩法を犯し自ら海水から塩を作って見せた事件。狭間直樹・長崎暢子『世界の歴史』二七巻（中央公論新社　一九九九）の「8　ガンディー時代――第一次大戦終了から第二次大戦開始まで」を参照。
（36）第八回には二等湯浅克衛「焔の記録」のほかに、規定にない佳作（三波利夫「ニコライエフスク」）が初めて選ばれ、第九回では佳作推薦（龍瑛宗「パパイヤのある街」渡辺渉「霧朝」）のみが発表された。
（37）竜胆寺の「M・子への遺書」を巡る問題系については、平浩一「「文芸復興」と〈モダニズム文学〉の命脈――龍膽寺雄『M・子への遺書』にみる文学史観の問題」『日本近代文学』第81集（二〇〇九年一一月）において詳述されている。
（38）公演された戯曲の中で有名なのは、三二年四月に満州国建国を記念して明治座（大阪では中座）で行われた「満洲国」と、三五年三月に創作座によって飛行館で行われた「猪之吉」。ラジオドラマ化された作品については全容は不明だが、田郷『螟蛉子』所収の「父の碑」（放送日不明。新興キネマ製作・青山三郎監督「母の姿」（四一年）の原作でもある）と、早稲田大学演劇博物館に台本が所蔵されている「國の栞：物語劇」（放送：一九四一年三月二八日　AK放送台本）と「祖母の心：ラジオドラマ」（一九四一年五月一六日　AK放送台本）がある。
（39）田郷虎雄『嵐をくぐって来た女』（日本出版社　一九四六）の巻末所収「ざんげ（跋）」を参照。
（40）田郷虎雄の経歴については、『日本近代文学大事典』「田郷虎雄」の項、『日本児童文学大事典』「田郷虎雄」の項、及び志村有弘「シリーズ長崎の文人　田郷虎雄」『季刊　長崎人』二一号（長崎人文社　一九九九）を参照した。

(41) 志村前掲評論を参照。
(42) 注39に同じ。
(43) 松浦正孝「汎アジア主義における「インド要因」『膨張する帝国　拡散する帝国』(東京大学出版会　二〇〇七)を参照。
(44) 生没年等詳しい経歴は不明。著書に詩集『木犀の氾濫』(木犀社　一九三〇)、『永生の印度』(ヒマラヤ書房　一九四三)、『西蝦夷地日記』(田草川伝次郎著　中山利国編　石原求龍堂　一九四四)があり、『西蝦夷地日記』の末尾には、中山を「印度研究家」と紹介している。
(45) 中島岳志『中村屋のボース　インド独立運動と近代日本のアジア主義』(白水社　二〇〇五)を参照。
(46) 樋口哲子著/中島岳志編・解説『父、ボース』(白水社　二〇〇八)の中の「解説　写真で見るボースの歩み」の章に、「デーシュ・パーンデー」の項目がある。この項によると、デーシュ・パーンデーは「一九三〇年代後半、印度独立連盟の中で頭角を現した若き革命家」であり、「一九三〇年、柔道を習得するために来日した人物で、講道館で練習に励む傍ら、印度独立連盟に参加し、ボースを懸命に支えた」。また、一九四一年には、日本人女性と結婚しており、その際の写真が同書に掲載されている。パーンデーは太平洋戦争期に「ボースと共に東南アジアに渡ってインド国民軍の運営に当たった」が、一九四三年、乗船した日本へ向かう船が撃沈され死亡したという。インド人姓名の日本語における表記は非常にまちまちであるが、この「デーシュ・パーンデー」が、「デスパンデー」であることは間違いないであろう。
(47) 田郷虎雄が一九四〇年から一九四五年にかけてつけていた日記帳を阿部京子氏のご厚意で拝見させていただいた。この内容は『改造』懸賞創作の研究だけではなく、戦時中の国策〈文壇〉研究においても非常に貴重なものであるが、本書では扱いきれないため、別稿に改めることをお許しいただきたい。
(48) これらの写真も阿部京子氏にご提供いただいた。氏のご協力がなければ、田郷虎雄に関する調査は全く進まなかったであろう。
(49) この佐藤の文章については、中根隆行『〈朝鮮〉表象の文化誌』(新曜社　二〇〇五)の第七章「地方としての朝鮮、上京する作家」を参照した。
(50) 第三回の「シベリヤ」大江賢次は、略歴では満洲からシベリアに放浪したと述べているが、実は満洲里まで行って引き返しており、シベリアには行っていなかったことを、戦後の回想記（『アゴ伝』新潮社　一九五八）で告白している。第五回は朝鮮人作家の張赫宙「餓鬼道」。第六回二等当選角田明「女碑名」はパリを舞台とした小説で、角田はパリに留学経験があった。第八回二等当選湯浅克衛「焔の記録」は朝鮮半島を舞台としている。湯浅は朝鮮半島で育ったことで有名な人物。同じく八回佳作「ニコライエフスク」の三波利夫にソ連滞在経験はなかったと思われる（三波は三八年に三〇歳で死去している）。第九回は台湾人作家の龍瑛宗「パパイヤのある街」。第十回では、竹本賢三「蝦夷松を焚く」が樺太を舞台としているが、略歴によれば、竹本は「昭和十三年樺太全島を跋歩」したと述べている。

(51) おそらく、「国民会議」の誤りと思われる。テクスト中では、すべて「国民議会」と書かれている。

(52) スワデシ運動は国産品愛用運動。主にイギリスからの輸入綿製品をボイコットし、インド産品を用いることで、イギリス系企業ひいてはイギリスの統治に打撃を与えようという運動。長崎前掲書を参照。

(53) アルスから、一九二三年にロマン・ロラン『ガンジー論』の形で出版もされている。一九二〇年代はこれに限らず、多くのガンジーに関する書籍が出版されている。

(54) 上林暁「ガンヂイ」（『作品』一九三三年三月号）では、語り手「私」の妻が、病気入院を機に「自然のまま」「菜食主義者」「時々断食をやる」という点でガンジーを「信仰」するようになる様子が描かれている。このとき、「私」が妻に頼まれ買ってきた古本が『レーニンとガンジー』で、妻は「寝床に入ると、レーニンの項などには目もくれず、ガンヂイのところだけを貪るやうに読みはじ」めるのである。

(55) 長崎前掲書を参照。

(56) ボースは、日本人の自らへの援助に感謝しつつも、二〇年代を通じて、日本の中国侵略姿勢を批判していた。しかし満州事変以降、その方針を転換してしまう。中島前掲書を参照。

(57) 国立国会図書館に所蔵されている田郷の少女小説単行本は、戦前のものだけで十二冊に上る。田郷の少女小説テクストの全貌は明らかではないが、国会図書館にも治められていない単行本も数作確認できる。

(58) 高見順『昭和文学盛衰史』（一九五八　ここでは講談社文庫一九八七年版を参照）。

(59) 芹沢前掲書「改造友の会の頃」を参照。

(60) たとえば、大陸開拓文藝懇話会編による小説集『開拓地帯』（春陽堂　一九三九年）には十二人の作家が短編を寄せているが、この中の実に五人（大谷藤子、田郷虎雄、湯浅克衛、張赫宙、荒木巍）が『改造』懸賞創作当選者である。国策協力が、〈懸賞作家〉たちにとって仕事を得る大きな機会となっていたことが推察できよう。

(61) 阿部京子氏によれば、終戦間際までは演劇関係者がしばしば田郷のもとへ演劇運動への協力を求め訪れていたが、戦後はそれがなくなったという。戦争協力がはっきりしていた田郷との接触をおそれたのだろうか。しかし戦後五年で死去した田郷に、もしもう少し時間があれば、戯曲家としての復帰もかなったかもしれない。『悲劇喜劇』五〇年一〇月号には、遠藤慎吾と西沢揚太郎による「田郷虎雄のぷろふいる――追悼」という記事が寄せられている。死去後ではあるが、ここで田郷は戯曲家として追悼されている。

(62) 南富鎭『近代日本と朝鮮人像の形成』（勉誠出版　二〇〇二）及び中根隆行『〈朝鮮〉表象の文化誌』（新曜社　二〇〇四）に見られるように、朝鮮の日本語文学研究の場では、『改造』懸賞創作に代表される〈文学懸賞〉の植民地への影響について検討が進んでいる。

(63) 南富鎭前掲『近代日本と朝鮮人像の形成』を参照。

(64) 川端康成「文芸時評」『新潮』三三年六月号。ここでは川端『文芸時評』（講談社文芸文庫　二〇〇三）を参照した。

(65) 理由は明記されていないが、第七回だけは、選外佳作もテクストの題名だけでなく作者名も付されていた。

(66) 原卓史「芥川賞の反響――石川達三「蒼氓」の周辺――」『近代文学合同研究会論集第1号　新人賞・可視化される〈作家権〉』（近代文学合同研究会　二〇〇四）を参照。

(67) 原卓史前掲論文を参照。

(68) 任展慧「植民者二世の文学――湯浅克衛への疑問」（『季刊三千里』五号　一九七六）および池田浩士「解説・湯浅克衛の朝鮮と日本」『カンナニ　湯浅克衛植民地小説集』（インパクト出版会　一九九五）では、解釈に違いはあるものの、どちらも「焔の記録」を転向小説と解釈している。

(69) ここで登場している「藤野」とは、大阪朝日新聞台北支局の記者で『台湾新文学』に参加していた数少ない日本人の一人であった藤野雄士である。四〇年代には西川満に反発し『台湾文学』にも加わった。このような経歴からも分かるように、藤野は一貫して黄得時や張文環のシンパであった。

第三章　懸賞当選作としての「パパイヤのある街」

1　「懸賞創作」と「パパイヤのある街」

龍瑛宗の「パパイヤのある街」は、『改造』一九三七年四月号の「第九回懸賞創作発表」に入選作として発表・掲載された。この時の『改造』新聞広告を見ると[1]、新聞半頁大のものにひときわ大きい字体で誌名『改造』と書かれ、さらに各記事のタイトルと寄稿者名が並んでいる。その中で、「小説」は特にこの号でついに完結となった志賀直哉「暗夜行路」の名前が大々的に示されているが、「パパイヤのある街」も「（懸賞入選）」と付され、広津和郎や島木健作といった著名作家と並んでいた。また、誌名『改造』の白抜きの「造」という字の中に、「第九回懸賞創作発表」と書き込まれており、『改造』懸賞創作の発表が、広告宣伝の中に強く盛り込まれるものであったこともわかる。

この第九回懸賞創作に当選作として発表されたのは、「パパイヤのある街」と、もう一作、渡辺渉「霧朝」[2]であった。そして、同時に「選外佳作」として、作者の名前がないまま三十一編の小説・戯曲（小説二十四・戯曲七）の題名も掲載されている。

『改造』懸賞創作は、一九二七年八月号において「雑誌『改造』十周年記念懸賞創作募集」として告知され、一九二八年四月号で第一回の当選発表が行われた。以降、第八回（一九三五年）まで、年一回のペースで募集が続いていた。

しかし、その募集は、三五年の第八回の発表後は行われず、理由が公表されないまま三六年度は募集も発表も行われなかった。龍瑛宗が当選したのは、三六年にこれもまた理由の公表がないままに募集が発表された「第九回」の懸賞創作募集だった。

この「一年の中断」という事態に象徴的に現れているが、この第八回から第九回にかけて、『改造』懸賞創作には変化、あるいは現在の視点で見れば「動揺」を見ることができる。

『改造』懸賞創作は三四年の第七回まで、募集要項に掲載している一等（一五〇〇円）と二等（七五〇円）しか与えてこなかった。一等当選は『改造』懸賞創作の歴史の中でも二人だけであったが[3]、その場合は二等当選者を複数出すのが通例であった。特にこだわっていたのは、当選者に与える賞金総額を一等と二等の合計金額である「二二五〇円」にそろえようという意識で、例えば二九年の第二回当選発表時に一等がなく二等が三編であったとき、その選評に「三編を入選として、賞金を等分し各金七百五十円宛を呈することに決した。」（『改造』二九年四月号）という記述があったことや、三二年の第五回当選発表時に二等が二編だった際、やはり選評で「規定通りの当選者を出し得なかったことを遺憾とする。（略）（当選者の――引用者）二氏を二等当選として推薦することとなり、夫々賞金七百五十円を贈呈することとした。」と述べられていることからもわかる。『改造』懸賞創作の一つの「目玉」は、その純文学の懸賞としては異例の高額賞金にあったことから、その権威を守る意味でも懸賞賞金総額に対するこだわりがあったのであろう[4]。

　ところが、そのような「こだわり」を見せていたはずの賞が、三五年の第八回では二等一編に佳作一編となった[5]。今まで「選外佳作」としてしか使用してこなかった「佳作」という言葉を初めて「当選作」に対して使用したのである。このとき、佳作の賞金額がいくらであったかは不明だが[6]、二等賞金が募集要項通りならば七五〇円である以上、それより低いことは間違いない。つまり、第八回は、懸賞当選作のレベルと賞金総額の二つの重要な点において、低落傾向が見られたのである。

　その低落傾向は、第八回がそれまでの当選発表時に必ず付されていた選評を載せていないことにも現れている。三五年四月号の「第八回懸賞創作入選発表」では、当選作と当選者氏名・略歴、選外佳作の題名のみしか示されず、選考結果理由などは一切なかったのだ。このとき、巻末の「編集だより」においてのみ、懸賞創作当選発表についての言及があり、そこでは前章でみたように「今年は例年に比して応募作が甚だしく少なかつたためか、二等一編、佳作一編といふ不作であつた。懸賞創作の募集は今日誌界の流行となり、開拓の手が隅々まで行届いたためと見るべきであらうか。それにしてもこの結果は遺憾である」と述べられていた。たしかにここで述べられているとおり、当時は『改造』懸賞創作だけではなく、『中央公論』の「原稿募集」と題した懸賞を募集や、改造社が三四年に創刊した文芸誌『文芸』の『改造』同様の懸賞創作募集もあった。また楊逵の応募した『文学評論』の懸賞のように、小規模文芸誌もこぞって〈文学懸賞〉を始めていた。その意味で、投稿者側の選択肢が増えていたことは確かである。しかしそうであったとしても、それまで雑誌文芸欄の中でも多くの注目を集めてきた『改造』懸賞創作としては、この状況はショックだったのではないだろうか。おそらく、この第八回の結果が「一年の中断」につながったのだと思われる。

そして、三七年四月号にその中断を経て発表されたのが第九回の懸賞創作当選発表だったのだが、そこに掲載された龍瑛宗「パパイヤのある街」と渡辺渉「霧朝」は、二作とも二等にさえ届かない、「佳作推薦」というまた新たな名称の賞が与えられ、賞金金額も明記されていなかった[7]。そして、第八回同様に選評はなく、やはり巻末の「編集だより」に言及があるのだが、それは第八回のそれよりもさらに説明の少ないものであった。

かねて審査中なりし懸賞創作は別項記載のごとく決定する運びとなつた。全国より寄せられた八百余編のうち、龍、渡辺両者の作品を佳作推薦として今、来月に渉つて掲載する。応募者の努力を多とし、一般の愛読を願ひたい。

当選作への評価や内容、二等すら出なかった現状についての意見もなく、「応募者の努力」を称え、読者の「愛読を願」うだけに留まった。また、「今、来月に渉つて」とあるが、結局渡辺の「霧朝」掲載は七月号まで延期された。このように、『改造』の第九回懸賞創作では、第八回以上にその低落傾向がはっきり見えていたのであった。

『改造』一九三七年四月号広告（『東京朝日新聞』三七年三月二〇日）

「パパイヤのある街」は、『改造』懸賞創作に初めて台湾人作家が当選したテクストとして、これまで高く評価されてきたし、『改造』懸賞創作に当選したことが、その価値を支えてきていた。しかし、当時の『改造』懸賞創作のこういった状況は、殆ど考慮されていなかった。

もちろん、初めて植民地台湾出身者の小説テクストが日本帝国全域で読まれていた『改造』という大雑誌に掲載――それが「佳作推薦」とはいえ――されたというのは、非常に重要なことである。しかし、『改造』に掲載された、という点ばかりが強調されてしまい、それ故に、これまでの「パパイヤのある街」への研究・分析は、「植民地台湾出身者初の当選」という点への意識が強すぎ、『改造』懸賞創作という制度についてはほとんど視野に入ってこなかった。そのため、上に挙げたような『改造』懸賞創作の変化の文脈にも、注意が払われてこなかった。

しかし、「パパイヤのある街」が『改造』懸賞創作に当選した――〈中央文壇〉で高評価を得た台湾人日本語作家となった、ということを重要視し、事実上それをもって「パパイヤのある街」の評価や価値が決定づけられている以上、その『改造』及び『改造』懸賞創作という、「パパイヤのある街」の価値背景についての検証も必要となるはずである。それによって、従来の研究でも指摘されているような「パパイヤのある街」が「〈中央文壇〉では評価されながら、台湾では歓迎されなかった」という問題についても、明らかになって来るであろう。また、現在まで「パパイヤのある街」以外の龍瑛宗の小説テクストがほとんど注目されていない状況をも考え合わせる時、『改造』懸賞創作の当選という事態の影響力が過剰なまでに大きく、それが他のテクストの存在さえ霞ませてしまうほどであったことが示されている。それだけに、テクストの成立と分析を行うならば、そこに『改造』懸賞創作当選という文脈をきちんと見出していかなければならないはずだ。

龍瑛宗は三〇年代の〈台湾新文学運動〉には参加していない。公学校卒業後に台湾商工学校という専門学校に進学した彼の学歴は戦前の日本近代学校制度の中では傍系キャリアであり、また卒業後すぐに台湾銀行に勤務を始めた彼には、同世代の東京留学生や高学歴を持つ富裕層出身の台湾人作家志望者たちが中心の文学運動に参加する余裕も意志もなかったからだ。それ故に、彼を作家たらしめたのは、ひとえに「パパイヤのある街」が『改造』懸賞創作に当選した、という点に依拠していることになる。間違いなく、「パパイヤのある街」当選は、彼の人生を大きく変えているのである。

また後述になるが、龍瑛宗は『改造』懸賞創作当選以降、日本統治期を通じて、「パパイヤのある街」について肯定的な評価を下したことがなかった。自らを一夜にして台湾で最も著名な〈作家〉とし、周囲から龍瑛宗という名前以上に知られることになり最大の代表作と目された「パパイヤのある街」に対し、彼は正面から向き合うことを避け続けたのである。

「パパイヤのある街」には、塚本輝和[9]や羅成純[10]、呂正恵[11]、李郁蕙[12]などによるテクスト分析を行った先行研究がすでに存在しており、そこでは風景描写や、特に登場人物の中心である中学校卒の台湾人インテリ青年の描かれ方についての分析が中心になされている。これらの分析は「パパイヤのある街」を読む上で非常に重要であり、その点についての先行研究がこのようにそろっていることは非常に有意義なことである。

だが、これらの先行研究では、どうしても旧植民地における〈日本語文学〉テクストの意義と価値を検証する方向に向かっているため、「パパイヤのある街」の成立背景が非常に観念的・抽象的にとらえられている。つまり、龍瑛宗が、植民地の過酷さ・悲惨さを訴えるために描いたテクストである、という判断が前提になってしまうのである。

もちろん、そのような背景が存在していたことを否定するつもりはない。だが、それだけでは、彼がこのテクストを『改造』に投稿した理由とするには十分ではないし、「パパイヤのある街」というテクストの持つ構造の背景を説明し尽くせない。第一章で述べたように、台湾人作家志望者たちの〈文学懸賞〉への欲望は、彼らの個人的成功を望む意志が背景にあった。龍瑛宗にもそれと同様な背景を想像することは可能であるし、そうであるとき、実際に『改造』懸賞創作に当選した唯一の台湾人作家とその当選テクストの分析に、『改造』懸賞創作という文脈から読み直すことは非常に重要になるはずである。

2 「パパイヤのある街」の描いているもの

では、「パパイヤのある街」には具体的には何が描かれており、そのテクスト内容にはどのような背景が推測できるのであろうか。テクストに沿って見ていこう。

舞台である「街」と「台湾」

「パパイヤのある街」は『改造』一九三七年四月号の文芸欄冒頭に掲載された。全五十八頁で、十四の節に分かれている。テクスト内の時間は冒頭が九月末、そこから季節の移ろいを示し、秋、冬、正月、二月、六月末、真夏、と時間が過ぎ、最終的に翌年の「十一月末」で終わる。[13]

主人公の陳有三は、「優秀なる成績でT市の中学校を卒業」し、ある「街」の街役場に「雇」として就職した二十歳の台湾人青年である。陳有三が「九月末」に街役場勤務のため、「街」へやってきたところから、物語が進められる。

この「街」で、陳有三は友人で製糖会社勤務の洪天送、洪天送の先輩で「某役所」に勤め、五人の子供を抱え生活苦に苦しんでいる蘇徳芳、役場の同僚である戴秋湖、中学時代の同級生の廖清炎らの「中学校卒」の学歴を持つ青年達と、「公学校卒の学歴しかない」黄助役、仕事が出来ないと周囲から軽蔑されている「たるんだ肉体の四十男」林杏南らの職場の上司・同僚達、そして林杏南の家に間借りした際に、「専検に通過」しながら「身体をすつかり壊し」たことで自宅で静養し死を待っている「林杏南の長男」や林杏南の娘である翠蛾らと出会う。陳有三は、「街役場」で働きながら「普通文官試験」「弁護士試験」合格を目指し独学を続ける生活を送るが、そのような彼の野心がこれらの人々との関わりと「街」の雰囲気、そして植民地支配下の台湾人という差別的境遇の中で変質していく様子が描かれていくのが、このテクストの流れである。

テクスト内の時期は、登場人物の一人、「林杏南の長男」が「佐藤春夫の魯迅の「故郷」」を読んだと述べている部分（佐藤春夫・増田渉共訳名義の岩波文庫『魯迅選集』の出版は一九三六年六月）や、陳有三の同僚・戴秋湖が私娼窟で酒を飲んだ際に歌った「流行唄」が「十九の春」（一九三三年）と「急げ幌馬車」（一九三四年）であることから、「パパイヤのある街」投稿時である一九三六年頃と考えていいであろう。つまりほぼ発表時と同時代の台湾を舞台としていることになる。

この陳有三がやってきた「街」は、テクスト内では明示されないが、六節目で語られる概説によって、この「街」は台湾中央部の南投街であり、陳有三の卒業した中学校のあるT市は台中市であることがわかる。[14] テクストにあるように、陳有三のやってきた「街」は、日本統治開始期には山地原住民統治、当時で言う「理蕃」の要地であったが、その中心が「H街」（埔里街と思われる）に移ったことでさびれていた。ここには、近代的感覚でいうところの「文化」や「教養」の気配はなく、製糖会社の建物と「内地人」向けの製糖会社社員住宅を除くと「街は穢く、くすんでゐて」、そして住民である「本島人」たちは「シユンと手鼻をかむ纏足の老女たち」や「途轍もない疳高い金属製の声で喚きちらす媠媒《おんな》たち」といった、陳有三の目に「泥沼のやうな人々」としか映らない人々であった。

「街」の描写は、全体的にそれを汚く澱んだものとして語られており、そこに住む人々についても同様であった。「パパイヤのある街」では、台湾の街の描写において、それを極めて不潔に、そしてすさんだ様子に描いていた。

そして同時に特徴的なのは「暑さ」に関する描写である。

横丁に這入ると家並が一層ごみ〳〵して、風雨のために剥げた土角（台湾の家屋は土をもつて造る）の壁が狭く胸に圧迫してき、細路は陽のさゝぬためめらしく、じめ〳〵して、それが子供らのたれた糞や尿などの臭気と、蒸すような暑気とが、むん〳〵と立ちこめてゐた。

（略）しかしトタン屋根の吸収した熱は全身を締めつけるほど暑かつた。陳有三の灼かれた褐色の顔には油汗が粘つこくぎら〳〵し、はだけた身体から見る〳〵滴るやうに大粒の汗が後から後から湧き出ては流れた。

この時期までの台湾人作家志望者達のテクストを見る限り、その中に台湾の「暑さ」を描いたものはほとんど無い。日本人による「暑さ」描写の例は枚挙に暇がなく、むしろ、「暑さ」に言及していない日本人作家はほぼ皆無といってもよいだろう。だが、台湾人作家志望者達は、ことさらに台湾を「暑い」場所として書くことはなかった。「台湾」＝「暑い」というイメージは、北方からやってきた日本人によって作られたものだったのである。

この「暑さ」の表現は、単に台湾の熱帯性・南国性を訴えるというだけではない。「パパイヤのある街」での描写がまさにそうであるように、「暑さ」の表現は、すなわち「不潔」「怠惰」「だらしない」「思考停止」といったマイナスイメージを引きずり出している。

当時は、現在の医学では否定されている「熱帯神経衰弱」という「病気」が存在していると信じられていた。これは、熱帯の「暑さ」が人間の活動を停滞させ、精神を蝕むという理解に基づいており、症例として、北方民族が熱帯に移住した際に発祥する精神的停滞が挙げられていた。[15] 日本帝国の例でいえば、端的にいって内地から台湾へ移住した人々が発症する病気と考えられ、同時に、その現地民である台湾人の精神活動・行動が日本人のそれに比して劣ったものであることの原因ともされていたのである。このような偏見・先入観が「熱帯」に対してもたれ、それがそのまま〈台湾〉に当てはめられた時、内地が求める〈台湾〉そして〈台湾人〉のイメージとして、「暑さ」＝怠惰と停滞が喚起されてしまうのであり、「パパイヤのある街」は、そのイメージを誘導しているのである。

「台湾人インテリ青年」の位置づけ

このように、「街」の描写のみならず、そこから敷衍して〈台湾〉そのものを「澱み」の中にあるものと語るこのテクストの内部で、陳有三は当初の「普通文官試験」「弁護士試験」合格という目標を見失っていくことになる。「パパイヤのある街」に関する内地における同時代評をまとめ分析した王恵珍は、この過程をもって、「パパイヤのある街」を台湾人インテリ青年の苦悩を描いたもの、という把握を行っている。[16]

ただし、ここでは陳有三をはじめとする青年達は一方的に苦悩する立場にあるのではない。先行研究、特に李郁蕙が詳細に分析しているように、陳有三やその他の「中学校卒」青年達は、「街」に住む「本島人」たちへの嫌悪と蔑視を隠さない。例えば、洪天送は、将来製糖会社の内地人向け社員住宅に入居することを夢見ていて、それを陳有三に次のように語る。

「こゝは社員の住宅です。僕はもう五カ年辛抱すればあの豚小屋みたいなところから引払つて此処に住むことが出来る。しかし外の連中は可哀想に、こゝは彼らにとつて、つひに「垣間見る生活」だけに過ぎないのだ。何故なら彼らは中等学校を出てゐないから。」

「社員住宅へ住めるやうになるまでには、もう五年の辛棒《ママ》か。しかし隣り近所の連中の無教養には驚き入る外はないね。嫜媒《おんな》たちは一日ぢゆう、大声でぺちやくちや饒舌り通しだし、餓鬼どもの汚いことゝいつたら泥鼠よりひどい、亭主は亭主で白酒でも飲んだら高唱猥褻、さういふ連中と一緒に住むと僕らまでも野卑になるばかりだ。(略)」

このような観点は、陳有三にも共有されている。陳有三は、洪天送の斡旋で下宿が見つかった直後、今後の生活計画をたてるのだが、その際、彼が「来年までに普通文官試験を突破し、十カ年計画で弁護士試験を貫徹せしめやうと志を立て」た理由が三つ挙げられている。

一つ目は「経済的観点から来る現状への不満」つまり給料が少ないこと（「雇」員は正規の公務員ではなく、給与は三〇円前後と正規公務員に比べ非常に低かった）、二つ目は「優秀なる成績でT市の中学校を卒業した」自分の能力に対する自負であった。陳有三は街役場の「雇」になる際にも「二十幾名かの志願者を蹴散らして、銓衡試験にパスし」ており、それが彼に「努力が全てを解決した」と感じさせ、故に「多くの美しい夢」を将来に対して描いていた。

そして、三つ目が、「彼の本島人たちに対する一種の蔑み」であった。「吝嗇、無教養、低俗の汚い集団こそ彼の同族」と感じている陳有三は、「その彼らと同列に看做されることを嫌つ」ていたのである。それが、陳有三や洪天送に「浴衣」や「和服」を着させ、「日本語を常用」させることの背景になっていた。それが、「彼らの同族と異つた存在にある自分を見出して一種の自慰的気持を覚え」させていたのである。

このような「パパイヤのある街」に現れる青年像を、李郁蕙は次のようにまとめている。

整理していえば、以上に挙げたキャラクターたちも有形無形を問わず「街」＝台湾の外側に自らを位置し、あるいはその桎梏から脱出しようとする。なおかつ、彼らによって脱出先と設定されているのは、例外なく広義的な「内地」＝日本となっているのだ。さらには、彼らの脱出可能と自恃している理由は共通して中等学校の学歴または高度の日本語能力にほかならない、ということも見て取れよう。

たしかに、陳有三は先に引用したような箇所において、自らの学歴資本を根拠として、立身出世願望を語っているし、洪天送も同様に社員住宅入居の夢を述べている。ただ、二人以外に登場する「中学校卒」の青年達は、少なくともテクスト内部の時間においては、すでに「その桎梏から脱出しよう」とはしていないし、「脱出可能と自恃して」もいない。蘇徳芳は生活苦の中ですでに将来に対し目標を抱けなくなっているし、戴秋湖は経済的な問題はない（父親と共に、結婚斡旋などの「汚い」方法によって、金銭を集めている）にもかかわらず、出世や栄達については関心を示さず、酒と女遊びに興じている。休暇中に台北から陳有三のもとへ訪れた廖清炎も、陳有三に対して立身出世願望の無意味さを説くが、それを語る廖清炎はそこに挫折感を漂わせたりはしていない。「高級社員らしい面をしてをりさへすれば、一般の奴らから尊敬とよきサーヴイスを受けることが出来る」と、自分の給料金額を誇張して話し、台北の生活の中で、「女たちを、からかつたり、弄んだりするのが僕の趣味」「それから映画を観たり、安つぽい酒を飲んだりして」過ごしている。廖清炎は同時に「生活に酔生夢死の雰囲気を醸し出さうとしてゐる」と述べてもいるが、しかしそこに悲壮感はない。

また、陳有三と洪天送の願望も似て非なるものであるといえよう。洪天送の「内地人」用社員住宅入居の夢は、彼自身が語るように、「あと五カ年」経てば叶うものであった。もちろんここには、台湾人社員を公然と差別している製糖会社の態度が現れているのだが、洪天送はその差別には注目せず、「五カ年」経てば自身が外の「本島人」たちとは区別され、「内地人」の住宅に入れるという特権性の確保にしか意識が向いていない。このような洪天送の視点にあるのは、桎梏からの脱出というよりは、現状を受け入れた上で、その範囲内での自己充足であるだろう。

つまり、このテクスト内の「インテリ青年」の中では、ただ一人、陳有三だけが「浮いて」いるのである。他の青年達が何らかの形で現状を受け入れている中で、陳有三一人だけが、状況を飲み込めていないのだ。

故に、彼は洪天送が両親の斡旋によって多額の持参金を約束してきた家の女性と結婚する際にそれを「打算的結婚」と述べたり、陳有三に縁談話を持ち込む戴秋湖親子に対して「本島人早婚の弊習を僕ら自ら、改めなければ不可ないと思ひます」と言い返したりしてしまう。このように「パパイヤのある街」の中で陳有三だけが「台湾における現実」を理解できていない人物として描かれているのである。そして同時に、このテクストは、陳有三が「台湾における現実」を経験し、あきらめていく過程を描いているものでもあるのだ。

陳有三がこのように現実に対して無知な青年として描かれるのは何故だろうか。おそらくそれは、彼が「現実」を経験していく経過を描くことが、そのまま台湾に関する様々な情報を描き出すことにつながるからである。

このテクストの語り手の立場は不安定で、陳有三の内面に寄り添う部分もあれば、彼を突き放し、揶揄する語りを行う部分もある。例えば、テクスト冒頭で陳有三が案内された洪天送の部屋には、「講談雑誌が二三冊散らかつて」いるが、それ以外には柳行李と布団しかなく、板壁には「浴《ママ》みする女の裸体画の口絵」が張られていると語り、陳有三についても、彼が「優秀なる成績」に自負を抱いていると語る一方で、「彼が中学校時代に読んだ本といへば、教科書以外に修養書と偉人伝、成功立志伝位であつた。」としており、つまり彼らが自負する「教養」的背景の薄弱さを指摘している。

同じように、語り手は、陳有三が洪天送や戴秋湖親子に金銭の絡む「売買婚」批判を述べながら、自身もまた、「あはよくば内地人の娘と恋愛して結婚しよう」「結婚となると先方の養子になつた方がいゝな、戸籍上、内地人籍になれば、官庁なら六割の加棒が来るし、その他なにかにつけ、利益があるからだ」と、やはり「打算的」な結婚観を持っていることを読者に対し暴露している。

このような語り手の有り様、そして陳有三が街役場にやってきてから徐々に「台湾の現実」を理解していくこと、そしてその「街」は汚く澱んでいて、かつ非常に「暑さ」に満ちていること[17]……この展開は、テクストが想定する読者に対し、台湾の情報を伝えようという姿勢から生まれているに他ならない。このテクストは、「台湾人インテリ青年の苦悩を描いている」のではなく、「台湾人インテリ青年の苦悩を揶揄的に利用して、台湾情報を伝えようとしている」のである。そこには、投稿先として、内地の有名誌を意識していることが、はっきりと浮かび上がってくるだろう。

青年と流行としての「左翼思想」

それが、テクスト終盤に登場する「林杏南の長男」の表象にも現れている。この名前さえ当てられていない「林杏南の長男」とは、陳有三が林杏南の家に下宿することで出会うのだが、この青年は、先に述べたように苦学を経て、難関資格検定として当時すでに伝説的ですらあった専門学校入学者資格試験検定[18]に合格したが、そのために身体を壊し進学も仕事も出来ず家で静養している人物として描かれていた。これだけでもわかるように、

「林杏南の長男」は、非富裕層出身の教養エリートの典型例として描かれようとしていた。そして彼が陳有三に対して語る話の内容も、その典型からまったく外れないものだった。

「(略)吾々の眼前を塞いでゐる暗黒な絶望的な時代がその儘、永久的なのか、それとも吾吾《ママ》にユートピヤのやうに思はれてゐる楽しき社会が必然性をもつて現はれて来るのか。感傷や空想を雑へない厳正な科学的思索のみが鮮明《ママ》してくれるだらう。真実なる知識は現象を解釈するにあたつて、吾々を深い苦痛に引きづつてゆくかも知れないが、併しあらゆる現象は歴史的法則の示顕せられた姿であつて呪咀すべきものではないと思ふ。幸福は苦痛と努力なしには達成せられないであらう。只吾々はこのグルミーな社会に処するには正しき知識による歴史の動向を見究め、いたづらなる絶望や堕落に陥ることなく、正しく生きなければならぬと思ふ。(略)」

「パパイヤのある街」発表後のインタビューなどにおいて、龍瑛宗はこの「林杏南の長男」が自分がテクスト中でもっとも好きな人物である、と述べることになる(19)。この「林杏南の長男」の性質は、それ以前に登場した青年像とも、陳有三とも異なっているが、形象としては典型的な左翼青年像であり、特に目新しい人物ではない。さらにいえば、非常に現実感のない人物でもある。それが、彼が余命わずかと設定されテクスト終盤で死去することにつながっているのかも知れないが、そういった最後さえも典型的と言えてしまう。仮に「林杏南の長男」が健康で、その後進学し仕事を始めるようになっていたならば、やはり陳有三のように「台湾の現実」の前に挫折を余儀なくされていったはずだからである。つまり、彼の言葉は彼の存在が「台湾の現実」と最早つながらない、死を待つ身であるからこそ言えるものであって、それだけに理想的であるばかりで現実感が希薄なのである。
「林杏南の長男」は、「教科書以外に修養書と偉人伝、成功立志伝位」しか読んだことのない陳有三に対し、

「雑誌はほとんど月遅れの「××」を頼んでゐる。何故なら「××」は日本の現象分析は勿論、海外の思想も大いに紹介してゐるやうだ」「佐藤春夫の魯迅の「故郷」は深い感銘を受けたね。」「単行本で深い感動を受けたのは、エンゲルスの「家族、私有財産、国家の起源」だつた。」「魯迅の「阿Q正伝」やゴーリキーの作品、それにもモル《ママ》ガンの「古代社会の研究」などを読みたいと思つてゐる」などと、たたみかけるように「教養書」の名前を重ねる。この描写は、「優秀」で「教養」があると自認する陳有三を相対化し、底の浅さを露呈させているが、一方で、「××」——これは『改造』のことであろう——を読み、エンゲルスを読み、魯迅を読むという読書傾向は、左翼青年としてみれば安易な選択であるし、またそれらの感想について「深い感銘を受けた」「ぐわんとやられたね」という印象レベルの表現しかできない「林杏南の長男」も、どの程度それらの書物を消化し得たのか、左翼青年の「流行」の中で読んだだけなのでは、という疑問さえ感じるのである。

「林杏南の長男」は、陳有三に対して資格試験の勉強をあきらめるよう助言したり、「金銭はこの世で一番大切なものですぞ」と話したりする父・林杏南については一切言及しない。林杏南もまた、長男の努力と不幸を嘆きはするものの、息子の左翼思想については全く注意を払っていない。親子でありながら、この二者の間の関係はテクスト内では非常に薄いのである。

それは、「林杏南の長男」が陳有三との比較のためだけに登場してくる人物だからであろう。陳有三は「遅れている台湾」の内部にあって、インテリ青年として苦悩している。しかし、その苦悩の解決のために目指すのは、台湾社会——つまり究極的には植民地統治批判と否定になるだろうが——の改善ではなく、個人の立身出世に留まり、さらに台湾人を蔑視するという肯定しがたい人物として描かれている。他の青年達は言わずもがなである。このような青年達との対比として、「林杏南の長男」は機能している。働きながら夜学に通い、苦労して専検に合格した。そのために身体を壊し将来の夢は破れたにもかかわらず、読書を続け知識と知見を広げることを怠らない、という「林杏南の長男」像は、あまりにも典型的理想像でありすぎて、却って存在感がなく感じられてしまうが、それだけに彼の存在理由は陳有三との対比によってだけ示されるのである。

そして、彼が陳有三に投げかけた「殆ど病人とは思へない若々しい情熱」に満ちた「激しい句調」の言葉も、「陳有三にとつて空々しい言葉に過ぎなかつた」、というところに、「林杏南の長男」の登場する意義が現れる。死を待つ身の「林杏南の長男」と違って、陳有三には日常における煩悶が蓄積されていた。

「林杏南の長男」との会話の時点で、陳有三は試験勉強を半ば放棄し、澱んだ「街」でただ日々を消化するだけの生活に対し絶望感を味わいつつあった。その中で、彼の抱いた唯一の光明は、林杏南の娘（つまり「林杏南の長男」の妹）である翠蛾の存在だった。「林杏南の長男」の言葉が「空々し」く響くのみであった時、陳有三の心は、「翠蛾の美しい姿に酔ひしれてゐるだけであつた」のだ。それが、彼にとって「残された、たつた一すぢの望み」だったのである。立身出世をあきらめ、社会改革の理想論にも関心がない陳有三の心をとらえたのは「恋愛」であり、この時陳有三には観念的な理想など最早全く存在していなかった。かつて「早婚の弊習」を語ったことさえも忘れ、翠蛾への求婚だけを思い、他の言葉は届かなくなっていたのである。

この両者の対比は、陳有三の「現実」に対する意識の変化を示し、同時にその「現実」を伴わない「林杏南の長男」の言葉の軽さも露わにしてしまった。この事態は、民族主義運動の開始とその挫折、「台湾新文学運動」の勃興と停滞、といった二〇年代から三〇年代にかけての様々な運動の下における台湾人青年の意識の変化と、それに食い込めなくなっている左翼思想の状況をも現している。当然ながら、このような意識変化と左翼思想の力の喪失は、内地においても同様の事態であったが、それを「パパイヤのある街」は巧に植民地台湾に置き換え、その台湾の特殊性にうまく適合させながらテクストを構成しているのである。

「狂気」と「死」

陳有三の翠蛾への求婚は、林杏南の「一家の犠牲となつて少しでも高く売りたい」という反対にあって叶わなかった。彼は売買婚という台湾の「弊習」に希望を砕かれていくのである。

こうして、陳有三は最後の望みもたたれ、テクスト最終盤では、「家への送金」もやめ、「ひたすらに酒に理性や感情を惑溺させ」るようになっていた。「あらゆるプライドや知識や向上や反省を棄てゝしまひ、むきだしの本能にしがみつき、徐ろに沈下してゆく退廃の身に、ふさわしい黄昏の荒野のあることを見出した。」というような、自暴自棄な境地に至っていた。

そのような彼の前に、発狂した林杏南が現れた。すでに林杏南は役場を辞め（辞めさせられたのかは不明）、その直後に「林杏南の長男」は死んでいた。陳有三は、その発狂した林杏南の姿を見て、彼が翠蛾への求婚が破れた後、林杏南の家での下宿を引き払う際に「林杏南の長男」から渡された手紙の内容を思い出し、「暗い洞窟のやうな心に、さつと一陣のうすら寒い風が吹きこみ、急に、わなく慄へてゐる自分を見出した」ところで、テクストは終わる。

台湾文学研究者の許俊雅は、『日拠時期台湾小説研究』（文史哲出版社　一九九五）の「以死亡或瘋狂為小説的叙事架構（死亡或いは狂気を小説に描くこと）」という一節において、「台湾新文学運動」期のテクストには、登場人物が「死亡」するか「発狂する」という場面が現れる率が非常に高いと指摘している。


この時期（日本統治期――引用者）の小説の登場人物の「死亡」したり「発狂」したりする場面の出現率は、驚く程高い。生病老死はもとより人間の一生で必ず通るものであり、そこから逃げることは出来ない。しかし、小説の作者が「死」と「狂」等の問題を処理する時、それはただの人生現象の描写であるはずはなく、時代・社会の動静との関係があるのである。つまり、彼らはこのような悲劇をフィクションとして描くことで、伝統の陋俗や日本統治の横暴、台湾人民に向けられた陵辱や迫害を検討したのである。作者は伝統文化を再考し、植民地統治を批判し、日本統治期に反日帝侵略・反偽礼教・反迷信という思想を主題として芸術作品として結晶し、この芸術の結晶を当時流行していた小説のフィクションとして形成したのである。[20]

許俊雅の論では、実際に登場人物が「死亡」或いは「発狂」するテクストの一覧（全四十一編）が付されており、そこには「パパイヤのある街」も含まれている。つまり、許俊雅の理解からいえば、林杏南の発狂と「林杏南の長男」の死は、ともに日本統治批判の文脈から描かれたということになるだろう。

しかし、まず許俊雅の論の問題は、一九二〇年代の白話文（漢文）テクストから三〇年代の〈日本語文学〉、さらには四〇年代のテクストまでをまとめて検討している点である。この二十年に近い期間に、日本統治下の台湾では大きな社会的政治的変動を経験している。そうである以上、これらのテクストをある連続性をもって把握するのは困難である。

また、「死亡」「発狂」を描くテクストは、日本統治下の台湾だけではなく、〈中央文壇〉でも頻繁に現れている。先に台湾などの南方に対し「熱帯神経衰弱」という「病気」の存在が押しつけられていたと述べたが、内地では、「神経衰弱」がまさに近代人・教養人が罹る「現代病」として認識されていたのがこの時代の特徴でもあった。[21]「死亡」「発狂」は、台湾のテクスト固有の表現ではないのである。むしろ、ここでは、〈中央文壇〉のテクストの影響関係を考えてみるべきなのだ。

もちろん、その上で、許俊雅のいうような、日本統治批判の文脈と照らし合わせていくことも必要である。登場人物達の「死亡」「発狂」が、特に〈日本語文学〉テクストにおいて〈中央文壇〉の影響を考慮する時、それが日本統治批判の文脈として読まれることの意味を考えなければならない。

この場合、特に「発狂」は日本統治の圧政が直接的間接的に台湾の人々に心理的圧力を与えたり、精神的に追い詰めたりすることが原因となるのであろうが、実際にそのような事例が多かったのかどうかを確認するのは困難である。ただ、日本統治下の台湾で、心理的圧力や精神的に追い詰められていくという状況があるとき、その原因として日本統治がすぐに結びつく、という当時の環境（そしてそのような理解を持つ現在のポストコロニアル状況）を検討することは必要である。しかし、日本統治との関連性は直接的なものには映らない。

そこで、林杏南の発狂と「林杏南の長男」の死を考える時、「林杏南の長男」は、後に陳有三が酒を飲んでいた飲み屋の「おかみさん」によれば、「長らく肺を患つてゐ」て、その死の原因はおそらくは結核であることがわかる。いうまでもなく、結核は日本では一九世紀末の徳富蘆花「不如帰」に代表されるように、頻繁に文学テクストに描き込まれるようになった病気であり、またその「死病」としての性質と裏腹に、その患者に男性ならば「天才性」女性であれば「美人性」を見出すように機能している記号でもあった。(22) つまり記号性という意味では「狂気」にも匹敵しよう。

〈中央文壇〉ではすでに堀辰雄が登場し、「美しい村」（一九三四）を発表していた。また「パパイヤのある街」が投稿された直後、『改造』一九三六年一二月号に掲載されていたのが、「風立ちぬ」であった。さかのぼれば、第三回『改造』懸賞創作で一等当選をはたした芹沢光治良「ブルジョア」も、スイスの結核患者が集まる療養都市・コーを舞台にした結核を描いたテクストであった。つまり、文学テクストに結核を描くことはすでに常套化しており、「パパイヤのある街」は文学テクストにおける「結核患者」に付与される記号性をここで「林杏南の長男」形成に利用しているのであり、その死によって悲劇性も付与されるのである。

そして、林杏南の発狂もまた同じ文脈で理解できるだろう。

ロイ・ポーターによれば、「狂気」とは近代に入り、精神病学の登場と、国家の統制の中で反社会的な人びとの排除という動きの中で病気であり危険であり隔離すべきものと見なされるようになったという。(23) また、芹沢一也は、日本が開国と文明開化の流れの中で、諸外国からの「目」を意識し、「野蛮」と見なされることを恐れる中で浮浪者や裸体の取り締まりを強化し、その中で「精神医学」を背景とした精神障害者の隔離・監禁が始まったと述べている。(24) つまり、台湾では日本統治によって〈植民地近代〉が訪れる以前に、「病気」あるいは近代概念としての「狂気」は存在しなかったことになる。このとき、必然的に植民地である台湾の「狂気」は〈植民地近代〉を導入した日本帝国の統治と結びつく。その意味では、たしかに林杏南の発狂は日本統治を遠因としていると言えるであろう。

ただ、テクストの文脈でいうならば、街役場の仕事を馘首されたこと、長男の死病、翠蛾の売却婚、などは、林杏南にとって十分に想像出来ていた事態であった。そしてテクスト内部には、それ以上彼の発狂の原因となる事柄は描かれていない。つまり林杏南の発狂は唐突であり、その原因が薄弱であることが否めないのである。

陳有三は、公園を散歩している際に発狂した林杏南を目撃し、引っ越しの際に死んだ「林杏南の長男」から送られた言葉を思い出す。それは、「あらゆるものに死の近接を感ずる。」という一文から始まる遺書のようなものであった。少々長くなるが、ここに引用しておこう。

『あらゆるものに死の近接を感ずる。
道に踏みつぶされてゐる虫けら、樹木に獅噛みついてゐる空蝉、落葉、夕方の町を湿めやかに練つて行く
葬列《ママ》
あゝ、逝く者は誰も帰つて来ない。僕の肉体、僕の思想、僕の総べてのものは逝けば最早二度とは帰つて
来ないのだ。
死——
その死が其処に来てゐるのだ《ママ》
青春が何んだ。恋がなんだ。そうした怪しげな感覚が一体、何に値するのだ。
唯、僕だけがあの冷え〳〵とした黒づんだ土の下に静かに横はつ《ママ》て居らなければならないのだ。蛆虫ども

が俺《ママ》の横腹に、胸に、トンネルを作るのを待ちもうけてゐるであらう。やがて墓の辺りに生ひ茂つた雑草や、樹々が、その執拗な根を下ろして、地底に横はつた俺の顔に、胸に、手に足に、しつかりと絡みついて養分を吸ひながら地上に花を咲せるであらう。朗らかに晴れ渡つた春の大空の下に可憐な花がユラ〳〵と揺れながら、行人たちの目を歓ばせることだらう。

それでいゝのだ。

二十三の歳月は短かいかもしれない。

しかし僕の肉体は儚かつたが、僕の精神は五十も六十も暮した。

僕は深い思惟と真の知識によつて物事を解釈することを得た。

今は限りなく暗く悲しいが、やがて美しい社会が訪づれて来るであらう。

僕はその幸福に充ち溢れた地上の姿をさま〴〵に想起しつゝ、冷たい地下の長き眠りに就くことを祈る』

果たして、陳有三は林杏南の発狂した姿を目撃した際、この言葉の一体どの箇所が思い浮かんだのであろうか。中盤から後半にかけての文章は、死を目前にしての悲壮だが自己愛的なものであり、その父親の発狂に際して想起するようなものではない。とするならば、ここで陳有三が思い出したのは、冒頭部分であっただろう。「あらゆるものに死の近接を感ずる。」という部分である。

つまり、自棄気味な生活を送るようになっていた陳有三は、その将来に「発狂した林杏南」を見出し、そしてその先にあるのは「死」であると感じたのであろう。それが、彼に「暗い洞窟のやうな心に、さつと一陣のうすら寒い風が吹きこみ、急に、わな〳〵慄へてゐる自分を見出」させたのである。

つまり、林杏南の発狂は、自棄気味の陳有三の将来への不安を煽る存在として登場しているのである。そして、発狂する登場人物を登場させることで、「パパイヤのある街」内部の世界には、「狂気」を生む心理的圧力や精神的不安が瀰漫していることを示そうとしているのだ。何故なら、そのような心理的圧力や精神的不安は、〈近代〉こそがもたらすものであり、その存在が、テクスト内部の〈近代性〉を、逆説的に証明しうるからである。

林杏南の発狂に際して、日本統治下における差別や不当な待遇の影響は直接的には見られない。林杏南は能力が低く、周りからも軽蔑された、いつ馘首されてもおかしくない職員として描かれているが、それでも街役場の職員となっていることを考えれば——まさに、陳有三がその銓衡を突破したことを誇りにさえしていることを思い出せば——、彼は台湾社会における真に底辺に苦しむ人物ではなかった。そもそも、街役場で働いている以上、林杏南は日本語が話せるはずであり、この時点で日本語を用いる職場で働いているということ自体が、彼が一定以上の教育を受けている存在であることを証明している。

だが、このテクストは、そのような林杏南の経歴については何も語らない。そのような齟齬に当たる部分は曖昧なまま、テクストは不幸の象徴として林杏南親子の姿を描いている。それは、貧窮のために娘が身売りされ、有望な長男は死亡し、父は悲しみのあまり発狂してしまう、という、パターン化された悲劇の枠組が持ち込まれた結果でもあるのだ。

「パパイヤのある街」の目指したもの

このようにテクストを読む時、「パパイヤのある街」にはある戦略が見えてくる。それは、〈台湾〉に関する様々な事柄を、〈近代〉——それはテクスト内では、李郁蕙のいうように広義の「内地」となる——への接近を夢見る青年達の欲望の行方を通じて描き出し、そこに「恋愛」や「病気」や「左翼思想」を組み込んでいく方法であり、つまりこれは、『改造』読者にいかに「読まれるか」を意識した構成となっているのだ。多くの先行研究で指摘されているように、テクスト内では台湾独自の語彙（「停子脚」や「土角」など）には、括弧が付され語彙解説がつけられていたし、後述する〈中央文壇〉での同時代評で言及されているのだが、テクスト内には文脈や日本語表現の検証を無視した長台詞による事項解説が、特に前半部分には頻出していた。これらは全て、『改造』の読者に対する「解説」文であり、小説テクストとしての文脈を犠牲にしてでも、「パパイヤのある街」はそちらを優先しているのである。

それは、「街」の表象や台湾人青年の描き方にも現れている。前述の通り、このテクストにある「暑さ」を〈台湾〉の澱みや停滞、怠惰として想起させるように描くことや、青年達の利己的な志向、台湾社会への嫌悪感と蔑視、「学歴」に依存しているだけの実質的な無教養ぶりなど、テクストの全体的な雰囲気を重苦しくする描き方は、一方でその遠慮のなさ・赤裸々さから、「台湾の実情」であると読まれやすくなり、事実同時代評ではそのような指摘から評価を受けていた。

一方、このような描写が、それ以前の台湾人作家志望者達によってなされることは無かった。「パパイヤのある街」は、主人公らの青年像だけでなく、全体的な台湾の描写に関するレベルでも、彼らとは共通点を持たない、前提となる〈枠組〉を共有していないテクストだったのである。

台湾人作家志望者達が「パパイヤのある街」のような青年像や台湾描写を描かなかった、あるいは描けなかったのは何故だろうか。龍瑛宗と彼らとの違いはどこにあるのだろうか。

〈台湾新文学運動〉に参加していた作家志望者達は、前述の通り、その文芸誌上で、〈中央文壇〉への関心を絶やさず示していた一方、〈台湾文壇〉や〈台湾文化〉・〈台湾文学〉の確立と発展を主張し続けていた。そのような彼らにとって、例えば「新聞配達夫」や「牛車」のように、〈台湾〉性をアピールするテクストにおいても、そこで描かれるのは植民地としての〈台湾〉であり、日本の圧政の下苦しんでいる・善良な・しかし弱い〈台湾〉であって、決して、自ら発展性を放棄し・怠惰と無気力に沈むような・そして一方でずる賢くしたたかな〈台湾〉ではなかったのである。逆に、当時の龍瑛宗がそのような〈台湾〉像を臆面無く描けてしまったのは、彼には、自分が台湾の文化を担うなどという考えが全くなかったからであろう。背負うものの不在が、龍瑛宗に「パパイヤのある街」を描かせたのだろうから。

しかし、「パパイヤのある街」の当選は、台湾人作家志望者達の描くような〈台湾〉像が、すでに〈中央文壇〉では求められていないことを顕わにした。そのギャップが、「パパイヤのある街」発表後に、〈中央文壇〉と台湾との間での認識のズレと、台湾における龍瑛宗と「パパイヤのある街」評価についての長い呪縛を生んでいくのである。

3 〈中央文壇〉における「パパイヤのある街」

先に述べた通り、第八回の段階で、『改造』編集サイド自らが懸賞創作の低落傾向を認め、その翌年は懸賞募集を行わなかった。

おそらくこのとき、『改造』側は第九回の結果にある目論見を持っていたのではないだろうか。すなわち、一年の中断によって投稿作が増加し、余裕を持って書かれた優れたテクストが現れるか。あるいは、『改造』懸賞創作が忘れられ、投稿作が更に減り、レベルも低下するか。前者であれば懸賞創作募集を復活し、後者であれば募集を取りやめる。このときすでに、一九三五年の三回目の発表を最後にして、『中央公論』原稿募集は停止していた。

そもそも、「パパイヤのある街」は雑誌掲載のレイアウトから第八回までのものとは異なっている。第八回まで、テクストの最初の頁には、必ず作者の写真が掲載されていた。このルールは絶対のものだったらしい。上林暁は小説「懸賞作家」(『文学界』一九五六年四月号)の中で、改造当選者達を変名を用いながら回想しているが、その中で、荒木巍(テクスト中では「荒井君」)について次のように述べている。


「荒井君の作品が当選と決つたとき、略歴と写真を送れと、編集部から電報を打つたんだ。荒井君は印刷所

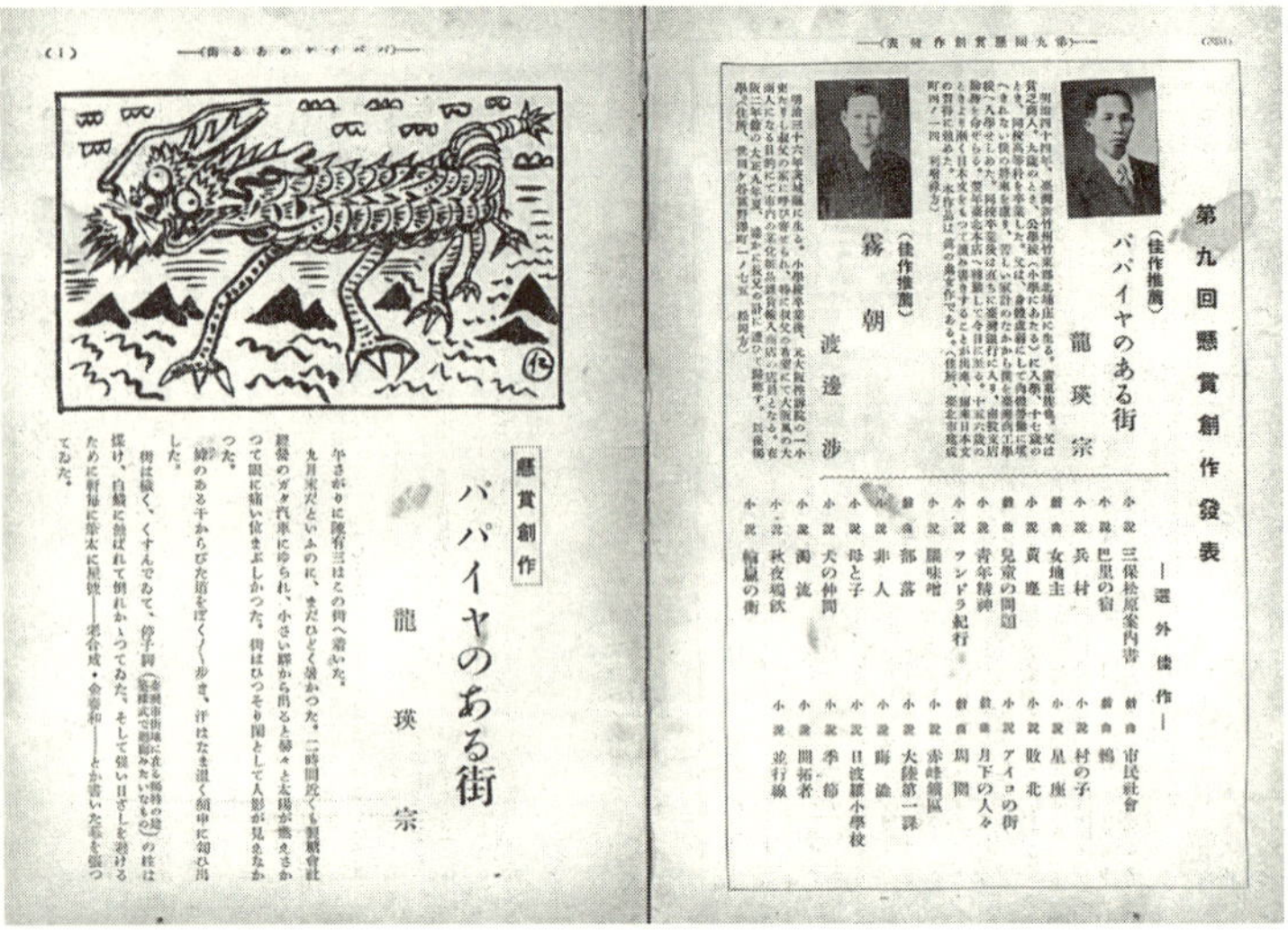
―第九回懸賞創作發表―

第九回懸賞創作發表

（佳作推薦）パパイヤのある街　龍瑛宗

（佳作推薦）霧朝　渡邊涉

―選外佳作―

小說　三保松原案內書　　戲曲　市民社會
小說　巴里の宿　　戲曲　鴨
小說　兵村　　小說　村の子
戲曲　女地主　　小說　星座
小說　黃塵　　小說　敗北
戲曲　兒童の問題　　小說　アイコの街
小說　青年精神　　戲曲　月下の人々
小說　ワンドラ紀行　　戲曲　周圍
小說　赤峰鐵區
戲曲　部落　　小說　大陸第一課
小說　非人
小說　母と子　　小說　日渡羅小學校
小說　犬の仲間　　小說　季節
小說　濁流　　小說　開拓者
小說　並行線

パパイヤの街

懸賞創作

パパイヤのある街

龍瑛宗

第九回（一九三七年）『改造』懸賞創作発表（『改造』三七年四月号）

へ飛んできたが、写真を載せるのは許してくれと言ふんですよ。聞いてみると、府立第何中かの教師をしてゐるので、写真が載つて、小説を書いたことがばれては困るといふわけなんだ。それを山田（勝彦）（山本実彦——引用者）社長に伝えると、社長は激怒したねえ。そんなことを言ふなら、当選を取消すと怒つたよ。山田氏にしてみると、『急進』（『改造』——引用者）の懸賞創作に非常な権威を認め、誇りを持つてるんだから、一介の教職なんかと見返へられては、自分の誇りが許さないのだ。怒るのも当然ですよ。それに荒井君も屈して、写真を載せましたがねえ。[25]」

このようにしてまで守られてきたはずのルールが、第九回の「パパイヤのある街」では実行されていない。第九回は、「懸賞創作発表」の略歴の脇に、履歴書用と思われる小さい写真が添えてあるだけである。

そして、第八回までは写真が掲載されていたテクスト最初の頁には、雲海の上を飛ぶ龍のイラストが掲載されているのだが、実はこのイラストは、第四回当選者の田郷虎雄の戯曲・「戯曲　螟蛉子（国姓爺の孫）」（『改造』三四年一

○月号）の冒頭イラストと同じもので、つまり使い回されたイラストなのである。題名から分かるように、「戯曲　螟蛉子（国姓爺の孫）」は台湾の鄭氏政権末期を舞台にした戯曲なので[26]おそらくは台湾つながりということで使い回しをしたのではないかと思われるが、それにしても、『改造』の一大イベントであるはずの懸賞創作発表の場面でこのような杜撰な対応をしていることに、この時点での懸賞創作に対する『改造』編集側の意識と、そしておそらくは「パパイヤのある街」への評価も、想像できてしまうだろう。

しかし、それでもこの時期はまだ『改造』懸賞創作の〈中央文壇〉での知名度は充分に高かった。「パパイヤのある街」が掲載された『改造』が発売されると、すぐさま新聞・雑誌の文芸時評欄がこのテクストを取り上げた。王恵珍「龍瑛宗「パパイヤのある街」に与えられた日本文壇の評価[27]」により、多数の「パパイヤのある街」への同時代評が発見されたことで、「パパイヤのある街」への〈中央文壇〉における評価については、非常に詳しい確認ができるようになった。

ただ、王恵珍は論の中で、龍瑛宗が「パパイヤのある街」発表後に『大阪朝日新聞』台湾版でのインタビュー記事の中で語った「中等学校を出た本島人のインテリの姿をそしてその背後の社会的、経済的関係をリアルに取扱ひたいと思ひつゝ書いたものです、封建的残滓に生き悩むインテリの生活をテーマにした[28]」という発言を重視し、〈中央文壇〉での同時代評が龍瑛宗の発言に沿えているかどうかを基準に分析しているため、同時代評の指摘する多くの問題点をくみ取れていなかった。王恵珍自身の「パパイヤのある街」についての理解も、おそらくは龍瑛宗の発言に寄り添っているのであろうが、「本島人のインテリの希望と挫折それから悲哀」を描いたものとしており、前節で検討したテクストに内包されたその他の問題点は捨象されている。つまり「台湾人インテリ青年の心理をどの程度くみ取れたか」という点での検討に終始しているために、同時代評によって得られる多くの指摘に目が届いていないのである。「パパイヤのある街」発表後の龍瑛宗は李郁蕙はじめ多くの先行研究が指摘するように、台湾内部では否定的評価を受けた。このこともあり、龍瑛宗は当時〈台湾文壇〉に対し迎合的な発言を繰り返していた。[29] そのような背景を考えると、この時点の龍瑛宗の発言が執筆時の「龍瑛宗の意図」と一致しているかどうかはわからない。自らに向けられた反発や、あるいは受け取った読後感想などから判断して、意図的に「作者の言葉」を作り上げている可能性があるからだ。つまり、ここで同時代評を分析する際に必要なのは、同時代評が「龍瑛宗の意図」に近いか遠いかではなく、なぜ、同時代評がそこに書かれているような評価を下したのかを検討し、〈中央文壇〉による「パパイヤのある街」理解がどのように形成されたかと知ることである。それによって、植民地出身者のテクストが〈中央文壇〉で発表されることの意味や影響を理解していくことを、ここでは目指すことにする。

4　〈中央文壇〉における同時代評――「高評価」を受けたか

王恵珍の前掲論文には、〈中央文壇〉における「パパイヤのある街」への同時代評が十四本挙げられている。（新聞評七、雑誌評七）。新聞は『報知新聞』、『東京日日新聞』（二回）、『東京朝日新聞』、『都新聞』、『帝国大学新聞』、『日本学芸新聞』で、雑誌は『文学界』、『新潮』、『早稲田文学』、『文芸』、『中央公論』、『懸賞界』であった。『改造』懸賞創作が、この時期になってもまだかなりの注目を集めていたことが、この同時代評の数と掲載紙誌によって判断できるであろう。

では、その内容はどのようなものであったのだろうか。ここでこの数の同時代評を一つ一つ検証していくことは出来ないが、それぞれの注目すべき点を取り上げていこう。

まず、多くの同時代評が、王恵珍も指摘するように、テクストの日本語表現のレベルを遠回しに、あるいは直接的にも批判している。前節でも述べたように、「パパイヤのある街」は日本語の文章表現レベルでも不備が多く、かつ、同時代評の中でしばしば指摘されているのが、やはり前節でも触れた解説的な長台詞の多用である。森山啓（『都新聞』三七年四月五日）と河上徹太郎（『文学界』同年六月号）が図らずも同じ「たどたどしい」という表現でもって評しているように、〈中央文壇〉の読者が読む時、「パパイヤのある街」の日本語表現が未熟に映るのは避けられないことであった。ただ、ここで注意したいのは、この未熟な表現それ自体を評価する向きもあったことである。例えば名取勘助（『新潮』同年六月号）は、「あの長い会話の文章が面白い」と述べ、杉山平助（『東京朝日新聞』同年三月三一日）は、「この中には、会話を利用した説明が多いが、それも、本島人の生活に興味を持つ読者なら、苦情も云はずに読み通すであらう。」としている。日本語表現の不備をマイナスにとらえようとしないのは、多くの評者に共通しているが、それはむしろ、植民地出身者の日本語表現の不備を指摘することを避けているようにさえ映る。この構図は、「新聞配達夫」に対する『文学評論』の選考評にも共通している。文章のつたなさが、却ってテクストの〈植民地〉性を際だたせるという判断が、そこに働いているかのようである。この点だけからも、〈中央文壇〉の評価が、テクスト外部の条件によっている部分が多いことが推測出来るであろう。[30]

一方、同時代評の多くが積極的に肯定的評価を与える点は、「台湾の状況を知ることが出来た」という点にある。阿部知二などが言うように「レポル・タージュ」のテクストとしては、よくできている、というのである。阿部は同時に、「最後にややおせつかいじみたことをいへば、かういふ作者は、『文壇』に乗込んだりその観念になじんだりしないで、時々かうした作品を書いてほしい」と述べているが、「『文壇』に乗込」もうと思わない人間が、『改造』懸賞創作に応募するはずがなく、この発言は、やはり龍瑛宗のテクストが「新奇さ」という点では評価できても、継続して作家として活動できるものではないと判断した故のものであろう。

実際の所、「パパイヤのある街」への評価の中心は、このような部分によっている。冒頭で「パパイヤのある街」の同時代評を十四と述べたが、その中には月評において多くのテクストに言及している中で、数行「パパイヤのある街」に触れただけのものもあり（例えば『早稲田文学』同年五月号の田畑修一郎など）、注目の度合いにも濃淡があったのだ。

「パパイヤのある街」は、前節で触れたように、台湾では批判され、評価が低かったが、〈中央文壇〉では好意的に受け止められた、と現在まで理解されている。しかし、「好意的」な評価が、日本語表現の未熟さは不問にされ、テクスト内容よりもよく知らない〈台湾〉についての情報を読み取ることができたから、という点に拠っているならば、それは好意的な評価ではあっても、高評価とは言えないのではないだろうか。そもそも、『改造』懸賞創作ほどの大規模懸賞の当選作に対し、批判が少なく好意的な評価の方が多い、というのは、環境的にいっても奇異である。そして、新聞評も含めそれほどの紙幅もない同時代評では、好意的な部分ばかりが強調されていたが、実際には、「パパイヤのある街」へ批判的な評も存在している。次にそれを見てみたい。

5　読み込まれた「パパイヤのある街」

ここで取り上げるのが、『改造』懸賞創作の選考過程およびシステムについて批判を重ねている三輪健太郎（「『改造』第九回懸賞創作発表とその推薦作品（一）」『懸賞界』同年六月号）の評である。三輪の指摘は、はじめから辛辣であった。長くなるが、ここに引用しよう。

> 目次には入選となつてゐるが、実は佳作推薦といふ形である。成程現文壇のレヴエルから見てたとへ二等賞としても、是を入選作として世に問ふだけの勇気を改造編集者は持たなかつたのであらう。それはいゝが、四月号同誌の審査発表の頁には、その推薦に就いて何事も言つてゐない。（略）これはどうしたことであらう。
>
> 『改造』編集者の謙虚な美徳の表れであらうが、弱気といへば弱気である。何とか言つてもらはなければ、この発表を待ちわびてゐた読者にはいささか物足らない。
>
> （略）

賞の作品の読後感を語る前に、編集者に向つてこんないやがらせみたいなことを書くわけは――実は私も編集者であつたならば、黙つてそつと発表したかも知れない複雑な動因を、この作品に感じたからに外ならない。一つは現在の日本文学のレヴエルから見たこの作品の評価であり、二は日本文学の民族的新展開とでもいふ観点にかゝつてゐる。三はそれらに対するジヤーナリスチツクな態度である。かうした複雑な動因のどれか一つが他をひどく圧伏してゐたならば、いやがらせどころか、堂々の賞賛もすれば、酷評も敢て辞さなかつたであらう。

ところが、『パパイヤのある街』は、現文壇のレヴエルから見て、ひどく見劣りもしない代りに少しも優れた作品ではない。にも不拘『改造』編集者はこの作品を推薦した。ジヤーナリスチツクな立場で、この作者に興味を感じたのであらうか、そればかりではないらしい。それなら、この作品の推薦は全く無意義であつたかといふに、決してさうではない。嘗ては張赫宙君を生んで我国の現代文学に一つの民族文化的領土を与へたやうに、龍君の出現は確にも一《ママ》つの領土をわが現代文学に与へることになるであらう。改造編集者の推薦も此処に最も重点を置いたことゝ見るのは僻目か！それならそれで何故それを堂々とうたはなかつた！

（略）

『改造』四月号の巻末によれば、応募作品は八百余編あつたといふ。その中で、たとへ現文壇のレヴエルから頴脱してゐなくても、龍君の『パパイヤのある街』は、たとへそれが三輪健太郎で、『桜のある町』であつても、渡辺君の『霧朝』と共に一番優れた作品であつたのであらう。若し私の推察にして誤りなくば、さう書いておいてほしかつた。その上で龍君が台湾の本島人であつたことを考へて見たいのである。（傍点は原文ママ）

三輪は婉曲的な表現に見せかけているが、論旨は明白である。「パパイヤのある街」は、従来ならば『改造』

懸賞創作に当選するようなテクストではない。それを「佳作推薦」という形で採用したのは、かつて張赫宙をデビューさせたことで「植民地朝鮮出身作家」という新たな領域を描く作家を手に入れたように、今度は「植民地台湾出身作家」を獲得しようとしているだけだ、というのである。つまり、「外地」をその出身者に〈日本語〉で語らせることに、雑誌としての営利を見出しているにすぎない、ということだ。故に、「パパイヤのある街」が三輪健太郎の「桜のある町」だったとしたら、採用されなかったに違いない、と皮肉っているのである。

三輪は「パパイヤのある街」の内容についても、「小説にしてはひどく散漫」「プロットの面白みがない」「これは小説ではなくて、台湾中部の街の単なるスケッチである。」と、あまり評価していない。

『パパイヤのある街』の内容のどこに彼の心の最も強い、鋭い、緊密な波動を送つてゐるのか。中等学校を出た若き本島人インテリの不平不満に対してであらうか。不平不満にあるとすれば、その低い経済生活に対する不満であらうか、それとも内地人に比べて不当に受けなければならない差別待遇に対する不平であらうか。暗愚なる同族のマッスに対するそれであるか。或は又早婚の習俗に対する嫌悪であらうか。いづれも龍君は取上げてゐる。（略）しかし作者はその中のどれに最も強い関心を持つてゐるのか、正義感を燃やしてゐるのか、モラルを感じてゐるのか、社会批評や人生批評を与へてゐるのか、はつきりしない。

このように、三輪には「封建的残滓に生き悩むインテリの生活をテーマにした」という王恵珍が指摘するような「龍瑛宗の意図」が、見えてはいるが、彼にそれは響いていない。台湾人青年の生きる悩みが日本人の読者には理解できなかったわけでないのである。だとしたら、それを積極的に評価しないことの原因は何か。それは、そのようなテーマが〈日本文学〉においてすでに使い古されていたからに他ならない。明治以降の〈日本文学〉の中で、それこそ「パパイヤのある街」が総花的に描いているような内容は、すでに繰り返し描きつくされていたといってもいい。そのために、多くの批評家は目新しい部分、すなわち〈台湾〉の状況観察的な部分ばかりに注目してしまったのである。

そういう意味では、台湾内部の「パパイヤのある街」評が、台湾人青年の描かれ方の問題に集中したのは、当然のことだと言えるだろう。台湾内部においては、「卑俗な台湾人青年像」の方こそが悪い意味で「目新しい」表現であり、龍瑛宗が「パパイヤのある街」に描いているような〈台湾〉描写は、彼等にとっては日常に過ぎないのだから。

同じように、森山啓の批評では、後に龍瑛宗が「もっとも私が好きな」登場人物として挙げ、現在の〈台湾文学〉研究の場では「パパイヤのある街」のテクストにおいて重要人物とされている「林杏南の長男」が、全く注目されない。彼が取り上げるのは、先行研究でも殆ど見過ごされてきた「林杏南」である。

ドタ靴に肘の擦り切れてゐる詰襟服を着た、しみつたれの老吏員が描かれてゐるが、七人の子女を抱へて馘首を恐れて暮す斯ういふタイプは、われわれの所にも幾らでもゐる。現に文学においても、室生犀星氏の「医王山」だとか、芹沢光治良氏の「小役人」(?)《ママ》などはその種の人物を扱つてゐたやうだ。のみならず、この作品の若い吏員達にしたところで、東京などの役場や会社に勤める諸君達とくらべてさへ、根本において酷似した束縛と精神をもつている。いかにそれが絶望に近いものであらう。

室生犀星の「医王山」(『改造』三四年七月号)は、ここで森山が述べている通り、働きが悪く、上司から馘首を匂わされる公務員の男が、自殺しようと幼い頃から見知っている医王山(石川県と富山県にまたがる休火山)に入っていき、そこで開き直って下山するというテクストである。芹沢の「小役人」(?)は、正確には「小役人の服」(『文芸』三五年二月号)で、内閣による官庁の統廃合が進む中、人事権を持つ局長におもねるため、局長に勧められた上等な生地で背広を仕立てた老官吏が、同僚が次々と植民地に転勤させられる中、自分のプライドを守ろうと退職を決意する。しかし、直前になって、首相の遭難（おそらく浜口首相へのテロ）事件が起き、官庁統廃合が流れ、みんなが安堵する。そんな中、老官吏は統廃合で弄ばれた自分と、弄んだ局長そして官僚組織への憤りを胸に抱え込む、という物語である。

これらのテクストを見る時、「小役人の服」はやや位相が異なるという印象だが、「医王山」の老吏員は、自殺を考えるところまで追いつめられると言う点においては、「林杏南」の苦境に近い人物といえるだろう。

森山が指摘するのは、むしろ日本内地と植民地との、知識人階層・俸給生活者層の近似性である。内地との近似性を見ることで、「パパイヤのある街」のリアリティを認めているのであり、植民地独特の問題点には触れていない。

このような森山の姿勢を「植民地の差別環境を無視している」と判断することもできる。内地との近似性を述べることで、植民地の問題を隠蔽することにもなるからだ。

しかし、だとしたら、それは「パパイヤのある街」のテクスト戦略上の問題でもある。先に触れた張赫宙のデビュー作「餓鬼道」や、楊逵の「新聞配達夫」、呂赫若の「牛車」がそうであったように、差別や格差の大きさ・非道さを訴えることを主眼に置くならば、公務員や会社員を描くよりも、農村と農民を描いた方が直接的になることは間違いない。しかし、龍瑛宗自身からして「農村のことなども書きたいのですが都市で成長した私には今は書けさうにも思はれません」（前出『大阪朝日新聞』台湾版におけるインタビュー記事）と述べており、龍瑛宗はテクストを描く出発点ですでにそのような可能性を放棄しているのである。

また、青年の「立身出世願望」の挫折は、少なくとも内地の読者にとっては、そこに「植民地の差別」が機能しようがすまいが、当然のことに見えてしまうのは想像に難くない。つまり、内地へ「植民地の差別」を訴える、それをテーマの主眼に置くならば、このテクストの人物設定はうまくいかないのは当然なのである。

では、これは「パパイヤのある街」の失敗なのであろうか。

このテクストは、『改造』懸賞創作への投稿作である。つまり『改造』懸賞創作に対する「傾向と対策」の上に創られたテクストなのである。このテクストは、龍瑛宗が知りうる限りの『改造』懸賞創作の当選作・当選者――おそらくその中心は、朝鮮半島出身者の張赫宙とそのテクストであったと思われるが――と、その当選者達がその後『改造』『文芸』をはじめとする雑誌に掲載されたテクストの傾向などから、どのような内容のテクストを改造社が求めているのか、を勘案して創られたものなのだ。

そのことは、台北において台湾人作家志望者とのコネクションを持っていた中山侑にも見抜かれていた。中山は、『大阪朝日新聞』台湾版に寄せた「現実の問題――『パパイヤのある街』を読む」（三七年四月二五日）の中で、次のように述べている。

> 龍瑛宗氏の「パパイヤのある街」は、私の聞く範囲では、台湾の作家達にとつて不評判である。「悪文だ。」「内容も大したものではない。」「描写が描くて人物の説明も不十分だ。」等々《ママ》（略）人は自分の身近くから、今まで同じ仲間でゐたものが、急に何かの機会で有名になると、嫉妬と羨望をごつちやに感じて、その人間を褒めることを好まない。（略）
> かうした不評判の中で、たゞ一つ、私にも了解のいつたのは「改造社の今までの当選作の例を見ても、題材の特色あるものが多くとられてゐる、今度も、台湾といふ特殊な風物なり、その一面の生活習慣か《ママ》、慣れない選者の興味をひいたのである」との評である。かうした見方は私も一応認めることが出来る。[31]

このような点は、実は張赫宙が『改造』で登場したときにも言われていた。[32]「パパイヤのある街」への内地での同時代評が「レポルタージュ」性にこだわったものが多かったが、それは張赫宙にも全く同じように言われていた。例えば広津和郎は「文芸時評」(『改造』三二年五月号)の中で、「「餓鬼道」は事実としては戦慄すべき事実が沢山並べてある。」「かうした事実を読者へ訴へようといふのが目的であるやうな作では、「創作」の形式よりは、「見聞記」或は「事実報告記」の形式を取つた方が(略)効果的であらうと思ふ。」と述べている。先にも触れたが、基本的に内地の評者には、植民地出身者は日本語のレベルが低いという先入観があり、それを前提にして情報源としての評価に終始し、しかし植民地出身者への「同情」からか、強い批判は行わないのだ。

つまり、『改造』懸賞創作は、特に植民地出身者には「新奇さ」を強く求めており、それは一度張赫宙で「成功」していた。そして、第八回からの低落傾向と、第九回のさらなる不調の中で、せめて次善の策として、張赫宙の「二匹目の泥鰌」をねらったのである。龍瑛宗が「佳作推薦」という不可解な賞によって登場した背景には、彼のテクストそのものへの評価の前に、このような『改造』の編集戦略上の思惑が影響していたのだ。

しかし、中山の同時代評に現れているように、そのような『改造』の選考傾向は、読者の側にもすでに読み取られていた。そうである時、龍瑛宗はただそれに利用されたのではなく、彼もまた、そのような事情を読み取り、わかった上でそれを利用したのではないだろうか。

朝鮮人の作家は、張赫宙がすでに出ており、さらに『文芸首都』からは金史良も現れた。この二名によって、植民地出身作家とそのテクストの需要は掘り起こされている。そして、龍瑛宗は、「台湾人」である。台湾人の作家は、まだ〈中央文壇〉に出ていない。わずかに、楊逵がプロレタリア文学運動のわずかなコネクションに拠っている程度である。朝鮮の次は台湾、という需要はある。ただし、そう思っているのは自分だけではない。多くの〈台湾新文学運動〉参加者たちが、同様に〈中央文壇〉を狙っている。彼等の誰かがデビューした後では、龍瑛宗の登場する余地はない。希少価値が失われるからだ。『中央公論』の懸賞募集は停止し、三六年はとうとう『改造』懸賞創作の募集もなかった。残るは『文芸』のみである。龍瑛宗の中に、焦る気持ちもあっただろう。

三五年には張文環が「父の顔」で『中央公論』に、同じく三六年に翁鬧が「憨爺さん」で『文芸』に、選外佳作まで迫った。龍瑛宗は急がなければならなかった。

そのような状況を想像する時、「パパイヤのある街」の総花的なテーマ記述、〈台湾〉の問題は何でも全部書き込んでやろう、という姿勢は容易く理解できる。「パパイヤのある街」には、内地読者の、というより、端的に言えば『改造』編集者が関心を持ちそうなテーマが、片端から書き込まれているのだ。

そしてそれが、同時代評で指摘されるような、充分ではない〈日本語〉で表現される時、その読まれ方に「植民地への好奇の目」が先行してしまうのは避けられない。いや、むしろここでは「パパイヤのある街」が、そのような読まれ方を誘導していたと言えるだろう。その意味では、同時代評はそのようなテクストの戦略に沿っているのである。

6　「パパイヤのある街」を乗り越えるために

「パパイヤのある街」は、『改造』懸賞創作の当時の文脈に寄り添うことを目的に描かれている。テクストの最大の目的は、『『改造』懸賞創作に当選すること」であるからだ。もちろん、それだけでテクストの意義や価値は何もない、などということはない。「餓鬼道」がそうであったように、台湾人が〈中央文壇〉にデビューする、そのこと自体が中央――植民地という非対称・不公平な関係の切り込む意味を持っているからである。

ただ、「パパイヤのある街」は、『改造』懸賞創作当選、という目的は達成したものの、それを目的化しすぎたために、内地での評価は三輪の言うところの「スケツチ」に留まる部分でしか評価されず[33]、台湾では反発が巻き起こることになってしまった。それは、もちろん龍瑛宗の描いた〈台湾〉描写が台湾の作家志望者達のそれとかけ離れ、受け入れがたいものであったからであろうと思われる。だが、おそらく〈中央文壇〉での状況のように、〈懸賞作家〉に対する軽蔑と羨望と嫉妬が入り交じった反発もあったのではないだろうか。特に、龍瑛宗は〈台湾新文学運動〉に関与せず、台湾人作家志望者にとってみればいわば頭越しに登場した作家だった。そのような彼が、台湾人作家志望者たちのプライドを傷つけたのは想像に難くないであろう。

それは、当選後の龍瑛宗の「パパイヤのある街」に対する態度に表れる。先にも触れたが、龍瑛宗は、台湾内部から自身へ向けられた激しい批判に対して釈明を繰り返すことになったのだ。それがはっきり現れているのが、『台湾新文学』三七年五月号に寄せられた「若き台湾文学のために」という随筆である。

『台湾新文学』は、『台湾文芸』での内紛から分裂した楊逵が創刊した文芸誌である。すでに対抗誌『台湾文芸』が消滅していた当時、「新聞配達夫」による〈中央文壇〉デビューを果たし、左翼系作家を中心に〈中央文壇〉とのコネクションをもっていた楊逵の文学的名声は台湾随一であっただろう。その『台湾新文学』に寄稿するのは、当時の龍瑛宗にとって、敵地へ一人で乗り込むに等しかったのではないだろうか。

『台湾新文学』では、龍瑛宗がこの随筆を寄稿する前号に、すでに「パパイヤのある街」への批評が掲載されていた。筆名・土曜人[34]による「「普賢」「地中海」及び「パパイヤのある街」」である。「普賢」（石川淳）と「地中海」（富澤有為男）の二作は、三七年上半期の第四回芥川賞受賞作である。芥川賞受賞作の掲載が『文藝春秋』の三七年三月号・四月号で、『改造』懸賞創作の当選発表と重なっていたため、〈中央文壇〉での同時代評でも、これらのテクストが同時に批評されたものがあったが、『台湾新文学』はここで芥川賞と『改造』懸賞創作とを並び称していた。この批評では、「普賢」と「地中海」については「その主題の低調さは別としても、文体迄が悪い意味でのいかにも文壇的な作品」（「普賢」への言及）「的外れの似而非文学性を覗《ママ》つた作品として失望もの」（「地中海」への言及）であり、「「普賢」と地中《ママ》海が今度揃ひも揃つて顔を普《ママ》べたことは、最も不健康な神経衰弱的文学青年層に手もなく焦点を合せたわけで、芥川賞の意義の抹殺であり甚だ遺憾である。」と酷評している。

一方、「パパイヤのある街」については、次のように述べていた。

これ（「普賢」と「地中海」――引用者）に比べると、「改造」の懸賞佳作に推薦された「パパイヤのある街」は現実的でもあり素朴でもあるだけ稍々好感がもてる。しかし、歪められたインテリ台湾人の生活を描写したこのかなりの力作は暗さを暗さとしてある程度肯定してゐるやうな作者の態度、素朴の中に妙に小説的構成を意識してゐる点、賛し難い要素を念《ママ》んでゐる何《ママ》よりも題材を透して背後に作者の眼が十分澄んでゐないことはこの新進作家のレアリス《ママ》としての今後の生長《ママ》に危惧を抱かしめる。

「普賢」と「地中海」に比べれば好意的な評ではあるが、そもそも「パパイヤのある街」に描かれている「インテリ台湾人」の姿を「歪められた」ものととらえているところに、評者の心境が見えて来るであろう。二節で触れたように、〈台湾新文学運動〉に参加した台湾人作家志望者たちは、〈台湾〉を否定的に描こうとはしなかった。伝統社会や陋習を批判することはあっても、〈台湾〉自体の否定は出来なかったのだ。そして同時に、「台湾新文学運動」に参加していた台湾人作家志望者たち自身が、「パパイヤのある街」で描かれている「インテリ台湾人」を自認していたことも、このテクストでの描かれ方を「歪められた」ものであると拒否する姿勢に現れているだろう。彼らにとって、「パパイヤのある街」の描き方は、なかなか受け入れられるものではなかったのだ。『台湾新文学』誌上でさえこのような状況で、その他、台湾人資本の新聞であった『台湾新民報』や台中市発行の『台湾新聞』紙上などでも、厳しい批判があったらしい[35]。龍瑛宗の「若き台湾文学のために」は、そういう時期に発表された。そこでは、次のように述べられていた。

疑ひもなく私自身について言へば、私は文学の垣の外に立つ人である。（略）
私は激しく知つてゐる。この台湾の文学的荒野において、悪コンデイシヨンに不拘、極めて真摯なる数多の「種蒔く人」によりて賑かな新芽が萌え出づらうとしてゐることを。（略）

拙作「パパイヤのある街」が、はからずも改造第九回懸賞創作に佳作として入選したが、入選自体について言へば、幾多のハンデイキヤツプを付せられての当選なんだが、且つそのことが私のペダンテイツクさを傷けてゐるにしろ、私の主図の一つは台湾文学に刺激剤を注入することを揚言して憚らないと思ふ。（略）私は台湾の若き作家に訴へる。諸氏が私ごときものの拙い作品を踏み越えて前進せられんことを。諸氏にはジーニヤスがある。ターレントがある。しかも何よりも諸氏の宝石となるべき炎のやうな文学への熱意があることだ。（略）

再び繰り返して言ふが、私は文学の垣の外に立つ人である。この文壇に私が得意気に胸を反つてコンダクトを揮ふといふことは私に許されないからだ。事実、私にそういう実力のないことも告白しなければならない。（略）

最後に若き台湾文学に関し、楊逵氏の名を逸してはならないと思ふ。（略）氏は台湾新文学の育ての親とでも言ふべきであらう。その真摯さにおいて、その忍耐において私共は感激に打たれるのである。（略）台湾新文学史は、楊逵氏をもつて、その第一頁を書き始むべきである。（略）

私は茲に氏に敬意を表し、加餐自重せられ、若き台湾文学のために私どもを指導鞭撻せられんことを祈る。

この過剰なまでの〈台湾新文学運動〉参加者へのおもねりともいえる弁明は、むしろ相手を褒め殺しているのかと思える程である。冒頭から自分を徹底して卑下し、当選作も貶め、最後に楊逵を称揚するこの随筆には、『改造』懸賞創作当選後に起こった台湾内部からの批判が、龍瑛宗にとっていかに予想外かつ驚きであり、そしてショックであったかを示しているであろう。

このような事態を迎え、釈明をしていく龍瑛宗であったが、ここで彼に訪れたのは、台湾島内発行新聞における漢文欄（日本語記事の漢語訳を中心とした誌面。日本語能力がなく、漢文を読める旧読書人階層向けの紙面）

の一斉廃止、『台湾新文学』の廃刊、そして三七年七月七日の日中戦争の開戦であった。

新聞の漢文欄廃止は、状況が〈日本語文学〉に傾斜しつつあったとはいえ、台湾の文学運動にとっては大きな障害となった。これは新聞漢文欄廃止ではあったが、実質的には漢文による出版物全般の禁止に他ならなかったからだ。その余波が、元々経営難に直面していた『台湾新文学』にも及ぶ。龍瑛宗が「若き台湾文学のために」を寄稿した一九三七年六月をもって、『台湾新文学』は廃刊となるのである。現在の視点で見れば、ここで二〇年代から始まった〈台湾新文学運動〉が潰えたことを意味している。『台湾新文学』の廃刊によって、台湾人作家志望者たちのテクスト発表の場がほぼ失われたに等しかったからだ。このような漢文欄への弾圧は、日中戦争開戦に象徴される対中関係の悪化によって、台湾総督府が漢族である台湾人の「人心の動揺」を危惧し始めたからである。そしてそれが、この後の〈皇民化運動〉につながっていく。

龍瑛宗にとっての不幸は、〈作家〉としての登場時期が、このような転換期と重なってしまったことにあった。彼が「パパイヤのある街」への批判に十分対応しきれず、また『改造』懸賞創作当選をきっかけとして〈台湾新文学運動〉に加わり、〈台湾文壇〉形成に参画することも出来なくなってしまったからだ。龍瑛宗は、〈台湾文壇〉の中での人間関係構築の機会を、ここで大きく制限されてしまうのである。

そして「パパイヤのある街」にとっても、この事態は別個の不幸であった。何故なら、「パパイヤのある街」への冷静な理解が積み重ねられる機会が失われたことで、このテクストは『改造』懸賞創作当選、という「肩書き」のみを残して忘れ去られてしまい、テクストとしての影響を殆ど与えることが出来なくなってしまったからだ。逆に言うと、『改造』懸賞創作当選という「肩書き」だけがいつまでも強烈に残り続けることとなり、結果、「パパイヤのある街」はその名前だけが繰り返し言及され、それが「作家・龍瑛宗」とほぼ同義に近いものとなってしまった。故に、龍瑛宗は、日本統治期はもちろんのこと、現在に至るまで、代表作「パパイヤある街」だけが注目され、その後のテクストの評価が定まらずにいるのである。

〈懸賞作家〉には、常に当選作がつきまとう。それは、第二章でも引用した「質問　一、懸賞創作の思ひ出　二、埋もれて了つた作家」（『文芸通信』三五年二月号）という当時の〈中央文壇〉作家へのアンケートの中に現れている。例えば、矢崎弾の回答を見ると、

一、これは思ひ出にあらざるも、懸賞小説募集といふことは同人雑誌をもたぬ新人の登竜門としては結構なれど、当選した新人が当選作品に縛られ、定評から伸びあがらずに苦しむ事と、当選作と落選作との懸隔のあるなしの問題は等閑に付すべきにあらずと信ず。

とある。〈懸賞作家〉は、どうしても当選作を基準にしか判断されなくなる、という不自由がつきまとっていたのである。それは、日本統治期台湾では〈中央文壇〉への羨望と反発、さらに差別的環境下における不自由と束縛の中で、複雑になり、そしてその重荷を、龍瑛宗は背負っていくことになる。

黄得時をはじめ、四〇年代の龍瑛宗の文学活動と成果に対し、「パパイヤのある街」を超えた、と評する者は一人も現れなかった。そして、四〇年代の龍瑛宗が、西川満と『文芸台湾』に拠った事によって、評価はさらに複雑になっていくことになる。龍瑛宗が〈台湾新文学運動〉以来の台湾人作家たちとの関係構築に時間をとられてしまった理由もまた、〈懸賞小説〉である「パパイヤのある街」に起因しているとも言える。

龍瑛宗が〈作家〉となることができたのは、間違いなく「パパイヤのある街」のおかげであった。しかし、それが実に長く、龍瑛宗への評価を縛ることになる。故に彼は、「若き台湾文学のために」において、〈台湾新文学運動〉参加者を賞賛し、自らを卑下し、楊逵を讃えなければならず、『日本学芸新聞』紙上の楊逵との対談では、『台湾新文学』に掲載された「パパイヤのある街」批判の記事を受容すると発言しなければならなかった。

そしてこのような、「パパイヤのある街」を乗り越える作業は、四〇年代、日本統治下の〈日本語文学〉が、

新たな局面を迎え、実質的な最盛期を迎える段階になっても、断続的に続いていくことになる。

「パパイヤのある街」は龍瑛宗研究にとって、最重要テクストであることに変わりはない。しかし、龍瑛宗への評価は、現在の研究状況を含め、あまりにも「パパイヤのある街」に拘束されすぎている。「パパイヤのある街」を乗り越える作業は、同時代の龍瑛宗にのみ課せられたものではなく、現在の研究にとっても重要な課題なのである。

＊

一九二〇年代初期に民族主義運動が高まったことには、民族自決主義や大正デモクラシーの影響があることは冒頭に触れたが、この時期は、台湾において、原敬内閣の成立とその意を汲む初の文官総督・田健治郎の就任によって、台湾総督府の統治方針が内地延長主義、つまり〈同化〉に定まった頃でもあった。[36]
それは、教育に関して言えば、前述のように台湾教育令によって「内台共学」が実現し、台湾島内の中等教育機関に台湾人子弟の入学が許されるようになった時期でもある。日本内地では原内閣によって高等学校増設が進められるなど、教育機関への門戸がそれまでに比べ大きく広げられつつあった。
台湾人にとって、〈同化〉の受容には抵抗があっても、〈同化〉が必然的にもたらす――統治側とすれば、もたらさざるを得ない――〈近代化〉は、青年たちの上昇志向、進歩志向を充分刺激するものだった。この頃から一九三〇年代までの〈同化〉に対する台湾人の姿勢を、陳培豊は「〝文明の中へ〟そして〝(日本)民族の外へ〟」と表現している。[37]〈同化〉の政策は、台湾人の民族主義運動を弾圧する一方で、彼らに対し〈近代化〉についての啓蒙的作用をもたらしていたのである。多くの日本語世代台湾人が述べるように、日本語さえ読めれば、世界中の書物が読めるようになったのだ。日本語世代の台湾人文学者の長老的存在である葉石涛もその点について次のように述べている。

さて僕の読書遍歴はフランス文学に始まり、それに飽き足らず各国の文学を系統的に読みました。

（略）

この翻訳というのは皆大嫌いなのです。（略）日本人はこつこつとやっていて、やはり日本人だと思います。この日本人の翻訳がなければ、世界文学がどのような歩みをしているか、僕には全然分からなかった。[38]

〈同化〉を〈国語〉＝日本語教育という範囲で捉える限り、そしてその日本語を通して近代的知識を獲得できるというメリットが認められる限りにおいて、台湾人の青年たちは〈同化〉を受容していたのである。

また、彼らにとって〈台湾〉は唯一無二の本拠地であったが、同時に〈近代化〉を受容した彼らからみると、〈中央〉から差別されても仕方ないと思われるような問題――端的に言えば〈台湾〉が未開の土地である、という認識によって生ずる問題――を解決するため、日本語を前提とした〈同化〉を受容することは、直接的に彼らの中の民族的誇りを傷つけるものではなかったのである。[39]

しかし、このような「〝文明の中へ〟そして〝（日本）民族の外へ〟」という彼らの戦略もまた、総督府の圧力の中で通用しなくなっていく。

「パパイヤのある街」が発表された三七年の七月七日、日中戦争が勃発する。中国との開戦は、台湾を〈支那〉の一部と認識していた日本人――台湾総督府にとって、台湾の「民心の動揺」を妄想させるに十分な事態であった。それが、この年四月の新聞漢文欄廃止や、漢文テクストも掲載していた『台湾新文学』が廃刊に追い込まれるといった弾圧につながっていったのである。

そして同時期、総督府は統治方針に〈皇民化〉を掲げることになる。[40]〈同化〉が〈皇民化〉に切り替えられることは、〈同化〉がわずかに保障していたメリットであった〈近代化〉が切り離されたということであった。〈同化〉から〈皇民化〉への転換点が一九三七年以降に訪れ、それが台湾人青年たちが〈同化〉を受容する上でぎりぎりの妥協点であった〈近代化〉を切り離すものであった、そのことも考え合わせる時、「パパイヤのある街」の発表とその直後の新聞漢文欄廃止、三ヶ月後の『台湾新文学』廃刊が象徴する〈台湾新文学運動〉の頓挫、そして日中戦争の勃発という一連の状況は、台湾人作家志望者の文学的野心の行き場を失わせ、同時に〈中央文壇〉への欲望をあきらめさせるものになっただろう。

〈中央文壇〉が台湾人作家志望者に求めていたものと、台湾人作家志望者が〈中央文壇〉にかけた期待とは、実は最初から噛み合っていなかった。〈台湾新文学運動〉期を通じて、〈中央文壇〉は台湾人作家志望者たちを煽りながら、植民地への異文化的興味以上の関心を殆ど示すことはなく、その意味では日本帝国と同様に、台湾人作家志望者たちをいわば「二等作家」としてとらえていたのだ。そして、煽られている間はそれに気づかなかった台湾人作家志望者の側も、文学運動の経済的政治的な行き詰まりに直面した段階で、その欺瞞に気づいたのではないだろうか。

このときから、第四章で言及する一九四〇年の『文芸台湾』登場まで、二年強の文学運動の停滞期の間、新たに〈中央文壇〉に登場する台湾人作家も在台日本人作家も現れなかった。頓挫以前の〈中央文壇〉への関心の高さと、この期間の文芸メディアの少なさを考えれば、積極的な投稿や応募があってもおかしくなかったはずだが、しかし結局、〈中央文壇〉デビューを果たす〈新人〉は、龍瑛宗以降現れることはなかったのである。

付　その後の『改造』懸賞創作

第九回懸賞創作募集によって再開はしたものの、低落傾向は止まらなかった『改造』懸賞創作は、翌三八年まで募集を行わず、三九年に第十回の発表を行った。このとき、日本帝国は日中戦争の戦時下に入っており、第十回の募集要項も、次のような戦意発揚の形にまとめられていた。

聖戦すでに一歳を超えて、今やわれらが国われらが民族は鞏き覚悟、堅き決意もて大いなる興隆の道へと進まんとしてゐる。この非常の秋、わが社は過去拾余年の好成績に鑑み、さらに又、この重大時期にふさはしき力量ある新人の出現を待望して、ここに第十回懸賞創作を募集を発表する。希はくは、日日耳にする戦場の勇武に比敵《ママ》する態の力作を奮つて寄せられんことを。武運と共に、文運の隆盛をもたらすことも、亦戦時日本のひとつの誇りであるからである。

最早『改造』懸賞創作の意味は書き換えられていたといえる。この応募に集まった原稿は選評によれば「五百編余」で、投稿数が述べられている中では過去最低であった。二等当選作は小倉龍男「新兵群像」、竹本賢三「蝦夷松を焚く」と井上薫「大きい大将と小さい大将」で、前二作は入選発表と同時に『改造』に掲載されたが、「大きい大将と小さい大将」は結局掲載されないままという非常にいいかげんな対応で終わった。小倉龍男は後に一度だけ、海兵従軍記が掲載されたが、四一年に戦死した。残る二名は以後改造社の出版物に名前を連ねることはなかった。

『改造』懸賞創作は、戦前の〈文壇〉における位置づけを説明する際に、芥川賞と並び称されることが多い[41]。にもかかわらず、現在、『改造』懸賞創作の存在はほとんど忘れ去られている。それには、『改造』が一九五五年に廃刊となってしまい、存在自体が継続していないことも影響しているであろう。しかし、雑誌と〈文学懸賞〉が無くなったとしても、その〈文学懸賞〉を通じて誕生した〈懸賞作家〉たちまでも今日の〈文学史〉の中ではほとんど存在していないのは、「芥川賞に比肩する〈文学懸賞〉」という評価に釣り合わないのではないだろうか。

もちろん、『改造』懸賞創作が存在していた当時の芥川賞は、今日ほど〈文壇〉における価値を持っていなかったことは確かである。しかし、戦前の芥川賞受賞作家や受賞作の中で、戦後も読み継がれたものの数を考えるとき、『改造』懸賞創作の当選者たちとそのテクストの行方には非常に寂しいものを感じる。

この両者の格差は、やはり『改造』の懸賞創作当選者たちに対する「当選後」の扱いによるのであろう。『改造』にとって懸賞創作の意義は、そのイベントの華々しさにあって優れた当選者を確保し雑誌に貢献させよう、というところにはなかったのだ。『改造』の懸賞創作当選者に対する対応を考えるとき、懸賞創作というイベントによって注目を集め、読者と売り上げを増やすことが主眼であったとしか考えられないからだ。その点、当選者の中では非常に安定した地位を手に入れていたはずの芹沢光治良も、『改造』編集者と当選者たちの会合である「改造友の会」の次のような飲み会の場面を回想している。

今も思い出すのだが、或る晩、銀座裏で「改造友の会」をして、会員が酔った頃、その晩欠席だった改造編集者の深田（久弥——引用者）記者が、他の会合ですでに酔って、紛れこんだようにして、突然友の会に現れた。素面の私の横にわりこむようにしてから、からみかかった。（略）おい、編集者にいつだって泣言や苦情を言う会だろう?友情をあたためるなんて言って……いい小説さえ書けばいいんだよ。へたな小説をのせて見ろ、雑誌がつぶれるぞ。編集者は当選作には責任を持つが、当選作家の将来には責任を持たんよ。こんな簡単明瞭なことが、君にもわからんか……というような言葉を、酒臭い息で吹きかけて、私は閉口したが、間もなく深田記者がいっしょに会議していたらしい文壇人が二、三人奥から出てきて、深田記者をむりにつれ去ったので助かった。しかし、白々しい空気がのこった。改造の記者たちには或る当惑をかくせなかったが、当選者たちには憤りや悲しみのやり場がなかったようで[42]（略）。（傍線は引用者）

この芹沢の回想には誤りも多い。例えば、深田久弥は三〇年に文筆活動に専念するため既に改造社を辞めている。「改造友の会」の結成は三一年の第四回以降のことになるので、ここで登場する編集者が深田であるのはおかしい。

しかし、誤りはあるものの、当選者の中では例外的に「成功した」部類に入るはずの芹沢までも、当時このような印象を持っていたと表明するところに、当選者たちの厳しい状況が伺えるであろう。そして、『改造』側の当選者たちへの対応も推測できるのである。

当選者の多くは戦中戦争協力に加わった。それは〈懸賞作家〉以外の作家たちも同じではあったが、戦後になり同人誌グループなどの帰る共同体を持っていた作家たちと比べ、『改造』の〈懸賞作家〉たちの多くは行き場を無くし、戦後は〈中央文壇〉での文学活動を再開できない者の方がずっと多かった。戦後の『改造』も彼らを考慮せず、テクストを取り上げることもほとんどなかった。

もちろん、彼らの行く末の責任の全てが、『改造』にあるわけではない。むしろその過半は、日本帝国が次々に引き起こした戦争にある。『改造』懸賞創作の歴史は、昭和の日本帝国による侵略戦争の歴史とほとんど重なっている。初期第三回までに構築された傾向と対策が、第四回以降「外地」向きに転換したのは、明らかに戦争政策の影響だ。『改造』懸賞創作は戦争に翻弄された〈文学懸賞〉でもあるのだ。

大切なことは『改造』が悪い、戦争が悪い、と一面的な指摘ですませることではない。日本帝国の戦争、『改造』の権威に釣り合わぬ場当たり的な運営・経営、既成〈文壇〉への強迫観念、獲得した〈懸賞作家〉という地位によって生まれたそれまでの自分との落差、そういった状況において、『改造』懸賞創作とその当選者たちが何を残したのか、それを探しだし、整理し、評価することにある。彼らを「翼賛作家」と言ったり、「実力不相応の作家」であると批判するのは、実にたやすい。しかし彼らの関わったものは昭和の近代文学を検討する上で非常に重要なものなのではないだろうか。それを単純な批判で片付けてしまわずに、そのような彼らの登場した背景、そのような彼らの生んだテクストへの検証もまた、〈日本語文学〉を論じるためだけでなく、東アジアの文学・文化を考える上で意義のあることだと考えている。

【注】

（1）『東京朝日新聞』一九三七年三月一九日付誌面に掲載されたものを参照。

（2）渡辺渉は、当選時に掲載された略歴によると、一九〇三年生まれで茨城県の出身とあるが、その後『改造』誌上に一度も登場することがなく、どのような人物か不明である。

（3）第一回竜胆寺雄「放浪時代」と三〇年の第三回芹沢光治良「ブルジョア」の二人。

（4）日本では『改造』以前にも長い懸賞小説募集の歴史がある。紅野謙介「懸賞小説の時代」『投機としての文学』（新曜社　二〇〇三）によれば、明治の末期には、「懸賞応募病」と称されるような懸賞投稿ブームがあり、後に作家となる人々も習作を数多く投稿していた。ただし、一方で懸賞投稿は、「賞金目当てに小説を書く」という意味で批判され軽蔑される行為でもあった。そのため、数多くの新聞そして大衆誌が『改造』の賞金額を大きく超える賞金を付した懸賞募集を大正期から何度も実施しているが、それらは基本的に「大衆小説」「通俗小説」の募集であり、「純文学」を求めるものとはならなかった。そういう点で、昭和初期には『中央公論』と並ぶ純文学発表メディアの頂点に立っていた『改造』が純文学テクストを懸賞で、しかも高額賞金を付して募集するという事態が大きな注目を呼んだのである。おそらく改造社側にとっては、そのような注目を集めた要因の一つである「賞金総額」を結果的にであっても減額するような事態は、雑誌の威信に関わるとして避けたかったのではないだろうか。

（5）二等当選は湯浅克衛「焔の記録」、佳作は三波利夫「ニコライエフスク」。「焔の記録」は三五年四月号、「ニコライエフスク」は同年五月号に掲載された。

（6）第七回までは賞金額が掲載されていたが、第八回、第九回にはそれがなかった。ただし、事前に発表されていた募集要項には一等一五〇〇円、二等七五〇円とあるので、湯浅の「焔の記録」は二等入選で七五〇円であったと思われる。

（7）王恵珍「龍瑛宗「パパイヤのある街」に対する日本文壇の評価」『野草』七一号（二〇〇三）は、このときの龍瑛宗の賞金金額は五〇〇円であったと述べている。それは戦後／〈光復〉後に龍瑛宗が語った金額と一致している。しかし、当選直後の『大阪朝日新聞』台湾版（四月六日付）に掲載された「中央文壇の彗星「パパイヤのある街」の作者龍瑛宗君を訪ねる」というインタビューの中では、龍瑛宗は賞金金額を三〇〇円と述べていた。おそらく正確には三〇〇円であろうと思われる。『改造社出版関係資料』（雄松堂　二〇一〇）に収録されている「執筆者関係アドレス帳」には『改造』執筆者の名前・住所と共に原稿料の記載があり、龍瑛宗の欄には「佳作推薦三〇〇円」と記されている。

（8）日本統治期台湾に設置された、台湾人子弟向けの初等教育機関。日本語能力の問題、という理由で日本人子弟の通う小学校とは区別された。まれに富裕層の台湾人子弟などが特別に小学校へ入学するケースもあったが、基本的に初等教育機関は一貫して民族分離教育が採用していた。

（9）「「台湾文学」に関するノート1　竜瑛宗の『パパイヤのある街』」『天理大学学報』一一九号（一九七九）。

（10）「龍瑛宗研究」（台湾・前衛出版社『龍瑛宗集』所収。初出は『文学界』一二～一三号（台湾）一九八五）。

（11）「龍瑛宗小説中的知識分子形象」（台湾師範大学国文系「第二届台湾本土化学術検討会――台湾文学与社会」論文　一九九六）。

（12）「植民地の政治力学と〈場〉の表象――龍瑛宗「パパイヤのある街」」『比較文学』四二号（一九九九）。

（13）「パパイヤのある街」の季節の移ろいについては、塚本前掲論文で指摘されている。

（14）李郁蕙前掲論文では、「街」が南投街であることについての詳細な検証が行われている。

（15）巫毓荃・鄧恵文「熱・神経衰弱与在台日本人――殖民晩期台湾的精神医学論述」『台湾社会研究季刊』五四期（二〇〇四年六月）を参照した。

（16）王恵珍「龍瑛宗「パパイヤのある街」に与えられた日本文壇の批評」『野草』七一号（二〇〇三）

（17）李郁蕙は前掲論文の中で、「作中人物の語る怠惰性は往々にして「街」の気候上の特徴、すなわち「士人の文明を蝕」むような「南国」ならではの暑さと連動して語られている」は、何といっても、テクストの内包する最大の限界といえよう」と指摘し、「パパイヤのある街」が描き出す「暑さ」の表象の問題点を見抜いている。

(18) 旧制の中学校卒業資格を認めるための資格検定。合格すると、旧制高校や私立大学の入学資格が得られる。中学校進学をあきらめざるを得なかった青少年達にとっては憧れの資格であったが、中学校の教科十二科目の試験に全て合格しなければならず、非常に負担の大きい試験が課せられ、合格率は低かった（第一章注11も参照のこと）。故に、専検合格は帝大に入るより難しい、などという言説も流布した。竹内洋『立身出世主義――近代日本のロマンと欲望』（日本放送出版協会［NHKライブラリー］一九九七）を参照。

(19) 「台湾文学を語る〝パパイヤのある街〟その他」『日本学芸新聞』第三五号（三七年七月一〇日）。この記事は『改造』懸賞創作当選者として改造社に招かれた龍瑛宗が東京に訪れた際、同時期存続の危機に立たされていた『台湾新文学』への援助を求めるため上京していた楊逵との間で行われた対談である。

(20) 許俊雅『日拠時期台湾小説研究』の「第四章　日拠時期台湾小説創作形式之探討　第五節　以死亡或瘋狂為小説的叙事架構」五九〇頁。原文は中国語（筆者訳）。

(21) 現代でも、特に夏目漱石が「罹患」していた病気として、漱石と神経衰弱を巡る研究も数多い。ここでは、近森高明「二つの「時代病」神経衰弱とノイローゼの流行にみる人間観の変容」『京都社会学年報』七号（一九九九）を参照した。近森によれば、戦前においては「神経衰弱」という「病気」は主に文学者に「罹患」者が多いことから、知識人・近代人などの「病気」とされているが、実際には、一般的大衆的な広がりをもった「流行病」であった、という。

(22) 福田清人『結核の文化史』（名古屋大学出版会　一九九五）を参照。

(23) ロイ・ポーター『狂気の社会史』（目羅公和訳　法政大学出版局　一九九三）を参照。

(24) 芹沢一也『狂気と犯罪　なぜ日本は世界一の精神病国家になったのか』（講談社＋α新書　二〇〇五）を参照。

(25) しかし、実際の荒木巍の掲載写真を見ると、横顔でピントのぼけた写真で、とても顔を判別できるようなものではない。正面写真でないのも荒木巍のみであり、彼は山本実彦の怒りを恐れつつ、何とか自分の職を守ろうとしたことが伺われる。

一方、川端要寿『昭和文学の胎動　同人雑誌『日暦』初期ノート』福武書店　一九九一）の中では、荒木巍の肖像写真について、次のような記述がある。

筆名を変えたのは（荒木は『改造』投稿に際し、それまでの下村恭介から荒木巍に筆名を変えた——引用者）、荒木はそれまで左翼的な小説を書いていたので、官憲の眼を逃れるためのものであり、また『改造』に掲載される写真についても、荒木は写真のかわりに、あまり似ていない〝自分の手描きの顔〟を送っている。

上林と川端のどちらが正しいのかは不明だが、いずれにしても、荒木が肖像写真についてかなり過敏になりつつ、しかし載せないという選択肢は選べなかったことがわかる。

(26) 西川満「赤嵌記」（『文芸台湾』一九四〇年一二月）と物語は酷似している。

(27) 注7に同じ。

(28) 一九三七年四月六日付。ただしこの「台湾版」は現在所蔵機関がなく、二〇一一年一二月の時点で、筆者は原文未見である。『龍瑛宗全集』日本語版第六冊（台湾・国家文学館　二〇〇八）には王恵珍が挙げているこの記事と同様の新聞記事が収録されているが、全集では掲載紙、発表月日は不詳となっている。

(29) 「若き台湾文学のために」（『台湾新文学』三七年四月号）や、楊逵との対談である「台湾文学を語る〝パパイヤのある街〟その他」（『日本学芸新聞』第三五号　一九三七）などで、龍瑛宗は楊逵を初めとする〈台湾新文学運動〉参加者達を称揚し、自らについては、「文学の外の人間」「しがないサラリーマン」などと卑下している。詳しくは後述する。

(30) 山口守「想像／創造される植民地——楊逵と張赫宙」『記憶する台湾』（東京大学出版会　二〇〇五）において、山口は楊逵「新聞配達夫」の日本語表現が「ぎこちない」と評されていたことに触れ、「日本の文学制度の基準から逸脱した「ぎこちない」「未熟な」日本語ではなく、新しい可能性を秘めた日本語が、実は植民地で豊かに生成されつつあるにも関わらず、それを見抜くプロレタリア文学者が日本にはほぼいなかったことになる。」という見解を示している。これは台湾に日本語のクレオール言語生成の可能性があったことを指摘するもので、筆者もこの見解を否定するものではない。ただし本章では、日本人の評者が、上の立場から「温情」をもって『パパイヤのある街』や「新聞配達夫」を評価した姿勢そのものを問題としているので、山口の指摘はここで参照するにとどめておきたい。

（31）前掲『龍瑛宗全集』日本語版第六冊所収の中山侑署名記事を参照。
（32）中根前掲書を参照。
（33）故に、先行研究における「内地では高評価」という判断も、再考の余地があるだろう。
（34）王恵珍は、前掲「龍瑛宗「パパイヤのある街」に対する日本文壇の評価」の中で、土曜人は楊逵であるとしているが、その根拠は示されていない。現在台湾で出版されている『楊逵全集』（中央研究院中国文哲学研究所二〇〇一）に、土曜人名義のテクストは収録されておらず、真偽は確認できない。
（35）この時期の『台湾新民報』や『台湾新聞』は散逸しており、確認することが出来ない。しかし、龍瑛宗が『日本学芸新聞』紙上で楊逵と行った前掲対談記事の中で、「パパイヤのある街」への評者として張深切、○維○（欠字）、頼明弘、頼慶の四名の名をあげ、そのうち張深切の批評について、龍瑛宗は「感服できません」「私が台湾の人を馬鹿にしてゐると云ふが、無論あの主人公を私は或程度軽蔑してゐます。」「聘金を渡す場面では大分叱られましたが、それは事実と相違してゐるかも知れませんけれども、私は卑劣な守銭奴的なその根性に対する読者の関心を高める為めに誇張したんです。」などと述べている。
　なお、このとき龍瑛宗は『台湾新文学』の土曜人の評については「割にガイ心を衝いたやうに思ふ」と述べていた。楊逵が土曜人であったならば、本人に追従したことになるが、そうでなくとも、楊逵が主催している文芸誌の記事を批判は出来なかったのであろう。
（36）内地延長主義については、若林前掲書の第一篇第二章「内地延長主義と「台湾議会」」を参照。「制度先行のアプローチをとる（あるいはとることができた）点で、同じく「同化」を語るものではあれ、植民地民族の風俗習慣にまで行政が介入し、住民の「教化」に著しく重点をおいた日中戦争期の〈皇民化〉政策のアプローチとは、はっきり異なる」というのが、原――田ラインの内地延長主義による台湾の〈同化〉政策方針であった。
（37）陳培豊『「同化」の同床異夢　日本統治下台湾の国語教育史再考』（三元社　二〇〇一）の第六章「〝文明の中へ〟そして〝（日本）民族の外へ〟」を参照。陳は、大正期から昭和にかけて「国語教育に託されていた〝文明の中へ〟は次第に空洞化され、〝民族への同化〟が強化されて」いったことを指摘し、〝文明への同化〟を維持しつつ〝民族への同化〟を回避しようとしていた当時の台湾人知識人の苦闘を洗い出している。
（38）葉石涛「私の台湾文学六〇年」（『新潮』九月号　二〇〇二）。これは二〇〇二年六月一五日に東大本郷キャンパスで行われた講演録である。葉石涛はこのとき、日本語で講演している。
(39) もちろん、これには世代間のギャップがある。一九一〇年前後に生まれた日本語世代台湾人作家志望者が日本語での創作に（少なくとも表面上は）ためらいを見せないのに対し、例えば「台湾新文学運動の父」と呼ばれる頼和（一八九四―一九四三）は台北医学校を卒業しており、日本語も間違いなく扱うことが出来たが、決して日本語創作は行わなかった。頼和の弟子を自称する楊逵が、日本語創作に躊躇しない事態と、はっきりした対照をみせている。
(40) 一九三六年九月に予備役の海軍大将・小林躋造が台湾総督に就任してから、〈皇民化〉へのシフトは明らかに進んでいた（垂水前掲「一九四〇年代の台湾文学」）。三七年九月、日中戦争勃発後に総督府によって国民精神総動員本部が設立され、翌三八年一月、「皇民化、工業化、南進基地化」の台湾統治方針の三原則が掲げられた。
(41) 水島前掲書、川端前掲『昭和文学の胎動』、高見前掲『昭和文学盛衰史』、上林前掲「懸賞作家」、「あとがき」『油麻藤の花』（酒井龍輔　さろん・ど・漱雲　一九九九）などにそのような記述が見られる。
(42) 「改造友の会のころ」芹沢前掲書を参照。

第二部　〈自律〉を模索する〈台湾文壇〉――〈中央〉との接続／切断

第二部では、一九三〇年代を通じての〈台湾新文学運動〉の経験が〈中央文壇〉進出への挫折という形に終わり、四〇年代に〈台湾文壇〉形成という方向に向かった中での〈日本語文学〉の展開を検討する。

四章では、一九四〇年代の〈台湾文壇〉において大きな影響をもった二人の作家・編集者・新聞記者である西川満と黄得時についてまとめ、特に近年高く評価されている黄得時の当時の文学評論の分析を行う。

五章では、四〇年代の〈台湾文壇〉にとって最も重要かつ拘束的であった〈皇民文学〉という枠組みを検証するため、その代表的テクストとされている周金波「志願兵」を分析する。

六章では、〈皇民文学〉という枠組の実情、特に在台日本人作家がそれをどのように扱ったかを確かめるため、新垣宏一の小説テクスト「砂塵」を分析し、在台日本人にとっての〈皇民文学〉とは何であったのかを確認する。

七章では、再び龍瑛宗のテクスト「蓮霧の庭」を分析する。「蓮霧の庭」は、龍瑛宗が西川満の主催誌『文芸台湾』から張文環主宰の『台湾文学』へ移籍後最初に発表したテクストであったが、四三年という戦局が悪化し、文学を巡る環境も厳しくなっていたこの時期、総督府に近い雑誌であった『文芸台湾』から『台湾文学』へ移籍した龍瑛宗が表現しようとしたものを追う。

八章では、王昶雄のテクスト「奔流」を〈皇民文学〉という枠組を巡る問題から離れたところで読み直し、〈日本人〉になることを巡る台湾人間の摩擦・葛藤を洗い出した。さらに周金波が総督府情報課の依頼によって執筆した「助教」を分析し、戦争動員を控えた台湾人青年たちが〈皇民化（日本人化）〉を目指し訓練を受ける状況下において、絶望的に〈日本人〉との断絶を感じ取る、その描かれ方を取り上げる。その上で、〈皇民文学〉にどのように〈戦争〉が描かれた／描かれなかったのかを検証し、改めて〈皇民文学〉の空転を確認する。

終章では、戦後／〈光復〉後の直後に当たる時期の台湾の言論状況を確認し、その中での龍瑛宗の立場を確かめつつ、戦後／〈光復〉後という状況に至った時点から、全体の総括を行う。

第四章　西川満と黄得時——四〇年代〈台湾文壇〉を考えるために

1　西川満の三〇年代——〈台湾新文学運動〉期ではない三〇年代として

一九三七年以降、台湾では文学運動が停滞したと言われている。それは、『台湾新文学』の廃刊後、〈台湾新文学運動〉の参加者による運動が目立たなくなったことに現れている。例えば一九四〇年一月一日付の『台湾新民報』に掲載された張文環や龍瑛宗の発言の中にもそれまでの「文学の停滞」が指摘されていたし、後述の黄得時の四一年以降の文学評論の中でも頻繁にそれは叫ばれていた。つまり、このとき、台湾の文学運動と〈台湾新文学運動〉とが、ほぼ同義のものとされていることが窺われる。

この時期、たしかに文学テクストの発表機会は、メディアの制限もあって少なくなっており、停滞という表現ももっともなことなのかもしれなかった。しかし、〈台湾新文学運動〉の「外側」において、この時期からその活動を活発化させていた人物がいた。それが、西川満（一九〇八—一九九九）であった。

西川満は、一九〇八年、会津若松で生まれた。二歳の時、父・西川純が親族の経営する台湾の炭鉱会社に招請されたため、一家で渡台した。台北一中を経て二度の台北高校受験失敗の後、二八年に早稲田大学第二高等学院に入学、仏文学を専攻し、そこで吉江喬松や西条八十に師事した。三三年に早稲田大学を卒業時、東京で文学活動を続けるか迷っていたところ、吉江から「地方主義文学」の確立のため台湾で活動するよう助言され、「南方は／光の源／我々に秩序と／歓喜と／華麗とを／与へる」との献辞を受け、帰台を決意したと言われている（一方、西条八十には東京に留まるように言われ、その際西条は「台湾へ帰れ」と勧めた吉江について、世間のことをよく知らないからそのようなことを言うのだ、と評したという）。

帰台後、台湾最大の新聞社であり、総督府との関係が強かった台湾日日新報社へ入社し、学芸欄を復活させその専属記者となる。そして同時に旺盛な同人誌活動を始め、新聞社勤務と平行して台湾愛書会の機関誌『愛書』、同人誌『媽祖』の編集に携わるなど、文学に関してすさまじいエネルギーで活動を続けていたのであった。(1)

西川は、四〇年一月に創刊された台湾文芸家協会の機関誌（後に文芸台湾社発行に変わる）『文芸台湾』の実質的経営者兼編集者となる。この文芸同人誌は三七年の『台湾新文学』廃刊後、初めて発行された総合文芸誌であり、そこには在台日本人作家だけではなく、台湾人作家も参加していた。この時期、ごく一部の雑誌を除いて台湾では漢文による表現は行えなくなっており、使用可能な言語は〈国語〉＝日本語に限られていたが、同時に在台日本人作家、台湾人作家がこぞって日本語による文学運動に参加する契機にもなっていた。そして後述するように『文芸台湾』から『台湾文学』が四一年五月に分裂創刊したことから、戦時下において台湾の近代文学運動はそれまででも最も活況を呈するようになる。ここでは、その時期を〈日本語文学〉最盛期と呼ぶこととするが、その〈日本語文学〉最盛期現出のきっかけとなったのは間違いなく西川満だったのである。

三〇年代の〈台湾新文学運動〉期とこの時期との決定的な違いは、運営の中心が台湾人作家にではなく、西川をはじめとする在台日本人作家にあったことだ。総督府側の表現・出版への介入や、使用言語が日本語に限定されたことがその大きな理由であろうが、同時に三〇年代は少数に過ぎなかった台湾における在台日本人の文学運動が、この時期になって一定の勢力を持つようになったことを示してもいた。そこには、日本統治が四十年を越え、在台二世と呼ばれる台湾で生まれ育った日本人が青年期・壮年期を迎えて社会の中核に参加し始めたことも関係しているし、また、台北高校、台北帝国大学といった高等教育機関の設置によって、台湾に学歴エリート層が流入してきたことも影響していた。学生として台湾にやってきた者と、そしてさらに重要なのは教員として台湾へやってきた研究者たちの存在であった。

彼らは〈日本語文学〉最盛期において『文芸台湾』『台湾文学』の活動に積極的にかかわった。例えば、矢野峰人や島田謹二といった文学者が『文芸台湾』に、中村哲や工藤好美らが『台湾文学』に、それぞれ拠っていた。雑誌の側はこれら学術エリートを自分たちの陣営に囲い込むことで、雑誌の権威付けとして利用しようという意図があったが、一方、在台学術エリートたちがそれぞれの運営や方針に荷担していくことで、その党派的対立がさらに煽られるようにもなっていた。例えば、『台湾文学』の中心人物とされた張文環は、戦後／〈光復〉後の七九年に日本語で発表した回想記「雑誌『台湾文学』の誕生」(2) の中で、次のように述べている。

> 台湾《ママ》大学や高等学校では、『台湾文学』に味方する教授と『文芸台湾』に味方する教授が、あたかも二派に別れているかのように見えた。ことに工藤好美教授などは、自分の台湾人弟子などに面と向かって、文学をやるなら『台湾文学』の連中に学べと言ったので、そばにいた私は、それを聞いて胸がどきどきしたくらいだった。

一方、この張文環の回想の中で「『台湾文学』の活動をとおしていちばん精神的な力になった」人物の一人として挙げられている中村哲は、四三年二月号の『台湾芸術』における龍瑛宗との対談記事「中村哲氏龍瑛宗氏対談会」の中で、

> 文学をやつてゐる連中にはそれ〲グループがあり機関誌があるが、僕等のやうなどのグループにも属さない局外者はそれ等の人々（『文芸台湾』派、『台湾文学』派のことを指している——引用者）と何の関連もなく、文化のために役立つことも出来る。つまり局外者だとグループ内では云へないことを僕等は云へるわけだから（略）

と述べていた。しかし、果たして「『台湾文学』の活動をとおしていちばん精神的な力になった」中村が、「局外者」と言えたのだろうか。ここではむしろ、外部から見れば「当事者」でしかありえない中村が自身は「局外者」であると言い、そして「文化のために役立つ」と言ってしまう無自覚さに注意しておきたい。学生に安易に

「文学をやるなら『台湾文学』」とけしかける工藤といい、この無自覚と傲慢が、学術エリートたちの党派的対立が『文芸台湾』と『台湾文学』双方の対立を余計に煽ったということを逆説的に証明しているであろう。在台学術エリートの〈日本語文学〉最盛期における行動については、『文芸台湾』に拠り、西川との厚い親交の下で「華麗島文学志」の執筆を続けた島田謹二が、その文学論の中で台湾人作家達の運動を黙殺したことを主な理由として長らく批判対象となってきたが[3]、台北高校、台北帝大の教員達による文学運動への関与の問題は、島田一人にその責任を帰することができるものではない。特に工藤や中村など『台湾文学』に拠った教員は、『文芸台湾』に拠った島田や矢野峰人らよりも「リベラルであった」と高い評価を受ける傾向があるが、日本帝国の官僚でもある彼らは、一定の期間を植民地で過ごした後には内地の大学等に「栄転」し去っていく人々であり[4]、それだけに権威はあったが同時に無責任でもあった。そういう意味で、学術エリートの問題はかかわったそれぞれに存在しているのである。

しかし、元々大学内部と、台湾愛書会などの学術サークルでの活動に留まっていた彼らに、そのような学術エリート側の事情をおそらくは把握していながら、躊躇せず積極的に近づき親交を深め、文学運動の中に引き込めるのが、西川満という人物の個性なのだった[5]。台北帝大に在籍していた頃に島田の学生だった在台日本人作家・新垣宏一（一九一一—二〇〇二）は、回想録『華麗島歳月』（前衛出版社　二〇〇二）の中で、西川と島田との仲が急速に深まったことに、嫉妬を感じていたとさえ述べている。帰台後の西川は台湾での自身の文学運動を続ける上で、学術的権威に積極的に近づき、それを取り込もうとしていたのである。

そして、西川を語る際に忘れることが出来ないのが〈中央文壇〉志向である。三〇年代の西川は「詩人」と見なされていた。矢野峰人や島田は西川の詩作を中心に評価していたし、三五年に詩集『媽祖祭』を発表し注目を集めて以降、積極的に詩集の刊行を続けていたからだ。

しかし一方で、彼は小説にも意識を向けており、〈中央文壇〉志向では、こちらを優先させていた部分もあった。それは、西川の小説テクスト「城隍爺祭」が、『文芸』の第一回懸賞創作（発表は三四年一月号）に選外佳作に入っていることからもわかる。

「城隍爺祭」は、従来台湾発行の婦人誌『台湾婦人界』三四年六月号が初出とされてきた。中島利郎によれば、「城隍爺祭」は「西川満の個性が本格的に描出された台湾での初の小説」であるという。[6]しかし実は、台湾内部限定のメディアである『台湾婦人界』での発表以前に、〈中央文壇〉の〈文学懸賞〉に投稿し、そして選に漏れたテクストだったのである。これは時期的に言えば、三四年一〇月に『文学評論』で発表された楊逵「新聞配達夫」にも先行している。つまり、西川は台湾で文学運動を行った作家としては現在確認できる限り最初に〈中央文壇〉の〈文学懸賞〉で小説テクストが評価された人物だったのである。

しかし、西川はその自作年譜である『わが越えし幾山河』（人間の星社　一九八三）でも、この事実に触れていない。三〇年代の台湾人作家志望者達が、張文環や翁鬧が『中央公論』『文芸』の選外佳作に入ったことを喧伝したことと比べると、大きな落差がある。あるいは、西川は名前が掲載された喜びよりも、当選ではなかった落胆の方が強かったのであろうか。西川は後に四二年度下半期の第十五回芥川賞の予選の選考候補作二十三編の中に「朱氏記」が選ばれているが（最終候補六編には残っていない。この回の芥川賞は「該当作なし」）、西川はそれについても同時代から触れていなかった。[7]

このように本人が言及せず、そして当時の台湾人作家志望者達も『文芸』第一回懸賞創作発表の頁に掲載された西川満「城隍爺祭」という文字について、全く触れていない。当時の彼らが『文芸』懸賞創作の発表に注目していないはずがなく、また西川満という名前も見知っている人間はいたであろうし、台湾の伝統的な祭りである城隍爺祭という言葉が目につかないはずがないが、彼らはたとえ〈台湾〉に関連している可能性が高かろうと、日本人名のテクストには（内心はわからないが、少なくとも表面上は）反応を見せなかったのだ。[8]

西川本人も周囲も、彼のここでの〈中央文壇〉への接近を見過ごしてしまったのだが、西川もまた、台湾人作家志望者達と同様に三〇年代に〈文学懸賞〉を目指していたというのは重要である。そこではやはり台湾人作家志望者達と同様に、三〇年代の終わりと共に、〈文学懸賞〉による〈中央文壇〉進出という目標が潰え、台湾内部での運動に切り替わっていくという事態が推測できるからだ。つまり西川と〈台湾新文学運動〉期の台湾人作家志望者達とは、その文学運動の歩みが相似していたのであり、『文芸台湾』と『台湾文学』はまた、平野謙によって「異母兄弟」と評された『日本浪漫派』と『人民文庫』のようにその根源は同じであったと考えられよう。[9]ともあれ、西川は文学運動の中心をはっきりと台湾に置くようになる。それが先に触れたような台北高校・台北帝大教員達への接近にも現れている。そして、彼は発表メディアの確保も進めていく。

『台湾日日新報』の学芸部長であった西川は、その学芸欄をかなり自由に扱っていたと思われ、自身のテクストを頻繁に発表していた。が、新聞では紙面に限界がある。そのとき、彼にあらたな発表の場を与えたのが先に挙げた『台湾婦人界』であった。

『台湾婦人界』は一九三四年五月号を創刊号とした台湾発行の婦人誌で、発行元は台湾婦人社であった。そして、当時の編集長・柿沼文明が創刊二号に寄せた「創刊号を世に送りて」の中で「内地の婦人雑誌ではどうしても手の届かない領域、こゝに進んでゆかう」と述べているように、購買層としては在台日本人女性をターゲットとして、台湾独自の婦人のニーズに応える内容を集めることで、内地から移入される有名婦人誌に対抗しようと考えていたらしい。結果的にこの目論見は失敗し、創刊当初から経営は低迷して、一年後には柿沼の自殺という事態を迎えているが、台湾財界の支援を受けていた同誌の発行自体は続いた。中島利郎によると『台湾婦人界』は現在三九年六月号まで発行されたことが分かっているが、[10]廃刊時期は不明である。

『台湾婦人界』は婦人誌としての売り上げは低迷したが、その内容は現在の研究から見ると非常に貴重で、特に在台日本人社会における女性の結婚問題と進学問題を頻繁に取り上げている点などは注目に値する。そして同時に、多くの文学テクストの発表の場ともなったのである。

そのとき、文芸頁の編集担当となっていたのが、また西川満なのであった。『台湾日日新報』の記者である西川が、何故『台湾婦人界』という商業誌の編集者となったのか、詳細は不明だが（『台湾婦人界』編集担当となったことも、前出の自伝では触れていない）、ともかく、ここで西川は新たに自分の自由になるメディアを手に入れたのだった。

そこで最初に発表されたのが、『文芸』懸賞創作で選外佳作となった「城隍爺祭」だったのだが、さらに続いて、西川は「轟々と流るるもの」（三六年三月号から三七年五月号まで）と、「華厳」（三七年七月号から三八年九月号まで）の二編の長編小説の連載を行い、自身の卒業論文を元としたと思われる「天才詩人、アルチュル・ランボオ」をはじめとする評論や詩論も載せていた。中島利郎編の「著作年譜」を見る限り、三〇年代後半の西川のテクストの発表先は、『台湾日日新報』と自身の発行する同人誌『媽祖』そして『台湾婦人界』でその殆どが占められている。そしてその分量は非常に多い。新聞記者・編集者・同人誌主催・作家業を同時に進めていたとは信じられない活動量であった。

ただ、この時期の西川の小説テクストについて本人は「城隍爺祭」などを除いて、後にほとんど言及していない。自身の書いたテクストのほとんどを後に私家出版している西川は、長編である「轟々と流るるもの」と「華厳」は書籍にまとめなかった。これはその通俗性によるのかもしれない[11]。が、これらのテクストが以後公開されなくなったとしても、西川の文学運動が台湾社会、とくに在台日本人社会に広く認識されたことは間違いない。そしてその過程で、日本語理解者である台湾人エリート層の中で、文学志向のある人々も、西川の存在に気づいたはずである。

一方、一九三七年に台北帝国大学を卒業し『台湾日日新報』のライバルでもあった『台湾新民報』の記者となり文芸欄担当者となった黄得時は、おそらくは一番始めに西川の存在の大きさに気づいた台湾人だったのではないだろうか。『台湾日日新報』の西川満と『台湾新民報』――後に改題して『興南新聞』の黄得時、という二人の新聞の文芸担当者が、それぞれの雑誌によって、四〇年代の〈台湾文壇〉の方向性を左右していくことになるのである。

そのとき、西川と黄得時の最大の相違は、西川が誌上の議論や評論・理論ではなく、文学テクストに自己投影することで間接的な自己主張をしていたのに対し、黄得時ははっきり直接的な批評家であったことだった。それが、後に生まれる『文芸台湾』と『台湾文学』、両誌への理解を、半ば代表してしまうことになる。

2　四〇年代〈日本語文学〉最盛期の始まり――『文芸台湾』と『台湾文学』

現在までに発表されている日本統治期台湾の文学研究の中でも、〈中央文壇〉との関わりはいろいろと論じられてきているが、その主眼は、一九四〇〜四五年の間の〈日本語文学〉最盛期における状況に関するものである。そこには、この時期に発表された一人の台湾人文学者による論文の強い影響があった。その台湾人文学者こそが、黄得時であった。

一九四一年九月、文芸誌『台湾文学』の創刊第二号の巻頭を飾ったのは、黄得時「台湾文壇建設論」であった。その中で、現在まで繰り返し取り上げられているのが、次の文章である。

> 現在、台湾で文学をやつてゐる人々を見るに、大体、二つの型に分けることができる。一つは、中央文壇に進出せんがため、台湾を踏台にするものと、中央文壇を全然顧慮に入れず、専ら台湾で独自な文壇を建設してその中で作家が作品を発表して自ら楽しむと同時に、台湾全般の文化の向上発展をはかろうとの二つがある。
>
> （略）
>
> 一体、中央文壇に進出せむがため、種々あせつてゐる人々は、中央の好奇心を買ふことばかりに汲々して、

台湾の現実の中にしつかりと腰をするゑ、必要に応じては、現実の中に躍り込んで血みどろな闘ひを試み、その中から文学的な何ものかを掴まうといふことを故意に避け、中央に認《マ》めさ《マ》へすれば、或は中央の人々の目を誤魔化しさへすれば、といふ意図のもとにエキゾチックなものばかりを素材に選んで作品を書くのである。だからさういふ作品は、台湾の事情を全然しらない内地の人々には、なるほど面白く読まれるかも知れぬが、台湾にゐる吾々には、何んのことかさつぱり判らない。

（略）

そこへ行くと、中央文壇に関係なく、台湾独自の文壇を建設して行かうと孜々として努力してゐる方に対し、吾々は絶大の敬意を表するものである。

さらに、翌四二年一〇月に発表した「輓近の台湾文学運動史」（『台湾文学』第二巻冬季号）によって、黄得時は同時代における〈台湾文学〉観を確立させた文学者と認知されることとなった。その中には、やはり現在の研究でも頻繁に引用される次のような文章がある。

以上の二誌（『文芸台湾』と『台湾文学』——引用者）は等しく台湾の代表的文芸雑誌であるが、双方とも異つた特色をもつてゐる。即ち「文芸台湾」は同人の七割までが内地人であり、同人相互の向上発展を計るのが唯一の目標であるのに反し、「台湾文学」は、同人に本島人が多く、且つ本島全般の文化向上や新人のために惜しげもなく紙面を開放し、真に文学の道場たらしめようと力んでゐる。従つて前者の編集に於て美を追求する余り、趣味的になり、見た目には非常に美しく映る代りに、小じんまりとして現実生活とかけ離れてゐるので一部の人から余り高く買はれてゐないやうである。そこへ行くと、「台湾文学」は、飽くまでもリアリズムで押し通さうとしてゐるだけに、非常に野性的であり、「覇気」とか「逞しさ」とかが誌上に満ち溢れてゐる。

一九三七年四月、総督府のほとんど公然の圧力によって、台湾島内で発行・出版されていたメディアでの漢文使用が禁止された。この措置によって、当時の文芸誌『台湾新文学』の経営が立ちゆかなくなり廃刊となってから、台湾の近代文学活動は停滞期に入っていた。

この停滞期は二年強ほど続いたのだが、その文学的沈黙を破ったのが、一九四〇年一月、台湾文芸家協会の機関誌としてスタートした『文芸台湾』の創刊であった。『文芸台湾』は二年半ぶりに台湾に登場した総合文芸誌で、その同人には、在台日本人作家と台湾人作家が同居していた。この『文芸台湾』の登場によって、〈日本語文学〉最盛期は現出されることになったのである。

しかし、それは『文芸台湾』が〈台湾文壇〉を主導的に導いた故、ではなかった。

『文芸台湾』は台湾文芸家協会の機関誌という名目であったが、実質的な経営権は、編集兼発行人の西川満にあった。が、この西川の運営方針、及び作家としての文学傾向に、少なからぬ同人が反感を抱いていており、結局、この反感が最後には同人脱退という直接行動を惹起し、一九四一年五月、脱退同人たちによって『台湾文学』が新創刊されるに到った。黄得時もその主要メンバーの一人であった。〈日本語文学〉最盛期は、この『文芸台湾』分裂劇と、その後の『文芸台湾』と『台湾文学』の二誌競合によってもたらされたものだった。この二誌の同人が批判や論争を繰り返したことで、結果的に文壇全体が活況を呈することになったのである。

以上のような背景を踏まえて、黄得時の二編の論文を読む時、この批評が正確かどうかは別の議論になるとしても、少なくとも、黄得時が明らかに『台湾文学』陣営の人間であり、である以上、彼が『文芸台湾』と『台湾文学』を客観的に比較し得る立場にはないことははっきりしている。(12) にもかかわらず、この黄得時による両誌及び双方に振り分けられた作家とテクストの性格規定は、まさに「客観的評価」として扱われるようになった。そ

の結果、この時期の〈台湾文壇〉の状況については黄得時の判断に基づいて、

エキゾチシズム・在台日本人作家中心・〈中央文壇〉志向・西川独裁＝『文芸台湾』

リアリズム・台湾人作家中心・〈台湾文壇〉志向・リベラル（反西川）＝『台湾文学』

という把握が前提化されているのが現状なのである。[13]

さらに、戦後／〈光復〉後になり、在台日本人作家中心で、体制寄りであった西川が運営していたということから『文芸台湾』は日本統治期の〈台湾文学〉史研究からは等閑視され、〈台湾新文学運動〉の流れを汲んでいると主張していた『台湾文学』とその作家・テクストが一方的に評価されるようになった。それは、国民党独裁政権下での「〈中国文学〉の一部」としての〈台湾文学〉研究の時期から、「民族文学」としての〈台湾文学〉研究が立ち上がっている現在まで、ほとんど変わりがない。[14]

しかし当然ながら、『文芸台湾』のテクストが全てエキゾチシズムや体制寄りのものであったわけではなく、見るべきテクストも多数存在している。『文芸台湾』への評価の低さ、そしてその対照としての『台湾文学』への高評価は、かつては反日意識と中国ナショナリズムによって、近年では新たな台湾のナショナリズムである〈台湾意識〉との相互補完関係によって形成されているのである。この状況下では、例えば龍瑛宗・楊雲萍・周金波・陳火泉といった、『台湾文学』分裂後も『文芸台湾』に残った――あるいは分裂後に『文芸台湾』に参加した――台湾人作家は異端視され、低評価を下されるのを避けられないのだ。

黄得時は、台湾人に門戸を厳しく狭めていた当時の台北高校・台北帝大を卒業し、台湾人資本の『興南新聞』[15]の文芸記者として活躍していた台湾人の文学エリートのトップであり、同時にイデオローグでもあった。[16]〈光復〉後も、国民党政権による白色テロによって日本語世代エリートが投獄・虐殺される中、台湾大学教員として

生き延び、〈文壇〉での地位を保ち続けた[17]。その彼の手によるだけに、この評価観が非常に支配的なものとなったのである。

しかし、彼の提示した評価観が西川満個人への批判から生じたものであることは疑う余地がない。「台湾文壇建設論」で語られた〈中央文壇〉志向やエキゾチシズム傾向への批判は、複数の『台湾文学』派の作家達から西川へ向けられたそれと殆ど一致しているのだ。例えば、張文環は先に引用した回想の冒頭で次のように語っている。

当時の文学雑誌といえば、西川満氏の編輯する『文芸台湾』一冊だけである。西川満氏は当時の台湾総督府の機関紙である台湾日日新報の第二課長であり、その父上は西川純さんと言って、昭和炭砿の社長であり、台北市会議員でもある。従って西川満氏はバックもあり資金も豊富だ。だが西川議員はフアッショ的な人物であり、満さんも御用文芸家である。彼の編輯する雑誌が、彼の個人的な趣味本位におちすぎていると思っているのは台湾人ばかりではない。むしろ人道主義的な日本人の方の殆んどが、あまり歓迎していないようである。私もその『文芸台湾』の同仁《ママ》の一人であるが、編輯会議のあるごとに私は頭が痛い。その独裁ぶりよりも、有閑マダム的なままごとをしているようで我慢が出来ない[18]。

この文章もまた、『台湾文学』と『文芸台湾』を比較する際に必ずと言っていいほど引用されるものである。ここで西川は、父親が「フアッショ的」であるということや資産家の息子であることを背景にされ、そして「人道主義的な日本人の方」と対置されることで、否応なく戦中の〈台湾文壇〉における「独裁」者として位置づけられ、彼が「独裁」を布いた『文芸台湾』も「御用文芸」誌にしかならないのである。

もちろん、黄得時や張文環の指摘・批判は、事実として受け入れられる部分が多いからこそ現在まで支持され、引用されてきているのであり、西川満という作家に対する批判自体の必要性は当然ある。

しかし、西川への批判が拡大適用される中で生じた『文芸台湾』と『台湾文学』の対立構図を、単なる文芸誌の性格説明を越えて日本統治期の〈台湾文壇〉全体構図のように把握することを前提とした評価観は、やはり考え直さなければならないのではないだろうか。

ここでは、特に〈中央文壇〉志向に注目することで、この評価観への再考の端緒としたい。〈中央文壇〉志向を先の評価観に従って「在台日本人作家の性質」のひとつとして把握するとき、一方の台湾人作家は「支配者の本拠地である中央にしっぽを振らず、差別的に扱われようとも、いやかえってそれ故に、台湾の向上と発展だけを目指していた」という点によって、高評価が約束されるのである。

故に、ここからこのような評価観を定着させる一因となった黄得時「台湾文壇建設論」について、改めて概観してみたい。『台湾文学』が創刊されたのは四一年五月である。その前月、四一年四月に台湾では大政翼賛会結成の影響の下皇民奉公会が発足し、皇民奉公運動が推進され始めていた。すでに一九三九年、小林躋造台湾総督により「皇民化・工業化・南進基地化」の三大政策が布告されていたが、ここに本格的な〈皇民化運動〉の時代が到来したのである。そしてそれは、〈台湾文壇〉に対して〈皇民文学〉が突き付けられる時代が訪れることも意味していた。

このような現在から顧みて非常に緊迫した状況下で『台湾文学』は創刊していることになる。故に『台湾文学』同人は、分裂創刊の正当性と緊迫化する時代の強制に対して速やかな対応が必要となったはずだった。その時必要とされたのは、文学テクストよりもその存在を支える「理論」であったのである。

3 〈台湾文壇〉における黄得時

黄得時は現在、〈台湾文学〉史上において揺るぎない位置を確保している。それは戦前戦後（あるいは日本統治期から〈光復〉を経た国民党統治期〉を通して文芸評論と文学史構築に貢献したと認められているからである。

黄得時は台北県の高名な漢詩人の家に生まれ、幼い頃から中国古典に親しみつつ、公学校から台北州立第二中学校を経て、一九二八年に早稲田大学に進学したが、一年で台湾へ戻り台北高校に再入学し、一九三三年に台北帝大文政学部へ進み、中国文学と日本文学とを専攻した。そのころから台湾人資本の新聞『台湾新民報』への寄稿を始め、また三四年には台湾で最初の全島的な文芸団体である台湾文芸連盟に参加している。以降、その機関誌である『台湾文芸』（三四年九月―三六年八月）と、楊逵を中心に『台湾文芸』から分裂した人々によって発行された『台湾新文学』（三五年一二月―三七年六月）の双方に頻繁に登場するようになった。[19]

三七年に大学を卒業後台湾新民報社に入社し、そこで文芸欄を担当するようになる。以降、総督府寄りの『台湾日日新報』の学芸部長であった西川と並んで、新聞紙上において台湾の文学活動をリードする存在となっていった。

特に、三七年七月に日中戦争が始まり、漢文（北京語白話文、台湾語文）によるテクスト発表が総督府によって厳しく制限され『台湾新文学』が廃刊になった後の台湾において、主に台湾人作家たちにテクスト発表の場として紙面を提供したことを、同時代から自己言及している。その代表的な例は、一九三九年から『台湾新民報』紙上で開始された「新鋭中篇創作集」である。三七年の『台湾新文学』廃刊後から、四〇年一月の『文芸台湾』創刊までの二年強の期間は、現在の研究では「台湾文学の空白期」と認識されており、垂水千恵は、「新鋭中篇創作集」を、〈台湾文学〉における「冬の時代」の「雪解けの気配」と評価している。[20]

このような「空白期」を経て、先述した『文芸台湾』が四〇年一月に創刊された。これは『台湾日日新報』と『台湾新民報』両紙の学芸部と「在台の官民有志」の援助によって設立された台湾文芸家協会（前身は台湾詩人協会）の機関誌としてスタートしている。ここでいう『台湾日日新報』と『台湾新民報』両紙の学芸部、というのは、つまり西川満と黄得時の両名の主導ということとほぼ同義であり、実質的経営権を握っていた西川はもちろんだが、黄得時も『文芸台湾』に非常に深く関わっていたことになる。

その後、前節で述べたように、一九四一年に『文芸台湾』の台湾人同人を中心としたグループが西川の運営方針に反発して分裂した。日本統治期の〈台湾文学〉史における最大のトピックである『台湾文学』の創刊である。以降、四四年に『文芸台湾』（隔月刊から後に月刊）と『台湾文学』（季刊）を中心とした台湾島内の文芸誌・文芸同人誌が『台湾文芸』として統合されるまでの間、『文芸台湾』と『台湾文学』は、対抗する代表的文芸二誌として〈台湾文壇〉をリードした、とされている。

この「二誌競合期」において、最大の文学的イデオローグとして存在しているのが、黄得時なのである。

まず彼は、『台湾文学』の創刊二号の巻頭論文として「台湾文壇建設論」を発表する。これが、特に現在の〈台湾文学〉研究において非常に高く評価されており、この論文中に現れた「地方文化の確立」と「台湾独自の文壇」の発展を目指すという姿勢が、そのまま『台湾文学』という雑誌の方向性を代表するものであると解釈されるようになったのである。これは、一九九四年に柳書琴が論文「戦争と文壇」[21]で最初に指摘し、以降受け継がれている評価である。

この「台湾文壇建設論」を皮切りに、「輓近の台湾文学運動史」（『台湾文学』四二年一〇月）、「台湾文学史序説」（『台湾文学』四三年七月。同年一二月の『台湾文学』に続編として「台湾文学史（二）」および「台湾文学史（三）」）を発表し、〈台湾文壇〉および〈台湾文学〉、〈台湾文学〉史構築の前面に現れるようになった。これは、それ以前『台湾新民報』学芸部記者として、文学運動では「企画者」であり「裏方」であることが多かった彼が、自ら表舞台に出てくるようになったことを示している。黄得時の行き方は『台湾日日新報』の学芸部記者であった西川が常に新聞記者としてよりも〈作家〉としての自身を優先させていたことと対照的であったが、それが『台湾文学』創刊後は共に文学運動の先頭に立つようになったのである。

ここでもう一つの両者の対照点を指摘しておきたい。それは、西川が〈作家〉として活動する一方、〈評論家〉としてはほとんど動かなかったのに対し、黄得時は三九年に『台湾新民報』上で「水滸伝」の連載を行った以外には目立った創作活動は行わず、専ら〈評論家〉として活動していた点である。つまり、西川満と黄得時は『台湾日日新報』と『台湾新民報』、『文芸台湾』と『台湾文学』という共に対立するメディアの文学的中心となったが、その中心の有り様は異なっていたのである。

『台湾文学』創刊後、西川満を主な批判対象に設定し続けた黄得時はしかし、戦時下の台湾において堅実に自身の地位を維持していた。『台湾新民報』は総督府の圧力によって四一年に『興南新聞』と紙名を変え、最後には島内各紙とともに『台湾新報』に統合されたが、『興南新聞』では学芸部次長、『台湾新報』では文化部長となった。戦後／〈光復〉後は、国民党に接収された『台湾新報』改め『台湾新生報』の副編集長となり、その後、台北帝大を接収改組した台湾大学の中国文学科教授となった。一九五〇年代から、国民党政権下でも文芸評論家として活動し、日本統治期の文学運動についての「回顧」・「再評価」を進めた。

以上のような経歴を持つ黄得時だが、〈台湾文学〉研究における彼の存在は、やはり日本統治期、そして中でも『台湾文学』に依っていた時期の活動によって評価され、規定されている〈戦後／〈光復〉後の活動は、ある意味日本統治期の「貯蓄」あるいは「遺産」といえるものである〉。現在の日本統治期の〈台湾文学〉研究において評価の中心にある『台湾文学』派台湾人作家たちの「理論的支柱[22]」であった、というのが、黄得時への最大の評価であるといえよう。

一方、黄得時への批判は先行研究ではほとんどみられない。これは、やはり彼が評論が中心で目立った創作を行っていないことが大きな原因であろうと思われる。彼は批評する側であって、される側にはほとんど立たなかったのである。わずかに同時代において楊雲萍（一九〇六―二〇〇〇　戦後／〈光復〉後は台湾大学歴史学科教授）が「糊と鋏と面の皮」（『文芸台湾』四三年九月号）において「台湾文学史序説」には事実誤認、誤引用が多すぎると批判した程度であろう。

このように理論派であり、〈台湾文学〉史上において正統派でもある黄得時の「台湾文壇建設論」の再読を、ここで行う。この場合の再読は、もちろん批判的な意味を含めているが、正確には批判というよりテクスト全体を視野に入れて読み直す作業、という意味で用いている。何故なら、黄得時が「理論的支柱」とされそのテクストが台湾人作家たちの活動指針となった、と評価される時、引用され読まれるのは常に同じテクストの同じ箇所であり、そこだけに限定されているからである。故に、黄得時の批評テクストの中で最も引用されることの多い「台湾文壇建設論」を読み、その読解を中心として、一九四〇年代の台湾の〈日本語文学〉運動に対する評価の在り方について言及する必要があるのだ。

黄得時のテクストを再読・再評価すると言うことは、彼のテクストが日本統治期の〈台湾文学〉の正統性を裏付けるものとされている以上、そのような現在の評価、ひいては現在の研究動向そのものを問い直すことでもある。その意味で非常に慎重に進めるべき作業であるが、今回はまずそれを「始めること」に重きを置きたい。何故なら、それが始まらなければ現在の〈台湾文学〉研究の主流である〈台湾意識〉に基づく評価観からいつまでも脱することは出来ないし、またそのような、主に二〇〇〇年前後の台湾の政権交代の影響を大きく受けた結果でもある現状の〈台湾文学〉研究動向は、このままでは常に台湾政治（端的に言えば、時の政権党）の変動の影響を常に受けざるを得ないものとなってしまうからである。そのような「政治」の影響、というよりも、「政治」に引きずられるという事態はできるだけ避けるように努めたい、という願望も、ここでの目的に含んでいる。

そしてそこから、『文芸台湾』への「〈中央文壇〉志向」「芸術至上主義」「エキゾチシズム」という評価と、『台湾文学』への「〈台湾〉本土化志向」「リアリズム」という評価についての再考はもちろん、この両者、また両者のみならず台湾全体の、さらには日本帝国植民地全体の課題となる〈皇民文学〉への強制的参加の際の問題点について迫っていきたい。

4 「台湾文壇建設論」への現在の評価

既に述べたように、黄得時の評価を決定づけているのは、一九四一年九月の『台湾文学』第一巻第二号の巻頭に掲載された「台湾文壇建設論」である。

掲載誌の『台湾文学』は、これも先述のように『文芸台湾』から離れた同人が三〇年代の〈台湾新文学運動〉期に日本語作家として登場した張文環を編集兼発行人として創刊した雑誌であったが、多くの文芸同人誌と同様、この創刊初期の段階では、まず雑誌を継続させることを最重要課題であった。台湾の文学運動の共同体の中で大きな騒ぎを起こして『文芸台湾』離れた以上、仮に三号雑誌などで終わっては彼らの面子にかかわるからだ。

その結果、創刊号は巻頭より四つの小説テクストが並べられ、中盤から後半にかけては同人の多くと友人であったと思われる曽石火と陳遜仁の二人の遺稿と追悼文が掲載されている。評論は田子浩の「陳夫人に就いて」のみで、全体的に創作に力を入れていることが感じ取れる。「文芸誌」としての万全の体制を誇っているわけである。

それが第二号では、巻頭を黄得時の評論が飾り、それに続く記事も渋谷精一の「小説の難しさ（文芸時評）」であるなど、冒頭は文芸・文化評論が並べられていた。その中では創刊号の諸テクストへの批評が行われており、第二号において創刊号の評価の確認がなされていることが分かる。三号目の四二年春季号の巻頭は中村哲「昨今の台湾文学について」であり、四号目の四二年夏季号以降も渋谷精一の「文芸時評」をはじめ、文芸・文化評論は『台湾文学』主要項目となっていった。

そして、この文芸・文化評論の中で西川満と『文芸台湾』、および『文芸台湾』掲載テクストとその作家たちへの批判が繰り返された。特に渋谷は龍瑛宗に対して強烈な批判を浴びせ続けた。対して『文芸台湾』は、その龍瑛宗が文芸評論を担当する中で『台湾文学』のテクストに言及することがあったが、それも攻撃的なスタンスは控えられ、『文芸台湾』掲載テクストと（少なくとも表面上は）同じように扱っていた。他には台北帝大教員の島田謹二が独自の文学論を断続的に掲載していた程度で、『台湾文学』への正面からの批判や応答は非常に少なかった。

ともあれ、このように創刊二号から文芸・文化評論が『台湾文学』の主要項目となっていたが、それがまた理論的な『台湾文学』と情緒的な『文芸台湾』というイメージにも繋がっていったのかもしれない。そしてその端緒であり契機となったのが「台湾文壇建設論」であったことは間違いないであろう。その意味で、やはりこの論文の意義は大きいのである。

先に挙げたように、〈台湾文学〉研究において「台湾文壇建設論」を最初に評価し決定づけたのは、柳書琴「戦争と文壇」である。

この中で柳書琴は、一九四〇年に日本帝国で大政翼賛運動が開始され設置された大政翼賛会文化部（岸田国士部長）が示した文化政策に注目している。

大政翼賛会文化部は、現状の日本帝国の都市部の文化を退廃的であるとし、地方にこそ真の日本文化が維持されているという観点から、「地方文化振興」を掲げた。この「地方文化振興」という政策目標を、台湾という植民地の文化の振興に適用させるための理論を構築したのが「台湾文壇建設論」なのである、というのが柳書琴の主張の中心である。

柳書琴は黄得時について、次のように述べている。

> 当時の多くの台湾人作家は、「翼賛会文化部」の主張を口実に、台湾文壇建設を大いに提唱したが、黄得時はその中でも傑出した人物であった。黄得時は「翼賛会文化部」の主張を利用して、大いに台湾文学の建設について談じた。昭和一六年九月に発表した「台湾文壇建設論」の中で、精細に富んだ発言をしている。

（略――「台湾文壇建設論」の冒頭を引用している――引用者）

黄得時は「翼賛会文化部」の主張に、明らかに個人的な見解を加えており、彼の主張する「地方文化」は「翼賛会文化部」の主張する「日本文化の正しい伝統を伝える」「地方文化」ではなく、「その地方……特有な文化を生かし、その持つ香りや匂ひを最大限に発揮」する「地方文化」であった。翼賛会のいう「地方文化」はその美名のもとになお中央集権的本質を抜け出していなかったが、黄得時の主張は地方の自主性を強く主張しており、両者の間には明らかに相違がある。翼賛会の「地方文化」という主張は黄得時の解釈をへると、翼賛運動が最終目標としていた「国家主義」とは食い違ってしまったのである。

（略）

戦時期の報道文学の需要と「翼賛会文化部」の「地方文化振興案」などが、事変（日中戦争のこと――引用者）初期の政局に影響を受けずに盛んであった芸術至上主義を転換させ、事変初期に一時鳴りをひそめていたリアリズム復活の兆しを出現させたのである。当時のリアリズムに加担する人々の中には多くの台湾人作家がおり、事変後沈黙していた台湾人作家たちも、これを期にして次第に活躍しだすのである。

リアリズムの台頭、そして台湾人作家の「地方文化」に対する彼らなりの解釈は、事変後雌伏し、あるいは日本人作家に付随して発展して来た台湾人の文学活動に活動上の合理的根拠を与え、その文学活動は再び自主性を回復した。そしてついに、以上に述べたようなさまざまな有利な条件のもとに、昭和一六年五月、台湾人作家と一部の彼らに近い立場の日本人作家たちが中心となって『台湾文学』が発刊された。以来、戦時期の台湾文壇はもはや日本人作家がすべてを主導するわけにはいかなくなり、台湾人作家も台湾文壇上において再び軽視できない勢力となるのである。

そして、この柳書琴の主張に同意する形で、垂水千恵も次のように述べる。

（略）黄論文（「台湾文壇建設論」――引用者）は「日本文化の正しき伝統」に繋がる「地方文化」という、『台湾文学』にとっての致命的な論点を巧妙に避けつつ、「地方文化の振興」という体制翼賛会の方針の一部だけを『台湾文学』創刊の大義名分として利用したのである。さらに黄論文において注目すべきことは、「台湾の生活に根を下ろした」作品を書く必要を力説しながら、その一方で、今までの作品は「エキゾチツクなもの、例へば紅い色をした廟の屋根とか、城隍爺（土地神のこと）の祭りとか、媽祖の祭典とか、いふやうなものを多く素材に選んだため、見た目には美しく珍しいが、ぐつと胸に打つて来る底力が比較的少ない」と、西川満批判とも読める発言をしている点である。つまり黄は「地方文化の振興」という大政翼賛会の方針を盾に『台湾文学』創刊の意義を説くと同時に、返す刀で『文芸台湾』批判を行っている、ということであろう。[23]

「台湾文壇建設論」は八ページほどの短編論文で、全部で七つの段に分けられている。

「一」段は大東亜共栄圏の確立という動静から日本帝国が文化機構の再編成に手をつけたことを指摘し、そこから「文化の地方分散」を訴え、中央集権的ではない「地方文化の確立」を主張する。それが「台湾文壇の新しき建設の提唱」に結びつけられている。

「二」段は「この二三年来」、台湾の文学界が活況を呈してきたことを示しながら、その文学運動に参加している人々が、〈中央文壇〉しか見ていないものと、「台湾全般の文化の向上発展を計らう」の二派に分かれているという。このうち〈中央文壇〉志向を持つ人々は、「中央」の歓心を買うことばかりに汲々としており、むしろ台湾の文化発展を妨害している存在と指摘し、一方で「台湾独自の文壇を建設して行かう」とする人々に「絶大な敬意を表する」と述べる。

「三」段では、台湾にも〈文壇〉は存在しているとの主張で始まる。〈中央文壇〉の評価なくしては「台湾だけで終つてしまふ」と言われるかもしれないが、「良い作品はどこまでも良い」のであり、「良い作品」であるならば、「自然と中央から捜しに来る」のだから、自ら売り込む必要はなく「地元を軽蔑することなく、何処までも台湾といふ大地に足をしつかりと踏みしめて書くべきである」と訴える。

「四」段は「良い作品」を書くためには「作家の台湾研究」が重要であり、〈中央〉の歓心を買うための「エキゾチツクなもの」ではなく「実生活の中に食ひ込んだもの」を書かねばならないという。さらに、作品を伸ばしてゆくために、批評が必要だと述べる。

「五」段では、このような目的のために、「当局」による「作家や文学団体」に対しての援助が必要だ、と主張する。〈満洲国〉の状況を想定してのこの主張は、、「当局」が作家を援助することで、作家の社会的地位を向上させることを目的としている。そのためには、作家の政治動員も必要だと述べる。

「六」段は、台湾の新聞・雑誌社が「文芸により多くのスペースを与へ、且つ出来る限り高い原稿料を支払つて作家の生活を保証してやり、台湾で作品を発表しても立派に食つて行けるといふ喜びと自信とを与へる」必要性を訴える。そして「内地の一流作家に支払つてゐる原稿料を以つて地元作家に支払つたら、どんな良い作品でもできることを信ずる」という。

「七」段は最後のまとめとして「一つの文壇が建設されたならば」「吾々が意識的に中央へ出ようと思はなくとも、事前に中央へ出るやうになる」と言い、〈台湾文壇〉建設を訴えて終わる。

柳書琴および垂水はこの「一」段で黄得時の述べている「地方文化の振興」に関する箇所を、大政翼賛会の主張を戦略的に利用したものであると読み、その箇所と「二」段で展開されている事実上の西川批判を結びつけることで、

地方文化振興――エキゾチシズム批判――リアリズム「復活」＝『台湾文学』の正統性証明

という理解を示している。

柳書琴と垂水の見解は、かなりの部分で共通しているが、特に柳書琴に顕著に表れる傾向として、『台湾文学』とその作家に対して肯定的評価を与えることを議論の前提にしているという問題がある。柳書琴の場合、議論の目的が『台湾文学』とその作家の正統性の確立にあるため、テクストの理解の方向があらかじめ決まっているのである。

今回の黄得時の論文についていえば、「地方文化の振興」という表現が大政翼賛会の示したものからの流用であることの蓋然性が高く、「地方文化の振興」の目的を大政翼賛会の言う「日本文化の正しい伝統を伝える」ものから「地方の自主性を強く主張する」ものに読み替えているのは事実だとしても、それはさほど「巧妙」な表現ではなく、彼が大政翼賛会のスローガンから自論にとって都合のいい部分だけを引用していることはすぐにわかることである。黄得時が総督府側の監視を受けることの多い『台湾新民報』――『興南新聞』の学芸部記者であることを考えれば、彼の言説には当局からすぐにチェックが入るはずであり、多少の「ずらし」や「ぼかし」はそれ程大きな意味を持たないだろう。

であるならば、「台湾文壇建設論」をもって黄得時が大政翼賛会の方針の台湾における換骨奪胎に成功したとして、それを〈台湾新文学運動〉期に培われたリアリズム精神の復活と見なして『台湾文学』の正統性の担保とするのは、根拠としてはやや弱いのではないだろうか。

また、この「地方文化の振興」の読み替えと西川満および『文芸台湾』批判を結びつけることも、やはり『台湾文学』の正統性を主張するための見解であるといえるが、つまりそれは、この時期の『台湾文学』の存在意義が、事実上「反『文芸台湾』」という立場に依っていることを逆説的に表明していることにほかならない。

『台湾文学』派からの西川および『文芸台湾』批判は、彼らの路線的あるいは感情的反感によるものではあっても、『台湾文学』創刊の意義とは関係がないはずである。にもかかわらずそれが繰り返されるのは、『文芸台湾』の在り方を批判しなければ、『台湾文学』のそれが認められないおそれがあったからであろう。つまり、「似たような雑誌を二誌も発行する必要はない」と当局に判断されることへの不安である。

張文環は、先述の随筆「雑誌『台湾文学』の誕生」の中で、西川がことある毎に自分に『台湾文学』の廃刊と『文芸台湾』への再合流を持ちかけてきたと述べているが、西川が強権的であると批判し、西川の非道性を指摘すればするほど、そのような危険きわまりない西川という人物を誌上で批判し続ける『台湾文学』の方針は理解ができなくなる。

つまり、少なくとも当時、西川は（雑誌を潰すなどの）強権者としてはそれほどの立場にあったわけではなく、むしろ彼の立場は『台湾文学』が自らの存在意義を示すために都合よく利用される程度の存在であったということではないだろうか。

もちろん、その「存在感」は『台湾文学』の運営が安定して行くに連れて相対的に弱まっていくのであり、恐らくそれが、四三年に入ってから今度は西川の側から『台湾文学』派の人々に対する批判、いわゆる「糞リアリズム論争[24]」が引き起こされることにつながっていったのだと思われるが、少なくとも『台湾文学』創刊初期の時点では、『台湾文学』側はまだ西川の存在感を無視できなかったのである。

故に、「台湾文壇建設論」は、『台湾文学』初期の項目の傾向や雑誌戦略の方向性をアピールしたものであっても、少なくともそこで展開されている論理が『台湾文学』派全体の傾向を決定づけたとまでは言えない。ここでの黄得時の主張は雑誌維持のための短期戦略の発露で、この段階ではまだ「台湾文壇建設論」は黄得時の個人的な主張でしかないのだ。

「台湾文壇建設論」が『台湾文学』派全体の傾向を決定づけると言い難い、その根拠はもう一点ある。それは、この論文が〈中央文壇〉志向を厳しく批判しているという点にかかわる。

従来この箇所は、これまで述べたように、西川および『文芸台湾』批判の文脈で理解されてきたが、『台湾文学』派の同人も多くは〈中央文壇〉志向をもっていた。それは第一章でみたように、三〇年代の〈台湾新文学運動〉を読み返せば明らかなことであり、楊逵、呂赫若が三四年、三五年に相次いで『文学評論』に登場し、三五年に張文環が『中央公論』の懸賞創作に「父の顔」が選外佳作として紹介され、翁鬧が「憨爺さん」でやはり『文芸』の選外佳作に入ったと伝えられ、そして三七年に龍瑛宗が「パパイヤのある街」で『改造』の佳作推薦となったことが驚きをもって伝えられる、という経過は、彼らが〈中央文壇〉志向を自身の文学運動の指針にしていたことの証である。黄得時自身も、前章までで触れたように、〈中央文壇〉との接続を訴えていた一人なのだ。

そのようなことを思い返すと、この黄得時の主張は西川および『文芸台湾』への批判だけではすまず、『台湾文学』内部にも返ってしまうことになるのである。

結果的にいうと、この後『台湾文学』派の中で小説テクストを発表していた人々は、エキゾチシズム批判はしてもこの〈中央文壇〉志向にはほとんど触れていない。それはある意味当然のことで、『台湾文学』派の作家たちにしてみれば、彼らの反発した西川の趣味性というのは、ロマンチシズムやエキゾチシズムといったテクスト内に現れてくる表現上のものであって、そのテクストをどのように・どこで・誰に評価されたいか——それはもちろん〈中央文壇〉である——という点は、西川の個人的趣味性に関わることではなく、作家たち全体、それこそ台湾に限らず、日本帝国の領域内で文学運動を行っている多くの人々にとって共通の願望であったからだ。

「台湾文壇建設論」は〈中央文壇〉志向を厳しく批判しながら、一方で〈中央文壇〉側が〈台湾文壇〉を「見いだす」のならばかまわない、という苦しい主張も行っている。この部分はつまり、『台湾文学』内部にある〈中央文壇〉志向への配慮であろう。この点でもこの論文が『台湾文学』の総意を代表しているとは言い難いのだ。

5　注目されなかった箇所――「五」以降

「二」および「四」で黄得時によって批判されている〈中央文壇〉志向とは、言い換えれば専業作家志向である。つまり、〈作家〉を職業としたい、という希望の表れに他ならない。黄得時のいう理想論はともかく、現実的に〈作家〉を職業にして生活していこうという願いは、〈地方文壇〉に限定した活動では叶うことはない。それは台湾だけではなく、日本帝国のすべての〈地方〉に共通している。

三〇年代の台湾人作家たちは、〈作家〉を自らの職業とすることを夢見ていたのであり、故に、三〇年代当時のテクストは、プロレタリア文学の影響が色濃いものなど、〈中央文壇〉のテクストを追う形のものが多かった。また、先に挙げた楊逵や呂赫若、張文環、翁鬧、龍瑛宗のテクストは、台湾の〈異国性〉を強くアピールする表現が多用され、彼らが「台湾文壇建設論」で批判されている「中央の好奇心」を意識していたことも充分に推測できるものだった。そしてその目的のために目指されたのが、〈中央文壇〉の雑誌・文芸誌が募集した〈文学懸賞〉だったのだ。

このような状況に言及しない黄得時は、つまり〈中央文壇〉志向が専業作家志向とをつなげるという思考がなかったことになる。彼は専業作家となることへの意志を理解できていなかったのだ。

故に黄得時が「三」で主張するのは、彼が〈中央文壇〉志向を完全に否定しているわけではない、ということであった。

（略）吾々は、何よりもまづ良い作品を生むことと確固たる文壇を築くことに全精神を打ち込まねばならぬ。そして良い作品があつたら、どこまでもこれを褒め讃へて行く。そうすれば、たとへ、吾々が意識的に、中央文壇へ出ようと考へなくても、自然に中央から捜しに来るのである。その結果（目的でない）として中央に作品が発表されることは一向差し支へない。

ここに、黄得時が〈中央文壇〉志向と専業作家志向とをつなげられていないことが明らかに現れているだろう。そもそも、〈中央文壇〉と〈地方文壇〉がここで語られているように双方向的で対等な位置づけであったならば、〈中央〉という位置は存在しないはずである。〈中央〉は〈地方〉の資源・資本を吸い上げ、独占している一方通行なものだからこそ、〈中央〉としての価値が維持されるのであって、「中央から」「捜しに来る」などという事態はあり得ない。彼らは、〈中央〉へ出て行くしかないのである。故に、同じく「三」の「文芸作品の価値は絶対的なもので、良い作品はどこまでも良いし、悪い作品はどこまでも悪い」「良い作品は見る人と発表する場所とを超越して、常に不滅の光を放つものである」という主張は、理想論か空想でしかない。

三〇年代にデビューの夢は叶わず、四〇年代に入ると『改造』に掲載された龍瑛宗でさえ〈中央〉でのテクスト発表機会を失いつつある、というのが当時の〈台湾文壇〉の人々の現状であった。『改造』、『中央公論』、『文芸』の懸賞創作募集もストップしていて、彼らが目指せるのは、おそらく同人誌掲載テクストから選出される当時の芥川賞か、『文芸』が募集した「文芸推薦」テクストの募集程度しかない。事実、『文芸台湾』は『文芸』の推薦に応募しており、西川の「赤嵌記」と周金波の「志願兵」、及び新垣宏一の「訂盟」が選考候補としてその名前が掲載されている。また、先述のように『文藝春秋』一九四二年九月号で発表された昭和一七年度下半期の芥川賞の選評の中では、宇野浩二が選考を担当したテクストの中に、西川満の「朱子《ママ》記」[25]があったと述べられている。『文芸台湾』側は、〈中央文壇〉への欲求を隠さずはっきりと示していたことになる。一方、『台湾文学』からは「文芸推薦」への推薦作寄稿は行われていなかった。『文芸』は推薦作を寄せた同人誌名を誌上に掲示していたのでそれは間違いない。この点を見れば、『台湾文学』側は黄得時の主張に従い、自ら〈中央文壇〉へ売り込むかのような行動は取っていなかったということになるだろう。しかし、座して〈中央〉が「捜しに来る」のを待つことの不毛さに、『台湾文学』の同人たちは本当に気づいていなかったのだろうか。

日本統治期の台湾で、作家専業で生活している人間はいない。西川は『台湾日日新報』の記者であり、父親から受け継いだ昭和炭鉱の社長であった。張文環は台湾映画会社につとめ、辞めた後はおそらく『台湾文学』を発行するため結成された「啓文社」からの給与で暮らしていた。楊逵は農園を経営し、龍瑛宗は台湾銀行の銀行員から『台湾日日新報』へ転職した。呂赫若は台湾興行統制会社に勤務し、後に『台湾新報』に配属された。その他、在台日本人作家のほとんどは中学校・高等女学校などの教員であった。今日、当時の著名作家と言われる人々はすべて兼業作家だったのだ。

そしてここでは、黄得時が〈中央〉――東京をほとんど知らない、ということの意味も考えておきたい。黄得時は台北高校・台北帝大を卒業した、台湾人としては最高レベルの学歴エリートであり、他の台湾人作家志望者たちと伍する時も少しも劣るところはなく、その教養と日本語能力の高さは検証を待つまでもない。しかし、彼は早稲田大学に一年間在籍していた以外に〈東京〉を経験していない、という点において、やはり台湾人作家志望者の中でも異質であった。それは、張文環や呂赫若、後には王昶雄などがテクスト中で東京への思慕を繰り返すことになるような「東京コンプレックス」から黄得時を自由にしていたが、しかし東京と台湾とを相対化して考える視点を黄得時に与えなかった。「台湾文壇建設論」には、そのような黄得時の台湾だけに向いている「視野の狭さ」の反映も見られるのである。

6 「当局の援助」――自立・独自性との整合性

「五」段では冒頭より「当局が、作家や文学団体に対し、進んで援助すること」を要求している。黄得時が大政翼賛会成立以前の台湾で、総督府当局の文化政策（台湾文化の抑圧・禁止。具体的には、台湾の伝統的な演劇・布袋戯や歌仔戯の禁止など）に反発・抗議していたことを考えると、当局の介入の口実になりかねない「援助」要請には非常に違和感がある。しかし彼は、当局の文化への「援助」を当然のこととしてとらえていた。

それは、そこに続いている箇所から明らかなように、「満洲国の藝文政策」を参照していたからである。満洲国が建国以降、文化面に多くの援助・投資をしているという点に注目し、同じような「援助」を台湾でも行うべきだ、と主張しているのである。

ここでは、あるいは「援助」と「介入」の切り離しを期待していたのかもしれないが、総督府が経済的な要求に対して見返りを求めないと考えるのは、新聞人として認識が甘いだろう。さらに「作家に政治的地位を与へることも一方法」とまで述べるのは、文化人、新聞人という以前に、社会人としての黄得時の認識の緩慢さも示している。「五」では台湾での作家の地位向上を求める文脈で、「ひとり、作家とか、芸術家とかになると、てんで問題にしないばかりでなく、人間の屑ぐらゐに考えてゐるものさへゐる。」という指摘も行われているが、そのような〈作家〉や〈芸術家〉の立場を総督府の援助や「政治的地位」のよって支えようというのは、文学・文化運動の自己否定に他ならない。その点に、このテクストは気づいていない。

続く「六」段では、公的機関だけではなく、新聞・雑誌も文芸欄のスペースを広げ、「且つ出来る限り高い原稿料を支払つて作家の生活を保証してやり、台湾で作品を発表しても立派に食つて行けるといふ喜びと自信を与へることも亦必要」と述べる部分も、自身が当の新聞社の人間であればその実現不可能性がわかっているであろうし、そのような抱え込みが文学活動の底上げに繋がると判断していることに大きな違和感を覚える。「内地の一流作家に支払つている原稿料」を台湾の作家たちに支払えば、同様な傑作が生まれるであろう、と「六」では述べられているが、そのようなことになったら逆に台湾の文学運動は経営的に破綻してしまうであろうし、台湾の文学市場を考えてもコストが釣り合わないことはすぐにわかるはずである。これは黄得時による〈台湾文壇〉内部で作家が自立するための方策として提示されているのだが、そこには現実性も実効性も感じられない。ここまで来ると、黄得時がどこまで本気でこの論文を書いているのか、その認識を疑いたくなる。

ともあれ、このように、従来「台湾文壇建設論」は前半部分ばかりが注目され、「地方文化の振興」読み替えの論理と、西川および『文芸台湾』批判がリアリズム文学復権につながったとする主張とをつなぎ合わせることで『台湾文学』の正統性の証明理論とする方向で読まれており、このような短い論文にもかかわらずその点以外の箇所は殆ど読まれてこなかった。しかし、先行研究の注目している箇所以外では、「地方文化の振興」に固執するあまり、それ以外の作家たちの心理面や提言の実現可能性などが切り捨てられており、『台湾文学』派の人々の活動さえも制約しかねないものとなっていたのである。

同時代にこのテクストの提言に賛同したのが中村哲「昨今の台湾文学について」（『台湾文学』四二年二月　冬季号）であったように、現実的ではない「台湾文壇建設論」それ自体が、都合のいい部分だけを状況に応じて使われるものになっていた。それは中村が「台湾文壇建設論」の「リアリズム」と「エクゾテイスム」の箇所だけを取り上げ評価した点に端的に表れている。この中村の評論以降「リアリズム」と「エクゾテイスム」の対立、という言説は断続的に続いていき、その印象が遡及的に最初の「台湾文壇建設論」に還元されたことが現在の研究におけるこのテクストの扱いに現れているからだ。

四〇年代の現実として、〈中央文壇〉に新たに「進出」した作家というのはほぼ皆無だった。西川や『文芸台湾』派の浜田隼雄の単行本が東京の出版社から発行されるということはあったが、それは彼らが〈中央文壇〉の作家になったことを意味しているわけではない[26]。西川も浜田も台湾で定職を得ていたし、龍瑛宗も張赫宙のように東京へ移住することなく、台湾で銀行員・新聞社員として生きる道を選んでいた。〈皇民作家〉と呼ばれた周金波は実家の歯科医院を継いでいたし、同じく陳火泉は公務員で、やはり職業作家となる野心を燃やしていたわけではない。〈中央文壇〉志向が強い、と批判された『文芸台湾』側の〈中央文壇〉志向は、実はそれほど強烈とは言えなかったのである。

一方、東京への恋慕をテクスト内に展開するのはむしろ『台湾文学』派の方であり、それは張文環、呂赫若、彼らより若手の王昶雄のテクストに明確に現れている。彼らは台湾の土着文化や社会を描きつつ、自身が東京留学によって身体化した「東京の」「文明的生活」への回帰願望を消し去れなかったのである。あるいは、土着文化や社会を描き続けたからこそ、その願望が強まったのかもしれない。

そして、四〇年代は、同時にすべての台湾の作家に対して〈皇民文学〉への対応が求められていた時期でもあった。「台湾文壇建設論」が発表された時点でそれは既に既成のテーマであり、〈皇民文学〉の問題作とされる周金波「志願兵」は、「台湾文壇建設論」と同月に『文芸台湾』で発表されている。そのような状況下で、「台湾文壇建設論」の主張が〈皇民文学〉への対応と齟齬をきたすのか、同調できるのか、その点の検証も、主に『台湾文学』にその後に掲載されたテクストを読むことによって行わなければならない。

7 「台湾文壇建設論」以後の黄得時

「台湾文壇建設論」を発表した後の黄得時が、次に書いたまとまったテクストは、四二年一〇月の『台湾文学』で発表した「輓近の台湾文学運動史」である。〈台湾文壇〉の建設を提唱した黄得時は、その〈文壇〉の存在背景として、〈文学史〉構築を行ったのである。

故にその内容は、最終的に『台湾文学』に流れ着くような展開となっている。『台湾文学』派の多くが参画した〈台湾新文学運動〉を、台湾の文学運動の本流として位置づけ、その流れにそって構成しているからである。故に、例えば『台湾文芸』から『台湾新文学』につらなる三〇年代後半の動きの中で、『台湾文芸』内部の意見対立から楊逵が『台湾文芸』を脱退し、『台湾新文学』を対抗誌として創刊した経緯などは描かれない。「現在第一線に於て最も活躍してゐる本島人作家は一二を除く外、殆んど全部この二誌から出てゐる」というとき、つまりそれはすべて『台湾文学』の作家たちのことを指しているのだ。

また、このテクストでは何カ所か自身の「実績」についても言及している。冒頭で触れた「新鋭中篇小説の特集」について、「殆んど私の企画によつてなされたもの」と述べ、しかしその企画が「朝鮮及び満洲の物凄い進出振りに刺激されて台湾の文学もなんとかしなければならぬぞという考へが期せずして人々の念頭に浮かんだ」と、自身が的確に文学運動の方向性をとらえていたことを自賛する。そして、台湾文芸家協会設立時については、「台湾新民報（黄得時）」と表記し、自身が新聞社を代表する形で文芸家協会に中心的にかかわっていたことを示す。しかし、その機関誌であった『文芸台湾』が協会を離れると、それに対しては批判に転じていくのである。

黄得時は、このような箇所にも象徴的だが、非常に党派性を重視する人物であると考えられる。それは、「輓近の台湾文学運動史」が掲載誌である『台湾文学』に大幅に偏った記述をしていることだけからもわかる。このテクストの中では龍瑛宗もあまりいい評価を受けていないが、これが四三年に龍瑛宗が『台湾文学』へ移籍すると、『台湾芸術』誌上で「努力家龍瑛宗君」という記事を発表し、龍瑛宗への評価を好転させている。

また、西川満批判をしても西川を評価することで支えていた台北帝大教員の島田謹二批判はしなかった。[27] それは黄得時が島田の教え子であったことも関係しているかもしれないが、確定的な権威には対抗しようとしないとも言えるであろう。

彼は『興南新聞』が島内五紙統合によって『台湾新報』となった後には文化部長に就任するなど、経緯だけ見れば決して反体制的な人物ではない。そもそも、総督府にマークされ続け、台湾の民族運動の象徴的存在であった『台湾新民報』社の記者でありながら、彼は同社内にいたはずの著名な民族運動家との接点については全く語らないのである。

さらに戦後／〈光復〉後、黄得時は『台湾新生報』の副編集長となっているが、例えばこのとき『台湾新報』を接収した国民党政府の一員で、『台湾新生報』の初代社長となった李万居（台湾出身で戦時中に中国大陸に渡り国民党に加わっていた）は一九四七年初めごろに処刑されている。一九四七年の二二八事件に代表される白色テロによって、このような国民党内の権力争いに巻き込まれたと思われる人物だけでなく、多くの知識人、特に日本統治時代の日本語知識人は遭難しているが、黄得時は生き残り、それだけでなく国民党統治期に於いても、台湾大学教授という確固たる地位を確保した。その上で、彼は五〇年代から日本統治期の文学運動について語り始めるが、それは国民党統治の方針に合う形に「整形」されたものであった。例えば、台湾人研究者の蕭阿勤は七〇年代初めの黄得時の発言について、次のように述べている。

黄得時は一九七二年に発表した「台湾光復前後的文芸活動与民族性」の中で、「日本統治期の作家たちは抗日意識・中国への所属意識を努力目標として創作活動を行い、光復後祖国の懐中に帰ることになって、ついに安心を覚えることになり、創作作品が減少していくことになったのである。」という認識を示した。日本統治期に創作活動を始めた先達の本省人作家が、戦後になってその活動が停滞したことに対して、黄得時はさほどそれを惜しむ心情を語ることはなかった。[28]

七〇年代初めは蒋介石政権末期で、まだ白色テロの恐怖が充分強かった時期である。故に、単純にこの黄得時の発言を批判することは避けたいが、「祖国の懐中に帰ることになって」「安心を覚え」「創作作品が減少した」という意見は、彼が職業としての文学活動を相変わらず軽視していることの反映ではなかっただろうか。黄得時は少なくとも、戦後／〈光復〉後はこのように国民党政権に寄り添う形となり、現在の〈台湾文学〉研究のために資するものは、あまり残してはくれなかった。彼は恐らく膨大な資料を保有していたはずだが、それを公開することはなく、結局水害ですべて失われたという。[29]

黄得時を論ずるためには、このように、三〇年代から四〇年代の日本統治期における発言の変化、そして戦後／〈光復〉後の発言の検証が必要であろう。今回はそこまでの言及は出来ないが、それでも重要なことは、黄得時のこの時期の活動が『文芸台湾』と『台湾文学』の二誌競合期において、文学路線上の論争とテクスト批評の応酬を加速させたことである。戦時下という制約の激しい困難な時期にもかかわらず四〇年代に有力な文芸誌が二誌存在し、かつ競合するという活発な〈文壇〉を生み出した一因には、必ず黄得時がいる。黄得時が「台湾文壇建設論」で示した理論が、どの程度『台湾文学』同人に共有されたのか、そして総督府当局にどれくらい認知されたのか、それははっきりとはしないが、彼の存在が大きくなるにつれ、その発言内容の影響力と『台湾文学』における代表性は強まったであろう。故に、事後的ではあるが、外部から見た時、黄得時が『台湾文学』の理論的支柱であると見られるようになったことは想像に難くない。

このとき、外部の視線は『台湾文学』の路線構築・理論武装に対してどのように注がれていったのであろうか。端的にいって、この「外部」とはつまり『文芸台湾』派のことを意味する。『文芸台湾』は張文環をはじめとする有力な作家たちを分裂によって失い、さらに黄得時らを中心とした批判攻勢を受けることで、その性質を変容させて行かざるを得なくなった。『台湾文学』が『文芸台湾』の存在に依存する所があるという時、『文芸台湾』は変容を余儀なくされる中で、やはり『台湾文学』の存在を仮想敵として認めざるを得なくなっていたのである。

そして、その『文芸台湾』の変容の中、新しい胎動として登場するのが周金波であり、その因縁のテクストである「志願兵」だったのである。

【注】

（1）西川満の経歴については、中島利郎『日本統治期台湾文学小辞典』（緑蔭書房　二〇〇五）を参照した。

（2）『台湾近現代史研究』第二号（一九七九）掲載の回想記。

（3）島田謹二については、橋本恭子による研究がそれまでの一方的な批判から新たな観点を導き出している。ここでは「島田謹二『華麗島文学志』における「外地文学論」の形成」（『比較文学』四七号　二〇〇四）と、「島田謹二『華麗島文学志』におけるエグゾティスムの役割」（『日本台湾学会報』第八号　二〇〇六）を参照した。

（4）台北帝国大学は「辺境植民地」の大学であり、その立場もブランドも他の帝国大学に比べれば劣位にあった。だからこそ、豊富な研究資金を提供することで内地の著名教員を呼び集めていたのだが、一方で、教員達の側としては、台北帝大勤務は、一定期間「辺境」で過ごして内地の大学のポストが空くのを待ち、その後に「凱旋する」、いわば「修行」期間であったことが伺われる。これは医学部や農学部など、理系学部に顕著であったが、文政学部でも同様の事態が想像しうるであろう。

（5）中村哲は、改造社から一九三八年に創刊された雑誌『大陸』三八年七月号に「台湾の文学について」という記事を発表しているが、そこでは「台湾新民報」の「黄保時《ママ》氏」からの情報提供によって書かれた記事だと述べられている。中村は「台湾の文学には詳しくない」と語り、龍瑛宗の存在もこの時点ではしらないような状態で、おそらく内容的にはほぼ黄得時の受け売りだと思われる。ここから、中村の『台湾文学』への関与には、黄得時との関係が影響していると思われる。

（6）『日本統治期台湾文学日本人作家作品集』第二巻・西川満Ⅱ（緑蔭書房　一九九八）の中島「西川満　作品解説」を参照。

（7）しかし、戦後『引揚者新聞』に寄稿した際の肩書きは「芥川賞候補作家」となっていた。

（8）それは、張文環「父の顔」が『中央公論』原稿募集の選外佳作になったことを喧伝しながら、そのとき入選作となった大鹿卓「野蛮人」については批評すらしなかったことにも現れている。

（9）垂水千恵は「糞リアリズム論争の背景」『文学年報1　文学の闇／近代の「沈黙」』（世織書房　二〇〇三）の中で、四三年に起きた西川と『台湾文学』派との間の「糞リアリズム論争」に『日本浪漫派』の流れを汲む西川と、『人民文庫』派の影響を受けている『台湾文学』派という構図を見出しているが、『文芸台湾』『台湾文学』登場以前における両誌の中心人物達の有り様がこのように相似的なものであったことも、またそのような関係を必然的なものとして映し出している。

（10）中島は『日本統治期台湾文学集成　台湾通俗文学集』一巻及び二巻の編集を担当し、その中に『台湾婦人界』

掲載テクストを収め、解説を付している。現在、『台湾婦人界』を所蔵しているのは台湾・中央図書館台湾分館のみで、ここ以外に『台湾婦人界』の存在は確認できていない。三九年六月号まで、というのは、この台湾分館に収められている号まで、という意味である。

(11) 「轟々と流るるもの」は第一回から総督府の検閲によって一部削除が行われているが、それは政治的な問題ではなく、性描写をとがめられたからであった。「轟々と流るるもの」は特に性描写と思われる箇所に伏せ字が多く、その意味で通俗性の高さは否定できないものであった。

(12) 藤井省三「〝大東亜戦争〟期における台湾皇民文学――読者市場の成熟と台湾ナショナリズムの形成」『台湾文学この百年』(東方新書 一九九八)の中で、黄得時論文を客観的評価とみなす先行研究の立場への疑義はすでに示されている。

(13) 尾崎秀樹「決戦下の台湾文学」(『近代文学の傷痕』所収論文 岩波書店 一九九一 初出一九六一)、柳書琴「戦争と文壇――盧溝橋事変後の台湾文学活動の復興」(『よみがえる台湾文学』所収論文 東方書店 一九九五)、林瑞明「決戦期台湾の作家と皇民文学――苦悶する魂の歴程――」(松永正義訳『岩波講座 近代日本と植民地 6＝抵抗と屈従』所収論文 岩波書店 一九九三)垂水千恵『台湾の日本語文学』(五柳書院 一九九五)、葉石涛『台湾文学史綱』(台湾・文学界出版社 一九八七 但しここでは中島利郎・澤井律之訳『台湾文学史』研文出版 二〇〇〇を参照した)などでは、ここであげた対立構図を前提として立論されている。一方、藤井省三は前掲論文の中で、尾崎の論を批判的に引用しつつ、この構図に疑義を唱えている。また垂水も『呂赫若研究』(風間書房 二〇〇二)において、「理想化された『台湾文学』神話の下で自己検証を怠ることを戒めるためにも、〈『文芸台湾』＝悪／『台湾文学』＝善〉という善悪の二項対立の図式を注意深く再検証していかねばなるまい」と議論を発展させている。

(14) 戦後から八〇年代までの国民党政権独裁時期における〈台湾文学〉研究については、蕭阿勤「抗日集団記憶の民族化」『記憶する台湾』(東京大学出版会 二〇〇五)を参照。

(15) 第一章で触れた『台湾青年』の後継紙。

(16) 柳書琴前掲論文、そして垂水千恵『呂赫若研究』(風間書房 二〇〇二)及び同「一九四〇年代の台湾文学――雑誌『文芸台湾』と『台湾文学』」(山口守編『講座 台湾文学』所収論文 国書刊行会 二〇〇三)では、

(17) 蕭阿勤前掲論文参照。「台湾文壇建設論」の分析を通して、黄得時が大政翼賛会の「地方文化の新興」という方針を利用して〈台湾文壇〉樹立の論拠を構築したことを評価している。
(18) 注2に同じ。
(19) 黄得時の経歴などについても注1と同じく『日本統治期台湾文学小辞典』の黄得時の項を参照した。
(20) 垂水千恵「一九四〇年代の台湾文学」『講座台湾文学』（国書刊行会　二〇〇三）を参照。
(21) 『よみがえる台湾文学』（下村作二郎他編　東方書店　一九九六）所収論文。同書の所収論文は、一九九四年に台湾で開催された「頼和およびその同時代作家――日本統治期台湾文学国際学術会議」の発表報告を主としている。これは〈台湾文学〉という言葉を冠した最初の国際学術会議とされている。
(22) 垂水千恵前掲論文「一九四〇年代の台湾文学」を参照。
(23) 注22に同じ。
(24) 「糞リアリズム論争」については、垂水千恵が「糞リアリズム」論争の背景――『人民文庫』派批判との関係を中心に」『文学年報1』（世織書房　二〇〇三年）の中で詳述している。
(25) 正しくは「朱氏記」。宇野の誤記であろう。この選評では、西川のテクストについて、「「朱子記」の作者の小説は幾つか読んだが、いつも同工異曲で、この同工異曲の作品から抜け出せなければ、まづ望みは持てない。」と辛辣な意見が述べられている。
(26) しかし、浜田は『南方移民村』を東京の出版社から出版したことをもって、『台湾文学』において「見損なつた浜田隼雄」と題する評論で中村侑から激烈な批判を受けた。
(27) このような黄得時の島田に対する姿勢については、橋本恭子氏にご教示いただいた。
(28) 蕭阿勤前掲論文を参照。
(29) 河原功『台湾文学研究への道』（山里社　二〇一一　非売品）の黄得時の項によれば、水害で失われたというのは黄自身の発言だったが、実際には後に蔵書を含む資料が発見されたという。

第五章　青年が「志願」に至るまで——周金波「志願兵」論

1　周金波「志願兵」を巡る状況

周金波（一九二〇—一九九六）という作家が台湾に登場したのは、一九四一年三月である。そのデビュー作は「水癌」、掲載誌は当時台湾で発行されていた文芸誌『文芸台湾』(1)であった。

デビュー当時の周金波は東京に暮らしていた。一三才の時東京の日本大学附属第三中学校に入学した周金波は、そのまま日本大学歯学科（現歯学部）に進学していた。「水癌」を投稿し採用されたのは、その卒業間際の時期であり、そして卒業直後、二一才の時に彼は帰台し、結婚をしている。父の経営する歯科医院を継ぐためであり、その結婚もまた父の希望であった。(2)

周金波は、歯科医をつとめながら作家活動も続けた。その帰台後第一作が「志願兵」である。そして、この「志願兵」は、結果的に周金波の作家としての人生、いやおそらくは人生そのものを決定づけるテクストとなった。

「志願兵」への注目をきっかけに、周金波は四〇年代の台湾で多くの執筆機会とメディア露出を果たし、第二回大東亜文学者会議に台湾代表として参加するまでになった。一方、このテクストのために——おそらくは、「志願兵」という題名「のみ」によって(3)——、戦後／〈光復〉後の周金波は〈皇民作家〉という非常に重い枷を負うことになり、文学活動を絶つことになるのである。

東京留学中で一時帰台した張明貴が、公学校時代の同窓生で、今は日本人経営の商店で働きながら、「報国青年隊」で勤労奉仕している高進六と、「日本人になる」方法論を戦わせる。当初は高進六の「神がかり」的な日本人化論を批判した張明貴は、自身が「日本人になる」ことにこだわるのは、「日本人でなければ、生きていたって仕方がない」という「計算」故であったが、高進六が志願兵に血書志願をしたのを新聞報道で知り、自身の敗北を認め、日本人化への道を考え直すのだった——多くの先行研究がまとめる〈あらすじ〉(4)は、大方がこのようなものになっている。そしてそれらで注目されるのは、張明貴が語る「日本人にならなければいけない理由」と、高進六の「血書志願」という手段との二点に集約される。

前者への注目は、一九九〇年代以降、台湾で急速に高まった〈台湾意識〉[5]と、その動きを見据えるポストコロニアリズムという研究動向とに起因している。つまり、張明貴が「日本人にならなければならない」と思い詰めるのは、日本植民地統治による圧政の極北であり、このような台湾人青年の懊悩の背後には、台湾人であるという意識が働いているからだ、という論理になる。

この論理展開は、当初は周金波という作家とそのテクストを〈解放〉するための方法論であった。周金波とそのテクストは、中島利郎が厳しく指摘しているように、国民党統治開始以降の台湾において、〈皇民作家〉〈皇民文学〉の代表とされ、完全に黙殺されていた[6]。そこには、周金波以外の日本統治期の台湾人作家を救済するため、彼とそのテクストをスケープゴートとした構造が見え隠れしていた。たとえば、戦後の台湾でほとんど最初に周金波について言及した葉石涛は、その代表的著作である『台湾文学史綱』[7]において、周金波を次のように評している。

> 戦争の影がいよいよ濃くなり、皇民化運動の波が次第に激しくなった時、理念の上で植民地政府の政策を認め、親日に向かった作家たちもいた。たとえば、「志願兵」や「水癌」等を書いた周金波である。[8]

一九四〇年代の〈日本語文学〉最盛期に活動していた他の台湾人作家たちが、一九七〇年代の〈郷土文学論争〉[9]などを経て再評価を受けるようになった中でも、周金波への言及は避けられていた。時に触れられる場合は、この葉石涛のように、他の作家たちの〈再評価〉と対置させるために〈皇民作家〉であることを強調されるばかりであった。故に、「志願兵」は〈読む対象〉としてさえ認められていなかったのである。九〇年代に、日本の研究者によって行われた作業は、まずこのような状況にある「志願兵」を〈読む対象〉に引き上げることからスタートしなければならなかった。

そのような中で、「志願兵」の張明貴に、〈台湾意識〉と日本人化との間の軋みを見いだすという作業は、〈皇民作家〉〈皇民文学〉と断罪されるだけであった周金波とそのテクストの中から〈台湾意識〉が存在することを確認することによって、「台湾の作家」「台湾のテクスト」として受け入れる突破口を与えるものであった、といえるだろう。その嚆矢は垂水千恵による「周金波論」[10]であり、垂水はそこで張明貴の立場を台湾と日本とに「引き裂かれたアイデンティティ」と表現することで、「志願兵」、ひいては周金波とそのテクストを、文学研究という〈表舞台〉に引き出したのである。

後者の注目点、高進六の「血書志願」も同じ文脈で分析が行われた。「志願兵」になることを願う、それこそ血書をしてまで志願兵になりたいと考える姿は、「日本人になること」を至上命題として追いつめられた台湾人青年の精神の現れであり、台湾人青年が「日本人になれる」のは、「日本兵」として「死んだ」ときに他ならないのである、と。

先に触れた中島は、〈皇民作家〉としてスケープゴートとされた戦後の「つくられた周金波」像を明らかにしている点で流れを異にしているが、しかし周金波を「愛郷土、愛台湾作家」と設定しようという試みは、周金波とそのテクストから台湾ナショナリズムを「発見」し、〈台湾文学〉という枠組の中に措定しようという点において、方向性は一致しているといえるだろう。

あらかじめ言っておくと、このような先行研究の成果は正しく評価されるべきものであり、ここで論じようとしていることは、その否定ではない。垂水や星名、中島による先行研究がなければ、おそらくこの場で周金波を取り上げる契機は訪れなかっただろう。それだけ周金波は黙殺され埋没していたのだから。

しかし、そのような「黙殺され埋没していた」という特殊な経緯によって、周金波とそのテクストの研究動向が、〈台湾意識〉との関連性に限定されるようになってしまったことも事実である。つまり、先行研究のほとんどは、基本的には周金波とそのテクストの〈復権〉を意図していて――本書もその意図を持っていることは否定しない――、そして「復権」の要件を、〈台湾文学〉として認められること、に求めているのである。周金波とそのテクストに、〈台湾意識〉や台湾への愛着、郷土愛を見いだそうという先行研究の姿勢には、その傾向がはっきりと見て取れるのである。

2　〈接続詞〉としての台湾意識

ここには、一つの前提がある。すなわち、〈台湾文学〉という枠組が存在していて、その〈台湾文学〉に回収されるテクストとは、台湾意識に裏打ちされたものでなければならない、という前提だ。

本章冒頭で述べたように、現在の〈台湾文学〉研究は、基本的に作家とテクストに〈台湾意識〉を認めることが出発点となっている。そこでは、例えば楊逵や呂赫若、張文環と言った作家とそのテクストが常に高く評価され、そして四〇年代に彼らが所属した文芸誌『台湾文学』は台湾意識を堅持したという点で優位性が認められる。一方、彼らと対立していたとされる『文芸台湾』は、運営者が在台日本人資産家の息子・西川満であり、同人の多くが日本人であったということと、それに関連して総督府に近かったという〈御用性〉によって、常に批判されることがその評価の出発点になる。

「志願兵」というテクストは、以上に述べたように、その論点が著しく〈台湾意識〉と日本人化の軋轢の部分、つまり垂水がいう「引き裂かれたアイデンティティ」の問題に偏っているが、その論点に拘泥するあまり、このテクストの抱えているその他の様々な問題点が全く顧みられなくなっている。今回目指すのは、そのような周金波「志願兵」の中に生じた新たな「黙殺され埋没した」問題を分析し、「志願兵」というテクストの可能性を示すことにある。

そしてそれは同時に、〈台湾意識〉の「所在探し」に陥りかねない現状の〈台湾文学〉研究、および〈台湾文学〉という枠組への問題提起でもある。特定の時空を範囲として区画した文学カテゴリー――例えば、〈日本文学〉であったり〈中国文学〉といったもの――が、その区画された時空内を支配するナショナリズムによって管理され定義されるものであるとするならば、〈台湾文学〉はまさしく現在そのようなあり方を意図して展開している。

その展開自体について、ここで是非を問うことはできない。[11] が、〈台湾文学〉研究の現状は、〈台湾意識〉に拘泥するあまり、テクスト自体への検討が等閑視される状況をも生み出すであろう。それは、〈台湾文学〉形成に対して是非いずれを問う立場であったとしても、望ましいことではないはずだ。なぜなら、そこでは決定的にテクスト評価の空洞化が生じるのだから。

「志願兵」は、先にも述べたように、周金波という現在までもその位置付けにゆらぎの残る作家の代表作である。今回「志願兵」を取り上げるのは、まさにこのテクストがそのような立場にあるからだ。

「志願兵」をテクストとして分析することには、〈台湾意識〉との連動が強い現状の〈台湾文学〉研究、および〈台湾文学〉形成への一つのカウンターとなる可能性がある。今回は、その可能性の一端でも示すことを目指している。

3　制約ある「私」の語り

「志願兵」[12] の主な登場人物は、語り手である「私」、その義理の弟で東京留学中の張明貴、張明貴の公学校時代の同級生で食料品店で働きつつ「報国青年隊」に所属している高進六の三人である。

この中で、先行研究の多くが「志願兵」の問題点を張明貴と高進六を中心に据えて論じる中、閑却に近い扱いを受けているのが、語り手の「私」である。[13]

しかし、語り手「私」は、八年前に台湾へ戻ったという東京留学経験者であり、現在は台湾の旧慣的社会に順応している生身の人間でもある。故にその語りは、「私」の経歴や立場によって制約を持っている。

テクスト内の年代は、改姓名[14]や一九四一年六月二〇日に発表された陸軍特別志願兵制度がすでに知られている記述から、同日以降であることがわかる。陸軍特別志願兵制度によって実際に志願兵が招集されたのは四二年であるが、張明貴の言動から、実際の招集は始まっていないと考えられ、また、張明貴が夏期休暇を利用して帰台していることから、このテクスト内部の時間は、一九四一年の夏、張明貴の通う日本内地の専門学校の夏期休暇期間、大体七~八月頃と仮定することができるだろう。

このとき、「私」の帰台した「八年前」は一九三三年頃となる。「私」が何歳で台湾へ戻ってきたのかもまた判然としないが、三〇年代前半に東京で学業を終えた、という点は、「私」という人物にとって非常に重要な条件である。

なぜなら、その時期までを東京で学生として過ごしたということは、「私」は東京在学時代に、本人が参加していたかはともかく、日本内地で展開されていた多くの労働運動、組合運動、農民争議などを見聞きしたはずであり、同時に台湾人・朝鮮人留学生等による植民地統治に対する抗議運動も間近に観ていた可能性が非常に高いからだ。

その瀟洒な高砂丸の姿態に見とれながら私は暫し感慨に耽つてゐたのだつた。

八年前まで私をそのやうにして運んでくれたのは吉野丸級であつたがそれでも学生時代の甘へ気たつぷりな夢をかなり育ててくれたことを思い出すのだ。錦を飾つて故郷に帰つた、その最後の船はたしか朝日丸だと覚えてゐるが私は何故か出迎への人たちの熱狂を他人事のやうにうけながしてくらい陰鬱な気持で船を降りたのだつた。孤独に、そして自由に暮してきた永年の東京生活に別れをつげた一抹の哀愁がどこかに潜んでゐるのかも知れなかった。孤独は淋しいものにせよ、自由は危いものにせよ私はそこに生き甲斐を感じてゐたのだつた。

テクスト冒頭で、「私」はこのように述べている。同時代における「自由」という言葉が、全体主義社会において忌避されていたことを考え合わせれば、「私」がこの「八年前」の回想において「自由は危うい もの」「にせよ」「そこに生き甲斐を感じてゐた」と述べるのは、その人物像において重要な意味を持つ。なぜなら、一九三〇年前後という時期が、東京――台湾での対日権利獲得闘争の高揚と途絶の時期と重なっており(15)、そのような状況下で「私」が何らかの運動・思想に魅力を感じていた、あるいはシンパシーを持っていたことが示唆されるからだ。

そしてそのような「私」が冒頭であらわにする東京時代の回想が、個人的な感覚ではなく、「私」の属する世代階層に共通の感覚であることが示される。それは、「私」の回想が「基隆港」に入港する内台航路船によってもたらされていることから判断される。

「基隆港」と内台航路の代表船である「高砂丸」の持つ象徴性を捉えておこう。当時の台湾と日本内地を結ぶ主要ルートである内台航路船は、基隆――門司――神戸に固定されていた。つまり、内地留学経験者にとっては、進学先が内地の何処であっても、このルートが内地行の共通体験としてあり、「私」はその共通体験によって〈東京〉を回想しているのである。「私」は基隆に住んでいる人間であり、故に高砂丸をはじめとする内台航路の船を目にすることはさほど珍しいことではない（基隆の街は港と近接する鉄道駅のすぐ周辺に広がっている）。それが、張明貴の出迎え時に限って回想が始まるのは、〈東京〉回想のためには、新たな共通体験保持者である張明貴がその船に乗っている、という因子が不可欠なのだ。

つまり、〈東京〉回想は、内地留学経験者という台湾人インテリ層の集団経験に裏付けられたものとして「私」

の中に存在しているのである。

そうであるとき、「私」の認識もまた、「私」特有のものではなく、同時代の「私」が属する世代の内地留学経験者との共通性を持つものとなる。張文環の「地方生活」[16]や王昶雄の「奔流」[17]、そして呂赫若の「清秋」[18]などでも、スタンスは異なれど〈東京〉から〈台湾〉に帰る、という行為が、単なる地理的移動に留まらず、自身の文化的社会的価値観の解体——再構築を迫られる事態であるということが示されている。このような帰台インテリ像は例外なく〈東京〉と〈台湾〉との間の文化や生活習慣上のギャップをいかにして埋めていくか、という命題を突きつけられていくのである。

そのように考える時、例えば垂水が指摘する「私」と、そして四一年の夏に一時帰台した張明貴を表現する、台湾の旧慣を批判しその改造を志向する「近代主義者」という人物像は、それ自体は間違っていないとしても、特にテクスト「志願兵」に特殊に現れた人物像ではなく、同時代の留学経験インテリ層に共有されている感覚の現れと言えるだろう。「私」とは、このような世代・階層・経験に属す存在であり、テクスト内に生身を持たないいわゆる「透明な語り手」とは異なる。「私」の語りは、台湾人であるということはもちろんだが、その上に当時の台湾における世代・階層・経験という制約の中で述べられていることを、最初に確認しなければならない。このとき、テクスト全体に渡って、常に意識しなければならないのが、各場面における「私」のスタンスであることに気づかざるを得ないのである。

4 「私」の認める価値観

そのような「私」の経歴的背景を踏まえ、次に現在の「私」の感覚・価値観に戻ってみたい。

まず「私」に顕著にみられるのは、学歴に対するこだわりである。「私」は張明貴を待つ基隆港の待合室の中で高進六と出会い、会話を交わすことで、高進六の学歴を「T中出」であり、自身と「先輩後輩」であるという。

「――明貴と同窓だつたですか。ちつとも知らなかつた。僕もT中出ですからお互に先輩後輩ですな。」

へんにうちとけた気持で私は彼に隣りの席をすゝめた。好感の持てる青年だつた。

すると彼は困惑さうに、でもきつぱりと、

「いゝえ同窓といつても公学校時代のです。僕は高等科しか出ておりません。」

「さうでしたか、あなたの国語が余りお上手なものだから僕はいままでさうだとばかり思つてゐましたよ。」

これはお世辞ではなかつた。しまつた、とは私は思わなかつた。

ここにはまず、「私」が自身の学歴を殊更に披瀝している様子がうかがえ、同時に、学歴を共有することによる共同体意識の強さが読みとれる。

しかし、高進六は「T中」[19]出身者ではなかった。「私」は張明貴と同窓であることと、日本語能力の高さによって、高進六の学歴を規定したのであるが、あらかじめ「公学校時代」の「同窓」という条件は捨象していたのである。「私」は高進六が自身の学歴を表明する様子を「困惑さう」にしていたと見、そして学歴を間違えたことを「しまつた、とは私は思はなかつた」と表現することで、逆説的にそれが「失敗」であったことを認める。また、ここに続けて「私」は「彼の礼儀正しさに接したひとなら誰しも彼を中等以上の出だと独り決めするに違ひないのだ」と、自身の間違いについて弁明を述べるのであるが、学歴と「礼儀正しさ」が対応するものと弁明するところにも「私」が価値をおいているものが見えて来るであろう。

「私」が張明貴に高進六の日本語能力の高さについて確認する際の言葉も、この傾向の裏付けとなる。「私」は張明貴に、高進六の日本語能力について次のように質問する。

「(高進六は――引用者註)国語がうまいね。内地人かと間違へたほどだ。御両親は内台結婚なのかい。」

先に引用した通り、「私」が「間違へた」のは高進六の学歴であって、日本人・台湾人の別ではない。[20]「私」にとって、日本人・台湾人の別を間違えることよりも、学歴の方が重大なのである。だから「私」は「T中出かと間違へたほどだ」とはいわないのだ。

同時に触れておかなければならないのは、そのような「私」が同世代の台湾人インテリ層に対して持っている反感である。「私」は、テクスト冒頭で張明貴の日本での成長を期待する、と述べる中で、次のようにいう。

どう贔屓目にみても本島からいつてゐる在京留学生の中には凡庸の子弟が多く目につくのだつた。彼等は年期があけると夫々にインテリの呼称と学士号の看板を高く掲げて錦を故郷に飾るが実は内味に何も持つてゐはしないのだ。私もその例外に漏れない一人だが自分が直接経験しただけにさういふ人たちに台湾の文化まで牛耳られることはたまらないことだつた。

自らを「私もその例外に漏れない一人」と述べるように、「私」のここでの主張は近親憎悪にも近しい。なぜ「私」は、留学経験を共有しているであろう集団に対し、このような表明をするのだろうか。

表層的な指摘をまずすれば、ここには「例外に漏れない」といいながらも、実際には「凡庸な子弟」たちと同一視されたくない、というプライドがあるからだろう。東京留学生がいわゆる「堕落」した生活に陥る、という指摘は、当時の文学テクストのみならず、広く一般に流布していた概念でもあった。それだけに、その内部では留学生の差異化を図る言説も存在している。[21]留学生にとって、彼らは一様ではなかったのだ。

しかし、原因をそれだけに求めるには、ここでの「私」の指摘はもう少し具体性を帯びている。「私」が蔑視するのは「インテリの呼称と学士号」の誇示だけでなく、「さういふ人たちに台湾の文化まで牛耳られることはたまらない」からだ。

ここで、同時代に「台湾の文化」建設を高々と掲げていた東京留学経験のある台湾人集団、として思い出されるのは、言うまでもなく『台湾文学』派とされている台湾人作家達である。

季刊文芸誌『台湾文学』が、『文芸台湾』との同人分裂騒動を経て創刊されたのは一九四一年六月。そして「志願兵」が掲載された『文芸台湾』と同じ九月に創刊第二号が出版され、その巻頭論文は前章で見た『文芸台湾』の〈中央文壇〉志向を批判し〈台湾文壇〉の確立を訴える黄得時「台湾文壇建設論」であった。一九四一年は、台湾の文学運動が二派に割れて揺れていた時期であり、そして〈台湾文学〉〈台湾文壇〉の定義が争われていた時期だった。「志願兵」はそのような最中に発表されたテクストなのである。つまりこの「私」の主張は婉曲的に『台湾文学』派の有り様を批判しているのだ。

「台湾文壇建設論」が『文芸台湾』を攻撃した同時期に、「志願兵」は『台湾文学』を辛辣に揶揄していた。このテクスト中には後述するように張明貴に対するそれを中心として東京留学生批判が語られる部分があるが、それにはこのテクストが発表された時期のこのような状況が反映されていると言えよう。その意味で、「志願兵」は〈皇民化運動〉に単純に対応したテクストではないのである。

5　「私」とその世代

そして同時に覚えておくべきことは、「私」が次のような自己認識を持っていることにある。

錦を飾つた、といはれたとたんに私は赤煉瓦の床に根を下しはじめてゐたのだつた。職業と家庭生活の煩瑣は忽ちにして私を赤煉瓦の中に封じ込んでしまつたのだ。

垂水の指摘通り、赤煉瓦とは台湾社会の暗喩である。[22] つまり「私」は、彼にとって近代の象徴でもある〈東京〉生活から、前近代的な台湾社会に取り込まれていることを示しながら、一方で台湾の文化状況へのまなざしを失わずにいることをここで示しているのである。

このような二律背反した「私」の姿勢には、自身の現状への諦観と、自身の能力への自負、その双方がない交ぜになっている精神状況が現れている。「私」の年齢を三〇代前半ほどと推測するとき[23]、彼の年代は一九一〇年前後、ほぼ『台湾文学』派の中心メンバーの年代と一致する。そのメンバーに代表されるような、内地留学経験者の中でも自身の能力に自信を持つ者は、おそらくは東京で先進的な文化・思潮に触れ、帰台の際にはそれこそ「インテリの呼称と学士号の看板を高く掲げて錦を故郷に飾る」意識を持っていたであろう。〈遅れた台湾〉を〈進んだ知識〉によって改革するのは自分たちである、という意志さえ持っていたかもしれない[24]。

しかし、多くの帰台青年たちは、家族と家庭の関係性を〈改善する〉に及ばない。心に抱いた〈社会改造〉の志は、〈東京〉という彼らにとっての〈非日常〉の時空であったからこそ描けたものにすぎなかったのだ。「私」は、そのようなおそらくは大多数の帰台青年のステレオタイプとして描かれている。

そして、そのようなステレオタイプの「私」にとって、台湾に〈ありながら〉、文化運動、文学刷新といった〈進んだ〉主張を続けている集団は、〈なりたかった〉が〈なれなかった〉〈自分〉であり、共感よりも反感を強く感じる存在であったのだ。

そのような「私」は、おそらくはこの反感を身近にいる〈進んだ〉青年である年少の張明貴にぶつけていくことになる。

冒頭から「私」は未だ絶えない〈東京〉への想いを述べ続ける。それは、内台航路船という共通体験事項からだけではなく、張明貴の買ってきた土産物にまでいちいち反応してしまう程過敏なものである。

張明貴が船を下りてくるまで、「私」は彼に大きな期待をかけている、と述べていた。しかし、張明貴と二人きりになるとほぼ同時に、張明貴から批判されることを恐れ始め、決定的に張明貴への態度を反転させていく。

張明貴からの批判を恐れるのは、過去の「私」からの批判を恐れることとほぼ同義である。

「そんなものだよ、大人の社会といふものは、僕なども帰つた当初はムキになつて苦しんだがもう馴れてしまつた。馴れてしまつたといふより不感症になつてしまつたよ」

「不感症になつたか。それぢや台湾は変りつこないな。ミイラ取りがミイラになつたつて義兄さんのことぢやないかあ」

「さう思われても仕方がない。旧い殻ははは《ママ》なかなか固いのだ。その殻を容易に破けるものと思ふのは、それはしかし君の感情の若さといひたいよ」

いままでこそ私は赤煉瓦の床に根を下してしまつたが、これでも帰台当初は明貴に負けない大きい抱負と高い熱情をもつて、旧い殻を破らうと試みたのだ。さう私はいつてやりたいのだつた。

「感情の若さかなあ。僕は精神の若さだと自慢したいところだが」

と彼は傲慢に構へた。

「私」はかつて持っていた〈台湾〉を改善しようという志を放棄してしまったことへの罪悪感にとらわれ続けている。そしてそれを張明貴に指摘される形で自己批判にさらされることを恐怖しているのだ。

そして、実際にこの場面以降、「私」は張明貴に対して非常に冷淡になっていく。特に、後の張明貴が高進六の主張に反発する場面では、張明貴の様子を「自己の可愛らしい感情へのこだわり」と述べるなど、張明貴のあり方を感情的なものと一蹴するようになり、ことごとく批判的に述べるようになるのである。

一方、「私」が張明貴に批判的になる、その反映として、「私」の語りは高進六寄りへと変わっていく。それによって、テクストは一見、高進六の「神がゝり」な主張を肯定しているかのような様相を呈し始める。しかし、

「私」という語り手は決して公平でも客観的でもなく、個人的な価値観や情緒に左右されていることを見落としてはならない。テクストに織り込まれた事象は、必ずしも高進六を肯定的に描いているものではない。「私」の感情的な志向が機能しているとしても、それは結局明らかになっていくのである。

6　偽装の親友像――張明貴と高進六

「志願兵」の先行研究の中で一切疑いをもたれていないことに、張明貴と高進六の友情がある。張明貴と高進六は「日本人」になる、という「同じ目標」を持っている、とされている。たしかにテクストでは、高進六も、

「僕達は明貴が上京するまへから同じ目標をたててきたんだその《ママ》目標はいまでも同じだといふ約束は議論するときに断つておいたから間違ひはないのだが、こんがらかつてゐるのはその目標に辿りつくまでの経路なんだ。明貴は僕のゆき方が神がゝりだと言ひだしたんだ」

と発言している。ここで検証すべきは、張明貴と高進六、それぞれの目指す「日本人」像の異同である。張明貴と高進六の二人は「日本人」になることを「同じ目標」である、としているが、同時に「目標に辿りつくまでの経路」は「こんがらかつている」とも述べている。しかし、二人の議論を追う時、「こんがらかつている」本当の原因は「経路」ではなく、それぞれが目指している「日本人」像が共有されていないことにあるのだ。

ここで二人の友情を同時に検討する必要がある。それは、二人の「日本人」像の異同が、二人の関係性、そして関係性を生む背景にかかわっているからであり、それらは友情の形の検討によって、明らかになるからだ。

高進六は、「私」にしか知らされていないはずの張明貴の帰台が告げられていたり、家族にも出していない手紙を受けとったりもしている。先ほど挙げた「同じ目標」を共に掲げていることや、張明貴が「私」に対して

「ずつと親しくつきあつてゐる」「僕のたつた一人の知己だらうな」と高進六について伝えてもいる。このような条件を並べると、二人が親友であることは疑いないように思われる。

が、であるならば不可解な態度を張明貴はとっている。台湾までの船旅の経験を「羨しい」という高進六に対し、張明貴は「鼻であしらふやうなものの言ひ方」をする。

また、基隆港からの帰り道、張明貴は「私」に高進六が「高峰進六」と名乗っていることを告げる。

「高峰進六?」

と私は訊きかへした。

「進六は僕たちの間では高峰といふ姓を名乗つてゐるんだよ。」

とどうした拍子かゲラゲラ笑ひ出した。私にはその意味が分らなかつた。

「はあ、改姓したんだね。」

「いや改姓許可以前さ。なんでもその店（高進六の働いている店――引用者）に高峰さんといふ番頭がゐてよく可愛がつてくれたのでその人を義兄とよぶやうになつたさうだ。」

「ほう感心だね。」

と私がいつたとき明貴は「フン」と鼻先で何かいつたやうだつた。

高進六が日本風の姓を自称していることを、なぜ張明貴は「ゲラゲラ笑」わなければならないのだろうか。高進六をあざ笑うかのようなこの振る舞いには、少なくとも対等の友人に対する敬意は全く感じられない。しかも張明貴は、「私」が自称であっても日本風の姓を名乗ろうとする高進六を「ほう感心だね」と評価するのに対し、「フン」と子供のように反応している。

この場面から窺えることは、張明貴は高進六を友人と考えているとしても、それは対等な関係ではなく、そこにはっきりと上下関係を導入していることである。つまり、張明貴は高進六を自分より立場・地位・能力が下位の人間と理解しているのだ。

このような高進六評価は、中盤以降高進六寄りの語りを続けていく「私」にも、実は共通している。先に示したように、「私」は学歴序列意識の中で高進六を位置づけており、同時に、自身と同程度以上の学歴を共有していない人間を、対等の人間として捉えようとしていない。

それは、「私」の語り方からはっきりしてくる。「私」は張明貴に対して冷淡になっていくが、しかし、語り手として、自身の主観に依りながらも、張明貴の心理を推測し語ることを最後まで諦めない。しかし、冒頭から最後まで、語り手であるにもかかわらず、「私」は一貫して高進六の心理には触れないのである。

故に、「私」は張明貴と高進六の議論の場に同席し、両者の主張を聞く中で、張明貴の発言についてはいちいち批判を加えたり、発言背景を推測していながら、高進六の発言には何の評価も与えないのだ。

つまり、一見「私」は張明貴の主張を批判し、高進六の主張を認めているかのような印象を与えるが、「私」が求めているのは張明貴への批判のみであって、高進六はもともと評価の対象にすらなっていないのである。「私」が張明貴批判に固執するのは、それだけ張明貴から受けた批判が自身に応えているからであり、先に述べたように、「進んだ」青年に対する反感故であろう。がその批判は、同時に、批判するに足るだけの相手として張明貴を認めていることでもあるのだ。高進六はこのとき、効果的に張明貴を批判するための材料に過ぎないのである。

7 「議論」という虚構のやりとり

張明貴と高進六の議論を細かに見ていくと、両者が異なった経歴・背景によって、異なった立場にいることを認識した上で発言していることがよくわかる。

高進六は、張明貴の主張を「科学一てんばり」といい、「ユダヤ信者」「西洋カヴ《マ》レ《マ》」という。逆に言うと、高進六はこれ以上の反論を張明貴に対してなし得ていない。先ほどから二人の議論、と表現してきたが、発言内容を読み直せばすぐにわかるように、二人の間では実は議論など全く成り立っていないのである。なぜなら、高進六は張明貴の反論に一切応えず、「祈る」ことの絶対必要性を繰り返しているだけだからだ。

張明貴は議論の中で次のような発言を続ける。

「君は僕をユダヤ信者とか西洋カヴ《マ》レ《マ》だとか罵つたぢやないか」

（略）

「自由自由なんて僕はいひやしないよ。それを進六は誤解してゐるんだ。台湾の文化が日本の一地方文化であるべきだといふことは賛成してゐるんだよ」

（略）

「たゞね進六の話し振りでは余り神がゝりで僕の頭では承知できないのだ」

一方、高進六の主張は、次のような発言に集約されている。

「（略）拍手を打つことは神々によつて導びかれ、神々に近づくことなんだ。至誠神明に祈つてはじめて神人一致といふことができる。（略）祭政一致は皇道政治の根源ぢやないか。我々隊員（高進六の所属する「報国青年隊」員のこと——引用者）は拍手を打つことによつて大和心に触れ、大和心を体験することに努めてゐるのだ。（略）」

（略）

「しかも我々は理論を最も排撃する。祈るのみ、行ふのみ。行はずば得られない。この信条が我々隊員間をますます結束させてゐるんだ」

（略）

「君（張明貴――引用者）の科学一てんばりの頭では神がゝりだといはれるのも仕方ないさ。しかし我々は拍手を打つことによつて一つの信念に生きてゐるんだ。信念の問題だ。日本人に立派になり得る信念だ」

「その信念が拍手を打たなければ得られないと思ふのが僕の頭では承知できないのだ」

「いやちがふ、日本人的信念なら拍手を打つことから生れる。我々は飯を頂く時に拍手を打つ。戦ひに出るときも拍手を打つ。」


このように、張明貴の〈近代人〉意識から来る主張は、高進六による論理の排除あるいは忌避によって全て空回りしていく。

このような非建設的なやりとりが、例えば中島などの先行研究で高進六の主張が肯定される、と理解されている。しかし、そのような印象をテクストが与えるのは、議論が成立していないにもかかわらず、「私」が高進六の非論理性を隠蔽し評価する語りを続けているからである。「私」は語り手として両者の議論に立ち会う中で、

　僕の頭では承知できないのだといふ明貴の頭のなかも何だかわかるやうな気がするのだつた。がそれよりも進六の考へてゐることの方が体形《ママ》をなしてより私にはわかるのだ。

と述べている。しかし、高進六の主張にどのような「体形《ママ》」が備わっているのかは、決して語らないのである。

何故かといえば、高進六の主張にそんな「体形《ママ》」などはじめから備わっていないということを、「私」は当然わかっているからだ。

ここにはテクスト外部から加えられる制約の存在も忘れてはいけない。高進六の主張は、基本的に当時の日本帝国——台湾総督府が〈皇民化運動〉のもとで喧伝していた方法論の一つであり、語り手としてテクストの方向性を示す責任のある「私」が——そしてこの「志願兵」というテクストが『文芸台湾』というメディアに載って社会に公開される以上——その方法論を否定するような語りを行うことはできないからだ。ゆえに、公開されるテクストの語り手である「私」は、テクスト外部に向けて、高進六の主張に「体形《ママ》」があり、張明貴にはそれがないという認識をアピールしなければならないのである。ここでは、非論理的な主張が、植民地支配権力のバックアップによって論理性に優越しており、そのために議論とその評価がねじれているのである。

しかし一方で、そのような背景を「私」が張明貴批判に利用しているという事態も把握しなければならない。「私」は、語り手として高進六の「体形《ママ》」の空洞性を表明することは出来ないが、その制約を自らに引き寄せることで、この時空内で自らを脅かす存在である張明貴批判に転換させることに成功してもいるのである。

先行研究の多くは、ここで語り手である「私」が高進六に優位性を認める語りを続けることを持って、「志願兵」というテクストが〈皇民化運動〉を一方的に賛美してくようになると捉えているが、それは、「私」の持っているこのような戦略を見落としているからである。先に述べたように、「私」は透明な語り手ではなく、テクスト内に生身を持つ存在であり、そこでは〈皇民化運動〉賛美という抽象的議論よりも、「私」自身の身体感覚が優先し、絡み合っていることを踏まえなければならない。

8 青年間の断絶

ここで改めて張明貴の主張を通して見る時、実は彼が精神的な日本化については殆ど触れていないことに気づく。張明貴にとって、「日本人」になる、というのは、〈近代化〉した文明人になる、ということと、ほぼ同義なのである。それはこのような発言にはっきり現れている。

「君（高進六——引用者）の神人一致もいゝが、偏した狭い考へは台湾の将来によくない。そんなものに振りまわされてはかなわない。僕はそんなもので台湾の中堅青年が育てられてゆくことに戦慄を覚えるんだ。現在でさへ我々は実にチツポケな人種ぢやないか。これは君だつて痛感するだらう。文化的レベルの極く低い人種だ。これはまあ仕方ないさ。教養と訓練がいままでなかつたもの。しかし皇民錬成が目下の急務ならその欠けてゐたところの教養と訓練をはやく与えてやればそれで用は足りるぢやないか。内地と同じレベルに引きあげてやりやいゝぢやないか。そのために何故拍手を打つことが必要なのかい」

〈近代化〉を一切問題にせず、精神面しか主張しない高進六とは意見が全く異なるのはこのためである。実際この発言に対し、高進六は「君が言つてゐるのは文化の問題だ（略）僕のいつてゐることは精神の問題だ。日本精神の注入だ」と返している。二人の問題意識のレベルが完全にずれていることが、ここに端的に表れている。

張明貴の発言を現状に当て嵌めれば、高進六はこの時点ですでに「教養と訓練」から見放されている人間であり、今後それを獲得することはすでに困難な人間でもあった。張明貴のいう「教養と訓練」とは、大部分が学校教育を指しているであろうからだ。つまり高進六は公学校卒で学歴が止まった時点で、「教養と訓練」を得る機会——〈近代化〉という経験時空から閉め出されており、故にそれらに価値を見出していない。むしろ、閉め出された事によるルサンチマンを抱いていると言ってもいいだろう。

そしてそれが、高進六が「報国青年隊」に深くコミットしていく背景にもなっていると思われる。

高進六が所属している「報国青年隊」とは、勤行報国青年隊(25)のことであり、青年団組織から選抜された青年の団体である。

宮崎聖子が指摘しているように[26]、青年団という組織はそもそも上級学校に進学できなかった青年たちに教育を施す機関として機能し、街庄（当時の台湾における町村にあたる行政単位）レベルでの指導者育成を目的としていた。ここでは、教育とそれによる上昇志向が低学歴層にまで浸透していたという事実と、上級学校へ進学できなかった青年層が固定的に集団化されていたということがわかる。つまり、高進六は、張明貴に対して劣等感を抱きかねない存在として現れているのであり、少なくとも「私」の語りの中ではそのようにされているのである。

勤行報国青年隊という組織も、「志願兵」では拍手を打って精神修養をしている組織、というきわめて単純な解説しかされないが——それは「私」と張明貴がその程度の関心しか持っていないということの現れだが——、一九四〇年二月一八日付の『台湾日日新報』で報じられた勤行報国青年隊組織設置の記事（見出しは「優秀な青年を選抜　勤行報国青年隊　兵営同様の厳格な訓練」）では、台湾各地の「男子青年団員又は幹部にして身体強健志操堅固なるもの」を選抜し、「学科、教練、作業及び行事を行」うとされ、そこには高進六がいうような神宮遙拝、宮城遙拝なども含まれているとされている。

しかし、ここで注目すべきは、夜間に一時間の学科授業、自習または音楽の時間がとられていることと、「入隊旅費、医療費、学科用諸印刷物、戦闘帽巻ゲートル一切が貸与」され、「小遣銭も与へられる」点である。一九四一年当時、台湾ではまだ公学校（国民学校）は義務教育化されておらず、教育費は有料であった。それらを考え合わせるとき、勤行報国青年隊への参加が、必ずしも建前通りの「報国」「皇民錬成」の為だったとも言い切れるだろうか。

現代においても、志願兵制を実施している国、例えばアメリカ合衆国において、志願兵を勧誘する際の非常に強い殺し文句は「学費を稼げる」という点にあるという[27]。そうでなくとも、軍隊において最前線に送られるのは、例外なくその軍隊を擁する国家における最下層に位置する青年たちである。高進六が生きていた台湾は、日本帝国型の〈近代〉に取り込まれる形で学校・学歴観が流入しており、その上に植民地出身者への差別が公的に行われていた時空であった。その中で、民族的出自に重ねて社会階層の上でも差別し蔑視されていた層に、高進六は属している。

無論、本当の最下層の人々は、そもそも〈日本語〉の世界にすら立ち寄れなかったであろう。しかし、高進六の不幸はむしろここにあったのではないだろうか。彼は公学校に進むことができた。そして、そこで得た経験を元に、自身の所属する階層とは不釣り合いなほど見事な日本語能力を獲得し、その結果青年団に入団することができ、さらに勤行報国青年隊にも選抜された。この一連の過程は、高進六のプライドにもなったであろう。しかし決定的に知らされるのは、このような傍系のキャリアをいかに重ねようとも、決して張明貴や「私」の正統的学歴には届かないということである。

つまり、高進六本人にそのような意思がなかったとしても、彼の所属していた集団は不断に高学歴者に対するコンプレックスが醸成される環境であり、高進六はそのような場所を自身のよりどころとしていたのである。そして、張明貴も議論が熱を帯びてくると、このようなコンプレックスを突く発言をし始める。彼には一度だけ「日本精神」について主張する場面がある。

「日本人になることがそんなに難しいことなのか、僕はさう難しいこととは思へない。二重橋に額づいてあの厳粛さに感激できればそれで充分ぢやないか。靖国神社に額づいてゐて、あのどうにもできない感激が出ればそれで日本人ぢやないか。(略)いまの若い男ならだれでもいゝ。宮城前へ伴れてゆきたまへ(略)」

これは一見、高進六並みの精神論ではあるが、持ち出されている場所が「二重橋」「靖国神社」「宮城前」であることが重要である。言うまでもなくこれらは全て〈東京〉に存在するものであり、高進六がそこを見るためだけに行けるような場所ではない。高進六では、おそらく内台航路の片道切符費を捻出することすら難しいであろう。[28]張明貴のこの発言を受けて、場は「しーんとした瞬間」を迎えるのだが、それは高進六、及び「私」がその主張の正当性を認めたというのではない。ただ彼らは、張明貴が誇示した「東京在住」という特権性の前に気圧されたのだ。そして、そのような特権性を振り回した張明貴を「私」は「彼の眼は異様にギラギラ光るのだつた」と、まるで邪悪なもののように語るのである。

結局、張明貴は高進六の主張に対し、「僕は君の神がゝりなやり方ではたまらない」としか答えられない。これは「私」の語りを通した時、張明貴が論破されたことを承伏できずにすねているかのように見えるが、繰り返すように「私」の語りは張明貴に対して公平性を欠いている。ここで張明貴は、時空の制約によって高進六の主張への直接的な批判を口にすることが出来ないことに加えて、高進六の主張が「報国青年隊」で注ぎ込まれた情報の暗記・暗誦でしかないことにいらだちと絶望を覚えている。

「（略）あいつ（高進六のこと——引用者）は目かくしされた馬鹿みたいに盲滅法に走り出すんだ。それが僕にはやりきれない。あいつは一途に日本人だ、大和心だといふ。てんで批判なんどしない。それが僕にはやりきれない」

高進六との議論の数日後、「私」にこのように語る張明貴は、高進六がその暗記・暗誦の中に自分の意見を差し挟むこともなければ、相手の意見を受け容れるつもりもないスピーカー的な状態であるのをみて、議論が成り立たないことに見切りを付けているのである。

同時に、このような張明貴の姿勢は、彼自身のエリート意識とその反映である非学歴エリートへの蔑視がはっきり現れたものでもある。「私」に対する「ミイラ取りがミイラになつた」という皮肉にも現れているように、

〈台湾〉の時空にいる時の張明貴は、やはり自らに〈東京〉の特権性を重ね合わせている。そしてそれによって〈台湾〉に住む人々への優位性を誇示する存在として振る舞っているのであり、その意味では、張明貴もまた、「東京帰りのインテリ台湾人青年」間に共有されていた情報を暗記・暗誦している立場にすぎない。

そして、そのような存在としてこの両者を語る「私」は、日本統治下の、〈皇民化運動〉が加熱している台湾において、自らの意見を表明することを諦めた人間となっている。「私」は張明貴と高進六の議論の中で、そこに細かい口をはさみつつも、最後まで自身の意見を表明しなかった。「私」は意見を述べるということを特に恐れている人間なのであり、張明貴・高進六よりも上の世代の諦観を象徴してもいるのである。

9　「私」と張明貴

しかし、張明貴が高進六との議論に倦み、彼の訪問を避けて「私」の元へやってきた時から、「私」は一気に自らの感情に従った語りを見せ始める。そこでは、台湾総督府の政策も日本帝国下の植民地出身者という制約もない、「私」と張明貴の二人の間のやりとりとなるからだ。ここで、「私」はその張明貴批判を大きく展開させていくことになり、その契機となるのが、張明貴の次の発言であった。

「(略)何故日本人にならなければならぬか。それを僕は先づ考へるんだ。僕は日本に生れた。僕は日本の教育で大きくなつた。僕は日本語以外に話しができない。僕は日本の仮名文字を使はなければ手紙が書けない。だから日本人にならなければ僕は生きたつて仕様がないんだ」

これは垂水による指摘以降、「引き裂かれたアイデンティティ」の表出部分として、「志願兵」を論ずる際に必ずと言っていい程引用される部分である。

たしかに、この発言を単独で引用した場合、台湾人でありながら、日本人として生きていこうとする・日本人となることを強いられる青年の懊悩の表出として読むことが可能な部分であるだろう。しかし、問題はこれに続く「私」の語りである。

明貴は一いきに言つたが私はそれをきいてハツと胸をつかれた想ひがするのだつた。彼の考へてゐることはそんなことだつたのか。彼が目標をたててゐながら苦しまなければならぬのはそんなことなのか――私はへんに皮肉つた気持になつた。

この「私」の語りは、明らかに張明貴の発言を批判している。彼の発言の中に苦悩を読みとることはせず、張明貴の「日本人」化の動機が打算的なものであると嫌悪するのだ。それはこの後に続く、「彼は猶も薄笑ひを続けた。しかしそんな笑ひはもう狡い笑ひだ。私は彼を弱々しい人間だとつくづく眺めたものだつた」という語りにも表れている。

先行研究の理解と、語り手「私」の理解との間の、このような落差は一体なんなのだろうか。語り手「私」が故意に張明貴の苦悩を見ない振りをしている、のではないとしたら、張明貴の発言に「引き裂かれたアイデンティティ」の表出を見る、という理解の方を再検討しなければならない。その場合、張明貴と「私」の経歴を再度振り返る必要があるだろう。

張明貴が「日本に生まれた」というのは、彼が内地生まれなのか、日本統治下の台湾を「日本」と考えて上での発言なのかは判断できないが、「日本の教育で大きくなつた」「日本語以外に話しができない」「仮名文字を使はなければ手紙が書けない」というのは、おそらくは「私」にも共通する事項である。「日本語以外に話しができない」というのはレアケースだが、これも当時の台湾人社会の青少年にいないわけではなかった。周金波のように比較的幼い頃から内地に渡っていたり、あるいは公学校ではなく小学校入学が許された場合などは、台湾語に接する機会の減少から、その言語能力が他の台湾人より伸びない、ということは考えられる。ただし、台湾語が全くわからない、という状況にそうそう陥るとも考えづらいので、ここでは、張明貴が事情を誇張して話しているとも考えられる。日本語理解者に対して（特に日本人に対して）、「台湾語ができない」「日本語しか話せない」と主張することは、台湾式の生活を離れ、日本式の生活空間で育ったことを表すという意味で、自らの教養の高さを示すものでもあったからだ。これはもちろん、日本式＞台湾式という植民地的な文化優劣論に従っての価値観であり、張明貴がそのような価値観に取り込まれていたことを表してもいる。「仮名文字を使はなければ手紙が書けない」というのも、漢文教育を受けていなければ、表現手段が日本語しかないのは当時の台湾人インテリ層の中ではそれほど珍しいことではなかっただろう。「日本の教育で大きくなった」は、指摘するまでもない。

つまり、「日本人にならなければ僕は生きたつて仕様がないんだ」という発言は、自らを〈近代化〉したインテリと任じ、台湾に〈近代化〉をもたらす立場にあると考えることで生まれているのである。このとき、〈近代化〉は〈日本型近代〉が前提となることは避けられない。彼等台湾人青年は、それ以外の方法論を持っていないからだ[29]。

張明貴の「日本人」化が〈近代化〉とほぼ同義であったことを思い出せば、ここでの彼の発言は、台湾インテリ青年としてはそれほど特殊なものではないことが見えてくるだろう。つまり、「日本人」化とはほぼイコール〈近代化〉という価値観に支配されている張明貴にしてみれば、「日本人」性の放棄は〈近代性〉の放棄であり、それはすなわち、彼が獲得してきた学歴に象徴される近代的文化資本を放棄することであって、そんなことを受け入れられはしないのである。

そのような張明貴を「私」が批判するのは、その張明貴が受け入れられない事態を受け入れてしまったのが、まさに今の「私」であるからだ。「私」は張明貴の存在自体によって自身の〈台湾〉改善への挫折という過去をえぐられるのであり、また張明貴の存在自体が象徴する〈近代性〉への羨望と嫉妬を喚起されてしまうのである。しかし、いくら過去の傷をえぐられ、羨望と嫉妬を喚起されても、「私」が現在の自分の立場を捨てて、かつての志に回帰することはない。それは、不満を抱きながらも台湾社会の現実に安住しているからかもしれないし、あるいはそれを理由にして逃げているのかもしれない。「私」はすでに「諦め」ているのである。故に、「私」は張明貴と高進六が「日本人」化について争っている様子を語り続けながら、自らの見解を語ろうとはしない。「自らの見解」なるものを、台湾人が植民地化の台湾で持つことの無意味さを受け入れているから。

このとき、「私」と張明貴は次のような会話を続ける。


「細かい計算だね。そこから割りだしたのが君のたてた目標なんだな」

「いや、目標はその以前にたてられた」

明貴は顔に薄笑ひを浮べたがすぐ下に向けた。

「ぢやその計算は東京へいつてからやつたんだね。驚いたね」

「いや実は僕も我ながら驚いてゐるんだ」

彼は猶も薄笑ひをつづけてゐた。しかしそんな笑ひはもう狡い笑ひだ。私は彼を弱々しい人間だとつくづく眺めたものだつた。


ここで言われている「目標」とは、高進六との議論の対象でもある「日本人になること」であろう。ここに続く「私」の語りの中で、

彼がたてた目標に突き進むことができず不本意ながら道草ばかり喰つてゐたのもさういふ計算をしたために違ひない。しかしその計算にも結局割切れないものがあつたのだ。それは彼自身がいつてゐるやうに彼は生れたときから日本人として育てられたからだ。いや生れるまへから運命づけられたことなのだ。その運命を彼は不幸にも東京で得たインテリの算盤で計算した。それが私の期待した綱渡りの芸当なのだらうか、さういふ期待を漠然ではあるが彼にかけたのは私が八年前東京生活に別れをつげたときの、いまもつて消えない感傷なのだらうか。

「私」はここで実に的確に問題点を指摘し得ている。

東京へ行く前の張明貴は、自身が「日本人」である（あるいは「日本人」になれる）ことを、疑う必要がなかった。それは台湾内部においては、学歴エリートであり社会的富裕層である張明貴よりも「日本人」的な台湾人はごく少数であったからだ。

それが、東京滞在によって変化する。台湾において台湾人は不断に「日本人」に劣る存在であるとされ、そして差別待遇を受けてきていた。それだけに、「日本人」になること（張明貴の場合は、〈近代人〉になること、であったが）はそれ自体疑う余地のない目標となり得た。

しかし、しばしば指摘されるように、台湾人を支配し差別する帝国の中心であるはずの東京は、台湾人青年にとって、総督府の強圧下にある台湾に比べ圧倒的に寛容で自由な都市であった。さらにそこには、「日本人」でありながら、彼等台湾人青年よりも貧しく能力にも乏しい人間が溢れていた。おそらく、張明貴はここで決定的な疑問を抱いたのであろう。「日本人＝近代人」「日本人＝支配者」という台湾における公式は、帝国の中心であるはずの東京では意識されていなかった。台湾人であっても〈近代人〉でいることは可能だったのだ。

「私」の世代に目を向けても、同じことが言えるだろう。一九二〇年代から三〇年代にかけての対日権利獲得闘争の主舞台は東京にあった。それは台湾では総督府の弾圧が激しかったからだという事情もあるが、逆に言えば、東京はそれだけ自由であったことの証明でもある。

そして、その闘争がいわゆる〈中国人意識〉から徐々に〈台湾人〉という意識に基づいたものにシフトしていく過程は、東京という異境においてこそ、彼等の民族意識が加速される傾向にあったことを象徴しているだろう。

張明貴や「私」が民族運動に関わっていたかは明らかにはされないが、張明貴の東京における心境の揺れはこのような〈遠隔地ナショナリズム〉の兆候を示しているといえる。その意味で、やはり張明貴は特殊な青年ではなく、そしておそらくは「私」ともさほど変わらない精神の履歴を持っているはずなのである。

しかし、にもかかわらず、「私」は張明貴に、先に述べた「綱渡りの芸当」を期待していたと述べる。日本にも台湾にも揺れることのない人間になることを期待する、というときの「私」が思い描く人間像とはどのような存在なのだろうか。

それはあるいは一種のコスモポリタニズム的な存在を意図していたのかもしれず、それこそ二〇年代三〇年代の大正デモクラシーから昭和初期にかけての思潮の影響が現れた意見であろうが、おそらく「私」の発想はそれほど深くはなかったのではないだろうか。「八年前」までの「東京生活」の「消えない感傷」という言葉からもみえるように、「私」の心を支配しているのは、実際には「綱渡りの芸当」ではなく、東京への尽きない憧憬である。

「私」は、張明貴が「日本人」になることは、「生れるまへから運命づけられたこと」と述べている。これは張明貴だけでなく、「私」も同様であり、ひいて言えば、日本統治下台湾の全ての台湾人に突きつけられていた事態だった。そしてそのことが引き起こす摩擦・軋轢は、「日本人」の世界に近づく程、つまり日本語を学び、社会の指導層に近接するほど、大きくなるのは当然のことだった。

「私」は、そのことに気付いて然るべき立場の人間であり、だからこそこの指摘ができているのだが、しかし、それを自らを含めた台湾人全体への問題としては捉えず、張明貴個人の心の弱さに読み替えてしまう。「私」は自身の感情的な問題と、テクスト外部からの制約とによって、このような「逃げ」を打たざるを得ない。ここで「引き裂かれたアイデンティティ」という問題を見つめ直すならば、この部分にこそ、その急所が存在しているのではないだろうか。「日本人になる」ということがそもそも問題として浮上してきてしまう環境・状況は実際の台湾の中では限られていた。多くの市井の台湾人は、総督府の強圧にただ従うしかできなかったのであり、それを「アイデンティティ」の問題として捉えるという行為自体、そもそもインテリ層・富裕層に特有の問題であったはずなのだ。

10　志願する理由／しない理由

このような「私」と張明貴、そして高進六も含めた三者それぞれのレベルがかくも分断していくことのさらなる要因として、明貴が日本に発った時期、そしてテクスト内現在の帰台時期を見直してみたい。

一九四一年夏の「三年前」――一九三八年に張明貴は日本へ発っている。一方、台湾で〈皇民化運動〉が本格導入されたのは一九三七年以降である。それまでは陳培豊が『同化の同床異夢』（二〇〇一）で指摘するように、台湾人インテリ層は、〈同化〉政策を〈近代化〉政策と捉えることで受容してきた。だが、〈皇民化運動〉導入後は、この〈近代化〉の面は削り取られ、精神的宗教的な統合が強化されていく。

その意味で、〈皇民化運動〉は〈同化〉政策の強化されたものではなく、中身を大きく入れ替えたものだと認識しなければならないが[30]、ここで張明貴に状況を還元してみると、彼は〈皇民化運動〉が本格化する前後に、日本へ発っている。つまり、彼が台湾で経験した「日本人」化とは、〈近代化〉と近い意味での〈同化〉政策に基づくものであって、「神がゝり」的な〈皇民化運動〉とは全く異なるものだったのだ。

一方、〈近代化〉という意味での「日本人」化政策から、学歴レースからの脱落によってすでに外れていた高進六は、〈皇民化運動〉によって拾われた形となる。総督府にとっては、権利要求や政治運動・民族運動に容易に振れる〈同化〉政策と比べ、〈皇民化運動〉の方が安全かつ有意義であったにちがいないのである。そして、ここで、高進六には張明貴より優れた「日本人」になる可能性が生まれるのだ。張明貴が高進六を理解できなかったのはこの点故で、張明貴の価値観によれば、「教養」も「訓練」もない人間が「日本人」になれるはずはないのである。

彼が不在であった時期に台湾では、日本語理解率が大きく伸びている（三七年・三七・八％から四一年・五七％）[31]。「私」は冒頭で高進六の学歴を間違えた。それは日本語能力が学歴に裏付けられたものであるという「私」の思いこみによるのだが、学歴が高い程よりすぐれた日本語を操れるようになる、というのは、台湾では普遍的な見方であった。しかし、〈皇民化〉期に強化された「国語学習熱」の中で、学歴に寄らずとも高い日本語能力を見せる人々が現れるようになる。青年団から勤行報国青年隊を経ている高進六は、まさにそのような〈皇民化〉期故に登場した人物なのだが、張明貴にしてみれば、この高進六の様な存在は異質だったのである。

台湾では、学歴は事実上豊富な資産を背景に獲得されるもので、つまり社会階層の上下と重なる部分が大きかった。東京留学ともなればなおさらである。「日本人」になるというのは、そのような自己投資の結果でもあったわけで、台湾人社会の階層の動揺という点でも、張明貴は高進六の「日本人」化は受け入れがたかったであろう。

一方、そのような張明貴に象徴される学歴エリートに対し、常に劣等感に悩まされる立場にある高進六にとって、〈皇民化〉という形でもたらされる「日本人」化は、教育という自己投資を必要としない点で大きなチャンスであった。そして、さらなる大チャンスが、彼の前に示されつつあった。それが「陸軍特別志願兵制度」だったのである。

高進六が、張明貴を「論破」することに成功したあと、続けて行ったのはこの「陸軍特別志願兵制度」への

「血書志願」であった。

このテクスト最後の行いが、かつては〈皇民化〉の生んだ狂気であるかのように読まれていたわけだが、「血書志願」という行為には、実はかなりパフォーマンス性が含まれている。

近藤正己によれば、高進六が所属していた勤行報国青年隊は志願兵の第一次募集に「全員志願」しており、うち一一四人が合格している（募集人員は一千名）。同隊はおよそ二百名ほどの隊員がいたので、合格率は五割程度となる。ただし、台湾の志願兵第一次募集の名目倍率は約四一八倍（事実上の強制志願によって、適齢期の青壮年男子の殆どが「志願」した形になっていた）であったので、同隊の合格率は非常に高かったと言えるだろう。[32]ただし、近藤によれば、一九四一年九月時点での志願者数は五〇四一人で倍率は五倍程度に留まっている。この段階ならば、高進六の合格率はまだずっと高いと推測できたであろうし、かつ、勤行報国青年隊にとって志願は「既定路線」として決まっている以上、わざわざ「血書志願」をする必要は本来ならばないのだ。

ここで、「私」と張明貴が高進六の「血書志願」を知ったのが新聞記事であったことを思いだしたい。一九四〇年二月一六日の『台湾日日新報』——勤行報国青年隊発足が伝えられる二日前——に、「血書、一身献納　本島人青年が軍夫志願」という記事がある。これは、軍夫の選考があることを選考会当日に知った台湾人青年が、採用されるために「血書した血潮も生々しい日の丸を係員に差し出し」「係員も痛く感激し当局に具申」したというもので、結果この青年は「見事」採用されたとある。

このように、「血書志願」には一定のニュースバリューがあり、そして実際に「血書志願」を行えばメディアに注目され〈有名〉になる可能性が存在していたのである。もちろん、ここで「血書志願」をそのような注目を集めたいという欲望に乗っ取った私的行動と断定するわけにはいかない。「血書志願」がニュースになる、ということは、一方で、ニュースとしての「血書志願」を求めている勢力がいたということになる。そしてそれは、言うまでもなく台湾総督府であり、日本帝国であろう。「血書志願」をすれば注目され、ルールを逸脱した形でも採用される可能性があり、その後も尊敬を集める――という空気が台湾に広められていたと想像するのは、それほど突飛なことではないはずだ。

先に指摘したように、「私」は高進六の心理を全く忖度しないので、果たして高進六がどのような意思に基づいて「血書志願」を実行したのかはわからないが、友人であったはずの張明貴に対しても秘密裏に実行した点や、青年団員そして勤行報国青年隊員という立場を関連づけていくとき想像されるのは、学歴エリート・張明貴に対する対抗心ではないだろうか。志願兵となることで、高進六への、少なくとも建前上の評価は非常に高くなることは明白で、しかも新聞に大きく取り上げられ〈有名〉にもなる可能性もあるのだ。そして、現実に、張明貴は高進六に詫びを伝えた。「負けてきた」のである。

「進六が血書志願したのを知つてるかい」
「いつてきた。いまその帰りだ。やるな、あいつは」
（略）
「いつて進六にあやまつてきた。負けてきた。進六こそ台湾のために台湾を動かす人間だ。僕はやはり無力な、台湾のためにはなんにもならない人間なんだ。頭でつかちだ。さういつてきた。（略）小指をやつは切つた。さういふ真似は僕にはできないんだ。僕は男らしく頭を下げてきた」

この発言もまた、字句通り受け取られる傾向が強いのだが、本来は強く注意して判断しなければならないものである。なぜなら、張明貴がここで「負け」ることには、何ら必然性はないからだ。彼には「負け」ないですむ方法もきちんと残されていた。張明貴にも、志願兵に応募する、という選択がきちんと残っていたのだから。

志願兵制度は最終的に台湾の青壮年の大部分が強制志願させられているので、やがて張明貴にも志願の日がやってくることになる。[33]がしかし、ここで張明貴が自らも志願するという道を選ばず、簡単に高進六に「負け」ることを選んだことは非常に示唆的である。張明貴はつまり、自分の今まで獲得してきた学歴と肩書きという文化・社会資本を手放す気は全くないのであり、その意味で、彼は「負け」を認めることで自身の文化資本を守ったのである。

そして、これは張明貴に限ったことではなかった。先に述べた、四一年九月段階での志願者五〇四一人の中で、学生の志願者はわずか三〇人、志願者構成比にして〇・六パーセントにすぎなかったのである。[34]

ここに、非常に残酷な事実が「志願兵」に潜んでいることがわかるであろう。つまり建前上どれほど志願兵制度とそれに「血書志願」した高進六を賛美しようとも、志願兵とは下層の台湾人が〈なる〉ものであって、インテリ層とは〈関係のない〉ものにすぎなかったという台湾社会の現実を、張明貴ははっきりと示しているのである。

一方、高進六が「血書志願」を決行したのは、彼には守るべき資本などがなかったことに起因している。台湾人青年間の、経歴による階層差が両者の志願する／しないを隔てたのである。

「これから僕は僕の叩き直しをやるんだ。だから義兄さんも応援してくれ。」

と、明貴はこみあげてくる熱いものを甲走つた声で無理にもおし潰さうと試みてゐる風だつた。とつとつと三階へ階段を登りながら。

狭い階段では二人並んで歩けないので私は彼の後から登つていつた。彼は背が高い。遮ぎられて暗いので私は明るみを拾ひながら一段一段と数えるやうに登つた。

かうしてゆつくり登つてゐると階段もなかなか遠いのだ。

テクスト末尾において、このように「僕も僕の叩き直しをやる」と張明貴は宣言する。しかし、志願兵に応募するとは口にしない。

そしてその言葉を受け取った「私」は、この時点で張明貴への批判を終える。先ほど指摘したように張明貴は「負け」ることによって自らの〈近代性〉を維持しようとしているのだが、その姿勢はつまり、「私」の在り方と同じ方向性を持っていたからだ。「私」は自身が台湾という場所に取り込まれてしまった、という形で「負け」を宣言し、それによって内心と日常の慰めとしての〈近代〉を保持しているのである。そのため、「私」は月刊誌[35]を買うし、張明貴を「批判」出来る。そのような「私」にとって、むき出しの〈近代性〉を示す張明貴は非常に不快な存在と化していたが、「血書志願」の高進六に「負け」たことは、張明貴が、少なくとも今後は公然と自身の〈近代性〉を誇示できなくなる時空にいることを悟ったことを象徴している。つまり、張明貴は「私」のレベルにまで降りてきたと判断するのである。

しかし、そのような状況でも、彼らはやはり同じ階層という枠組でつながっていた。「私」は最後に「こうしてみると、階段もなかなか遠いのだ」と語ってテクストを締めくくる。そのとき、つい今し方、その「遠い」階段をあっという間に駆け上がった——はずの——高進六を、二人は全く参考にしていない。あくまでインテリ二人の上る階段は、着実に〈近代化〉を進めていく「遠い」階段という形でしかなかった。段をとばすような真似はしないのである。

自らの〈高み〉をここに至っても実は疑っていない彼等は、急いで「階段を登る」必要はなかった。それは高進六のような階層・立場の人間がすることだったからである。

11　周金波が「志願兵」に至るまで

「志願兵」は「日本人」になるためには命をかける、というところまで追いつめられた当時の青年像を描いた、と読まれているが、台湾人の日本軍参加という構想自体は、志願兵制度が出てくる以前、対日権利獲得闘争の時期から闘争団体である台湾文化協会右派によって提案されていた。権利獲得闘争の立場からすると、台湾人に対する徴兵制適用は「兵役を免れている以上、権利も制限されて当然」という日本側の論理に抗う意味でも必要であった。逆に日本側としては、台湾人と日本人の権利的平等を拒絶したいという意図からも、台湾人の義務的徴兵は避けたいことだった。つまり、「日本人」になるための日本軍参加、という要求も、「志願兵」に突如現れた事態ではなく、台湾人インテリ層に内在していたものだったのである。(36)

「志願兵」が〈皇民文学〉という特殊性を認められるようになったのは、同時期における『文芸台湾』の方針に原因を求められるだろう。垂水が指摘しているように、「志願兵」が掲載された第二巻第六号の『文芸台湾』は戦争色の濃いテクストが多く掲載されていた。その中で「志願兵」は巻頭小説となっているが、巻末は河合三良の「出生」で、こちらも志願兵制度を扱っている。兵役を終え帰台した竹田洋一の下に新しく雇われた公学校出の十七歳の少年・曾清福が、一九四一年六月二一日、志願兵制度発表の翌日に新聞を握って竹田の下を訪れ、「私でも兵隊になれますか」と訴えるところで終わるこのテクストは、中盤の展開（父親から相続した土地の処分法についての問題）と結末の曾清福の志願希望の話があまり噛み合っていない。

この、結末に志願兵制度が唐突に現れるという展開は、同じ号の「志願兵」とよく似た構図である。ここで想像したいのは、このときの『文芸台湾』が志願兵をテーマにした小説を、二人の作家に要求した可能性である。「志願兵」の中では、勤行報国青年隊や志願兵制度への理解が十分ではない。テクスト中で張明貴は、東京で「台湾の新聞を見に行つた」と話しているが、語り手「私」の理解もその張明貴の理解を超えての説明はないのだ。

周金波が中学時代からの東京留学を終え、台湾へ戻ったのは一九四一年四月である。おそらく図書館に「台湾の新聞」を読みに行ったというのは、周金波自身の経験の反映であろう。そして、周金波も張明貴とほとんど同じ資産家家庭の東京留学経験者であるとき、彼が東京で青年団組織などの記事を自身にひきつけて読みはしなかったであろうことも容易に想像できる。

そしてそれは、志願兵制度に対しても同様であろう。父の歯科医院を継いだ直後に志願兵として出征しようという発想はなかったであろうし、それ以前から存在していた台湾人軍夫・軍属の出身階層から考えても、自分が志願を求められている立場の人間とは考えなかったはずだ。

ならば、周金波が志願兵制度発表に感激し、その内なる要求に従って「志願兵」を書いた[37]、という理解は、仕立てられた〈ドラマ〉なのではないか。

周金波は一九九三年、招かれて日本で講演を行っており、それが講演録「私の歩んだ道」としてまとめられている。その中で先行研究で頻繁に取り上げられるのは、次の発言の部分である。

昭和一六年六月二〇日、待望の志願兵制度の施行が発表されました。私はこの日の日記にこう書きました。

私はこの日ほど自信に満ちた喜びを感じたことはない、私は長い孤独の殻から抜け出せそうだ。実際の台湾経験は通算しても十年に満たない、東京震災後台湾に引き上げたときは四歳で片言の日本語しか知らない、一四歳、上京したときは日本語は再勉強しなければならなかったが、日本語は上達するにつれて台湾語を徐々に忘れていった。そして、私は台湾の社会面とはいつも外れている。接触点などあっても密着しない。真実面を映し出すことができない。日本語が半端なら台湾語も半端だ。文章を書くのは畑違いである。書いていること、言っていることはほんとうに共鳴を得ているのではない。みんなウンともスンとも言わない、反応のない無言の大衆だ。

それが六月二〇日、志願兵制度の発表によって一変しました。みんな生き生きとした表情になり、多弁になり、真実をさらけだしました。私たちは何のためらいもなく面と向かって「密着」しました。精神の高揚からくる同じ高さ同じ強さが、「密着」を可能にしたのです。やっと、孤独の殻を抜け出した、と思いました。志願兵制度には台湾人の願望がかけられていて、皆、一途にある完全なるものを目指した、真剣な眼差しでした。

この発言をそのまま、この時点で五十年以上前に書かれたテクストに還元するのは流石に乱暴な所作であろう[38]。冒頭で引用した葉石涛の文学史叙述は、時の政治・社会体制によって揺らいでいた。第四章で見た黄得時もまた、戦時中と国民党統治期とで大きく発言のスタンスを変えている。ならば周金波の発言にも、同じ様な揺らぎの可能性を想定しなければならない。戦後の〈皇民作家〉というレッテルと創作の断念という事態が、〈作家〉としての周金波の心理に影響していないことはないであろうし、そんな彼が、一九九三年、それまで台湾では無視され続けていたにもかかわらず、突然日本で五十年前の文学運動についての「語り」を要求されたとき、彼の言葉が五十年前の感情・感覚をそのまま伝えていると考える方が無理がある。彼が五十年もの間、自身の選択を後悔することはなかったのか。五十年間ずっと「志願兵」を書いて良かったと思い続けていたのか。——そのようなことを想像すると、周金波がこのとき「志願兵」当時と相似する発言をする、それ自体が日本統治とその子孫達への皮肉になっていたとも考えられないだろうか。

五十年後、だけではなく、戦時下の「志願兵」発表後の周金波も、志願兵制度賛美とその意志に従って「志願兵」を書いたことを表明している[39]。しかし一方で、星名や中島によって、少なくとも「志願兵」以降の周金波のテクストは親日的体制的と判断される内容からはずれていることがすでに指摘されている。繰り返しだが、「志願兵」は発表後から『文芸台湾』編集サイドによって過剰な意味づけをもって評価されており、当時の周金波の立場では、そのような編集サイドによるキャンペーンを拒否することは不可能であっただろう。彼が〈作家〉として『文芸台湾』によるならば、編集サイドの意に添った、「志願兵制度を賞賛する台湾人作家」という位置から逃れることはできない。であるならば、周金波の志願兵制度賛美の姿勢自体にも、再検討が必要なはずだ。

当時、もし『文芸台湾』から話題の志願兵制度をテーマに小説を書いて欲しいと頼まれたとしたら、同誌でデビューしたての青年作家であった周金波は、それを断りはしなかったのではないだろうか。同時代的に見れば、志願兵制度を賞賛することに罪悪感は殆ど生じなかったであろうし、すでに軍夫・軍属という形で多くの台湾人が戦場に動員されているという事実もあった。その上、軍夫・軍属の出身層を考えても、志願兵制度ははっきり言って周金波とは無縁の制度であったのだから。

大学卒業と同時に親の決めた相手と結婚、そして父親の後継、という当時の周金波が迎えていた状況は、三〇年代までのインテリ台湾人青年たちの、特に作家志望者の中で最も軽蔑されていた事態であり、同時にもっともありふれた平凡な事態でもあった。九年もの東京生活を過ごしていた青年・周金波にとって、そのような状況に唯々諾々と従うのはあまりにもつらいことであっただろう。つまり当時の彼には、自身の目の前にこそ「赤煉瓦」の呪縛が控えていると感じられたはずだ。

そのような時に「文学運動」という近代的活動に誘われ、そこで評価と賞賛を受ける、しかもそれは体制側からも承認を与えられ、活動サークル（『文芸台湾』）も体制にコネを持ち環境も（台湾人作家主体の『台湾文学』に比べ）安全――これ以上に魅力的な条件を、当時の周金波が見つけることはできなかったはずだ。

しかし残念なのは、この破格の好環境にあった故に、周金波は「志願兵」の中で批判の対象にあげた自身の先輩世代の台湾人作家たちとの交流の機会を失ったことである。活動誌をほぼ『文芸台湾』に絞っていた周金波が直接交流をもったのは在台日本人作家たちが中心になった。そしてその編集人の西川満らによって「志願兵制度礼賛」のテクストであり〈皇民文学〉であるという意味づけが強化され続けてしまった。それは現在の視点で言えば、その僅か数年後に日本統治が崩壊し、彼の文学的庇護者でもあった在台日本人作家たちが台湾を去ったとき、周金波をかばい評価する人間が居なくなることを意味していた。

だから、周金波とそのテクストが特殊性を強調されるとするならば、彼が台湾人作家たちとの接続をもてなかったことにこそ、注目しなければならないだろう。

「志願兵」の中で、「私」の示す語りは張明貴に対して冷淡で批判的であり、それが感情的な理由であることも明らかであった。このように「明らか」であることが容易に伝わるという時点で、〈作者〉周金波の手は「私」に対する共感を欠いている。

自身に最も近い立場であるはずの張明貴を語り手に据えず、また語り手に据えた先輩世代の「私」の価値観を強調せず、〈皇民化〉青年の高進六を尊重しているように見せながら実際は無関係な存在として放置している〈作者〉周金波の戦略は、植民地下という状況に対する批判的意識を欠いてはいるけれども、台湾社会における階層の断絶を見出しているという点で重要な意義を持っている。そしてこのような周金波の持つ批判意識は、周金波にとっての先輩世代、つまり『台湾文学』派の中心作家たちと接続することで、より大きな価値をもたらしただろう。

『台湾文学』も、台湾人作家中心であったことが現在まで謳われているが、その中心世代は一九一〇年前後の人々であって、その次の世代、一九二〇年前後の台湾人新人作家は現れず、『文芸台湾』から周金波や葉石涛が登場したことのほうが目立っている。そのことを、単にそれらの作家個々人が体制に寄った、〈皇民文学〉に走った、とくくり、『台湾文学』側の優位性保持に固執するのではなく、なぜ、より若い世代の作家、例えば周金波が『文芸台湾』に寄ったのか、何故『台湾文学』が彼を吸収し得なかったのか(40)、をも含めて、検討し直す段階が来ている。

12　〈皇民文学〉を巡る問題の端緒としての「志願兵」

第四章で見たとおり「志願兵」の発表は黄得時「台湾文壇建設論」とほぼ重なっていた。周金波は、「志願兵」によって理論武装化を進め始めた『台湾文学』に対して、〈新人〉の「台湾人作家」でありまた〈皇民文学〉を最初期に形象化した〈作家〉として、『文芸台湾』の存在証明の重要な一人に立たされたのである。『文芸台湾』は理論武装の用意を求めず、多少強引でも時局に寄り添ったテクストを発表していくことでその存在意義を維持しようとしていた。その際、新人作家の登用は雑誌の活性化の上でも有効であったし、なによりそれが『台湾文学』分裂によって失われた「台湾人作家」であれば言うことがなかった。そして、その若い〈新人〉は、『文芸台湾』側の依頼によく応え、〈皇民文学〉というテーマに即応してテクストを完成させたのである。以降、〈皇民文学〉の代表作として数えられるようになる「志願兵」は、このようにして登場したのだ。

ここで想起したいのは、評価に違いが生まれているものの、〈皇民文学〉の代表的テクストとして「志願兵」以外であげられる王昶雄「奔流」と陳火泉「道」との関係である。そもそも、この三作は何故〈皇民文学〉の代表作として並び称されるようになったのであろうか。

「志願兵」が四一年九月の発表であるのに対し、「奔流」と「道」は四三年七月の発表である。「志願兵」と「奔流」「道」との間には、実に二年近いブランクが存在している。この間に日本帝国の侵略戦争は拡大し、対英米戦争――太平洋戦争が勃発し、さらに四二年以降、日本帝国が敗戦を重ねていく中で、帝国内の情勢が緊迫化していく。それは台湾の情勢で言えば、台湾人の戦時動員の激化や、〈皇民化運動〉の一層の推進と締め付けという形で現れていた。

「志願兵」発表当時はまだ太平洋戦争以前で、戦争とは日中戦争を指していた。泥沼化しつつあったものの、その先に敗戦を感じ取っていたものはいなかったであろう。一方、台湾人の立場で考えると、「志願兵」当時は、戦争に行くことになるとしたら、それは大陸の漢族との殺し合いになることを意味していた。祖先崇拝に厚い台湾人にとって、同祖であるかもしれない人々との殺し合いは心理的な負担が大きかった。それが、四三年当時では、敵は「英米」であり、アジアを支配する帝国主義国家であった。心理的な負担は和らいだであろうが、反面、比較にならない物量を誇る敵との戦いは絶望的なものであっただろう。

これだけの大きな時代の変化は、当然「志願兵」と「奔流」「道」の間にも影響しているはずである。本章でも述べたように、「志願兵」発表時点では、志願兵に志願した台湾人は五千人程度に留まっていた。それが総督府や自治体を通じた無形の強制によって四二万人までに志願を増加させたのは、明らかに太平洋戦争の勃発が原因である。

「志願兵」は〈皇民化運動〉に反発する学歴資本を持つ者と、〈皇民化運動〉に好機を見る学歴資本を持たざる者との間の相克に主眼があり、「奔流」「道」のように、〈皇民化運動〉それ自体には疑問を抱く余地さえ認められない時期のテクストとははっきり異なっている。このとき、「志願兵」は〈皇民化運動〉受容に対する階層別の濃淡とそして〈皇民化運動〉初期の社会的動揺を描いたものであるとも言えるだろう。一方、「奔流」「道」には、そういった傾向は見られない。これも四三年発表という時期の差によるものなのではないだろうか。

周金波は、四三年八月に第二回大東亜文学者会議の台湾代表として上京し、会議に参加している。その際の彼の発言は、「皇民文学の樹立」という見出しで『文学報国』(三号　四三年九月一〇日)に掲載されている。その中で周金波は「奔流」と「道」について言及している。

台湾における皇民文学の樹立について申上げます。御承知のやうに、我が台湾は大東亜共栄圏のいはゞ一つの縮図でありまして、大和民族、漢民族、高砂族の三つの民族が均しく御稜威の下に共存共栄し、さうして今や三位一体となつて聖戦完遂に協力邁進して居りますが、自ら文学の世界に於ても従来の単なる外地文学、エキゾチシズム等の趣味性、又消極性を揚棄し、苛烈なる決戦下台湾一家の真の姿を描かうとする文学者の積極的な態度が見られるのであります。
その最も顕著なる例としまして文芸台湾誌上に紹介されました『道』といふ小説、道、即皇民への道であり、又台湾文学誌上に発表された『奔流』といふ小説、奔流の如く峻烈な時潮の中に真の皇国民たらんとする二つの違つた世代の姿が描かれてあるのであります。

『台湾文学』派による『文芸台湾』派への批判材料であった「単なる外地文学」「エキゾチシズム」の否定を『文芸台湾』派の周金波が行っているところにも注意したいが、ここでは、周金波が四三年七月に発表されたばかりの「道」と「奔流」の二作を並べて取り上げているところが重要であるだろう。〈皇民作家〉と評された周金波の眼から見ても、この二作は民族の問題を巡る〈皇民文学〉を語る際に、同じ枠組に入るテクストであったのだ。しかし、同時に受け取れることは、この発言から見る限り、周金波自身はこの二つのテクストを自身〈のテクスト〉とは重ね合わせていない点である。つまり、周金波自身は、自らのテクストが「道」「奔流」と並べられるとは考えていないのである。

前述の通り、星名や中島の先行研究によれば「志願兵」以降の周金波のテクストはその傾向を変えている。もちろん「皇民」という言葉が散見されるテクストが多いが、方向としては郷土としての〈台湾〉へ視線が変わっていくというのである。ここでその指摘に異を唱えるつもりはないが、そうであるとするならば、周金波にとって大東亜文学者会議において〈皇民文学〉を称揚するのは半ば義務であったとしても、自身のテクストが「奔流」「道」と同じ枠組のテクストとされるのは、非常に違和感があったであろう。そう考えれば、現在までの〈台湾文学〉研究が彼のテクストをこの枠組に入れようとする時、二作より二年近くも前に発表された初期テクストである「志願兵」を持ち出すのは、牽強付会ではないだろうか。その上、「奔流」と「道」については脱

〈皇民文学〉化を進めながら、太平洋戦争開戦以前のテクストである「志願兵」のみを〈皇民文学〉に留め置くのは不当ですらあるだろう。

周金波のデビュー作である「水癌」(『文芸台湾』四一年三月号)は「同族」である市井の台湾人の固陋と未成熟とを嫌悪し批判する日本留学帰りの歯科医を描いたものだが、その描き方が同時代から非難を受け、それもまた彼の〈皇民作家〉故の事態であるとされがちである。しかし「水癌」に描かれるような「無知で固陋である台湾人」と「それを改良しようという意欲ある〈近代化〉=日本化した台湾人青年」という構図は、三〇年代の〈台湾新文学運動〉期の台湾人作家志望者のテクストでも頻繁に見られたものであった。それが四〇年代に入って、すでに誰一人として逃れられない〈皇民文学〉という枠組の影響を受けながら再現されたとき、周金波の描き方だけが〈皇民化〉されたものであると非難されるのは公正性に欠けるだろう。一九二〇年に生まれ、文学運動に加わった時点がすでに四〇年代の〈皇民化運動〉期であった周金波は、「遅れて生まれた不幸」を背負うしかないのであろうか。

周金波に「遅れて生まれた不幸」があったとするならば、「志願兵」以降——というより、本章ここまでで、「志願兵」も〈皇民化〉に疑念を差し挟めない形で没入していくという形での〈皇民文学〉ではないことは確認しているが——その文学的方向性が〈台湾〉へ向いていくという、その変化は、彼が日本帰り直後の〈若さ〉の発露から、徐々に〈台湾の現実〉へと眼を向ける余裕を持ち始めたということでもあるだろう。奇しくもそれは、「志願兵」に描かれた張明貴と「私」との間の変化にも近しいものとなるが、文学運動に即していえば、彼が〈新人〉から脱皮していったことを、これは意味している。

このとき、「志願兵」「奔流」「道」の三作にある、共通点を挙げておきたい。それは、その作者である三人がこれらのテクストによって〈台湾文壇〉へ登場した際には、三人とも〈新人〉扱いされていたという事実である。周金波と陳火泉は「志願兵」と「道」がともに最初期のテクストであった。王昶雄は一九三九年に『台湾新民報』紙上で「淡水河の漣」を連載し、以後何度か小説を物していたが、四〇年代の二誌競合期にはしばらくの間姿を見せず、「奔流」は相応のブランクの後に発表されたものであった。

このように、〈皇民文学〉は〈新人〉かそれに類する作家が描いているという事実には、重要な問題が隠されている。何故なら、〈皇民文学〉の代表作が〈新人〉の手によって描かれているというとき、本来、総督府当局から〈皇民文学〉推進を要求されていた既存の作家たちは、〈皇民文学〉となるテクストを描いていない、ということになるからだ。張文環、呂赫若、楊逵といった『台湾文学』派の作家は勿論、『文芸台湾』の西川満や浜田隼雄にも、〈皇民文学〉と大文字を振られるテクストは存在しない。もちろん、彼らのテクストの内部には、多かれ少なかれ〈皇民文学〉の影響を読み取れる部分はあるが、テクスト全体をさして〈皇民文学〉を認定されるようなテクストはないという事実は大きい。

つまり、総督府当局に〈皇民文学〉を要求されていた既存の作家たちは、それに従う姿勢を見せてはいても（もちろん、『文芸台湾』派の作家と『台湾文学』派の作家との間で位相は違ったであろうが）、実際に〈皇民文学〉を前面に押し出したテクストを描こうとはせず、それはほぼ全て〈新人〉の仕事として任せているのである。

ここで考えられることは、『文芸台湾』側も『台湾文学』側も、事実上〈皇民文学〉なる枠組をまともに取り合おうとしていなかった、という点である。〈皇民文学〉は戦時下において総督府当局が要求しているものであり、『文芸台湾』側も『台湾文学』側も、双方共にそれを拒絶するわけにはいかなかった。が、やはり双方共に文学テクストの内部に著しい干渉と規制を求めてくる〈皇民文学〉にはあまりかかわりたくなかったのではないかと推測できるのである。声高に〈皇民文学〉推進を唱えるものの、それは声の大きさだけであって、自身がそれに取り組むのは、あるいは煩瑣でもあり、あるいは信条的に許せないことであったのではないか。

しかし、それらしきテクストを一切発表しないというわけにはいかない。こういう局面において、〈新人〉が〈皇民文学〉を任されたのではないかと考えるのである。

　このとき、周金波の文学活動の推移を繰り返し指摘するならば、彼は「水癌」を描き、旧来の台湾社会の固陋さを批判した後、早い段階でそのようなテーマの台湾における青臭さにすぐに気づいたのではないだろうか。その展開から見るならば、「志願兵」は正に発展途上のテクストである。題名と、終盤の「血書志願」の導入によって長らくそのテクスト理解が偏ったものにされていたが、「志願兵」に描かれる青年間の断層や意識の落差・対立は、そのまま十数年ぶりに台湾で生活することになった周金波の精神的混乱を示している。そしてその後周金波のテクストが〈台湾〉へ眼を向けるようになるというなら、それはまさしく周金波が〈台湾文壇〉への対応を進めていったことに他ならない。

　周金波は〈皇民文学〉期に登場した台湾人作家として、その立場が『文芸台湾』で〈皇民作家〉という形で利用されていく。第二回大東亜文学者大会への参加もその一環であろう。後には陳火泉もその中に加わっていくことになるのだが、このように〈文壇〉の状況がはっきりわからない段階で、その表層を見たままにテクストを発表しなければならない〈新人〉は、良くも悪くも既成の〈文壇〉で都合良く使われることになってしまう。周金波は、〈皇民作家〉としては登場がやや早すぎた。故に、彼は〈皇民文学〉期の最中に自らが〈新人〉であった際に押しつけられた〈皇民作家〉という枠組のやっかいさに気づいたのではないだろうか。それが彼の文学傾向の変化につながったと考えるのは、それほど突飛なことではないだろう。そのことは『台湾文学集』（大阪屋号書店　一九四二）に採録された「志願兵」に多くの加筆修正が為されたことからも推測できる。

　結果、彼のテクストは例えば四二年には西川に「実際周君は『水癌』から『志願兵』の飛躍なんかはずゐぶん素晴らしかつたと思ふ」[41]という言い方で、「志願兵」以降のテクストに対する関心の低さを示されもしていた。ここからも『文芸台湾』が彼に対し「「志願兵」までの周金波」を求めていたことが浮かび上がるのである。

このように、〈台湾文壇〉においては、〈皇民文学〉は〈新人〉たちに押しつけられる程度に面倒でやっかいなものと思われていたと推測できる。そしてそのような状況を考慮する時、『台湾文学』『文芸台湾』という別にかかわらず、基本的に当時の〈台湾文壇〉の人々が、〈皇民文学〉の意義や価値を実際には認めてはいなかったことも透けて見える。戦時下という制約の激しい時期における総督府――日本帝国の要請をはね除けることが不可能であった以上、彼らは〈皇民文学〉を拒絶することは出来なかったが、しかしそれに真剣に向き合ったのは事情に暗い〈新人〉たちであり、既存の人々は、それを無難な程度に使いまわしていたのである。つまり、〈皇民文学〉は、すでに〈台湾文壇〉の中で空洞化していたのだ。次章では、それを確認してみたい。

【注】

（1）一九四〇年一月に台湾文芸家協会の機関誌として創刊された総合文芸誌。一九三七年に当時の文芸同人誌『台湾新文学』が経営難と台湾総督府からの漢文記事掲載禁止措置によって廃刊になった後の最初の文芸誌であった。編集の中心は経営権をにぎっていた西川満（一九〇九―一九九九）で、後に西川のパーソナリティが原因となって、同誌は一九四一年に『台湾文学』との分裂騒動を起こす。

（2）周金波は一九九三年、中国文芸研究会において行った講演「私の歩んだ道――文学・演劇・映画」の中で、「昭和十六（一九四一）年二月、日大歯科を卒業しました。父は、待ち構えていたように矢の催促でした。日大歯科の卒業で、私の楽しい日本でのこの九年間がおしまいになるわけです。六月に婚約者李宝玉と挙式、一二月八日に太平洋戦争が勃発しました。」と述べている。本章では、『周金波日本語作品集』（中島利郎・黄英哲編　緑蔭書房　一九九五）に収録されたものによった。

（3）中島利郎は、「周金波新論」（『台湾文学の諸相』咿唖之会編　緑蔭書房　一九九八）において、「（略）周金波のみが、「皇民文学」「皇民作家」とのレッテルのもとに小説は勿論その人物までもが台湾文壇では紹介されることはほとんどなかった。いまに至るまでその小説の漢訳は一篇もない（略）」と述べている。同じ論文内に「（最近「水癌」『ものさし』の誕生」が漢訳された）」という記述はあるものの、九〇年代に入るまで、台湾では周金波のテクストは殆ど読まれることがないままに非難にさらされていたことを示している。

（4）日本統治期台湾の日本語テクストのように、戦後入手・閲覧が一般には困難になったテクストが論じられる際には、同時に同じ数だけの〈あらすじ〉が生成されることになる。しかし、〈あらすじ〉はその論文の書き手の筆によるものである以上、その論拠に沿った形に「創られる」ことは避けられない（それは本章にも当てはまるだろう）。故に、論文に現れる〈あらすじ〉の「書かれ方」自体にも検討が必要となる。しかしここでは、先行研究において「志願兵」の〈あらすじ〉が構成される時、すでに本章が指摘する箇所は落とされていることを述べておくに留める。

（5）〈台湾意識〉とは、近年急速に高まってきた〈台湾人〉という枠組に依拠するナショナリズムを指す。〈台湾人〉という枠組が日本統治期の差別政策、同化・皇民化政策の過程で生じ、戦後の国民党統治下における〈中国人〉化政策に対する抵抗の中で成長したものであり、同時に台湾領域の国家的帰属自体がいわゆる「一つの中国」問題の最中で揺らいでいるという状況下においては、単なる〈ナショナリズム〉とは言い切れない複雑さを持っている。故に、これは「台湾人意識」「台湾ナショナリズム」と表記されることもままある。ここではそのような重層性をを指摘しつつ、表記を〈台湾意識〉に統一しておく。

（6）中島利郎「つくられた「皇民作家」周金波——遠景出版社版『光復前台湾文学全集』をめぐって」（『台湾文学研究の現在』緑蔭書房　一九九八）を参照。

（7）『台湾文学史綱』（文学界雑誌社出版　一九八七）は、日本統治期に〈日本語文学〉活動にも関わっていた葉石涛（一九二五—二〇〇八）が国民党統治下の台湾で完成させた代表的著作である。現在では台湾文学史の正典と認められている同書は、故にその記述による規定が支配的に扱われる傾向がある。しかし、中島も前掲「つくられた「皇民作家」周金波」で指摘しているように、葉石涛の発言や記述は時代背景に沿うように変化している。もちろんその変化とは、日本統治、国民党統治、台湾意識の高揚といった、台湾の各時代における強制と激流による部分も大きいのだが、やはりその記述に対する検討も必要である。ここでは、その日本語訳『台湾文学史』（中島利郎・澤井律之訳　研文出版　二〇〇〇）によった。

（8）葉石涛前掲書・七二頁参照。

（9）ここでいう〈郷土文学論争〉とは、一九七〇年代の台湾で起きた論争を指す。台湾の七〇年代とは、中華人民共和国の国際舞台における存在感が強大化する中、「中華民国」として得ていた国際連合の議席に代表される地位を次々に喪失し、国際的孤立に向かう一方、台湾経済の発展とそれに伴う民衆の政治的権利要求の高揚などが重なり、台湾が〈台湾大〉で大きな変化を迎え始めていた時期であった。ここで、虚構的な〈中国文学〉ではなく台湾に根ざした文学を目指そうという主張が台頭して起きたのが、〈郷土文学論争〉であり、その渦中で、日本統治期の日本語文学が「再発見」されることになる。

（10）「周金波論」（『日本文学』四一号　一九九二年九月）。ここでは、垂水千恵『台湾の日本語文学』（五柳書院　一九九五）に加筆掲載された「台湾人作家のアイデンティティと日本」によった。

（11）ここで言葉を割くには問題が大きく深すぎるが、旧宗主国の国民として、戦後の繁栄と平和を一方的に享受し、「日本人」というナショナルアイデンティティに安住してきた立場の人間として、戦前・戦後の台湾が被ってきた数多の困難の中から発生した台湾意識を批判することが道義に叶うのか、という思いは払拭出来ない、ということだけは述べておきたい。

（12）ここでは、『文芸台湾』第二巻第六号・一九四一年九月の初出本文を元に論じる。が、末岡麻衣子が指摘するように、「志願兵」は後に西川満編集の『台湾文学集』（大阪屋号書店　一九四二）に再録される段階で、大きく改稿されている。本章では、必要がある場合、その改稿版について触れるが、原則的には初出版をもとに議論を進める。同時代性を考慮している本章ではそれが最も妥当と考えるためである。末岡の指摘については、「周金波「ファンの手紙」論」『日本台湾学会第七回学術大会報告者論文集』（二〇〇五）によった。

（13）中島は前掲「周金波新論」の中で、「「私」の存在感は張明貴や高進六に比べるならばかなり薄い」「周氏の視点が「私」の視点ではない」と述べている。垂水も前掲論文の中で、「私」と張明貴は同じエリートという枠組でとらえ、その上で張明貴と高進六それぞれの分析にシフトしていく。末岡麻衣子は「周金波研究」（『日本台湾学会報』第六号　二〇〇四）で、張明貴と高進六を「物語が始まる前から台湾古来の伝統や文化から離れた人物であり「私」とは全く異なる人物」とし、論と共に張明貴と高進六を次第に混同させていく。

（14）改姓名は一九四〇年二月に施行された、台湾人の姓名を日本風に改名する制度。許可制であり、国語常用家庭、皇国民としての資質、などが問われた。その他の条件もあり、実際に改姓名を申請する数は多くなかったという。近藤正巳『総力戦と台湾』（刀水書房　一九九六）「第三章　人心の動員」を参照。

(15) ここでいう対日権利獲得闘争とは、一九二〇年代以降の台湾議会設置請願運動に代表される、日本統治下における合法的運動を指している。

(16)『台湾文学』二巻四号・一九四二年掲載。

(17)『台湾文学』三巻三号・一九四三年掲載。

(18) 単行本『清秋』（清水書店　一九四四）に書き下ろされたテクスト。以上三テクストは、全て『台湾文学』派の手による。〈中央文壇〉志向を攻撃し続けた『台湾文学』によった台湾人作家の多くは東京留学経験者であり、またテクスト内部でも東京への「想い」を書き続けていたことは示唆的である。

(19)「T中」について、垂水は前掲論文の中で「恐らく当時のエリート養成校であった台北中学」と述べているが、台北にはこの当時すでに台北第一中学校と第二中学校があった。また、イニシャルが「T」となる中学と考えると、台中一中・二中、台南一中・二中、高雄中などもある。私学で言えば、淡水中学もあった。基隆の青年である「私」や張明貴が台中以南の学校へ行った可能性は低いが、このテクストからは「T中」を特定するのは不可能であろう。ここで注意すべきは、何処の中学校であれ、当時の台湾では中学校を卒業する時点で、台湾人としては突出した学歴となったという点である。

(20) 初出版から『台湾文学集』版で改められた箇所の一つにここがあり、『台湾文学集』版本文では、「私」は港で高進六に会った際に、

> 彼と顔見識りになつたのもまつたく彼の熟達した国語の動作に一種魅力を感じたからだつた。或る席上で彼を内地人ととりちがへた、その時の印象が刻明《ママ》に残つてゐた。彼はまた親孝行者として街の評判になつてゐた。彼の礼儀正しさに接したひとなら誰しも中等学校以上の出だと独り決めするに違ひないのだ。
> （傍線は引用者）

と述べている。初出と比べ、「私」が一度高進六を「内地人」だと思いこんでいたことが強調されている

（傍線部）。つまり後に張明貴に対して「T中出かと」間違えたことを伝えず、「内地人かと」思ったと告げることへの伏線が引き直されているのである。しかし、台湾で暮らしていて、「高進六」という名前の青年を「内地人」と間違えるというのは不自然であり、その点の不整合までは修正できなかったのだと思われる。

（21）台北高校から東京帝大を経て戦前に判事となった王育霖（一九一九―四七）は、一九四二年、母校台北高校の文芸誌『翔風』二四号に「台湾随想」を寄稿し、その中で「東京帰りの某君が言つた。／「東京――内地――に来てゐる連中の中で、ほんとうに勉強してゐるのは十分の一あるかないか位だ。官立の学校の学生はまだよいが私立と来たら、大部分それこそ真の遊学だ」と。／それでも内地遊学、東京遊学はやまない。かへつて多くなる位である。父兄は勤苦倹約して学資を送り、学生は東京へ、東京へ、そして東京遊学へと出かけて行くのである。」と述べている。旧制高校――東京帝大法学部と、正統学歴エリート中でも屈指のキャリアにあった王育霖の共同体内の言説では、官立校でなければ東京留学者は「遊学者」にすぎないものとされてしまうのである。

（22）垂水前掲論文を参照。

（23）「私」は中学校を卒業しているので、最短でも卒業時は一七歳（五年制中学校は四年修了時に旧制高校受験資格が得られるため）となる。その後旧制高校――帝国大学へ進んだとき、医学部ならば卒業時二五才、その他では二四才。一八歳で卒業し、私立大学・官私立専門学校へ入学した場合、医学部は四年制、それ以外は三年制なので卒業時は二二才か二一才。中島は「私」が医学を修めている、としているが、テクスト内で「私」は「店の帳簿の整理」をしている以外に職業を示す記述はなく、これは誤っている。張明貴も三年で帰台の時を迎えているので、少なくとも医学部ではない。故に、「私」の最終学歴校の在学期間は三年とみると、最短で卒業時二一歳と考えられる。その場合、「八年後」のテクスト内現在では二九歳となる。台湾人の場合、公学校（初等教育機関）への入学が遅れたり、日本語での受験準備の不利などによる浪人もあり得るので、三〇代前半である可能性も高い。ただし、三〇代後半まで進学がずれ込むことはなかったのではないだろうか。

（24）三〇年代の台湾人インテリ青年像が示す台湾改革意識について、筆者は二〇〇四年の日本台湾学会第六回学術大会において分科会「日本統治期台湾における「恋愛」「結婚」言説を巡る言説の行方」の中で「描かれる『恋愛』『結婚』」という題で言及し、同分科会を通じて議論している。『日本台湾学会第六回学術大会報告者論文集』所収。

(25) 勤行報告青年隊は一九四〇年二月に結成された。「主眼は「勤労奉仕生活訓練により日本精神の真髄たる滅私奉公の精神を体得せしむると共に、其の心身を錬成し、以て皇国臣民たるの資質を完成しむる」ことにあった」（近藤前掲書「第五章　人力と人命の動員」参照）という。同隊には、「二〇歳前後の青年団員や従軍軍夫を選抜」し、「選抜にあたっては台北州では「中堅幹部たり得る者」の人物、身体、家庭状況を調査して選出者名簿を作成した」（近藤前掲書同章）

(26) 宮崎聖子「植民地期台湾における青年団――1935―40年の漢族系住民の青年団を中心に――」（前掲『日本台湾学会第六回学術大会報告者論文集』所収）を参照。

(27) 「華氏911」（マイケル・ムーア監督　二〇〇四）では、マイケル・ムーアのインタビューを通じて、イラク戦争に動員されたアメリカの志願兵達の出身階層・志願動機・志願兵勧誘の状況が描かれている。また、「華氏911」への同様の指摘は、ノーマ・フィールド「戦時下の大学教室で原爆を考える」（『前夜』創刊号　二〇〇四）でもなされている。

(28) ツーリスト・ビューロー（日本旅行協会）『旅程と費用概算　昭和十年度版』（博文館　一九三五）に、東京――基隆間の交通費が掲載されている。「志願兵」の物語時間は四一年と推測されるので若干古くなってしまうが、参考までに挙げておく。

基隆――神戸港間の船賃は、一等五五円、二等三七円（高千穂丸の場合、二八円）、乙二等二五円、三等一八円。

神戸港から、三ノ宮駅へ移動する。徒歩二〇分、タクシーで八〇銭、人力車で五〇銭。

三ノ宮駅から東京駅まで、当時のいわゆる「超特急」つばめに乗車。こちらは二等と三等があるが、記載があるのは三等料金のみで六円一九銭。

高進六の収入はテクストからは判断できないが、公学校卒で商店に奉公へ出、現在二一才と推測すると、勤続年数は七年ほどと思われる。商店への奉公では初期はほとんど月給などでないはずなので、この時点でも二〇円前後ではないだろうか。比較対象としてあげておくと、龍瑛宗の台湾銀行初年度の月給は三〇円程（一九三〇年）、一九三五年頃の台湾の役所雇員（非正規公務員）は二〇円ほどであった。

(29)　中国大陸への留学という選択肢もあり、その道を選んだ台湾人もいたが、そこには抗日運動参加という因子が強く働く傾向があり、〈近代化〉を求める志向とはベクトルが異なっていたのではないかと想われる。

(30)　台湾に〈同化〉政策が本格的に導入されたのは、日本内地で原敬内閣が成立し、政友会系で台湾最初の文官総督・田健治郎が赴任し、そこで内地延長主義が統治の基本路線として確定した以降である。内地延長主義は、内地の制度を台湾に敷衍する統治方針を指す（基本的に台湾は台湾総督府統治下において、日本内地と異なる法体系がしかれていた）。若林正丈『台湾抗日運動史研究　増補版』の第一篇第二章「内地延長主義と「台湾議会」」を参照。若林はここで、「制度先行のアプローチをとる（あるいはとることができた）点で、同じく「同化」を語るものではあれ、植民地民族の風俗習慣にまで行政が介入し、住民の「教化」に著しく重点をおいた日中戦争期の「皇民化」政策のアプローチとは、はっきり異なる」と、〈同化〉政策と〈皇民化〉政策とは質的に異なるものであったことを指摘している。

(31)　藤井省三「〝大東亜戦争〟期における台湾皇民文学――読者市場の成熟と台湾ナショナリズムの形成」『台湾文学この百年』掲載の「日本植民地下台湾における日本語理解者」表を参照。

(32)　近藤前掲書第五章を参照。台湾の志願兵制度への志願者は社会的な様々な圧力の中で水増しされ、太平洋戦争開始後の第一回締切（一九四二年三月）には一千名の募集に対して四二万一六〇六人、四二〇倍超というおそろしい倍率を示した。

(33)　近藤前掲書第五章を参照。

(34)　近藤前掲書第五章を参照。

(35)　「私」は「台北で発行される月刊雑誌を三部選びだして明貴の家を訪ねた。」と語っているが、読者がここで想起するのは、このテクストが掲載されている『文芸台湾』であっただろう。

(36)　近藤前掲書「第一章　軍事勢力による戦時体制の醸成」を参照。

(37)　末岡は前掲「周金波研究」においてこの点をかなり強調している。末岡は周金波が志願兵制度に過度にコミットし、「志願兵」執筆によって本島人共同体への復帰を果たした、と解釈しているが、ここまでに指摘してきたように、当時の台湾人青年間の断層がはっきりしている以上、このテクスト内部から「本島人共同体」という均質な集団を見いだすのは不可能であろう。また可能であったとしても、「周金波の意図」がどのようなレベルであったか、を、テクストを以て証明するのは無理ではないだろうか。

(38) ここで周金波が「引用」している「日記」も、果たして四一年六月二〇日当時に書かれた記述そのままであるのか、リライトしたものなのか、講演録からは確認出来ない（日記は現在まで公開されておらず、存在も確認されていない）。

(39) 周金波は、台湾総督府情報局が発行していた『台湾時報』二六六号・一九四二年に掲載された「欣びの言葉」という随筆、そして『文芸台湾』第七巻第一号・一九四三年の「徴兵制をめぐつて」という座談会記事の中で、それぞれ志願兵制度を賛美する発言を繰り返している。

(40) 台湾人作家の中で『文芸台湾』に残った龍瑛宗と楊雲萍も、一九四二年に『台湾文学』へ移籍している。しかし、周金波にはそのような気配は全くなかった。

(41) 「鼎談」『文藝台湾』四二年六月号。鼎談参加者は、西川満、浜田隼雄、龍瑛宗。

第六章

新垣宏一「砂塵」論——もてあまされる〈皇民化運動〉

1 新垣宏一と台南と佐藤春夫「女誡扇綺譚」

新垣宏一と「女誡扇綺譚」の縁

新垣宏一（一九一三―二〇〇二）は、日本統治期台湾で文学活動を行っていた在台日本人作家の一人である。他の多くの在台作家たちと同様に、彼の文学活動は現在、〈日本文学〉において全く顧みられていない。ただ、新垣の場合は、台湾南部の都市・台南に高等女学校教員として赴任していた時期に、その地を舞台にして描かれた佐藤春夫「女誡扇綺譚」を巡る現地調査をした人物としてわずかに文学史に足跡を残しているが、作家としての新垣宏一への言及はほぼ皆無である。

佐藤春夫は一九二〇年の七月から一〇月にかけて台湾を訪れた。これは、谷崎潤一郎夫人との恋愛問題のもつれから逃避するように故郷・新宮に帰郷したとき、偶然再会した中学校時代の友人で当時台湾の高雄で歯科医院を開業しようとしていた東熙市に誘われたためだと、後に本人が述べている[1]。

そのときの経験をもとに、春夫は台湾に関連するいくつかのテクストを発表した。

その中で、特に注目されることが多いのは、台湾の山地原住民の様子を鋭く描いた「霧社」（一九二五年）、台湾の日本統治の状況を台湾人たちの会談という形で暴いていった「殖民地の旅」（一九三二年）、そして一九二五年雑誌『女性』で発表された、古都・台南の街を舞台とした怪異譚「女誡扇綺譚」である。

前二者が紀行文であるのに対し、小説テクストである「女誡扇綺譚」は台湾の異国性を十分に描きあげたこともあって、春夫の後に台湾へ渡ったり旅行をしたりした作家たちに〈台湾〉と共に想起される作品として評価された。同時に、台湾を舞台にした或いは台湾を描いた代表的な小説とされた[2]。

その「女誡扇綺譚」に台湾内部から言及したのは、管見の限りでは新垣宏一がその初めの人物である。新垣宏一は、台湾の高雄に生まれたいわゆる〈台湾二世〉であった。彼は旧制高雄中学から台北高校を経て台北帝大国文科を卒業した、台湾内部で最も理想的なエリートコースを歩んだ人物といえる。

新垣が「女誡扇綺譚」に関心を寄せるようになったのは、実家の近所に春夫を台湾へと誘った東の歯科医院があり、かつて春夫が台湾へやってきたという話を身近で聞いていたことと、三七年、台北帝大卒業後に「女誡扇綺譚」の舞台である台南の高等女学校に教員として赴任したことにある、という(3)。

台北帝大卒業後、一九三七年七月から台南州立第二高等女学校の教員として台南に赴任した新垣宏一にとって、台湾南部という地域は特別なものとなっていた。『文芸台湾』の前身である雑誌『華麗島』に寄稿した詩「廃港」を初め、新垣のテクストの大半は台南に関わるものである。

女学校教員として台南に暮らしていた時期に、彼は台南に本社を置く『台湾日報』という新聞に断続的に随筆を寄稿していて、その一部が台南で「女誡扇綺譚」のモデルや舞台を求めた調査報告となっていた。それが「佐藤春夫のこと」「佛頭港記」「女誡扇綺譚と台南の街(4)」という随筆として掲載されている。新垣の調査は詳細なもので、現在に至るまで「女誡扇綺譚」研究の資料として高い価値を持っている(5)。

この一連の随筆の最初のものである「佐藤春夫のこと」第三回において、新垣は次のように述べている。

（略）さてこの「女誡扇綺譚」は美しい物語である。ロマンチツクな夢のやうな美しい物語である。安平や台南を未だ見ぬ人は此の「女誡扇綺譚」を読んで、どんなに此の土地をなつかしむことであらうか春夫《ママ》はロマンチストであるが、センチメンタリストではない。そこが私たちに喜ばれるものの一つである。事実、私は台南に来る時、先づ頭に描いたのは佐藤春夫の「女誡扇綺譚」であつた。私が初めて会つた台南の人々といふのは、生徒たちであつたが、私は教場で「女誡扇綺譚」の街に来た喜びを語つた位であつた。

さうして、安平に遊び、台南の港町方面を其て歩いてみて、私の書き度いと思ふことは、すでに春夫が皆書いてしまつたと慨嘆せずにはゐられなかつた。

ここに、発表から〈日本語文学〉最盛期までの台湾における「女誡扇綺譚」の位置づけが現れている。この時点では、「女誡扇綺譚」は賛美の対象でしかなく、批判の対象にはなっていなかったのだ。新垣の調査は、モデルや舞台の追跡としては詳細で優れた結果を残していると言えるが、この時点では彼は台湾を代表するテクストとして賞賛する以外に「女誡扇綺譚」と接する方法を持っていなかったのである。

このように新垣にとって「女誡扇綺譚」との関わり方は日本統治期の彼の作家活動において非常に重要な意味を持っていた。故にここでは、日本統治期の台湾における「女誡扇綺譚」受容についても見直しておくことにしよう。

その最初期の、そして最も著名かつ影響力をもったテクストは、新垣の調査とほぼ重なる時期に「女誡扇綺譚」を総体的に扱った最初の論文、総督府発行の『台湾時報』一九三九年九月号（二三七号）に「松風子」の筆名で発表された島田謹二「佐藤春夫氏の「女誡扇綺譚」」（以下、島田論文）である。

島田謹二の「女誡扇綺譚」論とその影響

島田謹二は一九二九年三月末、一年ほど勤めた東北帝大法文学部の副手から、創立二年目の台北帝大に講師として赴任してきた。第四章で触れたように、当時島田の他、矢野禾積、中村哲、工藤好美、金関丈夫などの台北帝大の教官たちが〈別格〉的存在として〈日本語文学〉最盛期の〈台湾文壇〉で権威的に活躍していた。また、島田は台北帝大での新垣の恩師でもあり、親交も深かった。

島田は台湾へやってきてから比較文学の方法論への接近を試み、特にフランス植民地における〈外地文学〉に関心を持っていた。そこで彼は台湾における〈外地文学〉という枠組を模索するようになり、在台日本人作家の文学活動に注目するようになった。そして、その意図に従って、島田は「華麗島文学志」というテーマで台湾の〈外地文学〉史論を構築しようと試みた。「佐藤春夫氏の「女誡扇綺譚」」は、この「華麗島文学志」の一部をなすもととして発表されたのである。[7]

この島田論文の争点は「女誡扇綺譚」を〈エキゾチシズム〉[8]のテクストである、と明確化した点にあるとされている。「女誡扇綺譚」は南国である台湾の異国性を存分に描いたテクストであるという評価が、島田論文以降確定されてしまった、というのである。この指摘を行ったのは藤井省三「大正文学と植民地台湾――佐藤春夫「女誡扇綺譚」」(以下、藤井論文)[9]である。実際、藤井論文の登場以前、島田論文以外で「女誡扇綺譚」を単独で扱った研究はほぼなかったといってよい状況があり、触れられるとしてもまず「異国情緒あふれる」という枕が付いていたのは事実であった。その意味で藤井論文による「島田論文が〈エキゾチシズム〉に基づく評価観を確定させた」という指摘は妥当である。

ただ、ここで考えたいのは「女誡扇綺譚」が〈エキゾチシズム〉のテクストであるかどうかという問題の前にある、島田論文は〈エキゾチシズム〉をどういうものとしてとらえていたか、ということである。

島田論文は、「女誡扇綺譚」の素材とその扱い方について、次のように述べている。

その紀行乃至写生文は平明洒脱な伝統的なものでなく、作者に特有な詩魂の lyrisme を以て貫いた艶冶極まる異国情調文学のそれであるといふこと、即ちその素材は真夏の熱帯の自然といひ、支那系統の文化といひ、ことごとくそれまで日本的伝統美(風雅)と考えられてゐたものの埒外に立つて、或は灼熱、或は荒廃、或は瑰麗、或は縹渺、いづれもわれわれ日本人の審美感の未だ十分に親熟してゐないものを持つて来て、われらの詩境をはるかに拡め、われらの感性の処女地に鍬を入れたといふことである。

この部分に代表される島田論文の〈エキゾチシズム〉観とは、「日本性の欠如」に対する反応である。〈日本〉とは違う部分、〈日本〉とは相容れない部分への視線を総じて島田論文では〈エキゾチシズム〉の対象にしているのである。故に、〈台湾〉を舞台に〈台湾〉を巡る物語言説を展開している時点で、「女誡扇綺譚」はエキゾチシズムのテクストに確定してしまうのだ。島田論文の立場からいえば、旅行者の日本人である（つまり台湾とは何のつながりももたない）佐藤春夫の手によるテクストは、〈エキゾチシズム〉に基づいたものでしかあり得ないのである。しかし、〈エキゾチシズム〉のテクストとして評価することが「女誡扇綺譚」を貶める評価になるわけではないということは、島田論文が一貫して「女誡扇綺譚」を高く評価していることからもわかる。つまり、島田論文は、〈エキゾチシズム〉とは日本人が〈台湾〉を描く上での不可避の前提としているのであって、〈エキゾチシズム〉それ自体は評価の対象にしていないのである。

島田論文は、その最後を次のように締めくくる。

（略）更にまた台湾の内地人文学として、この名品はあとにもさきにも類のない絶品であるが、後来今日の読者としては、これを乗りこえた新らしき作家が続出し、旅行者として見た台湾以外に、ここに根をおろした生活を根抵から剔抉したやうな散文物語、例せばRichardson夫人やJean Marquetやの外地小説と肩を並べる逸品が踵を接して現はれんことを華麗島文学のために希望してやまないのである。

島田の志向していた〈外地文学〉は在台日本人作家文学を対象としていた。故に「女誡扇綺譚」は厳密には〈外地文学〉とはいえず、そのため島田論文で〈エキゾチシズム〉が強調されもしたのである。島田論文がここで要求している「新しき作家」とは、〈外地文学〉を支えるべき作家であり、「旅行者」と区別された存在――在台日本人作家のことで、その彼らに期待している「ここに根をおろした生活を根抵から剔抉したような」テクストとは、在台日本人作家による、〈エキゾチシズム〉から離れたテクストを指している。島田論文は「女誡扇綺譚」を評価しつつ、その〈エキゾチシズム〉から離れた文学が生まれることを求めているのである。それは、

〈エキゾチシズム〉とは「旅行者」つまり〈台湾〉の外部の立場の観点であり、〈台湾〉内部の立場の観点ではないからである。

つまり、島田論文は「女誡扇綺譚」論である一方で、〈外地文学〉前史を語るものでもあったのだ。このとき、「女誡扇綺譚」は〈日本文学〉から〈台湾〉という場所で独自に成長していくであろう〈外地文学〉に接続する、出発点のテクストという評価がされていると言えるだろう。

そして、このような形で島田論文が「女誡扇綺譚」を〈台湾〉から切り離し、在台日本人作家に「女誡扇綺譚」を乗りこえてほしい、という期待を表明したことが、「女誡扇綺譚」の台湾における位置づけが変容し始める、そのことを象徴している。それまで賛美する対象でしかなかった「女誡扇綺譚」が島田論文によって詳細に解釈され、〈日本人〉共有のテクストから「旅行者」という外部のテクストに置き換えられることによって、絶対的なものから相対的なものに変わり始めたのである。在台日本人作家は「女誡扇綺譚」に憧れるのではなく、受容し、批評し、乗りこえようと積極的な接近を試みるようになるのだ。それは、在台日本人作家による、旅行者作家と在台日本人作家の区別の意識化の表れであり、旅行者作家――〈中央文壇〉の作家に対する植民地――周辺の地方作家のコンプレックス故の反発でもあったのである。

島田論文は、このような在台日本人作家に潜在していた思いを「女誡扇綺譚」へ向けて表面化させるきっかけとして機能したのだ。

西川満「赤嵌記」の試み

その「女誡扇綺譚」への接近の中で最も挑戦的であったテクストとして、西川満「赤嵌記」[10]を挙げたい。

先に『文芸台湾』の編集発行人として指摘した西川満は、自身、詩人・作家として〈台湾文壇〉で活躍していた。当時の〈台湾文壇〉は良くも悪くもこの西川満を中心に動いていた。前章までで触れたように、二誌競合期を現出させる契機となった『文芸台湾』を立ち上げたのも西川であり、その後分裂した『台湾文学』が一貫して批判を続け、彼らのアンチ・シンボルだったのも西川なのである。

そのような西川がまだ『台湾文学』分裂前の一九四〇年末、初期の『文芸台湾』で発表したのが「赤嵌記」である。西川の代表作といわれるこの「赤嵌記」は、「女誡扇綺譚」の影響を強く受け、あるいは非常に意識したテクストであるとされている。

その理由は、先行研究でも常に指摘されているが、その構想の類似性による。[11]「女誡扇綺譚」と同じく古都・台南を舞台にし、そこで主人公の「私」が謎の青年男女に出会うという怪異的な経験をした後、再び台南に訪れ件の男女に会いに行くと彼らの教えた住所は一般住宅ではなく鄭氏に殉じた家臣・陳氏一族を祀る廟であった、という幻想的な筋書きや、探偵小説を模したような謎解きを展開しながら最後に謎解きを放棄する主人公の在り方などが共通点として指摘されている。

事実、西川が佐藤春夫を意識していたことは戦後になって新垣その他の作家によっても指摘されており、「赤嵌記」が「女誡扇綺譚」の影響下にあったことは間違いないと言える。

そして、「赤嵌記」の取材・調査には、その新垣が協力していた。西川は『文芸台湾』第一巻第二号（一九四〇年一月）の「古都台南を語る」という西川・新垣と前嶋信次の鼎談で、[12]台南見物の案内を新垣に求めていると発言し、「赤嵌記」発表前後の『台湾日日新報』掲載の随筆「赤嵌の街を歩いて」[13]では、「赤嵌記」の「陳氏家廟」の場面は新垣の調査報告をもとに空想して書いた、と述べている。

西川が新垣の調査に頼ったことは非常に示唆的である。西川は自他共に認める、実証より空想を、実地調査より書籍からの抽象的な知識を喜ぶタイプの作家であった。故に、「女誡扇綺譚」のように「在地の伝説や言い伝えを取り込みつつ」、「実景を物語空間に書き込む」というテクストの手法を選ぶとき、前者は得意だが後者は全く不得手であった。[14]

ここで、その西川の不備を補うに最適な人物が新垣宏一であったわけである。しかし同時に、それはかつて「女誡扇綺譚」の追跡者であった新垣からの影響が及ぶことでもあり、「女誡扇綺譚」と「赤嵌記」の接近の傍証となるだろう。

では、ここで「赤嵌記」と「女誡扇綺譚」との関係を具体的に見てみたい。旅行者の日本人による台南の怪異譚が、それを強く意識している在台日本人によって再び描かれるとき、それはどのように重なり、どのように異なったのであろうか。

「女誡扇綺譚」の物語時空を眺めるとき、そこに充満しているのは登場人物、そして台湾という場所そのものが抱えている〈不安定さ〉と〈曖昧さ〉である。内地で食い詰めて台湾へ渡ってきた「私」、日本統治下では無用の存在である読書人の世外民、恋愛の自己決定権を持てない台湾人の下婢。彼らは、未だ〈日本〉なのか〈支那〉なのか、〈台湾〉であるのかさえはっきりしない場所で、根無し草のように暮らし、或いは死を選び、或いは酒に逃げ、或いは日本へ帰ってしまうことになる。

一方の「赤嵌記」の時空は、奇妙なくらい〈安定〉している。主人公「私」は自分が台湾に生きていることに一片の疑問も示さない日本人で、謎の青年男女も戦時下であるとは思えないほど、時局に無関心なまま台南の歴史物語に没頭している。

「女誡扇綺譚」は台南を舞台にしていることは確かなものの、登場人物の本名、地名などが微妙にぼかされている。それが新垣をモデル調査へと駆り立てたのだが、それに対し、「赤嵌記」では「私」の本名が最後には明かされ（そしてそれは作者西川と同名なのだが）、地名は住所番地まで正確に指示される。「女誡扇綺譚」では中途から登場人物たちが何語で話しているのかあやふやになるのに対して、「赤嵌記」ではいちいち日本語で、北京語で、台湾語で、ときちんと示される。

このように、「女誡扇綺譚」の〈不安定さ〉〈曖昧さ〉に対して、赤嵌記の〈安定〉〈明確さ〉は際だっている。

「女誡扇綺譚」の「私」は常に迷い・悩みを抱えているのに、「赤嵌記」の私にはそれが一切見られないのだ。

この差異を、まず双方の物語内部の時間から考えてみる。

「女誡扇綺譚」の時間は、文中から、一九一七年前後の時期と考えられる。(15) この時期は台湾で抗日武力闘争が諦められ、権利獲得闘争にシフトし始めた時期であり、中国大陸での改革運動の影響で中国人としてのアイデンティティに基づいた民族運動が始まる一方、総督府の統治方針が同化政策に一元化し、台湾の〈日本化〉も本格的に始まるという、台湾内部のナショナリティの所在を巡る揺れが非常に激しい時期であった。

一方「赤嵌記」の時間は、確定は出来ないがおそらく一九四〇年頃と思われる。(16) これは日中戦争の戦時下で、さらなる大戦争の予感と日本の南進政策をきっかけに台湾の南進基地化が叫ばれた時期であり、〈皇民化運動〉が展開していた時期であった。

つまり、「女誡扇綺譚」の〈不安定さ〉〈曖昧さ〉は、時代状況の反映であったとも言える。当時の台湾の人々は皆日本統治下という環境にどこか食い違いを感じていたわけで、「女誡扇綺譚」はそのような人々の心情を見事にすくい取っていたのである。

一方、「赤嵌記」の〈安定〉と〈明確さ〉は〈植民地〉という不確かな場所を〈皇民化運動〉と〈日本統治〉という論理で覆い隠した上で成り立っているものであり、その意味で〈日本化〉が過剰にあふれ出しているテクストであるといえる。では、何故「赤嵌記」では過剰なまでの〈日本化〉描写が行われているのであろうか。

在台日本人作家、特に西川や新垣のような外地二世に相当する作家には、その目標が〈中央文壇〉なのか〈台湾文壇〉なのか、という問題がつきまとっていた。

西川は『文芸台湾』『台湾文学』競合期を通じて『台湾文学』側から批判され続けたが、その主要な批判の一つが、先述の通り西川の〈中央文壇〉志向であった。西川が〈台湾文壇〉を〈中央文壇〉進出のための踏み台にしようとしている、という批判を文章にしたのは「台湾文壇建設論」が最初期のものだが、当然ながらその意識は『文芸台湾』創刊当初から西川に反感を抱く人々に内在しており、それは日本統治期が終わるまで——いや、終わってからも続いていたのである。

しかし、西川のような在台日本人作家にとって自身が〈日本文学〉に参加しているという自覚がある以上、目標が〈中央文壇〉になることは避けられないことでもあった。一方で、〈台湾文壇〉の中心人物でもあった西川は、自分が〈中央〉では「〈台湾文壇〉の西川」としてしか受け入れられないことも知っていた。故に、このようなかたちで、西川が〈中央〉と〈台湾〉の狭間で揺れることは必至であったのだ。作家としての西川の位置づけは〈不安定〉で〈曖昧な〉ものだったのである。

この自分自身の〈不安定さ〉〈曖昧さ〉が、「赤嵌記」の〈安定〉と〈明確さ〉を導いたのではないだろうか。自分の〈不安定さ〉と〈曖昧さ〉を覆い隠し、〈作家〉としての自己を示すために、「赤嵌記」の時空を〈日本化〉で描きつくし、〈安定〉させ〈明確な〉ものにしたのではないか。

過剰な〈日本化〉が描かれていることからも明らかだが、「赤嵌記」をはじめ、西川の小説テクストは日本帝国主義体制に迎合的なものとして批判の対象となっている。「赤嵌記」の時空にはたしかに当時の深刻な植民地台湾の矛盾や葛藤が全く描かれていない。しかし、それが全く描かれない、ということが台湾が矛盾や葛藤を内包している場所であることを、逆説的に告発していることにもなっているのである（もちろん、西川にそのような意図はなかったであろうが）。

このとき「女誡扇綺譚」を振り返ってみると、その作者である佐藤春夫は紛れもない日本人の、〈日本文学〉史上の作家である。このように〈安定〉し、〈はっきりした〉位置に立つ春夫にとって、〈他者〉である台湾の〈不安定〉〈曖昧さ〉を描いても、自分自身がアイデンティティの危機にさらされる心配など当然なかったのである。

そして「赤嵌記」の最大の特徴は〈歴史〉への強烈な希求である。

「赤嵌記」の「私」は、台南で出会った男女の示唆から、鄭氏の歴史が語られている江日昇の『台湾外記』[17]と陳迂谷の詩集「偸閑集」[18]を読むことで、鄭成功の孫に当たる鄭克壓を主人公とした歴史物語の語り手に成り代わる。

このとき「私」によって語られる「鄭氏の歴史」は、主に「私」による『台湾外記』の講釈として進むのだが、その中に、「私」の語りが紛れ込んでくる。

（略）祖父の母は日本人で、それが祖父一代の唯一の自慢だつたと云ふ。してみれば、この俺の五尺の体内にも脈脈として日本の血が流れてゐるに違ひない。この血をいとほしめ、この血の命ずるまま南方に進むのだ。

（略）いや、自分には使命がある。高度国防国家の建設を急務とする今日、個人の自由や平安をかへりみてゐる場合ではない。

この引用は鄭克壓の一人語りの部分であるが、当然『台湾外記』にはこのような台詞は書かれていない。この鄭克壓の独白は、明らかに当時の南方共栄圏構想の文脈で語られているものなので[19]、つまり語り手に回った「私」は、ここで鄭克壓に〈戦時下の日本〉を背負わせているのであり、そして〈日本人〉の血統を意識させることで〈皇民化〉期台湾のイメージを喚起させているともいえよう。

そもそも、「鄭氏」の存在は日本統治期の台湾において大いに利用されるものであった。鄭成功は台湾の解放者として英雄・神であり、その鄭氏一族に日本人の血が流れている、という因子は領台当初から利用されていた。その顕著な例は台南市街にある延平郡王祠の開山神社への改易である。これは台湾での最大の官幣大社である台北の台湾神社建立（一九〇〇年）よりも早く、領台直後の一八九七年にすでに行われていたのであった。

こうして、〈日本〉とは無縁に語られてきたはずの〈鄭氏の物語〉は、鄭成功が日本人の母を持っているということを手がかりに、〈日本の物語〉に書き替えられていくのである。そして、この書き替えによって在台日本人は〈台湾の歴史物語〉を共有できるようになることが目指されているのである。このとき、〈鄭氏の物語〉が台南という一都市の半世紀足らずの歴史でしかないことは隠蔽され、〈台湾大の歴史——正史〉に時間的にも空間的にも拡大解釈されていく。

また、「正史」の扱いではない『台湾外記』と、歴史書ですらない『偸閑集』が相互補完的に「日本人性を尊重する」鄭克壓を正統視する〈物語内歴史観〉を形成する。このようにして「赤嵌記」は〈台湾の歴史〉を〈日本〉へすりあわせようとしているのである。

このような傾向は「女誡扇綺譚」では全く見られない。「女誡扇綺譚」の「私」は、

蘭人の壮図、鄭成功の雄志、新しくはまた劉永福の野望の末路も皆この一港市に関連してゐると言つても差支ないのだが、私はここでそれを説かうとも思はないし、また好古家で且詩人たる世外民なら知らないこと、私には出来さうもない。

と語り、そもそも〈台湾の歴史〉に関心を示さないのである。

〈台湾の歴史〉を〈日本〉へすりあわせていくという「赤嵌記」の姿勢は、やはり帝国主義支配の所産であり、それ自体は批判されなくてはならない。しかし、ここであえて指摘しておきたいのは、「赤嵌記」が「女誡扇綺譚」へ挑戦していく上で、「女誡扇綺譚」が触れようとしなかった〈台湾の歴史〉に踏み込んでいったことの意味である。

これもやはり、〈内地——中央文壇〉と、〈周辺——台湾文壇〉との狭間で、その双方に対してどのような距離

を保つべきかを模索し続けている在台日本人作家の苦悩の反映であるとは言えないだろうか。「女誡扇綺譚」が関心を持つ必要もなかった〈台湾の歴史〉に「赤嵌記」は関心を持たざるを得ず、そしてそこに介入していこうという乱暴な手段をとらなくてはならなかった。それは、〈中央〉と〈周辺〉という関係性から自由になり得なかった外地二世たちのアイデンティティの揺れの表現であった。「赤嵌記」は「女誡扇綺譚」へ挑戦することで、日本統治下の台湾の矛盾に当事者として直面することになってしまった故の産物なのだ。

台湾の矛盾・葛藤を隠蔽し、〈日本〉へすりよせる方向に進んだ「赤嵌記」は、たしかに問題が多いテクストであり、批判を受けるのは当然であるだろう。しかし、「赤嵌記」は、〈他者〉の立場から台湾を描いた「女誡扇綺譚」よりも、ずっと困難な立場から生まれたものであった。

「女誡扇綺譚」から離れる新垣

しかし、〈日本語文学〉最盛期の〈台湾文壇〉の在台日本人たちにとって、「女誡扇綺譚」は〈他者〉のテクストとして相対化されるものになっていった。

例えば、新垣は「赤嵌記」以後も度々「女誡扇綺譚」に触れているが、「赤嵌記」を境にした新垣の「女誡扇綺譚」評価は次のようなものに変わっていた。『文芸台湾』四三年三月号の「台南地方文学座談会」の中で、台南になじみ深い作家の代表として最初に発言を求められた新垣は、このように語り始めている。

新垣　台南と云へば、先づ思ひだすのは佐藤春夫の「女誡扇綺譚」ですね。これはたしかに傑作です。私も台南に来た頭初《ママ》は、現実の女誡扇綺譚の街を探して、この小説の持つてゐる雰囲気を味はうとしたり、銃楼の家などについて二三考証的なものを書いたりしました。当時はかうした「女誡扇綺譚」のやうな美しさに眼を向ける人が少かつたのですから、先づ「女誡扇綺譚」からはじめなければならないとかう思つたのです。が長らく台南に住んで、これを何度も読みかへしてゐるうちに、台南の文学はかうしたテーマを取扱ふだけでよいものかどうかと云ふことを痛切に感じ出して来たのです。

新垣の「女誡扇綺譚」への評価は、明らかに以前の賛美から、島田論文が提唱した「乗りこえる対象」へとシフトしている。新垣は台南を舞台にした小説も何作か発表しているが[20]、自ら台南を語る立場となる中で、「女誡扇綺譚」と、それが代表する〈中央〉への反発を意識するようになっていたのである。

このように、〈日本語文学〉最盛期において「女誡扇綺譚」は〈他者〉の位置に置き換えられることで在台日本人作家の〈不安〉や〈揺れ〉をあぶり出す役割を果たしたのである。

在台日本人作家にとって、台湾を拠点に文学活動をするということは自身の糧であると同時に制約でもあった。彼らは〈中央文壇〉の存在を意識しないではいられなかったが、だからといって台湾内部から自分たちに向けられる批判に無関心ではいられないほどに台湾に根ざしてもいたのだ。

だから、〈日本語文学〉期の活況は、在台日本人作家に文学活動の可能性を感じさせると共に限界も示唆したことになる。〈中央〉にも走れず〈台湾〉にも逃げこめない、という点で、在台日本人作家達もまた、〈日本〉と〈台湾〉の狭間にあったのである。

2　在台日本人作家とそのテクストを扱うために目指すこと

ただ、そのような状況を踏まえてもなお、問題視したいことは、現在定着しつつある旧植民地文学研究、ここでは日本統治期台湾の文学研究とするが、その中で、台湾人作家への視線と在台日本人作家たちへのそれとが、質・量ともに釣り合っていないという点である。日本でも台湾でも、〈日本統治期台湾文学〉の研究領域で注目されるのは圧倒的に台湾人作家たちなのである。

もちろん、それが間違っているというわけではない。文学研究において、まず被支配者として、支配者の言語を習得し、それを使用して文学活動を行わなくてはならなかったという彼ら台湾人作家たちとそのテクストに対する検討は切実に求められるものである。

しかし台湾人作家たちへの検討が重要であるからこそ、そのとき彼ら台湾人作家たちにそのような状況を強いることになった〈日本〉、その〈日本〉の側に属していた在台日本人作家たちへの検討もまた不可欠なのではないだろうか。是非はあるとしても、当時の台湾では、台湾人作家と在台日本人作家たちとが相互に影響を授受しながら文学運動を行っていたことは確かであり、である以上、その一方のみへの注目では、全体像の把握が困難になることは間違いないのである。

支配者の側であった在台日本人作家の、台湾における政治的な位置は、今日的な評価からいけば批判を免れることはできない。しかし、明らかな批判対象だからといって、検討する必要もないということにはならないはずである。ここで求めているのは、彼ら在台日本人作家たちの「復権」であるとか「地位向上」であるとか、そういったことではない。彼らへの批判が不可欠だとして、ではどのような批判を加えるべきなのか、ということを「日本人だから」という最大公約数的な理由によるのではなく、在台日本人である〈彼〉[21]、そして〈彼〉の描いたテクスト、という、個々の作家そしてテクストのレベルでの検討によってより深化したものにしていきたいのである。

日本統治期台湾の文学に対する先行研究において扱われたことのある在台日本人作家は、まず西川満、そして坂口䙥子[22]、浜田隼雄[23]といった人物たちである。特にこの中で、西川満の、当時の〈台湾文壇〉での存在感があらゆる意味で非常に強烈であったために、先行研究、のみならず当時の〈台湾文壇〉においても、彼に「在台日本人作家」を代表させてしまっている感がある。が、当然ながら、台湾人作家たちにもそれぞれの個性があったように、在台日本人作家たちにも個性があり、それらは必ずしも〈西川満的〉なものではない。そのような在台日本人作家観の縛りを解くことも、本章の目的の一つである。

このような問題意識を持った上で、改めて本章の中心人物である新垣宏一に戻ろう。新垣宏一を扱おうというのは、まず第一には、新垣が今までの在台日本人作家研究において殆ど注目されていない作家であるからだが、第二に、彼が西川満と対照的な面を持っている作家であったということが挙げられる。〈西川満的〉なものから脱却しようという目的において〈西川満的〉なものとの対照性を論じるのは、結局それから自由になり得ないということの逆説証明に陥る可能性があるが、ここではそれを、目的への端緒であると考えることにしたい。

第一章で述べたように、日本統治期台湾の文学運動で、日本語を用い始めるのは三〇年代、〈台湾新文学運動〉期半ば頃からだが、この時期の文学運動は台湾人が中心で、日本人の参加は全体から見ればごく少数であり、影響力も少なかった。それが、一九三七年に〈台湾新文学運動〉が頓挫してから二年強の文学活動低迷期を経て、四〇年に日本語文芸誌『文芸台湾』が登場して以降、〈台湾文壇〉は、在台日本人作家がその中枢に関わる形で活動するようになる。このとき、台湾のメディアで使用出来る言語はほぼ日本語に限定されており、また戦時下に入って言論統制が厳しくなっている中、権力側に絶対的に「近い」位置にある在台日本人作家が主導権を握るようになったのは当然の成り行きでもあった。むしろ、このような状況下で、それでも活発な創作意欲と活動によって〈文壇〉勢力の半ばを維持していた台湾人作家の存在が驚異的であり、だからこそ、彼らへの注目が現在まで著しく高いのである。

そして、新垣宏一は、三〇年代から文学活動に関わっていた数少ない在台日本人作家の一人であった。三〇年代当時の新垣の活動は目立ったものではないが、それでも、四〇年代の多くの在台日本人作家が三〇年代の台湾人中心の文学活動に無関係か距離をとっていたという中では、一つ彼の特徴として記憶しておく必要があるだろう。

ここには、新垣の経歴も関連していると思われる。四〇年代に入って在台日本人作家が多く登場したのは、一つには日本統治期間が四十年を越えるまでに至って、台湾に定住する日本人が増えてきたことが原因として考えられている。台湾は、内地で行き詰まった人間たちの流れ着くところというイメージを長らく引きずっていたが、その中でも徐々に台湾に生活基盤を置く日本人移民も増え、四〇年代はいわゆる〈在台二世〉の登場が予想される時期であった。「流れてきた」のではなく、より台湾に根ざした存在の日本人青年層が台湾に生まれつつあり、その層から、在台日本人作家が生まれた、と考えられるのである。

一方、在台日本人作家の供給源はそのような〈在台二世〉層の他に、日本統治の長期化の中で台湾に徐々に増加していった〈学校〉の存在があった。台湾では特に一九二〇年代以降、中等教育以上の教育機関が増えていき、一九二八年の台北帝国大学の設置によって、初等教育から高等教育までの教育機関の完備を達成するのだが[24]、そのような学校の教員たちが在台日本人作家の供給源になったのである。これは教育機関の完備によって教育官僚でもある官立学校教員たちの異動循環の中に、台湾が組み込まれたことを意味しているのだが、ともかくそれによって台湾に多くの教育エリートが教員として一定期間定住するようになり、その彼らが〈台湾文壇〉に登場していくようになったのだ。

その中で、新垣宏一は基本的には前者、つまり〈在台二世〉の作家である。繰り返しになるが、新垣は台湾南部の高雄で生まれ、高雄中学、台北高校を経て台北帝国大学国文科に入学と、完備された台湾の教育機関をきれいになぞった、これはこれで珍しい人物であった。

そして、大学卒業後に台南の台南州立第二高等女学校に教員として赴任した。この点では、新垣は後者の供給源にも関わっているのだが、このように、一貫して台湾に暮らし続け、台湾から離れずにいた新垣だから、三〇年代から四〇年代にかけての文学活動に連続した参加が可能だったのである。もちろんその過程で、新垣は他の在台日本人作家と比べて多くの台湾人たちとの接触・交流をもっていたはずで、その点も、教員としての異動過程で台湾へやってきた者や、台北市の日本人社会の外部にあまり出ようとしなかった者との間に差異を生んだであろう。

このような新垣宏一の位置は、西川満と比較する時、非常に興味深いものになる。

西川満は会津若松の生まれだが、満二才の時、両親に連れられて台湾に渡ってきた。台北一中を卒業した後台北高校受験に失敗して早稲田第二高等学院に入学、早稲田大学仏文科を出て帰台した。前章までに述べたとおり、台湾では台湾日日新報社の学芸欄記者となり、その仕事と自費出版と同人誌運営を中心とする文学活動を両立させながら、四〇年創刊の『文芸台湾』では編集発行人・経営者となった。

西川はほぼ〈在台二世〉といえる存在だが、しかし厳密にはそうではない。学歴も、中途で日本内地に移り、しかし台湾に戻ってきている。帰台後は新聞記者であって、教員にはなっていない。生活圏は台北で、台北以外の地域にはほとんど出ていない。

新垣と西川は、生活基盤としての〈台湾〉の重要度は近いものがあるが、経歴や社会的位置・経験の面ではかなりの違いが生じている。生活圏も、新垣が台湾南部、西川が台北であり、この両者の差異は「同じ台湾」という枠組では捉えきれないのである。

新垣自身も、戦後の回想の中で西川に感じたコンプレックスをはじめとして、〈作家〉としての西川満の存在を強く意識していたことを口にしている。(25) ここで、おそらく新垣は自らが描く〈台湾〉を、西川が描くそれと差異化することを目指し、それによって、自らの方がより深く〈台湾〉にコミットしていることを示そうと試みたのではないか。

そのような表現行動の発露を、今回新垣宏一の「砂塵」というテクストから見てみたいと思う。

新垣宏一のテクストの多くは、台湾南部、特に台南の街を舞台にしているものが多い。先に触れたが、これは、一つには台湾南部に生まれ育った新垣自身の経歴の影響と、その南部が台湾の中で最も古い歴史を持つ地域であるという歴史的背景が考えられるが、もう一つ、やはり、台北中心の活動を続ける他の作家たちとの差異化を意識してもいたであろう。この場合、その中心的存在はやはり西川であるが、西川に限らず、在台日本人作家も台湾人作家も、多くは台北で活動していたから、それに対して独自の視点を提供することも意図していたのではないだろうか。

そのような新垣のテクストの中で、「砂塵」もまた、台湾南部・台南の街を舞台にしたテクストである。

「砂塵」は一九四四年一月の『文芸台湾』終刊号に掲載された[26]。物語内容は、以下の通りである。野沢は、台南の台湾人生徒が中心のある女学校教員をしていた。ある日、クラスでも優秀だが陰気な存在であった陳氏宝玉という生徒が野沢の自宅に相談にやってくる。聞くと、宝玉は親の借金のかたに身売りされることになったので、学校をやめたいという。野沢は驚いて宝玉の両親に会いに行く。富裕な家庭の子どもが多い女学校で、宝玉は例外的に貧しい家庭の子どもで、父親が家業をなげうって競馬にはまり、借金を作ってしまったというのだった。野沢は、日本統治以前の売買婚風習が強かった頃ならともかく、日本統治期になってこのような身売りが起こるということに愕然とするが、なんとかそれを阻止しようとする。そこで、宝玉には台湾で今度完全実施される初等教育の義務教育化を受けて、宝玉を公学校の教員に推薦することにし、それで借金を返すように進める。そして、このような無法な身売りをなんとか阻止すべく警察署に相談しにいこう、と宝玉の家を出て歩いてゆくところで終わる。

新垣宏一の台湾南部、特に台南の街へのこだわりは非常に強い。そして同時に、日本の敗戦にともなう日本統治の終了によって日本へ引き揚げるまでの間勤め続けた女学校教員としての経験も、多くのテクストに色濃く反映している。「砂塵」は新垣のこの二つの傾向が同時に現れているテクストであり、また『文芸台湾』が終刊を迎えたという、時局的にもかなり切迫してきた時期のものとして、〈在台日本人〉という立場からの台湾への対峡が特徴的に描かれているテクストともいえる。そのような点から、在台日本人作家としての新垣宏一のテクストの中で、最初に取り上げるものとして選ぶことにしたい。

3　植民地の教員と女子生徒

日本帝国の女子教育において、高等女学校が担った中等教育は、女性にも〈近代教育〉の価値観を伝える一方で、その価値観と矛盾する〈良妻賢母主義〉という価値観へと導こうという矛盾をはらんだものであったが、それが植民地である台湾で行われるとき、果たしてどのような環境を創り出したのだろうか。

「砂塵」冒頭で語られているように、台湾での女子教育は日本人と台湾人との分離教育で始まった。日本人女子のための中等教育機関としては、一九〇七年に台湾総督府中学校付属の高等女学校が台北に設置されたが、これは内地から台湾への移住者が増え、彼らが連れてきた子どものための中等教育機関を求める声に答えた結果であった。故に、それらは当然日本人学校であって、台湾人の子どもには開放されなかった。一八九五年の領台以降、女子教育は国語伝習所[27]か公学校、或いは国語学校[28]第三付属学校に限られていた。

それが、一九一九年の第一次台湾教育令で、日本人の高等女学校に比べ修了年限が二年短い台湾人向けの女子高等普通学校が設置される。さらに、二二年の第二次台湾教育令の段階で、女子高等普通学校が高等女学校に改組され、その上で中等教育以上の学校に於ける内台生徒の共学が建前上整備されたのである。

ただし、共学制の実施といっても実際はそれ以前の分離教育の「伝統」は引きずられており、それぞれの学校には台湾人生徒に不利な形で暗黙裏に日本人枠・台湾人枠が設置されていた。台南でいえば、台湾人生徒が多数を占めていたのは、新垣が大学卒業後に赴任した台南州立第二高等女学校である。故に、生徒の多数を台湾人女子生徒が占めているという状況が「政策的に起つた現象ではない」という「砂塵」の語りは実情を正しく伝えているとは言えない。確かに明文化された政策ではないにしても、暗黙の了解として日本人中心の学校と台湾人中心の学校それぞれで出自別定員が決められていたのである。[29]

このように、〈近代教育〉と〈良妻賢母主義〉の両立という矛盾を抱えるだけでなく、共学制の背後の差別構造をはらんでいた台湾の女子中等教育であったが、しかし、一方でその女学校を経験した台湾人女子は大抵の場合、「高女に通った」という事実に強い誇りを抱いていた。山本礼子や洪郁如によれば、差別や矛盾を解消しないままの学校であったにせよ、従来〈家〉の中からほとんど一歩も外に出ないままの生活をしていた台湾の中流以上の女性にとって、学校に通うということ自体が〈解放〉の契機となったのであり、さらに日本統治期を通じて、台湾の女性の近代的な意識向上を促すことになったことが指摘されている。[30]

しかし、ここで「中流以上の女性」という条件がつくことを忘れてはならない。台湾の台湾人女性への中等教育は、中上流の台湾人家庭の子女への教育が強く意識されたものであった。つまり、台湾人内部での、階層化が計られていたのである。

その点に関して、洪郁如は次のように言う。

植民地女子教育は、概して旧支配層の台湾人女性を対象として想定される側面が強かったといえる。(略)支配層は、総督府が社会に働きかける際の直接的な対象でもあり、現地社会に多大な影響力を持つ有力者でもあったため、植民地経営に関わる重要な社会階層として認識された。(略)彼らは同時に解纏足運動の主体となった階層もあった。そのため、容易に接触できない支配層の台湾人女性を、学校システムを利用して家庭から引き出すこと自体は、植民地主義論者においても否定するところではなかった。

高女生たちは、将来的には新世代(日本語教育世代——引用者)の台湾人エリート層の妻の座を約束された集団であったといってもよい。

（略）男子のようにアカデミックな指向性の強い教科が中心となるより、高女教育においては「中上流婦人」に相応しい教養・趣味の養成を重視する傾向があった。（略）
女学生は一般的には高等女学校の全体の雰囲気を非常に楽しいものとして受けとめていた。（略）淑女の世界に入ったようだとの回想もあるほど、満たされた女学校生活を謳歌する者が多かった。[31]

このように、女学校は統治側に仕組まれた形で台湾における〈女性解放〉（それは、後に母親として家庭に入る台湾人女子生徒に対して、家庭を内側から日本に〈同化〉させることを期待してのものでもあったのだが）を担っていた側面があるが、それらは中上流家庭の女子という、ごく限定された階層出身者が対象であるという限界が最初期から露呈していた。高等女学校は、旧エリート層[32]出身者の新エリート層への移動装置としての機能が第一のものだったわけである。それは、女子生徒達が男性新エリート層の妻候補であったという事実が示している。

「砂塵」の中でも、「又彼女達のやうに女学校の娘を出してゐる家は大ていが裕福な――といふよりはむしろ富豪の娘で」あると語られている。野沢たち教師の目から見ても、台湾の高等女学校が特定の階層に限定化された学校であることへの認識があったのである。

このような状況が台湾にあったことを踏まえて、野沢の教室内部での振る舞いについて考えてみたい。

野沢は自分の勤める学校が「台湾人主体」で「特殊である」ことを理解している。そしてその上で、テクスト冒頭から始まるような「雑談」を行っている。

野沢はここで、「佐藤春夫について話」している。新垣が「台湾を描いた作家」としての佐藤春夫に強い興味と関心を抱いていたことは確かであり、これはそのような新垣の反映だといえるだろう。

野沢は、その佐藤春夫の話を「略伝と作風」「大正九年の訪台」そして「女誡扇綺譚」の三段にわけて話しているのだが、「略伝と作風」は「ロマンチック」に、「歯のうくやう」に話し、「大正九年の訪台」は野沢が生徒らを引率した日月潭への修学旅行の見聞を交えつつ話している。この時、野沢は佐藤春夫の「日月潭に遊ぶの記」について語ったのであろうが、同じく佐藤春夫の手になる「霧社」や「殖民地の旅」についてはは語り得ただろうか。

そもそも、佐藤春夫の台湾関連のテクストの多くは、〈皇民化〉を推し進めなければいけない野沢の立場からすれば、生徒達に語るには不適であることはいうまでもないことである。にもかかわらず、野沢が佐藤春夫について女生徒の前で語ることが出来たとすれば、その〈語り〉は、佐藤春夫のテクストに対して相当に〈改変〉を行った上でのものと考えざるを得なくなる。

そのような状況が予測できる中で、野沢は「女誡扇綺譚」をどのように語ったのだろうか。

「台南の街を舞台にしてゐるから、同じ街に住む者にとつては大いに興味を感ずるわけで」と、野沢は「女誡扇綺譚」の筋を生徒に聞かせているが、ここで語り手ははっきりと野沢が「女誡扇綺譚」の筋を恣意的に改変していることを認めている。野沢は、「生徒に話すのに具合の悪い点などはたくみに夢のやうにぼかしながら話し続け」ているからである。

この「具合の悪い部分」というのが一体「女誡扇綺譚」のどの部分なのか、それはテクストからは一見判断不能であるが、それは「安つぽいロマンチシズム」のような話になっているらしい。そしてそれを、「生徒の方では十分に『女誡扇綺譚』は美しい作だと受取つて行く」ようにし向けている。このとき、〈語り手〉は「女誡扇綺譚」を「可憐な台湾人女性をヒロインにとり上げた物語」といっているが、「女誡扇綺譚」に出てくる「女性の声」および「台湾人の下婢」は、本来「ヒロイン」と呼ばれるような位置づけではないのだ。

ここで、〈語り手〉は、野沢がこのように「女誡扇綺譚」を「美しい作」にして生徒達に語り聞かせる理由として、この女学校が台湾人生徒中心という「特質」があることを述べ、同時に台湾島内の中学校・高等女学校が、日本人生徒中心校と台湾人生徒中心校とに別れている状況について解説している。

ここで〈語り手〉は、野沢の勤める学校が、そのような台湾人生徒中心校であるが故に「国語教育とか皇民錬成とかいふことにその重点を置いて力が注がれてゐるのである」と述べているのだが、「国語教育とか皇民錬成」に重点を置くことが必要な「特質」を持つ女学校では「女誡扇綺譚」を「美しい作」にして語る必要がある、というのは、文脈的な整合性を欠いた説明ではないだろうか。何故、台湾人生徒中心校では「女誡扇綺譚」を「美しい作」にしなければならないのか。

つまり、ここで〈語り手〉は、野沢の〈語り〉の改変手口をはからずも露呈させてしまっているのである。〈語り手〉は野沢の行った〈改変〉を、「女誡扇綺譚」の「美しい作」化することを中心にして述べているが、〈改変〉の中で重要だったのは、「美しい作」化することではなく、やはり生徒達の台湾人意識を刺激するような箇所を削除することだったのだ。だからこそ、台湾人生徒中心という学校の「特質」を踏まえることが重要で、そしてそのために読者に向かってその「特質」を長々と解説したのである。

さらに、野沢は自分の生徒達が「大ていが裕福な――といふよりはむしろ富豪の家」出身であるから、「女誡扇綺譚」を面白く感じる条件が備わっている、と述べている。が、「女誡扇綺譚」の中で描かれている「娘」像は、伝説として語られる中に現れた、横暴な先祖の作った財と家族を一瞬に失い狂死した女と、養父の独断で決められた婚姻から逃れるために自殺した娘、である。「富豪」に対する負のイメージしか伝えないこの設定から、当の「富豪の家」出身者である生徒達が、どのような「面白さ」を感じると考えているのだろうか。

野沢はこの「雑談」を「成功した」ととらえているが、それははなはだ怪しい。ここで野沢が「成功」した部分があるとするならば、自分の職業上の禁忌に触れずに佐藤春夫のテクストを生徒達に語ることが出来た、という点くらいであろう。また同時に、このような話を「面白く感ずる」と野沢が安易に考えるのは、それだけ野沢が、台湾人生徒達の、〈台湾人である〉ということに対する配慮を欠いた人物であるということの証明でもある。

野沢は台湾人生徒達の「特質」に気をつかっているつもりであるが、実は全然気などつかえていないのだ。

野沢はこのような「雑談」においては、生徒達に「卒業後に望む」という内容を語ることが多いが、しかし台湾人生徒中心校であるが故に、「月並なことは言つてゐられない」立場にある、という。しかし実際に野沢が語った話は、佐藤春夫のテクストから台湾人意識を刺激させるような部分を適当に抜き取った自分本位の改作に過ぎなかった。野沢は職務上の必要のために、生徒達に〈皇民化〉へ向かう話をしなければならない立場にあるというのだが、結局、彼はそのあたりの要求についてはひどくいいかげんな態度で臨んでいるのである。テクスト本文をみれば明らかだが、野沢は生徒達に、「雑談」内容についての反応を全く確認していない。全て自分の中で「満足しているに違いない」と思いこんでいるに過ぎない。故に、彼の「雑談」中に「うかぬ顔」をしている宝玉を見て不愉快になるのである。

野沢は善良でおとなしそうな教員として描かれているが、その一方で、非常に独善的な姿勢で生徒に向かっている部分が、この「雑談」の中で露呈しているのである。

4　異分子としての宝玉

こういう状況下で、宝玉は一体どのような立場にあったといえるだろう。殆どろくな稼ぎのない家庭から、学力だけで高等女学校に進学した宝玉は、日本の学校制度史的にいえばまさに「苦学生」の典型といえるが、しかし、その入学先の実態が「中上流婦人」養成機関であったとき、宝玉はどのような思いに駆られたであろうか。「筋書通り受持の先生が惜しがつて女学校へ入れるやうに親を説きつけた」結果女学校へやって来た宝玉を、野沢はもてあましている。日本内地でも学校制度開始初期の頃には、このように小学校の教師などが児童の学力を惜しんで、学歴の価値を未だ受け入れていない親を説得させ、それらの児童を進学させたという話は多い[33]が、野沢の態度は、むしろそれに対し批判的でさえある。

野沢が宝玉を持て余している様子は、その宝玉の観察にも現れている。野沢は宝玉を「性質はどちらかといへば陰気」「顔だちも余り良くなく」「一重瞼の眼が力無く人を見つめ」「無口な事が多かつたため、友達らしいものもゐないやうであった」と評する。さらに、「雑談」の最中に「うかぬ顔」をしている宝玉を見ていると自己嫌悪を感じるので、「宝玉の態度を見ないふりですます」のである。

これだけでも教員としてあまりな態度であるのだが、ここで、先の台湾における高等女学校環境を思い出せば、野沢の宝玉に対する評価は、宝玉が「中上流婦人」養成機関の中の自分の立場にどれだけ苦しんでいるかどうか、ということへの配慮・想像が完全に欠落した手前勝手なものであるといえるだろう。宝玉が「陰気」で「無口」で「友達」もいないことが、野沢の評価ではあたかも宝玉自身の個人的な欠点に還元されてしまうが、女学校という特殊な環境下に放置されていることを考えれば、それらが同級生たちとの階層の絶望的なギャップがもたらした孤立なのではないか、という心配を抱いてもよいはずなのだ。

総督府が高等女学校の生徒の対象を中上流家庭に絞った背景に、台湾人側から下流以下の家庭の子女と同じ学校に通わせたくない、という要求があったことも考えれば[34]、宝玉が女学校内で闊達でいられると考えるのは難しい。そして、そのような宝玉が、野沢が予想した形で「女誡扇綺譚」に関心・興味を持つことなど最もあり得ないことである。野沢が宝玉に半ば理不尽なマイナス評価を与えるのは、宝玉の存在が、野沢の「善良な教員」の仮面に手をかけ、彼の教室内における独善性を暴くように作用していたからであろう。野沢は、自身が宝玉の女学校内での位置に配慮を欠いていながら、生徒である宝玉に自身の立場への配慮を求めているのだ。

野沢は宝玉の身売り騒ぎに際して、自身の無力さに対し「こんな子供にとって、女学校教育がどれだけの効果を持つものであらうかと疑う気持が起」こり、「公学校の受持教師の一時の感傷の心さへなければかうした道には足を踏まずにすんだかも知れない」と思う。これがおそらく野沢の本音なのだろう。〈皇民錬成〉が今日的な教育の主眼であるということを繰り返す野沢だが、そのような彼が、宝玉のような貧しい台湾人家庭出身者への教育の必要を疑い、しかも宝玉が身売りの危機に瀕している原因を女学校に進学したことにあるかのように述べるに至っては、かなり強引な責任転嫁である。野沢はこのような本音を「教師達も抱いてゐる抱負」（つまり〈皇民錬成〉という目標）でねじ伏せるのだが、身売り騒ぎは「教育の責任」ではなく、無知な宝玉の両親が原因であるというあたり、そのメッキはもろい。そしてまた、〈皇民錬成〉をメッキとして利用しようとする野沢の姿勢は、彼が本心から生徒に対して〈皇民錬成〉を達成させようと考えているわけではないことをも明らかにしている。

野沢が台湾の女学校というシステムに従い、その内部の異分子である宝玉を「面倒」と感じている様子は、この日本人教師の一面的な世界観を暴き出している。それは、女学校経験者達が現在まで、女学校経験を誇りに感じる一方で、例外なく経験し忘れられずに来ている日本人教師からうけた差別や蔑視[35]が、温厚を装っている野沢の中にも伏流していることを示してもいる。野沢は女学校内部で多層化している支配―被支配の権力構造を前提として行動している教師にすぎないのである。

5　〈読者〉は誰か

次の問題は、この「砂塵」が一体誰を読者に想定して描かれたものか、という点である。台湾内部の雑誌である『文芸台湾』掲載である以上、第一に考えられるのは当然台湾の日本語理解者である。そしてこの人々はさらに限定して想定することが出来る。『文芸台湾』そして競合誌である『台湾文学』は共に同人誌的性格の強い雑誌で、同人外での購読者は絞られ、単に日本語理解者であるというだけでは読者対象にはならない。大衆文芸ではなく、台湾におけるハイ・カルチャーの創出を意図していたであろう両誌の購買層が日本語エリート層に偏っていたことは想像に難くない。

ここで両誌の差異を比べて明らかになってくるのは、『台湾文学』がその性格上台湾内部向きを標榜していたのに対し、『文芸台湾』の〈中央文壇〉志向は明瞭であったことである。『文芸台湾』の主催者である西川満は雑誌を毎回内地の著名人や作家に送っており、その礼状（半ば私信的なものまで）をそのまま『文芸台湾』誌上に内地からの反応として掲載したりしていた。

〈日本人〉が〈日本語〉で文学運動をする上で、〈中央文壇〉で認められることを目標とすることが批判されてしまうのは何故か。これが日本内地の地方同人誌の一派の目標だったとしたら、誰が彼らを批判しただろうか。

ここでは、だから〈台湾〉という場所を〈特殊化〉した意識が働いていることになる。台湾の文学運動は、台湾内部で自己完結しているべきだ、という主張が「台湾文壇建設論」などによって正当化されていく中で、〈中央文壇〉志向は否定材料となるのだ。

西川や『文芸台湾』派の傾向として、台湾の南国性・異国性を「売り」にしていたという面がある。このような側面が、やはり〈台湾〉を食い物にしている、〈台湾〉を踏み台にしようとしている、という感情を日本人には感じることが出来ない深さで〈台湾〉に根ざしている台湾人作家などに抱かせるのは不思議なことではない。しかし、そのような創作傾向の一方で、西川らが〈台湾文壇〉形成に相当な努力を払っていたことも事実なのである。特に西川は、『赤嵌記』等を東京から出版した経験[36]もあるだけに、自分が〈中央文壇〉で認められるとき、それは「台湾の西川満」としてである、ということは十分に分かっていただろう。つまり、西川は〈中央文壇〉志向の強烈な作家ではあったが、それだけではなく、同様に強烈な〈台湾作家〉意識も持っていたのである。そして、特に『文芸台湾』で活動していた在台日本人作家たちには、このような〈中央文壇〉志向と〈台湾作家〉意識の同居という傾向が程度の差はあれ存在していたのではないだろうか。

「砂塵」が求めている読者を考えるとき、この「傾向」の反映が見られるように感じる。

テクスト冒頭でなされる台湾の女学校の内台分離状況の解説、台湾人女生徒が学校で習った日本式の礼儀作法をなかなか実践できない様子、東門町付近の典型的な「台湾的風景」の描写、台湾の国語普及の現状、台湾の人身売買まがいの養子制度の解説、台湾にも施行されることになった義務教育について…などの言説は、台湾内部の日本語人へ向けたものとは考えにくい。台湾に暮らしている者にとっては当然の知識・くどいくらいの解説は、台湾を知らない者へ向けた言説と考えるべきであろう。ここで、「砂塵」というテクストの〈中央文壇〉志向の側面が現れている。(37)

また、佐藤春夫とそのテクストをことさらに「ロマンチック」という方向に誘導しようとする語りは、「女誡扇綺譚」＝「エキゾチシズムのテクスト」という島田謹二の提示した公式を踏まえてのものであろう。さらに、「女誡扇綺譚」の下婢が、拾われた孤児とされている設定について、「この小説のやうに孤児であつたものが拾はれたのは特別な境遇で、大てい小さい時に金で買はれたものが多い」と語って、その証左となるような石碑や証文について詳細に語る件は、〈中央文壇〉志向の側面を持つと同時に、佐藤春夫の台湾描写の「いいかげんさ」を遠回しに指摘したものでもあるだろう。この当時の新垣は、先に見たように、すでに「女誡扇綺譚」に対して批判的スタンスに転じていたからだ。

しかし、〈中央〉をかなり意識したテクストとはいえ、その姿勢が徹底されているとは言えない。例えば、テクスト内では当然のように「公学校」や「志願兵制度」「芸妲」といった殖民地台湾特有の用語を特に説明もなく用いているし、「安平」「斗六」という地名も唐突に示している箇所がある。

このようなテクストの描かれ方に、在台日本人作家の迷いと表現上の限界が存在している。「砂塵」は〈中央文壇〉を意識しつつも、それを徹底できていないのである。

在台日本人作家である新垣は、自身が日本人であるが故に、内地の日本人と自身との間の齟齬に気がつきにくかったのではないだろうか。西川のように、積極的に内地に自身を売り込んでいた作家と違って、新垣の活動は台湾に限定されたものであったし、西川と違って、彼には旅行をのぞいて一切内地経験がなかった。新垣には、台湾から完全に切り離された形の日本人読者像を想像するのは困難な事であったはずで、そのとき、彼のテクストが〈中央文壇〉志向を反映していたとしても、想定すべき日本人読者の像を正しく結ぶことが出来なかったのである。

「砂塵」において想定される読者像の不分明さは、このような〈在台二世〉作家の迷いと限界の結果だったのだ。

6　「女誡扇綺譚」についての二つの語り

宝玉が身売りされるという事態に直面したとき、野沢は女生徒たちへの〈語り〉とは違ったレベルで「女誡扇綺譚」を想起する。それは下婢の位置づけについてである。野沢は、清朝の頃には子女の売買や借金の担保化などがあったが、日本統治下の台湾でそのようなことはあり得ないとしつつ、現実に自分がそのありえない事態に直面したとき、宝玉の身の上を「無知純情」な下婢の悲劇と重ね合わせようとする。この「無知純情」という評価は宝玉の両親に対しても適用されており、ここでの「女誡扇綺譚」はそのような〈台湾〉の「遅れている側面」を強調する言説に限定されて利用されている。女生徒達への〈語り〉が「美しい作」にされているのに対して、ここで野沢が想起するのは、「隣人に拾はれて養育され」、本人の意志にかかわらず日本人と結婚させられることになった下婢の言説という、台湾への負の現実のイメージに結びつけられたものになっていくのである。

このような、「女誡扇綺譚」の〈語り〉を区別して行うという在り方は、野沢の無邪気な傲慢さの表れであるといえる。彼は生徒にはお手軽な幻想を与えることに終始し、その幻想の背後にある負の側面を伝える労を厭うている。しかし、自分の内的な矛盾にぶつかるとき、その負の側面を都合良く利用する。それは日本人が台湾人に、教師が生徒に強要する上下関係の延長線上の事態である。

そもそも、「女誡扇綺譚」において下婢についての箇所というのは、枝葉の部分である。そして、その中で中心的な内容は、その下婢が「廃屋の声」の主であったということ、そして主人の命令にしたがって日本人と結婚させられそうになり、それを拒否して自殺した、という点であって、野沢が問題にしているような台湾の伝統的な人身売買的な養子制度は全く争点になっていないのである（というより、「砂塵」冒頭で指摘されているように、佐藤春夫は台湾の「人身売買的な養子制度」を把握出来ていないはずなのだから）。故に、ここで野沢が「女誡扇綺譚」を引用しているというのは、「砂塵」の中での「女誡扇綺譚」に対する把握とかみ合っていないことになる。

つまり、教室内での〈語り〉とは違ったレベルでの「女誡扇綺譚」引用ではあるが、しかしそれが野沢の〈改変〉を前提としたものである、ということは共通しているのである。野沢は恣意の上に恣意を重ねた「女誡扇綺譚」像を自らの中に抱いていて、それを都合良く、いい加減に利用しているにすぎないのだ。

7　野沢と〈語り手〉

最後に、「砂塵」の〈語り手〉と野沢の位置づけについて考えたい。

「砂塵」の〈語り〉は、例えば野沢自身の「女誡扇綺譚」理解をそのまま地の文が語っているところなどのように、野沢自身の主観をそのまま述べ続けることで構成され、〈語り手〉と野沢自身が重なってくる場面があり、それ以外の部分でも、基本的に野沢の自身の語りを代行している。しかし一方で、〈語り手〉と野沢が乖離する箇所がある。

前述した、野沢が自身の「雑談」に対する宝玉の反応に不快感を覚えたことを語る場面はその一つである。野沢はこの前後で、一方的に宝玉を評価・断定しているわけだが、そのような野沢は「若い気負つた勢で喋るくせに、気の小さいところがあるので、かういふ顔にで出会ふと、ギョッとして、ふと我に帰つた気持になり、しまひには、むらむらと何とも云へぬ自己嫌悪に似た感情に充たされることがあ」ったと語られる。このとき、〈語り手〉は野沢に対して一定の距離をとっている。野沢が恐れた宝玉の無反応は、実は彼自身が生徒の状況に注意を払っていないこと、生徒ときちんと向き合っていないことが原因であることを、この距離感が示しているのである。

そして、この乖離の顕著な部分が、最後の場面で、野沢が宝玉を卒業後に国民学校の教員に推薦しようと考え、その点に、それまで無意味だと思っていた宝玉に対する女学校教育の意義を発見して喜んでいる、「考えてゐる内に野沢は自己満足に似た明るいものを感じはじめた」という部分である。

実際のところ、この時点では事態は全く好転していないし、解決されてもいない。全て野沢が勝手に考え、勝手に請け負い、勝手にうまくいくだろうと思いこんでいるだけである。敢えて解決の糸口に達した部分を探すとすれば、綉梅が彼女の妹から借りた三〇円ほどの借金を野沢が肩代わりしてもいい、と考えている事くらいである。それ以外は、野沢には権力側（校長や警察当局）に頼む事が出来るだけで、実際に野沢の希望通りに事が進む保証など全然ないのだ。

にもかかわらず、野沢は自分の考えに「自己満足に似たあかるいもの」を感じてしまう。これは、やはり野沢が在台日本人であるが故の傲慢さの発露であろう。彼は自分の考えが正しいと思う限り、そしてそれが無知な台湾人社会に対しての行動であると理解する限り、自身の優位を疑わないのである。

このような野沢の心理を「自己満足」と描く〈語り手〉が、野沢と重なることはあり得ない。ここは、野沢と〈語り手〉とが最も離れた場面であると言っていいだろう。「砂塵」の〈語り手〉は野沢に寄り添い、場合によっては重なってくるわけだが、この最後の場面に至って何とか一線を引くのである。

8　おわりに

「砂塵」は〈皇民化運動〉の推進期に発表されたテクストだけに、その内部に〈皇民化〉という言葉がやたらと踊っている。しかし、それらの言葉は実際にはまったく機能しない、空転した言葉となっている。それは、

〈語り手〉、ここでは野沢自身が、野沢の勤める学校を「国語教育とか皇民錬成とかいふことにその重点を置いて力を注がれてゐる」と言っておきながら、〈皇民錬成〉の場である女学校に参加してきた宝玉を厄介者のように見る点や、宝玉が野沢の家に訪れた時、畳を前にして物怖じする描写の中で「日頃の生活にはその必要がない」礼儀作法を学校がいちいち教えているばからしさを示してしまっている場面や、宝玉の一家を「無知な階級」と断じていながらその彼らに理解できるわけもない「日本人精神」や「日本人の女として」の生き方を要求している部分などから明らかになっている。

冒頭の実質的な内台分離教育が行われている実態を描いている部分といい、このテクストは、表面的には〈皇民化〉という予定調和を目指して描かれているものの、あちこちでそのずさんさやいいかげんさを野沢自身のいいかげんさを通して暴露しているのである。

最終場面で宝玉に国民学校の教員職を紹介するのもあまりにも唐突で不自然である。教員職に推薦する用意があるはずの生徒に対して、なぜ〈語り手〉は冒頭から否定的な評価を与え続けたのか。宝玉は野沢に学校をやめる旨を伝えに来た場面で、「私学校を出ても何もならないんですから」と半ば絶望気味に告白している。野沢が宝玉を教員に推すつもりがあり、そして生徒のことを心配する心を持っている人間ならば、この時に教員職があることを伝えてやるのが本当ではないのか。それをしなかったというのは、つまりこのテクストが、後半になってまさに〈皇民化〉という予定調和に帰結しようとしたことの証拠にもなるだろう。

このような状態から、「砂塵」を「結果的に皇民化教育の皮相さを暴いたテクスト」と評価することも出来るかもしれない。しかし、そのような評価もまた、皮相なものに過ぎない。「砂塵」の中の、野沢に寄り添う形の語りの在り方は、野沢に自分自身の在り方について反省も批判もさせてはいないからだ。彼は善良な人間として語られているが、同時に在台日本人としての、特に台湾人に対する無神経さを顕わにしていて、そして野沢も〈語り手〉自身も、自身がそのような無神経さを露呈してしまっていることに気づいていない。その時点で、このテクストは非常に中途半端であり、未熟なのである。ここでは、例えば西川満が「赤嵌記」でみせたような、〈台湾性〉を強引にねじ伏せ、〈日本性〉を過剰に示したときに見せたような言説はない。「赤嵌記」の内容の是非はともかく、そのテクストが強い一貫性を示しながら物語を作り上げているのに比べて、「砂塵」はその物語構造の上で、想定読者の問題にしても、〈語り手〉の問題にしても、テーマの取り扱い方にしても、全てが中途半端なのである。

野沢は「女誡扇綺譚」をロマンチックなものであり、台湾の事情把握についてはいまいちだという指摘をし、自身の台湾に関する知識を披露することで〈日本の日本人〉に対して、〈外地の日本人〉としての視点の在り方を示している。同時に、そのような野沢を表現しているこのテクストは、〈台北の日本人〉に対して、作者・新垣宏一がより台湾に密着・同化した〈台湾の日本人〉であることをアピールして見せている。一方で、テクスト内部の野沢は〈台湾の台湾人〉に対しては〈皇民化〉を唱えつつ、いやだからこそ、彼らは〈異民族〉である、という姿勢を崩さないが、それに自身は気づいていない。そして、野沢にそのことを気づかせることが出来ない語り手と、テクスト外部の作者・新垣宏一も、「自身がいかに台湾に深くコミット出来ているか」を読者に対して誇示することと、「台湾人に対する〈皇民錬成〉」という予定調和にテクストを持ち込むことの矛盾に気づいていないのである。つまり、野沢、〈語り手〉、そして語らせている作者・新垣宏一は、自身に気づいていない形で、決定的に〈台湾〉を客体としているのだ。

新垣宏一は、おそらく知性によって〈台湾〉を理解しようとし、それが「女誡扇綺譚」調査や、「砂塵」に散見されるような〈台湾〉の民俗に関する知識となって現れている。しかし、このような理解の方法は、結局は〈他者〉に対して向けられるものにしかならない。故に、「砂塵」で語られる〈皇民錬成〉という言葉は、対象とされている台湾人にとってはもちろんのこと、それを実行するように描かれている野沢、それを語る語り手、語らせている作者・新垣宏一にとっても、〈他人事〉のようにしか描かれないのである。

「砂塵」がこのような構造を持ってしまうというのは、作者・新垣宏一の望むところでは無かったであろう。彼の意図は、そのテクストに表された〈台湾〉関連の描写から判断する限り、「いかに自身が〈台湾〉を理解しているか」「いかに他の作家たちよりも〈台湾〉に関する知識を備えているか」ということを知らしめるところにあった、と考えられるからだ。

もちろん、その意図は読者に伝わっていくに違いない。しかし、自分自身が、〈在台日本人〉という、日本統治期台湾の時空において、生得的に〈権威・権力・支配〉の表象（あるいは実権）を持ち、それを〈台湾〉に対して行使する立場にある、ということに気づけない時、そのような描写は個人的な意図を越え、政治的民族的な差別構造をはらむことになる。そしてその上に〈皇民錬成〉を描き込むという「戦時下」状況へのすりあわせを行った時、テクストは決定的に独善性を帯びるようになるのである。

新垣が描いた「野沢」という男は、確かに善良な男であった。しかし、「善良である」ことをいいわけに、〈台湾〉内部の支配―被支配構造に向き合おうとはしなかった。「向き合うこと」は不可能だったのではないか、時空的な表現の制約があったのではないか、というレベルにこの問題を引き込むことは容易い。だが、このテクストが実際のところ〈皇民錬成〉という時空的な要請を、表層を飾るだけで上滑りさせていることを考えれば、「向き合う」姿を描くことが不可能だったとしても、「向き合えない」ことを表現することもまた出来たのではないだろうか。

「砂塵」はその意味で逃げている。野沢が最後の場面で、警察官の知己や校長という支配権力を保持する存在に依存することを自らの解決策のように捉えて「自己満足」を覚えるように、このテクストは「〈皇民錬成〉を描くこと」という権力の要請には逆らえない、という言い訳に逃げ込み、その枠組の中で〈台湾〉への理解をちりばめるところで「自己満足」してしまっているのである。

そして、この「自己満足」こそが、〈皇民文学〉の空洞化の証にもなっている。

本章で検証したように、「砂塵」の内部において、野沢が〈皇民錬成〉を繰り返し主張していることと、野沢が日常のレベルにおいて〈皇民化〉がほとんど機能していないことを暴露し、それが当然であるかのように振舞う様子とは、明らかに矛盾している。このテクストは、〈皇民文学〉への要請が強烈になっている最中に発表されたが、[38]そのために〈皇民文学〉を装おうとしつつも、結局〈皇民文学〉に対しての「やる気のなさ」が露呈しているのである。このテクストは実際には〈皇民文学〉という枠組をまるで尊重していないのだ。

それは、このテクストが在台日本人の描いたものだということも影響しているだろう。〈皇民化運動〉はそもそも台湾人に対して迫られたものであって、日本人にとっては全く重要なものではなかった。台湾人に対して〈皇民〉という極めて観念的で虚構的で偏った〈理想の臣民〉となるために多くの努力と犠牲を強いておきながら、在台日本人はただ〈日本民族〉であるというだけで、その資質や能力や人間性などは全く問われず、一切の努力と犠牲が免除されていたのである。

つまりこのテクストは、〈皇民化運動〉を自身の問題として理解しておらず、完全に他者の問題としているのだ。さらに、「砂塵」の描写ににじみ出るのは、このテクスト内部では、〈皇民化運動〉を無駄な努力だと考えていることである。このような傲慢さが在台日本人のテクストに内在している時、〈皇民文学〉という枠組は一体何のために振り回されていたのか、非常にむなしさを覚えるが、同時に、〈皇民文学〉というものが全く内実のないものであったことも示されるであろう。〈皇民文学〉という枠組は、せいぜいのところが、〈台湾文壇〉内部の論争や勢力争いの際の駆け引きの道具程度のものでしかなかったのだ。

ただし問題だったのは、現場の作家達が駆け引き道具程度にしか扱っていなかったとしても、〈皇〉という文字を用いている以上、表面上それを貶めることは日本帝国内部では絶対に許されなかったということである。それが、〈皇民文学〉という枠組を、如何に自分に都合良く引き寄せられるか、という争いにつながり、〈皇民文学〉は実態も定まらないまま、上滑りし続けることになった。それが、「志願兵」、「奔流」、「道」に顕著なように、〈新人〉の登場のたびに「新たな」〈皇民文学〉テクストが登場するという結果につながったのである。〈皇民文学〉は、たらい回しになっていたのである。

＊

新垣のテクストは、この「砂塵」に限らず、〈皇民化〉の問題の周辺をなぞるものが多い。それは第一に、作者である新垣が〈在台二世〉であり、学校教員であるという立場から台湾人との接触や交流が他の在台日本人に比べ多かったことが原因であろう。しかし、新垣がテクストの中で〈皇民化〉に触れる時、それは非常に危うい表現を伴っていた。このような〈皇民化運動〉に対する火遊びをしてしまう新垣には、在台日本人として、台湾人に対し特権を揮うものの責任感の欠如が見て取れる。それは差別構造が存在しない時空であったら、のんきな善良さとみることも出来たかも知れないが、日本統治下の台湾においてのそれは、〈傲慢な〉善良さでしかなったのである。

では、在台日本人がこのような〈傲慢な〉善良さで〈皇民化運動〉を弄ぶとき、台湾人作家は、〈新人〉による独走的なテクスト以外には、沈黙しかなかったのであろうか。

ここで、再び、龍瑛宗のテクストに当たってみたい。一九四三年七月。「奔流」「道」という〈皇民文学〉の〈代表作〉が現れたのと同じ時に、彼が発表したテクストがある。それは「蓮霧の庭」であった。

【注】

（1）東熙市との再会、訪台事情などは春夫の台湾関連テクストの一つである「かの一夏の記――とぢめがきに代へて」（一九三六年刊行の単行本『霧社』所収）を参照した。

（2）佐藤春夫以外で、台湾を舞台としたテクストを数多く発表した作家では、宮崎中学校から旧制台北高校に進学した経験を持つ中村地平を挙げることができる。その他、北原白秋や佐多稲子などが訪台し、後紀行文を発表している。「日本統治期台湾文学　日本人作家作品集」（緑蔭書房　一九九八）別巻（内地作家）参照。

（3）新垣宏一『華麗島歳月』（前衛出版社　二〇〇二　台湾）を参照。

（4）「佐藤春夫のこと」（『台湾日報』一九三八年一一月一・三・五日に掲載）

「佛頭港記」（『台湾日報』一九三九年六月）

「女誡扇綺譚と台南の町」（『台湾日報』一九四〇年四月）を参照。後二者については、東京大学大学院博士課程の謝恵貞氏より切り抜きのコピーを御提供いただいたが、日付が不明である。新聞自体は現在存在を確認できていない。

（5）『定本佐藤春夫全集』（臨川書店）の「女誡扇綺譚」注の中でも、新垣の記事は資料として引用されている。

（6）島田謹二の提唱した「外地文学」の枠組と、島田の「エキゾチシズム」の把握については藤井省三『台湾文学この百年』（東方書店　一九九五）、邱若山「「女誡扇綺譚」とその系譜」（近代日本与台湾検討会　発表論文二〇〇〇）、橋本恭子「島田謹二《華麗島文学志》研究――以「外地文学論」為中心――」（台湾・国立清華大学碩士（修士）論文　二〇〇三）を参照した。さらに具体的な島田の〈外地文学〉について、橋本恭子氏のご意見を参考にさせていただいた。

（7）島田謹二の台湾における研究活動については、橋本恭子『『華麗島文学志』とその時代――比較文学者島田謹二の台湾体験――』（一橋大学大学院言語社会学研究科　博士論文　二〇一〇）に詳述されている。

（8）〈エキゾチシズム〉とは、ここでは〈日本語文学〉最盛期の台湾文壇において争点となった文学傾向に限定した意味で用いている。なお当時は「エグゾティズム」「異国情緒」「異国情趣」「異国情調」など表記が複数存在していたため、本章では便宜的に〈エキゾチシズム〉に表記を統一した。

（9）藤井省三前掲書所収論文。

(10)『文芸台湾』(一九四〇年)発表。四二年一二月に東京の書物展望社から『赤嵌記』として単行本化し、四三年二月には台湾・皇民奉公会の第一回台湾文化賞を受賞した。西川満の散文における代表作といえる。
(11)ここで参照した先行研究は藤井論文、邱前掲論文と、奥出健「西川満の文学と台湾」(近代日本与台湾検討会発表論文　二〇〇〇)、井東襄「大戦中に於ける台湾の文学」(近代文芸社　一九九三)
(12)前嶋信次は一九二八年に渡台し、以降満鉄東京支社に転職するまで十二年間台湾に在住。台南等で民俗研究を行っていた。この鼎談当時は台南第一中学校の教員だった。台湾における前島の民族研究は非常に価値が高いものだが、前島自身にとっては、台湾時代は望む仕事に就けず台湾に流れたという意味で不遇の時期であったらしい。戦後は慶応義塾大学に在職。『〈華麗島〉台湾からの眺望　前嶋信次著作集3』(平凡社　二〇〇〇)参照。前嶋信次については、大東和重氏に様々にご教示いただいた。
(13)掲載は四〇年一二月の一〇、一二、一四日の三回。後に編集され『文芸台湾』(四〇年　第二巻第五号)の「保祐平安」という随筆欄に再掲された。
(14)このような西川の文学傾向が、特に『台湾文学』派からの批判の対象となった。このとき『台湾文学』派は西川を「エキゾチシズム」「ロマンチシズム」傾向が激しすぎると指弾したのだが、西川批判において「エキゾチシズム」と「ロマンチシズム」の両者は分かちがたく、つまり島田論文が論じているような意味での〈エキゾチシズム〉とは異なるものであった。しかし、島田謹二と西川満は親交が深く、島田が西川の文学活動を一貫して評価していたために、この両者の〈エキゾチシズム〉観が混同されたままの状況が、現在まで続いており、〈日本語文学〉研究の上で、再考が求められている重要な問題点の一つといえる。
(15)「女誡扇綺譚」の物語時間の判断は、テクスト中の

(この二三年後に台湾の行政制度が変つて台南の官衙でも急に増員する必要が生じたとき(略))

という部分から行った。ここで述べられている行政制度改革とは、一九二〇年に台湾で実施された地方自治制度改正と思われるため。
(16)「赤嵌記」の時間は、「私」が西川本人を意識させていること、そしてその西川が「市の公会堂」で講演したの

は三九年末だったことから判断した。

(17) 江日昇『台湾外記』は福建人である江がまとめたもので、鄭芝龍以下鄭氏四代の事跡を詳述したものだが、史実というよりは伝奇小説に近い。一七〇四年（康熙四三年）に刊行されている。葉石濤著／中島利郎・澤井律之訳『台湾文学史』（研文出版　二〇〇〇）参照。

(18) 陳迂谷（一八一一—六九）は台湾北部では林本源家と並ぶ名家の出身。長じて挙人となり大陸で任官し、帰台後は台北・学海書院の主講となって人材の育成に努めた。「偸閑集」はその詩七百首を収めている。葉前掲書参照。

(19) この指摘は藤井前掲論文「台湾エキゾチシズム文学における敗戦の予感——西川満」に詳しい。

(20) 特に小説を挙げると「城門」（四二年　第三巻第四号）「盛り場にて」（四二年　第四巻第一号）「訂盟」（四二年　第五巻第一号）などがある。全て『文芸台湾』発表。戴嘉玲編「新垣宏一先生年譜初稿」（新垣宏一前掲『華麗島歳月』所収）を参照。

(21) 「彼」から「在台日本人」というファクターをも取り去って検討する、という段階には、筆者は至っていない。当時の台湾には「目に見える形」での内地人と台湾人の差別化が公然と図られており、それから無関係な文学活動はありえないからである。

(22) 坂口䙥子（一九一四—二〇〇七）熊本・八代に生まれる。八代高等女学校、熊本女子師範学校を経て、小学校教員として台湾へ渡る。台湾で知り合った坂口貴敏と結婚し、『台湾新聞』や『台湾時報』などに小説を発表。後に『文芸台湾』の対抗誌『台湾文学』に同人参加して活動した。戦後／〈光復〉後に内地へ引き上げた後も文学活動を続け、台湾の特に原住民と彼らの住む山地を舞台に描いたテクストを発表し、三度芥川賞候補に名を連ねた。

(23) 浜田隼雄（一九〇九—一九七三）仙台に生まれる。仙台二中から台北高校に進学。東北帝国大学に進んで、国文学を専攻する。卒業後、台湾の静修女学校に教員として赴任。後に台南第二高等女学校、台北第一高等女学校の教員となる。『文芸台湾』に同人参加し、西川満とともに『文芸台湾』の看板日本人作家として活動した。

(24) しかし、内地人と台湾人とでは、中学・高等女学校・高校・官立専門学校・大学等であらかじめ入学定員の格差が決められており、もともと内地人に比べて人口比率で圧倒的に多い台湾人には不当にその門戸が狭められていた。

(25) 新垣宏一前掲『華麗島歳月』参照。この中で新垣は、自分の師である台北高校・台北帝大の教授陣と、西川がどんどん親密になっていく様にねたみを感じていたこと、しかしその西川の行動力に圧倒されていたことなどを語っている。

(26) 『文芸台湾』は一九四四年一月を最後に終刊したが、これは前年一一月に開かれた「台湾決戦文学会議」において、西川が『文芸台湾』『台湾文学』両誌の「献上」を訴えたことに起因していると言われている。この会議後、『文芸台湾』だけでなく『台湾文学』も終刊し、四四年に統合誌『台湾文芸』が創刊された。故に、西川が分裂した同人の再取り込みを計ったという見方が有力だったが、中島利郎「西川満と台湾決戦会議」(太田進先生退休記念中国文学論集　一九九五)の中で、この会議以前に総督府の意向によって両誌の統合は決められており、西川もそれに逆らえなかったことが論証されている。

(27) 国語伝習所は、日本が領台後最初期に設置した台湾人向けの国語教育機関。公学校の設置と共に廃止された。

(28) 国語学校は、一八九六年に設置された台湾で最初の中等教育機関。一九一五年に台中中学校が設置されるまで、この国語学校と一八九九年設置の台北医学校の二校だけが、台湾島内で台湾人が進学出来る中等以上の教育機関であった。

(29) 例えば、台北の中学校では、内地人中心の台北一中は全定員のうち五名ほどが台湾人定員だったことが、入学者記録から分かる。一方、台湾人中心の台北二中でも、定員の三割は内地人枠にされており、明らかに内地人子弟有利の入学枠が設定されていた。当時台湾で中学校・高等女学校が設置されていたのは、台北・基隆・台中・嘉義・台南・高雄・花蓮などの都市であったが、この定員枠の設定方針に差はなかった。

(30) 山本礼子『植民地台湾の高等女学校研究』(多賀出版)及び洪郁如『近代台湾女性史』(勁草書房)を参照。以下、特に女性史・女子学生に関する論は、ほぼこの両書を参考にさせていただいた。

(31) 洪郁前掲書より引用。

(32) ここで言う「旧エリート層」とは、清朝期の科挙官僚輩出のためのシステムの中で、〈読書人〉階級と呼ばれた知識人階級、あるいは清朝期以来の富裕層を指す。

(33) 天野郁夫『学歴の社会史』(新潮選書)を参照。

（34）洪郁如前掲書参照。
（35）洪郁如前掲書参照。
（36）「赤嵌記」（『文芸台湾』四〇年　第一巻第六号）は、西川満の散文における代表作とされている。四二年一二月に、東京の書物展望社から、その他の短編も同時に収め『赤嵌記』と題して単行本化された。「赤嵌記」は四三年二月に台湾・皇民奉公会の「第一回台湾文化賞」を受賞した。
（37）『文藝台湾』四二年六月号の西川・浜田・龍瑛宗による「鼎談」の中で、新垣の小説「城門」についての言及があり、そこで西川は「あれは素材が非常に面白いので、その点内地では大分評判になつたようだけれども、形式が書簡体なので、新垣君の力が百パーセント出てゐるかどうか（略）」と述べている。ここで西川のいう「内地での評判」の実情は不明だが、新垣のテクストが、内地の〈文壇〉周辺で読まれていた可能性が示唆されるであろうし、当然誌面で公にされるということは、新垣自身もそれを知り、意識していたと考えられよう。
（38）『文芸台湾』終刊号には、台湾決戦文学者会議の議事録も掲載されている。そこからは『文芸台湾』派と『台湾文学』派の対立や綱引きが行われている様子が読み取れるが、この会議は太平洋戦争の戦局がいよいよ悪化していく中で、台湾の文学運動への一層の締め付け強化を目指し、特に西川サイドからは『文芸台湾』と『台湾文学』との統合が目論まれていた。その中で、〈皇民文学〉を巡る議論が起こり、張文環が「台湾に皇民文学でない文学はない」と主張していた。つまり、〈皇民文学〉でないと認定されることが、テクストと作家にとって致命的であるという状況が、彼をそのような発言をするまでに追いつめていたことになる。

第七章　錯綜する〈内〉と〈外〉

——四〇年代〈台湾文壇〉における「蓮霧の庭」と龍瑛宗

1 〈台湾新文学運動〉後と龍瑛宗

ここまでに何度も確認をしてきたが、一九三七年に『台湾新文学』が廃刊となり同年七月に日中戦争が始まると、「漢文」のテクスト発表に対する総督府の弾圧も重なって〈台湾新文学運動〉は途絶えてしまった。台湾人資本新聞であった『台湾新民報』などが台湾人作家たちのテクストの連載を行うなどという形で文学運動は続いていたが、その規模は以前よりも縮小せざるを得なかった。

その中で、龍瑛宗は『改造』懸賞創作への当選で得た『改造』やその関係作家とのコネクションによって改造社の文芸誌である『文芸』や文芸同人誌『文芸首都』にテクストを発表する機会を得つつ[1]、『台湾新民報』や『台湾日日新報』などでも頻繁にテクストを発表していた。テクスト発表の機会に対して龍瑛宗は非常に貪欲であることは、四〇年代の状況[2]からも分かるのだが、それはこの当時からすでに始まっていたのである。

そして、二年以上の空白を経て、一九四〇年一月に台湾で新たな文芸誌が創刊された。『文芸台湾』である。『文芸台湾』同人には多くの在台日本人が含まれており、彼らの主導の下、その中に〈台湾新文学運動〉期に活躍した台湾人の日本語作家たちが加わるという形になっていた。その状況に不満を持った〈台湾新文学運動〉参加者を中心に、『文芸台湾』から脱退した人々が四一年に創刊した雑誌が『台湾文学』であった。これは前章までで確認したとおりである。この時、多くの台湾人作家が『台湾文学』へ移籍する中で龍瑛宗は『文芸台湾』同人に留まった。

この二誌の対立は在台日本人対台湾人、という民族対立構図にされやすかったため、この分裂時に『文芸台湾』に「残った」とされる龍瑛宗は、構図的にいうと〈裏切り者〉のような立場に立たされてしまうことになった。

そして、おそらく当人もそれを長らく意識していたのであろうことは、戦後の随筆「『文芸台湾』と『台湾文芸』[3]での記述から推測できる。龍瑛宗はこの随筆の中で、『台湾文学』分裂時にその中心にいた張文環が自分に対して偏見を持っており、そのために『台湾文学』に誘われなかったとしている。自ら積極的に『文芸台湾』に残ったわけではないことをアピールしているのである。一九八〇年という時期的な要因もあっただろうが[4]、自分は「民族」を裏切ったわけではないことを主張する必要を、三十年以上の時間を経てもなお、龍瑛宗は感じていたのである。

しかし、この分裂劇は、民族対立というよりは旧〈台湾新文学運動〉派とその同調者の分離と言った方が事態をより正確に説明できると思われる。分裂した台湾人作家たちには、自分達が台湾の近代文学運動を立ち上げリードしてきたという自負があったであろうから、あとから出てきた在台日本人達にイニシアチブを奪われることが我慢ならなかったであろう。実際、当時の『台湾文学』派による『文芸台湾』批判のテクスト群には民族差別を原因とするものはほとんど見あたらない。ほぼ全てが『文芸台湾』を運営する西川満の方針への批判であったからだ。

こう見直す時、龍瑛宗が「台湾人でありながら」、『台湾文学』へ移籍しなかった原因も見えてくる。先述の通り、龍瑛宗は戦後になって『台湾文学』へ移籍しなかったのは張文環が自分に隔意を持っていたことが原因であると述べているが、そもそも何故龍瑛宗が〈隔意〉をもたれなければならなかったのか。それは、彼が〈台湾新文学運動〉の〈仲間〉ではなかったことに由来していたのではないだろうか[5]。

いずれにしても、龍瑛宗は『台湾文学』分裂後も『文芸台湾』に残った。以降、彼は『文芸台湾』の台湾人作家の代表としてテクスト発表を続けることになる。内地雑誌への登場は四一年以降激減するが、一方で台湾内部のメディアへの登場は激増していく。

これには、台湾の新聞・雑誌に強いコネクションを持っていた西川満の力も影響していたのだろう。西川にとって、龍瑛宗は『文芸台湾』の貴重な台湾人作家であり、手放すことは出来ない存在だったからだ。

龍瑛宗は四二年一月にそれまで勤めてきた台湾銀行（退職当時の龍瑛宗は台湾東海岸の花蓮港支店に勤務していた）を辞め台湾日日新報社へ入社するが、これも『台湾日日新報』学芸部長でもあった西川のコネクションの可能性は容易に想像できる。[6]故に『台湾日日新報』への転職は、「台北に戻りたい」という龍瑛宗の要求に西川が応えた結果とも言えるだろう。このように、龍瑛宗は強力に『文芸台湾』側に囲い込まれていたことが推測できる。一方、『台湾文学』には、西川程ではないにしても、龍瑛宗のテクストへの批判もしばしば見られた。龍瑛宗ははっきりと『文芸台湾』側の人間と認識されていたのである。

このように「親西川」と見られていた龍瑛宗が、一九四三年になって突然『文芸台湾』から『台湾文学』へ移籍している。本章の主眼は、この移籍後に『台湾文学』で発表された小説「蓮霧の庭」を読むことにある。龍瑛宗はテクスト発表媒体によってテクストの内容を切り替える傾向が顕著であり、[7]その事から考えると『文芸台湾』から『台湾文学』へ発表誌を移した時、彼のテクストにも大きな変化が現れたに違いないからだ。そしてその「変化」を確認することは、龍瑛宗という作家の問題のみならず、同時代の〈台湾文壇〉を巡る状況を把握する上でも、重要なことであろうと考えられるからである。

『文芸台湾』同人を辞め、『台湾文学』へ移籍するというのは、ちょうどこの時期、西川満が『台湾文学』の作家たちを想定した〈糞リアリズム〉論争[8]を引き起こし、楊逵をはじめとして『台湾文学』派の作家たちによる激しい反論がなされていたことも考え合わせるとなお、非常に冒険的なことであったはずである。それほどまでして、龍瑛宗は何を求め、何をなそうとして『台湾文学』へ移籍し、そして実際に発表した「蓮霧の庭」によって、何をなしたのであろうか。

龍瑛宗の移籍は、『文芸台湾』四三年九月号の「社報」で事後報告されており、[9]また同年一二月の『台湾芸術』に掲載された黄得時「努力家龍瑛宗君」の中でも触れられている[10]ことから間違いのないことである。ただし、龍瑛宗自身は戦後に「楊雲萍[11]氏と私は、いままで立籠った『文芸台湾』の牙の城から、始め《ママ》て『台湾文学』の城門に馳せ参じたわけだ。[12]」と述べているが、楊雲萍については「社報」では触れられておらず、『台湾文学』に寄稿したあと、再び『文芸台湾』にも書いている。[13]つまり、完全移籍をしたのは龍瑛宗だけであったことになる。

その移籍後第一作の「蓮霧の庭」は、結果的には龍瑛宗の『台湾文学』における最後のテクストとなった。『台湾文学』が、「蓮霧の庭」の掲載された一九四三年七月の秋季号（第三巻第三号）の翌号、四三年一二月の第四巻第一号をもって廃刊になったからである。[14]

故に、龍瑛宗と『台湾文学』の関係についてはそもそも判断材料が少なすぎ、移籍の動機や経緯、移籍による人間関係の変化、そして『台湾文学』誌上における彼のテクストがどのような展開を見せたか、などは「可能性」を想像する以上のことは出来ない。しかし一方、唯一[15]発表された「蓮霧の庭」のテクストに現れているものと、その『台湾文学』における位置づけ、さらに当時の〈台湾文壇〉と台湾の文化状況との関連を考える上では、「唯一」の発表テクストであることがより重要な意味を持つだろう。

2 「蓮霧の庭」の時間とテクストと〈皇民文学〉

「蓮霧の庭」は一九四三年七月の『台湾文学』第三巻第三号に掲載された。全部で十五ページ程の短編小説である。

このテクストは、台湾人の「私」の間借りしていた台湾人住居に、在台日本人家族「藤崎家の人々」が転居してくることによって始まった交流について、「私」を語り手として進めていく物語で、全体は（一）から（七）までの章で構成されている。

その冒頭（一）は「藤崎君」からの手紙によって藤崎家の人々を思い出す契機が語られている。（二）から（六）までが十年程前までの藤崎家の人々との交流の場面となり、（二）の半ばから、十年程前の時間を、「いま」と表現して語るよう語り手の時間が変化している（つまり語り手の年齢と記憶とが三〇代前半のそれから二〇代初めに変化する)。

「藤崎家」の家族構成は、回想される時期において中学校受験を控えている長男の「藤崎君」、その父親の「藤崎氏」、母親の「藤崎君のお母さん」、長女で「藤崎君」の姉である一七歳の美加子、次女で「藤崎君」の妹である一二歳の万里子の五人である。(16) その中で、「藤崎家の人々」との交流と、「私」が伝染病の「腹チフス」(17)に感染し体調を崩したこと、その後しばらくして台北に転居することになり、藤崎家の人々と別れたことが語られる。そして(七)で再び語り手「私」は(一)の現在へと立ち返り、青年となり戦地から復員した「藤崎君」との再会を果たして終わる。

まず、「私」が藤崎家の人々のことを回想している「現在」はいつごろと想定できるだろうか。「私」が藤崎家の記憶を呼び起こすきっかけは、「藤崎君」から届いた手紙である。そしてその手紙は「戦地」から届いている。この戦争は、「藤崎君」の戦地の様子を、「更に青い南海を渡つて」「鬱蒼とした密林や濃い白雲の頓してゐる緑つぽい風景」の中に想像していることから、南洋を戦場にしていた太平洋戦争であると考えてよいだろう。つまり、「私」の「現在」は、「蓮霧の庭」が発表された四三年に合わせておいて構わないと思われる。

そこから、「私」の回想している時期を推測してみる。(一)の「私」は、五年程前まで藤崎家の人々との手紙のやりとりがあり、最後に別れたのは大体十年前だと語っている。そして、テクストの中心となっている藤崎家との交流の場面から別離までの期間は、二年程とされている。つまり、「私」と「藤崎君」とが同じ住居に間借りしていて頻繁に会っていた時期(藤崎家の人々と交流するようになってから、「私」が「腹チフス」でたおれるくらいまでの時期)は、四三年の「現在」から十二年程前、一九三一年ごろと考えてよいだろう。

三一年ごろの台湾は、台湾人の社会運動が弾圧され取り締まられていた頃であり、昭和金融恐慌の影響で不景気の波を受けていた頃でもあった。また、日本帝国の動向を思い出せば、この年には満洲事変が起きている。昭和の日本帝国がここから満洲の直接支配に乗りだしていた。帝国中央の植民地への関心が北方の〈満蒙〉へシフトしていくことで、南方〈台湾〉への関心が相対的に低くなるのを総督府当局が焦り、そしてそれが太平洋戦争開始後の「南進政策」において、台湾を南進の拠点に位置づけようと躍起になる遠因にもなっていくのである。

しかし、テクスト内部では直接このような状況に関わる描写はない。「私」と藤崎家の経済状況はともに良くないことが示されているが、それと時代背景との接続はなく、また「私」も藤崎家も政治的立場の表明は行っていない。

「私」は中学校三年まで進んだところで父親を亡くし、その借金を背負ったことで学校を中退せざるを得なくなった。母親を伯父の家に預け、自らは「ひどい薄給の身」で「街のある会社の事務員」として働いている。一方、藤崎家の人々もまた貧しい身の上であることが冒頭で語られる。「藤崎氏」は「いまは青果会社の小使いを勤めてゐるが、その前は、某市で可成り手びろく商売をしてゐた」。それが、「大きい取引先の一軒が、倒産して夜逃げしてしまつたので、手形金の回収不能となり、資金に大穴を明けさせてしまつた。その上に運のわるいもので、家族の一寸した不注意が、火事になり、手持商品と家屋が丸焼けにされた。／それで完全にいけなくなつた」という状況で、そのために、通常在台日本人が住む場所ではない台湾人住居へ転居してくることになったのである。故に、「藤崎氏」は「藤崎君」に勉強を教えている「私」に対して、

「(略)あいつは受験、受験と騒いでゐるが、もしも合格したら、どうしようかと、じつは心配してゐます。また借金しなければなりませんからね。他人様の息子さんなんか皆中等学校へ行かせるのに、自分だけ生かせないのも、どうかと思ふし、――もつともこれは親としての見栄かもしれませんが。」

と打ち明ける場面もある。ここでは、「貧しくとも中学校へ行ける」在台日本人と、「貧しければ中学校へ通うことがままならなくなる」台湾人との対照も存在している[18]が、同時に、少なくとも藤崎家は想像される「一般的な在台日本人家庭」の水準から比べると、かなり貧しいことも伝わる。いずれにしても、両者の経済状況の困窮は家族の死や取引上・家庭内の失敗によるもので、時代性との関係は薄い[19]。

しかし、一方で〈南方〉に関する描写はテクスト内に散見される。冒頭で「藤崎君」が出征している戦地について、「私」は「さらに青い南海を渡つて、小暗い沼や、鬱蒼とした密林や濃い白雲の屯してゐる緑つぽい風景のなかに、藤崎君の姿を描いてみる」と述べているし、回想の中の藤崎家の会話にも次のような場面がある。内地へ帰りたいと愚痴る「藤崎君のお母さん」に対して、「藤崎氏」がたしなめるように言う。

「なあ、おまへ、もつと南方へ行つてゐる人たちを考へてごらん、ここよりもつと暑いですよ。それでも不平いはずに働いてゐるぢやないか。要するに気持の問題だ（略）」

また、同じ場面で、「藤崎氏」は「藤崎君」に対して「（略）もつとも、健坊（「藤崎君」のこと――引用者）には一度内地を観せなくちやならぬと思つてゐる。こいつは、台湾で生れて全然、内地を知らないから。なあ、健坊、内地へ行きたいだらう。」と問いかける。

「うん、行きたいとは思つてゐるけれど、住みついてみたいとは思はぬなあ。」

藤崎少年は、ニコリともしないで答えた。

「おまへは、ここで一生を終るつもりか。」

「うん、ここで一生終つてもいいよ、けんどさらに南の方へ行きたい気持もするよ。」

「おまへの顔は陽に焼けて相当黒いが、もつと黒ん坊になつてもいいのか。」
「僕は生つちろい顔は嫌だい。女の子みたいに。」
「ホホ、、、ほんとに健ちやんの顔たら黒いわ。これで内地に帰つたら、村の人は南洋の子供と思ふだらうね。」
「あれ、あんなこと言つてゐる。母ちやんだつて、南洋の女みたいに黒いわい。」
（以上、傍線は引用者）

このように、〈南方〉への意識については、複数の言及があり、そこでは〈南方〉への〈進出〉が少年の意欲的な姿勢として語られている。ただし、先にも述べたように、満洲事変を契機とする満蒙〈進出〉が台湾での南進熱の遠因であるにしても、それが現出するのは日本帝国が南方への侵略政策を固めてからであり、この時期に「さらに南の方へ」という意識が台湾で一般的であったとは考えにくい。むしろ、時代背景に則せば「満洲へ」という意識が出てくるはずだ。ここでは、テクスト発表現在の状況が時代のズレを無視する形で影響しているのである。

つまり、このテクストは中心的場面の時代設定をテクスト発表現在（一九四三年）の十年程前としていながら、その当時の時代背景はあまり考慮していないのである。

これは、テクスト発表現在における文学運動を取り巻く状況にも大きく関係している。ここまでの章で見てきたように、日中戦争が始まってから台湾では台湾人の〈皇民化〉が目標化され、〈皇民化運動〉が進んでいた。その中で、四〇年代の〈日本語文学〉最盛期においては、テクストに〈皇民文学〉たることが要求されるようになった。

〈皇民文学〉とは、大きな把握で言えば〈皇民化運動〉の方針に即し、それを推進させるテクストのことである。しかし、その具体的な定義は難しい。例えば中島利郎は『日本統治期台湾文学小辞典』（緑蔭書房　二〇〇五）の「皇民（化）文学」の項において、次のように述べている。

一九四一年（昭和一六年）四月に「皇民奉公会」が成立し、その下部組織として「台湾文学奉公会」が設立された。以降、台湾の作家はすべて「台湾文学奉公会」に組織されることになった。そして、彼等の作品はその濃淡の相違や裏面の含意はともかくも、戦意の昂揚、台湾の皇民化という方針に従わなければ、発表はできなくなった。つまり、「皇民文学の樹立」が、日本人を含む台湾の全作家に課せられたのである。

さらに、「志願兵」や「砂塵」を分析した際にも触れたが、〈皇民文学〉の代表作については、

それらの作家や作品の中でも周金波「志願兵」（四一年九月『文芸台湾』第二巻第六号）、王昶雄「奔流」（『台湾文学』第三巻第三号、四三年七月）、陳火泉「道」（『文芸台湾』第六巻第三号、四三年七月）の三作が従来皇民化小説を代表するものとされてきた。しかし、戦後の台湾文学研究の中で、王昶雄と陳火泉の再評価が行われて「皇民作家」からはずされ、周金波のみが「皇民作家」として非難され続けてきた。このように、「皇民（化）文学」とは、時代の変化によってその評価も変転しており、現在においても「皇民（化）文学」は何かということに決着はついていない。

としている。

「皇民（化）文学」は何かということに決着はついていない、というとき、それは〈皇民文学〉という枠組がきちんと検証されないまま用いられてきた状況を示している。それは、前章で確認したように、〈日本語文学〉

最盛期から続いていることであった。

実際、四三年一一月に開催された「台湾決戦文学会議」において、『文芸台湾』派に事実上の文芸誌統合を迫られた張文環が「決然と立つて、所見を開陳し、台湾に非皇民文学はありません。若し仮に非皇民文学を書く奴が居れば須らく銃殺に処すべきである、と沈痛の弁を述べた[20]」とあるが、この張文環の発言は当時の〈皇民文学〉を巡る状況を端的に表していると言えるだろう。すなわち、〈皇民文学〉ではない、と認定されることがテクストにとっても作者にとっても文字通り致命的なことである一方、どんなテクストを書けば〈皇民文学〉であるかは、誰もはっきりと分かっていないのである。

しかしそのような状況下で、例えば三〇年前後の台湾における民族運動や政治運動へ言及することは、明らかに危険すぎる[21]。一方、テクスト内の厳密な時間設定と食い違うとしても、台湾を中心とした〈南進〉意識の〈少年による〉提示は、将来の台湾・南方を考える上で、〈皇民化〉的と見られる要素は高いであろう。

このように、「蓮霧の庭」では、テクスト内の時間の時代背景と発表現在の時間の時代背景とが、〈皇民文学〉という、曖昧だがそれだけに恐ろしく強圧的な枠組によって浸食されているのである。そしてそれは「蓮霧の庭」だけではなく、同時代の全てのテクスト[22]が被っている事態であり、そうである以上、注目し、考えていくべきことは、〈皇民文学〉がテクストと作家を浸食していくことそれ自体よりも、そのような浸食に対して、それぞれのテクストや作家がどのように対応しているか、という点にあるだろう。それはまさに、中島の言う「現在まで「皇民（化）文学」は何かということに決着はついていない」、その「決着」を求め、向き合うことに他ならない。

3 〈皇民文学〉からの逸脱

では、より具体的に、「蓮霧の庭」が〈皇民文学〉という枠組の中でどのようなテクストとなっているかについて検討してみる。

まず、大きな問題は、「蓮霧の庭」において描かれる藤崎家の姿である。このテクスト内部における藤崎家の人々の姿は、〈描かれる〉在台日本人家族としてはかなり特異であると言える。何故なら、事業に失敗して零落し、台湾人家屋に間借りし、子どもの進学費用にさえ苦しむというこの家族は、少なくとも〈皇民化運動〉の席巻していた台湾で、台湾人がそれに〈なること〉を求められるような理想的な〈日本人〉像とはほど遠いからだ。

もちろん、経済的な状況を抜きにすれば、藤崎家の人々は善良であり前向きであり、善き父、善き母と素直で無邪気な子供達という模範的な家族でもある。しかし一方で、台湾人と組んでの炭焼きから再び事業を起こそうという山師的要素を持つ父「藤崎氏」と、台湾を忌避し日本への帰郷を望み続ける「藤崎君のお母さん」は、在台日本人の模範像からは外れている。

台湾人が模範とし、そうなることが求められる〈皇民〉像は、〈台湾に根付くこと〉と〈日本帝国に忠実であること〉との両方を備えねばならないし、その点から言えば、「二十四の年に結婚」し「間もなく台湾に渡つて」来て、「別に大した動機もないが、若気のまゝに新天地に行つてみようかなという漠然な気持」で台湾へやってきたと語る「藤崎氏」には流れ者・山師的な部分が強く、「藤崎君のお母さん」には台湾へ根付く意識が見られない部分で、十分な模範たり得ないことになる。

当然のことながら、台湾にいた日本人が全て〈模範的〉であったはずがなく、というよりも、〈皇民化運動〉期に台湾人に〈なること〉を強要したような〈模範的〉な日本人というものが果たして存在していたのかという根本的な疑問がここに生じるのだが、問題は〈模範的〉な日本人の有無ではなく、それに当てはまらない〈日本人〉像をテクストに顕在化させてしまうことにあるだろう。つまり、台湾人に対して日本人に〈なること〉を要求している時期に、その〈日本人〉像のネガティブな面を描き出すことの意味である。

「蓮霧の庭」が発表された当時の〈台湾文壇〉の目指すべき方向は、先述の通り〈皇民化運動〉を反映し喧伝する〈皇民文学〉であった。「蓮霧の庭」の掲載された『台湾文学』には「奔流」が掲載されていたし、ほぼ同時期に「道」も発表されている。いわば、〈皇民文学〉の絶頂期《ピーク》でもあったのだ。

その中で、「蓮霧の庭」の描き出す在台日本人家族の姿ははっきり異質である。「奔流」にしても「道」にしても、そこでは日本人に〈なること〉を切実に希求する台湾人の姿が描き出されたのに対して、「蓮霧の庭」の藤崎家は、全くそのような欲望を喚起しない。台湾人から見て目標にも希望にもならない、むしろ哀れみの対象ともなりかねない立場にある。その上、台湾人である「私」と対等の友人として接する。台湾人に日本人に〈なること〉を求めないし、「藤崎氏」などは、「私」の母親が「国語」[23]を解さないと知れば、進んで台湾語で対応してしまう。

ここで、先取りの形になってしまうが次章で取り扱うことになる「奔流」の一部を見てみたい。この「奔流」の登場人物・伊東春生（「イトウハルヲ」とルビが振られている）は、台湾人に対しても台湾語を用いず、実の母親を敬遠しようとする。これは「藤崎氏」の有り様とは対極にあると言えるだろう。伊東の本来の姓名は朱春生（「シュシュンセイ」とルビが振られている）であったが、日本人（内地人）の妻と結婚し、妻、義母と暮らすことで、姓名を日本的なものに替えているのである。[24]そのような伊東の〈皇民化〉への執着と台湾性への忌避に対する厳然たる態度は、次のような場面に端的に現れている。

> 玄関の戸が静かにあく音がした。奥さんは箸を置いて、玄関へ出て行つたが、
> 「まあ、台北のお母さんですか。どうぞ御上りになつて下さい。」
> といふ声がした。「いゝです。いゝです。わたしすぐ帰ります。みんな元気ですか。」
> 声の主はどうやら相当な年配の女らしく、そのタド〱《ママ》しい国語から、本島人であることがすぐに分つた。

どうしたことか、伊東は少しあはて気味に玄関へ出て行つた。

「何か御用ですか。」

やゝ暫く経つてから、その老婆の声が聞こえた。

「別にこれといつた用向きはないんですが、久し振りにあなた方の様子が見たいし、それに春生、お父さんがこの頃とみに体が弱つて来て、淋しくてやり切れんといつも口ぐせに云ふてなあ、たまにはお父さんに会ふてやつておくんなせえ。」

これは本島語であつた。しまひの所が涙ごゑに変つて、はつきりと聴きとれなかつた。

「まあいゝから。その中に行つて来るよ。」

伊東はまるで棄鉢といつた口調で云ひ棄てるや、また客間に戻つて来た。

（略）私の頭にちらつと閃いて通つたのは、あの本島人の女は伊東の実母に相違ないといふことだつた。それだとすれば、どうして伊東はかくも自分の母を卑下して敬遠せねばならないのだらうか。


ここで指摘したいのは、伊東春生の酷薄さ、ではない。伊東の姿勢は、過剰なものであったとしても、総督府――日本統治側が要請し強制してきたことに全てを捧げて応えているに過ぎない。おそらく現在の読者が伊東の姿を読む時、その酷薄さに嫌悪しながらも彼がそのような姿勢を貫かなければならなくなった状況への同情と、そのような政策への批判意識を抱くはずだ。(25)

では、「藤崎氏」の姿勢はどうであろうか。個人の問題としてとらえるならば、「藤崎氏」の姿勢は批判されるものではなく、むしろその善良さを賞賛されることになるだろう。しかし、〈皇民文学〉という枠組を考えるならば、「藤崎氏」が台湾語を用いる箇所は、その方向性に合致しているとはいえない。また、彼が台湾語を用いることができる、というのは、やはり〈皇民化運動〉にさらされない在台日本人故であり、それ自体が台湾内での差別的な待遇を背景にして可能になったことでもあるのだ。[26]

また、後述するが、「私」と一家の長女である美加子との結婚話に即座に難色を示す「藤崎君のお母さん」の態度も、当時の現実的な状況から考えれば妥当であるにしても建前上であれ〈内台融和〉を提唱していた〈皇民化〉期の方向性とは相容れない。

このように、「蓮霧の庭」の内部では藤崎家の描かれ方それ自体が〈皇民化運動〉の空転を示すものとして機能しているとも言えるだろう。繰り返しになるが、このような藤崎家の姿は、たとえ物語内の時間が一九三一年という〈皇民化運動〉期以前だということを考慮するにしても、この時期に描かれることが期待される〈日本人〉像ではないからだ。

先の中島の指摘のように、「奔流」や「道」は一九七〇年代以降現在までにその内容が再検討され再評価を受ける中で、〈皇民文学〉という〈悪名〉から脱してきた。しかし、その描かれる問題が飽くまで日本人に〈なること〉であることに変わりはない。

それに対し、時代背景を共有しているにもかかわらず「蓮霧の庭」では在台日本人家族像を通じての〈皇民化運動〉へのコミットは見えない。〈皇民化運動〉をそもそも問題にしていないのである。

しかし、それだけであったら、やはりこのテクストは批判と弾圧の対象となってしまったであろう。それがそうならなかったのは、このテクストが先から繰り返しているように、台湾人と在台日本人の〈交流〉を描いていることによっていると考えられる。

4　〈交流〉の〈内〉と〈外〉——台湾人の側から

「蓮霧の庭」はもともと単独の先行研究の少ないテクストであるが、言及される場合、必ず取り上げられるのは、「在台日本人と台湾人との交流」という点である。[27]

　このような、いわゆる〈内台交流〉の場を描こうという方向性は、四二年ごろから見られ始める。

　龍瑛宗自身も、ここまで何回か見てきた『文芸台湾』四二年六月号の西川・浜田との「鼎談」の中で、西川に「龍さん、あなたはどういふところ（どういうテーマのテクスト――引用者）をねらつてゐますか。」という質問に対し、「さあ、僕はいつか内地人と本島人の心理的な交流といふやうな問題と、それからこの時代の本島人達の生活と心理を記録したいと思ひます。」と答えていた。さらにそこへ、浜田は「それは是非なくちやいけない台湾の小説だね内地人《ママ》の方の側からも手をつけなくちや。」と反応していたのだが、龍瑛宗や浜田の意識には、日本人と台湾人の日常レベルでの接触と交流というものを描かなければならない段階に台湾の環境が変化してきているという意識があったのだろう。

　「蓮霧の庭」と比較する際に想起されるのは、台湾人作家のものならば呂赫若の「隣居」（『台湾公論』第八二号　四二年一〇月）や「玉蘭花」（『台湾文学』第四巻第一号　四三年一二月）で、在台日本人作家では浜田隼雄の「蝙翅」[28]（西川満編『台湾文学集』所収　四二年八月）や新垣宏一の「城門」（『文芸台湾』第三巻第四号　四二年一月）「盛り場にて」（『文芸台湾』第四巻第一号　四二年四月）「砂塵」（『文芸台湾』終刊号　四四年一月）などである。

　在台日本人作家の描いた〈内台交流〉の特徴は、ほとんどが日本人教師と台湾人生徒、という関係になっていることで、それは当時の在台日本人作家たちの多くが学校教員であったためであり、同時に彼らの視点では学校という場所でなければ日本人と台湾人が交流する場がなかったからでもあるだろう。

　このような〈内台交流〉が四二年頃から描かれ始めるのは〈皇民化運動〉や台湾人に対する志願兵制度導入などの一連の戦時における台湾人動員の過程で日本人と台湾人の融和を目指すという流れが作られていたからでもある。これはもちろん、戦争に動員しようという台湾人を法的社会的に差別しているという状況を隠蔽しようとする試みであるが、逆に言うと、このような動きが現れるまで、〈内台交流〉は在台日本人作家からだけではなく台湾人作家からも描かれなかったことが浮かび上がってくる。

「蓮霧の庭」はそのような時代状況を反映したかのように在台日本人と台湾人との交流を描いており、だからこそ注目される点が「内台交流」の部分に集中するのだが、ここで描かれる〈内台交流〉は、当然ながら既に述べたように〈皇民化運動〉で理想化されるような形のそれではない。事業に失敗して零落した在台日本人が台湾人住宅へ転居して来るという設定自体が在台日本人の想定される立場からすれば異常な状況であるのだから。繰り返しになるが、ここで藤崎家の人々は、在台日本人の中でもかなり特殊な部類の人々だということを念頭に置いておかなければならない。

彼らは在台日本人という、台湾人側から見ると外部からの闖入者であるが、夫婦で台湾に二十年以上暮らし、子供達は（おそらく全員）台湾生まれ台湾育ちの〈湾生〉(29)で、そして在台日本人居住区に暮らせない程に生活が苦しくなっている藤崎家の人々は、在台日本人社会から外に追いやられた形になっているのである。そして、そのような様々な場面において〈外部〉の存在となっていた藤崎家の人々と交流を深めていく「私」もまた、平凡な台湾人とはやや異なるといえよう。

そもそも、藤崎家の人々も全ての台湾人と交流しようとしているわけではない。ここで「私」との交流が成立するのは、「私」が中退しているとはいえ中学校へ進学していた中堅学歴エリートであり、当然日本語能力と日本人的な文化習慣を身につけていることが期待できたからである。故に、「私」以外に同じ住宅に暮らしているはずの会社員の郭の家族は、テクストの中に一切姿を見せない。

「私」は台湾人住宅に転居してきた藤崎家の人々を当初奇異な目で観察しているが、彼らが台湾人住宅に畳を敷き、風呂も整えるところに納得していく。そしてそのように観察している「私」もまた、自室に畳を敷いている。

これは、「私」が日本人の生活・文化習慣に親和的であり、むしろ〈台湾的〉なるものよりも親近感を抱いていることを想像させる。その点では、「私」は〈皇民化運動〉に準拠した台湾人であるかのように映る。しかし、ここで「私」と〈皇民化運動〉を分かつ大きな断絶が示される。「私」はテクスト序盤で、藤崎家の長女・美加子との結婚という「夢」を語る。

しかし、有体にいへば私は美加子さんが好きだ。私は空想の上では、彼女を私の花嫁にして、愉しい生活の設計なぞを夢見るのであるが、たとへば文化住宅風な自分たちで設計したこぢんまりな家を建てゝ、夜なぞ、満天の降るやうな星屑の下の露台で涼みながら、静かに語り合ふ、要するに荒唐無稽なことを夢想しないこともないが、現実の上では、つひぞ真面目に考へたことはなかつた。

このように「私」が思い描く美加子との将来の「空想」に出てくる情景は、都会的なロマンチシズムに基づいたものであって、台湾の土着文化、台湾人社会のそれとはかけ離れている。

先に触れた、テクスト後半で病気にかかった「私」の元へ「国語を話せない」母がやって来る場面でも、母の心理描写は一切なく、

母は国語を話せないものだから、感謝をあらはすためにただ、何度も何度も、ぶざまなお辞儀をした。藤崎少年のお父さんは片言混りの台湾語で、私の病気は大いしたことはない、安心しなさいといふような意味のことを母に話した。

母が私を看護してゐる間にも、藤崎少年のお父さんは、たびたびと来てくれた。そして衛生知識のない母にいろいろと看病の仕方なぞを教へてやつた。

という表現しか出て来ない。

注目したいのは、「私」の語りの中では、日本語が扱えない人間は心理描写の対象にならないということである。つまり、「私」は台湾人ではあるけれど、その拠っているところは〈日本語の時空〉であって、台湾語のそれではないということである。[30]日本統治期台湾の四〇年代に〈語り〉を行える「私」は、その日本語能力故に、〈日本統治〉の側に引きずられているのである。

しかし、〈日本統治〉の側に引きずられていながら、「私」は〈日本人〉の内側に入ろうという意志は示さない。それは、美加子との結婚が「私」にとって「踏み絵」として立ち現れていることから明らかである。

「私」は父親の「使途の大部分」がわからない借金を背負い、経済的に苦しい立場にある。老母を親戚に預け、「ひどい薄給」で会社の事務員をしている「私」には、台湾人作家のテクストにしばしば描かれる、「高額な聘金を支払っての結婚[31]」を望むことは到底不可能であっただろう。しかし、そもそもそのようなことは最初からテクスト内で一切触れられない。「私」はそれを望もうとさえしていないのである。

しかし、だからといって、「私」と美加子との恋愛が発展するのかというと、「私」は自らそれを否定するのである。それは次の場面に象徴的に現れる。

「藤崎君」は、「私」の部屋へ勉強に来る場面で、次のように話す。


「ゆふべね、面白いことがあつたよ。お父さんが酒を飲んで、姉ちやんをからかつてゐるんだ。どうだ。美加子、陳さんのお嫁さんにならぬか、さうしたら姉ちやんは、真紅になつて知らぬと笑つてゐるんだ。それをお母さんが聞いて、あの方は真面目らしい男だけれど、――でもあの方が内地人だつたらね、と父さんに言ふんだ。こんどは父さんは、いや、わしは人物本位だ。あれはおまへの見栄だよ、だつて世間体があるわ、世間体がなんだ。とお父さんは、真顔になつていふんだよ。それでお母さんは黙つてしまつたけれど、こんどは、妹の万里子の奴が言ひだしたんだ。うちだつたらあんな奴のお嫁さんになるもんか、あの人、大嫌ひだわ。(略)」

この話を聞いた「私」は、「思はず身内が熱くなるやうな恥しさを覚え」る。「藤崎君」は「私」が美加子に好意を持っていることを見抜いたわけではない。おそらく「私」の気持については全く無頓着である。しかし「私」が「身内が熱くなるやうな恥しさを覚え」てしまったのは、偶然にもその指摘が自分の気持ちに合致してしまったからだ。

しかし、この「藤崎君」の話が、「私」にとって歓迎できる、喜ばしいものであったかと言えば、全くそうではなかった。それは、一目瞭然であるが「藤崎君のお母さん」の「でもあの方が内地人だつたらね」という一言のためである。

これは、当時の台湾社会における民族別の階層分化が強固であることの証明になるだろう。藤崎家の人々は、日常レベルでは「私」と対等の友人として接していて、「私」も特に抵抗や障害を感じることなくその関係を受け入れているが、〈結婚〉という家庭・共同体の内部に入り込むことになる段階になると、それにはやはり拒否を示すのである。

そしてそれは、〈優位〉の立場にある在台日本人側だけではなく、〈劣位〉に置かれている台湾人側の「私」の中にもあるのだ。「私」は、美加子との結婚を「夢想」しつつ、自身の結婚についての現実的な状況について、次のように語っている。

それだがら《ママ》(借金を負い、母親の面倒も考えなければならない状況だから――引用者)、私と一緒になる女は、おそらく不幸であらう。もし私が精神的に優しくていたはりのある持主であれば、女の不幸は、ある程度償はれるであらう。だが、私は平凡な男である。私に優雅な精神があるとは思へない。むしろ、私はよくない男だ。私は精神的にいろ〳〵の欠陥をもつてゐる。私はそれをないやうに粧つてゐるだけだ。美加子にしたところで、精神的条件を除外しても、いろいろの現実的条件を克服するだけの性格の強靭さをもつてゐないやうに思はれる。

とすれば、私どもは徒らに習俗の重い石にひしがれてしまふことだらう。

それに私はある卑屈な感情に捉はれてゐる。この感情は、やがて結婚生活の上に黒い影を投げつけることだらう。

私の友人は内地で、内地人の女性と結婚してゐるが、なにかの柏子《ママ》に、日常の諍ひでもすると、むきだしになつた感情と感情は、このことに触れるといふ。

ことにこちらでは、もつとそれを刺激するものが多いだらうと思ふ。

それを思ふと、しつかりした女性でなければ、その習俗を背負つて行くことが出来ないだらう。

それゆゑに、藤崎君のお母さんの言葉も、強く反発しきれない何物かゞあるのである。

万里子の無邪気な言葉も、反つて面白いと思ふのだ。（以上、傍線は引用者）

前半部分で「私」が説明しているのは、自身が貧しいこと、そして性格的に温厚ではないことなどだが、これはここでの語り方から考えても「私」の主旨ではない。彼が本当に意識しているのは、やはり後半部である。そしてそれは、婉曲的な表現を用いているものの、はっきりと日本人と台湾人との間の差別意識の存在を指摘し、それ故に美加子との結婚を「現実的に」考えることが出来ないと述べているのである。

つまり、美加子には差別を乗り越えて「私」と結婚するだけの「強靭さ」はないであろうと想像し[32]、故に、結婚したとしても、民族と文化の違いと差別意識の「習俗の重い石にひしがれてしま」い、また自分自身がそもそも日本人に対する劣等感、「卑屈な感情」を持っているから、結婚は無理であると考えているのだ。

そして、この考えは無根拠なものではなく、「内地人の女性と結婚してゐる」友人も、「日常の諍ひ」程度のことで、妻に民族差別的な発言をされる（あるいは、友人の方が劣等感をあらわにして妻を非難するのかもしれない）ことがあるという話からも、自身の想像は蓋然性が高いとしている。このように、差別意識によって相手を忌避する姿勢が、〈優位〉にある側（在台日本人）からだけではなく、〈劣位〉にある側（台湾人）からも示されるのである。

その結果、「私」は根深いところでの差別意識に基づく「藤崎君のお母さん」の発言についても、「強く反発しきれない」と述べてしまう。

これは、生まれた時から被差別者であることを強制された日本統治期以降に生まれた台湾人にとって、「自分は差別される存在である」そして「在台日本人は自分を差別する存在である」という二点が揺るぎようのない状態として心身に刷り込まれていることを示している。「私」はその差別意識の不当性を指摘することの無意味さを、誤解を恐れずに言えば、「生まれた時から分かっている」のであり、故に「私」の意識は「藤崎君のお母さん」への反感を呼び起こさないのである。

一方で、「私」の持つ「在台日本人は自分を差別する」という意識は、万里子の発言をすぐさま差別意識から発せられたものと判断してしまう。

万里子が「うちだつたらあんな奴のお嫁さんになるもんか、あの人、大嫌ひだわ」というとき、彼女が「私」のことを「大嫌ひ」という理由はわからない。家族みんなが評価する青年に対して、幼い反発心を抱いたのかもしれないし、姉が嫁するかもしれないと真に受けて、姉を奪われることを恐怖したのかもしれない。あるいは、本心では万里子も「私」のことが好きであるのに、姉との結婚話を進めるかのような話を出され、天の邪鬼な態度を見せたのかもしれない。もちろん、万里子が幼いながらも台湾人への差別意識を既に抱いていて、日常自分の家に入り込んでくる台湾人青年に不快感を抱いていた、という可能性がないとは言わないが、藤崎家の家庭環境から考えると、この時期の万里子がそのようなはっきりした民族差別意識を持っていると考えるのは不自然であろう。

それでも、「私」は万里子の発言が差別意識の裏付けを持ったものと感じ、それを「無邪気」とまで言ってしまう。このとき、「私」の示す諦観は、彼個人のそれではなく、当時の台湾人の置かれている状況をも表象しているといえよう。「私」は、たとえ良心的在台日本人と対しているとしても、常にその言葉・態度の中に、自分への差別をはらんでいるのではないか、という緊張と恐怖を強いられているのである。それは、対する在台日本人個人の罪悪ではなく、ここではやはり藤崎家の人々は良心的な人物であるのだが、そのような人々であったとしても、台湾人は警戒を解くことが出来なかったのだ。それこそ、たとえ「結婚したとしても」。

5 〈交流〉の〈内〉と〈外〉——在台日本人の側から

一方また、ここでの「藤崎君」の発言は藤崎家の人々の台湾人に対する認識の限界も表現している。「藤崎君」がこの話を「私」に告げたのは、おそらくは恋愛話にかこつけて「私」を軽くからかおうという意図があったからであろう。しかしこのとき、この「結婚」を巡る一連の会話が台湾人蔑視を前提としたものであることに「藤崎君」は気付いていないのである。「でもあの方が内地人だつたらね」という母親の言葉が、「内地人ではない」という解決しようのない理由で拒絶されることになった「私」にどのように聞こえるか、ということについて想像出来ないのだ。

「藤崎君」がまだ少年であるという事情を考えても、台湾人である「私」に対してこのような話を「面白い話」と思って聞かせるところに、「藤崎君」がやはり〈在台日本人〉であることが再確認されるだろう。彼は、〈内地人ではない〉ことが台湾人との結婚を拒否する理由となることに違和感を感じないのである。生まれた時から台湾で暮らしている「藤崎君」はそのような台湾の状況を客観的に判断することが出来なかったのだ。そして、その元となる発言をした「藤崎君のお母さん」も、「私」に対して内地のすばらしさを繰り返し強調する。例えば次のような箇所である。

「いまごろは内地は、とても気候がいいですよ。すつかり秋めいて、山は紅葉で赤らんでゐるし、さう、さう、あなたは紅葉を知らないでせう。一度、内地へおいでなさるといいわ。山は燃えるやうに真つ紅なんですよ。そのうつくしさつたら——それにこちらはどうでせう。十一月も末だといふのに、こんなに赫々と照りつけてゐますもの。」

「でも内地はいいわ、ああ、帰りたい。空気はからつと澄んでゐて、こちらのやうに淀んでゐやしない。かういふ歌があるが、知つてゐる？（みづうみの氷は解けてなほ寒し、三日月の影　波にうつらふ）これは信州富士見にある島木赤彦の歌碑なんですけれど。こんな境地は、こちらにはないですものね。それに頬つぺたも林檎のやうに赤らんで、ほんとにきれいですよ。こちらのやうにドス黒くないわ。（略）」

「…でも心臓さへなんでもなければ一生をここで我慢するけれど。」

（以上、傍線は引用者）

このように、「藤崎君のお母さん」による内地の賞賛は、ほぼ全て台湾の否定と対になっている。内地を離れすでに二十数年を経ている「藤崎君のお母さん」に、内地の環境についての皮膚感覚が現実的なものであったとは想像しにくい。である以上、彼女は実際の皮膚感覚にある台湾の環境を基準に、内地を「空想」しているのである。そしてその「空想」は、やはり「私」が美加子との結婚について抱いた「空想」と同じく、相手＝台湾への拒絶の屈折した表れなのだ。

このような「藤崎君のお母さん」の発言は、在台日本人の一世のステレオタイプ的なものでもあるだろう。特に彼女は、自ら望んで台湾へ来たのではなく、夫についてきただけという意識もあったに違いない。そして、台湾に対して拒否の姿勢を維持しようというのは、一世として、自らの日本人意識を保つためにも必要な行為であったのかもしれない。

「藤崎君のお母さん」の立場から考えれば、〈湾生〉である自分の子供達は、想起する〈故郷〉を持っていないことになる。生まれ育った〈台湾〉がそれに当たると考えるには、一世である彼女には〈台湾＝他者〉の意識が強すぎる。故に、恐らく「藤崎君のお母さん」にしてみれば、自分の子供達は〈故郷〉を喪失しており、またその子供達が台湾を〈故郷〉と認識しかねない事態は、彼女にとっては子供の喪失とも感じられたのではないだろうか。

先に挙げた「藤崎君のお母さん」の述べる「内地の情景」は、その中に「信州富士見」という表現があることから今の長野県の山村を基本にイメージしていると思われるが、そのような内地のごく一部の地域を「いまごろは内地は、とても気候がいいですよ。」と「内地」全般が一様であるかのように拡大して話し、「あなたは紅葉を知らないでせう。」と「内地」を知っていることそれ自体を優位性の裏付けとして語ってしまうことに、「藤崎君のお母さん」の焦燥と悲哀が現れている。彼女の中で、自身が間違いなく〈日本人〉であることの裏付けとして残っているのは、最早「内地」の記憶だけなのである。何故なら、目前の台湾人青年は、日本語も操り中退とはいえ日本内地においても多くはない中学校進学者であって、故に知識と教養も備えている。かつて豊かであった時は経済的な余裕でもって自らと台湾人とを差異化できたが、困窮して台湾人住居に暮らすようになった今、その自己確認も出来ない。その上、子供達は自分と違って「内地」の記憶を持たず、むしろ進んで〈台湾化〉していこうとしている（と、彼女の目には映る）。例えば、「私」と台湾人の市場へ行き、台湾料理を好んで食べるなどといった「藤崎君」の食習慣が〈台湾化〉していく際への反応にも、それは見て取れるだろう。


　食物といへば、藤崎少年は、甜粿といふ台湾餅が大好物であつた。

　それは、あつさりした風味のもので、火で焙つたり、あるひは油でいたみ《ママ》つけても、おいしいものであつた。

　それから肉豚《ママ》料理も好きであつた。ことに臓物も平気で食べた。

　藤崎少年は、豚の臓物を買つて料理するやうに、お母さんにせがむのだが、

「そんなものは、食ふ気になれぬ。」

といつもはねつけるのでな《ママ》つた。

　それで藤崎少年と私は、こつそりと市場の飲食店にでかけては、豚の胃袋だの、脳味噌などをとつて食べた。


「藤崎君」が示すこのような習慣は彼女にとってさらなる「内地」の喪失に違いなかった。しかしそれは「藤崎君」たちの将来が〈台湾化〉にあり、台湾人と公平・公正な状況を生み出すであろうという予想を言っているのではない。仮に日本統治が一九四五年で終わらなかったとしても、〈日本統治〉であるかぎり、台湾内部で台湾人への差別体制が解消されることはなかっただろうからだ。

　ここで指摘しておきたいのは、在台日本人が、台湾人と公平・公正な〈場〉に立つということがないということを前提にした上で、在台日本人の内部で断絶・懸隔が生じていたということだ。「藤崎君のお母さん」は、日常生活の上では貧しいながらも幸福な家庭に恵まれているが、内地と台湾との懸隔の意識が、彼女に孤独感を与えていたのである。そして「藤崎君」は内地経験がなく、差別の対象となっている植民地を〈故郷〉としなけれ

ばならない世代であった。〈湾生〉と呼ばれる彼らは台湾人を差別化する構造を維持しながら、日本「内地」から異質視──時にはやはり「差別」──される存在となることの狭間にいたのである。彼らの世代は台湾人とどのように向き合っていくことになったのか。それは日本の敗戦と日本帝国の崩壊によってなし崩しになってしまったが、だからこそ、「藤崎君」やその姉妹が抱えているこの時点での〈ねじれ〉──日本と台湾との狭間のそれに、今向き合わなければならない。帝国解体後の日本はそれを忘れたことにして放置してきたのだから。

6 「描く」台湾人と「描かれる」在台日本人

そして結局、「藤崎君」の話に出てきた美加子との結婚話が「藤崎氏」の口から出てくることはなかった。「藤崎氏」は蔡という台湾人の「十年来の老朋友」も持つが、これは「私」との関係と類似するもので、異民族間の〈友情〉の場面は民族差別という状況の中でもしばしば見ることができることである。「私」はこの蔡の炭窯を訪れた後から「腹チフス」を発症し、伝染病患者として隔離されることになるが、その時にも「藤崎氏」の手厚い看護を受けており、彼の善良さが強調される。

この発症時には、「藤崎君」が差し入れの重湯と林檎汁を持ってきた時に「しばらくためらつたのち、「重湯も林檎汁も、姉が拵へた。」とこつそり、私に言つた。」という場面がある。つい先日まで、美加子と「私」の結婚を笑い話にしていた少年らしからぬ反応だが、わざわざ「私」のために重湯と林檎汁を作った姉の行為に、冗談以上のものを感じ取った「藤崎君」は、ここで「私」が台湾人であることを意識し始めたのかもしれない。そしてその意識は、やはり隔意、差別へと繋がるものだったのだろう。

この病気の回復後二年ほどして、「私」は「台北に住まなければならな」くなり、藤崎家の人々と別れることになる。その後五年間程は手紙のやりとりをしていたが、「私」が山間部で転地療養をし半年ほどして戻ってきた時に、今度は藤崎家が転居していて連絡が取れなくなってしまった。そして更に五年後、「戦地」から「藤崎君」の手紙が届くという形で再会の手配がなされていく。

「私」と「藤崎君」が一緒に勉強していたのがこの再会から十二年前だとするなら、再会の時点では、「私」は三二歳、「藤崎君」は二四～五歳ということになる。「藤崎君」はすでに除隊しているものの、「戦地」を経験している。一方、四三年には既に「志願兵」制度は実施されているが、「私」はそれに参加していない。[33]冒頭で「私」は「藤崎君は、現在の私にとつて次元《ママ》の世界に住んでゐる。というのは私は戦場を知らない。硝煙の匂ひがわからない。」と述べているが、このように、特に日本人、台湾人という徴兵に際して区別が存在している立場の人々が同じ時空にいる台湾という場所において、「戦場経験」というのは、人を「次元の世界」[34]に隔てる経験であるとしていることになる。

「蓮霧の庭」の中で、「私」は自ら「戦争」と自身を「次元の世界」という形で隔ててしまう。「私」は台湾人として「戦争」に接近することの無意味さ――この点は次章で詳述することになる――を、結果的に示しているのである。そしてそれは、台湾人を差別し排除する日本帝国の「戦争」から隔てられていることを自ら認めてしまうことで、〈皇民化運動〉と〈皇民文学〉の制約から逃れようとしていることでもあるのだ。

そのような〈台湾の現実〉を語る「私」の眼に、十年ぶりに会う「藤崎君」は、基本的に父親と同様に善良な青年に映る。故に、彼は「私」に対して礼を失ったりはしない。しかし、逆に再会時の「藤崎君」の態度にかつてはなかった「私」への「気配り」「礼儀」の存在を感じさせること自体が、彼が在台日本人と台湾人の〈別〉を意識するようになったことの証でもあるだろう。そしてそのような描写もまた、このテクストが〈皇民文学〉から離れてゆく行き方を支えるのである。

「藤崎君」は、藤崎家の人々の消息を「私」に伝える中で、姉の美加子については「あれは、もう三人の母親ですよ」と結婚していることを告げる。それ以上の情報はないが、想像するならば、相手はやはり日本人であろう。それは、「まあ、平々凡々といふところさ。」という「藤崎君」の評価にも現れている。「日本人同士の結婚[35]」が、在台日本人にとっての「平凡」であるはずだからだ。

そしてここに、「藤崎君」は「姉さんは、あなたに好意をもつてゐたやうだ。」と付け加える。もはや二人とも、それを「声を立てないで笑」うことが出来るが、その内心にはズレがある。「私」にとっては「それが何にならう。全ては過ぎ去つたことなのだ。私は心の痛みを感じながらも、彼女の幸福を祈らずにはをられなかつた。」というセンチメンタルな想いとなるが、おそらく「藤崎君」には、そのような感情は世間と社会の仕組みをしらない若気の至りのように思われたのではないだろうか。

そして、次女の万里子についても、ここで触れられる。


「まあ、今夜は僕（「私」のこと――引用者）とここに泊つてゆつくり語らう。何しろ十年ぶりだ。こんなうれしいことはないよ。他人には思へないんだ。なんだか身内の者のやうな。――お父さんには御迷惑かけたな。」

「それや僕だつて、妙な話なんですけれど、ときどき、しやつくりのやうに、あなたのことが思ひ出されてくるんだ。妹の万里子は、あなたに会ひたいとか言つてゐた。むかし、あんなにあなたを嫌つて、悪口を言つてゐた奴が――。僕は精神は成長しなければならんし、それはあくまで誠実であるべきだと思ふが――。」


前述の通り、この場面以前に万里子の描写が少ないため、果たして万里子がどの程度「私」を「あんなに」「嫌つて」、「悪口を言つてゐた」かどうかはわからないが、この「よくわからない」万里子の言動を、語り手である「私」は、先のように、万里子が「私」に対して、民族差別の意識を持っていたことが原因であると考えている。

「藤崎君」の発言は、歯切れが悪く、結論を明確に述べていない。それがこの場面の理解を難しくさせているのだが、それを、「私」は飽くまで自らの視点の判断で捉え、テクストに表明していく。

「しかし、なんですね。民族とか何とか言ひますけれど、要するに愛情の問題ぢやないでせうか。なにごとによらず私どもを結びつけるのは愛情だからね。理屈はつまらん。愛情なんだ。大橋までぶらぶらあるいて行きませうか。涼しい河風にでも吹かれながら、未来のことを語らう。」

少なくとも「藤崎君」は明言していない万里子の言動の動機を、ここで「私」は「民族とか何とか言」ったことだと断定してしまう。このテクストにおいて、「民族」という言葉が出てくるのはここだけである。「習俗の重い石」や「現実的条件」と言った婉曲的表現を用いていた私は、この最後の段階に来て「民族」という直接的な表現を持ち出すのである。

そして、その「民族とか何とか言」うことをすぐさま否定する。「要するに愛情の問題」にしてしまうのである。ここで、「私」は「理窟はつまらん」とも述べるが、ここで「私」が把握している「理窟」とは、台湾にある在台日本人と台湾人は「違う」というシステムであり論理であるだろう。それを「つまらん」ということは、被植民地人である「私」にとっては挑戦でもある。しかし、その挑戦は、「要するに愛情の問題」という主張の中で隠されてしまう。「私」はここで、意思表明においてかなり危ういラインを伝っているのだが、それを「愛情」というどこからも否定されない〈非政治的な〉主張で切り抜けるのだ。

「私」と「藤崎君」は二人ともすでに成人となり、お互いの立場の違いもはっきり認識するようになっている。双方の関係性がただ「愛情」では片付けられなかったからこそ、今のような状況に至っていることは、よく解っているはずである。それを敢えて「愛情の問題」にこじつけたのは、つまり実際には「民族の問題」が両者の間にはっきり横たわっているからだ。そして「私」は、「藤崎君」の曖昧な言動を、進んで「民族の問題」として捉えることで、その問題の実際を〈表面化〉させようとしつつ、〈問題化〉するのは避けたのである。

また同時にこの「私」の発言は、彼自身がどうやっても「民族の問題」を自分の意識下から取り除くことができないことを示している。それだけ強烈に、「私」は日本帝国の植民地統治に支配されているのであり、「私」と台湾人の置かれた状況の過酷さを表しているのである。このテクストは〈内台交流〉が描かれ、善良な在台日本人家族と日本統治下の社会体制に順応した日本語話者・日本型社会の理解者である「私」との、穏やかな関係を描き出している、それだけに見せながら、それだけに、潜在する日本統治の差別性、作り出された断絶・懸隔の大きさをも表現しているのである。

故に、「私」がここで「藤崎君」の言動をすぐさま「民族の問題」として受け取ってしまう事態に、「蓮霧の庭」と、そこに描かれている台湾の時空に潜在している関係の錯綜が象徴されている。「私」は藤崎家の人々を「身内の者のやう」に思っていると述べている。自らの〈内側〉の人々だと表明しているのである。でありながら、「藤崎君」の話を聞いて、すぐに万里子の言動を民族差別に結びつけてしまう意識から逃げられなかった。日本語エリートになりかけた「私」は、強く〈日本〉側にひきつけられているが、逆にそれ故に、彼は〈日本〉なるものに過敏であった。「私」の「藤崎君」の話に対する反応は一種の被害妄想のようにも映るが、問題なのは「私」が「身内の者のやう」と思っているはずの青年の言葉であっても、容易く自らへの差別に根ざしていると受け取ってしまう程、〈在台日本人〉という立場は特権的であり差別を助長させるものであったということである。

「藤崎君」の発言がどのような考えに根ざしていたのか、それはテクストからは判断できない。もちろん、「私」の判断通り、「民族差別」に基づいたものである可能性は十分にあり得る。しかしここで重要なのは、何に基づいているかを明らかにすることではなく、それが明らかでなくとも、視点人物が台湾人であるとき、それが否応なく「民族差別」に直結するテクストの構造であり、そのようなテクストを生み出さざるを得ない台湾人日本語作家・龍瑛宗の立場にあるのだ。

そして同時に、この龍瑛宗の在り方と「蓮霧の庭」の構造は、台湾人が在台日本人を描くことの困難と限界を浮き彫りにしている。

「蓮霧の庭」は、例えば先に挙げた呂赫若による在台日本人を描いたテクスト（「玉蘭花」「隣居」）に比べて、圧倒的に在台日本人側の位置づけに踏み込んだ描き方をしている。在台日本人について、〈観察〉レベルではなく、双方がお互いの〈内側〉へ立ち入っていくレベルの交流が描かれているからである。

しかし、そのような〈交流〉を描きながらも、ぎりぎりのところで在台日本人の心理描写には踏み込めず、語り手は台湾人の「私」として、その心理を推測していくことまでしかできない。台湾人の視点から逃れては描けないのである。

そのような「蓮霧の庭」の構造は、『台湾文学』の標榜する〈リアリズム〉[36]の限界を指摘するものでもあるだろう。

〈台湾の現実〉を描くことを〈リアリズム〉の一環として掲げる時、彼らもいずれは在台日本人の描き方にぶつかったはずである。日本の敗戦と台湾からの撤退によってその衝突は未然に終わったが、来るべき衝突に『台湾文学』は準備が出来ていたのだろうか。

「在台日本人は台湾の生活を描かない」という批判をなすとき、「台湾人が在台日本人の生活を描けるのか」という反論も十分想像できたであろう。もちろん、法的社会的に日本人から差別されている台湾人にとって、在台日本人を描くということは在台日本人が台湾人を描こうとすることの何倍も困難なことであろうし、少数派である在台日本人を殊更に描く必然性を感じていなかったのかもしれない。しかし、「在台日本人がいる」ということもまた、台湾にとって動かし難い〈リアル〉であった以上、『台湾文学』にはそのように批判される余地が存在していたのではないだろうか。

龍瑛宗がこのようなことを明確に意図して「蓮霧の庭」を描いた可能性は低いだろう。しかし、龍瑛宗が『台湾文学』へ移籍し、『台湾文学』の文学傾向を意識して描いたテクストが「蓮霧の庭」であったことは、単なる偶然ではない。「蓮霧の庭」には、『台湾文学』派に代表される〈台湾新文学運動〉共同体に加われず、支配者側の在台日本人と共に同人活動をしながら、準公務員的な台湾銀行職員、半官半民の『台湾日日新報』社社員といった総督府寄りの職について生きていかなければならなかった龍瑛宗の歴史と関係性が反映されていることは明らかなのだ。

そして、「蓮霧の庭」が〈皇民文学〉のピークを迎えた同時期に登場し、そのテクストの中で〈皇民文学〉との間に距離をとっていく時、「奔流」や「道」の同時代における〈皇民文学〉としての評価や評判をそこに重ねていくならば、現れるのは〈皇民文学〉の空転性である。〈皇民文学〉は、台湾人が〈皇民〉＝〈(存在するはずもない) 理想的日本人〉になるための格闘を描く／描いたものであり、それが戦後／〈光復〉後において、逆説的に台湾人のアイデンティティの苦悩を描いたものと読み直された過程を考えるならば、つまり〈皇民文学〉とは、その求められた動機とは全く反対の、「台湾人は日本人にはなれない」ということ、〈皇民化〉は実現不可能であるということを証明するものになってしまう。そして「蓮霧の庭」は、〈皇民文学〉という枠組が作家達にとっても信じられていないことを、露呈しているのである。

7 「蓮霧の庭」の〈内〉と〈外〉

このテクストが「蓮霧の庭」と名付けられているのは、「私」の持つ「藤崎君」の思い出が、台湾式住宅の庭にある蓮霧の木の下、ハーモニカで「荒城の月」を吹き鳴らす「藤崎君」の姿が鮮明であったからである。また、この蓮霧の木の庭を持つ台湾式住宅での思い出、という意味も込められている。

「私」は内地へ行った経験が無いにもかかわらず、「「荒城の月」といへば、内地の老松と澄んだ月と古い歴史の堆積を思はせる」と述べる。見たことのない情景を「思は」される「私」は、日本語・日本文化・日本文学の文脈の中でしか語らない（語れない）のである。しかしそれは、そもそも土井晩翠が仙台の情景を想起して作った詞に、滝廉太郎が大分県竹田を想起して作った曲を充てた「荒城の月」という唱歌に、地域性を求めることが無意味なのではないだろうか。むしろ、東北地方・仙台の情景と九州地方・大分県竹田の情景とが重ね合わされる中で、「内地」の強引な一様化と、それがさらに植民地で唄われる意味を考えた方がいいのかもしれない[37]。つまり、「荒城の月」に付された「内地の老松と澄んだ月と古い歴史の堆積を思はせる」という感覚自体がフィクショナルなものなのである。その時、「藤崎君がそれを吹くと、そんな情景よりも南国的情緒に誘はれるものがあつた」という「私」の語りは、「荒城の月」に付与される「内地」性の危うさを、結果的に指摘していることになる。ハーモニカを吹いている以上、そこでは歌詞は存在せず、ただ音と旋律のみを聴いている時、そこになんらかのナショナリティが必ず合わせて想起されるはずだ、という考え方の方こそ、疑ってみるべきなのであろう。「藤崎君」が、南方植物である蓮霧の木の下でハーモニカを吹き、その音楽が「南国的情緒」を誘うのだとしたら、「私」はその感覚を想起させる自身の所属意識について考えなければならないはずだ[38]。

それでは、この「南国的情緒」を想起させる蓮霧とは、どんな植物なのだろうか。

蓮霧はフトモモ科の常緑小高木で、林檎を小振りにしたような果実をつける果樹である。原産はマレー半島で、台湾をはじめ亜熱帯から熱帯気候の地域に分布している。果実の食感は梨に似ているが、甘みは薄い。

おそらく、台湾に関係を持たない人々にとって、この「蓮霧」という言葉を聞いても、それが果実であることは分からないであろう。蓮霧はバナナやパパイヤ、マンゴーとちがって、戦前から現在まで内地・日本国内に輸出されたこともほとんどない。日本人にとって、ほぼ未知のものである。

この「蓮霧」をタイトルに用意するという選択に、おそらくは龍瑛宗の『台湾文学』移籍後の方針が見えてくる。

龍瑛宗は彼の後の世代である周金波や陳火泉といった作家のように〈皇民作家〉と断定されてしまうことは少なかったが、『文芸台湾』によっていたこと、そして四〇年代にも時々内地雑誌にテクストを発表していたことなども含め、『文芸台湾』派に向けられていた〈中央文壇〉志向の作家であるという批判は受けていた。〈台湾新文学運動〉に対してコネクションをほとんど持たなかった龍瑛宗は、西川の接近を拒まず、結果的には互いに互いを十分に利用した。西川は〈台湾〉を名乗る文芸誌に〈大物〉台湾人作家を擁することができたし、龍瑛宗は西川の持つ資金力と総督府と結びついた権力とによって安定した作家活動を続けることが出来た。おそらく台湾銀行という官立組織で働いていた頃の龍瑛宗には、総督府の反感を買っていた『台湾文学』への移籍は難しかったであろう。

東京留学も中学校以上の学校への進学も叶わず[39]、自らの上昇志向の方向を就職に向けることしかなかったであろう龍瑛宗にとって、台湾銀行勤務という立場は価値があるものであっただろうが、同時に彼はそれによって制約を受けざるを得なかった。専業作家として生きていくことが出来ない以上、彼が『文芸台湾』に拠るしかなかったことは必然的な流れだったのかもしれない。

しかし、西川寄りとはいえ、〈台湾文壇〉で着実に経歴を重ねることで、龍瑛宗は自分の選択できる幅を少しずつ押し広げていった。そして台湾銀行を辞め、『台湾日日新報』社に転職したことも大きかった。先に述べたように、おそらく『台日』の職も世話をしたのは西川であろうが、西川を抜きにしても龍瑛宗は作家として書き手として台湾での存在は大きなものになっていた。また、龍瑛宗の入社後に西川は退社していたので、社内的な「義理」の負担も軽くなっていたであろう。つまり、西川との関係が悪化したとしても、彼は『台日』でやっていける目処を持ったのだと思われる。そしてそれは、それだけ、龍瑛宗の台湾人作家としての位置が強化されていたということでもある。そのとき、『台湾文学』移籍が実行されたのだ。

龍瑛宗は『台湾文学』創刊に二年遅れて移籍することになるのだが、この〈リアリズム〉〈台湾の生活に根ざした文学〉を標榜する文芸誌に移ってきた時、龍瑛宗はその傾向と対策を十分に考えたはずである。既に述べたとおり、彼はもともと、内地雑誌に書く場合、『文芸台湾』に書く場合、総督府機関誌である『台湾時報』に書く場合、大衆誌である『台湾芸術』に書く場合…などで、かなりはっきりテクストの内容・傾向を変えていた。それはあざとさも感じるものでもあったが、特定の安定した所属集団を持たなかった龍瑛宗は、その時々の傾向と対策に、自らの作家としての生き残りをかけていたのである。

そのように見る時、「蓮霧」という台湾土着に近い果樹をタイトルに選んだのは、彼の「台湾にの生活に根ざした文学」というテーマへの応答となるだろう。

『改造』懸賞創作に当選したデビュー作が「パパイヤのある街」であるとき、この「蓮霧の庭」はその発展的テクストのようにも見えるほど、共通点がある。主人公に「中学校」経験という学歴があり、どちらも二〇歳の青年で、そして（「蓮霧の庭」では一度しか描かれないが）、どちらの主人公も姓が「陳」である。そしてその共通点があることで、相違点、発展した点がより顕在化している。「パパイヤ」から「蓮霧」という変化は、その視点が〈外〉＝〈中央文壇〉から〈内〉＝〈台湾文壇〉へ変化していることを象徴していて、テクストの内容も、「パパイヤのある街」以降龍瑛宗テクストについて回っていた「台湾人知識人青年の批判的な描き方」はなくなり、日本の近代学校制度に従った知識人青年故の葛藤がクローズアップされているその上に、台湾内部で問題化しつつあった〈内台交流〉を組み入れたのである。

龍瑛宗自身がこのテクストに相応の自信を持っていたであろうことは、版下作成まで進みながら当局の圧力によって出版されることがなかった彼の短編集のタイトルが『蓮霧の庭』であったことからも分かるだろう。デビュー作であり最も有名であった「パパイヤのある街」ではなく、最新作であり『台湾文学』に寄せたものである「蓮霧の庭」にしたことは、龍瑛宗が『改造』懸賞創作当選作家であることからの脱皮を目指し、それを達成させようという意識も感じ取れる。龍瑛宗としては、いよいよ台湾人からの批判を逃れ、その先頭に立つために進むことが出来る、という段階だったはずである。

しかし、「蓮霧の庭」が掲載された『台湾文学』四三年秋季号は、龍瑛宗の移籍については全く言及しなかった。僅かに、編集後記の中で「今季号の顔触れは、大体揃つてゐるやうに思われる。新旧の人達を網羅して、それぞれの本分を発揮してゐることは御覧になればわかるだらうと思ふ。」と、大枠で語られているだけである。とても、龍瑛宗が「『文芸台湾』と『台湾文芸』」で述べたような、「『台湾文学』の陣地に台湾人たちが全部揃った」ことを誇る雰囲気ではない。この随筆に添えられた解説でもある池田敏雄の「『文芸台湾』のほろ苦さ」の中では、龍瑛宗の『台湾文学』移籍を知らなかったとまで書かれている。(40)

そして「蓮霧の庭」というテクストもほとんど同時代には注目されることがなかった。この秋季号で注目され、現在まで評価されているのは、繰り返し触れてきた王昶雄「奔流」である。『文芸台湾』に対して『台湾文学』側が用意した〈皇民文学〉テクストである「奔流」は、これもまた何度も述べたように、戦後早い段階で登場人物の中学生・林柏年の言動から「逆説的に皇民化を批判し、台湾人意識を見せている」と再評価され、〈皇民文学〉の不名誉を脱し、作者の王昶雄の名誉も回復された。九〇年代に入ると、さらに陳火泉についても「名誉回復」を行う研究がなされ、続いて周金波も徐々に〈皇民文学〉の呪縛から解放しようという研究が進められてきた。

そして、そういう点でもきわめて中途半端な位置づけであったのが龍瑛宗であった。彼は〈皇民作家〉と断じられる程強烈なテクストは書かなかったが、『文芸台湾』に属していたことと、『台湾文学』の張文環とライバル的関係にあったことによって、その評価に影響を受け続けてきた。

「蓮霧の庭」のテクスト内部では、〈台湾人居住空間に入り込む在台日本人〉と、〈在台日本人家庭に入り込む台湾人〉というそれぞれ〈外部〉の存在が他者の〈内部〉に入り込む構図が描かれ、それぞれの〈内部〉において、友好的な関係を築きつつも、ぎりぎりのところでその他者性を固持し完全に〈内部〉に入り込むことを許さない状況を示している。そしてそれらが、〈植民地〉という日本帝国〈内部〉の〈外部〉において繰り広げられているというところに、このテクストの〈内〉と〈外〉の錯綜がはっきりと現れているのである。

　その上で、このテクストの〈内部〉がほとんど省みられず、〈外部〉の文芸誌競合関係、そして作者龍瑛宗の所属集団の不定からくる〈内部〉の不在から来る雑誌間の漂流は、『文芸台湾』にいる際は「在台日本人に依った裏切りもの」に近い扱いを受け、『台湾文学』へ寄った際には「経歴を共有しないよそ者」とされてしまい、つねに〈内部〉の〈外部〉的存在でもあった龍瑛宗の立場をも、象徴しているように思われるのである。

*

　龍瑛宗の移籍した『台湾文学』が、その移籍直後に廃刊となったのは、総督府情報局の意向に従った西川満が『文芸台湾』と『台湾文学』の「献上」を行うという形で両誌を廃刊し、統合しようとしたからである。結果的にその目論見は成功し、四四年五月から統合された文芸誌『台湾文芸』が創刊された。ここには『文芸台湾』『台湾文学』双方の作家が参加し、そのテクストが並んで掲載されていた。しかし時期的に（そして編集側の意図の上でも）戦時色が濃厚になることが避けられなかったこの『台湾文芸』も、四五年一月号を最後に廃刊となる。

　その間、龍瑛宗が『台湾文芸』に発表した小説は、一頁の辻小説、防空壕を掘っている際に空襲にあい、そこで見上げた空の美しさを語るという「青き風」（四四年一二月号）と、おそらく龍瑛宗自身をモデルとしたと思われる李東明という男が友人の日本人・三澤の訪問を受けたことをきっかけに、かつて上京した際に〈中央文壇〉の著名作家と出会った経験を思い出す「歌」の二作である。「青き風」は辻小説という企画にそったものなので、防空壕掘りと空襲という戦時下風景を描いているが、「歌」では「戦争」の様子は殆ど触れられない。過去に著名作家との交流があったことなどをやや過剰に書かれたこのテクストは話の途中でテクストが終わってい てまとまりがなく、日本語表現上も接続詞と文末の結びが合っていないなどの校正の不備も多いもので中途半端な印象を与えている[41]。

しかし日本統治期末期においても龍瑛宗の作家としての仕事は続いており、評論や随筆はコンスタントに発表されていた。小説テクストも、文芸誌ではなかったが『台湾芸術』などの大衆誌や東京日日新聞社との関係から発行された『サンデー毎日』をモデルとした『旬刊台新』などに掲載されていた。しかし、すでに紙の配給も厳しくなっていたこの時期には、分量のあるテクストを発表することは難しくなっていた。

故に、「蓮霧の庭」は、日本統治期における、龍瑛宗の最後のまとまった小説テクストであったと言える。そのテクストの中で〈内台交流〉への達観・諦観と、台湾人青年への穏やかな視線、そして〈皇民化運動〉と〈皇民文学〉への無関心を現していたことは、龍瑛宗の日本統治期におけるピークがそこにあったことの証左であるように思える。

しかし、その龍瑛宗のピークはほぼ黙殺されてしまう。『台湾文学』の廃刊が原因の一つだが、これまで何回も取り上げてきた同時掲載の王昶雄「奔流」の方に注目があつまったことも大きかった。

それは、後に〈皇民文学〉の代表作の一つに数えられるようになったことからもわかるように、「奔流」が「蓮霧の庭」よりも〈皇民化運動〉という背景をつかみ得ていたことが大きな要因であった。時期は太平洋戦争の後半に入り、すでに日本帝国は明らかに劣勢であった。だからこそ、台湾でも〈皇民化運動〉の叫びが強力になっていく。では、この時点での〈皇民化運動〉の期待に沿うとされたのはどのようなテクストだったのか。そしてそこでは実際にどのようなことが描かれたのか。「蓮霧の庭」と同時に発表された「奔流」を、そして「志願兵」後の周金波がはっきり戦争と〈皇民化〉に向き合った「助教」の二つのテクストから、〈皇民文学〉と戦争とを見つめ直す。

【注】

（1）これらの活動については、王恵珍の「龍瑛宗『改造』第九回懸賞創作佳作受賞訪日旅行覚え書き」（『現代台湾研究』第二四号　二〇〇三）及び前出「龍瑛宗と『文芸首都』同人との交流」に詳しい。

（2）彼のテクスト発表先が台湾島内発行メディアを網羅するように多彩であったことは、『日本統治期台湾文学台湾人作家作品集』（緑蔭書房　一九九九）第二巻所収の「龍瑛宗著作年譜」（陳萬益・下村作二郎編）からも明らかである。

（3）『台湾近現代史研究』第三号（一九八〇）を参照。

（4）一九四五年以降中国国民党統治下にあった台湾では、四七年より長期に渡って戒厳令が敷かれており、日本統治期を肯定的に評価するような言動は許されなかった。そしてその中で、『文芸台湾』の経営者であり中心的作家であった西川満は日本統治下台湾の文学運動を語る上で最大の批判対象であった。それは張文環の随筆「雑誌『台湾文学』の誕生」（『台湾近現代史研究』第二号）にも明らかである。故に、龍瑛宗としては、西川及び『文芸台湾』との関係性については出来うる限り希薄化して語ろうとしていることがこの随筆の中から読みとれる。

（5）もちろん同時に、『改造』に登場しその後も内地雑誌にテクストを発表する機会を多く得ていた龍瑛宗への嫉妬も想像できる。

（6）龍瑛宗は四一年四月に台湾銀行花蓮港支店に転勤しているが、そこでの生活はかなり淋しいものであったことがテクストからも推察される。龍瑛宗の花蓮体験については、王恵珍「龍瑛宗の「客家発見」：花蓮体験によりえがいた客家人」（『関西大学中国文学会紀要』第二五号　坂出祥伸教授退休記念号　二〇〇四年三月）及び「龍瑛宗の「原住民族発見」――花蓮体験がもたらした意味」（『野草』七四号　二〇〇四年八月）に詳しい。なお、龍瑛宗の『台日』入社と入れ違うようにして、四二年四月に、西川は「作家に専念するため」、『台日』を退社している。ただし、『台日』社長の「温情」で、嘱託として出社義務はないまま給与を得るという特権を得ていた。西川満『わが越えし幾山河』（人間の星社　一九八三）を参照。

（7）例えば、「パパイヤのある街」をはじめとする内地雑誌での発表テクストでは台湾の紹介的な表現が多く、また台湾人青年を怠惰な人格として描いたり、台湾の情景を不潔に描写する傾向があった。これが、総督府情報課発行の『台湾時報』での発表テクストになると、時局寄りで、戦争協力推進を主張する内容が示される。『文芸台湾』では、詩作に傾いている西川満に同調するかのように、「ふらんすの詩人、ポオル・フオオル」の詩を引用した「村娘みまかりぬ」や、台湾人の学歴エリート青年を俗物的に描いた「邂逅」などを発表していた。また、日本の敗戦直後には、「青天白日旗」などをはじめとする日本非難・中国国民党賛美的なテクストを素早く発表している（後述）。

（8）「糞リアリズム論争」については、垂水千恵「「糞リアリズム」論争の背景――『人民文庫』派批判との関係を中心に」（『文学年報』1　二〇〇三　世織書房）を参照。

（9）この号の「社報」中に「龍瑛宗君は編集同人を辞されました。」とある。この点については、松尾直太氏にご教示をいただいた。

（10）「氏は、最近感ずる処あつて、「文芸台湾」の同人を去つて台湾文学の同人になり、秋季号に「蓮霧の庭」を発表、近く単行本として創作集や随筆集も発行される（略）」という箇所がある。ところで、この記事で黄得時は龍瑛宗を絶賛しているが、「台湾文壇建設論」では批判的に論じていたところとの差が大きい。

（11）楊雲萍（一九〇六―二〇〇〇）は、日本大学予科、文化学院文学部創作科に内地留学した後、三二年に帰台。漢詩や文芸評論を発表するようになった。西川とは、三九年の台湾詩人協会発足時から親交が始まり、そのまま『文芸台湾』の同人となった。龍瑛宗とならび、『台湾文学』の分裂後も『文芸台湾』に残った数少ない台湾人作家の一人。戦後は台湾大学歴史系教授となった。

（12）前出龍瑛宗「『文芸台湾』と『台湾文芸』」。

（13）しかもその記事「糊と鋏と面の皮――黄得時氏「台湾文学史序説」を読む」は、龍瑛宗と楊雲萍が登場した『台湾文学』秋季号に掲載された黄得時「台湾文学史序説」への痛烈な批判であった（掲載は『文芸台湾』四三年九月号）。

（14）四三年一一月に、台湾の作家たちが集まって開かれた台湾決戦文学会議において、西川満が「文芸雑誌の戦闘配置」と称して「文芸台湾社の総意による「文芸台湾」の献上を叫んで、赤誠を披瀝」した。これは実際には台湾内の文芸誌の統合を意図したもので、常々『文芸台湾』と『台湾文学』の統合を目指していた西川が総督府と組んで行った策略とも言われている。この会議の結果、『文芸台湾』と『台湾文学』およびその他短歌雑誌などが「献上」によって廃刊となり、四四年一月に統合文芸誌『台湾文芸』が創刊された。中島利郎「西川満と台湾決戦文学会議」『大田進先生退休中国文学論集』（中国文学研究会　一九九五）を参照。

（15）正確には、「蓮霧の庭」と同時に詩「蝉」も掲載されたが、ごく短いものであるので、本章では考察対象としない。

（16）「藤崎氏」の年齢は、（二）では「私」によって「五十を越した小柄な男」と述べられている。しかし（五）では、「藤崎氏」自身が「（前略）わしは四十九、来年になつたら五十で、（後略）」と語っていて、テクスト内での整合性がない。ただし、「藤崎氏」の正確な年齢は本章にとって重要ではないので、ここでは、およそ五十歳ほどの人物という把握がなされればよいと考える。「藤崎君のお母さん」の年齢は明示されず、万里子については、正確には「十二かそこら」と述べられている。「藤崎君」も中学校受験を控えているということは満一二歳ほどであり、このままでは妹である万里子と同い年になってしまうが、ここでの年齢は当時の慣習で数え年であろうから、テクスト内の年齢表現で言うと、「藤崎君」は一三歳となるだろう。

（17）これは「腸チフス」の誤植であろう。当時の台湾では「腸チフス」患者が非常に多く、その対策が急がれていた。

（18）何故なら、「皆中等学校へ行かせる」と言う時、「藤崎氏」は間違いなく「皆」の中に台湾人家庭を含めていないからである。また、経済的理由で中学校を中退した「私」の心中をあまり忖度しているとも思えない発言である。

（19）「藤崎氏」の取引先の倒産と夜逃げには時代の影響があるかもしれないが、それを判断する材料は示されていない。

（20）『文芸台湾』終刊号（四四年一月）掲載の「台湾決戦文学会議」の議事録より。もちろん張文環は〈皇民化〉イデオロギーに固執しているのではなく、〈非皇民文学〉を書いているのではないか、という『台湾文学』への批判と圧力に対して反駁し、『台湾文学』を擁護しているのである。

（21）さらにここには、〈作者〉龍瑛宗が、三〇年に官立組織である台湾銀行に入行したばかりであり、その当時の立場からも状況からも、台湾の民族運動や政治運動に関わる経験をしているはずがなく、その点においてリアリティのある描写（あるいは、危険性を避けるといった巧妙な描写）をそもそも行えないということもあるだろう。一方で、「藤崎氏」の経済的破綻の細かい描写には龍瑛宗の銀行員としての知識の利用が見られる、というように、〈作者〉の経歴がテクストの方向性や描写対象に反映されていることも指摘しておく。

(22) それは、在台日本人作家のテクストであっても同様であると、筆者は考えている。そこにはもちろん、西川満などの現在親総督府寄りの作家とされている人々もそれも含めている。

(23) 日本語のこと。

(24) テクスト内では明示されないが、おそらく伊東春生は、内地人の妻との結婚に際し、妻の戸籍に入ったと思われる。そうすることで、法的には内地人と同じ待遇を得られるからである。内地人の妻の戸籍にはいることで内地人待遇を得られる特徴的な例は、官庁における「六割加俸」の制度で、これは台湾勤務となった内地人の公務員に対し、本俸に六割の加俸をするという制度である。本来は「過酷な」台湾勤務に人材を集めるための措置であったが、少数ながらも徐々に誕生していた台湾人公務員にとっては、非常に差別的なものに映っていた。が、この制度の抜け道として、内地人と結婚し、その戸籍に入ることによって内地人の養子となれば、台湾人公務員もこの「六割加俸」を受けることが出来た。また、内地人籍に入ることで、出世の可能性も広がったらしい。この点については、龍瑛宗のデビュー作「パパイヤのある街」の中でも、主人公である街役場の雇員・陳有三が次のように独白する場面がある。

(略) それに僭い望みかもしれないが、あはよくば内地人の娘と結婚しよう。そのために内台共婚法も布かれたではないか。

しかし結婚となると先方の養子になつた方がいゝな、戸籍上、内地人籍になれば、官庁なら六割の加俸が来るし、その他なにかにつけ、利益があるからだ。いや〳〵そんな功利的な考慮を埒外に押しやつても、比類なき従順さと教養の高いしかも麗はしい花のやうな内地人娘と一緒になれば自分の寿命を十年や二十年位縮めても文句はないぞ。だがこんな安月給ぢや、どうにもならないぢやないか。そうだ、勉強だ、努力だ、それが境遇の凡べてを解決するであらう。

伊東の場合は、私学の「大東中学校」の国文科教員であり公務員ではない。また、彼は陳有三のような功利的打算的妄想的な理由は全く口にせず、ただ「日本精神」を極めるために〈国語〉常用と台湾人の両親の忌避とを行っている。もっとも、この相違は、三七年と四三年という時代のズレ、そして内地総合誌『改造』掲載テクストと〈皇民化〉期の台湾内文芸誌『台湾文学』掲載テクストとの懸隔にもよるであろうから、単純な比較はできない。

(25) むしろ、このテクストで批判されるべきは、このような伊東春生を支持するような語りを行いつつ、実はその揚げ足とりを狙っている語り手の「私」の方であると論者は考えている。その点は第八章で論じる。

(26) 繰り返しだが、厳密に時代背景を考慮すれば、「藤崎氏」が「私」の母親と会ったのは〈皇民化運動〉開始以前であるから、台湾語を用いることに運動上の規範に触れるわけではない。本章では、四三年にそれが表象される、という点に注意して指摘している。

(27) 例えば、山田敬三「悲しき浪漫主義者——日本統治時代の龍瑛宗」『よみがえる台湾文学』（東方書店 一九九六）では、「蓮霧の庭」に対して、「私（陳）と藤崎一家のほのぼのとした人情に包まれた少年時代の交流を描いた佳作」「その結末はとってつけたような日台融合の一語で締めくくらねばならなかった。」と述べられている。誤った理解ではないが、あまりにもそれ以外の点を捨象しすぎた評価である。

(28) 「蝙翅」については、先の「鼎談」の中で、浜田自身が「僕はその（内台交流の——引用者）スケッチの意味で、円公園の蝙翅屋（台湾料理の一種——引用者）の少年と、僕との友情を書いたかね《ママ》（略）」とあるので、掲載された『台湾文学集』は「鼎談」時点ではまだ発行されていなかったが、浜田はそれを念頭において発言したことがわかる。つまり浜田は比較的早い段階で、〈内台交流〉を書こうという意識を持っていたことになる。

(29) 〈湾生〉の日本人は、内地生まれの日本人と比べて、例えば「わがままでしつけが悪い」などと差別される人々でもあった。日本統治期台湾の女性誌『台湾婦人界』は、このような偏見によって〈湾生〉の女性が特に結婚に際して内地の日本人男性から忌避される傾向が強いことを頻繁に問題として取り上げている。

(30) あるいは、作者龍瑛宗のレベルに立ち戻れば、彼が台湾語のネイティブではない客家人であるということも影響しているのかもしれない。龍瑛宗のテクストでは、他の台湾人テクストと比べて（あるいは、在台日本人のテクストと比べても）、テクスト内部で使用されている言語が明確に判断できない場合が多い。

(31) 台湾の旧慣的な結婚においては、男性側が女性側の家族に女性の格（家柄、学歴、容姿など）に応じて相当額の聘金と呼ばれる金銭を支払う習慣があった。二〇年代以降の台湾の民族運動・政治運動の中で、この問題は台湾人青年の「自由恋愛」観の浸透とともに封建的であるとして批判対象となっており、三〇年代の〈台湾新文学運動〉におけるテクスト群には、この問題を批判的に扱うものが数多く見られた。

（32）この表現には、「美加子が強靭な意志を持って自分を愛してくれるならば、何とかなるかもしれない」という願望も投影されているのかもしれない。もちろんそれは美加子に対して過大な要求であるのだが、そのような願いを持ちかねない程、「私」の意識の中では、在台日本人との結婚に対する壁は厚い物と意識されているのである。

（33）「陸軍特別志願兵制度」の採用枠は一千名だったので、持病のある「私」はおそらく志願しても採用はされなかったであろう。あるいは、それを読者に了解させるために、「私」は自身の病歴を強調しているのかもしれない。

（34）これは「異次元の世界」の誤植であろうか。

（35）先に挙げた『台湾婦人界』の一連の記事から判断する限り、在台日本人女性は台湾人男性を結婚対象としては全く考慮していない。時々「内台結婚」家庭の記事も掲載されるが、そこで台湾人男性と結婚した日本人女性はほぼ全員台湾人男性と内地で出会った人々であり、在台日本人ではなかった。

（36）『台湾文学』は創刊当初から、文学運動の方針として〈リアリズム〉〈台湾中心主義〉〈リベラル〉を標榜していた、とされている。このような方針規定には、第四章で触れたように、対抗誌『文芸台湾』に対する批判・否定の意味も大きい。『台湾文学』側は、特に黄得時を先頭に、『文芸台湾』（実質的には西川満個人）を〈ロマンチシズム〉〈内地文壇への進出意識が強い〉〈独裁的〉と見なしていたからである。

（37）「荒城の月」が旧制中学校唱歌として作られたことも覚えておくべきであろう。つまり、この曲を聴き、「内地の老松と澄んだ月と古い歴史の体積を思は」されることが出来るのは、「中学校」への進学経験が大きな意味を持っており、それが「私」の位置づけを強化しているからであり、またそれを好んでハーモニカで吹くことで、「藤崎君」が「中学校」という共同体への参加意識を強く持っていることがわかるからである。

（38）つまり、それならば台湾人である「私」にとっての「南国的情緒」とは果たして何なのかも検証しなければならないだろう。「私」は、「内地の老松…」という言葉や、この「南国的情緒」という表現にも表れているように、自らを「内地人」と仮構して語る傾向を持っていることも、指摘しておかなければならない。

(39) 龍瑛宗は、公学校の高等科を出た後、台北の専門学校である台湾商工学校へ進学し、卒業後に台湾銀行へ就職した。台湾商工学校は各種学校の扱いで、卒業しても中学校卒業資格は得られない。つまり、高等教育機関(旧制高校など)への受験資格は得られず、それ以上の進学を望む場合は、中学校卒業資格を得られる学校へ転入するか、専検を受けなければならなかった。ちなみに、「奔流」の作者王昶雄も台湾商工学校を卒業しているが、彼は卒業後すぐに上京し、東京の郁文館中学校へ編入している。

(40) 『台湾近現代史研究』(第三号 一九八〇)所収。該当箇所は次の通り。

ところで、龍氏と楊雲萍氏だけは、最後まで『文芸台湾』にとどまっていたものと思いこんでいたが、本号(『台湾近現代史研究』第三号のこと――引用者)の龍氏の文によってそうではないことが知られる。最後に龍氏と楊氏の離反があったとすれば、それは『文芸台湾』にとって一つの危機といえるであろう。

文面からも分かるが、池田敏雄もまた西川満及び『文芸台湾』に批判的な姿勢からこの文を書いている。

(41) 「歌」に現れる「著名作家」たちのモデルについては、王恵珍前掲「龍瑛宗『改造』第九回懸賞創作佳作受賞訪日旅行覚え書き」に詳しい。

第八章　〈皇民文学〉と〈戦争〉

1 はじめに

一九三七年七月の日中戦争開戦以降、日本統治期台湾では漢文を用いた文学活動が著しく制限された。それは、台湾総督府当局が、中国との戦争によって台湾人の中国人意識が刺激され、統治が動揺するのではないかという不安を抱いたためであり、それが一九三九年、当時の小林躋造台湾総督によって布告された「皇民化・工業化・南進基地化」の三大政策によって、〈皇民化政策〉の一環として位置づけられていく。つまり、台湾から中国文化の影響を排斥しようという動きであった。

この漢文による文学運動の制限政策によって、当時の台湾の文学運動全体が停滞したといわれているが、一九四〇年に日本語文芸誌『文芸台湾』が創刊され、翌四一年に『文芸台湾』から分裂した同人による『台湾文学』が創刊されると、〈台湾文壇〉は再び活況を呈するようになった。

この時期の文学活動に対して、もっとも大きな制約であったとされているのが先に挙げた〈皇民化運動〉の文学活動の面における発露である〈皇民文学〉という枠組である。

しかし、この〈皇民文学〉とはどのような〈文学〉であったのか、具体的にどんなテクストが〈皇民文学〉のテクストといえるのか、前章で触れたとおり、それは戦後／〈光復〉[1]後／四五年八月以降の日本／台湾／中国／東アジア／冷戦構造のなかで、その時々の状況によって揺れ動かされてきており、決して定まっているとはいえない。[2]にもかかわらず、それは確固として四〇年代の〈台湾文壇〉に存在していたと信じられているのである。

その中で、〈皇民文学〉作家と呼ばれているのが第五章で触れた周金波と陳火泉、そして王昶雄である。そしてやはりここまでに述べたように、この三人の中で〈皇民文学〉作家の烙印に最も強く縛られ続けているのが周金波であり、最も早くそれから脱したのが王昶雄であった。この事態には、周金波が『文芸台湾』に拠り、王昶雄が『台湾文学』に拠ったことも大きく影響していると思われる。故に、本章では、王昶雄「奔流」(『台湾文学』四三年七月）の分析を行い、このテクストが象徴する〈皇民文学〉の一つのピークを確認する。そしてそこから、再び周金波のテクストに戻ってみる。王昶雄の「奔流」と陳火泉の「道」（『文芸台湾』四三年七月号）が〈皇民文学〉の代表作とされた後、先行する〈皇民文学〉作家であった周金波は「助教」（『台湾時報』四四年九月号）を発表した。「志願兵」以降、郷土に回帰したとされる周金波のこのテクストは、〈皇民文学〉に連なるように見えながら、容易ならざる問題をはらんでいる。その問題系と実情を見出していくことが本章の目的である。

2 〈皇民文学〉から「脱するための分析」を経て

「奔流」が〈皇民文学〉という烙印から脱することができたのは、そこに描かれている物語が〈皇民化〉を描かなければならないという制約の下で苦しみながらも、実際には日本統治への抗議を描いているものだ、という分析が進められたことによる。この経緯は、すでに垂水千恵や林瑞明に代表される多くの先行研究[3]で触れられているので、ここでそれを繰り返すことは避けたい。

先に述べたように、〈皇民文学〉とは、戦後／〈光復〉後の台湾社会において――ポストコロニアル研究の進んだ現在では、日本、さらには東アジアに残る〈日本語文学〉総体にとっても――全否定されるべき枠組として機能している。そのために日本統治期台湾そして東アジアの〈日本語文学〉テクストそれぞれが、まず〈皇民文学〉から「脱するための分析」を通過することを常に求められているという状況がある。

何物か判然としない〈皇民文学〉は日本統治期台湾においては特に先に挙げた「志願兵」「道」「奔流」の三テクストが代表にあげられやすい状況にある。しかし、戦時下においては台湾人作家の張文環が「台湾決戦文学会議」[4]の場で「台湾には非皇民文学はありません。若し仮に非皇民文学を書く奴が居れば須らく銃殺に処すべきである」と述べ、戦後／〈光復〉後においては西川の弟子であり現代〈台湾文壇〉の長老であった葉石涛が〈日本語文学〉を「すべては「抗議文学」だった」[5]と述べたことを考えるとき、〈日本語文学〉テクストに対して「脱するための分析」が積み上げられていくのは、明らかにテクスト研究の可能性を狭めていることになる。

しかし、「脱するための分析」が不要だったのではない。それは二〇世紀後半の東アジアにおける冷戦構造と経済成長、民主化の進展の中で、避けて通れなかったものでもあるからだ。本章は、それら「脱するための分析」による分厚い先行研究の存在があって初めて成立するものであることを忘れるわけにはいかない。

ただ、「脱するための分析」から離れなければ、〈皇民文学〉とは何物か、という問題は、結局解消されることはないであろう。何故なら、「脱するための分析」の多くが、テクスト内部に表現の厳しい制約の網をくぐり抜けた抗日意識と民族意識の存在を見つけ出すという作業に終始しているとき、制約が厳しかったが故に、日本統治期の〈日本語文学〉テクストの殆ど全てが、それらが「ある」ともいえるし「ない」ともいえる内容となっているからだ。正に、張文環と葉石涛が述べたように、「非〈皇民文学〉などない」ともいえるし、「全てが「抗議文学」だった」ともいえてしまうのである。そして、〈皇民文学〉か否か、という点に焦点を合わせることによって、テクスト内部の他の可能性が注目されないという状況も生み出してしまうことにもなる。

現在、「脱するための分析」が積み上げられてもなお〈皇民文学〉という烙印から逃れきれない「志願兵」と「道」に対して、「奔流」を〈皇民文学〉である、と批判する研究は管見の限り表れていない。その意味で、この三つのテクストの中で「奔流」の評価は特に高く、そしてその掲載誌であった『台湾文学』の優位性も担保されている。しかし、それでも「奔流」を巡る研究が「脱するための分析」から離れていないのは、やはりそれを示さなければ「奔流」といえども、いつ〈皇民文学〉に引き戻されるか分からない、という不安があるからであろう。このとき、日本統治期の〈日本語文学〉テクストは、いつまでも得体の知れない〈皇民文学〉を、恐れ続けなければならないのだろうか。

3　「奔流」の描く〈皇民化〉とは

ここで、「奔流」の梗概を述べておこう。

内地帰りの「私」は、台湾での退屈な医師生活に飽き飽きしていた。そこへ、伊東春生という私立中学の国文教師が患者として訪れた。「私」は「直感」で、伊東が日本人ではなく台湾人だと確信し、伊東の中学の生徒で、同じく彼の患者であった林柏年に確認する。柏年と伊東は従兄弟で、伊東の元の姓名は李春生という台湾人であることがわかった。

徹底した〈皇民化〉を進め、台湾語を一切使わず国語（日本語）使用を貫き、日本人女性と結婚している伊東に対し、「私」は憧れと共感を感じながら交流していくが、柏年は、伊東が台湾人である実の両親に冷淡であることに憤り、家族を捨てた男として嫌悪していた。「私」は柏年の気持ちはわかるといいながら、伊東を否定することはできず、伊東の正当性をなんとか見つけようとする。

柏年は伊東への反感を募らせていく。伊東はそんな柏年を叱るが、柏年の心には届かない。そのうち、柏年は中学校を卒業し、京都の武道専門学校へ進学する。実は、その学費は伊東が出していたが、柏年はそれを知らない。柏年は、「私」宛の手紙に「私は立派な日本人であればある程、立派な台湾人であらねばならないと思ひます。」と綴り、台湾人であることを否定する伊東への反感をあらわにする。

手紙の読後、散歩中に「私」は伊東を見かける。改めて見る伊東の髪が「三十を三つか四つか越したばかり」にもかかわらず「白髪が三分の二ぐらゐ」をしめているのをみて、「私」は伊東の心労を思い知る。伊東の両親への酷薄さと、皇民化への覚悟と必死の行動への感動との間で、「私」は結論をだせず、「クソ、クソ」といいながら、伊東を見かけた丘の上から駆け下り、走っていくのだった。

「脱するための分析」の中では、常に徹底的な〈皇民化〉を目指す伊東と、伊東を否定し「立派な台湾人」を志す林柏年の主張とが対立し、この柏年の意志が表現されていることをもって、〈皇民文学〉ではないことの証左とするのが一般的である。

しかし、〈皇民文学〉か否か、という観点から離れるとき、語り手である「私」による伊東と柏年についての語り方からは、〈皇民化運動〉や民族意識とは別の感情の噴出を見て取ることができる。それは、「私」の〈日本〉的なるものへの渇望と、それをことごとく有しているように映る伊東への羨望、そして、そのような伊東の欠点を探し出したいという嫉妬と後ろ暗い好奇心である。

「奔流」のテクスト冒頭が、父親の急逝に伴って急遽東京から台湾へと引き揚げることになった「私」の落胆と東京への未練、台湾への失望によって埋められているのは、先行研究でも指摘されているところであり、「私」が伊東へ接近したのも、退屈な台湾で、〈日本〉を感じさせてくれる唯一の人物であると感じた故である、と「私」自身も語っている。

しかし、伊東を絶賛する「私」は、一方で、伊東と出会うと同時に伊東と張り合いまたその「粗」を探そうとし始めてもいるのである。

例えば、「私」は伊東が患者としてやってきてすぐに、伊東が完璧な日本語を話しているが、容姿の特徴から台湾人に違いないと感じ取り「これが異常に私の好奇心を唆る」「一刻も早く伊東の正体をつきとめたい」と表現する。そして、柏年から伊東が台湾人であることを聞くと「やっぱりそうだつたか」と、「会心の笑みを洩ら」すのである。

テクスト冒頭の段階では、「私はこんな本島人が郷土に居ることが、たまらなく頼もしいと思い、心の底から嬉しさが湧いて」来るように感じていると語るが、結果的には、この絶賛は、後の伊東への幻滅との落差を強調するものとなる。そしてそれは、伊東が日本語を挨拶程度しか話せない「私」の母親にも日本語しか用いず、

「私」に通訳させるという「徹底」ぶりから「私はいささか意外の感に打たれた」「私は已むなくこの挨拶を母に通訳せねばならなかつた」と語る表現や、両親の話を振ると伊東が「まるで話をそらすように」したことを語ることで、幻滅へとつながっていく伏線は早々に示されていくのである。

また、正月に伊東宅を訪問し、日本人の妻と、妻の実母と思われる伊東の母に会うところで、「私」は唐突に自らの日本内地滞在時期の記憶を語り出す。その中で、「私」は自分に恋人にも近しい日本人女性が存在していたことを繰り返している。それは、日本人女性を妻とした伊東への対抗心の表れといえる。何故なら、この回想を語り終えるところで、「私」は日本人女性を妻とし、日本人になりきって生活している伊東を「千両役者」と評するからである。一方で「つくづくと彼をえらいと思つた」といいながら、「私」は伊東の〈皇民化〉を、「演技」と見なそうと必死なのだ。同時に、日本人女性に対する偏った執着の存在も、ここから読み取ることができるだろう。

物語は、この正月の伊東宅に、伊東の実母と思われる台湾人女性がやってきて、しかしそれを伊東がむげに追い返すことによって、一気に伊東への幻滅に支配されていくことになる。前章でも引用した次の箇所である。

> 玄関の戸が静かにあく音がした。奥さんは箸を置いて、玄関へ出て行つたが、
> 「まあ、台北のお母さんですか。どうぞ御上りになつて下さい。」
> といふ声がした。「いゝです。いゝです。わたしすぐ帰ります。みんな元気ですか。」
> 声の主はどうやら相当な年配の女らしく、そのタド〳〵《ママ》しい国語から、本島人であることがすぐに分つた。
> どうしたことか、伊東は少しあはて気味に玄関へ出て行つた。
> 「何か御用ですか。」
> やゝ暫く経つてから、その老婆の声が聞こえた。

「別にこれといつた用向きはないんですが、久し振りにあなた方の様子が見たいし、それに春生、お父さんがこの頃とみに体が弱つて来て、淋しくてやり切れんといつも口ぐせに云ふてなあ、たまにはお父さんに会ふてやつておくんなせえ。」

これは本島語であつた。しまひの所が涙ごゑに変つて、はつきりと聴きとれなかつた。

「まあいゝから。その中に行つて来るよ。」

伊東はまるで棄鉢といつた口調で云ひ棄てるや、また客間に戻つて来た。

（略）私の頭にちらつと閃いて通つたのは、あの本島人の女は伊東の実母に相違ないといふことだつた。

「私」は伊東が母親を追い返す様子に聞き耳を立て、そして「どうして伊東はかくも自分の母を卑下して敬遠せねばならないのだらうか。きつと深い事情が潜んでゐるに違ひない、と私は純真な気持ちで考えたかつた」と語るのだが、「考えたかつた」と語る時点で、実際にはそう考えてはおらず（あるいは、考えたいと思っておらず）、「私」が伊東が「実母への酷薄さ」という欠点を持っていることを知って喜んでいるのは明白であり、「純真な気持ち」など持っていないことも、逆説的に伝わってくる。「私」は、伊東に対して「先ほどの玄関に於ける問答の真相に触れ」たいと願いながら果たせず、「伊東に対する信頼心や尊敬に似た気持ちは、ここで脆くも崩れを見せてはなるまいと念じた」と語るが、この語りがすでに、「私」の伊東に対する「信頼心や尊敬」が非常に脆く、そして崩れつつあることを示しているのである。

しかし、「私」は自ら伊東批判は行わず、それはもっぱら柏年に対し伊東についての質問をすることで、柏年の口から引き出していく。そしてそれに対して、「私」は伊東を弁護するという、ねじれた対応をし続ける。「私」は柏年の伊東批判を「あなたの義憤も一応は正しい」といいながら、「伊東先生には立派な人生観があるんだから」と、理由にならない理由で伊東を庇うが、これは結局、柏年からさらなる伊東批判を引き出す話術としか機能しない。この後も、「私」は柏年と会う度に伊東の話題を振り、それが伊東批判となることは分かっているはずなのに、聞き出しては伊東を庇うということを繰り返すのである。

そもそも、柏年の伊東批判は、伊東の〈皇民化〉にあるのではなく、伊東が両親に冷淡である点にしぼられている。テクスト後半、「私」が柏年に剣道大会の目的を質したとき、「本島人でいながら、本島人をさげすむやうな奴らを叩きのめしてくれる」と柏年が応えたため（これはもちろん、伊東批判なのだが）、柏年が伊東の〈皇民化〉までも批判しているように読めてしまうが、柏年自身は日本統治や自身も日本型の近代学校制度の中で日本式の教育を受けていることに何の疑問も不満も示してはいない。つまり、もし伊東が台湾人の両親を敬っていたならば、このテクストの根幹は失われていたといえるくらい、伊東への批判は、両親に冷淡である、という点に寄りかかったものなのだ。

両親を敬う、という倫理観は、当然ながら当時の日本と台湾とで対立するものではない。伊東の両親への酷薄さが、両親の〈台湾性〉に起因しているために、(6)〈皇民化〉も合わせて批判対象とされているが、批判の焦点は〈皇民化〉ではなく両親への態度にあるのだ。

「私」が、テクストの最後まで、自ら伊東批判を行えないのは、おそらくそのことに気づいているからである。「私」が柏年から伊東批判を引き出し、また伊東の経歴や過去をしつこく聞き出そうとするのは（「私」はそのために、台湾北部淡水の街(7)から、林柏年の母が暮らす中部内陸の南投まで出かけていくのである！）、伊東が「私」にはできなかったことをやっている羨望と嫉妬から、伊東の欠点をなんとか見つけ出そうとしていたからである。

が、結局「私」が知り得た伊東の弱みは、実の両親に冷淡である、という点だけしかなかった。「私」はテクストの最後に、「伊東は俗臭芬々の父母を棄てた罪滅し」に「本島青年の薫育のため、骨身をけずつてゐるのかも知れない」とし、「それでいいのだ、それでいいのだ――と繰り返し繰り返し口の中でしながらも、なぜかあの墓地に於ける情景が、私の脳裡に絶えず明滅してゆくのである。」と語る。「墓地の於ける情景」とは、伊東の父の葬儀の際、伊東が憔悴した実母を冷たく突き放しした場面を指している（この葬儀を、呼ばれもしなかった「私」は「伊東の一挙一動に目を注がうといふ好奇心」から「意気込んで身支度をし」、会葬者の「後にかくれて、あたりを一通り見まわして」いたのである）のだが、ここでも、やはり「私」が伊東を批判する根拠は、両親への冷淡さだけであり、それ以外の欠陥を見出すことはできなかったのである。もちろん、〈皇民化〉への批判は行わない。なぜなら、それは「私」自身も望み、求めているものであったからだ。

このようにまとめると、「私」は非常に卑怯な人物のようになってしまうが（ある程度、そのような意図をもってまとめたことを否定はしない）、しかし、「私」は特にいやらしい人物というわけではない。ある点で、「私」はきわめて典型的な、台湾人日本語エリートであるだけなのだ。それは、常に「競争」を意識している、という点において。

差別を恐れながらも東京で十年を過ごし、大学の研究室に残っていた「私」にとって、東京では常に「競争」のただ中に居続けたはずである。それが、突如台湾に引き戻されたとき、田舎（と「私」が判断している）台湾は、退屈である以上に、競う相手・競う課題が存在しない、生きている意義の感じ取れない場所であった。そのような状況で、伊東はまさに「私」にとって救い手だった。それは、「私」が表面的に語るような伊東の生き方への「感動」故ではなく、競う相手・闘う相手がそこにいることへの喜びを再び得られたからだ。

仮に、もし伊東が日本人であったなら、「私」の関心からは全く外れていたに違いない。「私」が本当に〈日本〉的なものに飢えているのならば、電車に乗って台北まで出れば（或いは、「私」の住む街の中にも）インテリの日本人は居たはずだし（中学校があるような街ならば、それは間違いない）、台湾での無聊を慰めたいのならば、そのような日本人との交流を目指せばよいのだから。しかし「私」が求めたのは、〈日本人〉を「演じている」〈台湾人〉だったのである。どちらがより〈日本人〉に近づけるかという競争をすることができるのは、同じ〈台湾人〉でしかないからだ。

つまり、このテクストは〈日本人〉化競争を無意識に強いられてきた「私」にとっての、〈同化〉渇望の物語なのである。そしてその〈同化〉は、〈皇民化〉とはずれている。何故なら「私」の求める〈日本人〉化とは、「志願兵」の「私」や張明貴と同様の、〈近代化〉としての〈日本人〉化であり、高進六が代表するような「神懸かり」的な〈皇民化〉ではなかったからだ。その点で言えば、精神論に依拠して伊東批判に迷いがない柏年の方が「私」や伊東よりもずっと〈皇民化〉に取り込まれている存在と言えよう。「私」と伊東とは、ただひたすら〈近代〉を求めているに過ぎないのだ。

それは、ここまで繰り返し〈皇民化〉と述べてきたものの、実はこのテクストの内部では〈皇民化〉という表現は一度も表れていないことにも現れている。伊東は「本島人の生徒は」という言い方はしても、「日本人は」とは言わない。自身を日本人と考えている以上、「日本人は」などと、それを客体化したような表現はしないのである。そして柏年は「立派な日本人として」とは言っても「立派な皇民として」とは言わない。〈皇民化〉に取り込まれている度合いが強いとはいえ、中学生でもある柏年は、知性で物事を判断する訓練を受けており、単純な精神性のみを追い求めているわけではないからだ。

〈皇民化〉は、当時の台湾総督府の基本政策であったから、台湾人がそれから逃れることはできない。それは過酷なことであるが、同時に、全ての台湾人が逃れられないということは、全ての台湾人がそれを共有させられるということでもあり、つまり、普遍化してしまうと、かえって意識されないものとなってしまうのである。その結果、〈皇民文学〉を迫られた当時の全てのテクストは、テクスト中に適度に〈皇民化〉のキーワードをちりばめて、〈皇民文学〉の枠組を守っている姿勢を示すことになる。姿勢だけ見せておけば、いいのである。

先の引用、全ての〈日本語文学〉テクストは〈皇民文学〉であり、〈抗議文学〉である、という矛盾は、〈皇民文学〉というものが、同時代において、このように実体のない空転したキーワードに過ぎなかったが故に起きている。〈皇民文学〉とは何か。それは、他人から「〈皇民文学〉ではない」と言われないテクストのことだ。かくして、『文芸台湾』陣営と『台湾文学』陣営は、検閲と弾圧を逃れるために――体制寄りであった『文芸台湾』では、自分たちの趣味嗜好を反映させたテクストを守るために――、自分たちこそ〈皇民文学〉を扱っている、というポーズを示すことに必死になったのである。

このとき、〈台湾文壇〉において経験を積んできている作家たちは、〈皇民文学〉をちりばめながらも、自ら進んで〈皇民化〉の〈大きな物語〉にぴったりと当てはまるテクストは描かなかった。〈皇民文学〉が空転したキーワードに過ぎないことを知っている彼らにとって、それがつまらないものになることは明白であったからだ。故に、体制寄りとされた『文芸台湾』の中心作家たちからは〈皇民文学〉としての代表的テクストは特に挙げられないのである。

第五章で述べたとおり、周金波を見出した西川満は「志願兵」以降の周金波テクストに失望を表明している。[8]そしてその後、西川は新たに陳火泉を見出し、彼に〈皇民文学〉を語らせた。西川は周金波が〈皇民文学〉を避け始めると新たに押しつける〈新人〉を発掘し、それをたらい回ししたのである。

一方、「奔流」を描いた王昶雄はこのとき完全な〈新人〉とは言い難い。彼は一九三九年にも台湾発行の新聞『台湾新民報』などに小説を連載していたことがあったからだ。ただ、四〇年以降の〈日本語文学〉最盛期にはしばらく姿を見せず、三年経って初めて「奔流」によって登場したのである。このブランクが、王昶雄に〈大きな物語〉を扱わせたのかもしれない。[9]しかし「奔流」から見てわかるように、この〈大きな物語〉は明らかに機能不全に陥っていた。〈皇民化〉を描かなければならないという強い要請を反映した物語であっても、それをテクストにする時現れるのは、〈皇民化〉の矛盾と空転性ばかりだったからである。

てくる。

4 「奔流」と〈戦争〉

「奔流」を分析する中で、本章における焦点の一つである〈戦争〉についてはここまでほとんど触れずに進んでしまった。が、言うなれば、触れずに進んだという点こそが、〈皇民文学〉と〈戦争〉との関係を端的に表している。

日本統治期台湾についての膨大な研究が当然のように示しているように、〈皇民化〉最大の目的は、台湾人の戦争動員である。日本帝国が総力戦を戦うために、敵国の民族意識を持ちかねない集団を抱えることの不安と、不足する人手を補うこと、この両者を一度に解決するための方策が、台湾人の〈皇民化〉であったからだ。にもかかわらず、この〈皇民化〉の一環であるはずの〈皇民文学〉は、実際には〈戦争〉を全く描いていない。これは紛れもない事実である。日本内地の〈文壇〉では、戦時下において、むしろ小説家や文学テクストの表象ができる限り多くの〈戦争〉を求めていくのに対して[10]、日本統治期台湾は、〈戦争〉表象からはむしろ遠ざかっていくのだ。

これは、正確に言えば、「遠ざかっていく」のではなく、「遠ざけられていった」のであり、「描かない」のではなく、「描けなかった」のである。何故なら、台湾人は、〈戦争〉の現場から排除されていたからだ。台湾人には、一九四四年まで、兵役が課せられていなかった。同時に、彼らには国政への参政権もなかった[11]。兵役という義務が課せられないことが、台湾人への差別を正当化する根拠となっていたからである。このとき、台湾人に対する、軍夫・軍属としての動員や、四二年から開始された陸軍特別志願兵制度は、日本帝国が〈戦争〉に「参加することも出来ない」可哀想な台湾人への「温情」にすぎなかった。

故に、〈皇民文学〉して扱われるテクストの中で、「志願兵」と「道」とはその結末部で志願兵制度への志願で締めくくられつつ、出征する場面は決して描かれないのである。これは同時に、実際に志願兵として出征したのは台湾人社会の中でも下層に位置する青年たちが大半で、「志願兵」や「道」の中に描かれている高学歴層の青年たちは、形だけ志願はしても、一千人の定員からは予定調和的に弾かれるのが明白だったことも関係しているであろう。高田理恵子が指摘するように、(12)太平洋戦争が泥沼化するまで日本人でも高学歴層の青年は戦場にはほとんど行かなかった。兵役から意図的に排除されていた台湾人では、その傾向はさらに強かったのである。

日本統治期台湾では台湾内部の戦意発揚のため、台湾総督府情報課が〈台湾文壇〉の作家を動員し、後述する『決戦台湾小説集』乾之巻（四四年）・坤之巻（四五年）を出版したが、これらは各作家が軍需工場や台湾島内の軍事基地や訓練場を視察し小説化したもので、あくまで絵が描かれるのは「後方」「銃後」であって〈戦争〉そのものではなかった。

この中で、「奔流」は、〈皇民文学〉として挙げられてきながら、テクストに志願兵制度すら描かない。しかも、テクスト内部の台湾、及び大日本帝国が〈戦争〉を継続中であることもほとんど明示されていない。これはかなり異常な事態である。何故なら、そのとき次のような疑問が生じることが避けられないからだ。「では、何故「奔流」の登場人物たちは、〈皇民化〉に必死なのか？」

それは、繰り返しだが、「奔流」もまた〈皇民文学〉というキーワードの空転ぶりをある程度理解しているからである。

「私」も伊東も柏年も、何故〈皇民化〉にこだわるのか。〈戦争〉にも行かないのに。

それは、〈皇民化〉に沿っていれば「安全」だからだ。彼らの目的は、〈皇民化〉ではなく、彼らの〈近代性〉や〈現代性〉、社会的地位や能力を保証する、日本植民地帝国における〈日本人〉という理不尽に差別化された肩書きを求めることにあったのだ。

テクスト内では、「日本人としての精神」を得ることの必要性が伊東からも、柏年からも述べられる（ただし

「私」は述べない）。しかしその具体的な発露は、伊東が日本語を母語話者のように流暢に話すことや、礼儀作法や習慣を「日本的」に合わせることといった他者の視線にさらされる部分での行動規範であったり、柏年が目指し達成した、剣道大会で優勝する――つまり、日本人学生に勝つ――といった技術的に日本人を上回るという点であり、つまり外部評価にさらされる部分ばかりであって実際には精神性とは殆ど関わりがない。

これは、周金波「志願兵」に登場する高進六が張明貴に対して「祈るのみ、行ふのみ。行はずば得られない。」「日本人的信念なら拍手を打つことから生れる」などというように、国家神道への帰依のみに依存することによる〈皇民化〉を語る点と大きく隔たっている。

ここから明らかになるのは、先に触れたとおり、中学校在籍あるいは卒業といった高学歴を持つ台湾人は教養や知識または権威的背景のない精神論に依拠する〈皇民化〉などには価値を覚えない、ということである。同時代においては〈皇民化〉への否定も批判も文字通り心身の危機を呼ぶものであったため、表面上は〈皇民化〉を掲げるが、しかしインテリ層は、〈皇民化〉の内実をその強制以前の〈同化〉とすり替えていたのであり、そしてその〈同化〉の内実は、陳培豊が『同化の同床異夢』（二〇〇一）で指摘しているように、三〇年代に〈日本人化〉から、弾圧などの苦難をへながらも〈近代化〉へとすり替えられていたものであった。つまり、「私」と伊東の望んでいた〈皇民化〉も教養・文化水準の高さを求める〈近代化〉の意味でのものであると考えるのが妥当であろう。

周金波「志願兵」は、そのすり替えられた〈皇民化〉を唱える張明貴と、すり替えのない〈皇民化〉を信じる高進六とが、お互いの食い違いに気づかないまま議論する。実際には、張明貴側は自分の〈皇民化〉がすり替えたものだと言うことを分かっているはずだが、それを言明することができないため黙っている――という、学歴・社会階層から生じる齟齬を描いた物語であり、この時点ですでに〈皇民化〉の空転性は明白であったが、それは分かっていいても指摘してはならない点であり、そのような強制と不自由が、テクストの扱いをポストコロニアル研究においてまで複雑なものにさせていたといえる。

一方、陳火泉「道」は、同僚からの差別や職場における差別などを経て直情的に精神論へ走らせるという形で、インテリ台湾人にすり替えのない〈皇民化〉を称えさせるという展開を見せている。それは直情的なだけに単純で評価がしやすく、故に西川の「絶賛」や、戦後／〈光復〉後の〈皇民文学〉としての批判を招きやすくしていた。が、中年に近い主人公が志願兵制度へ応募する、という精神論的美談で締めくくられるこの物語は、インテリ層の中年男性が志願兵に採用される可能性など殆ど無かったという現実は語らない。同時代、特に日本語理解者の台湾人読者であったならば、「道」で語られる行為はパフォーマンスでしかないことが、やはり透けて見えるものであっただろう。

このように、〈皇民化〉というタームが、〈日本語文学〉の中で扱われるとき、それが空転するのは当然なことであったといえる。しかし建前上はそれを空転とは呼べないがために、〈皇民文学〉の代表作と呼ばれたテクストはいずれも、読者に、「このテクストの登場人物たちは、インテリでありながら、なぜかくもファナティックなのか？」という居心地の悪さを感じさせるのである。

かくして、〈戦争〉のための政策であったはずの〈皇民化〉から〈戦争〉が消え、〈皇民化〉が一人歩きするというきわめて奇妙なテクストとしての「奔流」の姿が、ここで見えてくるだろう。

このような奇妙な、それでいて完成度の高いテクストが生まれたのは、王昶雄という作家の経歴と個性、そして『台湾文学』という雑誌の置かれた立場、それぞれが有機的に結びついた結果であるといえる。同時期に発表された「道」が同時代に〈大きな物語〉を描いた〈皇民文学〉として騒がれつつ、精神論的な日本人化や、志願兵への志願といった、単調な結論に突き進むのに対し、「奔流」は語り手の「私」が私的感情（伊東への羨望・嫉妬・競争心）と公的主張（〈皇民化〉への意志）を巧妙に混在させて語るため、非常に複雑で細かい分析が必要なテクストと化していること、それが何よりの証拠である。

しかし、このようなテクストが生まれた最大の要因それはやはり〈戦争〉であることを、忘れてはならない。台湾の〈日本語文学〉運動は、常に「戦時下」において行われている。日本帝国の〈中央文壇〉のような時間的長さもなく、また「戦間期」のような凪の時期ももたない。満洲事変〜日中戦争〜太平洋戦争と、常に「新しい戦争」に切り替わるという形で、時代状況が変化している中で行われている。常に戦時下であること、常に敵国民と同祖であることで疑念を持たれ差別されていたこと、そういう状況下で、〈戦争〉を意識し続け（あるいは、常態化していたために無意識化してしまったかもしれない）ながら行われた文学運動なのである。

現在の立場でこの時期のテクストを読むとき、〈皇民化〉を描いたあらゆるテクストが、逆説的に、「〈皇民化〉など不可能である」ことを伝えていることに、気づかざるを得ない。そもそも、日本人には問われない〈皇民化〉の内容も、このスローガンからは全く具体的に伝わってこない。果たしてかつて〈皇民〉などいう人々は存在したのか。それこそ、日本帝国に国籍を持つ全ての人々は〈皇民〉であり、〈皇民〉ではなかった、としか、いえないのではないか。

その上に、台湾人作家たちは、〈戦争〉を描けない。想像することすら、許されなかった。〈皇民文学〉は、空転していたが、同時に、その目的である〈戦争〉を描かせない、想像もさせない時点で、この不完全燃焼が当然の帰結だったのである。

〈戦争〉で血を流す――「天皇のために死ぬ」ことが「出来る」、ということによって日本人が台湾人に優越するという理解が当時あったことを考える時、〈皇民化〉とははなはだ不充分なシステムである。何故なら、〈皇民化運動〉は、台湾人に「天皇の民」に「なること」を強要しながら、「天皇のために死ぬ」という価値時空からは台湾人を締めだし、日本人の優越性の確保と台湾人への差別を温存しているからである。このような環境下では、志願兵制度とは台湾人に「戦争に行かせてやる」ものとなり、それは日本人の台湾人に対する「温情」となってしまうのだ。

このような状況で、台湾人作家にとって決定的なことは、彼らは〈戦争〉を語ることも描くことも出来ない、ということだ。

日中戦争が始まり、日本が恒常的な戦争状態に陥った後、日本の文学者に要求されたのは、〈戦争〉を描くことであった。内地の新聞・雑誌メディアはこぞって文学者を従軍させ、その従軍記や報告を求めた。文学者もまた、その要求によく応えた。何故なら、戦争報道がメディアだけでなく、読者からも求められ、それが加熱していったからだ。有名な火野葦平の「陣中での芥川賞受賞」から「麦と兵隊」に始まる「兵隊」三部作の大ヒットにそのピークが見られるように、〈戦争〉の時代は、文学にとって必ずしも停滞期ではなかったのだ。

そんな中、しかし、台湾人作家たちには〈戦争〉を描く機会は与えられなかった。それはもちろん、台湾人である彼らには〈戦争〉に行く「権利」がなかったからだ。そして、〈戦争〉を語れない彼らは、やはり〈作家〉として不十分と見なされてしまうのである。

そんな〈戦争〉を語れない彼らに課せられたのが〈皇民文学〉であるとき、それは〈戦争〉文学の代替物でしかない。つまり、日本帝国という枠組の中で言えば、〈皇民文学〉もまた、作者の台湾人作家たちと同様に、劣位に位置づけられるものでしかなくなってしまうのだ。

特に「奔流」に顕著なのは、そのテクストの内部に、〈戦争〉を感じさせないことである。登場人物達は〈日本人〉となることに意を注ぐが、「何のために」かは考えないし、示されない。〈皇民化運動〉が推進された絶対的背景である〈戦争〉のためという因子は扱われず、つまりそれは個人的な満足のレベルにとどめられるのだ。一方、「道」では終盤において語り手であり主人公である「私」は、志願兵に志願することを決意する。しかしそれは、周金波の「志願兵」と同様に、志願するその段階までしか描けない。〈皇民文学〉は〈戦争〉に対し、その直前まで、しかも志願兵という制限された立場までしか接近することが出来ない、それ自体が錯綜する差別を内包した枠組だったのだ。

5　再び周金波へ――「助教」を読む

ここで、再び周金波を呼び戻したい。

繰り返してきたように、「志願兵」以後、周金波のテクストには変化が訪れる。しかし、周金波は「志願兵」で注目され、一九四三年頃にはすでに〈台湾文壇〉において有力な台湾人作家となっていたこともあり、時局に応じたテクストを多数発表していたことは紛れもない事実である。そしてその一つの典型が、ここで扱う「助教」である。

後述する『決戦台湾小説集』にまとめられることになる作家派遣企画の一部として発表されたこのテクストは、「志願兵」の〈先〉であり、「奔流」が描かなかった／描けなかった〈戦争〉に直面している。来るべき台湾人に対する徴兵制を念頭において描かれているのである。枠組だけを見るならば、まさに〈皇民文学〉の極北となるテクストであると言える。故に、ここで周金波が描いているもの、このテクストから浮かび上がって来るものを確認する事によって、〈皇民文学〉と〈戦争〉の問題系にさらに接近することができるであろう。

ここで改めて確認すると、周金波の日本統治期における主な小説テクストは次の通りである。

「水癌」『文芸台湾』一九四一年三月号
「志願兵」『文芸台湾』一九四一年九月号
『「ものさし」の誕生』『文芸台湾』一九四二年一月号
「ファンの手紙」『文芸台湾』一九四二年九月号
「気候と信仰と持病と」『台湾時報』一九四三年一月号
「郷愁」『文芸台湾』一九四三年五月号

「助教（情報部委嘱作品）」『台湾時報』一九四四年九月号
「無題」『台湾文芸』一九四四年一二月号
「逞しき群像」『台湾新報』青年版一九四五年二月一一日～三月三一日

この他評論や随筆を多数執筆しているが、小説にあたるのはこの九編となる（他に題名だけが分かっているものが二編、辻小説が数編ある）。星名や中島が周金波が郷土としての台湾を描き始める、と指摘するのは、「気候と信仰と持病と」からで、その理由をまとめると、このテクストが〈皇民化運動〉の浸透と台湾の土着信仰の狭間に揺れる家族を描いているから、ということになる。この視点はその次の「郷愁」にも当てはめられる。

周金波は幼少期の三年ほど、そして旧制中学校進学（三三年）から日大歯学科を卒業する（四一年）までの約八年を、東京で過ごしている。台湾で小説を描き始める以前の彼は、台湾よりも日本で暮らした期間の方が長かった。最初期のテクストである「水癌」と「志願兵」で語り手や主要登場人物が東京留学帰りの青年に設定されているのは、そのような周金波自身の経歴の反映であり、そのために語り手らの視点には台湾社会を〈遅れている〉場所として見る態度が現れている。おそらくそれが、「志願兵」以前が（暗示的に）郷土としての台湾を描いたものとは見なされない由縁であろう。

しかし、「郷愁」より後のテクストについては、個別の分析が非常に手薄である。周金波が時間と共に台湾を郷土化していったとするならば、その次に発表された「助教」にもその変化は現れているのであろうか。

先に結果を言えば、「助教」には〈郷土としての台湾〉はテクスト前景、また後景としてもほとんど現れない。ここで示されるのは、台湾人の戦争動員に関するプロパガンダであり、郷土性――伝統文化や社会、家族といったテーマは描かれず、もっぱら台湾人青年の皇民化訓練と志願兵あるいは徴兵、そして台湾人青年の〈国語〉能力に関わる点が取り上げられている。

「助教」はその初出時のタイトルが「助教（情報部委嘱作品）」とあり、後述する台湾総督府情報部が〈皇民化運動〉の宣伝用に企画した『台湾決戦小説集』のために描かれたテクストである。この企画という点にのみ注目すれば、強制されたテーマでやむなく描いたものであるため、「郷愁」までの変化とかけ離れていてもおかしくないと思われるかもしれない。しかし、このような企画に対応したテクストと考えるには、「助教」がはらんでいる問題は非常に大きく重大である。何故なら、テクスト中に描かれた、台湾における徴兵制実施に直面した台湾人青年と台湾社会の対応とが、台湾人の軍事動員賛美から明らかにずれたものを描き出しているからである。それはまさに、〈皇民文学〉の空転性を浮かび上がらせ、目的とは裏腹に〈皇民文学〉が〈戦争〉と相容れないものであったことが暴き出しているのである。

6　『決戦台湾小説集』について

日本帝国の大政翼賛運動に呼応して、台湾では一九四一年四月に皇民奉公会が結成された。その後、台湾の作家・詩人団体であった台湾文芸家協会は一九四三年四月に台湾文学奉公会に改組され、皇民奉公会の下部組織となった。これは戦争協力のために台湾の文芸家・芸術家を一元化するための措置で、台湾文学奉公会は軍報道部、総督府情報課、日本文学報国会台湾支部の影響下にあった。(13)

この台湾文学奉公会に対し、総督府情報課から作家を「生産現場」へ派遣し、その見聞をもとにしたテクストの発表が要請された。台湾文学奉公会の機関誌であった『台湾文芸』(14)の四四年八月号に掲載された「作家派遣について」という記事には、次のようにある。

> 総督府情報課ではこの度、第一線基地台湾の各部面に於て、戦力増強に敢闘する島民の姿を描いて文学作品となし、島民の啓発に資するの目的を以て作家派遣の計画を立て、文学奉公会に協力を求められた。文学奉公会は情報課と協議の上会員十三名を選び、この要請に応じ各一週間の日程を以て左記個所に派遣した《ママ》

台中州下謝慶農場　呂赫若
日本アルミニウム工場　浜田隼雄
台湾船渠工場　新垣宏一
鉄道部各機関　西川満
太平山　張文環
高雄海兵団　龍瑛宗
公用地　吉村敏
金瓜石銅山　高山凡石
大平山及び公用地　長崎浩
台湾繊維工場　楊雲萍
石底炭坑　楊逵
台南州下斗六国民道場　周金波
油田地帯　河野慶彦

この計画は単なる表面的見聞に終ることなく、真に現地で挺身する人々の息吹に触れ、その労苦を味ふため一週間内外現地に滞在し起居寝食を共にして、その間の見聞体験を素材として小説を書く、といふにあつた。僅か一週間の体験で小説を書くといふことは無理なことでもあり、又場所によつて題材を得ることの難易のあることも分かつてゐた。が、作家の文学精神が現地の厳しい現実に遭つて火花を散らすところ、そのに何ものかが生まれ出づることが期待せられた。

この企画に従って発表されたテクストは、情報課の斡旋によって皇民奉公会機関誌『新建設』、総督府機関誌

『台湾時報』、『台湾新報』[15]系列の『旬刊台新』そして『台湾文芸』に掲載された。ダグラス・L・フィックス[16]および中島は、[17]この企画に選ばれた作家の過半が台湾人作家だったことに注目している。これまで文芸関連の企画で台湾人作家の比率が日本人作家のそれを上回ったことがなかったからである。その理由について中島は、この企画によって視察される地域で働き、または訓練を受けている人々はほぼ台湾人であり、それらの人々の中に入って状況を観察するには、台湾語・客家語を解する台湾人作家でなければ不可能であったからだ、と想定している。またここで描かれるテクストの想定読者が台湾人（の小説読解力のある知識階層）であり、そのような読者を満足させる意味でも、より台湾社会に入り込める作家が求められた結果であるとしている。

四四年七月に視察を終えると、その月のうちに派遣作家によるテクストの発表が始まり、同年一二月に台湾出版文化株式会社から『決戦台湾小説集』乾の巻・坤の巻の二巻が、各一万部と台湾の読者市場規模を考えると破格の部数で発行された。

周金波「助教」は、この企画の中で描かれ、そして『決戦台湾小説集』坤の巻に収録されたのだった。視察地、視察期間、執筆期間、執筆枚数（三十枚）まで限られた中で、「助教」は異彩を放つほどに練られたテクストとなっている。[18]

周金波が派遣されたのは台南州斗六郡に作られた国民道場であった。ここは台湾人への徴兵制導入（一九四四年九月一日実施、徴兵検査は四五年一月より開始）が目前に迫り、〈国語〉の普及が急務となった時期、徴兵適齢青年への〈国語〉教育と並行して教練を課す施設であった。訓練期間は十五〜二十五日程度で、軍事教練や天皇崇拝に関する儀礼の体得、さらに〈国語〉や算数などの学科教育も行われた。

「志願兵」から三年を経て、新たなテクストを発表しても、なお日本人側が周金波に期待していたのは「志願兵」的なテクストであり、「志願兵」作者の周金波であった。それが派遣先が生産現場ではなく国民道場となった理由であろう。

7　不釣り合いな蓮本と国民道場

周金波「助教」は、斗六国民道場を舞台とした小説である。主人公で視点人物は蓮本弘隆という青年で、中学校を卒業して国民道場へ入っている。テクストは、蓮本が国民道場の訓練期間を終える際、日本人の山田教官から、助教（国民道場参加者に対する学科教員）として道場へ勧誘されるところから始まる。山田教官は蓮本の国民学校時代の恩師であり（つまり山田は本来小学校教員ということになる）、蓮本はその勧誘を非常に断りにくいものと感じ、悩んでいる。

まず蓮本について確認をしておきたい。彼はテクストを読み進めればすぐに分かるように、台湾人青年である。そもそも台湾人に対する速成教育の場である国民道場に日本人子弟は入所しないからだ。その彼が「蓮本弘隆」という日本人的な名前を持っているのは、改姓名をしているからであろう。

一九四〇年に府令第一九号によって、台湾人の改姓名は許可制として公布・施行されている。その際の許可要件は、「国語常用の家庭なること」「皇国民としての資質涵養に努むるの念厚く且公共的精神に富める者なること。以上の二条件を具備し、且知事又は庁長に於て適当と認める者に限り許可」というものだった。近藤正巳によれば、改姓名を実際に申請した人々も、許可件数も共に少なかったという[19]。改姓名は条件からいって、一定以上の富裕層でかつ日本型教育を受容している家庭・一族しかできないものだった。蓮本が中学校を出ていること、そして助教就任をまよう際に、「今の彼（蓮本――引用者）としては先づ差し迫つて職に就かなければならない理由はなかつた」という箇所から、蓮本の家がその条件を満たすだけの資格を持つことが推測できる。

しかし、このとき気になるのは、なぜ中学校を出ている蓮本が国民道場に入所しているのか、ということだ。『新建設』四三年一二月号の記事「徴兵制実施に備へて」の中で、斗六国民道場の紹介がされている。国民道場では「特に規律、礼儀に重点を注ぎ、各個教練の基本動作を授けてゐる」「教練的なものは国民道場で課す」

「食事被服の整頓その他軍隊へ入つてまごつかないだけの作法を教へる」としている。このとき、入所対象としているのは、主に農村青年である。国民道場では〈国語〉や算数などの学科や農業指導も行っており[20]、同記事でも「農閑期を利用して適齢青年の長期訓練を行ふことにしてゐる」とされている。出身階層的にも、学歴的にも、蓮本は国民道場にはふさわしくない人物であることがわかるだろう。

テクストでは、蓮本の中学校の同窓生達が海軍工員や軍属となっていたり、「予科練にいつたもの六名、甲種飛行機操縦生にいつた三名、陸海軍諸学校に七名、海軍志願兵に二名、軍通訳に二名、その他軍属二名、そして卒業近くどかつと一ぺんに志願した特別幹部候補生」となっている状況が語られ、「台湾に居残つてゐる者は僅か数名」となっている。

具体的に挙げられている数字を合計した時、明確に軍隊あるいは関連機関で働いているのは二五名にすぎない。特別幹部候補生が一体何名に上るのかは不明だが、これは四三年度から台湾へ適用された特別志願兵制度の特例で、「専門学校以上」の学校に通う学生を幹部候補生とするもので、つまり「どかつと一ぺんに志願した」同窓生達は、中学校を卒業後、高等教育機関に進学した面々なのである。

専門学校や大学へ進学した植民地出身者は、総督府から学校を通じて事実上志願の強制をされていた。『早稲田大学百年史』には、朝鮮半島・台湾出身学生が強制的に志願を要求され、それを拒んだ場合は休学・退学させるよう文部省専門教育局長名での通達があったことが記されている（「朝鮮人、台湾人特別志願兵制度ニヨリ志願セザリシ学生生徒ノ取扱ニ関スル件」一九四三年一二月三日付[21]）。それを考える時、蓮本の同窓生の自発的な戦争参加比率が高いとは言い難い。が、時期的に、戦争参加の強制が中学校卒業者まで迫っていたことも事実である。

そのような時期に蓮本が国民道場へ入ったのは何故だろうか。彼の本来の目的は医専進学である。日本統治期台湾では、台湾人青年が就職・職業差別を比較的受けにくい医師を目指す傾向が強かった。さらに、理系である医専への進学は、予想される徴兵の猶予にもつながる。もともと、台湾の特別志願兵制度では中学校卒以上の学歴を持つ者の選抜率は著しく低く、基本的に学歴の低い階層の男子が選ばれていた。故に蓮本には、自身が同制度に志願するという選択肢はなかったのであろう。しかし、医専に落ち浪人状態になったとき、富裕故に就職の必要性はないとはいえ、進学も戦争参加もしない無為の状態でいることは、心理的にも社会的にも許されなかっただろう。そのとき、蓮本の前に国民道場があったのである。ここで訓練を受けたという「言い訳」が、彼の無為に対する心理的社会的負担を軽減させる、はずだったのだ。

しかし、国民道場において不釣り合いに高い学歴を持つ蓮本は教官に目をつけられてしまう。つまり助教就任を要請されてしまうのである。テクストで蓮本が助教就任をまようとき、その理由は明示されない。蓮本は道場の様子を「中学校の廠舎生活を彷彿させるものに過ぎない」と一歩引いた視点で眺め、その生活に「苦痛は印象に残つてゐない」「馴れてしまつた」といいつつ、「再び助教となつてさうした雰囲気に足を踏み入れる気にはどうしてもなれなかつた」という。

蓮本に提示された助教の待遇は悪いとは言えない。勧誘した山田教官は、助教をしながら医専の受験勉強をすることも認めている。勉強時間が減ってしまうことは重大かもしれないが、先の入試を「体格で落ちた」と判断しているところをみると、蓮本は学科には相応の自信があるのだろう。

とするなら、彼が助教就任をいやがるのは、国民道場の青年達と自分との階層やハビトゥスの差を認識しているからだ。蓮本はテクスト内で、しばしば内務班長の台湾人青年たちに違和感を表明している。無論、内務班長達は熱心に〈皇民化〉を目指しているため、その行動を批判する言説は一切ない。しかし、同時に蓮本は自分が彼らに溶け込めないという意識を隠さない。

テクストでは、国民道場の青年達が一部生（国民学校卒）、二部生（国語講習所修了）、三部生（国語不解者）で構成されていると述べられている。これだけでも、中学校卒の蓮本がかなり異端であることが分かる。同様に、他の道場生たちも、蓮本の存在はもてあましただろう。特に内務班長――国民学校卒業程度で〈国語〉能力が高い者が就いている。テクスト中ではその殆どが志願兵として日本軍に参加予定となっている――は、中学卒業者が部下の班内班長としていることに指揮の困難、あるいは嫉妬や反感を持ったことも日本軍の系譜から考えれば十分想像できる。道場での訓練を終えて、中学校卒であるという理由で、部下であった蓮本が上司の助教になるということも、内務班長達には快いことではなかったはずだ。

そのような雰囲気を、蓮本自身も感じ取っていた。蓮本の道場入所は進学前のモラトリアムに近い。そのような姿勢も他の道場生の反感を呼ぶだろう。それが分かっていて、なお道場に就職するのは、むしろ恐ろしいことであったかもしれない。しかし、特別志願兵制度や特別幹部候補生制度が事実上強制されていたことを考える時、山田教官の助教への勧誘もまた断ることができない強制であった。蓮本は、助教になりたくないという意志を語っても、この勧誘を断るという選択肢は最後まで想定しなかった。それは当然、断ることはできないとわかっていたからだ。

その意味で、蓮本を勧誘した山田教官は、そういった青年間の心理を忖度せず蓮本の気持ちも事実上無視している点で道場生たち――台湾人青年達への関心が実際には低かったと判断できる。少なくとも、蓮本にはそのように見えていた。それが助教就任後、恩師であったはずの山田教官の視線を蓮本が常に意識し続けることにつながるのである。

8　山田教官の沈黙に対する蓮本の反応

結局助教に就任した蓮本は、やはり国民道場の雰囲気になじめない。彼は「算数歴史の学課」「主に営内勤務、教練」を分担しているが、助教の任務は同僚の寥助教の「国語作文の学課と庶務、経理」というところからもわかるように、学科教育とデスクワークである。それらは、教練を主眼とする国民道場においては中心的なものとは言えない。しかし、その立場は教練を指導する内務班長よりも上となる。そのような雰囲気と制度上の立場の齟齬が、さらに受験までの「腰掛け」である蓮本に居心地の悪さを与えていた。蓮本は、内務班長達の論議を「空回りする車輪の喧騒さ」と見て、その中に入るのを躊躇する。一方内務班長達は、蓮本の授業を隣室で聞き、「蓮本助教殿の授業法は全く要領がいい」「やさしい先生」などと、褒め言葉か皮肉か判断が難しい評価を投げかける。

蓮本が内務班長達に気後れするのは、彼らが近いうちに志願兵となるからでもある。蓮本は「これら内務班長と一緒に働いてゐるとき、なにか譲らなければならないといふ気持」を持つが、それは彼が国民道場という、近々敷かれる徴兵制度によって戦場に行く道場生をそのために指導し、志願兵制度で戦場へ行く内務班長たちの上に立ちながら、自分は戦場へいくつもりがないからだ。蓮本は、自分も志願するとは一切口にしない。それは戦場へ行くことを回避しようとしているからである。そういった後ろめたさ、居心地の悪さを感じさせることが、蓮本が助教就任をいやがった理由であっただろう。

内務班長達になじめず、それ故体罰も行うことができない蓮本は、藤井教官に言われた「内務班長は父であり、兄である。助教は母であり、姉である」という言葉を想起する。軟弱なのではなく助教とはそのような存在なのだという意識に置き換えることで、自分の立場を正当化しようとする。

しかし、そのような蓮本がどうしても克服できないのが、山田教官の沈黙であった。それが最初に顕現するのは、立川――おそらくこの青年も豊かな階層出身の台湾人であろう――という道場生が脱柵を試み、捕まった事件の際であった。内務班長達が「見透いた嘘」で言い逃れようとする立川を取り囲む中、山田教官は「無言で見守つてゐる以外何等手をくださなかつた」。それが蓮本に「地団駄を踏んで、歯を喰ひ」しばらせる。

このとき、蓮本は山田教官の道場生への無関心を恐れている。山田教官の沈黙に耐えられないと感じた時、陳進録内務班長が「おまへはそれでも日本人か、日本人か。」と立川を怒鳴りつけることで、蓮本は「心の安定と負担のとれた明るさを同時に感じた」。陳進録の発言が自信に満ちていたからである。それはもちろん、「自分（たち）は日本人である」という自信だ。しかし同時に、「若しこの言葉が山田教官に依つて先に言はれたなら、さう思ふと蓮本は慄ツと」なる。つまりそれは、山田教官が、自分（たち）台湾人青年を、〈日本人〉とは思っていないことを意味するからだ。蓮本は、〈皇民化〉に迷いなく邁進する集団に違和感を感じながら、日本人教官から非〈日本人〉と見なされることに堪えられないと感じるという矛盾を示しているのである。

この矛盾は、山田教官、藤井教官が、道場生は正規の軍人ではないので、宮城遙拝の形式を軍隊式から一般人の形式に改める、と伝えた際に増幅する。内務班長達は、自分たちはやがて志願兵になり、軍隊式の形式が許されることになるのでそれを容認するが、蓮本は、自分が〈日本人〉から排除されると感じるのである。

道場内で〈日本人〉であることを証明するには、軍隊へ入るしかない。しかし実際には、台湾人が軍属や志願兵として入隊しても、そこではさらなる差別が待っていた。彼らが内地人同様の〈日本人〉になることはなかった。しかし、台湾人だけの共同体の中では、その比較と競争によって、より〈日本人〉に近い方、になることができた。従来の日本統治下台湾社会では、〈国語〉能力の高さと、近代化―高学歴者であることが、〈日本人〉への接近手段であり、蓮本はその点では道場内でもっとも〈日本人〉に近い存在だった。しかし、〈皇民化運動〉と台湾人の戦争動員が、言語能力や近代性ではなく、国家―天皇への忠誠といった精神性を評価軸に加えるようになった。それはむしろ〈近代性〉とは齟齬を来す要因であり、また戦争・軍隊といった、富裕層・高学歴層の持つ文化資本が通用しない共同体への参加は躊躇われるものだった。それ故、蓮本はそこに近づくことができないのである（この構図自体は、「志願兵」にも相似する）。

そのための違和感に、さらに山田教官の視線が追い打ちをかける。山田教官の無関心、にみえる視線が、蓮本の〈日本人〉性を全て否定しているかのように感じ始めるからだ。自分自身は別の立場にいると考えている道場生や内務班長達が、山田教官という〈日本人〉の目には、違いのない同じ〈台湾人〉に見えているのではないか、という恐怖から、蓮本は逃げられないのである。

それが、テクスト終盤の、蓮本の失態場面に現れる。可愛がっていた三部生・蔡樹根が、借り出す実銃の番号が書かれたメモの入っている上着を（〈国語〉不解の故に）誤って洗ってしまい、メモが失われたとき、蓮本はそのショックから責任を蔡樹根に押しつける。

——僕は大事に、大事に蔵つて置いたのであります。ところが蔡樹根の奴は僕の言ひつけたことを聞き違へて——さうだ。あいつは国語不解者であります。上司の命令がわからないのであります。

と叫んだ。二度、三度と叫びつゞけた。

これに対し、藤井教官から「おい、おい、蓮本助教、見苦しいぞ、部下の所為にするな。責任は自分一人に帰すべきだ。それが日本人だぞ。」と責められ、蓮本は自分がその場の誰よりも〈日本人〉性に劣る行動をしたことを思い知らされる。蓮本は内務班長達にも無様に許しを請い、そして山田教官に詰め寄る。

——山田教官殿。蓮本は日本的素養に欠けてゐたでせうか。蓮本をどうおもはれますか。何卒聞かせて下さい。

その声は慄へを帯びてゐた。目には涙が光つてゐた。

山田教官は彼を見下したまゝ、

——何ともおもつてゐないよ。

——それはどういふ意味でありますか。

彼には山田教官の短かい言葉が不満であつた。不安であつた。もつと痛烈な言葉が欲しかつたのだ。

——山田教官殿。山田教官殿。

と呼びつゞけながら彼は地べたを這つた。

テクスト末尾で、この場面は高熱で倒れた蓮本の妄想であったかのように描かれる。濡れ破れたメモはなんとか判読可能で、寥助教が代わりに銃を引き取りに行くことで問題は片付いていた。山田教官も、蓮本に「君の責任感は立派だ。立派だとおもつてゐるよ。」と、ベッドに寝かされている蓮本に優しげに声をかけている。最終場面では、蓮本が恐れ続けた山田教官の視線は、蓮本の被害妄想であったようにまとめられるのである。

蓮本が山田教官に対して抱いていた感情は、彼の〈日本人〉観の投影でもある。蓮本は山田教官の沈黙から、自分の〈日本人〉性に不安を覚えるようになっていた。蓮本は、日本統治下の学校制度の中で学歴とそれに相応する〈国語〉能力を持っていることによって、自分の〈日本人〉性を担保してきており、国民学校卒業程度の内務班長達の〈皇民化運動〉の延長上にある精神論的な〈日本人〉意識を、内面では正当な〈日本人〉性と認めていない。それが蓮本が内務班長達に違和感を覚える原因であろう。一方で、この時蓮本は自分自身は〈近代人〉というレベルで〈日本人〉であるという自負を密かに持っていたのだが、その自負が、山田教官の沈黙によって無意味なものとされているのではないか、という不安にとらわれていくのである。つまり、蓮本にとって、道場での生活は「台湾人扱いされたくない」という、極めて混乱し矛盾しそして民族的な自己認識の倒錯を引き起こすものとなっているのだ。

9 〈国語〉能力と徴兵制

では、蓮本以外の台湾人青年達は、この圧力に耐えうるのだろうか。それを判断することは難しい。なぜなら、このテクストは蓮本の視点で描かれており、また「小説を書ける台湾人によって書かれた小説」である以上、すぐれた〈国語〉能力と近代知を持った視点から離れることができないからである。

つまり、このテクストは必然的に〈国語〉不解者や国民学校出の視点や立場を描けないし、そこに踏み込んでいくこともできないのだ。それは、テクスト中、内務班長や道場生の心理描写が一切ないことに現れている。そして同時に、日本人教官達のそれも描かれないところに、このテクストが蓮本に代表される知識人である台湾人の視界から自由になれないものであることがわかる。

このような世界では、〈国語〉不解者や内務班長たちの描かれ方は単調にならざるを得ない。〈国語〉能力の不足と、近代知、教養、学歴に裏打ちされた社会的立場がないとき、彼らの選択肢は最初からほとんどない。つまり、〈国語〉を学べ、道場で訓練を受けろ、戦争へ行け、と言われれば、それに従う以外になく、それを疑問にも思わないのである。テクスト内に描かれる道場の三部生たちの〈国語〉は、教官や助教、内務班長たちに命じられたことのオウム返しである。そこに個人的な感情や意識がこめられる時は、〈国語〉は混乱し「失礼」な形式になり、そして上司のいないところでは母語である台湾語を使うことになる。彼らは命じられているからその通りやるのみで、故に雨中行進訓練時に、その態度を林慶逢内務班長から、「俺が教へたことを右の耳で聞いて左の耳から出して平気な顔をしてゐる」と責められる。彼らには十分に理解できない言語によって伝えられた命令を、理解できないことによって責められる理不尽の中に、道場生は日常的に置かれているのである。

蓮本が助教就任を受諾した時に届けられる、三部生・頼財木に届いた弟からのハガキは、〈国語〉で書かれている。弟は、当然兄である頼財木が〈国語〉を読めないことは知っているはずである。しかし、弟は頼財木に〈国語〉で書かざるを得ない。道場では〈国語〉以外は使ってはならず、もし用いれば責められるのは兄だからだ（ただ、仮に台湾語で書いたとしても、識字の点で頼財木が読めたとは思われない。つまり、ハガキという伝達手段自体が、三部生には授受不可能なものといえる）。このテクスト内で、〈国語〉不解者は、常にこの理不尽な強要に晒され続けており、そのためにそれが理不尽であるということさえ気づくことができないのである。

では、〈国語〉理解者である内務班長たちはどうだろうか。彼らは、〈国語〉が理解できるのだから、〈国語〉使用に発する理不尽な強要に気づくことができるのだろうか。

気づくことはできるかもしれない。しかし、気づくことはできても、それを克服する手段や意識を彼らは持っていない。少なくとも持っていることをこのテクストは描かない。内務班長達は基本的に国民学校（公学校）を卒業しただけなので、〈国語〉能力以外の社会的に通用する技術や資格を持っていない。そのため、軍隊への動員がなければ、日本人の命令を理解することができるという以外には社会的な有用性を――もちろん日本人支配の社会の中で――認められない人々であった。軍隊は、彼らにとってむしろ唯一のスキルである〈国語〉を最も高く評価「してもらえる」職場なのである。現実の立場や扱いはともかく、志願兵になることは表面的に役所や総督府という公的機関から賞賛される選択であり、日本統治下においてほとんど能力を評価される機会のない彼らにとって、それは非常に魅力的なものに見せられたであろう。

そして、このテクストが結果的に明らかにしているのは、このような〈国語〉理解度によって台湾人青年たちが区別されていることと、それが徴兵制導入直前時期においてもかなり深刻なレベルで起きているということである。「助教」は国民道場の有り様を基本的に賛美し、内務班長の言動を中心にその〈皇民化〉の精神の体現であるかのように描いているが、同時に〈皇民化運動〉の精神性をまるで理解できていない三部生の姿や、〈皇民化運動〉自体に実際にはコミットする必要性を見出していない蓮本が語り手となっている時点で、軍事動員すべき台湾人青年たちが〈ばらばら〉であり、日本帝国によって〈ばらばら〉にされていることが浮き彫りになっているのだ。

四五年の徴兵制実施が近づくと、台湾の新聞・雑誌メディアは徴兵制の特集を幾度となく組むようになる。皇民奉公会の機関誌である『新建設』は特にそれが多いが、その中で繰り返されるのは〈国語〉の問題である。太平洋戦争が始まるまで、台湾の台湾人向け初等教育は有償だった。それが義務教育への参加や〈国語〉理解率上昇を阻んでいた。それが無償化されるのは戦争が始まってからである。つまり、義務教育の実施は、台湾人の戦争動員のためであるというしかない。さらに、徴兵制導入に到って、台湾に初めて国政参政権も与えることになった。一般の台湾人にとって、教育と参政権は、その生命と引き替えであり、さらにその条件に〈国語〉を要求されるのである。四五年の徴兵制実施後は、当然ながら〈国語〉能力の高低に関わらず、対象者は一律に兵役に就くことになる。それは、台湾の／植民地の現実を無視したことであるし、軍隊内部の規律や混乱も度外視した政策であろう。ただ、徴兵制度は四五年以降に対象年齢（二〇歳）に達する青年だけが対象で、四五年に二一才（満二〇歳）を過ぎていた人々は徴兵されなかった。彼らには「温情」によって特別志願兵の道が用意されていた。内務班長達が皆一様に志願兵となり、徴兵制度の対象となっていないのはそのためである。いずれにしても、四五年に二〇歳になった青年達は、二〇歳を超えた人々よりも相対的に教育が普及していたであろうから、当局はそれにも期待していたと思われる。また、「助教」の舞台となった国民道場のような、〈国語〉と軍隊的規律の速成教育を施す養成所を緊急に創り出すのもそれが理由であった。しかしそれで全てをカバーできるはずがなく、それがメディアでくり返し〈国語〉普及が訴えられていた背景にある。メディアに登場するのは皇民奉公会の幹部や在郷軍人、台湾軍の軍人だったが、彼らは現場に訪れるであろう混乱に誰よりも自覚的であり、それを恐れてもいたからだ。

冒頭で、「助教」というテクストが「生産現場」への「作家派遣」と『決戦台湾小説集』編纂のための企画の中で描かれたものであると述べたが、同時にもう一つの「企画」にも組みこまれていた。「助教」が掲載された『台湾時報』一九四四年九月号は「徴兵制実施記念特輯号」とされ、誌面は徴兵制実施に関する記事で埋められていた。「助教」はその記事の一つだったのである。

つまり、「助教」は生産現場派遣の報告文学的な要素と共に、徴兵制実施のプロパガンダも要求されていたことになる。あるいはそれが、このテクストが規定枚数の二倍近い長さになった理由かもしれないが、このテクストは二重の要求に応えるために大きなストレスがかかっていたことが想像できる。しかし、そこに描かれているのが台湾人青年の速成養成の困難さであり、〈国語〉理解レベルの低さであったことを考える時、そのような様子が徴兵制度にも志願兵制度にも〈皇民化運動〉にさえも実質的にコミットしない台湾人青年によって語られる時、そして、それを描いたのが〈皇民作家〉の代表格とされる周金波である時、「助教」が露わにする問題は、日本統治期台湾の〈日本語文学〉にとってはもちろんのこと、日本帝国植民地における〈国語〉教育政策やそれに結びつけられた軍事動員を考える上でも非常に重大なものとなる。何故なら、このテクストからは〈国語〉教育を背景とした軍事動員は徴兵制実施時にすでに半ば破綻していたことが見て取れてしまうからだ。

さらに、〈皇民文学〉であるはずの「助教」は〈皇民化運動〉の宣伝をしようという過程でそれを暴露してしまうのであり、加えて蓮本のように教育を受けた台湾人が〈皇民〉を志向せず、そのような彼の内心は日本人教員が自分をどのように評価するのかという不安、日本人教員が自分にどんな視線を向けているのかという恐怖に占められていることを描いてしまう。これが〈皇民文学〉の極北であるとしたら、それはまさに〈皇民文学〉の空転性、そして戦争末期における〈皇民文学〉の破綻をはっきりさせているのだ。

つまり、ここではこのように結論づけることが出来るだろう。〈皇民文学〉は常に外部から押しつけられた枠組でしかなく、そもそも文学テクストを囲い込む強度も具わっていなかった。故に、これに枠取られたと見なされるテクストは必ず内容に無理や矛盾が生じ、空転する。この空転が場合によっては狂信的に、場合によっては自己認識の分裂に見られてしまい、その表面的な強烈さによって、〈皇民文学〉という存在が印象づけられてきたのである。しかし、これはただの脆弱でかみ合わない枠板に過ぎなかったのだ。

この枠組は、一九四五年の夏まで、日本帝国の支配論理によって一方的に存在し続けた。そして帝国の崩壊によって、枠板ははじけ飛び、曖昧な枠組の痕が残されたテクストを歪め続けてきた。日本帝国が自らの力と判断で帝国を清算することができずに消えた時、〈日本語文学〉テクストとその作家達は、非常に弱い〈個〉の立場から、この枠組の歪みの矯正を求められることになった。それは結局、新たな枠組の中に無理矢理にでも自分たちをはめ込む作業であった。

生きるために。

【注】

(1) 〈光復〉とは台湾や朝鮮半島で用いられる、日本植民地統治からの独立回復を示す言葉であるが、台湾の場合、〈光復〉を謳う主体が国共内戦に敗れた中国国民党政権であり、現在の台湾内部ではこの中国国民党政権による台湾統治も台湾人に中国化を迫り独裁体制下においた外来政権とみる立場もある。故に、本書では〈光復〉と括弧付き表記に統一した。

(2) 七章でも触れたが、中島利郎は『日本統治期台湾文学小辞典』(緑蔭書房 二〇〇五)の中で、〈皇民文学〉の代表作が定められまた解除されていく流れを、次のように述べている。

それらの作家や作品の中でも周金波「志願兵」(四一年九月『文芸台湾』第二巻第六号)、王昶雄「奔流」(『台湾文学』第三巻第三号、四三年七月)、陳火泉「道」(『文芸台湾』第六巻第三号、四三年七月)の三作が従来皇民化小説を代表するものとされてきた。しかし、戦後の台湾文学研究の中で、王昶雄と陳火泉の再評価が行われて「皇民作家」からはずされ、周金波のみが「皇民作家」として非難され続けてきた。このように、「皇民(化)文学」とは、時代の変化によってその評価も変転しており、現在においても「皇民(化)文学」は何かということに決着はついていない。

中島がここで、「皇民（化）文学」は何かということに決着はついていない、というのは〈皇民文学〉という枠組がきちんと検証されないまま用いられてきた状況を端的に指摘しているのである。

（3）ここで参照したのは、林瑞明「決戦期待湾の作家と皇民文学」（『岩波講座　近代日本と植民地　6抵抗と屈従』一九九三）、垂水千恵「他文化主義の萌芽――王昶雄を例として」（垂水千恵『台湾の日本語文学』五柳書院　一九九五）。王昶雄「奔流」に限らなければ、星名宏修の「「大東亜共栄圏」の台湾作家――「皇民文学」のかたち・陳火泉」（『野草』四六号　一九九〇）および「もう一つの「皇民文学」・周金波――「大東亜共栄圏」の台湾作家　その2」（『野草』四九号　一九九二）にも同様の観点が観られる。

（4）一九四三年一一月一三日・台北市公会堂にて開催。「議事記録」が『文芸台湾』四四年一月の終刊号に掲載されている。

（5）前掲葉石涛『台湾文学史』を参照。

（6）しかし、それも「私」がそのように語っているだけで、伊東の態度の原因が〈台湾性〉にあるかどうかは実際にはわからない。伊東の母の妹、林柏年の母がテクスト中で伊東の経歴を「私」に語る場面があるが、そこでは少年期の伊東が両親の不和とその伊東への八つ当たりとに苦しんでいたこと、それから逃れるように内地留学したこと、内地留学後に両親の医科志望に逆らったために援助もうけず苦学したことなどが告げられる。このような両親から受けた仕打ちが、伊東が両親を忌避する原因になったと考えることもできるのである。

（7）テクスト内には「私」の住む街の名前は「×街」と書かれるだけで、この街が台北北部の港町・淡水と表記されていない。ただ、テクスト中でこの街が「廃港」と描かれている点、中学校があるという点、そして、柏年の中学校が剣道大会で優勝した際、「州下に於ける制覇は、全島に於けるそれと一様なのである」という表現から、この州が台北州と推定できるので、淡水の街と想定した。また、テクスト外部の情報ではあるが、王昶雄も淡水の出身であり、淡水を舞台としたテクストを複数残している。

（8）「鼎談」（『文芸台湾』一九四二年六月号）。鼎談者は西川満、濱田隼雄、龍瑛宗。

（9）王昶雄は戦後の回想「老兵過河記」（『台湾文芸』七六期　一九八二）の中で張文環に原稿をせかされたと語っているが、このときテーマについて指示を受けたとしても何等不思議ではない。

（10）『近代文学合同研究会論集』第5号（二〇〇八年一二月）所収の各論文において、戦時下における文壇の戦争協力及び戦争文学について論じられている。
(11) 台湾に衆議院議員の定数が割り振られたのは、徴兵制施行と同じ四四年になってからであり、結果的にその後衆議院議員選挙は行われていないので台湾地区からの国会議員選出はなかった。
(12) 高田理恵子『学歴・階級・軍隊』(中公新書　二〇〇八)を参照。
(13) 中島利郎『日本統治期台湾文学小辞典』(緑蔭書房　二〇〇五年)を参照。
(14) 一九四四年に『文芸台湾』と『台湾文学』を半強制的に合併させ生まれた文芸誌。
(15) 一九四四年四月に島内主要紙が統合されてできた新聞。
(16) 「徴用作家たちの「戦争協力物語」」『よみがえる台湾文学』(東方書店　一九九六年)を参照。
(17) 中島利郎「『決戦台湾小説集』の刊行と西川満」『台湾の「大東亜戦争」』(東京大学出版会　二〇〇二)を参照。
(18) ただし、『決戦台湾小説集』収録の「助教」は単純計算で四〇〇字詰め原稿用紙換算で六〇枚超の長さになっており、枚数制限を大幅に超過している。
(19) 近藤正巳「第三章　人心の動員」『総力戦下の台湾』(刀水書房　一九九六年)を参照。四三年一一月時点で、改姓名をしたのは台湾人人口の二%だった。一方朝鮮では創氏改名実施半年で八三%が創氏させられている。
(20) 記録映画「国民道場」『片格転動間的台湾顕影』(DVD。台湾・国立歴史博物館　二〇〇八)を参照。
(21) 『早稲田大学百年史』第四巻(早稲田大学出版部　一九九二)の「第十四章　留日学生と等医学の外国人」を参照。四三年一〇月二日に公布された在学徴集延期臨時特例によって大学生・専門学校生の徴兵、「学徒出陣」が進められたが、同月二〇日に「昭和十八年度陸軍特別志願兵臨時採用規則」が定められ、大学・専門学校に在学する外地出身学生への「志願」も要求されるようになった。そして同年一二月三日付の文部省専門教育局長通達「朝鮮人、台湾人特別志願兵制度ニヨリ志願セザリシ学生生徒ノ取扱ニ関スル件」により、志願を拒否した学生については「自発的ニ休学又ハ退学」すること、それも拒否した学生には学校側が「積極的ニ休学」を命じること、「志願」しない学生の名前・原籍地などを報告することが要求された、とある。さらに、「非志願学生で退学もしくは休学になった学生・生徒は、朝鮮人の場合は朝鮮奨学会によって帰郷させられるか、やむを得ない場合には内地に残留させ、錬成の上重要産業に集団就労させるかの方針が採られた。台湾人の場合も同様であったろう」という。

同時期、四三年一一月二六日付『読売新聞』には「殆んど全員応募　本当人の学徒志願兵」という記事があり、そこでは西村台湾総督府文教局長の談話として「台湾島内学徒は勿論在内地学徒も殆ど全員志願を完了した」「今日までの分だけでも全適格者の九十%以上に達してゐる状況」との内容が記されている。邱永漢「密入国者の手記」（一九五四年）では、主人公が東京帝大在学中に志願を強制され、京都で判事をしていた兄の説得を受け大学を辞め台湾へ帰るという場面があるが、これは「自発的ニ休学又ハ退学」に当たるのだろう。そして台湾へ戻れば台湾の陸軍特別志願兵に採用されるのは主に農村青年であり、当時既に二〇歳を過ぎていた主人公は四五年四月開始の兵役にも呼ばれずに済んだことになる。

終章

日本統治期後の日本語作家たち

1　戦後／〈光復〉後の台湾における〈日本語〉

日本帝国が連合国との戦争に敗北し、第二次世界大戦が終わると、すぐにその植民地だった地域の処遇が問題となった。朝鮮半島は北部をソビエト連邦が、南部をアメリカ合衆国が分割占領したことで、その分断状態のまま分離独立を余儀なくされ、二〇一二年現在までその分断が続いたままとなっている。

台湾はカイロ宣言に従って中華民国へ返還されることとなった。いわゆる〈光復〉である。この〈光復〉後、台湾へ進駐してきた中国国民党軍が、最初は台湾住民に歓迎されながら、その素行の悪さや汚職・不正の横行によってたちまち台湾住民の信を失い、その不満の爆発が一九四七年に起きた二二八事件という大弾圧とその後の白色テロ・戒厳令統治につながったことは、台湾史研究においてすでに詳細に論じられ、また現在もさらなる検討が続いている。

そのような状況下において、〈日本語文学〉をものしていた作家達の立場は、在台日本人作家、台湾人作家を問わず難しいものとなった。在台日本人作家では、やはり西川満に代表されてしまうが、「戦犯」として捕らわれることへの不安があったらしい(1)。最終的に西川は逮捕を受けず、戦後日本へ引き上げることになるが、戦争協力と台湾人の戦時動員を文学運動の面から支持したことが〈光復〉後の台湾にいた在台日本人に重くのしかかったのである。

しかし、台湾人たちの戦後／〈光復〉後には、そのような在台日本人の比ではない困難が待っていた。周知の通り、中国国民党政府（以下、国府）は、三一年の満州事変以来の敵国であり交戦国であった日本帝国の統治下にあり、〈同化〉政策、〈皇民化運動〉に晒された台湾住民を日本帝国の〈奴隷化〉された人々ととらえ、厳しい監視と差別、そして弾圧を加えたからである。

そして、〈奴隷化〉の象徴である日本文化と日本語は、中華民国の公の場では発表することも使用することもタブーとなった。これは、一九四九年以降、国府が中国共産党の人民解放軍との内戦に敗れ大陸から撤退し、中華民国の実効支配地域がほぼ台湾地域に限定されると、さらに複雑なものとなった。台湾だけが「日本統治」という本来日本帝国――戦後の日本国が担うべき負債の責任を押しつけられ、批判され、否定されるという状況を生んだからだ。

このとき、台湾の〈日本語文学〉作家たちの立場は、当然ながら非常に困難なものとなった。ただ、近年丸川哲史が研究を進めているように、一九四〇年代後半において、日本統治期の台湾人作家達は楊逵を代表として国府統治下の台湾の状況に対し必死の運動を続けていた(2)。また、〈奴隷化〉という一方で〈国語〉――国府統治下では、この言葉は〈中国語〉を意味する――のリテラシーがない台湾人（と、おそらくは徴用日本人のこと）を考慮して、一九四六年一〇月二五日までは日本語による出版物の発行が認められていた。

故に、この時期の出版物を読む時、そこに日本語リテラシーを持つ台湾人が迎えた苦しい台湾の状況が浮かび上がってくる。

『新新』という雑誌が、一九四五年一一月二〇日に台湾北部の新竹市に出来た出版社・新新月報社から出版されている。昭和天皇によるポツダム宣言受諾放送が台湾にも届けられてから三ヶ月、台湾総督・安藤利吉が台北市内の中山堂（日本統治期の台北市公会堂）で台湾からの撤退と降伏に対する受諾文書に調印し、台湾〈光復〉が成立してから一ヶ月の時期に、国府下における新雑誌が生まれていたのである。

そして、この『新新』には当時の台湾の日本語知識人の状況がはっきりと浮かび上がっていた。

まず、創刊号の「巻頭言」を見てみたい。

> 娯楽にも欺瞞があるか。然り帝国主義下にはあつた。笑ひたくないのに無理に笑ふふりをせねばならない。之までの娯楽雑誌には歪んだ笑しかない。無内容であるのに感激を強ひる。我々の雑誌はその反対をゆきた

い。抽象的の代りに具体的、できる限り視覚によつて娯しませ、且教化に資したい。実は文化高く姿は大衆に広くありたい。

我々の雑誌は読者諸士との合作でゆきたい。特に青年論壇を設け、諸士の活発なる論議を世間に問ひさせたい。偽のない誠の思想が諸士にある筈だ。我々の雑誌によりて自れの思想を発表し、我々の雑誌に於て自れ達の論議を相交はせられよ。

他国の言葉によつて文章を読み且つ言はねばならない悲しさ。我々の雑誌が完全に国文で書かれて読まれうる日を速かに縮めたい。

自己批判及び他からの忠告は民主主義教育の養成である。我々自づから務め、諸士の御叱正を乞う次第である。


日本統治を否定し、〈光復〉台湾の下で「民主主義」を望む「巻頭言」を、他ならぬ〈日本語〉で書かなければならないところに、この時期の雑誌、作家、そしてそれを受容するであろう台湾人の厳しい立場が浮き彫りになっている。「巻頭言」では「他国の言葉によつて文章を読み且つ言はねばならない悲しさ」と言い、「我々の雑誌が完全に国文で書かれて読まれうる日を速かに縮めたい」と言うことで、〈日本語〉使用が緊急避難的なものであることが強調されているが、しかし、それは恐らく建前であった。この創刊号は二十頁ほどの薄いものであったが、「国語講読」という中国語学習の頁の他の殆どが日本語の記事であり、また「巻頭言」でその設置が告げられていた「青年論壇」の冒頭には、家鵬という筆名で「国語と日文のこと」という文章が掲載されており、その中では次のような意見が述べられていたからだ。

今、吾々青年の誰もが、一生懸命に国語の習得に、日夜肝胆を砕いてゐるのであるが、それは、所詮、過去半世紀に亘る横暴と圧迫の植民地政策に依るところ、偏執的な教育から一時も早く脱皮し、真の中国人としての、教養を身につけんが為の努力に外ならぬのである。

従つて、国語の問題は、大きな観点からして、極めて楽観して良いと思ふのである。

何故なら、過去の場合と根本的に相違し、強圧に依る習得ではなくして、心の底から祖国に還つたと言ふ切実な自覚が、吾等をして自から進んで習得に努めしむるのである。だから、完全にしてより良く、速かな結果が得られると思ふのである。

要するに現在使つてゐるところの日文は、永い歴史を通じての、一時的な現象に過ぎなくなる事は明である。

従つて、文字が人間の思想の発表及び理解の道具に過ぎないならば、眼前の小事にこだわる事なく、むしろ、思想の改革と向上及び、凡ての事実を徹底させる為に、利用するのが刻下の急務ではなからうか。

事実、強制よりも自覚によるところの大なる力を知るべきである。

要するに、急進派の日文云々の問題は、杞憂に過ぎないのである。

日本統治下での強制的な日本語学習と違い、今は〈中国人〉としての自覚を持って学んでいるので〈国語〉はすぐに身につく。「だから」現在日本語を使うことは大した問題ではない……という「家鵬」の意見は、日本統治期を否定し国府統治を賞賛しているかのようだが、実際には日本語使用を続けるための苦しい弁明である。そしてまた、国府による〈国語〉推進政策の受容を「自ら進んで習得」と強調する様子は、現在の視点で見れば国府によって〈国語〉が強制されていることへの皮肉にも読めるだろう。つまり、台湾人にとって、〈国語〉を巡る状況は日本統治期と国府統治下とで、ほとんど変わっていないことがこの文章にはにじんでいるのである。

創刊号の「巻頭言」が「我々の雑誌が完全に国文で書かれて読まれうる日」を求めると語っていたのと裏腹に、

『新新』ではしばしば日本語使用擁護論が掲載された。戦後／〈光復〉直後ということもあり、発行が不定期になりがちだった『新新』は、日本語使用が禁止される四六年一〇月二五日直前の四六年一〇月一七日までに七号を発行していたが、この七号では後に日本語小説『アジアの孤児』を日本で出版し注目されることとなる呉濁流（一九〇〇―一九七六）の「日文廃止に対する意見」、そして筆名「張・G・S」の「本省人と日本語」の二つの日本語使用擁護論が掲載されていた。どちらも、日本統治期の日本語強制の批判、〈国語〉の重要性を説きつつ、「しかしながら」実用面で日本語を使用できない事への危機感の表明を行っていた。目前に迫った日本語使用禁止が、彼らを追い詰めてもいたのである。

2　敗戦／〈光復〉直後の龍瑛宗と「青天白日旗」

この『新新』には、龍瑛宗が創刊号に小説「汕頭から来た男」を発表し、二号では随筆「二人乗り自転車」を寄せていた。いずれも日本語である。

また、龍瑛宗は戦後／〈光復〉後に台南市で発行された新聞『中華日報』の文芸欄日本語版の担当として招かれ、『中華日報』の日本語版が四六年十月に廃止されるまでの間、多くの記事を寄稿していた。[3] 戦後／〈光復〉後の台湾で発行された諸雑誌の多くは、日本統治期から出版活動を行っていた台湾人の手によるものが多く、すでに作家として著名であった龍瑛宗には執筆の依頼が多かったようである。[4]

その中で、『新新』に発表した「汕頭から来た男」及び、『新風』という雑誌に発表された小説「青天白日旗」（四六年一〇月）に、戦後／〈光復〉後を迎えた台湾人日本語作家の在り方の一つを見出してみたい。

「汕頭から来た男」は、見開き二頁のごく短い小説である。

「中日戦争の始めごろ」、「私」のところへ中国大陸の汕頭からやってきたという周福山という男がやってきた。周は「私」の隣村の出身で、汕頭で働いていたが、戦争が始まったので引き上げてきたのだという。周は「私」

に、「この戦争は、中国が勝つでせうか、それとも日本が勝つでせうか?」と問うが、「私」は「台湾において、迂闊に、本心を吐露することは、極めて危険で」あり、「日本といふ国は、世界一の警察網の発達したところ」でもあって、一部の台湾人は「日本の帝国主義者」によって「スパイ」にされているから、周もまた「スパイ」ではないかと疑った。

しかし、周の心情に触れ、彼が「スパイ」ではないことを確信すると、「私」は周にわび、それから親交が始まった。

周は汕頭における台湾商人の、中国人民に対する日本帝国の威を借りた圧迫的なやり方に不満を持ち、中国国籍を取得し軍人になろうと思ったが果たせず、台湾へ無理矢理戻されたという。そして帰台後、たびたび「私」と手紙のやりとりをしながらも、周自身は「山中に引きこもつて勉強する」といって「田舎」へ帰ってしまった。そして周は、「台湾光復」を見る前に、「田舎」で悪性マラリヤに罹り、「キニーネも、アラブリンもないままに」死んでしまった。

「私」は、「台湾は中国に還され、光復の喜びに溢れてゐる。台湾には、純情な熱情的な中国を愛する人材を必要としてゐる。かかるときに、周福山のやうな愛すべき青年を失したことは惜しみて余りがある」「光復の歓びを思ふにつけて、周福山が思ひ出されてならない。」と感じる。

このように、「汕頭から来た男」は、『新新』創刊号の論調と同じく、「台湾光復」を言祝ぎ、日本帝国主義を批判する内容で埋められていた。

そして同じような傾向が「青天白日旗」にもはっきり現れている。

これもわずか四頁の短編小説で、登場人物は龍眼（台湾でよく食べられている果物）売りの阿炳とその幼い息子・木順の二人である。阿炳は木順とともに龍眼売りに出かけるが、その街の市場に「台湾光復」「感謝祖国」「建設三民主義的新台湾」の「伝単」（張り紙）が貼ってあるのを見て、「台湾光復!最初にそれを聞いたとき、阿炳は、なんだか信じられない気がした。あまりに幸福すぎる！ああ、こころひそかに待望していたこの日、それが、こんなに早く来ようとは！夢ではないかしら。」と興奮する。阿炳は、日本統治期に「米の供出」の際などに警察官に殴られたりする時は、「祖国のこと」をいつも思い出していた。警察官は非常に横暴で、いつも台湾人に暴行を働いていた。そのような「溜息と恐怖の生活」が終わったことを、阿炳は歓んでいた。「台湾光復」は「正月とお盆が重り合つたやうな、嬉しい話」だったのである。

龍眼売りからの帰り、木順が中華民国の国旗である「青天白日旗」売りを見かけると、阿炳はそれを木順に買ってやった。それを木順がそれを振りながら歩いていると、向かいから日本人の警察官が歩いてきた。阿炳は「はつとなつて、何処かに隠れようとした」が、「俺は歴とした中華民国人だ。なにを恐がることがあるものか」と思い直し、正面からすれ違った。警察官は「ぢろりとこちらを見ただけで、通り過ぎた」。

木順は阿炳に「僕は、これから支那人になるの？」と問うたが、阿炳はそれに対して「支那人といつちやいけない。中国人だ。これから中国人になるんだよ。」「みなが、おいらを軽蔑して、支那人、支那人といつてゐるが、おいらには、歴とした中国人といふ名前があるんだよ」と説く。そして、木順に、「おいらが日本人のときは、どんなに頭脳が秀れても、偉い人にはなれないが、こんど中国人になつてからは、さうぢやないぞ。勉強次第で、どんな偉い人にもなれるんだぞ。それでな、木順、おまへは、これから、うんど《ママ》勉強しなければいけないぞ」と話し、親子で「中華民国、万歳！」を叫ぶのだった。

王恵珍が指摘するように、この「青天白日旗」は龍瑛宗が初めて日本人の警察官をテクストに描いたものであったが、[5]その形象は一九二〇年代の〈台湾新文学運動〉の漢文テクストに見られるような極めてステレオタイプなものであった。王恵珍はこの警察官像を含め「国民党軍が台湾に到着する以前の台湾社会の現実の状況を、台湾人の解放感、期待感、興奮などの時代の雰囲気をリアルにとらえて描き出している」と述べているが、これを「リアル」というには、龍眼売りの阿炳のような教育程度も高くないと思われる台湾農村の人々が、どの程度

「中華民国」の存在を「リアル」に感じていたのか、についての検証が必要であるだろう。このテクストの筆致は基本的に都市住民、中でも教育をある程度受けていて、当時の国際情勢や外交関係に明るい人間の感覚で書かれており、明らかに阿炳と木順の人物設定とは齟齬がある。そう考えると、林瑞明が指摘するように[6]、このテクストは国府統治への追従という側面の方が強いと言うべきであろう。

テクスト外部を考慮するならば、これまで、龍瑛宗自身は日本統治下の台湾において好待遇を受けてきた人物であり——もちろんそれは不当な手段によってではなく、龍瑛宗自身の才能と努力によって得たものであるが——、その彼が日本統治の暴虐を自身がほとんど経験していない農村とその住民によって描こうというのは、かなり無理があったことに留意する必要がある。第三章で見たように、龍瑛宗は農村を描くことができない、と当初は広言しており、その後も台湾銀行行員、台湾日日新報社社員（終戦までは『旬刊台新』の編集者となっていた）であって農村との関わりはなかった。もちろん、〈台湾新文学運動〉期から〈日本語文学〉最盛期まで農村を頻繁に描いた張文環や呂赫若にも主体的な農村経験はなかったが、そういう中でも、龍瑛宗のここでの阿炳・木順の描き方は、唐突で形象が不十分であった。

そして、このような龍瑛宗のテクストが日本語で描かれていることに注意しなければならない。龍瑛宗は明らかに国府統治に迎合する形でこれらのテクストを描いている。しかし、そのときの使用言語が日本語であることの「ねじれ」は避けようがない。日本統治を批判し中華民国を称揚する、その表現を日本語で行うことへの矛盾はここで生じなかったのであろうか。

『新新』に寄稿された文章の中にもあったように、この時期、台湾の知識人たちは実用本位としての日本語使用を強く求めていた。中華民国への忠誠を誓う枕詞を付しての日本語使用は、しかし、彼らの中華民国への忠誠もまた、日本統治へ示した忠誠と同じように表面的なものであるという印象を逆に深めていくものであった。

しかし、龍瑛宗の日本語による中華民国礼賛はこれらの日本語使用を求める文章と比べると無邪気ですらある。

小説テクストという事情もあるだろうが、日本語を用いることへの葛藤は示されることなく、中華民国を礼賛するこれらのテクストに表現上の迷いは見られないからだ。

前章までに述べたように、龍瑛宗は日本統治期から発表メディアによって描く内容を選ぶという傾向があった。それは、彼が〈作家〉としての自身の立場を維持するために選んだ戦略であろうが、それが日本統治期と国府統治を跨ぐこの時期に最も顕著に現れたことが、この「汕頭から来た男」及び「青天白日旗」から読み取れるのである。

王恵珍は、龍瑛宗のこの時期の日本統治期批判をそれまで抑圧されていたものを自由に発表できるようになった故のものだ、と評価しているが、国府統治下の台湾は日本統治期と同様か、あるいは日本語使用者にとってはそれ以上に言論上は抑圧的で制限された時期だったはずである。とすれば、この時期の龍瑛宗の表現をかつて抑圧された心情の吐露であると考えるのは難しい。先にも述べたように、龍瑛宗自身はその経歴から考えても、日本統治期にはかなり優遇された人物でもある。その彼が、例えば台湾農村の悲惨な状況に憤っていたとして、それを「日本語で」テクスト化したとしても説得力があったとは考えにくいであろう。

ただしこれらの指摘は、この時期の龍瑛宗がただ追従をしていたというためのものではない。彼はひたすら状況に応じようとしているのである。日本統治期の龍瑛宗は、『改造』懸賞創作当選というデビュー以来、常に自身の立場を維持するために文学活動を続けていた。彼にとって〈作家〉という立場は、優秀な成績でありながら十分な学歴を得られず、留学も果たせず、銀行員となっても南投や花蓮港といった地方勤務にまわされるという彼自身にとっての「不幸」な境遇の中で、唯一誇れる立場でありよりどころであった。故にそれを守ることが、個人の民族的社会的政治的な信条よりも優先されていたのではないだろうか。それが『文芸台湾』と『台湾文学』との間の分裂劇や移籍の際にも現れ、そして戦後／〈光復〉後の台湾においても顕著に示されているのである。

3　戦後／〈光復〉後に語られる「龍瑛宗」像

龍瑛宗は、一九八〇年に『台湾近現代史研究』第三号に掲載された回想「『文芸台湾』と『台湾文芸』」の中で、「当時、私は閩南語が話せなかった。彼ら（台湾人作家たち——引用者）だけの集まりになると、閩南語と日本語をちゃんぽんに使うので、私にはトンチンカンだった。」と述べ、彼が客家系であるというエスニシティが〈台湾文壇〉の中でも彼を孤立させた、と述べている。しかし、日本統治期の諸テクストの中で彼が客家系であるということは全く示されていなかったし、そこで何らかの齟齬があったことも指摘されていなかった。龍瑛宗だけではなく、台湾人作家たちが客家系であることを示すようになるのは国府統治下になってからである。

辻平一という新聞記者がいる。彼は毎日新聞社（入社時は東京日日新聞社）で長らく文芸記者を務め、特に大衆文学への貢献の大きかった人物として知られているが、太平洋戦争時は台湾新報社に出向していた。『サンデー毎日』に対し台湾総督府から『旬刊台新』発行依頼があり、それに携わるためであった。彼は戦後に内地へ戻り、新聞社を退職後、一九五七年に毎日新聞社から『文芸記者三十年』という回想記を出版している。その中の一節「芸妓の宿」の中で、辻は自身の名前だけを「憲吉」と変えながら、自身の台湾滞在経験や『旬刊台新』の編集部について述べている。その中で、『旬刊台新』の編集部は「憲吉」以外全員「本島人」であったと述べられ、そのメンバーについて次のように言及していた。

> 会社での仕事は、ひまだった。「旬刊台新」の編集部は、憲吉以外は、みんな本島人だった。竜君は、内地の「改造」に小説が当選して、湾内でも相当に知られた作家ということだった。日本語もたくみで、標準語をしゃべった。呂君は台湾での新進作家。日劇で歌をうたっていたこともあるという美しい声の持ち主で、一躍新進作家として嘱目されているということだった。（略）憲吉が台湾へ赴任のさい、東京での相当な原

稿のストックをもっていったので、最初のうちはこれで間にあったし、統制時代で、競争誌があるわけでなく、のんきな気持で、仕事が進められた。

ここに出てくる「竜君」は龍瑛宗、「呂君」は呂赫若で間違いないであろう。そして、終戦を迎える段階で、「憲吉」は「本島人」の次のような様子を眼にした。

「このごろ、本島人の態度がすっかり変りましたね」

津田（会社の日本人同僚——引用者）はぽつんといった。これは憲吉の胸にもこたえるものがあった。十月には三日にわたって台北に空襲があった。その日は警報が解除されても、本島人の竜君も呂君も出社しなかった。これでは、新聞社の仕事としては、なんの役にもたたないといってもいいわけだった。米軍が比島に上陸してからは、本島人は露骨に台湾語で声高に仲間同士話すようになった。それまでは内地人の前では、台湾語をつつしんでいた。たまにしゃべっても、低い小さい声でだった。それがこのごろは、通信社からガリ版で通信が届くと、まっ先にとりあげて、各地の戦況についてだろう、彼ら同士調子の高い発音でしゃべりまくるのだった。（略）これは憲吉など、台湾語をしらない人間には、内容はわからないが、不愉快なものだった。台湾語を知らないといっていた竜君まで平気でしゃべりだしたのには、だまされたような気持だった。ここの社でも、小学生向きの新聞を出していた。きのうまで米英の悪者どもが、と書いていた本島人の記者はとたんに、こうした悪どい表現を用いなくなった。もし米軍が台湾に上陸したとき、こんなことを書いた男はすぐ銃殺されるとデマをとばした者があったせいらしかった。昨日まで、日本人といっしょに飲むことをよろこんだ者も、全然つきあわなくなった。（傍線は引用者）

「憲吉」の「本島人」への恨み節は、自身が日本人であり支配者の側であったという視点が全く欠落したものであり、日本の敗戦を前にして台湾人が日本人と共に働いている事へのリスクを思いやる心情も感じられない一方的なものであるが、ここで注目したいのは「竜君」の様子である。「竜君」は、テクストには明らかでなかったが日常のレベルでは、特に日本人に対し「台湾語を知らないといっていた」ことになる。それは「台湾語」のコミュニティに入れない日本人との親近感を出すためでもあったのだろう。その意味では、これもまた「竜君」の戦略であった。そして、その「竜君」は日本敗戦が近づくと「平気で」台湾語を「しゃべりだした」という。この「憲吉」の視点を信じるならば、「竜君」は台湾語を使うことができたことになる。

ここで「竜君」は龍瑛宗である、だから、龍瑛宗が一九八〇年の段階で「閩南語ができなかった」と述べたのは、自身の立場――『文芸台湾』に参加し、「台湾人中心の」『台湾文学』に移籍しなかったこと――を弁明するための嘘であった、のかもしれない。ただしこの辻平一の文章もまた〈戦後〉の洗礼を受けたものであるし、すでに日本の敗戦から十二年を過ぎて発表されたものでもある。その内容の十分な検証もないまま、事実として扱うことはできない。ただ、特に龍瑛宗をかばう立場でもなければ批判する立場でもない辻の文章の中に、わざわざ「台湾語ができない」と言っていた「竜君」が登場し、その「竜君」が台湾語を話している様子に「だまされた気持ち」を感じたという記述は、それなりの蓋然性も持つであろう。

つまり、龍瑛宗の発言にはどこかで矛盾があることになるが、しかし、ここで指摘したいのは、矛盾をあげつらうことではない。このような矛盾が露見する可能性がある――一九八〇年時点においてはまだ日本統治期の台湾人作家は複数存命しており、彼らの中から、「龍瑛宗は台湾語を話していた」という証言が出る可能性もあったのだから――にもかかわらず、彼が様々に態度と発言を変えていく、その在り方である。それを一貫性がない、と批判はしない。むしろここでは、そこに一貫性があることを指摘したいのである。

それは、「〈作家〉としての自身を守る」という堅い意志だ。

くどいようだが、龍瑛宗の出発点は『改造』懸賞創作である。つまり、彼もまた〈懸賞作家〉なのである。日本内地において、多くの〈懸賞作家〉は日本の敗戦を乗り越えて活動を継続していくことはできなかった。それは、彼らにはいつまでも〈懸賞作家〉としての呪縛があり、〈文壇〉の中で十分な評価を得られず、人間関係の構築もできなかったところに大きな原因があった。

そしてそれと同様、あるいはそれ以上に複雑な状況が龍瑛宗にも存在していた。〈中央文壇〉でデビューした〈懸賞作家〉であることが、その学歴や経歴と相俟って、日本統治期の龍瑛宗を強く呪縛していた。そこには、内地における〈懸賞作家〉への偏見だけではなく、〈中央文壇〉に登場したことへ植民地である〈台湾文壇〉における嫉妬や劣等感も重なっていた。帝国における重層化した〈文壇〉状況が、龍瑛宗の立場をさらに厳しくさせていたのである。

その中で、龍瑛宗が〈作家〉としての活動圏を維持し、戦後／〈光復〉後も乗り切ったことは、彼の〈作家〉にかける意志の強さの表れであっただろう。そういう意味で、龍瑛宗の在り方は、批判するよりもまずその意志を認めることが重要である。そのような龍瑛宗の在り方自体が、日本帝国下の〈文壇〉における文学運動の問題を現在にまで浮き彫りにさせているからである。

4 戦後日本〈文壇〉における日本語作家達

戦後／〈光復〉後の龍瑛宗は、台南市の『中華日報』日本語担当として働いた一時期を過ぎると、〈作家〉としての立場から離れることになった。龍瑛宗の〈作家〉性維持への執念はしかし、どんなに強くとも個人の域を出るものではなく、中華民国による日本語使用の禁止という事態をすぐに乗り越えることはできなかったのである。

この後、龍瑛宗は、本名・劉栄宗として、銀行勤務を続けていくことになる。しかしやはり彼は〈作家〉であることをあきらめなかった。彼は一九五〇年代から、再び「龍瑛宗」として細々ながら文筆を揮い始める。このとき、龍瑛宗は中国語（北京語）によって表現を行うようになっていた。そして、七〇年代後半に入るとその執筆量は大幅に増加する。これは七〇年代の〈郷土文学論争〉（一九三〇年代のそれとは別個である）によって、日本統治期の作家達への注目が高まったからであろう。

この間、かつての日本語作家から日本語による小説を日本で出版するという方法で発表する者が現れた。張文環は一九七五年に東京文化社から日本統治期台湾の農村を描いた『地に這うもの』を発表する。また先に述べたように、呉濁流は——日本統治期の活動は非常に目立たないものであったが——日本の社会思想社から『夜明け前の台湾』（一九七二）『泥濘に生きる』（一九七二）を出版し、七三年には代表作『アジアの孤児』（新人物往来社）を発表した。台湾では発表することが困難な日本語テクストを日本で出版するというバイパス的な手段であったが、呉濁流の著作は注目を集めたものの、知名度が定着することはなく、張文環の著作についてはほとんど意識されなかった。戦後の日本は特に台湾統治の記憶を恐ろしい速さで忘却しており、この時期、台湾に対する印象はバナナの産地ということか、買春ツアーの訪問先という非常に低劣なもの——支配の記憶を忘却しながら、かつての植民地をこのように見なすところに、戦後日本の度し難い問題点が存在していることを指摘しておく——に留まっていたのだった。

それでも、かつてのライバル・張文環の日本語書籍出版に刺激を受けたのか、龍瑛宗も日本語による長文小説執筆に着手していた。日本統治期の関係性を引きずった台湾人たちの戦後／〈光復〉後を描いた長編小説「紅塵」である。しかし、「紅塵」は日本語原版による出版は結局叶わず、七八年に中国語訳が『民衆日報』に掲載されるという形になった。龍瑛宗が生前、再び日本の〈文壇〉に登場することはなかったのである。[7]

一方、戦後／〈光復〉後に台湾から引き揚げることになった在台日本人作家たちはというと、〈文壇〉に多少なりとも名前を残した者は、西川満と坂口䙥子である。

坂口䙥子は、戦後、一九五〇年代に入って丹羽文雄主宰の同人誌『文学者』に参加し、「蕃地もの」と言われる台湾原住民を描いたテクスト群の発表を始めていた。五三年に『蕃地』（新潮社）、六一年に『蕃婦ロポウの話』（大和出版）、七八年に『蕃社の譜』『霧社』（ともにコルベ出版）の計四冊の単行本を出版し、五三年に「蕃地」で第三回新潮社文学賞を受賞している。さらに、六一年「蕃婦ロポウの話」、六二年に「猫のいる風景」、六四年に「風葬」で、計三度芥川賞候補に挙げられた。台湾からの引揚者の中では最も華々しく活動した作家であったといえるだろう。[8]

一方、西川満は内地帰還直後から積極的にテクストを量産していったが、その多くはいわゆる大衆小説で掲載誌も大衆雑誌が中心であった。それはやはり「食うため」のテクスト量産であったからだが、しかし、このような量産がすぐに可能であるだけの才能を西川が有していたことも記憶しておかなければならないであろう。フェイ・阮・クリーマンが指摘するように、西川の文学活動については一九四五年以降はほとんど全く注目されない状況が続いている。[9] 中島利郎がその書誌をまとめ、西川本人に対する調査を行った以外に、戦後の西川への言及はゼロと言って良いだろう。しかもそこに四〇年代〈台湾文壇〉を「専横した西川」というイメージが重なり、日本統治期のテクストさえも公正に評価されているとは必ずしも言えない状況にある。

しかし、テクストが一定のレベルに達していたからこそ、西川は内地帰還後も「売文」で生計を立てることができたのであり、その点からも西川のテクストへの再評価の必要性が確認できるであろう。西川満は、一九四六年に桜菊書院が漱石没後三〇周年にその業績を顕彰する目的で募集した第一回夏目漱石賞に「会真記」で佳作となっている（入選は渡辺伍郎「ノバルサの果樹園」）。また、五〇年には、『キング』（四九年二月号）に掲載された「地獄の谷底」によって直木賞候補にも挙げられていた。戦後の西川は宗教家となり、豪華な装本による自費出版書籍を多数出版したため、そちらに注目が集まりすぎ、[10] 商業誌に発表したテクストがその中に埋没してしまった感があるが、四〇年代〈日本語文学〉最盛期を理解する上でも、〈その後〉の作家の重要な一人として、西川とそのテクストへの検討は戦前・戦後を問わず必要な作業であるだろう。

＊

本書は、日本統治期台湾における文学運動を〈文壇〉という観点から考察することを試みた。それは、序章でも述べたように、現状の〈台湾文学〉という枠組から遡及的に言及されている日本統治期台湾の文学運動が、多くの場合台湾のナショナルアイデンティティ編成の方向性に寄り添う形で分析されているからであり、それによって当時の作家やテクストの可能性が見逃されていると考えたからである。

このとき、では何故〈文壇〉に注目したのかというと、それが極めて近代的な産物と見ることができたからである。出版資本主義と教育の普及、読者大衆の登場によって、作家の手を離れ流通し読まれ解釈されるテクストの氾濫が始まった二〇世紀の日本帝国において、植民地の文学運動を理解しようとするとき、そこで否応なく宗主国・日本の姿を見ざるを得ない。そしてそれは、単に凶悪な植民地帝国・日本ではなく、圧倒的な物量と資本が文化的先進性・近代性という抗いがたい〈魅力〉を備えて押し寄せてくる姿であった。

このとき、〈台湾文壇〉とは自明なものではなく、日本帝国の〈中央文壇〉という〈中心〉の存在を前提として展開したものとなる。つまり当初はその方向性を〈中心〉に委ねていたのである。それは、第一章でみたように三〇年代の〈台湾文壇〉が〈中央文壇〉との連携を求めていたことと、台湾人作家志望者たちの目的が〈台湾文壇〉から〈中央文壇〉へ進出するところにあったことからもわかる。そして、その〈中央文壇〉進出の手段として台湾人作家志望者達に見えたものが、一九三〇年代になって加熱した純文学における〈文学懸賞〉の広まりであった。〈文学懸賞〉は、かつてのギルド的な文学集団や出身大学別などによって区分される同人誌閥のなかからコネクションによって選抜されるという形に限定されていた〈文壇〉への登場ルートを、雑誌メディアを手に入れさえすれば帝国内のどこからでも――いや、帝国外からでさえも、「テクストの出来のみによって」〈文壇〉に参入できるように開放したものであり、そのように信じられていたのである。そして植民地ではなおのこと、〈文学懸賞〉の可能性への期待が大きかった。宗主国の抑圧体制の中で、日本帝国が提示する学校立身が事実上の民族別入学枠の設置などによって厳しく制限された挙げ句、就職や出世においても民族的出自によって差別待遇がなされるとき、苦しい立場に立たされ続けた植民地出身者はそのような恣意的な制度では状況打破を望めなかったし、空間的に〈中央〉に対して必ず遠距離に置かれる植民地から、〈中央文壇〉のギルドや派閥に参入することは不可能に近かったからである。〈文学懸賞〉はそれらの不可能性を一気に飛び越える手段だったのだ。

そのような〈文学懸賞〉の実情を、第二章において、純文学懸賞の嚆矢であり大きな権威を誇った『改造』懸賞創作を中心に考察した。そこで見えてきたものは『改造』懸賞創作におけるセンセーショナリズムである。読者の注目を集めるテクストを選ぶこと、そして読者をメディア登場のチャンスを提示することで引き寄せる方向に流されやすい〈文学懸賞〉は、〈新人〉登場の場という期待感とは裏腹に、デビュー後が続かない作家を多く選び出すことになった。〈文学懸賞〉の権威は、『改造』懸賞創作から三五年に開始された芥川賞へと移っていくが、芥川賞でも、同様の傾向がしばらくして現れてくることになる。

その中で、〈文学懸賞〉が〈植民地〉を見出すようになる。三二年の第五回『改造』懸賞創作において張赫宙「餓鬼道」が二等に選ばれたことをきっかけに、植民地の文学運動は色めき立つことになった。台湾も同様で、多くの作家志望者たちが『改造』懸賞創作をはじめとする〈文学懸賞〉を目指したことが推測されるが、当選者は出なかった。そのとき現れたのが「パパイヤのある街」によって第九回『改造』懸賞創作に選ばれた龍瑛宗だったのだが、それは張赫宙の成功をにらんでの植民地からの選抜であり、しかしそれでも力に劣ると見なされた「パパイヤのある街」は佳作推薦という前例のない賞を与えられることになったのだった。

この「パパイヤのある街」を最後に、台湾から〈中央文壇〉の〈文学懸賞〉を通じて登場する作家は現れず、龍瑛宗自身も〈中央文壇〉に定着することはできなかった。ここで、龍瑛宗は〈台湾文壇〉での定着を目指すことになるが、〈中央文壇〉との齟齬を感じ始めた〈台湾文壇〉において、特に〈台湾新文学運動〉経験者たちの集団に龍瑛宗が参入していくことには大きな壁があった。

同時期、日本帝国はアジア侵略を開始し慢性的な戦争状態が続くことになる。国家体制はファシズムに大きく傾き、言論統制も進んだ。植民地にとって、それは元々厳しい制約がさらに強化されることを意味した。

この結果、台湾の文学運動における最大の制約である〈皇民文学〉が登場することになる。一九四〇年代、〈日本語文学〉の最盛期を迎えた〈台湾文壇〉は、この〈皇民文学〉と常に表裏一体で進まざるを得なくなった。この〈皇民文学〉は、従来、文学運動に対する日本帝国の圧政の象徴であったが、その注目度に比して内実への検証は少なかった。本書は、〈皇民文学〉の代表作とされる周金波「志願兵」の分析を通して、まず「志願兵」が従前言われているような意味での〈皇民文学〉と呼べるかどうかを検証し、さらに在台日本人作家・新垣宏一のテクスト「砂塵」の分析から、在台日本人作家も真摯に〈皇民文学〉に取り組んでいたとは言えないことを指摘した。周金波は〈新人〉という非常に弱い立場から、〈皇民作家〉という立場を押しつけられたに近いものであり、故に「志願兵」以降、周金波のテクストから〈皇民文学〉的な要素は後景に回るようになっていった、にもかかわらず、「志願兵」というおそらくはタイトルに引きずられる解釈によって、〈皇民文学〉は実態が定まらないままに周金波に押しつけられていったことも見出した。

そして、〈皇民文学〉的、とも言われる場合がある龍瑛宗の日本統治期終盤のテクスト「蓮霧の庭」を、龍瑛宗が四三年に『文芸台湾』同人から競合誌『台湾文学』同人へ移籍したという事態を考慮しつつ、「蓮霧の庭」が〈皇民化〉期のテクストとして、台湾人作家の立場から、描き出せる限界の〈皇民化〉期台湾の日本人と台湾人の姿を提示していることを確認した。同時に、「蓮霧の庭」は「パパイヤのある街」との相似する設定を持っていることから、デビュー作からの飛躍と到達を見ることもできる。その意味でも、このテクストは日本統治期における龍瑛宗のテクストの結晶といえ、「パパイヤのある街」ばかりに注目が集まる龍瑛宗テクストの評価を変えることのできる可能性をもつものとして認められる。

さらに、「蓮霧の庭」の描かれ方は、龍瑛宗の〈台湾文壇〉における身の処し方も反映していた。龍瑛宗は〈懸賞作家〉として登場し、さらに〈中央文壇〉から〈台湾文壇〉へと、重層する帝国〈文壇〉を縦断した存在であったが故に、その〈作家〉としての存在基盤に非常に不安を抱いていたことが推測できる。故に、龍瑛宗は台湾人作家志望者たちの輪には入り込めず、結果的に西川満らのグループに接近することになった。それによって台湾内でも多くの発表メディアを獲得した龍瑛宗は、発表誌によって見事にテクストの傾向を変えていた。「蓮霧の庭」の達成も、それが『台湾文学』という雑誌の傾向の影響を受けてのものであった。

ここから、龍瑛宗よりも若い世代から登場した〈皇民文学〉の代表作・「奔流」を読むことで、〈戦争〉を背景とし〈戦争〉遂行のために作られた〈皇民文学〉が、実際には〈戦争〉から台湾人を排除する枠組であり、台湾人に〈皇民〉という決して届かない目標に向けて走り続けることを強制するものであったことを理解し、それが一九四五年に実施された台湾人に対する徴兵制を迎え、〈戦争〉が台湾人を包摂しようとした時、決定的に破綻し空転性を露わにしたことを、周金波「助教」の分析から読み出した。

このような〈皇民文学〉の空転性と枠組の不完全さが、日本帝国の崩壊と〈皇民文学〉の分解と共に、枠組強制の歪みだけを与えて台湾のテクストと作家達を抛擲する結果となる。そこからの再起が如何に困難であったか——それは、現在でもまだ克服に到っていない、というのが本書の認識である——は、戦後／〈光復〉後のテクストにも顕著に現れていると本章で指摘した。

本章で扱った龍瑛宗だけではない。彼は最も顕著な例だが、台湾で文学運動を行っていた人びとはほぼ全て、環境の激しい動揺の影響を受け、テクストを操らざるを得なかった。それができない者は姿を消していったのである。台湾人作家達の困難は当然として、「内地」へ帰った在台日本人作家の状況もやさしくはなかった。新垣宏一は引揚後、教員に専心し、文学テクストは残さなかった。浜田隼雄も〈日本語文学〉最盛期のテクストを否定することから文学的再起を図ることになり、それは結局成功せず、引揚先の仙台で地域の同人活動の中でのみの文学運動しかできなかった。

西川満は日本統治期にエキゾチシズムに満ちた詩を発表して台湾人作家志望者から批判され、日本帝国の台湾統治史に基づく小説を書き始めていたが、一方で三〇年代や戦後には大衆小説を無数に書いていた。西川の場合、もし彼の生きた時代が戦時下ではなく、そして活動の場が植民地ではなかったならば、そのエキゾチックな作風をこれほど非難されはしなかったであろう。坂口䙥子も、戦後に至るまで台湾原住民にこだわったのは、二〇代という人生の決定的な時期を戦時下の台湾で過ごしたという経験から逃れることが困難であったからではないだろうか。

これらの動揺は日本帝国の〈文壇〉が重層していたことによって引き起こされたものである。〈日本語文学〉研究に携わる以上、〈中央文壇〉に連なるようで、ずらされ、翻弄された〈植民地文壇〉に生きることの困難を、その作家とテクストとに向き合うことによって、いつまでも意識し、課題として取り組んでいかなければならない。

〈文壇〉の重層は、ただ過去の歴史だけにあるものではない。

現在、戦前に生まれた〈文学懸賞〉で生き残っているのは、芥川龍之介賞と直木三十五賞のみであり、その二つが二〇一二年時点の日本において国内最大の権威を誇る〈懸賞〉でもあり、その権威を獲得した故に、〈懸賞〉ではなく〈文学賞〉となった。

そしてこの二賞は、ときに一〇代の少女作家を選抜しテクストよりもその容姿を大々的に宣伝し、ときに学習によって日本語能力を獲得した外国籍作家のテクストを選抜して異文化性を刺激し、ときに在日出身作家のテクストを選抜して日本に残る植民地性を露わにさせる。このとき〈文学賞〉へのまなざしはテクストではなくニュースであり、受賞した、または候補に挙がったテクストとその作家は、ニュースとして消化されたあとには忘れ去られる。

戦前と現在の〈文壇〉で決定的に異なるのは、かつてイレギュラーな〈文壇〉登場ルートであった〈文学懸賞〉が現在では〈文学賞〉として最も正統なルートとなり、かつての同人誌活動からの抜擢や作家への弟子入りなどは管見の限りではほとんど機能していないという逆転現象が起きている点であろう。このことは、デビューにおける作家志望者個々の自律性が高まったことを示す一方で、デビューに至るための新人のテクストが、正に〈文学賞〉当選のための〈傾向と対策〉に満ちる危険性も誘引する。事実、書店には数多くの「文学新人賞の取り方」マニュアルがならび、インターネットでは選考委員の趣味や傾向が大まじめに議論され続けているのが現状なのだ。

それらが本当に機能しているかどうかが、ここでの問題なのではない。〈文壇〉に連なる〈道《ルート》〉が一見分かりやすく〈舗装〉される中で、無数の作家志望者達がその〈舗装〉された〈道〉の歩き方に迷い悩むという奇妙な状況は、〈文壇〉という枠組が胎む問題点が依然として放置されたままであることを意味しているのであり、それはつまり、かつて抱えていた〈植民地文壇〉を無責任に放り投げ忘却した日本の文学運動の有り様の問題が何も解決していないことの証左でもある。その意味で、旧植民地文学研究は〈ポスト〉ではなく現在の問題なのであり、〈文学賞〉研究はその問題に取り組むための大切な糸口なのである。

【注】

（1）フェイ・阮・クリーマン『大日本帝国のクレオール〈植民地期台湾の日本語文学〉』（慶應義塾大学出版会　二〇〇七）「第4章　西川満と『文藝台湾』」を参照。

（2）丸川哲史『台湾における脱植民地化と祖国化——二・二八事件前後の文学運動から』（明石書店　二〇〇七）を参照。

（3）王恵珍『龍瑛宗研究——台湾人日本語作家の軌跡』第六章「台南時期の龍瑛宗」（関西大学大学院文学研究科中国文学専攻　博士論文）を参照。王恵珍は龍瑛宗の研究者としては初めて日本統治期から戦後／〈光復〉後を跨いでの龍瑛宗の活動を検討しており、その成果は注目に値する。

（4）王恵珍前掲「台南時期の龍瑛宗」を参照。

（5）王恵珍前掲「台南時期の龍瑛宗」を参照。

（6）林瑞明「不為人知的龍瑛宗——以女性角色的堅持和抵抗」『台湾文学的歴史考察』（一九九六）を参照。王恵珍博士論文によってこの論文の存在を知ることができた。

（7）この「紅塵」は、二〇〇二年になって『日本統治期台湾文学集成』（緑蔭書房）に収録され初めて日本語原版が公開されたが、解説で下村作次郎が述べているように、龍瑛宗死去後の出版となったため著者校正ができず、手描き原稿の多くの誤記がそのまま反映されたテクストとなっている。テクストには日本語表現上の誤りが多数見られるが、これは龍瑛宗の日本語能力が、戦後／〈光復〉後の日本語使用禁止時空の下で大きく損なわれたことを窺わせるものとなっている。

（8）間ふさ子「内なる自己を照らす「故郷」——坂口䙥子の文学における台湾と九州——」『中国現代文学と九州　異国・青春・戦争』（九州大学出版会　二〇〇五）を参照。

（9）注(1)に同じ。

（10）『別冊太陽』No.102（平凡社　一九九八）の特集「古書遊覧　珍本・奇書・稀覯本・ト本」に、坂本一敏「限定私家本の鬼　西川満の世界」という記事がある。この中で評価されているのは、テクストではなく、貴重な和紙や凝った装丁によって造形された〈モノ〉としての書籍そのものである。

参考文献

台湾文学関連

日本語

中村孝志編『日本の南方関与と台湾』(天理教道友社　一九八八)
尾崎秀樹『近代文学の傷痕』(岩波書店　一九九一)
『岩波講座　近代日本と植民地　6＝抵抗と屈従』(岩波書店　一九九三)
井東襄『大戦中に於ける台湾の文学』(近代文芸社　一九九三)
下村作次郎『文学で読む台湾』(田畑書店　一九九四)
垂水千恵『台湾の日本語文学』(五柳書院　一九九五)
下村作次郎・藤井省三・中島利郎・黄英哲編『よみがえる台湾文学　日本統治期の作家と作品』(東方書店　一九九五)
藤井省三『台湾文学この百年』(東方選書　一九九六)
河原功『台湾新文学運動の展開　日本文学との接点』(研文出版　一九九七)
中島利郎編『台湾新文学と魯迅』(東方書店　一九九七)
『台湾文学研究の現在』(緑蔭書房　一九九八)
『台湾文学の諸相』(唖之会編　緑蔭書房　一九九八)
葉石涛著　中島利郎・澤井律之訳『台湾文学史』(研文出版　二〇〇〇)
垂水千恵『呂赫若研究』(風間書房　二〇〇二)
藤井省三・黄英哲・垂水千恵編『台湾の「大東亜戦争」文学・メディア・文化』(東京大学出版会　二〇〇二)
山口守編『講座　台湾文学』(国書刊行会　二〇〇三)
『文学年報1　文学の闇／近代の「沈黙」』(世織書房　二〇〇三)

中島利郎『日本統治期台湾文学研究序説』（緑蔭書房　二〇〇四）
王恵珍『龍瑛宗研究――台湾人日本語作家の軌跡』（関西大学大学院文学研究科中国文学専攻　博士論文　二〇〇四）
張文薫「植民地プロレタリア青年の文芸再生――張文環を中心とした『フォルモサ』世代の台湾文学――」（東京大学大学院人文社会系研究科中国語・中国文学科　博士論文　二〇〇五）
呉密察・垂水千恵・黃英哲編『記憶する台湾』（東京大学出版会　二〇〇五）
彭瑞金著／中島利郎・澤井律之訳『台湾新文学運動四〇年』（東方書店　二〇〇五）
中島利郎『日本統治期台湾文学小辞典』（緑蔭書房　二〇〇五）
『文学年報2　ポストコロニアルの地平』世織書房　二〇〇五）
松永正義『台湾文学のおもしろさ』（研文出版　二〇〇六）
フェイ・阮・クリーマン『大日本帝国のクレオール〈植民地期台湾の日本語文学〉』（慶應義塾大学出版会　二〇〇七）
丸川哲史『台湾における脱植民地化と祖国化――二・二八事件前後の文学運動から――』（明石書店　二〇〇七）
松永正義『台湾を考えるむずかしさ』（研文出版　二〇〇八）
河原功『翻弄された台湾文学――検閲と抵抗の系譜』（研文出版　二〇〇九）
丸川哲史『台湾ナショナリズム　東アジア近代のアポリア』（講談社選書メチエ　二〇一〇）

中国語

李南衡主編『日拠下台湾新文学明集5　文献資料集』（明潭出版社　一九七九）
許俊雅『日拠時期台湾小説研究』（文史哲出版社　一九九五）
中島利郎『日拠時期台湾文学雑誌　総目・人名索引』（前衛出版社　一九九五改訂　初版一九九一）
呂正恵『台湾文学問題　殖民地的傷痕』（人間出版社　二〇〇二）
李郁蕙『日本語文學與台灣――去邊緣化的軌跡』（前衛出版社　二〇〇二）
陳建忠『日拠時期台湾作家論　現代性・本土性・殖民性』（五南図書出版　二〇〇四）
呉素芬『楊逵及其小説作品研究』（国家図書館出版品　二〇〇五）
柳書琴・邱貴芬主編『後殖民的東亜在地化思考　台湾文学場域』（国家台湾文学館出版　二〇〇六）
陳艶紅『『民俗台湾』と日本人』（致良出版社　二〇〇六）

彭瑞金『台湾文学史論集』（春暉出版社　二〇〇六）

日本文学・植民地文学関連

林鍾国著／大村益夫訳『親日文学論』（高麗書林　一九七六）
近藤富枝『相聞　文学者たちの愛の軌跡』（中央公論社　一九八二）
白川豊『植民地期朝鮮の作家と日本』（大学教育出版　一九九五）
南富鎭『近代文学の〈朝鮮〉体験』（勉誠出版　二〇〇一）
南富鎭『近代日本と朝鮮人像の形成』（勉誠出版　二〇〇二）
佐藤卓己『キングの時代――国民大衆雑誌の公共性――』（岩波書店　二〇〇二）
紅野謙介『投機としての文学』（新曜社　二〇〇三）
中根隆行『〈朝鮮〉表象の文化誌』（新曜社　二〇〇五）
岩佐昌暲編『中国現代文学と九州』（九州大学出版会　二〇〇五）
『大衆文学の領域』（大衆文化研究会編　二〇〇五）
猪瀬直樹『作家の誕生』（朝日新書　二〇〇七）
神谷忠孝・木村一信編『〈外地〉日本語文学論』（世界思想社　二〇〇七）
浦田義和『占領と文学』（法政大学出版局　二〇〇七）
高榮蘭『「戦後」というイデオロギー――歴史／記憶／文化』（藤原書店　二〇一〇）

台湾・植民地関連

日本語

竹中信子『植民地台湾の日本女性生活史』明治編・大正編・昭和編（上）・昭和編（下）（田畑書店　一九九五・一九九六・二〇〇一・二〇〇一）
駒込武『植民地帝国日本の文化統合』（岩波書店　一九九六）
近藤正已『総力戦と台湾』（刀水書房　一九九六）

矢内原忠雄『帝国主義下の台湾』（岩波書店　一九三四　ここでは南天書局（台湾）一九九七復刻版）
小熊英二『〈日本人〉の境界──沖縄・アイヌ・台湾・朝鮮　植民地支配から復帰運動まで』（新曜社　一九九八）
山本礼子『植民地台湾の高等女学校研究』（多賀出版　一九九九）
若林正丈『台湾抗日運動史研究　増補版』（研文出版　二〇〇一）
陳培豊『「同化」の同床異夢　日本統治下台湾の国語教育史再考』（三元社　二〇〇一）
洪郁如『近代台湾女性史』（勁草書房　二〇〇一）
林田芳雄『鄭氏台湾史──鄭成功三代の興亡実記』（汲古書院　二〇〇三）
加藤一夫・河田いこひ・東條文規『日本の植民地図書館　アジアにおける日本近代図書館史』（社会評論社　二〇〇五）
山本武利編『岩波講座「帝国」日本の学知　第五巻　東アジアの文学・言語空間』（岩波書店　二〇〇六）
マーク・カプリオ編／中西恭子訳『近代東アジアのグローバリゼーション』（明石書店　二〇〇六）
五十嵐真子・三尾裕子編『戦後台湾における〈日本〉　植民地経験の連続・変貌・利用』（風響社　二〇〇六）
安渓遊池・平川敬治編『遠い空　國分直一、人と学問』（海鳥社　二〇〇六）
貴志俊彦・川島真・孫安石『戦争　ラジオ　記憶』（勉誠出版　二〇〇六）
石田憲編『膨張する帝国　拡散する帝国』（東京大学出版会　二〇〇七）
池田浩士編『大東亜共栄圏の文化建設』（人文書院　二〇〇七）
沖田信悦『植民地時代の古本屋たち　樺太・朝鮮・台湾・満洲・中華民国─空白の庶民史』（寿郎社　二〇〇七）
松浦正孝編『昭和・アジア主義の実像　帝国日本と台湾・「南洋」・「南支那」』（ミネルヴァ書房　二〇〇七）
鈴木正崇編『東アジアの近代と日本』（慶應義塾大学出版会　二〇〇七）
藤目ゆき・周芬伶他編『憤れる白い鳩　二〇世紀台湾を生きて』（明石書店　二〇〇八）
王育徳『「昭和」を生きた台湾青年　日本に亡命した台湾独立運動者の回想1924─1949』（草思社　二〇一一）

中国語

林継文『日本拠台末期（1930─1945）戦争動員体系之研究』（稲郷出版社　一九九六）
藍博洲編『民族純血的脈動（一九一三─一九四五）日拠時期台湾学生運動』（海峡学術出版社　二〇〇六）

近代史関連・その他

鹿子木員信・饒平名智太郎『ガンヂと真理の把持』（改造社　一九二二）
ロマン・ロラン『ガンジー論』（アルス　一九二三）
フュレップ・ミラー『レーニンとガンヂー』（アルス　一九三〇）
竹内洋『立志・苦学・出世——受験生の社会史』（講談社新書　一九九一）
天野郁夫『学歴の社会史』（新潮選書　一九九二）
ロイ・ポーター『狂気の社会史』（目羅公和訳　法政大学出版局　一九九三）
福田清人『結核の文化史』（名古屋大学出版会　一九九五）
竹内洋『立身出世主義——近代日本のロマンと欲望』（日本放送出版協会［ＮＨＫライブラリー］一九九七）
竹内洋『日本の近代12　学歴貴族の栄光と挫折』（中央公論新社　一九九九）
狭間直樹・長崎暢子『世界の歴史』二十七巻（中央公論新社　一九九九）
水谷三公『日本の近代13　官僚の風貌』（中央公論新社　一九九九）
有馬学『日本の近代４　「国際化」の中の帝国日本』（中央公論新社　一九九九）
高田理恵子『文学部をめぐる病い　教養主義・ナチス・旧制高校』（松籟社　二〇〇一）
有馬学『帝国の昭和（日本の歴史）』（講談社　二〇〇二）
竹内洋『教養主義の没落——変わりゆくエリート学生文化』（中公新書　二〇〇三）
坂野潤治『昭和史の決定的瞬間』（ちくま新書　二〇〇四）
『東京の戦前　昔恋しい散歩地図』（アイランズ編著　草思社　二〇〇四）
菅井幸雄『チェーホフ　日本への旅』（東洋書店　二〇〇四）
芹沢一也『狂気と犯罪　なぜ日本は世界一の精神病国家になったのか』（講談社＋α新書　二〇〇五）
金子务『アインシュタイン・ショック〈1〉大正日本を揺がせた四十三日間』（岩波現代文庫　二〇〇五）
高田理恵子『グロテスクな教養』（ちくま新書　二〇〇五）
岩瀬彰『「月給百円」サラリーマン　戦前日本の「平和」な生活』（講談社現代新書　二〇〇六）

中島岳志『中村屋のボース』（白水社　二〇〇六）
竹内洋『大学という病――東大紛擾と教授群像』（中公文庫　二〇〇七）
井上寿一『日中戦争下の日本』（講談社選書メチエ　二〇〇七）
高田理恵子『学歴・階級・軍隊――高学歴兵士たちの憂鬱な日常』（中公新書　二〇〇八）
一ノ瀬俊也『皇軍兵士の日常生活』（講談社現代新書　二〇〇九）

全集・作品集

日本語

中山利国『木犀の氾濫』（木犀社　一九三〇）
中山利国『永生の印度』（ヒマラヤ書房　一九四三）、
竹森一男『少年の果実』（穂高書房　一九五八）
平林彪吾『鶏飼ひのコムミュニスト』（三信図書　一九八五）
『周金波日本語作品集』（中島利郎・黄英哲編　緑蔭書房　一九九五）
黒川創編『〈外地〉の日本語文学選1　南方・南洋／台湾』（新宿書房　一九九六）
『芹沢光治良文学館』（全十二巻　新潮社　一九九七）
『日本統治期台湾文学日本人作家作品集』（緑蔭書房　一九九八）
『定本佐藤春夫全集』（臨川書店　一九九八―二〇〇一）
『日本統治期台湾文学　台湾人作家作品集』（緑蔭書房　一九九九）
『〈華麗島〉台湾からの眺望　前嶋信次著作集3』（平凡社　二〇〇〇）
『日本植民地文学精選集』第一期・第二期（全二十巻　ゆまに書房　二〇〇〇―二〇〇一）
『日本統治期台湾文学集成』（全三十巻　緑蔭書房　二〇〇二―二〇〇三、二〇〇七）
白川豊・南富鎮編『張赫宙　日本語小説選』（勉誠出版　二〇〇三）
川端康成『文芸時評』（講談社文芸文庫　二〇〇三）

中国語

『龍瑛宗集』（前衛出版社　一九九〇）
『楊逵全集』（彭小妍主編　国立文化資産保存研究中心　一九九八―二〇〇一）
『王昶雄全集』（許俊雅編　台北県政府文化局出版　二〇〇二）
『呂赫若日記』（台湾・国家台湾文学館　二〇〇四）
『龍瑛宗全集』（中文巻　全八巻　台湾・国家台湾文学館　二〇〇六）
『龍瑛宗全集』（日文巻　全六巻　台湾・国家台湾文学館　二〇〇八）

作家自伝・回想記

大江賢次『アゴ伝』（新潮社　一九五八）
佐々木孝丸『風雲新劇志』（現代社　一九五九）
保高徳蔵『作家と文壇』（講談社　一九六二）
保高みさ子『花実の森　小説文芸首都』（立風書房　一九七一）
大江賢次『故旧回想』（牧野出版社　一九七四）
水島治男『改造社の時代　戦前編』（図書出版社　一九七六）
関忠果他編著『雑誌『改造』の四十年』（光和堂　一九七七）
高橋丈雄『鳥と詩人』（虹出版　一九七八）
竜胆寺雄『人生遊戯派』（昭和書院　一九七九）
西川満『わが越えし幾山河』（人間の星社　一九八三）
高見順『昭和文学盛衰史』（講談社文庫　一九八七）
川端要寿『昭和文学の胎動　同人雑誌『日暦』初期ノート』（福武書店　一九九一）
木村徳三『文芸編集者の戦中戦後』（大空社　一九九五）
池田浩士編『カンナニ　湯浅克衛植民地小説集』（インパクト出版会　一九九五）
半田美永編『証言　阪中正夫』（和泉書院　一九九六）

松原一枝『改造社と山本実彦』（南方新社　二〇〇〇）
新垣宏一『華麗島歳月』（前衛出版社　二〇〇二）
田村哲三『近代出版文化を切り開いた　出版王国の光と影——博文館興亡六十年』（法学書院　二〇〇八）
樋口哲子著／中島岳志編・解説『父、ボース』（白水社　二〇〇八）
松元眞『父　平林彪吾とその仲間たち——私抄　文学・昭和十年前後』（図書新聞　二〇〇九）

雑誌

『フォルモサ』（一九三三—一九三四）
『台湾文芸』（一九三四—一九三六）
『台湾新文学』（一九三五—一九三七）
『文芸台湾』（一九四〇—一九四四）
『台湾文学』（一九四一—一九四三）
『台湾文芸』（一九四四—一九四五）
以上、『新文学雑誌叢刊』（東方文化書局　一九八一）所収の復刻版。

『台湾時報』（一九一九—一九四五）
『台湾公論』（一九三五—一九四五）
『旬刊台新』（一九四四—一九四五）
『新新』（一九四五—一九四六）
『改造』（一九一九—一九五五　ここでは主に一九二八—一九三九の時期のものを扱った）
『文芸』（一九三三—一九四四　改造社版のもの）
『中央公論』（一八九九—　ここでは一九三〇年代のものを扱った）
『文芸通信』（一九三三—一九三七）

あとがき

本書は二〇〇七年度に慶應義塾大学に課程博士学位請求論文として提出した「重層する帝国の〈文壇〉――日本統治期台湾の日本語文学をめぐって――」を、提出後に発表した論文を加え改稿・修正をしたものである。

私が初めて台湾へ行ったのは、大学三年の夏、一九九七年の七月下旬から八月上旬にかけての二週間だった。そのときは本当にただの観光旅行で、台湾についての知識は中国本土の共産党と台湾にいる国民党が対立関係にあるということを知っている程度だった。

しかし、そんな台湾へ出かけて、非常に衝撃を受けたことを今でもよく覚えている。それは、街中で頻繁に日本語で話しかけられた、ということだけではない。繁華街の有線放送から田舎の食堂に積んである時間つぶし用の漫画雑誌に至るまで、様々なところで日本のポップカルチャー（ほぼ全て海賊版であった）があふれていたからだった。

当時、私が日本で触れていた新聞やニュースメディア、そして学校教育の現場では、バブル経済～崩壊直後の余韻もあってか、「日本文化」について非常にネガティブな論調が多かった。高校から大学にかけて、しばしば「日本にはカネはあるが顔が見えない」という主張を見聞きした。つまりそれは、経済力はついても文化的に主張できるものがなにもないつまらない国である、という批判であった。

それをそのまま信じていた当時の私にとって、台湾の状況は理解しがたかった。「顔のない国」の「つまらない文化」が、何故これほど喜ばれ、受け入れられているのだろうか。私の台湾への興味は、このような点から始まったのだった。

それからすでに十年以上が過ぎている。

私が始めて行った一九九七年は、台湾が戦後／〈光復〉後の過酷であった時期を乗り越えつつある、二〇一二年現在の位置から見れば最も幸せで希望に満ちているようにも思える時期だった。国民党独裁体制から民主化が進み、市民の社会的権利が強化されていたし、経済的繁栄も享受されていた。独裁時期には等閑視されていた台湾内部のインフラ整備も進み、徐々に環境が改善に向かっていた。中国との間に緊張はあったものの、まだ相手を「発展途上国」とみなすことで精神的な余裕に満ちていた。しかし、それから今日までの十年間に台湾が経験した変化は、非常に劇的であったように思える。

この間に、台北には地下鉄が完成し、台湾を縦断する新幹線も敷設された。最近まで世界一の高さであった高層ビルも建造された。独裁体制を敷いた国民党政権は民主的選挙によって政権を失い、野党となった。そして台湾土着化・独立を党是とする民主進歩党が政権与党となったことで、台湾と「中国」は別個の共同体である、という認識が広まった。一方で、九〇年代に経済発展を謳歌していた台湾は、中国経済の急激な発展により慢性的な不況と経済の空洞化に悩まされ始めた。世紀が変わり、アメリカと世界を巡るテロの時代に突入し、グローバル化という実態のよく分からない概念が蔓延するようになり、その中で国際連合に加盟できず、大部分の国から「国家」として承認されていない台湾の国際的な地位は地盤沈下を続けている。その反動から二〇〇八年には大陸中国との宥和を掲げる国民党が政権に返り咲き、民主化・本土化の象徴的存在であった前総統（大統領）・陳水扁は汚職容疑で逮捕・収監された。本書が出る直前に、二〇一二年一月の台湾総統選挙が終わり、国民党出身の現総統・馬英九が再選を果たした。民進党の総統候補・蔡英文との接戦が予想されたが、選挙は今までで最も

穏やかに進み、結着したという。そこに台湾の民主化の発展が見えるが、ともあれ、台湾の人々は国民党政権の

〈現状〉を選び、次の四年を生きることになった。しかし民進党との勢力差は縮少し、中国の影響力も増すことが予想されている。このように台湾政治は非常に流動的な時代を迎えている。

台湾研究の環境も変わった。

台湾研究の第一人者の一人である若林正丈先生の最初期の著書、『台湾抗日運動史研究』の一九八三年初版のあとがきを初めて読んだとき、そこに書かれている謝辞・献辞の相手が、ほとんどイニシャルのみの匿名であることにショックを受けた。八七年に戒厳令が解除される以前の台湾では、台湾研究を行うことが文字通り生命の危機につながる恐れがあったことが、そこにまざまざと表れていた（若林先生のこの著書は、二〇〇一年に増補改訂版が出版され、そのあとがきでは、匿名であった人びとの本名が明らかにされていた。これもまた、私にとって台湾の変化を象徴的に感じさせた）。

〈台湾文学〉研究においても同様の状況があったことを、河原功先生の著書『台湾新文学運動の展開』の後記において感じ取ることができた。七〇年代、河原先生が散逸しつつあった日本統治期の資料体の収集にいかにご苦労を重ねていたかが、そこに克明に記されている。九〇年代末期に台湾に関心を持った私には、このような緊張感は当初（そして恥ずかしながら現在も）皆無であった。

しかし、私が修士課程で台湾の〈日本語文学〉を研究テーマに選んだ際は、「留学生でもなく、台湾人の血を引いているわけでもなく、台湾滞在経験があるわけでもなく、縁者が日本統治期台湾に暮らしていたわけでもない日本人が、何故台湾の文学を扱うのか？」という質問が絶えず、「台湾に縁故のない人間が扱ってはいけないというルールでもあるのか」と非常に不満を覚えたことを、赤面しつつ思い出す。現在、植民地の〈日本語文

学〉は、少なくとも日本近代文学研究の領域において等閑視することはできない重要なテーマとなっているが、九〇年代末の台湾の〈日本語文学〉研究はまだ「台湾」と個人的な関係がない限り、普通ならば選ばないようなテーマと見なされていたのだった。

二〇〇一年春から二〇〇二年の年明けまで、台湾の台南市にある国立成功大学で中国語の語学研修に参加した。このときの台南生活が私が台湾に関わる研究を続けていくことを決定づけた。一年弱の台南生活は、留学としてはさほど長いものではないが、海外で生活するという経験が私の中で今も非常に大きいものとなっている。

しかし、その後の台湾とその周辺の激しい変化に比べ、二〇〇二年に帰国し、博士課程に進学してからの私は、ほとんど成長らしい成長を示すことができなかった。研究も全く進めることができず、拘束の少ない博士課程院生という身分に甘え、怠惰な日々を積み重ねて、オーバードクターとなり、とうとう在学期間も満期となった。

そんな私にとって、博士号学位請求論文を提出することができ、さらにこのような書籍として出版することができたということは本当に奇跡的なことである。そして、怠惰な私が曲がりなりにもこの論文を書き上げ、まとめることができたのは、多くの方々のご協力とご温情のおかげに他ならない。

河原功先生は、何のアポイントもないまま突然他大学の授業にやってきた私を快く受け入れてくださり、私の台湾の〈日本語文学〉に関する基礎を鍛えていただき、また東京台湾文学研究会に誘っていただいた。

その東京台湾文学研究会では、藤井省三先生、山口守先生、三木直大先生、野間信幸先生、池上貞子先生のご指導をいただくことができた。

日本台湾学会・天理台湾学会では、関西で〈台湾文学〉研究を進められている下村作次郎先生、中島利郎先生、澤井律之先生のお世話になった。また、これらの学会で、星名宏修先生の知遇を得、研究上様々なご意見や励ましをいただいた。

そして、文学研究だけではなく、台湾研究の諸先生方・先輩方にも様々に支えていただいた。新世代アジア史研究会において、若林正丈先生、駒込武先生、陳培豊先生、李承機さん、三澤真美恵さん、岡本真希子さんからは、台湾研究に対する知見だけではなく、「日本」で「台湾」を研究するということ、旧植民地地域の研究をするための姿勢を学ばせていただいた。

また、同じく台湾を研究テーマとする友人にも助けられた。橋本恭子さん、大東和重さん、張文薫さん、楊智景さん、赤松美和子さんとは、台湾と文学についてだけでなく、研究や個人的な悩みや相談までも、何度となく聞いていただいた。王恵珍さんには、龍瑛宗研究の先輩として、様々なご意見、ご批判をいただいた。松岡格さん、顔杏如さんとは、調査で台湾へ渡った際、台北市内の図書館で何度も遭遇し、お互いの研究や状況について語り合った。台湾留学時代にインターネット経由で知り合い、私が台南から台北に押しかけて行ったことをきっかけにおつきあいいただいている山崎直也さんには、分野は異なるものの、同世代の台湾研究者として、本当に様々なことを話し合い、またご教示いただいた。

そして、国文学専攻に在籍しながら〈台湾〉の研究を進めていく中で、自身の立ち位置を見失いがちであった私は、日本近代文学研究の場でお知り合いとなった方々に支えられてきた。

慶應義塾大学で私が在籍した松村友視研究室の西山康一さん、五島慶一さん、五味渕典嗣さん、西川貴子さん、副田賢二さん、小野祥子さん、三浦卓さん、葛西まり子さん、松田顕子さん、張宜樺さん、李敏永さん、浅野麗さん、黒田俊太郎さん、尾崎奈津子さん、倉口徳光さんには、研究会や大学院生活の中で、多くのご意見・ご批判そしてアドバイスをいただいた。

二〇〇五年には、雑誌『改造』に関する研究プロジェクトに参加することで、狭かった私の視野が大きく——といってもまだまだ不十分ではあるが——開かれた。この年、偶然にも『改造』に関する二つのプロジェクトが始まり、その両方に参加させていただくことができたのは望外の喜びであった。

研究会「改造社を中心とする20世紀日本のジャーナリズムと知的言説をめぐる総合的研究」において、修士課程時代からお世話になっていた紅野謙介先生に再び多くのご指導をいただくことができた。また杉野元子先生には、台湾に偏っていた私に中国文学への意識を気づかせていただいた。松村研究室の先輩でもある五味渕典嗣さんには、『改造』研究の示唆をはじめとして、本当に多くのことをご教示いただいた。

研究会「出版メディアによる〈大衆〉の獲得——一九二〇年代の『改造』の戦略と文学・映像・アジア」においては、庄司達也先生、山岸郁子先生、中澤弥先生、須藤宏明先生、平野晶子先生、山口直孝先生、杉山欣也さん、松村良さん、掛野剛史さんに研究会での討論や調査旅行などで多くのご指導や示唆をいただいた。この二つの研究会を通じて、『改造』に関する調査を始めていなければ、本書を完成させることはできなかったであろう。

台湾留学中に日本語教育にも関心を持った私は、慶應義塾大学大学院博士課程に入学した後、大学設置の日本語教授法講座を受講した。そこで文学研究と離れた形で日本語教育について学んだことは、〈文学〉の範囲しか見えていなかった私の視野を広げる上で大きな意味があった。しかも同講座修了後、慶應義塾大学国際センター有期助手として受け入れていただき、社会的経済的な立場を得て教育・研究を継続できるようになった。同センター、現在の日本語・日本文化教育センターで、野沢素子先生、松岡弘先生、村田年先生、田中妙子先生、岬里美先生、加藤奈津子先生、淺山友貴先生、池田優子先生、山口真紀先生、キムアンジェラ先生のご指導・ご助言をいただきながら、私は日本語教員となることができ、留学生の日本語教育に自ら携わるという幸運を得た。大学教員としての私はまだまだ未熟だが、同センターの先生方の支えがなかったら、私はその教員にすらなれなかったに違いない。

最後に、本書のもととなる博士論文の審査とご指導をいただいた、関場武先生、垂水千恵先生、松村友視先生への感謝を述べさせていただきたい。

関場先生には、研究上のご指導だけではなく、国際センター有期助手に就いていたころから、私に何度もあたたかい言葉をかけていただいた。

垂水千恵先生には、修士課程在学時から現在までの長い間、本来全く関係のない学生であり、怠惰故にとっくに見放されてもおかしくない私を、いつも気遣っていただいている。台湾への留学や資料調査、論文執筆や学会発表に際し、何度ご指導ご忠告ご支援をいただいたか、数え上げることもできない。

そして、松村友視先生には、日本近代文学の研究会に所属しながら何の相談もなく突然台湾の〈日本語文学〉研究を始めると言い出した私を寛大に受け入れていただいた。先生はしばしば日本近代文学研究への意識を欠いた私の報告や論文に多くのご指導とご意見をくださった。松村友視先生が指導教授でなかったら、私はきっと研究を続けることはできなかっただろう。

本当に多くの方々に支えていただき、にもかかわらずご迷惑をおかけしながら、何とか博士号を得、そして本書を出版することができた。本書出版に際し、独立行政法人日本学術振興会平成二三年度科学研究費補助金（研究成果公開促進費）の助成を受けることができたのには、正直今でもまだ信じられない気持ちである。その助成申請をはじめ、私の論文集の出版に尽力して下さったひつじ書房の皆様にはただただお礼と、それ以上に出版に際しご迷惑をかけたことへのお詫びとをお伝えするしかできない。

最後といいながら、本当の最後に。十年以上も大学で学生を続けた私をなにも言わず支えてくれた両親と、そんな私にずっと付き添ってくれた妻の弓子、そして東日本大震災後、不安の中にいた私たち家族の希望として生まれてくれた娘の文に、大げさではあるが本書を捧げたい。

二〇一二年二月

索引

人名索引

書名・作品名索引

な

は

【著者紹介】

和泉司（いずみ つかさ）

〈略歴〉

一九七五年生まれ。埼玉県出身。慶應義塾大学大学院博士課程単位取得退学。博士（文学）。専攻は近代日本語文学及び日本語教育史。慶應義塾志木高等学校、慶應義塾大学、和光大学、聖学院大学、日本大学、横浜国立大学、共立女子大学の非常勤講師を経て、二〇一一年より慶應義塾大学日本語・日本文化教育センター専任講師（有期）。

〈主な論文〉

「〈引揚〉後の植民地文学――一九四〇年代後半の西川満を中心に」『芸文研究』第九四号（二〇〇八）、「横光利一賞の生滅と「新人」の意味――第二回・永井龍男の受賞を視座として」『横光利一研究』第九号（二〇一一）、「日本統治期台湾の徴兵制導入時に生じた「国語能力」問題――「国語不解者」の徴兵に関する『台湾時報』『新建設』の記事を中心に」『日本語と日本語教育』第三九号（二〇一一）など。

ひつじ研究叢書〈文学編〉5

日本統治期台湾と帝国の〈文壇〉

――〈文学懸賞〉がつくる〈日本語文学〉

発行　二〇一二年二月一四日　初版一刷

定価　六六〇〇円＋税

著者　©和泉司

発行者　松本功

装丁者　大熊肇

印刷所　三美印刷株式会社

製本所　田中製本印刷株式会社

発行所　株式会社 ひつじ書房

〒一一二-〇〇一一

東京都文京区千石二-一-二　大和ビル二階

Tel. 03-5319-4916　Fax. 03-5319-4917

郵便振替 00120-8-142852

toiawase@hituzi.co.jp　http://www.hituzi.co.jp/

ISBN978-4-89476-590-0　C3090

ひつじ研究叢書〈文学編〉5

高度経済成長期の文学

石川巧 著

定価六、八〇〇円＋税

明治詩の成立と展開——学校教育との関わりから

山本康治著

定価五、六〇〇円＋税